渦潮太平記

長谷井杏亮

明窓出版

渦潮太平記／目　次

序の巻　安部野崩《くず》れ

時は十四世紀。鎌倉幕府が倒され建武の親政が始まったのも束の間、足利尊氏の反乱で後醍醐帝は吉野に逃れそこに朝廷を開いた。そこで尊氏は上皇を戴いて京都に朝廷を樹立。吉野の朝廷を南朝と呼び、京都の朝廷を北朝と呼び、南に従う者を宮方、北に従う者を武家方と呼んで、日本全国がこの両者に分かれて長い抗争を続けた。この時代を南北朝時代という。この物語はその時代のものである。

延元（1337）二年八月、義良《よしなが》親王を奉じて奥州の大軍を率い、伊達郡霊山城を発した北畠顕家卿は鎌倉を陥《お》とし破竹《はちく》の快進撃を続けたが、美濃、尾張で大勝の後、京都から大軍を率いて下って来た高越後守師泰と、近江と美濃の境にある黒地河で対戦。ここへ来て奥州勢は長途の合戦で兵馬共に疲れ切っていた。どうしても黒地河が抜けない。結局、鈴鹿を回って奈良へ入った。そこでしばし兵を休め、一挙に京都に攻め上らんと軍議を定めた。ところが事を起こす前に、これを知った都からは桃井直信、直常の兄弟が馳せ下って来た。奥州軍はこれを般《はん》若坂《にゃざか》に迎撃《げいげき》したが、長途の疲れ武者達は桃井勢の前に鎧袖一触《がいしゅういっしょく》蹴ちらかされて総崩れとなり、顕《あき》家卿は河内をさして落ち延びた。和泉、河内の宮方を頼りに、捲土重来《けんどちょうらい》を計ろうとしたものだ。

延元三年（1338）三月八日、顕家卿は河内の楠木党、和田左兵衛尉正興、高木遠盛等を率い、丹下城を落とし、石川川原、古市川原と敵を破り、阿部野から天王寺へ攻め込んで田代基綱を討った。一方その間に、顕家卿の弟春日少将は京洛《けいらく》を指呼《しこ》の間に臨む男山八幡を攻略してこれを占拠した。武家方の高師直が京都を発向したのは、この情勢をみて、顕家の宮方勢がふくれあがるのを懸念したからだ。鎮守府将軍北畠顕家卿、河内、和泉にあって健在となれば、諸々の宮方が続々と馳せ参じて来るのは目に見えている。これが大軍勢になる前に禍根《かこん》を断たねばならない。十三日から男山八幡に攻撃をしかけたものの、これを抜くことが出来なかった高師直は、男山一ヶ所に手間取る間に、顕家軍の勢力が増すことを恐れた。一つの合戦の動向次第で、勢いの強い方へ味方に参じる者が増えるのは避け難い世の常というもの。火の手が広がらぬ前に。師直は決断した。

男山に備えを残し、一気に和泉に下った高師直は十六日、天王寺、阿倍野畠、阿倍野浜、一の王子にかけて大攻勢をしかけた。

宮方はこの戦闘で大損害を受けた。吉野の朝廷はこの事態を重大視して、陸奥の結城一族に西上を促したのを始め、九州の阿蘇大宮司に馳参《ちさん》を命じる等、諸国の宮方を和泉に集めようとした。吉野からも、公卿、殿上人、武将を送って来た。

この間、総帥《そうすい》北畠顕家は最初の打撃からよく立直り、五月に入ってから幾度か堺を襲って勝利をおさめている。とはいえ、それは援軍の到着を待って陣容を整えるまでの、兵馬の訓練を兼ねた士気鼓舞《こぶ》の方策を出ない戦闘行動にしか過ぎなかった。

五月十五日、顕家卿は陣中にあって、政治向きの長文の意見書を草して吉野へ送っている。戦乱の中にあって政治に思いを馳せるのは、それがこの若き将軍の資質と情熱とはいえ、戦線が膠着《こうちゃく》状態にあり、彼我共に幾分閑かな気分にさえ見舞われていた陣中の雰囲気が、彼に余裕を与えたようだ。互いに後詰《ごづめ》が来る、それまで束の間の休息。長い滞陣では、戦闘ばかり続くものではない。

陸の将兵の僅かな憩いの間に、堺浦の海上で激しい船戦《ふないくさ》があった。

武家方は中国勢の小早川水軍、宮方は伊予の忽那《くつな》水軍である。

忽那《くつな》は、伊予の宮方伊予国司四条有資の軍勢催促状で顕家《あき》卿の戦列に加わるべく、瀬戸の海を漕ぎに漕いで船団を堺浦に乗り入れた。忽那の上陸作戦を阻《はば》もうとして、小早川水軍は浜辺を発進した。

忽那水軍は小早川水軍を圧倒し、船を討ち沈め、あるいは西へ東へと追い払い、敵前上陸を敢行した。

忽那の首領下野法眼忽那義範が着陣の挨拶に将軍顕家卿の前に伺候《しこう》した時、随行の中に、中の院顕忠《あきただ》と名乗る武者がいた。義範の率いている者共はすべて忽那一族の者であったが、この中の院顕忠一人同族の者ではなく、忽那の勢に合力《ごうりき》のため加わっていた。伊予大島庄の荘官《しょうかん》の身内である。この顕忠は忽那勢の中にあって、瀬戸内海賊（水軍）の雄とうたわれた忽那の海の荒くれ者達よりも、更に船あしらいの達者で、船上の打ち物業《わざ》も群を抜いていた。大将の義範も感服して、わざわざ顕家卿の前でこれを披露したのである。

「伊予大島で中の院を名乗るとは、もしや御身は久我中院の流れにてもあられるか」

若い将軍は言葉を少し改め気味にその武者へ尋ねた。

「恐れながら、中院は分流、その末流におじゃりまする」

「やはりそうであったか。久我中院は我が北畠の源流、また、伊予大島庄の領家と聞き及ぶ。奇《く》しき縁よな。如何であろう、我が幕下《ばっか》についてはくれぬか。北畠一門とも扱おう」

破格の申し入れであった。然しこれは、顕家卿のその場の思いつきだけではなかった。奥州の大軍を率い転戦して来た顕家卿だが、その軍勢は鎮守府将軍の名の下に集まったもの。武家の出でない彼には、帷幄《いあく》の内に、股肱《ここう》と呼べる武将も一門の者もいなかった。中の院顕忠の武勇を忽那義範から聞き、このような頼もしげな武者を、縁に連なる者として傍近く置きたい、とっさにその思いが口をついて出たのも無理からぬことだったのである。

「有り難きお言葉。身の光栄と存じまする。なれど、こたびは、下野法眼殿へ合力の馳参《ちさん》、一合戦終わるまでは、顕忠の身は法眼殿に預け申しておりますれば」

顕忠は即座に断った。下野法眼義範が、傍らから将軍の申し出を受けるように、忽那にあっても、将軍麾下《きか》にあっても、宮方としての軍忠は同じぞ、そう勧めたが、顕忠は諾《うべ》なわなかった。

「相分かった。いずれ都を回復した暁には、次に備えて、改めて御身を迎えることと致そう」

顕家卿は、少し寂しそうな顔になった。そして吉野へ上申して然るべき官名を賜るよう取り計らおう、と付け加えた。

その三日後五月二十二日、高師直、細川顕氏は大軍を揃え宮方に大攻勢を仕掛けて来た。北畠顕家の麾下《きか》には未だ思う程の軍勢は到着していなかった。しかも宮方は、師直以下の足利勢がそれ程にふくれあがっているという情報を正確に掌握《しょうあく》していなかった節がある。その上、局地戦ではしばしば勝利をあげ、士気は挙がっていたものの、足利勢を甘くみていた嫌いもあった。まして若い顕家《あき》将軍が、物見の伝えて来る、夥しい敵の軍兵の数にたじろぐものではない。顕家は即座に、堺浦、石津に打って出るよう下令した。

忽那《くつな》勢は堺浦の海上に出て、足利勢の脇を攻める作戦をとった。中の院顕忠は忽那義範の要請のままに、陸上から忽那水軍の上陸援護の別動隊を率い、将軍本陣とは遠く離れた戦列に着いていた。

忽那水軍の働きは、伊予からの着到時にも増して目覚ましかった。着到時は、上陸、将軍への参陣謁見《えっけん》が目的で、海戦も障害排除の域を出なかった。だがこの度は違う。敵水軍を叩き、併わせて陸上戦闘にも加わる作戦である。足利方の主力は先と同じく中国勢の小早川水軍である。小早川の軍船は大型だ。それに比べ、伊予勢の船は頗る小振《ぶ》りに作られている。この小舟の巧みな扱いが伊予の水軍の伝統だ。堺浦の狭い水域では、小舟の利点が遺憾《いかん》なく発揮された。小早と呼ばれる舟はその足の速さを使って、敵船団の中を、縦横無尽に漕ぎ抜け、火矢を射かけて混乱に陥れ、そこを狙って兵船が横付《づ》けとなって斬り込む。伊予水軍の得意の戦法である。

乱戦に一応の終止符が打たれたのは敵将小早川泰平の討ち死の時だった。海上にどっと上がった忽那の勝ちどきの中を、中国勢は櫓を押す音も力なく堺浦の水域から逃れ去った。忽那水軍はそれには目もくれず、浦の上陸地点に向けて船列を整えた。

一方の陸上戦闘では、忽那が予想もしなかった事態が展開していた。

顕家将軍の本隊はそろそろ天王寺の細川顕氏の本陣に突入の頃である。忽那勢は堺を扼《やく》し、あわよくば天王寺に馳せ上り、北畠本隊と合流して、一挙に和泉国から武家方の勢力を駆逐し、中宮方の一大拠点とする作戦であった。だが、忽那勢が上陸した時、それを援護する手筈の、中の院顕忠の動きはなく、予想を超えた多勢の敵に忽那は苦戦を強いられた。それでも遮二無二《しゃにむに》突き入ろうとする忽那勢、戦線は忽ち混戦模様となった。その混乱の中で、殺戮《さつりく》の現場に行き合わせたのは忽那義範だった。葦の茂みに逃げようとする宮方の武将らしい者を追い詰め、その茂みの中の僅かな空き地で、十数人の敵に囲まれ、半ば折れた刀を左手、右手に小刀を持って最後の抵抗を続けている顕忠の姿を発見した。

「顕殿、助勢」

義範は叫ぶと同時に、顕忠の前で長刀を振り上げた敵の腰のあたりを大刀で斬り払った。それを見た顕忠はとたん気の緩みが出たものか、その場にへなへなとうずくまってしまっていた。

合戦は宮方の壊滅的《かいめつてき》な敗戦に終わった。顕家本隊は敗走につぐ敗走で散々となり、将軍顕家卿は僅か二十騎と共に吉野へ逃れようと戦線離脱中、和泉境の阿部野で追いすがる敵勢に取り囲まれ、顕家卿は武蔵国の越生四郎左衛門尉に討ち取られてしまった。

忽那義範は、手勢の者の注進によって、戦局を掌握すると同時に引き上げを下令し、一日船に乗って海上に逃れた。中の院顕忠は幸いさした深手を負ってはいなかった。無数といってい い程の刀傷、矢傷を負ってはいたが、彼にとってそれは何程のものでもなかった。敵の雑兵に囲まれている最中、義範の顔を見たとたん不覚にも崩折れてしまったのは、疲労困倍の極にあったからだ。顕忠の率いていた配下達も並みの者ではなかったのだが、葦の葉陰で待ち伏せにあい、策を巡らすいとまもなく、多勢に囲まれた混戦になった。それでもどうにか配下をまとめ後退を下令して、彼一人殿《しんがり》に踏み止まって配下の脱出を助けた。武者三人を討ったまでは憶えていたが、雑兵にいたってはどれ程倒したか。だが所詮は一人、追いすがる敵の手から自分の脱出は出来なかった。

「法眼殿が後一瞬遅かったならば、顕忠の首ははねられてあったでありましょうな」

中の院顕忠は、生気を取り戻してからしみじみと述懐した。

「ま、それも、顕殿の運の強さよ。傷の癒ゆるまで、ちとのびやかに過ごされよ」

忽那義範は懇《ねんご》ろに顕忠を労わり、軍勢の半数以上に伊予への帰投を命じた。残りの軍船は、淡路の沼島でしばらくは兵を養うようにと達した。沼島の小笠原海賊は宮方であり、忽那とは昵懇《じっこん》以上の強い絆で結ばれている。義範は自ら僅かな手勢を連れ、男山八幡に立て篭もる春日少将顕信の軍に加わるという。

「かしこには忽那一族の手の者が入っている。伊予守護大館氏明殿も入らせられたと聞き及ぶ。われらが馳せ向かうのは合戦のためよりも救出が狙いじゃ。北畠将軍討たれ給うた今となっては、和泉、河内の宮方、男山への加勢は思いも寄らず、北陸の新田義貞殿南下まで、男山は保つか否か心許ない。されば、痛手の広がらぬ内に退くに如かず」

義範は物見の報告から的確な判断を下したようである。

「それにしても、男山入りの人数が少な過ぎるのでは」

そう案じる顕忠に、

「和泉より男山まで、足利勢の固めで蟻の通る隙間もなかろうよ。軍勢を引きつれておし通ろうとすればよな。小人数で忍び入ろうとするなら、道はどこにでも、手はいくらでも。案じ召さるな。義範必ず、一族の者共無事連れ帰り申す」

彼は事もなげに笑って見せた。

中の院顕忠は沼島の小笠原水軍の手厚い看護を受けていた。忽那の軍船で沼島へ航行の途中、船上で高熱を発したのである。太股に受けていた傷の化膿である。さしたる傷に非ずと、気力だけは旺盛であったが、沼島に入港の頃には熱のため、意識も朧《おぼろ》な状態だった。伊予へ直行する船隊の後備えと、忽那の御大将無事上陸潜行を見届けるため、沼島行の船隊は一昼夜堺浦の沖に漂泊していた。船上では満足な手当ては出来ない。応急処置といっても、血止めに傷口を縛る程度のものだった。顕忠の太股の傷は思ったよりも深かったようである。一昼夜の漂泊の間に症状は悪化していた。

海上に在って、大将義範の言い置いた略予測の頃合い、遥か彼方の河内の山あたりに狼煙《のろし》が望見出来た。それが狼煙とは気付かない程《ほぼ》のかすかなものであったが、海の男達の目の良さは格段のものがある。

「御大将、無事山道じゃ。者共、櫓を降ろせえ」

宰領《さいりょう》の武士の下知《げち》で、船隊は船列を整えながら南下を始める。

その時まで顕忠は、さした不自由も感じないで船上を動いたし、誰彼となく談話も交わしていたのだ。船が動き出すと同時のように、めまいかな、と思う間もなく、体を支えきれなくなり、舷側にくずおれてしまっていた。

高熱が退き、意識を取り戻したのは、沼島の小笠原の館に担ぎ込まれてから三日の後である。皮肉なことに、顕忠が生死の間をさ迷っている病床の枕元に、鎮守府将軍北畠顕家の書状がもたらされた。日付けをみれば、将軍出陣の前日。あの乱軍、敗戦の際どこをどう潜りぬけたのか、将軍の下命を受けた者から回り回って忽那《くつな》の手に渡されたらしい。書状は、堺で散り散りとなった兵の収容のため、なお二日止まっていた二隻の船隊がもたらしたものである。

将軍の書状には、吉野の朝廷より近く「大膳大夫」の沙汰があるであろう、とあり、更に「向後《こうご》、北畠を名乗り、折あらば我が幕下に参じ候へ」と懇《ねんご》ろな文言《もんごん》が書き連ねてあった。

思いも寄らない望外の達しだった。「大膳大夫」は宮中の「大膳職」の長官である。大夫は五位の通称だ。常の世であれば、無位無冠の中の院顕忠がいきなり任ぜられる官位ではない。顕家将軍はよほど顕忠を幕下に欲しかったのであろう。然し、然るべき地位で軍勢を預けるためには、将兵の納得する官位が必要だった。殊に北畠軍は奥州勢を始めとして、河内で募った宮方の兵もすべて寄せ集め、北畠股肱の者は僅かであった。そうした軍勢を束ねるには、一応の官位を持つ者でないと兵の心服は得られなかった。そこで吉野の朝廷へ、顕忠を北畠一門の者として、軍功を添えて叙位任官《じょいにんかん》を奏請《そうじょう》したものであろうか。

だがその顕家将軍は戦死。将軍からの私信だけでは官位を得たことにはならない。少々心許ない思いであったが、案の定、その後吉野からは何の沙汰もなかった。あの最後の出陣の混乱の中で、吉野への使者の身に何かが起こり、将軍の奏請状が届かなかったのか、或いは、吉野よりの沙汰を届けるすべがなかったのか。不明のままに、顕家将軍の達しは反古《ほご》同然の運命となってしまった。

忽那勢の一部は瀬戸内の本拠へ引き上げたが、なお本隊は沼島に止まり御大将忽那重範の救出作戦に備えている。中の院顕忠は床にあって、無聊《ぶりょう》をかこつよりも、戦列に復帰出来ぬ我が

16

身の腑甲斐《ふがい》なさに苛立っていた。

巻の一　雑賀《さいか》の浦　発端

興国三年（１３４２）如月《きさらぎ》、中の院顕忠は紀州にいた。延元三年北畠顕家将軍討ち死にから丸三年余り、顕忠は三十一歳になった。青年の客気は未だ衰えず、髀肉《ひにく》の嘆《たん》に苛《さいな》まれる日々を送っていた。

春が近いとはいえ海辺は未だ寒気に閉ざされていた。その日、午《ひる》過ぎまでは暖かい日ざしに空は青かった。それに誘われてという程もなかったが、所在無いままに顕忠は浜に出た。というより海が見たかったのかも知れない。

浜に着かぬ内に陽が陰った。顕忠は砂浜へは向かわず、岩場を降りた。彼は岩場の方が好きだ。

波が緩やかに押し寄せ、岩に当たって砕ける。岩の間に流れこんだ水が藻を運び、退いた後にその藻が残った。

磯の香りが海面から湧き上がって来る。雲が厚みを増し、冷え冷えとした風が出た。海の向こうに低く垂れ下がる雲で、淡路島の山は見えない。

顕忠は手なしと呼ぶ袖無しの上衣だけだが、さして寒がる風もない。濃い髯《ほほのひげ》を風になぶらせ、じっと沖合をみつめ、やがてそれは半眼に閉じられる。胸の前に組んだ両腕は太く、赤銅《しゃくどう》の色はその固さを思わせずにはおかない。裸足の足裏はしっかと岩を捉えて、支える体は微動だにしなかった。

砕ける波の音に耳を傾け、磯の香に包まれ、しばらくは快い気持ちの安らぎに浸っていた彼だったが、不意と胸の奥から滲み出て来るものを感じた。

目を開けると茫漠とした海。

(わしのまこと欲しいものは海にあるのかも知れぬ。陸《おか》の合戦は、わしには縁薄きものか。帰るのが分別やもしれぬ)

彼は眉根を寄せて目を細め、暗雲の彼方、西の方角に視線を定めていた。

入江に浮かぶ船の影はない。近くの砂地に三艘の漁船が引き揚げられている。浜に人影もなかった。

静かだった。

と、彼がひよいと首を傾《かし》げ、腕を組んだまま、体を半身にひねって向こうの松原に視線をやった。

彼は悲鳴を聞いたような気がしたのだ。

間をおかず、今度ははっきり聞こえた。

浜の傍の松原沿いに街道が見え隠れしているが、ここからは何も見えない。

彼は腕組みを解き、岩場を駆け上がり、浜への小道を走った。走りながら、男の怒声と救いを求めるらしい女の声を聞いた。

小道へ出れば浜も松原も見通せる。松原をいくらも進まない内、未だかなり離れている街道から、浜の砂地へ走り出た人影が見えた。

二人、三人、五人と数えた一団の人数から、ずっと遅れて唯一人。その男は前を行く男達を追っているように見える。最初に姿を見せた二人は、前後にくつっくようにして、小脇に華やかな色が見えた。どうやら二人がかりで女を抱えて走っているらしい。彼らは、砂地に引き揚げられている漁船を目指しているようだ。船を奪って逃げる算段か。顕忠は走りながら思案していた。理由は分からぬが、船を奪うのは許せぬ。見過ごす訳には参るまい。彼は闘いを決断した。

船を波の上に乗せるまでには時間がかかる。顕忠は歩足《ほそく》を緩め、呼吸を整えた。あわてることはない。相手が分からない故に彼は大事をとる気になった。気息も整わぬまま闘える相手かどうか。五人の数に恐れるものではないが、これは戦いの場数を踏んだ者の知恵である。

松原を抜けて砂地に入ろうとしたところで、顕忠は歩を止めた。

先頭に立った、女を抱えた二人が漁船の間近まで進んだ時、その船の中にすっくと立ち上がった者があった。彼は櫂《かい》を片手に持って、とんと砂の上に飛び降り、男二人の前に立ちふさがったのである。顕忠は遠目が良く利く。

「妙な具合になりそうじゃな」

顕忠はつぶやいて腕を組み、ゆっくり歩きはじめる。

「何か知らぬが、その女性《にょしょう》から手を離せ」

声を発したのが聞こえて来る。よく透る大声だが、平静な声音に聞こえる。

丈の高い偉丈夫と見た。薄汚れてはいるが直垂《ひたたれ》にくくり袴《ばかま》、侍草鞋《わらじ》、総髪を後で束ね無造作に紐で括っている簡略な姿だが、腰に刀は見える。

「はて、このあたりには似合わぬ風態《ふうてい》」

顕忠は訝《いぶか》しみながら進む。その男の斜め後の方向から近ずいているため、その顔は見えない。

彼は手近な漁船の陰に入り、事の次第を見守ることにした。

「いらざることを。小童奴《こわっぱ》が。邪魔立てする気か」

女を抱えた一人がわめく。かみつくような形相《ぎょうそう》だ。五人の男達の顔は、重なり合いながらも見てとれる位置である。いずれも貧相で卑しそうな面だ。一目で、食い詰めた浮浪の輩《やから》と分かる。どこへ行っても、この手の男達が徘徊《はいかい》しているのが目に立つようになった。

五人の男の顔を見渡したところで、顕忠はふいと眉根を寄せていた。

「何もする気はないが、ともかくその女性が苦し気である故、離せと申した」

落ち着いた涼やかな声音が続く。

「うぬの指図は受けぬ。そこどけ」

「いや、どかぬ。離さぬとあれば」

男は、重い櫂を片手でひょいと上げて見せた。

二人の男は同時に女から手を離す。いきなり砂地に落とされ、女は痛みの声をあげた。二人の男は後にとび退って、刀を抜いて身構える。追い付いた三人の男達も刀を手にして、櫂を持つ男を包囲する形をとった。

「大事ないか。そこにいられては邪魔な故、私の後へ参られよ」

涼やかな声が女にかかった時、体の向きが変えられ、その顔が顕忠の目にはっきり見えた。

（若い。二十をいくらもでてはいまい）だが、顕忠が軽い驚きを覚えたのはその若さだけではない。眉目秀麗の容貌に漂う気品、只者ではないと感じたからである。

声をかけられて女はその若者の方へにじり寄ろうとした。腰のあたりを打ったと見え、急には立ち上がれない様子。それと見た男の一人が、刀を構えたまま片手で女を引き戻そうとした。

「ならぬ」

若者は大声を発し、同時に櫂を振った。ばーっと音を立てて、男の構えていた刀は彼の手からもぎとられ横にとんだ。

男は、刀を持っていた側の腕を片手でおさえ一瞬呆然となったが、事態を悟ると奇声をあげて後にとび退った。

若者はさらに踏み込んで女に手をさしのべた。

「つかまられよ」

女はその腕にすがりつく。その隙に次の男が若者めがけて、刀を真っすぐにつっこんで来た。

若者は無造作に、櫂を持った左手で男の手首あたりを払った。

男は凄まじい悲鳴をあげて横に転がる。

「手を出すな。怪我をするだけおこと達の損」

若者は穏やかな顔で白い歯を見せた。

「その男。骨までは砕けていまい。大仰《おおぎょう》にうめくな。今一度かかって来れば、この次は骨を砕く」

転がっている男はうめき声を立てるのを止めた。男達は顔面蒼白、どの顔も恐怖にひきつっていた。櫂の一振りの凄まじさに比べ、若者の声が余りにも平静なのが一層不気味なのだ。刀を構えた残りの三人は、金縛りにでもあったように進むも退くも出来ず、そのままの形に立ちすくんでいた。

その時、男達の後からしわがれた声が聞こえた。

「お若い方。こやつ奴《め》等を打ち殺して下されい。この世にあって何の甲斐もない悪党ばら、容赦《ようしゃ》はいりませぬぞ」

五人の男の後から遅れて追っていた人物である。たつつけ袴ながら、袖無しを羽織り、大きな頭巾を被っていて、身に着けている物はいずれも高価なもののようだ。いやらしい程によく肥えている初老の男だ。これでよく駆けて来られたものだが、足腰が余程丈夫なのだろう。男達のはるか後から、杖を振り振りわめいたのは、何時でも逃げ出せる用心のためか。

「それはならぬ。私は振りかかった火の粉をはらったまでだ。理非がどちらにあるのか私には分からぬ。私が無用のお節介をしたのかも知れないしなあ」

若者が、からっとした声で返答を返す。

「そやつ等は、私の伴の者を三人斬って銭をとり、女を奪って逃げようとしたのでおざる。お礼の程は如何程でも致しましょうぞ」

頭巾の男が再びわめく。

「うそをつくな。我らは誰も斬ってはおらぬ。あやつらは、手向かいもせずに逃げ失せたではないか」

刀を構えた一人が、震え声で言い返した。どうやら、飛び入りの問答で金縛りが解けたらしい。声を出したことで、緊張のあまり硬直していた体も自由を取り戻したようだ。今一人の男が持っていた刀を、やにはに砂の上に放り捨てた。

「命をかける程のことではない。銭は返そう」

その男が頭分なのか、懐に手を入れた。

その男の顔をはっきり見たとたん顕忠は、くわっと目をむき思わず叫びそうになるのを危うく自制した。

その男は、

「奪《うば》った銭は僅か一貫文。ほれ」

取出した二本の青ざしを砂の上に投げる。他の四人も互いに顔を見合わせながらそれにならった。合わせて十本、百文ずつの銭の束は、白い砂の上で大百足《むかで》のようにまがまがしいものに見えた。

「僅かに一貫文じゃと。一貫文といえば、米にすれば一石二斗、大工の手間賃二十日分じゃ。

粗末にいうまいぞ、この罰当り奴」

頭巾の男はどなりながら、男達を突きのけるようにして駆け寄って青ざしを拾おうとした。肥満体にもかかわらず、砂の上をちょこまかと、そのくせ思いの外の速さで駆けるその姿の滑稽さに、見ている顕忠は苦笑いを浮かべた。(機を見るに敏、且つ太てぶてしい) その思いもこめてだ。戦意阻喪した男達にもはや危険はないと見るや、自分の利だけが頭にあるらしく、目の前の若者のことなど眼中にはないようだ。

砂の上にしゃがみ、青ざしに手を伸ばそうとしたその時、若者がついと足を伸ばして銭を踏みつけた。

「何をする。お前様も奪おうつもりか」

「次第によっては」

若者はにっこり笑って続けた。

「御老人は先程」

「老人扱いはするな。未だ若いぞ。わしは曲がりの長者といわれ、いささか人に知られておる」

「ほう、長者殿か。では長者殿、たった今長者殿はこの者達を殺せと言った。礼は如何程でも良しと言ったな。この者達は、長者殿の伴の者三人を斬ったと言った。銭と女が戻ればそれで良しとは参るまい。この者達は伴の者の仇ではないか。この悪党共の仕置き、終わってはおらぬ。

どうすれば長者殿の気が済むのか。尤も、この者達は、伴の者を斬った覚えはないようだが」

「いや、それは、とっさのことで斬られたと思うたのは見間違えかも知れぬわ。わしも動顛《どうてん》しておった故」

「長者殿、今更それはあるまい。私はおことの言葉で、危うくこの者達を打ち殺すところであった。そのようなことになった後で、人を斬った者でないと分かった時、その責めはどうする気であった」

「いや、それは、何しろわしも、気が高ぶっていた故。腹立ちまぎれに、うっかり物をいうてしもうた。お許し下され」

頭巾の長者は腰を低くして若者に謝った。権高いかと思えば、手のひらを返したように卑屈な態度にもなれる自在な男のようだ。若者は含み笑いを洩らした。

「そうか。御自分の過ちを認められるか。では長者殿、これは相談だが、この一貫文私がもらおう」

「そりゃ理不尽《りふじん》」

頭巾は目をむいた。

「おことの追っている者共、私がこうして止めてやった。骨折り賃だ」

「わしは別に、頼みはしなかった」

「成程。だが殺せと言った」

「だから、それは」

「間違いだ、許せと言った。ではこの一貫文、その詫び料と思ってもらおう」

「そんな。高すぎる」

若者は笑いを返しただけで、足元の青ざし二つを拾い上げた。長者は頭巾を振りたて杖で砂をたたいたが、若者に気押《けお》されたと見え、手だしも出来ないでいる。若者はその長者を無視して、呆然とつっ立ったまま、二人のやりとりを聞いていた男達に目を向けた。

男達は一様に、衣服は汚れ放題、破れも目立ち、ぼろ布れを身にまとい腰を縄でくくった態のもの、伸びたままの蓬髪《ほうはつ》は藁しべでくくっている。刀を持っているところを見れば、やはり野盗、物盗りの類いとしか思えない。それでも若者は、侮《あなど》る風もない。

「刀を拾われよ」

抵抗を止めた意思表示に投げ出した刀だ。彼らは一瞬、警戒と逡巡《しゅんじゅん》の色を見せた。だが頭分らしい男が観念したように刀を拾うと、他の者もそれにならう。

その頭分の胸元へ、若者は青ざしを無造作に放り投げた。頭分はとっさにそれを両手で受け止める。

「私からおこと達への詫び料だ。皆も拾われよ」

「詫びてもらう筋はない」

「いやいや、強欲な長者をこらしめる働きを邪魔した私に非がある」

「我らは只の物盗りだ」

「黙っておさめられよ」

若者は、笑顔であったが語気を強めた。その若者の目を男は鋭く見つめ返す。若者の目はあくまで澄み、和やかな色を漂わせていた。

男はほっと気を緩めた表情を見せ、

「助かる」

短く言って、青ざしを軽く頂くようにして、他の男達へ目配せした。

「これで決着。長者殿は女性《にょしょう》を連れて元の道を帰ることだな」

若者は言葉の半ばから、もう歩き始めている。

始終を見、聞いていた顕忠は、若者のあしらい振りに驚嘆していた。だが彼には、複雑な思いが胸の中にあった。助勢をと思い駆けつけながら、ふと立ち止まって成り行きを見る気になったのはそのせいである。そして事は一応落着したようだ。出て行って声をかけねば。どちらへどう声をかけたものやら思案のつかないまま、それでも彼は踏み出し、ともかく誰へともなく、おーい、と声をかけようとした。だがそれよりも早く、砂の上にうち伏したままだった女が身を起こし、叫ぶように言った。

「待って。私を連れて行って」

小袖被衣《こそでかつぎ》の片側が肩はだけとなり、紫模様の上に乱れた垂髪が艶《なまめ》かしい。

若者が立ち止まって振り返る。

「貴方さまのことですよ。どこへなりと連れて行って」

若者は女の言葉が理解出来なかったようだ。僅かに眉をひそめ、無言で、女の次の言葉を待った。

だがその前に、頭巾の長者が血相変えて二人の前に走り寄った。

「みお、何を言うぞ。私はお前を助けようと思うて、ここまで追いすがって来たものを。このまま去られてたまるものか」

「いいえ、お前さまは、私よりも銭を取り返そうと追うて来られた。それが証拠に、ここへ着いて、私に言葉一つかけはしなかったではないか」

「それはお前、成り行きじゃ。お前に声をかける暇はなかったぞい」

「いえいえ、お前さまの魂胆はよう分かっております。御自分で銭を取り返す力はない。それで遠くから騒ぎ立て、誰かに助けてもらおう。それで追うて来た。この人達が船を盗んで逃げ出せば、この浦の人達に後を追わせて。浦の人は船を盗まれれば必ず追います。お前さまはそれを勘定に入れて。お前さまはそういうお人。人をただ使うても、御自分の銭は離すまい。もう、私はいや。守銭奴のお前さまに仕えるくらいなら、乱暴人でも人間らしい人の慰《なぐさ》み者になった方がまだましじゃ。私はもう戻らぬ。お前さまも、私のような側女《そばめ》の一人がおらずとも、女子《おなご》に不自由はなさるまい」

「ええい、言わせておけば。今日まで飯が食って来られたのは誰のお陰じゃ」

「もういや。銭、銭、銭としか口に出来ない人の傍《そば》は、もう死んでもいや」

そこで女は、若者にすがりつくような目を向けた。

「お前さま、ここで助けてもろうたは何かの縁。このまま連れて行って」

「はて、私にどうしろと。行方定めぬ流浪の身。とても女性《にょしょう》の面倒までは」

「いいえ、たつき（暮らし）のことなら私がどのようにでも」

「みおや、もういい加減にしないか。こなたさまはお若い。お前のような年増女を、何で相手になさるものか。な、ここはわしと一緒に」

頭巾の男が急に猫撫で声に言う。それを聞いて、若者はにっこり笑った。

「長者殿が言うとおり。私では、少々扱いに困る。だが、この女性は連れて行こう」

彼は女に手をさしのべる。頭巾の男はあわてた。

「お前さま、それは余りな」

「この女性は、そこもとの傍にいるのはいやと申しておる。それに、長者殿の今の声音を聞いて、何やら心もとなくなった。優しい声と裏腹の心根が、私の胸によう響いた。放っておけば、後でこの女性がどのような辛い目に合わされるか私は急にそういう気になった」

「ならんぞい。このみおは、わしが二貫文で買うた女。お前さま、二貫文下されるか」

「いいえ、それは要らぬこと」

女が悲鳴に似た甲高《かんだか》い声をあげた。

「このお人から私の父親が借りた銭は二百文。それを返した上に、私は五年もただ使われております。利子じゃ利子じゃと私を縛りつけておいて。返す義理は、もう何もないわいえ」

「飯はくわせたぞよ。可愛がってもやった。いい思いをしたであろうが」

「うそ。お前さまが勝手に慰んだだけ。女の盛りをなぶりものにされて何が良い思いぞえ」

なおも言い募《つの》ろうとする二人を若者が制した。

「もうよい。よく分かった。ともかくこの女性は私が連れ去ろう。見捨てるのは不憫《ふびん》。この先どうするかは後の思案。それで良ければ参ろうか」

女は黙って頷《うなず》く。

「待ちゃれ。弱い者と侮《あなど》るまいぞ。人の女を盗んで、それで世間が通ると思うてか。どこまでも追うて行って、女盗人と、人様の前でわめいてやろうぞ」

毒ずく頭巾の男の前に、成り行きを見守る男達の頭分が立ちふさがった。

「行かせてやれ」

低い声で言った。

「何と。一貫文ただ取った上に、女までくれてやれと。われが（汝が）そのような口よう利けたわ」

頭巾の男は、はや逃げ腰で後退《あとす》ざりしながら、気強く口は達者だ。

「それ以上わめけば、おことを斬る」

「斬るだと。何の罪もなく、銭と女を奪られたこのわしを斬るだと」

「うるさい」

横にいた別の男が、たまりかねたように叫んで走り寄り、いきなり刀を抜いて頭巾の天頂近くを切り撥《は》ねた。

頭巾の男は悲鳴をあげてその場に尻もちをつく。

「望むなら、今度は首を狙うてやろう」

頭巾男は、言われて気がついたらしい。頭に手をやって、頭巾の天井が切り裂かれていることを知ったようだ。とたん彼は、再び悲鳴をあげてとび上がり、街道へ向かって駆け出した。

「ではこれで」

若者は目で女を促した。五人の男達は悄然《しょうぜん》と立ちすくんだまま声もない。

その時ようやく顕忠は、漁船の陰から姿を現し、つかつかと皆んなの前に近づいた。彼は、若者がそうしたように、手に櫂《かい》を持っていた。

「待たれよ」

「私のことか」

「如何にも」

答えた若者に顕忠は応じたが、若者に視線も向けず、

「暫《しば》し待たれよ」

と続けて、不審の目を向ける男達の方へ歩み寄り、頭分の男の前で止った。

顕忠はその男をぐいとにらみつけた。と、男は、あっと、驚愕《きょうがく》の息を吐き出した。とたん、顕忠は男の横面を右手で殴りつけた。ばしっと、肉を打つ重くにぶい音と共に男はよろめいた。だが危うく踏み止まったまま、うつむいて、一言も発しない。勿論抵抗の素振りも見せなかった。その彼に顕忠は罵言《ばげん》を浴びせた。

「賊を働いたからには、それなりの覚悟もあろう。叶わぬまでも何故闘おうとはせぬ。おめおめと刀を捨て、それでもおのれは野島の類か。見下げ果てた臆病者奴」

「分かった。斬り死にして見せるわ」

男は沈んだ声でそう言い、刀を抜いて構えた。

「馬鹿者。相手を取り違えるな。俺ではない。切っ先は向こうだ」

顕忠は叱咤《しった》して若者を指さす。

「そのお方とのやり取りはもはや済んだ。どうせ斬られるなら、脇《わき》の頭と相対で斬り結んだだけでも、一類が感じ入ってもくれよう。せめてもの面目よ」

「馬鹿者が。われ（汝）に死ねとはいうておらぬ。始末は後じゃ。見ておれ」

顕忠は、そこで体を廻し若者に向き合った。若者はそのやり取りの間に船に歩み寄り、そこに置いていた脚絆《きゃはん》を手早く足に着け、それからゆっくり、荷物の包みを取り上げ、背に斜めに括《くく》り付けようとした。

この時顕忠がとった行動は、彼自身よく理解出来なかった。とにかく無性に、この若者の持つ力をもっと確かめてみたい、そのような衝動に駆られたのである。それでどのような結果になるか、思慮《しりょ》の内になかった。勝敗も勿論頭にない。とにかくもっと見たい。その、突き上げて来る衝動を押さえきれなかったのである。

後から考えれば、その衝動を覚えた自体が運命的な縁《えにし》というものであった。

「先程の櫂、今一度手にされよ」

顕忠は若者に告げた。

「私に何を」

若者は訝《いぶか》ったが、顕忠は無言で彼を見すえる。彼は小首をかしげるようにして笑いを浮かべたが、顕忠の言葉に従う。

「さ、構えられい」

顕忠は自ら、櫂を右斜めに構え、若者を鋭くにらみすえる。

「こうか」

間合いをとった若者は未だ笑みを消さず、櫂を立てるようにして右側にひきつける。後の世の剣法でいう八双の構えだ。

「参る」

威圧感のこもった声と同時に、顕忠はじりじりと間合いを縮め始める。眼光が爛々《らんらん》と輝き、凄まじい気迫を全身に漲らせる。

対する若者は、櫂は構えたものの、実に無造作に見える立ち姿だ。笑みこそ消えているが、その面に切迫感はなく妙にのびやかな表情に見られた。秀麗な顔立ちは剣呑《けんのん》な表情を隠すものなのか。それにしてもその立ち姿、余りにも無防備というか、相手を呑んで高をくるというか、尋常ではない。

顕忠はじりじりと歩を進め、或いは僅かにさがり、また進み、その間に少しずつ右へ廻って行く。若者はこの動きに反応し、体を廻して顗忠の正面にぴたりと向き合っている。

やがて顗忠は、前に跳躍して飛込みざま、甲高い気合いを発して若者の肩をめがけて櫂を振り下ろした。と、それより早く若者の櫂が動き、櫂と櫂の相撃つ音、顗忠の櫂は若者の櫂で、目の高さのあたりに撃ち止められていた。

顗忠はそのとたん、両腕に痺《しび》れるような衝撃を感じた。その上彼の櫂は、若者の櫂で受け止められた箇所から上の部分が折れて飛んでしまった。だが顗忠はひるまず、折られた櫂を返して、左から横払いの第二撃をたたきつけていた。

と、その間一髪に、若者は地をけって一間（一メートル八十余り）以上も後に飛び退いていた。

「見届けた」

顗忠は叫んで、握りしめている折れた櫂を投げ捨てた。

「これでよろしいのか」

若者は微笑した。

顗忠はかがんで砂に片膝をつき、拳をつくった片手を下ろし若者を見上げる。

「御無礼仕った」

そう言って深々と頭を下げた。

「御挨拶痛み入る。さ、先ずは立ち上がられよ」

若者はにこやかに言った。その態度の鷹揚《おうよう》さもまた並みの人物ではないと窺《うかが》わせるのに十分である、と顕忠は内心感じ入っていた。

「身共は伊予大島の、中《なか》の院顕忠と申す。あれなる見苦しき者の一人はかつて身共の手下《てか》にあった者、この者の不始末も合わせてお詫び申し上げる」

「いやいや、もう終わったこと。それよりも、そちらの力業には正直驚いた。あれ程の凄まじさとは思わなかった故、肝を冷やした。あの櫂が折れなんだなら、私の方が力負けして危うかったであろう。世にはか程のお人もあるのかと感心致し申した」

「いささか面映《おもは》ゆうおざる。御辺《ぎょへん》の御名を承らせて頂きたい」

「さあ」

若者は何故か、笑みを浮かべて小首をひねった。

「名乗る程の名を持ち合わせていないのだが、そう、雑賀《さいか》の小三郎だ」

「雑賀」

顕忠は聞き咎《とが》めた。

「雑賀と申されればこの地のお方か」

「いやいや。ここは初めての地。この浦に来れば伊予への便船があると聞いて、ここまで辿り着いたところだ。そこの船の中でひと休みの最中、先程からの騒ぎに巻き込まれた次第。そうだそう言えば御辺《ぎょへん》、伊予と申されたな。便船は何処を尋ねればよろしいのか教えて欲しい」

「便船とてはおざらぬ。たまさか、伊予より船の到着がないでもないが、それは何時のことやら」

「はて、参ったなそれは」

「陸地《くがじ》を備後《びんご》に参られよ。鞆《とも》の津か尾道、そこからなら伊予に最も近く、船の便はいくらでも」

「備後か」

若者は困惑の表情を浮かべた。

「宿は如何されるおつもりか」

「便船があるなら、その近くに宿もあろうと思うていたが」

「ならば身共について参られよ」

「それは有り難い。助かる」

若者は嬉しそうに言った。(純な人柄よ)顕忠はこの若者が気に入って来た。だが、偽名を使うのが不審だ。だがこの程度の不審は今の世に珍しいことではない。それに、秘めた目的のある者なら、先程の騒動を自分から買っては出ないだろう。ま、良いか。顕忠も剛腹な男である。詮索《せんさく》は無用と決めた。

「頼みついでに、今一つ引き受けて欲しい」

「何なりと」

包みを背にくくりつけ笠を手にした若者は、顕忠にぐっと身を寄せ声を潜めた。

「かの女性《にょしょう》だが」

若者は、みおという女を目で指した。

「心得た。同道されよ」

「違うのだ。御辺に身柄を引き取ってもらいたい」

「なんと」

「行き掛かりで引き受けるとは言ったものの、実はどうしたものか思案がつかぬ。といって、今更放り出すわけにもいかず。御辺、何とか始末、願えぬか」

「さあて」

ともかく一夜の宿は引き受けようと答えておいた。

浜から街道に上がり、そこで四人の男達と別れた。彼らには青ざしを与え、曲がりの長者の追っ手の目をくらますよう、他国へ抜ける杣道《そまみち》を細かく教えておいた。一人は野島の一類で波平といった。自分が直接使ったことのある者でもある。顕忠は、この者、次第によってはこの浦に置くよう頼んでやっても。その思惑《おもわく》で同行を命じた。

街道から、さして広くもない田畑を横切り、小高い山へ向かって裾の小高いところに、入江孫六の居宅がある。

浦戸祢人《うらとねり》である入江孫六は、漁民の長《おさ》としてよりも、入江衆の頭目として世に知られている。入江衆は熊野党の水師（水軍）の与力《よりき》だ。熊野党は熊野権現《ごんげん》の本宮、新宮の社務寺役に参与する豪族達の組織する軍事集団である。陸と海にまたがり強大な勢力を誇っていた。その水師は元々、権現信仰の布教のため組織された船隊であったが、それが次第に軍事的な力を持つようになり熊野海賊と呼ばれるに至った。

この海賊というのは、海上で船を襲い物品を強奪《ごうだつ》する悪人ではない。現代でいう海軍のことである。戦闘能力を備えた船団だ。同じ水軍でも何々衆と呼ばれるものもあり、呼び名の違いは組織の規模の違いのようにも思えるが必ずしもそうとは限らない節もあるようだ。入江衆は熊野海賊の末端に属しているとはいえ、絶えずその統率下にあって軍事行に従っている訳ではない。孫六配下の者は大部分が漁夫で、平素は漁についている。熊野の指令で孫六が出動するのは、殆ど合戦のような場合だけだ。その時は浦をあげて、漁夫の殆どを動員する。浦刀弥人は郡司の支配を受け、浦の差配に従う役人だが、この南北朝時代、宮方と武家方に分かれての争闘は何時止むとも知らず、支配の命令系統は絶えず乱れていた。孫六が、小なりといえども、浦をあげての集団を思いのままに動かせたのもこの故である。また、孫六は常時二、三十人の屈強《くっきょう》の者を抱えていた。これは警固《けご》の仕事に従事させるためだ。警固というのは船の護衛のことである。入江衆一統は水軍の達者で知られていた。

孫六の居宅は広い。だが、館とか土塀とよばれた豪族達の居館のように厳重な作りで、いざという場合、砦《とりで》ともなり得るような、そのような造作はほどこしていない。単に浦の長《おさ》としての構えといった趣《おもむき》である。警固衆の家、長屋がその前に点在していた。

「孫殿、わしの客人じゃ。宿を頼む」

孫六の居室にずかずかと入った顕忠は、いきなりそう言って縁側に止めた三人を指さした。それだけで顕忠は何も説明しない。

孫六は衣服の上に袖なしを羽織り、手桶の火に手をかざしている。

「ほう」

と、三人に目を走らせたが、

「陽がかげるとずんと冷える。それにしても、顕《あき》殿は豪気なものよ、手なし一枚で海風に吹かれおって」

孫六もそれだけで何も尋ねようとはせず、隣室にいた小者を呼んで何やらひそひそと伝え、独りにやりと笑った。小者は直ぐに、挨拶のきっかけもなく、縁側に控えている若者、みおという女、野島の波平、三人を促し案内して行った。

三人が連れ出され、顕忠と二人向き合って、孫六はいきなり大きな笑い声をあげた。顕忠も釣られて噴き出した。

「顕《あき》殿よ。面白い取り合せじゃな。若いのは公卿《くげ》に見えぬでもない。年増女は二十三四か、衣《きぬ》を見れば然るべき家の室にも見える、歳の割りには純と見た。何や、顕殿によう似合う」

「何」

顕忠がとがめ立てしょうとしたが、孫六はにやっと笑いを見せただけで続ける。

「今一人は海賊じゃな。如何に顕殿」

「如何にも。孫殿の眼は何時も鋭い」

「それが無うては警固《けご》はつとまらぬ」

「ところで、今言うたのが、当たっているものやらどうやら、あの若い者はわしも分らぬ。海賊上がりは野島の者で、あの安倍野の合戦ではわしの手下《てか》にいた」

「それが、どうしてこの雑賀に」

「わしもこれから聞き糺《ただ》そうと思うておる。ま、それは措《お》いて、あの女、曲がりの長者の持ち者だ」

「曲がりの長者だと。それはちと厄介な」

孫六は眉を顰《しか》めた。

「よほど力ある者なのか」

「何の、ただの百姓よ。おのれが勝手に長者と吐《ぬ》かしおる。この浦のずんと奥の山裾を切り拓いて、ものの五反もあろうか、それに畑少々。住まいも百姓家にしては僅かに大きいかのう。とてものこと、長者と呼べるような構えではないわ。作男に婢女《はしため》といえば大家のように聞こえもしょうが、何のただ働きでこき使うておる。百姓のくせして、鍬とることもないわ」

「それがどうして長者と」

「銭じゃよ。利が高うて、取り立てがきびしい。僅かの銭でも、利が嵩《かさ》めばあっという間にもとの二倍三倍、返せない者はただ働きでこき使われる。今では遠くまで手を延ばし、商人や武士共にまで銭を融通しておるそうな。それで自慢げに長者というておる」

「して、厄介とは。何か面倒でも」

「まあな」

何しろ、色んな階層に銭を貸し付けていて、その者達を自由に操るという。銭の取り立てでも、横着を構えて返そうとしない者には、乱暴者を従えて行き、脅しにかかる。その乱暴者も銭を借りている者で、その際の働きは勿論ただ働きだ。

（どこまでも追うて行って、人様の前で女盗人とわめいてやろうぞ）あの頭巾男が言った言葉を思い出した顕忠が、それを口にすると、

「それよ、それよ」

孫六は膝をたたく。

「厄介なのはその手よ」

直接暴力を振るう相手ならまだ対処の仕方もあるが、曲がりの長者のやり方は、横着を構える者の家の前で、悪口雑言《あっこうぞうごん》をわめき散らす。他出すればその後をつけて、行き交う人があれば悪口を浴びせて他人に聞かせる。大抵の人間はこれに参って、言いなりの銭を払うか、使役《しえき》を承知してしまう。始末の悪い男だ。

孫六はひとしきり曲がりの長者の悪辣《あくらつ》ぶりを話して聞かせ、顕忠は浜での顛末《てんまつ》を語ってこれからの始末を尋ねた。

「ま、それは後でゆるり思案するとして、あちらへ参ろう。そろそろ冷えて来たであろう、顕《あき》殿何ぞ着て来られよ」

「何の、呑めばじきに汗が噴き出よう」

孫六が言ったあちらとは、この家の大広間のことだ。警固《けご》衆一統の集まりに使ったり、浦の人々の集まりにも使う。時として客の接待にも用いる。

今宵の客には広過ぎると見え、板敷きの広間は屏風《びょうぶ》で仕切られ、中には火桶が幾つも置かれて、円座が人数だけ出されている。男衆や女衆の何人かが、膳部を運ぶのに忙しく出入りしていた。

「もう、そろそろ良いかな。客人を案内せい」

「へい。まちっと間に合わんが」

「何、客が座ってから運んで構わん。酒だけ急がせや。それに、ともかく呼うで来い」

孫六は別に今宵の客を軽んじているのではない。気さくな性分が体裁を飾らず、実質でもてなせば良いとする。

「孫殿よ、これはいかい造作《ぞうさ》をかけるな」

半ば運ばれている膳部を見て顕忠は気の毒そうな声を出した。

「何の、顕殿が客は初めてじゃ。しっかりもてなすつもりが、見ての通り、地の物ばかりで、取り立てて珍しいものもないわ。気にされるな。ま、酒は京よりの到来物を出そう。ほれ、顕殿がここへ着いた折に出した」

「あ、あれは美酒であった」

「あれより後は、毎日が地酒で顕殿もちと飽きが来ておろう。今宵は客を口実に、日頃の口直しよ」

「済まぬな」

「言うな。わしが口直しを欲しがっとるのよ。今宵は女房殿がおらぬでな」

二人は大きな笑い声をあげたが、顕忠は心中、孫六の好意に感謝の念でいっぱいであった。

雑賀小三郎と名乗る若者、野島一類の波平、みおという女、三人が次々と男衆に伴われて広間にやって来た。別々のところを見ると、三人はそれぞれに違う部屋をあてがわれているらしい。

「雑賀の小三郎。造作《ぞうさ》にあい成る」

宿を借りる卑屈さはない。その声音、物腰にどことなく気品を感じさせる若者だ。

「波平におじゃりまする」

波平は、小者の古着でも与えられたのであろう、それまでの襤褸《ぼろ》を脱いで小ざっぱりとしている。

「みおといいます。助けて下され、お宿までもろうて、有難いこと。どう言うてええやら。どうぞ、よろしゅうにお願いします」

三人の短い名乗りの挨拶に孫六は、黙って、鷹揚に頷《うなず》くだけであった。

女も身なりを替えていた。それまでの千切られた衣装の代わりに、粗末な衣服を身に着けている。小袖を壷折《つぼお》りに着てしゃきっとしてはいるが、露な膝下の白さが艶かしい。妙な話だが、顕忠はこの時、女みおの顔を初めてまともに見たのである。こうして漁師の家の者らしい着物を身に着ければ、その物言いといい、所作といい、如何にも鄙《ひな》びた素朴さを漂わせている女だった。だがその顔は目鼻立ちが整っており、色の白さが、その体の柔らかさを思わせずにはおかない。それに、思ったよりも年若く見えた。

顕忠は、何となく胸がざわめいた。女性《にょしょう》を見て、ときめきを覚える等、彼は初めて味わう感覚だった。

女が挨拶する時孫六は、隣にいる顕忠の横顔をちらっと見てまたしてもにゃりと笑って見せた。だが顕忠はそれに気付かない程、女に気を取られていた。

「さあさ、飲うで喰うて下されや、客人殿。遠慮は無用」

女の言葉が終わるか終わらない内に、挨拶も何もなく孫六は、控えている男衆に酒を注ぐよう命じた。その声でみおが立ち上がり、男衆から徳利を取って、酌に廻ろうとした。

「ならぬ。おことは客じゃ。座にあって盃を受けられよ」

顕忠が怒ったような大声をあげた。

孫六が破顔一笑、

「まこと、その女性は顕殿《あき》の大切の客じゃ。座に戻られい」

だが、みおは構わず孫六の前に進んだ。

「御主《おあるじ》さまのお情けで今夜の宿をもらえました」

彼女はそこで笑みを含んで体を斜めに、顕忠を振り返った。

「せめてお酌など務めさせてもらわねば、もったいのうて罰が当たります。それに、客じゃゆうて、御主さまにお盃を献じるのは当たり前のこと」

それは顕忠に許しを請うような物言いに聞こえた。どぎまぎしてしまった顕忠は言葉を発し得ないでいる。彼女は孫六の方へ向き直り、

「どうぞ、注がせて下さりませ」

みおは、曲がりの長者の許で、見よう見まねで酒席のやり取りに慣れているものらしく、孫六の前で物怯《ものお》じする様子もない。にっこり笑って徳利を捧げ出した。

孫六は顕忠の顔にまた目を走らせたが、すぐに相好を崩し、

「これ、顕《あき》殿よ、このように言うておじゃる。わしが主じゃそうな。盃受けてよかろうの」

「わしが止め立て出来るものではないわ」

顕忠は苦笑と共に答えた。

「阿部野以来じゃが」

酒が入ったところで顕忠は波平に声をかけておいて、孫六に顔を向けた。

「酒の席でどうかとも思うが、ちと聞いてやってはくれまいか。次第に依っては、こやつの明日からの身の振り方に関わること故」

波平を孫六に使ってもらっても、顕忠は漠然とではあったがそのような気にもなっていた。

それにしても、伊予へ帰ろうともせず何故このように身を落としたのか、それを聞き糾《ただ》さねば。目をかけてやっていた手下《てか》だけに、今の姿には裏切られた思いもあった。

「この場でか」

波平は当惑の表情だ。

「人を憚《はばか》る筋でもあるのか」

波平は俯《うつむ》いた。

「私なら気にかけられるな。他人の内緒事に耳を傾けるつもりはない」

盃は余り口に運ばず専ら肴《さかな》に箸を使っていた雑賀小三郎が口を挟んだ。そ知らぬ風でいてちゃんと耳に入れている。

「いや、言う以上は小三郎殿にも聞いて欲しい。助けてもろうた上は、言い訳のつもりはないが恥をさらす様になった次第、聞いてもらえんか」

「それはいささか迷惑。とまでは言わぬが、実のところ私は早く寝に就きたい。昨夜は山中の杣《そま》の小屋で眠れなかった。ここの浜の引き上げられた船で昼寝をと思うたらあの騒ぎ」

「すまんこったと思うとる」

「とにかく早く眠りたいだけだ」

と言いながら、結局は雑賀小三郎も波平の告白に耳を傾けてしまった。彼の知らない世俗の話に何か感じるものがあったのか。

去る延元三年安倍野の合戦に、顕忠は野島一類の者を手下《てか》に従え忽那《くつな》勢に合力していた。波平はその時の手下の一人だ。波平はこの合戦だけではなく、それまでにも度々顕忠の配下にあって苦楽を共にしていた。安倍野の合戦は味方の大敗北に終わったが、顕忠の属した忽那勢の死者は少なかった。だが、波平が討たれるところを見た者はいないのに、波平の姿は引き上げる船の中に見えなかった。あれっきり消息を断ったままなので、乱軍の中で人知れず討ち果されたものと誰もがあきらめていたのである。ところが波平は、敗走の途中仲間とはぐれ、道を踏み違えて、走る程に堺の浜から遠のく反対の方向へ向っていた。野を越え山に入り、谷川を渡ってやみくもに辿り着いたところが当麻という里だった。波平は山に逃れてから、それとは知らず金剛山系をさ迷い、結局海に面した堺とは真反対の方向にある奈良盆地側で山を下りたらしい。勿論波平には、その様な地理の知識は全くない。和泉の国は、今越えて来た山系の西になると里人に教えられ、彼の気落ちはひどかった。堺の浦に上陸した時も、陸の地理は全く知らなかった。島であれば、例え未知のどのように広い土地であっても、迷うことなく上陸地点に帰ることが出来た。それは海があるからだ。海の見えない島の深部にあっても、潮風で方向を判じることが出来る。だが、本土の地理には無知の上、軍兵姿が見える度、それを避ける方向へと逃げ、方向感覚を全く見失ってしまっていたのだ。

当麻の村に辿り着くのに波平は三月もかかっていた。場所によって、迷ったまま堂々巡りが多かったようだ。木の実をかじり、草の実を食べて飢えをしのぎ、谷川の水で渇を癒した。時には、山里を見付け農家の食物をかすめたこともある。

その当麻の里で波平は野伏《のぶせり》の一団に救われた。救われたというのも妙な言い方だが、一応食わせてはもらえるので、救われたというのは波平の実感だった。

野伏というのは、土民の武装集団だ。居を構えている者もあり、浮浪者の如く転々と各地を渡り歩く集団もある。彼等は合戦の度、武将の軍勢に加わり、或いは国人の戦いに加勢し、幾つもの集団が一つになった時の野伏軍団は、戦いの帰趨《きすう》を決する程の大勢力となった。彼等は、武将の麾下《きか》に入る末端の足軽集団でもなく、独立した軍団として合戦に参加する。大勢力の野伏集団の中には、単独で武将の軍勢と合戦するものもあった。

この野伏達は各地に盤踞《ばんきょ》していて、その存在はこの時代から後、室町時代、戦国時代まで続く。長い間には、その中から有力な武将に成り上がった者も少なくない。野伏もまた、この時代の下剋上の風潮の中に発生したものだ。

この当麻の里の野伏に拾われた波平は、そこで、三度の戦いに駆り出され、その三度目の戦いで、頭以下主立った者の殆どが討ち死にする悲運にあった。残った十二三人の者達は、波平同様他国からの流れ者であった。波平はそこでは「予州」と呼ばれていた。伊予出身であるところからの呼び名である。「予州」は頭以下の者達から特別な目で見られていた。戦いに出た時の目覚ましい働きぶりが、皆んなの認めるところだったからだ。こういう世界では、とにかく力の強い者、戦さ働きの目覚ましい者、それが立者とされる。頭や主立った者が討ち死に、命からがら逃げた者が集まり、「予州」に頭になってくれと頼んだ。だが、伊予へ帰ることしか念頭にない波平は、これを断った。頭ともなれば手下《てか》の者に責任を負うことになる。抜けられないことになっては、生涯この境遇になり兼ねない。それを恐れたのである。

それから浮浪の群れとなった彼等の放浪が始まった。各地の野伏の集団に加わり、戦さ場にも出たが、その仕事が終わると彼等を仲間として迎え、居着かせてくれるという集団に出会わなかった。渡り歩く内に、彼等の群れはふくれ上がり、或いは減少と、その離合集散はままならなかった。人数が七八人の小人数になると、有力な野伏の集団では相手にされず、野盗のまねをして糊口《ここう》を凌《しの》いだこともある。波平は、荒《すさ》んで行く自分が恐ろしいと思った。ここから早く抜け出さなければ、それを思いながら、伊予への道を求める才覚がなかった。伊予の大島では、頭の命にさえ従っていれば何の不安も迷いもなかった。浮浪人となっては只、境遇の流れに身を委《ゆだ》ねる他なかったのである。

紀州へ入ったのも目的あってのことではない。さすらいの風に吹き流されただけである。波平と行を共にしていた四人は、どうということもなく仲間が消えて行き、最後まで波平を頼りにして行を共にしていた者達である。だが、頼りにされていたとはいっても、波平自身はそれに応える気はなかった。海の男達しか知らない波平には、何時まで経っても馴染《なじ》めず、仲間意識の生まれない相手ばかりだった。そのことが余計、波平の望郷の念を駆り立てていたのである。

曲がりの長者を襲ったのもふいとした出来心からだった。ここが雑賀の浦の名も知らず、丘の道の下り際で、街道筋を行く女連れの人影を望見した。主らしい男と女の身なりで、物持ちと察した。後の三人の男は伴の者と見た。脅せば何がしかの銭になろう。一人の発案で、皆んな一斉に駆け降りた。女連れに追いすがり、刀を抜いただけで伴の三人は悲鳴をあげ、持ち物を捨てて逃げ散った。頭巾を被った男は、投げ捨てられた包みを拾おうとする。それをひったくって見ると青ざしのくくりだ。一貫文ある。みんなは素早く二百文ずつ懐に入れた。乱暴されるのを恐れたのか、頭巾男は五六間も逃げ出していたが、

「やい、盗賊共。この浦から逃げられると思うなよ、やせさらばえた非人奴らが」

と大声でほざいた。その嘲《あざけ》りように仲間の一人が腹を立て頭巾男につかつかと歩き寄ろうとした。頭巾男は駆け出して逃げる。女一人取り残された。

「女ももろうて行こう」

男は叫んで女の腕をひっつかんだ。

「そりゃならぬ。銭を盗って女までとは強欲が過ぎよう」

頭巾男は更に大声を上げたが、その場から動こうとはしない。後は成り行きだった。二人が女の体を小脇に抱えこんで皆一斉に逃げ出した。

「浜へ出ろ。舟が陸《おか》に見えた。あれに乗れ」波平は叫んだ。

それから先が顕忠の見た場面となる。


「ふーむ」

聞き終わって孫六は嘆息を洩らしたが何も言わない。顕忠も無言だ。それぞれに言葉を探しているのだが見つからないようだ。

「人、さまざま。聞いてみなければ分からぬものだ」

小三郎がつぶやいた。

「波平よ、何ぼになった」

「二十九じゃ。四年が程うろついとった」

「わしともう一寸離れとる思うとったが二つ違いか」

わしも三十一、波平を連れて大島へ戻ろうか。そんな思いが顕忠の胸をかすめた。孫六に波平を託すつもりでいたが、未だ話してはいない。波平が帰り辛かろうとそう思案していたのだが、話を聞けば無理のない仕儀《しぎ》。大島へ帰ってどうということもあるまい。

小三郎が立ち上がった。

「先に勝手をさせてもらう」

「雑賀殿、これから先のこと明日でも良いが。伊予と言われたは、伊予の何処を目指されるか」

顕忠が声をかけた。

「しかとは分からぬが国分寺が目当て」

「国分寺に何か」

「いやいや、その近辺ということで」

それだけで小三郎は縁側へ出ていた。

「案内させよう」

孫六も声をかけたが、

「いや、部屋は憶えておる」

小三郎は手を上げて板戸の向こうへ見えなくなった。

それに続いてみおという女も孫六に許しを求めた。孫六は今しばらくと引き止めたが、女は長居に気を使っている様子。顕忠は、彼女は疲れているのだと、かばうように孫六に言った。

その実、も少し座にいて欲しい気持ちがあり、物足りない思いが後に残った。彼女が出て行った後で孫六は小者を呼び、湯を沸かして体を拭かせてやれと命じた。細かい気の回る男だ。

それから波平は遠慮勝ちに顕忠がここにいる訳を尋ねた。

「不審に思うて当たり前じゃ。わしもそっちと同じ、成り行きとやらでのう。右か左か迷うて孫殿に迷惑をかけておる」

顕忠はやや憮然とした顔を見せた。

「右やら左やらと何のことかいの、脇の頭」

顕忠は大島では脇頭《わきがしら》と呼ばれている。大島の頭の側近の者だ。

「そろそろ汐時《しおどき》かと。のう孫殿よ」

「何じゃい」

「海のもんは海に帰らにゃいけんかとその気になりかけた」

「それがええ、それがええ。まあ飲めや」

飲みながら顕忠は波平に語り始めた。

とは言うものの、悉皆《しっかい》語るには一晩や二晩ではとてものこと、顕忠は大雑把《おおざっぱ》に端《はし》ょって安部野崩れ以後、ここ雑賀に辿り着くまでのことを聞かせた。

孫六は何度か聞かされている話だ。顕忠に合い槌を打っていたのが、その内こくりこくりと居眠りに入っていた。

どこでどうしてと、端よった来《こ》し方のあらましを波平に聞かせながら、顕忠の瞼の裏には、その時々の情景が走馬灯のように駆け巡っていた。

伊予越智郡《おちぐん》大島には醍醐寺《だいご》の庄園がある。元々は中院家が領家であったものを醍醐寺に施入《しにゅう》されたものである。中院家は村上天皇第七子の具平親王から出た師房が、源氏の姓を賜わって村上源氏の祖となった、その統である。この中院家から久我中院流が起こり、さらにこの久我中院流から北畠流が分かれた。この北畠流の時の当主が北畠親房である。延元三年安倍野の合戦で討ち死にした鎮守府将軍北畠顕家はその嫡子《ちゃくし》。更に中院家からは醍醐寺座主《ざす》が出たこともあり、北畠親房の弟実助は醍醐五山の一、金剛王院の門主である。

中《なか》の院顕忠はこの中院《ちゅういん》家の出とはいえ、何代かのうちに地下人《じげにん》になってしまっていた。ずっと大島住まいで島の様子に精通していたところから、顕忠の父の代に庄園の下司《げし》を務めるようになった。顕忠はその嫡子ではあったが、幼い頃から腕力に勝れ、力を競いたいばかりに荒くれの漁師達と交わりが深かった。この漁師というのが只の漁師ではない。「野島衆」と呼ばれ、海賊村上義弘の配下同然のこともあった。この類は庄園の外の浜辺にあって、平素は勿論漁に従事し、僅かな田畑の仕事も営《いとな》んでいる。この野島衆を束ねている重平という者が何時の頃からか顕忠の力量を見込んでいて、忽那島《くつなじま》の争いに加勢を頼まれた時、自分の代理として野島衆を預けて忽那島へ赴かせた。これが忽那重範と顕忠の付き合いの始まりである。そしてそれが、重平と顕忠の固い絆《きずな》の元となった。二人の年令は親子程の隔たりがあった。だが重平は顕忠を盟友として遇した。ところが、そんなことにうつつを抜かし、庄園内の我が家にはほとんど寄りつこうともしない顕忠に、彼の父親は腹を立て、家督を顕忠の弟に譲ってしまった。

重平を頭目とする野島衆の結束は堅く、頭目の命には命をすてて顧みない。顕忠が重平の名代となって脇《わき》の頭と呼ばれるようになっても、重平の命だから顕忠に忠実に従うのであって顕忠に仕える気持ちは更にない。

顕忠はいわば一匹狼の境遇にも似ていた。野島一類の者達から心服されながら、彼の直接の手下《てか》となるものはなかった。彼にもまたそれを求める気はなかった。それは、出自の違いだったかも知れない。大島の重平は左足が不自由だった。手下を助けるために海上で受けた重傷が因である。子がいなく、女房も先年亡くしていた。そんなところから彼は顕忠を可愛がり、頼りにもしているのだ。顕忠はそんな重平に応えるだけの気持ちで動いていたのだった。

延元三年三月の安倍野の合戦の後、沼島で傷の癒えるのも待たず、男山から無事に脱出した忽那重範と忽那島へ引き揚げ、暫らくは忽那の許で体を養っていた。だが、体が本復するかしないかの七月には、武家方である河野の惣家善恵入道との合戦に土井通重から与力の依頼が忽那にあって、顕忠もこれに参戦。高井城攻めを始めとして伊予本土の各地を転戦、勝利をおさめた忽那勢は九月、矛を収めて本拠に引き揚げた。

引き揚げて来た忽那の島で顕忠は、義良親王が陸奥大守、北畠顕信が鎮守府将軍に任じられ、北畠親房が総後見役となって、去る八月、伊勢大湊《おおみなと》発進の報を聞いた。また、宗長親王を奉じる軍勢奥州へ発進の報をも聞いた。

奥州は先の鎮守府将軍顕家以来の、宮方に心を寄せる軍団の大根拠地である。この報を聞いた顕忠の血が騒いだ。故顕家将軍の知遇に応える時が来たと思った。北畠の一門として幕下に来たれ。今は亡き顕家将軍の声を再び耳元に聞く思いであった。

「北畠大膳太夫顕忠を名乗れ」

顕家将軍の沙汰状の文字が顕忠の脳裏に渦巻いた。亡き顕家将軍の弔い合戦のためにも奥州へ参陣しよう。己を見出してくれたお方への餞《はなむけ》だ。

顕忠は直ちに、忽那重範に奥州へ馳せ参じたいと告げた。

忽那重範も河内の陣で、顕家将軍が顕忠に言葉をかけた席に同席していたことでもあり、

「何処方《いずかた》にて働こうとも、吉野への忠義に変わりなし。思う場所にて心おきなく働かれよ」

快く賛成、かつ励ましてもくれた。

野島の重平が心配してくれて、手下を何人かつけようと言ってくれたが、顕忠はこれを断り、

その代わり備前の塩飽島《しあくじま》まで送ってもらった。塩飽《しあく》衆の頭目、塩飽三郎光盛は旧知の人であり、彼が沼島《ぬしま》の小笠原と往来しているのを承知していた。その折を掴んで便乗するつもりだった。沼島まで行けば紀州までは一またぎ、そこには雑賀孫六がいる。警固《けご》の仕事で何度か雑賀を訪れ、孫六とは気の合う親しい仲になっている。彼に頼めば伊勢まで行ける。伊勢は北畠の本貫地だ。そこからであれば、奥州へは何かと連絡《つなぎ》もあろう。

ところが、塩飽島に着いて程もなく、奥州へ向かった北畠親房卿、宗長親王の軍勢共々に、伊勢発進後間もなく伊豆岬の海上で大風に出会い、三百余艘の兵船は四分五裂、その行方も定かでないと聞こえて来た。

「様子の見えるまでここで休まれよ」

塩飽光盛の厚情に甘えることにした。このまま伊予へ引き返すよりは、塩飽の方が事は早く伝わるし、不明のままでも便さえあれば沼島へ、その思いもあった。

だが、事態が思わぬ方向に展開した。

塩飽《しあく》諸島の向かい側の備前児島郡に飽浦《あくら》の地がある。この地に佐々木三郎左衛門飽浦信胤という者がいる。源平合戦の折、藤戸の渡りの先陣争いで後世まで有名な源氏の将、佐々木信綱の裔《えい》を称し、かなりの勢力を持っている。細川定禅の与力となって足利氏のために宮方と戦っていた。この飽浦《あくら》信胤の軍勢が塩飽の本島へいきなり雪崩《なだれ》込んで来た。中の院顕忠が塩飽へ着いて一月も経った頃である。

塩飽諸島は備前の児島半島と四国讃岐の間の狭い水域の西側を扼《やく》している形で点在している。殊に諸島の北側の水域水島灘は、備後の鞆の浦、尾道の津と東側との交通には避けて通れない重要な航路である。塩飽衆はそれまでにしばしば武家方の船を襲って戦果をあげている。それに業をにやした細川が飽浦信胤に命じ、塩飽衆の制圧を試みたものであろう。

大体塩飽衆は伊予大島を本拠とする村上海賊の配下に属していた。塩飽衆が恐れられていたのも、斎灘、備後灘、水島灘に隠然とした勢力を持っている村上の名に負うところが大きい。村上は本来、年貢の輸送を請け負ったり、輸送船の護衛の請負が本業である。だが、その警固衆の勇猛果敢な働きぶりは世に響いていて、時には合戦への合力も行なっていた。だがその頃、村上の動きは頓《とみ》に鈍くなっていた。細川はその虚を突こうとしたのかも知れない。

本島からの急報で光盛は直ちに船団を組んで本島救援に向かった。その中に中の院顕忠がいたことはいうまでもない。

その後何度か塩飽衆《しあくしゅう》と児島の飽浦衆《あくらしゅう》とは、直島の沖で海戦を戦った。本島を襲われた時は、不意討ちだったため陸の戦いが殆どで、一応は撃退したものの、戦いそのものは痛み分け、双方共に、損害は少なく、最後の勝敗を決することなく飽浦衆《あくらしゅう》は撤退した。然し、海上では、塩飽衆《しあくしゅう》が圧倒的に飽浦衆を抑えていた。

そうこうする内、延元四年（１３３９）八月十六日、吉野におわす後醍醐の帝《みかど》御崩御《ほうぎょ》の報せが塩飽にも届いた。

明けて延元五年（１３４０）三月、塩飽の本拠広島の沖に飽浦の兵船数隻が現われた。襲撃にしては少な過ぎるし、白昼堂々も解せない、と訝《いぶか》る内、船隊は遊弋《ゆうよく》に移り、中から小舟一艘が白旗を掲げて浜へ進んで来た。使者の口上は、飽浦信胤が自らそこまでやって来ている、塩飽の御大将と談合がしたい旨のものであり、信胤直筆、花押のある信書も携《たずさ》えていた。

両者の会見は和気靄々《わきあいあい》の内に終わった。

飽浦信胤の申し出では、この度武家方に見切りをつけ宮方に忠勤を励むことになった。ついては、塩飽とは同じお味方故、小豆島の攻略にお力添え願いたい。というものであった。

宮方帰順のこと、既に吉野の朝廷に申し出て御許しも頂戴している。この上は先ず手始めに小豆島の朝敵を討って誠意を示し奉る所存。信胤は真溢れる表情でこれを話し、小豆島攻めには強力な水軍が必要、そこで、内海随一と誉れの高い光盛殿のお力を是非共お借りしたいと持ち上げた。また、このことは吉野にも奏上済みで、吉野よりは、熊野海賊配下の、小山、塩崎両氏に合力を命じた御沙汰も頂戴している。この信胤の言に光盛は感激を示した。由来、小豆島が武家方のため、宮方の船の往来はままならぬことも多かった。光盛も往来の度、無駄な兵船に出費を強いられていたが、彼の力では本拠攻略等思いも寄らないこと、海上の襲撃に備えのが精一杯というところだったのだ。

攻略の細かい打ち合せは後日ということで、信胤が帰った後、光盛は直ちに内海の総帥村上義弘へ、一件の報告と援軍を依頼する使者を立てた。

ところが村上からの返事のないまま、塩飽からは作戦発動の日時他、細かい作戦内容を報せて来た。光盛が再度早船を送ると、その早船と共に、野島一類の者が小早《こはや》一艘でやって来た。野島の者の携えて来た書状は野島の重平のものだった。それには、村上義弘殿は今、能島の宮窪の地で病に伏せておられる。塩飽からの書状は義弘殿のお耳には入れていない。御内室様より相談があり、自分も同意した。この度のこと、村上よりの出船《しゅっせん》はとても無理な相談である。かくいう自分も、これに関係したことで今は動きがとれないでいる。光盛殿との交誼《こうぎ》を思い、せめてのこと、僅かながら、中の院殿の手下《てか》として野島の者を送る故よろしく。

顕忠は、暫らく村上から遠ざかっていた間の出来事を全く知らなかった。村上義弘には目をかけてもらい、重平並みの扱いで仕事を手伝わせてもらっていたものだ。あの方が今病床にあるという。そして、その身辺には何か異変があるらしい。顕忠は直ぐにでも大島へ引き返したいと思ったが、差し迫った戦の前にそれは叶わぬことであった。

小豆島攻略戦が始まったが、吉野から遠せられていた熊野海賊の内、小山一族は合力に現われたが、塩崎一族は上陸作戦にも、上陸が成功して内陸の合戦に移っても、大体の勝利を納め、島内の残敵掃討の日々となっても、遂に姿をあらわすことはなかった。

後で分かったことだが、この時既に塩崎一族は同じ熊野海賊に属していた泰地一族と共に武家方に寝返っていたのである。この両族は武家方の棟梁足利尊氏から、尼崎から周防の上関までの間で警固料《けごりょう》をとることを命じられ、唯々諾々《いいだくだく》とこれに従っていた。警固料は海賊の大きな収入源である。各海賊はその力に応じて、短い航路、長い航路と、通行船の水先案内と護衛を引き受けていた。これが警固料である。足利尊氏がこれを命じたということは、将来の航路通行税への布石だったのだろう。南北両朝の抗争の最中、南朝は吉野の仮宮にあり、宮方衰微《すいび》の趣ありとはいえ、国中の宮方反攻の勢いはまだまだ侮れたものではない。そうした中で尊氏は武家方勝利の日に備えた方策を既に整えつつあったようだ。

勿論そのようなことは、飽浦信胤、塩飽光盛等は知る由もない。中の院顕忠もまた、想像さえ及ばないことであった。

この合戦の間に村上義弘殿逝去《せいきょ》の報せが塩飽に届いた。顕忠はそれを小豆島で受け取った。報せを寄こしたのは野島の重平である。重平は義弘殿の逝去を告げ「やくかいしゅっらい、しまにかえることとみあわせのこと」と添えてあった。彼は顕忠が大島へ帰って来るかも知れないと思ったのであろう。

小豆島攻略は一年近くもかかり、ようやく略《ほぼ》制圧が終わって、信胤は守りの固めに入った。

光盛と顕忠は何度か小豆島の戦線と広島を往復して飽浦《あくら》を助けていたが、合戦終息をみてようやく広島へ前面的に引き上げた。大島の重平からはその後の消息はない。顕忠はともかく、手下《てか》についていた野島の者達を暫らく休養させた後、これを大島へ返して自分は止まった。重平が顕忠に帰って来るなと告げたことは、光盛にも話し相談したが、光盛も、やはり帰ることには賛成しなかった。光盛の耳にも大島の様子は入っていない。だが、重平が何も言って来ないということは、事情はそのままだろう。重平と親しい光盛は重平が言う通りにして間違いはないと言うのだった。

顕忠が身の振り方に未だ迷っていた頃、偶々《たまたま》忽那《くつな》の船団が広島に立ち寄った。沼島まで行くという。船団は三隻の輸送船に十五艘の警固が付いていた。船団の長《おさ》は顕忠と何度か戦場を共にした親しい武将だった。顕忠はこれに飛び付いた。

彼は未だ北畠親房の陣に加わる望みを捨ててはいなかったのである。

ところが沼島に着いて、そこで初めて顕忠は船団の意図を知らされた。沼島で輸送船の物資を小船の警固船に移し替え、その船隊は紀伊水道を渡り、紀ノ川を遡って行く。吉野の朝廷へ、米を始めとした食料、その他の物資を届けるのが任務だった。紀ノ川の下流域一帯は武家方の豪族の領域である。場合によっては武力による強行突破ということになる。忽那の武将はそれを明かして、顕忠に同行の援助を求めた。顕忠の剛勇は戦列に一人加わるだけではない強力な戦力である。顗忠に否やはなかった。

紀ノ川の遡上《そじょう》は夜の闇を利用した。海上の暗闇で鍛えた者達にとって夜は何の障害にもならない。櫓を漕ぐ音を消す忍び忍びの航行も手慣れたものだ。

無事目的の川原に到着、連絡通り待ち構えていた宮方の吉野の郷士達に荷を引渡して引き返し、河口近くなった頃は白らじら明けだった。常人の目にも対岸まで見渡せる。目ざとい忽那《くつな》の者達は、大分前から両岸の動きに気付いていた。ここらあたり一帯は武家方の勢力下にある。

今一息で河幅は徐々に広がり、やがて広大な河口面となる。そこまで出ればしめたもの。広い水域の船合戦であれば忽那に恐れるものはない。切り抜けて紀伊水道への脱出は造作もないことである。だが、川幅が広がる手前に中州があった。両岸からほぼ真ん中。その中州に兵をおき、中州と岸の両側から船隊を射立てれば防ぐのは難しい。

船隊は二隻が並び、少し離れてまた二隻と全部で六隻。一隻に五人の乗組み。出来るだけ積み荷を多くしたため、人数は最小限の陣容である。船べりには矢盾を張り回らせているが、その上にむしろをかけ積み荷に見せ掛けている。漕手は一人、これは具足を脱いで水手《かこ》姿だ。

中州の望見出来るあたりで、先頭船が船足を緩め接岸用の棒の先につけた白い小旗をひょいと空中に突き出し、これはすぐに引き下げられた。これは事態を予想して、かねての合図である。

中州には矢盾を立て、弓を杖にした武者が十五六人、両岸の木立の中に軍兵が息を潜めている様子。遠く河口には十隻ばかりの軍船の遊弋《ゆうよく》が見られた。

白い小旗が突き出されると同時に、指揮船に並んでいた一隻が俄に漕ぎ始め、船足を止めた船隊から離れ中州に向けて突進した。

敵はこの動きの意味を測りかねたのかも知れない。中州からも、両岸からも反応はなかった。唯の水手達が、中州の備えに恐れをなして様子伺いに向かったとでも思ったのか。勿論、通行船は中州に停めて臨検、その備えはしていたのであろう。

その間に、指揮船の後方の船はゆっくり前の船に近付き、一列単縦陣の形をとった。

中州へ向かった船は砂地をめがけて突っ込む。勿論、船に注目していた敵勢は、船の着地あたりに群がって来ていた。船の舳先が砂に乗り上げると同時に、むしろを割って、具足を着けた顕忠が真っ先に飛び降り、先頭にいた敵の頭とおぼしい武者を、大刀一閃、先ず切り倒した。続けて三人が船から飛び出す。水手役も手早く具足を着けてこれに続く。中州は忽ちの内に合戦の場となった。これに気付いた両岸から、中州目掛けて矢が放たれ始めた。だがその矢は殆ど中州まで届かない。敵はそれが分かっているからこそ、中州と岸からの両攻めの作戦を用意していたのだ。

その間に川の本隊は、舷側の盾の間から櫓を出し、全速で漕ぎ始めた。船隊は中州と左岸の間の流れに乗り入れ、中州の横を通り過ぎた。顕忠はそれを見るより早く、撤収を呼ばわった。

追いすがる敵を一手に引き受けた顕忠は、四人の乗船を確かめ、なおも二人の敵を斬って自分も船にとび乗ろうとした。ところが、砂地に深く乗り上げた船は、竿だけでは砂地から離せなかった。もたつく間に左岸から騎馬武者が三騎川に乗り入れ、川の中から矢を放ち始めた。顕忠は片手で敵を牽制しながら、舳先に肩を入れぐいぐいと押す。やっと船が水に浮いたところへ敵が三人そろって踏み込んで来た。危うくこれを避けた顕忠だったが、その拍子に船から三四間も離れてしまい、船との間に敵が回ってしまった。顕忠は船に向かって、行けと怒号した。何度も何度も。

「それから先は唯夢中で、どうやって切り抜けたか、よう憶えておらぬ。とにかく、中州の岩に括りつけてあった敵の小船を奪い水に逃れた。ところがこれが重い船で走らぬ。仕方なくわしは、岸に向かった。それから岸に上がって、とにかく騎馬の武者から馬をさらって、しゃにむに馬を走らせた。追って来る敵が見えなくなっても、わしはひたすら馬を責めていた。そして、馬がとうとうへばってしまった所がこの雑賀の浦の直ぐ近くであった。助かったと思うた。

心からそう思うた」

紀州に来れば奥州の情勢の伝わるのは早い。入江孫六は、伊勢までで良いから送って欲しいと逸《はや》る顕忠を、もっと見極めがついてからと引き止めた。奥州も宮方の旗色は悪いのだ。孫六の好意のままに日を重ねている。

顕忠は自分の辿った道を手短に端折って話したつもりだが、元々口の重い彼だから、すらすらと話が続けられたのではない。思わず長引いた。

孫六は何時の間にかその場に横になって眠りに入っていた。それに気が付いた顕忠は苦笑しながら、孫六に代わって小者を呼び、粥を持って来させた。

食の終わった後、顕忠は孫六を揺り起こした。が、孫六は一向に起きようとはしない。顕忠は小者を呼び波平を案内させ、孫六の世話を託して己が部屋へ向かった。

端なくも、野島の波平に語った己れの越し方で顕忠は改めて、伊予へ帰る決心に傾いていた。孫六の好意があるとはいえ、北畠の軍勢へ走るか、伊予へ帰るかどちらとも決めかねている逗留だった。敗色濃いながら、北畠親房卿常陸の国にありとは聞こえている。「北畠大膳大夫顕忠」この名乗りで、一軍を預かる将として働いてみたい。その野心は未だに捨て切れないでいた。だが然し、この四年余りの自分の運命を辿ってみて、改めて顕忠は、行く末までの定めを思い知らされたような気分になっていた。

自分の胸の中で理屈をこねていたのではない。顕忠は気分的に、ともかく伊予へ、その思いを強くしていたのだ。

食客だが顕忠は、奥まった場所に広い部屋を与えられていた。寒さを防ぐため、囲いの屏風も幾つか用意されている。広縁で繋がっているとはいえ、離れのような体裁。用があれば鉦《かね》を一つ打つ、そうすれば下働きの者か小者がやって来る。と、孫六の気遣いだ。勿論この家にそのような習慣はなかった。孫六の大声は家のどこにでも良く通る。彼が人を呼ぶ時は手をたたくことが多い。孫六は顕忠が遠慮なく人が使えるよう鉦を置いてくれたのだ。だが顕忠はそれを使ったことはない。頼み事があれば自分で足を運んだ。従って掃除を頼む時以外誰もその部屋にやっては来ない。

ところがその部屋から灯りが漏《も》れていた。無人の部屋に灯りは要らぬものを。顕忠は苦笑した。客があったから部屋を間違えぬ目印のつもりか。いつもはこのようなことはない。顕忠が断っているからだ。彼にとって夜の闇は全然苦にならない。海で活動する者は大抵、遠目と同時に夜目もよく利く。

だが、板襖《いたぶすま》を明けたとたん、顕忠はぎくりとした。嗅ぎ慣れない匂いに驚いたのだ。身の危険を察知したものであれば、顕忠は驚くことなく冷静に対処出来る訓練を積んでいる。ぎくりというような動揺の仕方は先ずしないのだが、この匂いは違っていた。

　女がいる。それは反射的にみおの顔形を思い浮かべさせた。そして彼は狼狽したのだ。囲い屏風の端を押し開け仁王立ちの顕忠を、夜具の裾に座っているみおが見上げてにっこり笑った。その笑いが、女の媚《こ》びではないあどけなさと顕忠の目には映った。彼には、みおが小娘のように感じられたのである。そのことで顕忠は何とはない満足感を抱いた。だがそれとは裏腹に、

「何をしておる」

　とがめるような口調でそう言った。

「お帰りを待っていました」

　改めて目を移すと、延べられた夜具は二つならんで枕も二つ。みおだけ見つめてその支度に気付くのが遅れた。そのことが、一層彼を狼狽させた。

「ここはわしの部屋と定められている。ここに夜具は一つでよい」

「この家のお主様の申し付けと、下のお人に案内されました。私のこの夜の臥床じゃと。他に寝む場所はないとも」

　はて孫殿が何時そのようなことを手下《てか》に言いつけたか。要らざることを。顕忠は苦笑を浮かべた。

「分かった。ではわしが出て行こう。そのまま寝《やす》んでよいぞ」

顕忠は心にもないことを口にしながら、しきりと口が渇いていた。

「それ程私を嫌うて」

みおはそこまで言うと、うつむいてしまった。

「馬鹿をいうな。嫌うてはおらぬ。おことが、わしのような男と一緒では叶わんであろうと思うてじゃ」

「わたし、一向に構いませぬ」

みおは顔をあげ嬉しそうにいった。

「わしはいびきをかく」

「構いませぬ」

「頼みがある」

「はい」

「水をくれぬか」

屏風の外に小さな水瓶が用意されてあった。立ち上がったみおの足の白さが目を射る。いそいそと汲みに出た後、顕忠はその場にへなへなと座り込み、ふうっと大きな吐息を洩らした。酔いがほとんど醒めかかっていたようである。

みおは丈の高い屏風で襖戸の前を囲った。灯りが外へ洩れぬ気使いであろう。そして、ふたつ備えられてある灯りの大きい方を消した。暗くなった部屋にみおの白い顔ばかりが浮いて見えていた。

一つの夜具は空、今一つの夜具の中で顕忠とみおは、短い夜を過ごした。

うとうとと、束の間の眠りから覚めた時、その気配を察したみおが、再び足を絡め、顕忠の胸に半身を乗せ、首に腕を巻いた。

「あきさま、わたしを好いて」

顕忠は甘い声でそう囁かれ、彼は戸惑いとくすぐったい思いが交錯して返事の言葉が出なかった。みおが顕忠の名を口に出したのはその時が初めてである。我が名にさまと付けられて呼ばれたこともかつてない。先刻睦み合った時の甘い吐息やあえぎそのままの声音と聞こえ、顕忠は荒々しくみおの全身を我が身の上に引き上げ、両腕をその弱腰にかけぐいと引き付け、

「離れとうない程の思いじゃ」

そう言って、腕を上にずらせて背に止め、胸と胸を強く合わせた。それが彼の精一杯の愛情表現であった。

「うれしい」

みおは彼の頭を両手で挟み、頬に頬を当ててすり合わせ、或いは唇を顔中に押し当てる。狂おしい昂《たか》ぶりが突き上げて来るようだった。

「わたし、男の情けが、このようなものとは」

あえぎながら、途切れとぎれに、うわごとのように言葉を告げた。

「知らざった。極楽というは、女子《おなご》にもあるものか」

切れ切れの言葉につれ、顕忠の胸中にみおへのいとしさがこみ上げて来る。

彼は無言のまま体の向きを変え、横抱きに腕を回した。思いの強さが自然と力のそれとなった。

「くるしい」

みをは弱弱しく訴えたが、声音は甘く媚が滲んでいる。

力を緩めた顕忠は、彼女の額に己の額を押し付け、低くうめくように言った。

「わしと暮らさぬか」

みおはのけぞるようにして顔を離し、

「なんて、今一度言うて」

「わしと暮らすは嫌か」

みおは息を詰め、言葉を失った様子。

「昨日まで見も知らぬ、行きずりの男との契りとは思うてくれるな。このままそなたを見捨てる訳には参らぬ。いや、どう言うてよいやら、うまくは言えぬが、わしはこの歳になって初めて、心底いとしいと思う女に巡り逢えた。わしはお前を離しとうない。生涯かけてじゃ」

みをは顕忠の腕を振り解き、仰向いた形になって、ふうっと大きな息をした。

「私は、曲がりの長者の慰み者だった女。人並みの暮らしが出来るとは思うておりませぬ。たまさか悪党に襲われて、長者から逃れられるかも知れぬと思うた。あの浜での成り行き、悪党の手であれ何であれ、私はとにかく長者の手から逃れたい一心で、あなた様方に嫌われて長者の許へ返されてはと、ご機嫌を損ねてなるまい……あき様、このような私。あき様の言葉はもったいのうございます……」

語尾は嗚咽《おえつ》に霞みながら、

「どこぞ、遠い処へ行かせて下されば、下卑女《はしため》に拾うて下さるお人もありましょう」

切れ切れの言葉を、

「ならぬ。それは許さぬ」

顕忠の低く鋭い声が遮《さえぎ》った。

「今はこのわしがおる」

彼は、みおの上にかぶさった。

「よいか、時が来れば島へ連れて行く。もう何も言うな、わしと暮らすのじゃ。今、このままのお前がいとしゅうてならぬのじゃ。この胸の内、かっさばいて見せたい程。な、な、みお、みお、みお」

顕忠は自分の言葉で己を昂ぶらせ、またしても猛々しくみおの中へ入った。


僅かな浅い眠りだけで、二人は言い合わせたように目を開いた。

「伊予の大島はどのようなところ」

みおが尋ねた。

「さあ、取り立てて思うたこともないが。そうじゃな、景色の良いところと言うかな。大島に限らぬが島は海に囲まれている故、眺めは見飽かぬ。尤も、人家も人の身なりもみすぼらしいが。陸《おか》の者達は貧しいと見下しているようじゃな。島の者はそうは思うておらぬ。うまい魚が獲れて、海藻が取れて、貝を拾うて、狭いながら畑もある。食うには困らぬ故、それで満足している」

それは、顕忠が幼い頃の島の姿である。それから時代の流れと共に島方にも大きな変化が生じていた。だが顕忠にはそれを一言で説明することは出来ない。感覚では受けとめていても、その変わり様を明確な意識で把握出来ないでいるのだ。

「海はいいもの。でも、私が育った海は、波の向こうに何も見えなかった」

みおはつぶやくように言った。その言葉の底に秘められているものが、顕忠に分かる筈はなかったものの、彼はその言葉の響きの中に、彼女の生い立ちの陰のようなものを嗅ぎ取る思いがして、聞き質《ただ》すのが憚《はばか》られた。

しばらく互いに沈黙の時が流れて、顕忠が話を変えようと口を開きかけたとたん、足音が聞かれ、外から襖板がたたかれた。

「主が火急にとのこと。支度なされよ」

声の主は、それだけ呼ばわって立ち去った。

明け方、未だ薄闇の残る頃合であった。

身仕度を整えながら顕忠は口早に短く声をかける。

「生まれを未だ聞いておらぬが」

「この浜の向こうの山を回った高田という寂しい浜辺」

みおも身繕いしながら答える。

「親御は」

「私が曲がりの長者の許へ引っ立てられて、暫く後に両親《ふたおや》共にのうなりました」

「つかぬことを聞いた。済まぬ」

みおはそれには返事を返さず、立っている顕忠の前に膝まずいて顔を見上げた。

「みおは顕忠さまについて行きます。もう迷いません」

顕忠はみおを抱え上げ立たせて腕の中に彼女を抱きしめ、

「この家の主の用向きが済んだら、ゆっくり先行きの相談をしよう」

そう囁いて、腕を解《ほど》いて彼女を押し離した。

巻の二　潮路護送

孫六の部屋に行くと、孫六は戦支度《いくさじたく》の胴着を着込み、その彼と向き合って、柿色の衣装を着けた山伏姿の人物がいた。

「何事じゃ」

「おう。顕殿《あき》。早速じゃが、伊予へ去《い》んでくれい。顕殿にとっても良い汐かと思ぅてその気になった」

「構わぬが。何時」

「これからじゃ」

「何と」

「支度出来次第じゃ。ま、一杯呑んで」

孫六は杯を差し出した。山伏とふたりで呑んでいたのだ。

外が俄に騒々しくなり始めた。

「この御仁を忽那《くつな》へ」

「分かった」

「わしは沼《ぬ》島まで送る。後は小笠原が」

「忽那までか」

「さて、それは小笠原が決めよう。あそこも絶えずせわしない様子じゃ。顕《あき》殿同行とあれば助かろう。わしが行けぬでな」

「分かった」

顕忠はとっさに思案を巡らせた。

「波平は連れて行こう」

「承知」

「あの若者、雑賀の小三郎とやらも」

「はて、それはどうかな。素性《すじょう》が知れぬ」

「大事あるまい。伊予へ参りたいと申すだけのもの。それに、いざの時、ものの役に立ちそうな」

「顕殿。迂闊《うかつ》には乗れぬぞ」

「任されよ。素振りによっては斬る。船の上であればわしのものじゃ」

その間山伏は一言も発しない。顕忠は、孫六とのやり取りの間で、この山伏の正体を身抜いていた。だが、それを口に出来ないことも知っていた。

「孫殿よ」

段取りの打ち合わせが済んだ所で、顕忠は照れくさそうに切り出した。

「わしが戻って来るまで、あの女を預かってくれい」

「みおとかいった女か」

「誰にも手をつけさせてはならぬ」

孫六は破顔一笑した。

「顕殿も木の股から生まれたもんじゃなかったか。はなから分かっておったわい」

「おことの企みに乗せられただけじゃわい」

顕忠は顔を赤らめた。

「こたびは、日数《ひかず》もちとかかろう。顕殿がもう一度この雑賀に戻って来るとなら、わしは諸手をあげて迎えようわい。女のことはしかと。顕殿の身代わりとして大切に預からせてもらうぞ」

思いもかけない成り行きだった。

畠中の路を過ぎ、街道を横切って松原に入ったが浜には下りず、小さな岬に上る。前日、顕忠が散策に出ていたところだ。そこを浜とは反対の方へ下りて、そこに池のような入江がある。早船の十ぱい(十隻)も入れば身動きも出来なくなるような狭さだ。そこは入江衆の船隠しだ。彼らは隠し本陣とも呼ぶ。戦闘部隊の殆どを収容出来る船隠しは別にあった。この隠し本陣の入り口は、船一艘やっと通れる狭い水路である。口は海に向かって斜めに開いており、そのすぐ傍を船で航行しても、そこに水路があるとは見分け難い。

「朝粥の味がちと薄ぅおざったかな」

「何、身共には丁度いい按配」

孫六と山伏は、他愛もない軽口を交わしながら歩いて行く。

船隠しには三艘の船に入江の手下《てか》が既に乗り込んでいた。もやい綱は引き上げられ、鈎竿《かぎざお》で岩を掴んでいる。竿の一押しで直ぐ出船出来る体勢だ。

その船が見え始めたあたりで、後を慕って来たみおがようやく追い付き、いきなり顕忠の腰にとりすがった。

「定めじゃ」

歩を止めた顕忠は、みおの髪を撫でて短く言った。みおは溢れる涙の顔でじっと顕忠を見上げ、何も言わなかった。いや、胸がふさがって声にならなかったのである。

「孫殿に頼んでおいた。何時かここへ。その時にな」

何も約束は出来ない身の上である。それでも、その時は心からそう思った。はかない契りであったが、顕忠は生まれて初めて女をいとしいと思った。離れがたいと思った。雑賀へ何時戻って来られるか。凡《おおよ》その見当さえ告げられぬ。男には大事があるのだ。

「何時か、きっと逢えよう」

顕忠は胸の思いのすべてを、この言葉に託した。

「後を追ぅて伊予へ参ることだな」

何時の間にか傍に来ていた、雑賀の小三郎が声をかけた。真面目な声だった。

「それはならぬぞ。女子に海は渡れぬ。何事も孫殿に」

小三郎へともなくみおへともなく顕忠が言いかけた時、既に船に乗った孫六が大音に叱咤の声をあげて乗船を促した。

「伊予の大島の庄、中《なか》の院と憶えておけば良いそうな」

小三郎が更に声をかけていたが、顕忠は聞こえぬふりで駆け出していた。孫六や波平の手前があった。

それでも、背中にみおの声がかかった時、振り向いて手を上げる顕忠だった。

あたりはもう、すっかり明るい。陽が昇るのもすぐだ。

潮は満潮に近い。目的の沼島《ぬしま》は雑賀の浦のほぼ真西、淡路島に重なってそれと見分けのつく小島だ。

船隠しを出た船隊は一列単縦陣で進む。一番船に入江孫六、二番船に山伏と顕忠、それに小三郎。波平は三番船へ乗せられている。

沖へ出ると帆を上げた。右舷に友ケ島がのしかかるように直ぐそこに見える。

帆が上げられるのを珍しそうに見ていた小三郎は、そのまま屋形には入らず、立ったまま景色を眺めていた。そこへ顕忠と山伏も屋形から出て来た。中にいるのはうっとうしいのだろう。この船の屋形は小ぶりに出来ている。

「行く手に見える山は、淡路か」

振り返った小三郎が顕忠に尋ねた。

「左様。右手が友ケ島、これも御存じか」

「いや、知らぬ」

「ほう、では友ケ島の向こう、西側が由良の瀬戸だがこれは知っておいでよう」

「その名だけは」

そこで小三郎は微笑をうかべ、

「由良の門を渡る舟人かじを絶え、ゆくえもしらぬ恋のみちかな」

小声で口ずさんだ。

「小歌におざるか」

顕忠が尋ねた。彼はその文句で、先程別れたみおを思い浮かべたのである。行方もしらぬ恋、これはまさにわしのことじゃ。胸のうずきと共に聞いた。

「はて、小歌で謡われるかどうかは知らぬが、これは新古今《しんこきん》だ」

「知らぬ」

「新古今は和歌集と聞く。私は見たことはないが」

山伏が二人のやりとりに割って入った。

「私も見たことはない。その中の何首か教えられたことがある。たまたま由良の門《と》を憶えていた。淡路に渡る瀬戸と聞いていたので思い出した」

小三郎は照れたように言う。

「浜を離れてから、あたりの景色が見る見る遠ざかったが、帆を上げてからの眺めは余り動かぬようだ。大海にたゆとう捨て小舟《おぶね》とでもいうか、行く手を見ていては、この船進んでいるとは思えぬ心地だ」

田倉崎の沖に出ている点々とした漁船が、何時までも同じ位置にいるように感じられる程である。

「船も海も初めてか」

「船は川や湖で覚えがあるが、海上に乗り出したは初めて」

「こちらへおざれ」

顕忠は屋形の入り口に小三郎を誘った。

「向こうの友ケ島に何やら白いものが二つ見える。この柱の縁と右の方の白いものとを重ねてごらんあれ。そのまま顔も目も動かさず、じっと」

言われるままに小三郎は膝を折って柱の縁に顔を固定した。

「白いものは柱の中に隠れて見えずなり申そう。左の白いものは次第に柱に近付く。な、お分りか。見た目には、左の白いものは右に流れる。その実、島の景色は止まったままじゃ。つまりこの船が西へ走っているということ」

「成程。当たり前の道理だが、この広い海の中ではこちらが動かぬような気持ちだ」

「この船が今どれくらいの速さで走っているか、凡《おおよ》その見当をつけるに、指一本立てて向こうの景色に目を凝らす。慣れればそのようなことも出来申す。尤も、この船と向こうの景色との間合いも斟酌《しんしゃく》せねばならんが」

「成程。己れの速さを景色の移り変りで知るか。当たり前のことでも、改めてそう聞かされると面白いものだな」

小三郎は自分の指を立てて、向こうの景色の場所を変えてはしきりに頷いていた。

友ケ島に、はりついたようにちらほら見える船は淡路島通いのものか。由良の渡《と》の出入り口あたりに動くとも見えない船が浮かんでいる。どうやら大型の船のようだ。行く手の水域に航行の船の姿はなかった。

「や、あの船。あれは帆を上げ始めたのではないか」

山伏が不意に言った。

顕忠は舳先に進み、一戸建ての上に立ってその方角に目を凝らした。

「そのようじゃな。よう見分けられた」

筵《むしろ》帆の色は、島が背景では遠目にそれと仲々分かるものではない。

小三郎もちらりとそちらへ視線を走らせたが、直ぐに元へ戻して、左舷に広がる海をみつめる。波の他は何も見えない様に感じ入っているようだった。

その時一番船の孫六が立ち上がって腕を振るのが見えた。

船隊は一斉に面舵をとり針路を由良に向けた。

「どうしたのだ、これは」

山伏が驚いた声を上げた。

「潮が緩んだ。しばらくは上へ上がって下げ潮に乗るつもりだろう。ゆるりではあったが、上げ潮の名残、船は僅かずつ上へ流されておった。この風向きではさした速さは得られぬでな。上へ上がって帆の向きを変える。さすれば船足は伸びる。その内、潮も下げ潮になってぐっと違ぅて来る。孫殿には手慣れた路じゃ。案じられるな」

「いや、針路が変わったその先を見てあわてた。実は」

山伏は顕忠を手招いて、自分の横に座らせた。

「三日前、由良の渡の渡し船で山伏が一人捕らえられた。すぐ、無罪放免の由。内通する者がいるのだ。私も恐らく狙われているだろう。夜を撤しての雑賀入り、抜かりはなかったとは思うが、海といわず陸といわず、要所に網は張られていると思わねばならぬ」

吉野から西方遠国の宮方への使者は船便による方が多い。吉野から紀伊川を下って海峡を越えた淡路、沼島《ぬしま》には重要な宮方拠点がある。武家方がこの海上に目を光らせるのは当然のことである。

山伏は顕忠に囁いたつもりだったが、それと知らず声が高かったらしい。海の上では余程耳元へ近付かない限り、囁き声では聞こえない。

少し離れた位置であぐらをかいていた小三郎が、

「もとどりか」

そう言い放った。

「何んと」

顕忠が怒声に近い声をあげた。安心していたものが裏切られた思いでかっとなり、かくなる上はと切り捨てる気迫を込めた。

「やや、それでどうこうではおざらぬよ。並はずれの警固《けご》故、もしやと思わないではなかったが、今の山伏殿の言が聞こえてな、やはりと思ったまで。他意はない」

小三郎はのんびりした声でそう返した。

「わりゃあ（汝）何者ぞ。返答によっては」

「斬るか」

小三郎は笑った。顕忠は答える代わりに太刀を抜いた。

「止せ止せ。そのようなもの閃《ひらめ》かせては、向こうが怪しむ。漁船にはふさわしゅうあるまい」

「顕忠殿。その御仁の言う通りぞ。何事もなく通り抜けられればそれに越したことはない。この御仁が何を承知していようと、この海の上、船の中では手も出まい。ま、落ち着かれよ」

山伏が声で止め、顕忠も刀を収めた。だが、彼の気持ちはそれで治まった訳ではない。雑賀の小三郎を同行させたのは自分の責任だ。その彼が事もあろうに、大事の秘密を知っていたのだ。若しもの事があれば、孫六に対して申し開きも出来ない。顕忠は山伏に目をむけ、一応詫びを入れようとした。だが山伏は彼の言葉を封じるかのように、手を挙げ掌で抑える形を見せ、更に顕忠の顔をじっと見て、ゆっくり頷いて見せた。それから小三郎に声をかけた。

「そこな御仁、どこぞでお見かけしたような。先刻私を御承知と見ゆるが」

「何の、一向に存じておらぬ」

小三郎はわだかまりのない、からっとした笑顔を見せる。

「もとどり」と小三郎が口に出し、顕忠が疑いを持ったのは、それが機密のすべてであり、山伏の正体だったからである。

吉野の朝廷から諸国の宮方へ示達する際の、使者の派遣は容易ではなかった。敵の武家方の所領内を幾つも潜り抜けなければならない。その際に使者は捕らえられることも少なくない。それを防ぐ方法として考えられた一つに、髻《もとどり》の中に密書を隠す方法がある。例え怪しまれて捕らえられた際も、密書は発見されないようにというものだ。この事から、この使者は「髻《もとどり》の密使」と呼ばれ、帝の御言葉を伝えるものは「髻《もとどり》の倫旨《りんじ》」と呼ばれた。勿論、この「もとどり」の用語さえ機密であり、これに携わる僅かな者より他それを知らなかった。顕忠は口外無用と口止めされた上で、大島の重平から聞かされたことがある。

小三郎が「もとどりか」といった事で、彼がこの秘密を知っている事を顕忠も山伏も即座に察した訳である。

小三郎がとぼけていると見た山伏は更に追及した。同じ密使なのか、あるいは敵への内通者なのか、彼にも判断出来なかったのだ。

「御辺《ぎょへん》は、若しや、吉野の御宮居近く」

山伏がそこまで口にした時、

「埒《らち》もない事と申しておこう。唯、はっきり言っておく。私は敵ではない。いざとなれば、一味同心のつもりでいる。安心されてよろしい」

その時、水手《かこ》の一人が叫んだ。

「帆が三つ、動き出したあぁ」

そちらに顔を向け、じっとその方向を見すえた目を凝らした顕忠は、

「針路は未《み》（南南西）と見た。待ち伏せかも知れぬ。雑賀からの船と狙いをつけたやも知れぬ」

彼は一応、船中に注意を促した。顕忠の遠目は確かである。常人には見分けもつかない遠間でもよくこれを見通せた。

「かなりな大船じゃ。櫓《ろ》は十二挺《ちょう》、大櫓（二人がかりで漕ぐ櫓）だ。恐らくは細川」

山伏に話しかけ、彼は頷いた。その予想があったればこそ、山伏は孫六に強行突破の備えを頼んだのである。

細川とは足利尊氏の一族の細川家であり、阿波の守護は細川和氏、中国に領国を持つ細川頼春はこの時讃岐にあり、両細川は阿波と京との往来路を確保する必要から、由良の瀬戸を完全に制圧していた。

細川が由良の瀬戸を制圧しているとは、実は瀬戸の東側にある二つの島を占拠しているということである。紀州と淡路島の間の水道は由良の瀬戸と呼ばれているが、いわゆる由良の渡と呼ばれているのは、この友が島と淡路の由良との間の瀬戸のことである。由良に居城を構える安宅氏は、熊野海賊の一翼を担う者で、これは宮方である。淡路島の南にある沼島には、安間氏、志宇知氏、小笠原氏が夫々城を構え、これも海賊と呼ばれる族。これ等もまた宮方である。その故にこそ細川は友が島二島を占拠して重要拠点とし、常時陸兵水軍共に大きな兵力を置いていた。

紀州田倉崎の北に深山という漁村がある。そこは、淡路の由良との間を行き来する一般船の発着地点でもある。細川は別に由良の瀬戸を封鎖しているのではない。軍事行動を起こす以外の者には自由な航行を許している。由良の安宅と友が島の細川は相対峙してはいても、戦火を交えたことはない。細川和氏は都にあって都周辺の合戦の指揮もとらねばならない。また細川頼春には四国全土を狙う野望もあり、共に淡路の片隅の由良や沼島と事を構える気はなかった。由良、沼島の一族達も、運送の仕事、漁の仕事と忙しく、余程の事がない限り、好んで細川と一戦交えるつもりはない。その両者の思惑が均衡《きんこう》して、由良の渡に海戦は未だなかった。

入江船隊の鼻面をおさえるかのように帆前船三艘は南南西に針路を向けてはいるが、その正体も意図も未だ不明である。かなりな刻が経ち、両者の間が縮まった。

やがて、

「頭を回すぞ」

水手《かこ》がさけんだ。帆前船隊は一斉に取り梶を取り、淡路の島影を背に、ぴたりとこちらに向き合った。雁行の形だ。一番船の孫六が再び立ち上がって手を振る。一番船が帆を半分下ろすのが見えた。船足が落ちたようだ。櫓が下ろされたが半櫓である。船形を整えるためだけの助漕のようだ。

水手の長《おさ》が叫んだ。

「おもぅー梶」

二番船は変針して孫六船の後をかすめ、元の針路に戻して孫六船の右翼、斜め後にぴたりとくっつけた。三番船は何時の間にか孫六船の左翼に少し下がってぴたり。三角になった隊形である。

海上の距離は見た目よりも遠い。相手もこちらに向かっているというのに、思う程には間合いが縮まらぬ。小三郎は焦れたようにそれを言葉にした。

「騎馬合戦とは違う。潮と風が相手だ。急《せ》いたとてどうにもならぬ。だがもう戦は始まっている。双方共、船の按配が合戦の備えになった」

雁行する帆前船隊の最後尾の一隻が船足を緩め、前の二隻から離れ始めた。各船の距離は相当開けられている。

「後の一艘が更に退いたのは後備えのつもりか」

小三郎は顕忠の言葉で、改めて興味を抱いたらしい。顔色が生き生きとして来た。

「ま、そういう事だが、この際は前抑えとでも言っておこう。前の二隻が横から我らを攻め立て、通り抜けようとする我らの頭を抑えようとする構えだ。だがその網にはかかるまいて」

その言葉の終わらない内に、帆前船隊の左翼船から火矢が放たれた。青空を背景にその赤い火の玉は、奇妙に美しくさえ見えた。

矢の届く距離ではない。それどころか未だ船印さえみえない。停船命令の合図である。これは戦闘開始の宣告にも等しいものだ。だが入江船隊は船足を緩めようともしない。ややあって右翼船からは、二本続けて火矢が放たれた。

沈黙のまま両船隊は航行を続ける。更に両者の間合いが縮まり、次には左右の両翼船から鏑《かぶら》矢が放たれた。これは中空へではなく、孫六船を目掛けたものだ。これも未だ未だ届く距離ではない。敵の威嚇である。届かなくても、そのまがまがしいうなりの音ははっきりと尾をひいて海上に流れた。

その時、またしても孫六が立ち上がり手を振る。取り梶だ。船隊は急速に左へ一斉回頭、敵に船腹を見せて並んだ。逃げると見た敵も、面梶をとって右へ回頭、行く手を抑えようとする。針路は南となって再び帆を上げ船足が伸び始めた。まともに追い風となったのである。櫓が上げられた。

だが長くは続かなかった。風が落ちた。船足が落ちて、孫六の手が上がった。

「帆を下ろせ。全櫓かかれ」

下知が飛んだ。

風の事情は同じだ。相手も帆を下ろすのが見えた。

両船隊は南へ向かって平行だが、帆前船隊の方がかなり後方に位置している。だが入江船隊が沼島へ向け針路をとれば、帆前船隊は確実に入江船隊の頭をおさえることが出来る。未だそれだけの距離が開いているのだ。

流石に大櫓だ、船足が違う。平行の間隔はそのままだが次第に追い縮めて来た。

「お、梶をきりよる」

顕忠が声を上げた。だがそれは僅かな変針のようだった。針路は直ぐに固定されたかに見えた。

「斜めに突っ込んで来る算段じゃ。や、三番船が船足を延ばすぞ。頭の抑《おさ》えか」

入江船が沼島へ転針した時の備えに進出を意図したようだ。一番二番船と違って、針路は変えず、入江船隊と平行を保っている。

突然孫六の一番船が左に急旋回した。左側の二番船と接触しそうなすれすれの距離で両船は擦れ違いの形となり、孫六船は更に旋回を続けて相手の二番船に針路を向けた。だがその二番船が目標ではなかった。淡路島への針路を固定すると、相手は南へと遠ざかる。

相手の一番船二番船共、孫六船だけの動きに戸惑ったらしい。入江船隊の二番三番船はそのまま南下を続けているのだ。

孫六船が針路を固定して程なく、相手の二番船がようやく右へ旋回を始めた。孫六船の追尾ではなく向き合う形をとるつもりのようだ。船足に自信があるようだ。だが船体が大きいだけに回頭には時間がかかり円周も大きい。それだけ孫六船との距離が開いた。

その二番船の回頭が終わらない内に、顕忠の二番船が面舵を取って相手の二番船に船首を向けた。同時に入江の三番船は相手の一番船に向う。

未だ矢頃ではないが相手の一番船は入江の三番船に矢を放って来た。顕忠の二番船には目もくれない。

「あいつの後を突っ切るか。うまくすれば梶取《かんどり》が狙える」

顕忠が不敵な笑みを浮かべて水手《かこ》の長《おさ》に言った。

「良かろう。逃げるだけじゃ入江の名が泣こう」

「お頭は逃げまくれと言ぅたぞ」

水手の一人が言った。

「何の逃げる際の置き土産よ」

長《おさ》はうそぶいた。

だが相手の真後ろを横切る位置に進出した時は相手との距離が開き過ぎていた。顕忠の放った矢は空しく海に落ちた。間髪を入れず小三郎が入江の射手の持っていた弓と矢を奪い取り、相手の船尾に向けて矢を放った。

梶取の居るところには板囲いがある。だが後だけは開放されていて無防備だ。顕忠はそこを狙ったのだが、遠くて届かなかった。それを小三郎の膂力《りょりょく》が見事にし遂げた。相手船の梶取がうずくまるのがはっきり見て取れたのである。

「お見事」

顕忠と山伏が同時に感嘆の声を上げ、水手がおうと叫んだ。

顕忠は自分の非力を恥じるよりも、素直に小三郎の力量に感じ入っていた。あの雑賀の浦で、打ち込んだ櫂を小三郎にがっきと受けとめられた時と全く同じ衝撃も受けていた。唯、感服の他なく、次の言葉が出て来なかった。

「人を射たのは初めてだ。足を狙ったが」

矢を放ち、その先を見届けた瞬間、小三郎は身内に高ぶるものを覚えていた。その高ぶりは高揚感ではなく、小心者のおののきにも似た慚愧《ざんき》に近いものだった。

舳先ががくんがくんと大きく縦に揺れ水しぶきが上がった。相手の二番船が旋回した航跡の波を受けたのだ。遥かに遠くの相手三番船は右旋回にかかっている。船列を離れ、一艘で遁走《とんそう》を計るかに見える孫六船を怪しんだのであろう。孫六船は一番船でもあった。捕らえる目的の使者はこの船にいると判断したに違いない。孫六船を二番船に追い上げさせそれを上から抑えるつもりのようだ。

相手三番船が回頭を終わったその船尾の向こうに沼島がくっきり見える。

入江三番船が相手一番船の横腹に舳先を向けた。攻撃の体勢である。だが相手一番船は回避運動には入らない。いや入れないのだ。梶を失って直進を続けるだけだったのだ。

相手一番船が矢を放ち始めた。その船の指揮者は操船よりも近付く入江船の攻撃に気を奪われているのか。入江船は矢頃深くまで入って左に旋回。回りながら五人の射手が一斉に火矢を送った。相手は大船である。舷腹が高い上に舷側には垣のように板をめぐらせ、高さの低い船ではまともな矢合わせは出来ない。漕ぎ手もその板の内側だ。これも狙えない。入江船は矢継ぎ早に、屋形の同じ箇所を狙って火矢を送る。

旋回を終わって相手船とかなり離れた頃、相手船の屋形は炎上し始めていた。

その間に顕忠の二番船は懸命な力漕で離脱を続けていた。


狭い入江に僅かな砂地があった。向背は雑木林。沼島の西側の最南端に近い。

「ここは何処じゃ」

「今さっき回ったのが三ケ崎よ。漁師の逃げ込み場で何もないとこじゃ」

顕忠の問いに長《おさ》が答えた。孫六が指定した落ち合う場所だ。三艘が離ればなれになることは予定の内だったようだ。

船が達着する時のことである。小三郎が舳先の戸建てに立った。顕忠も山伏も、彼の意図が分からず黙って見ていた。その目の前で小三郎は、舳先を蹴ってひょいと砂の上へ飛び移った。その間には未だ三間近くもの水面があろうという距離であった。

見ていた控えの水夫《かこ》が一斉に「りゃありゃあ」と喚声をあげて手をたたいた。小三郎は船の方を振り返りもせず、水際添いをさくさくと砂を踏んで歩く。

船からばらばらと水手達が飛び降りる頃、彼はかなり離れたあたりで波に向かって袴の紐を解いていた。それを見た水手達は、指さしながら大いに笑った。小三郎が急いで浜へ飛び降りたのは、小用を足すためと知れたからである。

船の長《おさ》は水手《かこ》達に木切れを集めさせて焚火を始めさせた。船の上では気が張っているせいでさしたこともないのが、陸《おか》に上がると流石に如月《きさらぎ》の風は応《こた》える。漁師の蓑《みの》は着けたまま、あくまで漁師の集まりに見せかけている。

その作業の間に、小三郎がわかせた水夫達の、一寸浮いたような雰囲気が消え、後は黙りこくって、火に手をかざして暖をとっていた。やはり一番船三番船の安否が気がかりなのだ。

浜には他に人影も見えない。顕忠がこれまでに立ち寄った浦はかなり大きく、停泊している船、更に出船入船の往来も頻繁《ひんぱん》で活気に溢れていた。陸《おか》には密集人家があり、後背地の岡には小笠原氏の居城があった。城といっても、望楼を備えた小さな砦といった規模のもので、城主の居館がその大部分を占めている。水軍の城は大体そのようなものだ。その浦へ回航するのには、無駄な遠回りでこの浜へ着けたことになる。この落ち合う地点を顕忠は知らされていなかった。沼島の小笠原とだけで、勝手知ったあの浦と顕忠は独り決めにして、孫六に聞きただすこともしなかった。だが、どうやら思い違いらしい。孫六が隠密に事を運ぶ意図とは察しがつくが、沼島に来てまでと、顕忠は不得要領な気持ちであった。

顕忠、山伏、小三郎の三人のために焚火を一つ作ってくれた。顕忠は、皆と一緒に囲むからと断ったが、水手は黙って設《しつら》えた。

「先程は見事な跳躍におざったな。さぞや名のある御仁と拝見いたしたが」

山伏が小三郎に声をかけた。

「戯れた振る舞いをお目にかけた」

小三郎は笑った。少し照れているように見えた。

「御名を明かされよ。御辺は私の正体を身破っておざる。もはやお隠しになるには及びますまい」

山伏は鋭い目でじっと小三郎をみつめた。

向けられたその視線を小三郎は微笑を含ませ、やんわり受けとめるだけで答えない。

「御名は知らずとも、吉野の朝廷《みかど》にてお見かけ申した憶えあり。私は吉野在郷の者で国枝照元と申す。朝廷の端近く幾度となく伺候《しこう》仕っておる。その折、二度三度すれ違うたように憶える。確か警護の武者姿であった」

「止められい」

手を挙げて制止の形を示したが、小三郎は不快そうでもなく、からっとした声音であった。

「過ぎた日々は、今の私には無縁のもの。雑賀の小三郎、流浪の者とのみ御承知おき下され」

「相分かった。なれど、私を髻《もとどり》と見抜き、こうして危うい船旅も共にいたしておる。更には、一味同心のつもりとも言われた。隠密にされることもあるまいが」

「乗り掛かった船ともいう。乗り合わせた縁で味方のつもり。それ以上の仔細《しさい》はない」

国枝と名乗った山伏はなおも不審の目を向けていたが小三郎は取り合わない。

「小三郎殿が吉野所縁のお人と分かれば、われらは安心して警固《けご》の役が務められ申す。山伏殿の疑念は差し措かれ、ともかく船路の無事に心を合わせて下され」

顕忠も小三郎の素性には大いに興味を感じていたのだが、二人のやり取りを聞きながら、山伏の詮索《せんさく》の仕様が何やらうとましいものに思われて、それに水を差すような形で打ち切らせた。彼は小三郎に、何とはない親身な気持ちを抱かされていたのだ。

暖をとりながら半刻《はんとき》（約一時間）、ようやく孫六船と三番船がその浜に着いた。

両船の姿が小さな岬から姿を現した時、水手《かこ》達は歓声をあげた。気味の悪い程静かだった入江衆の、だんまりの空気が弾けるように崩れた。皆、息を詰めるようにして両船の安否を気遣っていたのだ。

孫六は何事もなかったように、今着いた者達にも焚火をたかせ、三番船に用意していた酒と肴を配らせた。

それを命じた後で、孫六は顕忠達の所へやって来た。

「まちっと待ってもらおう。ま、酒でも呑ぅで」

山伏と顕忠の顔を交互に見ながら彼は言う。途中の危難に触れるでもなく、互いの無事を喜ぶでもなく、日常の一仕事を終えた態《てい》に異ならない。

孫六はそのまま手下《てか》三人を連れ、浜の奥の雑木の茂みの中に消えて行った。

四半刻（約三十分）、孫六の消えたあたりから四人の男が姿を現した。一人は孫六の伴をした手下の者だが、後は見知らぬ漁師風の男達である。刀の代わりに、腰には手鈎をぶち込んでいた。

「皆んな立てやい。わしについて来い。手足を伸ばしてゆっくり骨を休めておけ、頭の達しよ。船の見張りは要らん。このお人らにやってもらう」

孫六の手下が喚くように言い、水手達は歓声を挙げた。

「酒は持って行ってええか」

「船に投げ込んでおけ。向こうで用意してもろぅておる」

焚火の火もそのまま。見張りに来てくれた者達に思い思いの声をかけて、水手達はぞろぞろ歩き始める。

「わしが一人残っていよう」

山伏と小三郎に向いて顕忠は言った。

「何故」

山伏が不審の声を挙げた。

「船は海賊の城じゃ。一人もおらぬとあっては、まさかの折面目もあるまい」

顕忠は実際にそう思った。異変の起きた際、船を失っていては進退に窮してしまう。如何なる所へ出張っても、船を守る要員を残すのが海賊のしきたりなのだ。

「顕忠殿よ。それは思い過ごしに似てはいまいか。入江衆の頭が命じたもの。それに素直に従ぅて差し支えあるまい。まして御辺は、頭と肝胆相照らす仲と見受けておる。頭の思惑は知らずとも、それに従うが信義ではないか。ま、何かあっても狼狽《うろた》える顕忠殿ではあるまい。城はのぅても切り抜けられよう。さ、参ろう」

小三郎は微笑を浮かべてそう言う。

結果的に誤りがあるかも知れないが、最初から疑念を挟むべきではない。それが心知り合った者同士の信義というもの。顕忠は若い相手から教えられたと思った。たしなめられて、小癪《こしやく》な思いはなかった。

後に顕忠は、知友といえども戦《いくさ》支度で頼って行く時は、他意のない証しに船を預けるのが海賊の心得と知った。長年、海賊の中にありながら、従ったのは合戦や紛争の時だけである。しかも与力合力の身では、このような心得を知ることもなかった。船は後備え、退く時、何時でも待機させておくもの、彼にはその頭しかなかったのである。

ここではとにかく孫六に従うこと。それだけを勧められて行を共にすることにした。

入江孫六は手下《てか》二人を連れ、知友の浦刀祢に船を仕立ててもらって小笠原の居城へ向かった。沼島は淡路島の南端と向き合う、周囲二里ばかりの小島である。だが、往古より漁師が数多く居住して、航路の寄港地としても栄えていた。当時、安間、志宇知、小笠原の三氏が城を構え、世にいう沼島海賊としてその勇猛さをうたわれていた。その対岸の由良の渡の発着港である由良の浦には、紀伊西牟婁郡より出た安宅氏が居城を構えている。安宅は熊野海賊の有力な将だ。以上の海賊はすべて宮方であり、合戦のみならず、吉野への食糧、武器、或いは諸国から集まる公家の年貢輸送等、これを警護し、または自ら事に当たる等して、宮方の重要な拠点を勤めていた。

孫六が大事をとったのは、山伏がもたらした裏切り者の話によってからだ。吉野の内部、或いはその近くに武家方の手が廻らされているとすれば、淡路、沼島の宮方の中にも潜んでいるものと思わなければなるまい。小笠原へは、山伏下向の知らせは届いていない筈である。山伏から託された吉野からの書状に彼の護送依頼が認《したた》めてある。山伏到着まで小笠原に通報されてはいなかった。にも関わらず、使者は沼島へ行くと感知されていたとみるべきだろう。現に今日、細川と思われる軍船の襲撃を受けた。

二番船が離脱に成功したとみて、足手まといのなくなった孫六は反撃に転じた。二番船の放った矢で梶取《かんどり》以下の梶指揮を失った相手一番船が、櫓方だけの進め様では旋回、反転運動はままにならない上、更に入江三番船によって炎上させられている。入江三番船は炎上する細川船を離れ孫六船へ舳先を向けた。反転した孫六船と相手二番船を夾撃《きょうげき》するためだ。勿論、相手三番船も急行していた。だが矢合わせも始まらない内に、相手二番船は大きく旋回して炎上する一番船に舳先を向けた。炎上が激しくなり、救助に向うようだ。それと見た三番船もそれへ追尾の針路をとる。多分一番船には総大将が座乗しているのだろう。合戦ではない。妨害が排除出来れば後追いする必要はなかった。孫六は、そのまま西方へ針路を取る。相手船は三隻が寄り添うようにして、潮に流され南へ遠ざかって行った。恐らく阿波の本拠を目指したものと思われた。

折から風が出た。櫓を上げて帆走に切り替え、激漕の疲れを休めながら下げ潮にも助けられ沼島へ到着したのである。

今日の襲撃の顛末を友が島の細川方が知るのは早くても明日の明け方だ。だが、鳴門の瀬戸の東口、阿波の撫養を固める細川の水軍には、夕暮までには早馬が走るだろう。それに、淡路、沼島の宮方へ潜入している者ありとすれば、どのような手だてを廻らせないとも限らない。この度の密使下向の重大性は既に悟られているものと思わなければならない。あれこれ考え合わせれば、味方にさえ隠密に、しかも事を急がねばなるまい。

孫六の思案と行動はそこにあった。

小笠原の対応はソツのないものであった。孫六の推察に同調し、夕べの上げ潮に乗って鳴門を突っ切ろうと言ってくれた。夜の闇に入る頃は、潮の流れも勢いを増す。合戦ならいざ知らず、鳴門に慣れた小笠原海賊といえども闇の危険は避けたい。薄暮の鳴門であれば昼間に異ならず、それに阿波の輩に小笠原の旗印がはっきり見える。小笠原と鳴門の急流で争う気は持たない筈。

小笠原の作戦は孫六の思惑通りであったが、意外だったのは、小笠原は塩飽《しあく》までの伴しか叶わぬという。塩飽は伊予の海への入り口のような位置だ。忽那《くつな》へ向かうのに、一休みの地点ではあっても、そこで別の船に乗り継ぐ程のことはない。孫六は不審を感じてその意を問うた。小笠原の答えは、吉野からの達しだという。吉野の書状には軍勢催促の条もあった。小笠原へは既に一ケ月前より軍勢を送るよう書状が届いていたのである。発向の遅れていることへの催促だ。小笠原船は塩飽まで密使を届けた後、直ちに小豆島へ引き返し、佐々木信胤（飽浦信胤）に合力するようにとの事であった。小豆島は顕忠が塩飽光盛と共に飽浦に合力して攻略したところだ。その後、未だ全島制圧及び直島を始め周辺の島々、対岸の讃岐沿岸と完全な支配下には至っていない。それが成った時は、宮方の内海航行船は余程安全なものとなる。今までは、多数の軍船で押し渡る時は別として、強力な海賊の警固《けご》がなくてはとても渡れたものではない。勿論内陸部の軍事行動の際にも、水路の確保は軍勢の迅速な移動を可能にする。小豆島及びその周辺の制圧は吉野の朝廷も望んで止まないものであった。だがここにかすかではあるが吉野では疑念がないでもなかった。

佐々木信胤本人についてである。武家方から宮方へ、宮方から武家方へ寝返る例は枚挙に暇のないくらい、当節、珍しいことではない。だが、どこまで覚悟の変心なのか、その見極めが難しい。その時々の利害打算で変節する者は、また何時の日か裏切らないとも限らない。合戦の度、何処からともなく味方に集まった雑兵達が、戦況不利と見るや蜘蛛の子を散らすように雲散霧消、大軍が一夜の内に僅かな旗本だけになってしまうこともある。それに比べ、敵の軍勢は一夜の内に二倍三倍にふくれ上がることもある。このような目先で動くのは雑兵だけではない。一軍の将、一国の守護でさえも、何時どちらへ加担するか分からないのが時代人士の特性といえる面が強かった。

佐々木信胤が宮方へ寝返ったのは女性問題からである。

先祖代々鎌倉の御家人である信胤は、南北抗争が始まると当然武家方に加わり、細川定禅に組して足利尊氏のために大いに働いたのだ。ところがこの信胤は京にいた時、足利尊氏の権臣高土佐守師秋の女房を寝取ったことで彼の恨みを買い、宿所を襲撃されそうになって危うく脱出、国元へ逃げ帰った。そのことから、高師秋の報復を恐れて宮方お味方を吉野へ申し出た。彼が兵を興して武家方の小豆島攻略にかかったのはそのような経緯からである。吉野が熊野海賊の小山、塩崎の二氏に佐々木信胤小豆島義兵への合力を命じたのは、合力の他に、信胤の真意監視の意もあったと思われる。

今また、小笠原を小豆島へ送るのも、信胤変節の万一に備えてと思える節がないでもないようだ。宮方の大きな動きを小笠原は推測している様子だった。密使を送るのは塩飽まで、その船は直ちに小豆島とは、それ以外に考えられない。それに小笠原は、熊野海賊の総帥別当湛誉の名で届いている沙汰書を洩らした。沙汰書にはこの一、二月内は何時でも船汰《ふなぞろ》えが出来るよう心しておくように。その節は別途の沙汰をとある。この熊野からの沙汰は入江孫六の所へも届いていると確かめてのことではあったが。このような大っぴらな沙汰は、隠密作戦のような小さな動きではないことを意味している。

それと密使が携える密書とどう連動しているのか。孫六には到底想像出来ることではなかった。唯、小笠原が、この度の密使護送をそれ程重大視していない様子は感じ取っていた。予想される大作戦の前に、忽那《くつな》までの密使等と軽く考えているようだ。どうせ吉野よりの忽那への感状と、次なる無心であろう。明らさまには言わないが言葉の端々にその色が見えていた。沼島は西国から来た船の、紀伊或いは堺あたりへの最終の中継拠点だ。殊に、忽那との親交は深い。合戦で宮方に忠勤を励むだけではなく、吉野への物資搬入に力を尽くす忽那《くつな》の働きはよく知っている。

入江孫六は、これまで何度かの警固《けご》で顔馴染みの密使国枝照元を、その役目故に大事に考えていた。小笠原の扱いが何時もと違って粗略に思われ、若干の不満はあったが、吉野の達し、熊野の触れを持ち出されては抗《あらが》えなかった。せめて使送の船三ばいを求めたが、小笠原は、二はい以上は割けぬと譲らなかった。だが、調達してくれた船は思ったよりも大きい軍船であった。二十挺櫓に二十人の武者。密使の使送というより船戦への出撃の構えである。確かに、小豆島での合戦に備えたものと納得させられる。

「播磨の灘で細川がどう出るか」

孫六のその独り言を聞いた小笠原の武将達は笑いとばしていた。

確かに船戦さとなれば、細川は小笠原の敵ではない。小笠原海賊の手並みを孫六は百も承知である。だが、戦いとなれば密使の安全がどこまで確保出来るか。戦いともなれば、小笠原といえども無傷という訳にはいくまい。上げ潮に乗れば流れは西、目指す行く手と同じ方向である。播磨灘では、夕べの凪が過ぎれば風は東風だ。行くには楽だが、細川の大船であれば船足は速い。追い付かれて先に廻られれば振り切るのは難しかろう。それに小笠原船では、相手を攪乱するには小廻りが利きかねる。

孫六の胸中には、その不安が次々と浮かぶのだったが、それは口に出来ることではなかった。先ずは、沼島までの己れの務めを無事果たしただけで満足すべきと自身に言聞かせる他なかった。

入江孫六が小笠原の軍船で、入江衆の待つ浦へ帰って来たのは陽が西へ傾きかけた頃である。軍船の支度が整うまで、彼は小笠原の供応に与《あずか》っていた。その席で彼は、紀伊水道での小海戦に触れることはなかった。警固の途中の働きは自ら口にしなくても、人の口の端に上るもの。何程のものかはそれが決めてくれるもの。それは警固衆一般の感覚であり、武士達が合戦の度、自分の働きを軍忠状にして所属の上部へ上申するのとは違っていた。それがこの時代の海上警固衆の詳細な働きが世に伝え遺されなかった由縁である。

入江衆はさ程待ちくたびれた様子もなく、適当に呑み、食べ、眠っていた。雑賀への帰りの潮はよく心得ている。頭の孫六がいても、同じ時間を潮待ちでつぶさなければならない。従って、孫六が姿を見せる頃合には誰いうとなく身仕度を始め、待機の構えに移っていた。中に気の早い者五六人は早々と、船を着けた浜へ向かっていた。

潮が緩み始めている。入江船は東へ、小笠原船は西へと真反対の方向だが、上げ潮で紀伊水道の潮は北上、鳴門では西行の潮、どちらもこの上げ潮が利用出来るのだ。

孫六は相変わらず何の説明もしない。勿論胸中の不安をおくびにもださない。豪放で単純のように見え、意外と細かい神経も使うようで、相手に気を使わせまいと殊更説明を省くことが多い。小笠原の侍大将を名乗る船隊の指揮者に、密使、顕忠、小三郎、それに波平を引き合わせ、顕忠に顔を向けた。

「顕殿《あき》よ。行く先は塩飽《しあく》が光盛のとこよ。忽那までは光盛によう頼うでくれ。孫からじゃとな」

「承知。光盛殿には世話にもなったし、小豆島攻めには加担もした、気心の知れた仲。まして孫殿の頼みとあれば一も二もなく通じよう」

塩飽三郎光盛は入江孫六と古くからの知友である。孫六は頷いて、密使国枝照元に顔を向けた。

「帰路には必ず雑賀へ立ち寄られい。昨夜はもてなしとて出来ざった故。今度はゆるりとな」

そして一笑いすると手下《てか》の者に出発の支度を命じた。

「孫殿よ、あのな」

顕忠はついと孫六の側へ寄り、声を潜めた。

「承知。分かっておるわ。あの女子《おなご》のことであろう。顕殿の大切のお人じゃ。粗略にはせぬぞ。じゃがの、心変わりまではわしも請け負えぬ。顕殿を待つと言うて、わしの目の届く所にある限り大切にしておく。ま、早よう雑賀へ姿を見せやれ」

孫六は豪快に笑った。顕忠は照れ隠しに頭へ手をやる。そして言葉もなく頭を下げた。みおについて、もっと色々孫六に話しておきたいと思っていたのだが、大勢の者の中で話すのは憚られた。それに、自分の気持ちをどのように孫六に話し、どのようにみおへ伝えてもらいたいのか、自身でもその言葉がまとまらないでいた。以心伝心、孫六との気持ちの繋がりを頼みとする他なかったのである。

「みおとか申したな、あの女性《にょしょう》。あのお人、必ず顕忠殿を尋ねてどこまでも来るだろう」

傍でにこにこと笑いながら聞いていた小三郎が顕忠の肩をたたいて言った。年下の若い者が、ちと狎れ狎れし過ぎる、顕忠はそう聞いた。冷やかされたように思ったのだ。

「若いのに女の気持ちが分かるのか」

とがめる口調になった。

「女でも男でも、一途な気持ちは他人にも伝わるもの」

小三郎は穏やかに答えた。

彼の顔をじっと見た顕忠は、素直な男なのだろうと得心した。納得してみれば、彼の言葉は自分の内心の願望を言い当てているようで悪い気分ではない。顕忠は片手で彼の肩を押して笑って見せた。

小笠原船が艫綱を解き、竿を差して海面を後退し始める。指揮をとる侍大将が、浜に向けて片手を挙げた。それを受け、入江衆、浦刀祢人と浜の者達は一斉に手を振った。声は出さないが、無言の励ましと、それへの感謝の気持ちが水面に交錯する。

「櫓を降ろせ」

一番船の船長《ふなおさ》が、続けて二番船と声が響き、二隻は静かに浦を出て行った。櫓は未だ六挺、巡行速度である。


雑賀の浦に引き揚げて来た入江孫六を異変が待ち受けていた。

大切な預かり人、みおを深山近くの尼寺に送ったと言う。留守を預かっていた孫六が片腕と頼む鯨太は、孫六の前で悄然としていた。

孫六の船隊が出航して一刻ばかりの頃、孫六の屋敷を僧形の二人連れが訪れた。一人は頭巾で顔を隠し長刀を持ち、一人は頭巾を着けていなく長刀も持っていなかった。二人共大刀を腰にぶち込んでいた。用向きは、曲がりの長者の側近くの女がこの家にいるであろう、その者を引渡してもらいたいと言う。鯨太は顔色も変えず、そのような者はいないと言下に否定した。だが相手は、昨日この家に入るのを見たという確かな証人がいる、この家の主殿とは何の関わりもない筈故、穏やかに引き渡してもらいたい、重ねて要求した。それでも、いないと言い張る鯨太に相手は、ならば得心の行くよう家中を探させてもらうと強硬であった。

「ならぬ。お頭の留守中に、そのような狼藉、許されんわい」

「狼藉はせぬ。改めさせてもらうだけよ」

「いいんや。家内へ入ることが狼藉よ」

鯨太は一歩も後に引かなかった。

僧形の一人が、長刀を二度三度空に振って見せた。びゅうびゅうと刃音が不気味だった。鯨太は激高した。手下《てか》に銛《もり》を持って来させた。そのまま使えば槍にもなるし、鯨取りの際は投げ銛として使う。武器にすれば殺傷力は大きい。鯨太は家の前でその銛を構え、実力で阻止する旨を告げた。

「ま、ま。われらに闘争のつもりはない」

顔を現している僧形が血相を変えた鯨太をなだめにかかった。

「このような掛け合いは不本意じゃが、曲がりの長者に頼まれ、よんどころない訳があって断り切れず仕方なく罷《まか》り越した。おらぬと強《た》って言われるならこのまま引き下がりもしよう。だが言ぅておくが、あの曲がりの長者がこれで納得すると思わぬ方がいい。われらはこれで去《い》ぬるが、根来《ねごろ》の衆を大勢集めにかかっておるとも言ぅておった。われらを瀬踏みのつもりで使うたのよ。われらは根来に寄宿する身、先ずは使い走りの使われようじゃ」

根来の衆とは、さ程遠くもない那賀郡の根来にある寺の役僧共が無頼の者達を集め寺の警護をさせている、その集団のことである。僧、俗半々といわれるが、僧形《そうぎょう》の者でも実際には僧の出の者は少ないようだ。

根来寺は真言宗の大本山で、正しくは大伝法院、本尊は不動明王、始め高野山に創建されたものが後にここへ移された。南北朝騒乱の世に、本山警護のために駆り集められた集団が、後には強大な軍事集団となり、戦国時代末期には卓越した鉄砲隊を組織して世に知られることになるのだが、この物語はその草創期の頃である。

曲がりの長者はこの根来にも商いの手を延ばしていて、無頼の者達の僅かな酒料、博打の元手等を貸し付けていた。その者達は曲がりの長者の頼みとあれば断り切れないであろう。この二人の僧形の者が言うことに偽りはあるまい。鯨太は思案した。頭の孫六を始め、精鋭の半ば留守の今、大勢の根来の衆に押し掛けられては防ぐ術はない。それに、頭から粗略のないよう申し渡され、何者が来ようともこの女性《にょしょう》に就いて知らぬで通せと厳命されていたものの、鯨太に、自分を始め入江の衆が命を捨てる程のものなのかという懐疑が生じた。頭がここにいて、戦えというのなら何も考えず命も捨てられる。だが、戦えという頭の命はなく、事の成り行きを頭は知らない。この女性の安全を守り根来と事を構えまいとするなら、この女性をどこかに匿《かくま》う以外にはあるまい。

思案はしたが鯨太の決断は速かった。先ずみおに状況を告げ、このままだと、入江衆と根来の双方に死傷者が出るのは必定、ここはこの家を出て身を隠して欲しいと頼み、時を移さず屈強の水手《かこ》五人をつけて船に乗せた。

午過《ひるす》ぎ、根来の者が十五六人でやって来た。その後に曲がりの長者がのこのこくっついている。根来から雑賀までは山の近道でも四里に余る。長者は昨夜来この者達を自家に泊めてでもいたのであろうか。

「誰が来ようとおらぬものはおらぬわ」

鯨太は強気でうそぶいた。

「家探しじゃ」

根来衆の後で曲がりの長者がわめく。

その声で根来の者が門から入る気配を示した。とたん、鯨太がどなった。

「ここを入江衆の頭の屋敷と知ってか」

彼は両手を広げて、一歩も入れまいとの姿勢を示した。

「承知で来とるわい。わしの女子《おなご》がこの家に入った。その女子を引き渡してくれぃ言ぅておる。おらぬとうそを言うところをみると、黙って取り込むつもりじゃろうが、そうはさせぬわい。力ずくでものぅ」

曲がりの長者も強気だった。

「馬鹿な。おりもせぬ女子のために何の力ずくじゃ。付き合ぅてはおれぬわい」

「われ（汝）に付き合ぅてくれとは言わんわい。真《まこと》おらぬなら家の中を見せやい。探させぬとあれば力ずく、それまでの事よ」

その間に、鯨太の後に漁夫が七八人、手鈎を持って集まって来る。根来の者はじりじりと二三歩後退し、太刀の柄に手をかけ或いは長刀を両手に握って下げ、姿勢を低めて攻撃の体勢をとる。次第に険悪な雰囲気が漂い始めた。

この根来の無頼者共は、近来俄か集めの者達であろう。恐らくは入江海賊の名を知らぬ者達ではないか。曲がりの長者に頼まれ何も知らず、脅しの手伝いに来たのだ。だが、そこは命知らずの無頼者、こちらの出方に依ってはどの様にか逆上しないでもない。こやつ等を叩き伏せるに造作はないが、それでも根来を名乗っている上は根来寺そのものが黙ってはいないかも知れぬ。それでは面倒なことになろう。

それでもなお押問答の間に、鯨太はその様な思案を巡らせていた。

結局、鯨太が折れた。

「分かった。痛ぅもない腹を探られるのは堪忍し難いが、それではうぬ（汝）等も了見し難いであろう。二人ばかり中に入れてやろう。隅々まで見て廻れ。じゃが、これは家探しではないぞ。客を案内するのじゃ。主の留守中に、家探しを許したとあってはわしの面目がたたぬ。うぬ等も、女子がおらぬと納得出来りゃ、それでよかろうが」

根来の者はそれでほっと緊張を解いた。彼等の本音は、金貸しへの義理とはいえ、この様な埒もないことで怪我をしたり、運悪く命を落としたりは真っ平、といったところだ。鯨太が妥協案を出したことで彼等は、もう用済みとばかりに踵《くびす》を返し始めた。

「やいやい、未だ済うではおらぬぞ。見届けるまではここに居やれやい」

曲がりの長者が大手を広げて彼等を止めようとかかった。

「わし等はもうお主との約束は果たしたぞ。女子を取り返したいから加勢せぃいう話じゃった。わし等は請け合ぅてここまで来た。女子はおらぬという。では、わし等のすることはもうない。じゃが、これまでの借銭はこれで相済みじゃ。文句はあるまい」

根来の主だった者がしゃあしゃあと言ってのけた。

「未だ残っておるわい。女子が見付かれば取り返してもらわにゃならん」

「分かった。おると分かればまた出なおそう。今は、この家にはおりそうにもないでな。ま、あちらがあの様に言ぅてくれておる。その目で確かめてからのことにな」

「むごい事を言う。わしがこの家に一人のこのこ入ろうものなら、どの様な目に合わされるか知れたものではないわい。半死半生の目に合いとうない故うぬ等に頼うだのではないか。女子がおるかおらぬか、早ぅ確かめてこう。それまでは去《い》ぬることならん」

「取り返すのと、確かめるのでは話は違う。とにもかくにも、わし等はこうしてちゃんと付いて来てやった。約束は果たした。おい、去《い》ぬるぞ」

その男は妙な理屈をつけて、仲間達を促した。彼の後を二三人が追うと、つられて後の者もぞろぞろそれに従った。曲がりの長者はなおも彼等に呼びかけていたが、一人として振り向く者もいなかった。

「長者殿やい。内へ入れ。隅から隅まで気の済むまで見て廻らせよう」

鯨太は小馬鹿にした口調で、一人残された曲がりの長者に言った。

長者は鯨太をにらみながら後退りして、

「内へ入れじゃと。足腰立たぬようにしてくれるつもりじゃろうが、その手には乗らぬわい。これで誤魔化せたつもりであろうが、それで済ませはせぬ。見ておれ。この家の周りに、四六時中目を光らせてやるわい。女子のおる事、きっと突き止めて見しょう。それが分かれば、軍勢を引き連れてでも取り返しに来るぞ」

「大きゅう出たな。長者殿は、今度は軍勢の御大将殿か。こりゃ見ものじゃ。楽しみに待っておろうぞ」

鯨太は負けずに悪態を返した。

委細を聞き終わった入江孫六は、

「それでよい。ようやった」

短い言葉だが、鯨太の処置を賞めた。みおを他へ移したことで、孫六がどのように怒るか、鯨太は気が気ではなかったのだ。孫六は殊に信義に厚い男である。頼まれて引き受ければ、それがどのようなことであれ、依頼通りを必ず守った。鯨太は孫六の留守中、孫六の頼まれ事をそのまま託された。如何なることがあっても、それは果たさなければならないのである。みおを他へ移したことが、彼女の安全を保ったことになるのか、いや、それが孫六の意に叶うものなのか。鯨太は自信がなかった。孫六の「ようやった」という言葉を聞いて、鯨太は全身から力の抜けるような安堵を覚えていた。

深山の尼寺というのは、実は寺ではない。尼が独り住む草庵である。泉舟尼を名乗るその人も、得度を許された尼ではない。尼僧の姿をしていても切り髪だけの有髪である。この泉舟尼は入江孫六の遠縁に当たる女性《にょしょう》だ。仔細あって孫六は、この女性の暮らしを援けてやっていた。だが若かった頃、彼女の夫なる人と三度ばかり顔を合わせたことがあるだけで、深山に逃れて来たと知ってから一度も対面したことはない。食糧を始め日常の細々としたものは、すべて鯨太に運ばせていた。時々、一度逢ぅて御礼申し上げたいという意味の書状を鯨太に託して来るが、いずれその内、それだけの口上を鯨太に伝えさせている。義理によって援助はしているが、会う程の興味はなかった。深山は紀州と淡路の由良とを結ぶ船便で賑わっている浦である。草庵は深山から少し奥まった、人里離れた所とはいえ深山は必ず通らなければならない。そこは阿波の細川の軍兵が固めていて、孫六がこの浦に姿を見せるのには差し支えがあり過ぎた。それも会う気をなくさせている一つだ。

「尼殿はどう言ぅておざった」

「お預かり申します、それだけにおざったと、送った者等が言ぅておったが」

孫六の問いに鯨太は面目な気《げ》であった。直接自分が行かなかったことで気がとがめている風だ。

「何か持たせてやったか」

「取りあえずの物は一通り」

「良かろう」

孫六は満足げに頷いた。(顕《あき》殿よ安心せい。未だわしの手の中じゃ。その内、別の思案もしておこう)彼の思った通り、曲がりの長者は厄介な相手だった。ひねり潰すのは簡単な事だが、入江衆の頭目としては、さした理由もなく相手を討つのは世情の聞こえもある。その足元をあやつ奴に見られておるわい。それも感じている。とにかく、とぼけて隠しおうす以外あるまい。一旦の処置には満足したが、曲がりの長者に思いを致すと、彼も苦笑の他はなかった。

それから旬日を出ない内に、深山近辺で在地の国人同士が武家方宮方に別れて騒擾《そうじょう》を起こした風聞が伝わって来た。武家方宮方それぞれの安堵状が重なった土地の争いが元だったという。

この時代、北朝南朝それぞれが朝廷の名に依る国守以下の官の任命を行い、然るべき武将、官の者もまた、合戦で勝利を収めた地域で在来の者には所領の安堵状、功績のあった者には新規の領地を与え、或いは合戦の前にそれを餌に味方に引き入れるとか、とにかく全国的に混乱を極め、保身のため或いは旧領を取り戻すため、今日は南朝、明日は北朝と、その時々の都合で敵味方に分かれる者も多かった。こうした混乱に付け込み、下積みから武力でのし上がって行った者も少なくはない。鎌倉幕府崩壊以来の下剋上といわれる風潮はこの混乱の中で更に助長された。南北朝の抗争とは結果的には、それまでの秩序を破壊し、それに伴う価値観の変革を生み出した動乱ともいえるようだ。闘争の中に身を委ねている者はそれと知らず、合戦に加わることのない一般庶民もまた、それと知らず動乱の被害の中で、古い秩序への抵抗を行なうようになっていた。そしてそれがまた、この時代の複雑な様相を深めて行くのであった。南北朝の抗争は、世に聞こえた大合戦、大会戦ばかりではない。深山近辺で起きた騒乱のような争いは、国中至る所で散発していた。武家方宮方といっても、日本中が右と左に判然と分かれて戦っていたのではない。地方の一国の中に敵方の武将の領地或いは拠点が点々とあるのは珍しくない。それでいて、小戦闘も起こらない平穏の日々が暫らく続くといったようなことも多い。

それがまた、時代相を分かり難くする事例を生み出してもいたようだ。

入江孫六は風聞を耳にすると同時に、手下《てか》をやって調べさせたが、尼庵のあるあたり一帯、農家、物置といわず、燃えるものは一様に焼け落ち、畑の作物は踏み荒らされていた。田には未だ何もなく被害はないようであるが、ここも踏み荒らされ、修復は大抵の事ではない。こうした戦いは、作物の収穫後とか、この度のように田畑に殆ど作物の被害のない寒期が選ばれる事が多い。戦いに加わり兵となる者で農耕に従事する者も多いからだ。

手下達は一帯をつぶさに調べ歩いた。そして、泉舟尼とみおの安否、その行方の手がかりも掴めないで帰って来たのである。

巻の三　灘から灘へ

密使国枝照元の一行は、播磨灘を西へ進む小笠原の軍船の上にあった。

鳴門の東口近くで潮待ちの間に小早い夕餉《ゆうげ》を振る舞われた。その間、対岸の阿波撫養《むや》の浦にはこれという動きも見てとれなかった。撫養には細川水軍が詰めている筈である。

「動きのないところを見れば、紀伊水道の船戦《ふないくさ》は未だ伝わっていないのかも知れぬ」

照元がふと口にすると、小笠原の侍大将は、

「細川もそれ程間抜けではおじゃらぬよ。ま、それも、大事の密使添送と知っておればの事よ。はて、いずれか、瀬戸を抜ければ分かり申す」

不敵な面構えでそう言ってのけた。

鳴門の瀬戸の急流を抜けたのは薄暮。播磨灘に入って、月が出て風が落ちた。一日張った帆はそのままに半櫓で漕ぎ進む。灘の潮は緩やかだ。遠く讃岐の沖合に漁《いさ》り火がかすかに見える。

無風が一刻余り続いてようやく風が出た。梶取《かんどり》と見張りの他は眠りに就いた。

それから二刻余り、全員たたき起こされた。

船隊の左舷に大型の帆船五艘が四国側から北西に針路を取って進むのが見えた。月明に浮かぶ帆影はどうやら二列縦陣のようだ。この夜更けにこのような船団が航行するとは只の通航船とは思えない。阿波からか、讃岐からか発進地は定かではないが細川方の船には間違いなさそうであった。小笠原船の針路の前面に出て、展開して待ち受けるのは時間の問題と思われた。

「思ぅた通りか。久しぶり一暴れして見しょうわい」

侍大将は本来の使命よりも、船合戦に興味があるようだった。彼は後続船への下令を火縄で合図させた。この漕ぎ手なら、小回りのきく小笠原船の方が五はい相手なら反《かえ》ってやり易い。五はいもいては船の間隔を十分にとらなければ味方同士衝突の恐れがある。向こうを引き回して反転、突破するのは造作もないこと、顕忠は一人思うのだが、何しろこちらは乗せてもらっている身だ、さしでがましいことを迂闊《うかつ》には口に出来ない。十六挺櫓の支度にかかり、帆は何時でも降ろせる体勢に入る。だが、半刻ばかりの緊張の後、向こうの帆船が俄に反転して四国の陸地へ針路を向けた。訝《いぶか》る目をすかして見れば、更にその向こうの行く手に船影が見える。六つ七つ、船影の針路はこちらを向いていた。

その船影は小豆島に拠る佐々木信胤の武将梶原三郎の手の者であった。近付いて声を交わし、互いに松明をつけて船印を見せあってそれと分かった。讃岐の動きを警戒してしばしば沖合深くまで巡視しているのだが、たまたま大型船が淡路方面から来たらしい船を襲うように見てとり、ともかくも漕ぎ寄せたものだった。月明と大型の帆船だからこそ発見出来た。小笠原の侍大将は若干面白くなさそうであったが、梶原の警固《けご》で何事もなく備讃瀬戸を通り抜け、塩飽《しあく》の広島に無事入港した。到着したのは午《ひる》近くであった。

梶原の護衛で安心したのか、顕忠達はゆっくり睡眠が取れていた。小笠原の水手《かこ》も交替で仮眠を取っていて気兼ねをする必要のなかったせいもあった。

塩飽三郎光盛は顕忠との再会を喜び、忽那《くつな》島へ護送の依頼を聞くや一も二もなく、この潮に間に合わせようと、小笠原との挨拶もそこそこに軍船二艘の出船《しゅっせん》を下令したものである。

船が沖合に出るか出ないかに光盛は瓢《ひさご》を取り出し、

「これやい、誰か盃を持って来ぅ」

どなっておいて、

「立ち寄ってもろぅても、何も構わんで。小笠原の船じゃひもじゅうはなかったか。何ぞ出させる故、それが整うまでこれをやらんか」

光盛はそんなことを口にしながら瓢を捧げて見せた。

「有り態《てい》に言えばじゃよ、あの小笠原の者と口を利きとぅのぅて、出船を急がせた。潮等、どうでも良かった。まして六島を過ぎれば我が庭のような備後灘じゃ。昼寝の内に渡れるわい。とは言ぅても、本音は潮の終わらぬ内に六島あたりまでは取りつきたいもんじゃ、とまあこうじゃよ」

彼は一人可笑しそうに豪快な笑い声を立てた。

「下げ潮に下げ潮を繫ごうとは分かっているものを」

顕忠も笑いながら応じた。

六島を過ぎて備後灘に入ったあたりで、東の紀伊水道から入った潮と、西の早吸の瀬戸から入った潮はぶつかり合う。潮は内海の東と西から押し寄せるのだ。従って西行きの潮に乗っていてもそのまま西航すればここを境に逆潮となる。それが満潮を過ぎれば潮は逆に流れるので、その時刻をうまく按配すれば、西航のまま続いて潮に乗れる訳だ。心得ている顕忠は冷やかし気味にそれを言ったのだ。尤も灘の潮は流れが緩く左程気にすることはない。だがそれから先、瀬戸へ入ってからが問題である。下手をすれば大島で潮待ちになり兼ねない。だがそれは通常の場合で、此度はわざわざ大島へ立ち寄ってくれるよう光盛に頼んである。潮待ちを兼ねられるよう、丁度いい按配になるだろう。光盛にも心積りがあるようだった。

「ところで、口を利きとぅはないて、小笠原が何ぞ言ぅておったか」

「いやいや、今日のところは。御使者、忽那《くつな》までよろしゅぅと神妙であったわい。俺の島へ来ては権高ぅも振る舞えまい。何ぞ労《ねぎろ》ぅてもらえる魂胆もあったかも知れぬ。俺はそういうことではけちな男ではないぞ。ならい通り食い物は持たせてやったわい。だが、あやつと共に酒というは駄目じゃ」

「えろぅ嫌ぅたものよ」

広島へ入港し、光盛の館までは小笠原の侍大将が密使以下を引きつれた格好だった。彼には光盛へ伝える口上と、人員引渡しの務めがあった。彼は折り返し小豆島へ渡らねばならないこと、急ぐ故次の潮で引き返したいと言った。潮は上げ潮の終わり頃である。それから満潮、潮が動き始めるのには大分時間がある。だが光盛は、それはゆっくりも出来まい、自分も直ちに船の支度にかかろう。大切の御使者、一刻も早ぅお送りせねば。そう言って、あたふたと手下《てか》を急がせた。勿論、小笠原の侍大将はその場へ放うったままである。密使の照元と顕忠が彼に送ってもらった礼を述べ、彼は不得要領のまま、無事を祈る意味の言葉を告げて己れの船に帰った。

「あやつ奴。侍大将などと威張りくさって、何の漁師上がりが。俺は痩せても枯れても塩主《しょうぬし》ぞ。いわば一国一城の主じゃ。漁師ずれが、侍大将の名をもろうて、人を人とも思わぬ口の利きよう。あまつさえ、この俺を水手《かこ》の長並《おさ》みに扱ぅて城の中へも入れざった。村上の義弘殿に頼まれ、弓削の問丸から年貢を運ぶ船の警固《けご》を引き受けた時のことよ。運送船には義弘殿が御座あって、これは小笠原も懇《ねんご》ろなものよ。俺の船には塩飽《しあく》の旗印もあったわい。塩飽海賊の名を小笠原が知らぬ筈もあるまい。あやつ奴《め》、何をどう思うたか知らぬが、俺はその時心に決めた。たとへこの先、何かで小笠原と合力のことがあったとして、あやつの船に弓引くことはあっても、あやつと同心することは致さぬとな」

「ふむ、そのような因縁があったとは露知らなかったぞ」

「人に話せることではないわさ。たまたま顕忠殿が同道であったで、俺の扱いが不審に見えたであろうと思ぅての、言わずもがなのことであった。ま、そういうことで、それはそれ、これからゆっくり呑んでもらおう。方々も、存分にな。この備後灘を塩飽が横切る分には何事も起きぬ。酔ぅて横になれば、醒める頃には忽那《くつな》じゃ。おう、その前に大島と言われたな。ま、ま、それは船に任せて、さ、さっ」

「率爾《そつじ》ながら、私は粥でもあれば所望したいが」

酒を勧められ、盃を伏せた照元が言う。

「ほう、御使者殿には酒は呑まれぬか」

「いや、腹がちと細うて、波に酔いそうでな。何、腹に入れれば、波にも酒にも酔うことではおざらぬ。明け方の乾し飯だけでは心許ないで」

「私もそう願いたい」

小三郎も同調した。それを聞いた光盛は声を立てて笑い、

「いや、これは。陸《おか》の方の同席を忘れておったわ。御無礼、御無礼。なれどそれはまちっと待ってもらわにゃ。支度の最中じゃ」

離れてぽつんと座っている波平に顕忠が声をかけたが、これは遠慮と見えて、断った上で囲いの外へ出て行った。

軍船は屋形のような囲いがある。合戦の際は盾ともなる堅牢な板囲いだ。中央の帆柱の前部には小さな、後部には大きな七、八人が寝られる広さのそれがある。前部のそれは戦闘指揮所であり、船長《ふなおさ》の居る所、後部は乗員の休む所でもあり、物資を入れる倉庫にも変わる。今はその広い方でもてなしを受けている。後の一角を板屏風で仕切り、そこで手下《てか》達が何かと調理している様子だ。やがて差し出された膳部のお椀に盛られた白いものを見るなり、

「や、これは豪気な。姫飯《ひめいい》ではないか」

照元が頓狂《とんきょう》な声を上げた。沈着剛毅《ごうき》な彼も、この様な贅沢には気がはしゃぐものであろうか。

小三郎は黙って微笑を浮かべていた。

この時代、すべての物の価値は米に換算されて計られた。いうなれば、米は基軸通貨の役割を果たしていた。年貢のすべてが米ではない。だが、米以外の物を年貢として収める場合でも、

その総生産高を米に換算して何石と計りその石高によって年貢の高を定めた。この頃はまた激しい勢いで貨幣経済に移行しつつある時代でもあったが、基軸となるものはやはり米であった。だがその米は、一般的な食物ではなかった。米を作る農民でさえ、米はハレの時の食事に用いるもの、一般庶民もまた、主食は稗、粟等の穀類を常食としていた。米が常食となるのは遥かに後の世のことである。また、米を常食として用い得る階層の者も、米をいわゆる御飯の形ではなく、粥にして用いていた。稗、粟の類も勿論粥だし、米粥の中にも稗、粟を混入した物が多かったようだ。

こうした世であったから、照元の驚きと感嘆も頷けるのである。姫飯《ひめいい》というのは、現代の御飯をかなりやわらかくしたようなものだ。だが粥と違って、お椀に盛り上げることが出来、一見してそれと分かる。尤も、それを見たことのない者には、それが何か分からなかったであろう。その頃、ようやく姫飯なるものが一部に流行し始め、その呼び名だけは、見る機会も食べることもない一般にも噂の口の端に上るようになっていた。

「さしたることもないが、塩のお陰じゃよ」

光盛はにんまり笑った。

「塩十俵、銭にすれば二貫と三百くらいのものかな。それを米と引き換えりゃ、三石はくれる。上方の相場では銭一貫文で米一石二斗よ。備後の尾の道の浦に市が立つようになっての、何かとやり易うなった」

光盛は豪快な海賊の反面、このように商人のような利聡《ざと》い一面も持ち合わせている。塩主《しょうぬし》として、多くの櫂子《かいこ》達の生活を支えてやらねばならない責任から、勢い銭勘定にも長《たけ》なければならないのだろう。顕忠も庄官の家の出だけに、勘定に弱くはないが、付き合いの中で光盛に教えられることが多かった。

「一度、その市へわしを連れて行ってはくれぬか。尾の道の浦は未だ知らぬ。ましてや市なぞ」

「おうとも。面白いぞ。市の他にも楽しみはあるぞ。その方は先刻承知か」

「いやいや、わしは市だけでよい」

顕忠が生真面目な顔で答えると、光盛は声を立てて笑った。彼が言う楽しみとは遊び女《め》のことである。顕忠は野暮な男と言うのは、光盛の口癖である。女遊びに興味を示さない彼を、光盛は不思議な男とも思っていた。照元と小三郎は、魚の菜で姫飯《ひめいい》に舌鼓みを打ち、一息吐《つ》いたか、盃に手を延ばす。

頃合いを見て光盛は一人抜けて、手下《てか》達のたむろしている胴の間へ出ていった。酒は客への供応、頭が何時までもそれに付き合っていては、手下に示しが付かないということだろう。

晝下がり、備後灘の航海は平穏そのもののように見えた。

備中、備後の陸《おか》近く、讃岐の外れ、伊予にかけても帆が点々と浮かんでいる。灘の中央部あたりを東西に行き交う船は流石に少ない。上るにも下るにも、沿岸の浦々に寄港する船の方が圧倒的に多いからだ。それに比べ南北の中国と四国を結ぶ航路は、灘を横切る以外寄るところもなく往来の船はかなり多い。塩飽船の行く手、あるいは後方を横切る針路の船が何ばいも見えている。塩飽船は帆を上げて、舳先を四国の側へ向けていた。

小三郎は舷側へ出た。良く晴れていて日差しは暖かいが風は冷たかった。程良い酔いがその冷たさを快いものに感じさせる。

見渡す限りの遠景である。陸の遠山は動かず、海の白帆もまた波間にたゆとぅているとしか見えない。己れの乗る船も、波に揺られて進むとも思えず。小三郎はのどかな気分に浸ってい た。と、その彼が不意と目を凝らし、「や」と不審の声を上げて眉をしかめた。

「何か見え申したか」

何時の間にか顕忠が後にいた。

「あの島、奇妙だ。宙に浮かんで見える。ほれ、水際が海上と離れているぞ」

小三郎は讃岐の方角に見える島を指差した。

「あ、あれは浮き島じゃ」

「真に空に浮かぶものなのか」

「初めて見る者には奇怪と映じよう。春先には時折姿を見せる」

「何と、平素は姿を隠しているのか」

「隠すにも何も実体は無きもの。あのあたりに船をすすめても何もない。こうして遠くから眺めれば見えるものの、時が経てば消え申す」

「幻か」

「そのようなもの。天然の悪戯とでも申そうか。見慣れれば格別気に止める者もおらぬが、ま、面白いといえば面白いもの。珍しい象《かたち》ではあり申そう」

「如何にも」

小三郎の見たものは蜃気楼《しんきろう》現象である。

顕忠は小三郎の驚きにそれ以上の意をはらおうとはしなかった。

「この舳先の方向が国分寺あたりでおじゃるぞ」

彼は手をあげて指さしながら言った。

「ほう。では私をそこで降ろしてくれるのか」

「いや、それは出来ぬ」

「何故」

「忽那《くつな》へ、が急務。忽那はこの方向じゃ」

顕忠は西を指差した。

「船はこちらへ向いて進んでいるではないか」

小三郎は南西の陸地を指差し、とがめる口調になった。

「船は、舳先の向いている方へ進むとは限らぬ。潮の流れと風の吹き様を按配して帆を張らねばならぬ。今の張り様を間切りといぅてな、追い風でのぅても、風と違う方向へ走らせ、已れが望む方向が得られる。よぅ見られい。実際に船が進んでいるのは舳先の方向ではなく、こちらじゃ」

顕忠は僅かに西へずらせた方角を示した。

「国分寺の海岸へは着かぬ」

「成程。そういうものか」

小三郎はあっさり言ったが未だよく飲み込めてはいない。だが、航法に興味は感じた。船を乗り回すのも面白いであろうな。漠然とそのような思いが浮かんだが、それは他人事として眺めた感想のようなものであった。

「船の着くのは大島。今宵は大島泊まり。それまで刻《とき》はたっぷりある。小三郎殿、国分寺への用向き我らに話してはくれぬか。その次第では我らが、役に立てるかも知れぬでな。大島では小三郎殿を下ろし、国分寺へ送るよう頼むつもりでいる。用向き次第では頼み様があるのだが」

「御両所、今一度内へ入られよ」

何時の間にか傍へ来ていた国枝照元が不意に声をかけて来た。そしていきなり小三郎の腕を取り屋形へ誘う。

「塩飽の警固衆とはいえ、聞こえて障りのある話もおざろう」

内へ入って微笑しながらそう言う照元だがその目は笑ってはいなかった。

「雑賀殿、国分寺への用向き、私へも明かしてはもらえぬか。左様。身共のお役目にも関わりがあるものなら、忽那《くつな》へ挨拶の仕様もおざる。行く先を聞かされよ」

共に吉野の密命を伝えるものならば、小三郎の道中の消息を忽那へ伝えるだけでも何かの判断の参考になろうかと思ったのだ。顕忠は、伊予の大島へ寄港しそこで小三郎を一人降ろすよう光盛に伝えていた。それがあるから照元もまた、小三郎の役目を知っておきたかったのである。彼は未だ、小三郎を吉野の密使と思い込んでいるようだ。

「御承知と思うが、われら密命を賜る者は互いにどのような者が他にあるやを知らぬ。朝廷《みかど》近く出入り致しても、如何なる方との口利きも許されず、唯、命《めい》を告げられるお方の声を承るだけだ。それに比ぶれば、使命を果たした先の方々は度重なる内お心易い方も出来る。その方々からは、吉野の模様はとよく尋ねられ申す。その度私は、吉野在郷の見聞より他伝えることが出来ぬ。雑賀殿のようなお人と同行出来た等、初めてじゃ。他の密使がどこへ参ったか、それだけで、私の行く先忽那では、対応をお考えのお方もおわすのだ」

「国枝殿と申されたな。少しくどい。沼島で申した通りだ。私は雑賀の小三郎。誰からも、何の役も頼まれてはいない。当てが外れて悪いような気もするが」

「ならば、国分寺へは何事で」

顕忠が再度尋ねた。

「いや、国分寺ではない。その傍と言ったつもりだが。尋ねて行くには国分寺が分かり易いと聞いた故」

「その国分寺傍の何処かは明かせぬと」

「いやいや、隠し立てする程のものではない。唯、如何にも馬鹿々々しゅうて。いや、他人が聞けばそう聞こえると思ぅて口にせぬだけのもの」

「洩らしてはくれぬか。小三郎殿が馬鹿々々しいというものを聞いてみたい」

「顕忠殿も変わったお人だな。本人が馬鹿々々しいと言うぅておるものを」

顕忠はこの時本気でそう思ったのである。この若者の本性が見えるかも知れない。それを見たいと思った。しつこいとは思ったが、どうしても確かめたい気持ちを抑えられなかった。小三郎は少しはにかんだような笑いを浮かべ、

「傀儡《くぐつ》だ。傀儡の屋敷を訪ねる」

「ややっ、鷹伏尼《ようぶくに》が許へと」

顕忠は驚きの声を挙げた。

「ほほう、ようぶくにといわれるか。その名は知らぬが、ともかくその屋敷の主でお館様と呼ばれておる由」

「そのお館に何の御用か」

「取り立ててはない。会ぅてみるよう言われてその気になった」

「ほほう、誰方でおじゃる、その勧められたお人とは」

「旅の傀儡の者だ。顕忠殿はその傀儡の屋敷は御存知か」

「知らいでか。その真実はともかく、伊予府中、新居郡を始め島方でも鷹伏尼の名を知らぬ者はなきと言ぅて宜しかろう。したが旅の傀儡が何故小三郎殿に」

「私も良く分からぬ。だが、訪ねる気になった。いやそういう気にさせられたというべきか、私も私自身の気を計り兼ねている。なのに、足が自然と旅へ誘い出した。妙な話だと思われようが」

「いやいや、合点出来るところもあるような。今少し、詳しゅう話されよ。悉皆《しっかい》得心出来るやも知れぬ。次第によっては傀儡に就いて話をお聞かせ申そう。また、次第によっては、大島で下りても、小三郎殿の思惑通りかの地へ渡れるかどうか」

顕忠はこの若者、若しや傀儡のまやかしに乗せられたのでは。その思いが胸を過《よぎ》った。だが、そのようなうつけとも見えぬが。当初から好感を抱いている相手だけに更のこと、何やら秘密めいているその部分を是非にも知りたいと思わずにはおれなかった。

「と言われると」

「それも、悉皆《しっかい》承ってからということ」

小三郎は顕忠の真剣な面差しにふと、何故にこの男は知りたがるのか、その疑問が頭をかすめたが、生来の淡泊で無頓着な性格が、ま、いいか、その疑問は自分で打ち消した。

「悉皆と言われても、いささか困惑致す。旅の傀儡《くぐつ》は、全くの行きずりの者。深い仔細はない。私が、さる山里の屋敷に掛かり人となっていた時、そこの主に呼ばれて、傀儡の一行がやって来た。短い間の逗留であったが、私はその者達の跳躍の術に感嘆して、少しばかり習ぅてみた。もっと憶えたいものと申したら、伊予の傀儡屋敷へと教えられた。それでその気になった。重ねて申すが、それが全てで他に思惑は何もない。雑賀を目指したは、紀州雑賀の浦から伊予行きの便船ありと、教えてくれた人があった故。他に語ることは何もない」

「小三郎殿、まことそのままの話なれば、わしもどう言ぅて良いやら分からぬが、未だ腑に落ちぬところもあれば、わしの話しを聞かれよ。されば分別の仕様も、あるやも知れぬ」

「はて、何の分別か」

「小三郎殿が目指される傀儡の屋敷に就いて知れるところをお耳に入れよう。それを聞かれた上で行くか行かぬかの分別よ。闇雲に、唯、傀儡屋敷へと申されるのが何やら心許ない故じゃ」

「さあ」

小三郎は曖昧な笑いを浮かべた。彼の言葉の意味がよく飲み込めなかったのだ。

「まずは聞かれよ」

顕忠は少し顔を引き締めた。

顕忠は府中の傀儡屋敷を訪れたことはないが、屋敷の近くまで行ったことは何度かある。勿論、このあたりの噂に就いての消息にも詳しい。


傀儡屋敷の主《あるじ》は国府より一丁の免田を給され、諸行事の際、今様を謡い、人形を操る等の業《わざ》を以て奉仕している。主は公式には春風尼《しゅんぷに》と名乗っているが、世間では鷹伏尼《ようぶくに》の通り名で知られ、春風尼の名は殆ど知られていない。この鷹伏尼と呼ばれるようになったには逸話がある。ある時の国分寺の節会に奉仕のため、春風尼はその一類の者達と寺殿前の庭に控えていた。そこへ、大きな鷹が二匹飛来して来て、傍の杉の大木の梢に止まった。そしてあたりを睥睨《へいげい》する猛々しい姿に人々は恐れ騒いだ。伊予の石鎚山は名鷹《めいよう》の産地で知られている。はぐれ鷹がこうして里に降りて来るのは稀ではない。だが、鷹師達が飼育して馴れている鷹はともかく、野性の鷹は猛禽としてやはり人々の恐怖の対象であった。鷹師はいないか、と国府の役人輩《ばら》が声を挙げたが答える者はなかった。その内一羽が梢から離れ、滑空して、不気味な羽ばたきを聞かせながら人々の頭をかすめるように一飛び、再び梢に舞い上がった。人々はどよめいて逃げ惑った。その時、春風尼は一人、広庭の中程に進み出て、やおら一管の横笛を構えて吹き鳴らし始めた。嫋々《じょうじょう》とした笛の音《ね》が暫くあって、人々が見守る中、梢の上の鷹は二羽共、次第に首を垂れ、あたかも笛の音に聞き惚れているかのように見えて来た。笛の音がはたと止んだ時、春風尼は鷹を見上げて、左の手を拝礼の形にとり右手でゆっくり手招いた。すると二羽の鷹は梢を離れ、春風尼の一間が程の地上に降り立った。春風尼は笑顔を浮かべ、二羽の鷹に優しい視線を送りながら、左手を袂の中に引き入れ、その上に袂の裾を重ねた。そうしておいて、その左手を前に突き出し、片方の鷹に向かって「おいで」と声をかけた。鷹は春風尼の声を解したように、さっとその手の上に飛び乗った。春風尼はそのまま、鷹の正面を東南の方角に向けた。彼女は右手でその方角を指差し、「さ、迷わずお帰り」声をかけて左手を鷹ごと振り挙げた。鷹はその手から空に向かって駆け昇った。春風尼は残った鷹にも前者と同じことを繰り返し、「さ、ついてお行き」とこれも空に放つ。上空で揃った二羽は、社殿の上を三度旋回して東南の方へ飛び去って行った。それ以来彼女の名は誰いうとなく鷹伏尼と呼ばれるようになった。

「鷹伏などと、如何にもいかつき修験者めいて聞こえようが、その実、本名通りのまこと穏やかで優しゅうて、それに美形じゃ。滅多と見られるものではないが、国分寺の節会の時だけは衆庶《しゅうしょ》の前に姿を見せる。尼頭巾姿じゃが面は隠さずでのぅ」

　これは噂だけではなく顕忠の実感でもあった。

「だがな、傀儡《くぐつ》には、黙ってそこにいるだけであやかしの気配が漂うものよ」

　顕忠は語気をややひそめた。小三郎はそれには頷かなかった。あの山国の館で逢った傀儡の女を思い浮かべていたのである。彼女をあやかしとは感じなかった。不思議な魅力、彼にはそう映った。春風尼も恐らくは彼女と似通った女性《にょしょう》ではなかろうか。人は常人の行なえない業を持つ者をあやかしとして恐れる。殊にそれが女性の場合、魔性の者としてこれを疎外しようとする者は多い。

「小三郎殿が行かれるとしても、随分と心して行かれるが肝要ぞ。国許で逢いなされた傀儡のようには参らぬかも知れぬ。噂では、あの屋敷に入った男で、二度と再び姿を見せたものはおらぬと申す」

「ほう、それはどういうことだ」

「いや、とりとめのない噂。それにあの屋敷入ろうとして入れるものではない。力ずくで入ろうとする者があっても、怪しい目くらましに玩《もてあそ》ばれ、気付いたら畑の中に転がされていたそうな。近辺の者は、あの屋敷近くは皆避けておるのじゃが、稀に他所者《よそもの》が、珍しそうに近付くことがある。そして嬲《なぶ》り者にされると言う。嘘か真かわしには分からぬが、わしは、春風尼の不思議な力は信じておる」

顕忠の父親は伊予大島庄の下司職にあった。祖父は領家である醍醐寺から遣わされた所務職であったが、その任の終わった時、請願して地下《じげ》に下った。島の暮らしが気に入って、ここに骨を埋めるつもりになったのだ。父親の方は新しい所務に拾われ、下司の職に就いた。預所は一旦補任といって任期があるが、下司以下の職は地下の者が世襲で職を継ぐ。顕忠は長男だから、生まれながらにその職は定まっていた。六歳の幼い時のことである。国分寺の節会に招かれた父親に連れられて彼も行った。彼の母親は皇室領である新居大島の公文職の娘であり、その実家の方は国分寺と昵懇《じっこん》の間だった。その関係もあり、国分寺の参集客の中で粗略には扱われなかった。国分寺の一室で、春風尼と暫らく同席出来たのも、待ち部屋の割り振りがその他大勢並みの扱いではなかったことのようだ。その時の顕忠が春風尼を仔細に観察し、父親との会話をすっかり憶えている筈はない。だが、父親に向かって春風尼が、このお子は父親の後は継がない、と言った言葉だけは憶えている。そして春風尼の美しい容貌を子供心にしっかり憶えていた。

父親の方は春風尼の予言を都合の良い方に解釈して、いずれ領家の醍醐寺に呼び戻されるのだという希望を持ち、顕忠に学問を懸命に仕込もうとした。彼はそうした父親に反発し、生来の武骨なところもあって、十二、三の頃から、庄の外の漁師の子供達と交わり、海の生活に馴染んで行った。十五、六の頃には、その並み外れた腕力で、彼等を牛耳るようになっていた。成人の後、宮窪ケ浦の野島の重平《じゅうべい》に見込まれ何かと手助けをするようになった。重平は近辺で隠然とした勢力を持っている人物だ。表面は単なる漁師だが、実は大島の地方《じかた》の住人半数は野島一類と呼ばれる者達で、それを宰領する頭《かしら》と呼ばれる存在である。勿論顕忠は下司の息《そく》だから、重平も配下扱いにはしない。いわば盟友扱いだが、二人の年は二十以上も離れていた。それだけ重平の信頼が厚かったということである。野島一類の者達はそのような顕忠を「脇の頭」と呼んだ。そのせいで顕忠は殆ど我が家には居つかなくなり、とうとう父親は家督を弟忠助《ただすけ》に継がせてしまった。

そうなって改めて顕忠は春風尼の予言を思い知ったのである。噂では、春風尼の予言や占いは外れることはないと言う。だが、それを体験した者を顕忠は知らない。それを人に質《ただ》せば、滅多なことではそれを行なわないのだという答えが返って来る。

「春風尼が魔性の者と恐れられているには、今一つ訳がある」

顕忠は一段と声を低めた。まるで、春風尼の耳に入るのを恐れているかのように。

春風尼は歳をとらないのだと言う。近くの古老達は、自分達が子供の頃に見た春風尼と今の春風尼は顔形が全然変わっていないと断言する。これは顕忠もこの目で確かめていた。二十歳の時、顕忠は春風尼を見て驚いてしまった。彼はその時、節会に参集した庭先の群衆の中にいた。間近でないとはいえ、遠目の利く顕忠が見誤ることはない。五歳の記憶と全く重なる女性《にょしょう》の顔がそこに見られたのだ。それから五年後、また機会があり、三度見た顔はいずれも同じ、若く臈たけた女人の顔であった。春風尼が歳を取らないという噂は、噂だけではなく真実なのだ。

「人魚を食った者は年を重ねても老いは訪れぬと聞く。だが私はそのような者見たことはない。見ないまでも、あれがそうだと、現実の人を教えられたこともない。顕忠殿は実際に見聞したのであろうが、私には到底信じられぬことだ」

小三郎は笑った。どうも、春風尼に関する風聞はうさん臭い。傀儡《くぐつ》なるが故に、あらぬ噂で卑しめているのではなかろうか。かの傀儡の女も同じ人間の女性であった。小三郎はまたしても、かの女の顔形、肢体を思い合わせていた。

「やも知れぬ。だがわしは、偽りは言ぅておらぬぞ。如何かな小三郎殿、傀儡屋敷で魔性の者に魅入られ、如何なる末路を遂げるやも知れぬ恐れもあること。分別と申したはこのこと。今ならば、大島で降りたその足で国許へ引き返しも出来よう。大島ならば、備後への船は如何様にも」

「御親切、謝すべきであろうと思う」

そう言って小三郎は再び笑みを浮かべた。

「だがやはり、国分寺までなりと送って頂く手配を願いたい。ま、身軽な者故、行く末のことなぞとんと気にもならぬ。伊予の浜辺だけでも助かる」

顕忠はやや複雑な気分にさせられた。最初に請合った通り送ってやりたい気持ちと、禍々《まがまが》しい目には会わせたくはない気持ちと、半々と言ったところだ。だがこの若者なら、案外と切り抜け、目的を果たして無事に抜け出して来るやも知れぬ。小三郎の明るい顔を見ていると、そのような気がしないでもなかった。

伊予大島の大きな影を目の前にしたあたりで、潮の流れが緩み風も止まった。塩飽光盛は櫓をすべて降ろさせて全速を下令した。

潮の動きが完全に止まった海を、塩飽の軍船は滑るように走った。針路に当たるあたりの漁船が、それと見て船の避退運動にかかるのが見える。島添いに南北を行き交う船は転針に移っていた。軍船は直線の針路を保持してしゃにむに進んだ。

宮窪《みやくぼ》は大島の東側に位置し、ゆるい曲線で内側にえぐられている海岸線はきれいな白浜が東に延び、その白浜の尽きたあたりから岩場になり戸代の集落になる。戸代から先は細い半島ようの地形で、その先端、戸代の鼻から僅か離れて洲首島と呼ぶ豆粒のような小島があり、これが航海者の針路目標になっている。北は伯方《はかた》島で、その南端の矢里頭崎と洲首島の間があたかも東へ開いた湾口のように見えるがそうではない。これが、狭い水路の一方なのだ。だが、大島と伯方島との間の水路の中間に鵜島という小島があり、どちらの口からも他方の口は見渡せず行き止まりの広い入江としか見えない。鵜島と伯方島の間の水路が船折れの瀬戸、鵜島と直ぐ南に能島《のしま》と呼ぶ小さな島があり、鵜島と大島の間の水路が能島の瀬戸だ。どちらの瀬戸も急流の難所であるが、船折れの瀬戸の方が幅が広く、通り抜けるにはこちらの方が短距離だから一般船の航路となっている。能島は今言ったように、ほんの一握りの小島だが、伊予大島を指して能島と呼んだ時代もある。また、古い呼称は野島である。

宮窪は鵜島、能島の対岸あたりや、長い浜の後背地に人家が点在する集落だ。浜の前面に広がる海域は、二つの急流の先の水路だが、ここではかなり緩やかな流れになる。それでも流れに逆らえば相当にはきつい。それでもこの海域に船を乗り入れれば、あたりの景観で、全く広い入江に入り込んだような心地にさせられる。

浜の尽きるあたり、戸代の岩場の手前に船泊りが見えた。光盛はそれを左手に眺めながら、船を浜の中央あたりに進ませた。

浜には其処かしこに、もやい用の杭が打たれていた。干潮のため、軍船は船底を砂地にかませた。そこでようやくもやい綱が届く。

浜に人影が五つ六つ、やがてそれはみるみるふくらんで、大勢の塊になった。その中央に一際の大男がいて、左足を引きずりながら船に近付いて来る。片足不自由と見えた。塩飽光盛が所要の指示を手下《てか》に令している間に、顕忠は一人、大男に向かって駆け寄った。

「顕《あき》さあ、無事じゃったか」

大男が先に声をかけて来た。大男は野島の重平である。

彼は更に近づき手を差し出した。顕忠はその手を両手で包み込むようにして握った。

「じゅべさあ」

顕忠は胸にこみあげるものがあって言葉が続かなかった。

「話は後じゃ。塩飽《しあく》が何で」

重平は塩飽の船を指差した。

「忽那《くつな》への途中じゃ。潮待ちを兼ねて寄ってもろうた」

そこへ光盛が近付き、遠くから声をかけて来た。

「野島の、厄介になりに立ち寄った。よろしゅう頼み入り申すぞ」

「何の何の。それより塩飽の、何時ぞやは役に立てず済まんことであった」

「いやいや、顕殿《あき》に助けてもろうた。野島の衆には世話になり申した」

互いに遠慮のない仲で挨拶は簡略だった。

「忽那までと今聞いたが」

「あれなるお人のお守《も》りよ。顕《あき》殿はそのお人の警固《けご》じゃ」

光盛は国枝照元に一揖《いちゆう》してこちらに誘った。顕忠も小三郎を招き寄せた。

「野島のじゅべ殿におざる」

照元は軽く頭を下げたが、名乗らず挨拶もしなかった。

「忽那《くつな》まで行かれるそうな」

重平が声をかける。

「如何にも」

「さるお役目のお人よ」

顕忠が会話を引き取った。

「御苦労なことで」

重平は挨拶をしょうとはしない照元の身分を悟ったようである。

「どれほどの刻がある」

光盛と顕忠の顔に視線を移してそう尋ねた。

「一潮」

光盛が答える。

「たっぷりじゃな。先ずは我が家へ入ってもらおうか」

そう言いながら早や一行に背を向ける。

「野島の」

「じゅべさあ、先に耳に入れておきたい」

光盛と顕忠が同時に呼びかけた。

二人は顔見合わせ笑い声をたて、そこは光盛が譲った。

重平は振り返り、

「何、酒を酌み交わすが先で良かろう」

「うんにゃ、頼み事じゃ、今の方が良い」

「気忙《きぜわ》しいことよ」

重平は笑った。顕忠は小三郎を紹介し、

「このお人を残して行く。折を見て、府中の傀儡《くぐつ》屋敷まで送って欲しい」

「傀儡屋敷と」

重平は目をむいた。そして改めて小三郎の顔をじっとみつめた。その彼の顔を小三郎は涼しい顔で見返し、目元には穏やかな笑みさえ宿しているように見えた。

重平は大男だがさして厳《いか》つい顔の造作ではない。光盛は髭だらけの上に、見るからに暴れ者の御面相である。顕忠も髭は蓄えているが、人品骨柄尋常の中に眼の鋭さが只者ではない印象を相手に与える。その二人に比べ重平は、一見大柄な只の漁師としか見えない。だが、彼が見すえるとその様相は一変する。感情を剥《む》き出しにするとか、そう言った類の変わり様ではないのだが、人をすくみ上がらせるような凄味が加わる。通常の者なら彼のその視線に三呼吸と耐えられる者はいない。思わずその視線を外してしまうのだ。小三郎はみつめられ、受けとめ、見返して瞳を逸らさなかった。

ややあって重平は、

「お引き受け申そう」

と言った。小三郎は黙って、軽く頭を下げた。

「有り難い」

礼を言ったのは顕忠である。

「更に、今一つ、手下《てか》を一人もらい受けたい」

「さて。そりゃあ、そのもん（者）の考え一つ言うことになろうがのう。わしにゃ、どっちいぅて決められるもんじゃないで」

「そこにいるのだが」

「手回しのええことよ」

重平は笑い声を挙げた。顕忠は光盛の手下に混じってこちらを見ている波平を手招く。波平は砂の上を転ぶようにして駆け寄って来て、重平の前に膝まずいた。

「お頭、面目ないこって」

それ以上は声にならず、砂の上に両手をつき頭を下げた。

「波平、わりゃあ生きとったか」

重平は流石に驚いた声を発した。そして腰を屈め、彼の肩に手をかけた。

「よう生きとった。討ち死にとばかり。とうにあきらめとったが、それに顕さあに拾われとったとはのう。良かったじゃあ。うん、さ、立てえ。あっちで酒を汲もう。顕さあに付いて行くにゃ未だ間がある」

重平は嬉しそうに言い、波平ははらはらと涙をこぼしていた。

「もう良かろうかのう」

光盛が、少し苛立った声を挟む。

「や、塩飽の、これは御無礼を。身内のことにかまけて客人をないがしろにしたようじゃ。許されい。して、何か」

「酒に与《あずか》る前に、高龍寺を訪ねたいのじゃが、仔細あるまいか。刻はたっぷり故、義弘殿のお墓に線香なと進ぜたい。馬でひと走り、御案内願えまいか」

重平は直ぐには声を出さなかった。言葉を探しているように見えた。

「律儀《りちぎ》なお人よ。したが、急なことでは馬の支度がのう。歩くには高竜寺は遠過ぎる。一潮の間では」

重苦しい声で、言い澱《よど》む風だ。

「間に合わぬか」

「それもあるが」

重平は声を途切らせた後、村上義弘の墓は未だ建てていないと告げた。

「これは異なこと」

光盛の単純さは、非難の口調になった。

「仔細あってのこと」

重平はそれだけで口をつぐむ。

「ならば御位牌でも」

「いやいや、それも高龍寺にはない」

「や、それじゃ村上の後家殿は何処におざる。この大島ではないのか」

「そういうことだ。新居郡の実家《さと》の方と聞いておる」

「異なことよ。後家殿は何を考えておざる」

光盛は不興気な口ぶりだった。

「光殿、そうと分かれば、ま、酒などゆっくり交わさせてもらおうじゃないか」

顕忠がその場をとりなした。

顕忠にも村上義弘の墓詣でをしなければならないくらいの義理はあった。だが、この早々の間に、宮窪に着いたら義弘殿のことを尋ねることまでは気が廻らなかった。確かに光盛は律儀の人よと、顕忠は改めて感心したことであった。高龍寺を村上の菩提寺に選んだと、光盛は知っていたようだ。

「後家殿がそれじゃ、じゅべ殿もやり難いのう」

光盛はそれで機嫌を取り直したようだ。

「塩飽の、今度《こたび》の一潮は仕方のないことであろうが、いずれまたの折はゆっくり逗留してもらうとして、ま、ともかくはわしが家《や》まで」

そう言いながら重平は手下《てか》の者に手を上げた。手下が三四人、軍船を降りて一塊になっている者達の方へ駆けて行く。漁師小屋へ案内するためだ。

重平が先に立ち歩き始める。左足を引きずってはいるが意外と足早だ。重平は不意と後を向き、直ぐ後が顕忠、その後は五六歩遅れていると見るや、歩を緩めて顕忠に並び、囁くような小さく低い声で言った。

「あの若いの、不思議な面魂よの。わしが呑み込まれそうじゃやった」

「じゅべさぁがそこまで」

　顕忠は驚いて、思わず声が高くなった。

「それと、傀儡《くぐつ》についちゃぁ」

　そこへ光盛が追い付き、重平に話かけ、重平は顕忠から離れた。

　重平が小三郎の人となりの中の何かを見抜いた様子。顕忠にはそれが何かはっきりは分からなかった。自分も確かにこの若者に惹かれるものは感じている。それが何かも良く分からないでいる。だが、重平程の人物が、呑み込まれそうなと感じたのは、どういうことなのであろう。顕忠は内心独り首をひねった。それはともかく、重平が訳も聞かず、小三郎を傀儡屋敷へ送り届けることを承知してくれたことで一安心していた。顕忠は、重平が断るとは思っていなかったが、小三郎の目的を説明するのが少々厄介だと思っていたのだ。それより何より、小三郎の素性も分からず重平に頼み込んだことが気になっていた。重平が、あっさり引き受けてくれたからには、もはやくどくど説明することもない。小三郎を残して行くのだから、あとは重平と小三郎の問題だ。重平から尋ねられれば、小三郎の思案で答えるであろう。顕忠はいささか気が楽になっていた。そのせいであろうか、重平が、傀儡と言いかけてそのまま口を噤《つぐ》んだことを、うっかり聞き流していた。

　干上がった浜に潮がさし始め、次第に白砂が波に浸され浜が後退して行く。やがて満潮。それまでの間が一潮《ひと》である。ほぼ三刻（約六時間）。それからまた引き潮となる。その間、塩飽の衆は酒を振る舞われ、たっぷり休養をとっていた。

重平の屋敷は、能島を見下ろす高台の上り加減のところにあった。少し離れて、重平の腹心の者達の家がまばらにある。どの家も漁具を収める小屋を少し広くした程度で大きくはない。そして粗末な造りだ。重平の屋敷というのも、周りの家の六七軒分を合わせた大きさで、いくらか広くはあるが粗末さ加減は他の家とさして変わりはない。集会用の板敷きの広間に火鉢をおいて炭火が埋められていた。座に着くと、屏風で周りを囲まれた。海の上にいるとさして寒いとも感じなかったが、陸に上がって家に入ると、意外に底冷えのする日だと思う。小三郎は、伊予は南故暖かい、何度かそう聞かされていた。山に囲まれた国許程ではないにせよ、寒い季節は何処も同じかと首をひねりながら、酒で暖をとっていた。

「義弘殿の跡はどうなっている」

顕忠がそっと尋ねた。

「ま、その話は忽那《くつな》から帰ってからのことにしょう」

重平は僅かに難しい顔になったが、すぐ笑顔で光盛に盃を向け、

「塩飽の、小豆島の合戦を聞かせてくれい」

と話を逸《そ》らせた。

光盛は得たりとばかりわめくようにしゃべり始めた。

光盛は親しいとはいえ客人であり、顕忠はいわば身内である。光盛に手柄話をさせるのは礼儀の内だが、顕忠は重平の、話の逸《そ》らせ方にすっきりしない疑惑を持った。光盛には聞かせたくない話に間違いないだろう。だが、義弘殿の跡については光盛も興味はある筈だが。船中で光盛に聞いた時、

「わしも知りたいのだが何も聞こえて来ん。野島だけではない。どこからもじゃ。義弘殿は、ひよっとして未だ生きておざるのでないか。そのような気がすることもある程じゃ。とすれば、何かの都合で口封じをされとるのかも知れん、とな」

そう答えていた。根が物事をあまり詮索することを好まない上、義弘殿には恩義を感じている彼だから、はっきりした事を知らされるまでは、自分の方から騒ぐのは義理が悪いと思っているのかも知れない。顕忠は自分が重平に尋ねた尻馬に乗ろうとしなかった光盛の心底を、そのように推し量っていた。尤も、わしの声が聞き取れなかったのかも知れん。と、思わないでもなかったのだが。

光盛はしゃべりながら、度々顕忠に、

「そうであったなあ、顕《あき》殿」

と相槌を求めた。

語りと哄笑の続く中で、小三郎がふいと立って座を抜けて行った。小用にでも立ったのだろうと思っていたが、何時まで経っても帰って来なかった。顕忠がそろそろ心配になりかけた頃、

「このくらいで、横にならせてもらおうか。のう、顕殿。未だ二刻はあろう。一寸は眠っておかんと」

そう言いながら光盛は大きな欠伸をして見せた。

「支度はしてあるぞ。案内させよう」

重平は機嫌よく答えて家の者を呼んだ。そして、

「どっちへ出る」

とこれからの航路を尋ねた。

「どっちというて、今一度灘へ出れば遠回りであろうに。半刻そこいらは違うぞ」

「来島へかかる頃には潮も早うなっとる。そうは違うまい」

「ま、潮の動き始めに能島を抜ければ、船に馴れぬお人も肝を潰さんで良かろうて」

光盛はそう言って照元の顔を見て、からからと笑った。大事を取るというつもりのようだ。

来島の急流にうまく乗れば、そちらの方が早いと知らない光盛ではない。

「よし。では余所《よそう》の沖に船を出しておこう」

「はて、何じゃい、それは」

光盛は不審そうに言う。

「何、大したことじゃないが、能島を抜けて、鼻栗の沖が一寸厄介での。野島の者が出とる分には大丈夫よ」

「何じゃ、その厄介なは」

「塩飽衆なら何程のものでもないが、矢の一本も飛んで来りゃ、大切のお人に万が一ということもある。それに、蹴散らして通っても、大崎あたりから討手が出ないでもない。それも塩飽の望むところかも知れんが、送り届ける役の方が大事じゃろぅ」

「それは分かっとる。わしにどうしろと」

「どうもせんで良い。漁船の灯りの南を抜けて行き、後は斎灘、大事ない」

来島を回るとは来島の瀬戸を抜けることであり、能島とは能島の瀬戸だ。鼻栗は伯方島と大三島との間を南北に流れる瀬戸である。余所とは、伯方島と大島が南北に向き会っている大島方にある土地の名で余所国のことだ。鼻栗の瀬戸を抜けてほぼ真南あたりになる土地である。

二人のやり取りを聞いていた顕忠は直ぐに理解出来るところがあった。鼻栗の瀬戸の北口、大三島側に甘崎がある。そこの僅かな沖の小島に今岡通任《みちとう》が城を築いたことは知っている。鼻栗の沖合が厄介とは、甘崎城の手の者が警戒船を出しているということだろう。だが、通任は村上義弘殿の娘婿だ。それが義弘殿の傘下にあった大島の目の前に警戒船を出しているとはどうということなのだ。重平が口を噤《つぐ》んで、未だ話そうとはしないのは、恐らく、今岡通任の関係した事ではなかろうか。とすれば、全く厄介な、重平にも手のつけようのない何かが生じていると見て間違いなさそうだ。

そこへ小三郎が外から帰って来て、重平は、光盛と顕忠、照元と小三郎の二人ずつを組合せ、それぞれの宿舎へ案内するよう手下《てか》に命じた。顕忠は、重平が話を避けているのだと思った。何時もなら、顕忠は重平の屋敷の一室に泊まる習わしだ。尤も僅かの間の仮眠の宿だ。顕忠を休ませる配慮だとも思う。それにしても妙に落ち着かない気分だった。

子の刻、潮が止まったと同時に塩飽船は浜を離れた。重平は水先船を付けてくれた。顕忠は、波平を殿《しんがり》の二番船に乗せるよう光盛に言っておいた。塩飽船が馴れているとはいっても、地元の達者が同乗しているに越したことはない。潮が止まっていても、狭い能島の瀬戸は危険である。ことに能島の岩場がこわい。干出浜といい、満潮で島近くの岩は水面下に姿を没してしまい、星明かりだけの闇の中では、それが何処か見当もつかない。舳先に灯りをつけた水先船は闇の中でも的確に水路を開いて行く。彼等にとっては、昼の航行とさした変わりはないのであろうが、続く塩飽船のことを考えてか、ゆっくりと船を進めて行く。櫓の音が忍びやかであった。

「何も見えないな」

照元が顕忠に囁いた。

「船の者は皆夜目が利く」

顕忠が囁きかえす。

「私もかなり夜目が利くつもりだが、これは島影で一層黒くなっているせいではあるまいか」

「如何にも。だが、その島影の切れ目が目当てとなる。見なされ」

顕忠は針路の先を指差した。

「左手に大島の影の端が見分けられる。その下あたりに波が微かに、ちらちらと光って見えよう。かしこが水路の出入り口じゃ」

「成程。といぅても、私にはしかと弁別出来ぬが」

照元は苦笑を洩らしていた。

「ところで、あの小三郎殿」

「何か」

「いやいや、別段のことではないが、あのお人、世捨て人のような口ぶりでもあったが、それにしては気楽な性《しょう》におざるな」

「何か言ぅていたか」

「私が水手《かこ》に起こされ、かなり賑やかであったが、目も覚まさずぐっすりの態《てい》。昨夜は私達の座から抜け出したあと、浜で水手共と盃を交わして興じていた由、眠る前に話しておざった」

照元は自分の緊張度に比べ、小三郎の振る舞いが気に入らぬげであった。

「ま、下船は最初から決まったことであったし、もう船出は関係ないことと、気も緩《ゆる》もうではないか」

顕忠は小三郎のために弁解じみた言葉を出してはいたが、彼も小三郎が見送りに来なかったことでは、内心大いに不満ではあった。

瀬戸を抜け、少し広い水域に入る。そこは余所国の沖だ。そこには二十に余る漁り火が点々と並んで見えた。その漁り火と海岸の間を通り抜ければ、鼻栗の側からは、漁り火の灯りでその後を透かし見ることは出来ない。重平は、一行が仮眠をとっている間に素早く手を打ってくれていた。

大角の鼻のあたりで転針して、斎灘にさしかかったあたりから潮の流れが緩み船足が落ちて来た。広い海域では、星明りだけで十分である。航路も光盛には馴れた水路だ。

水先船は相変わらず先を行く。忽那《くつな》まで先導するつもりのように見えた。

と、その水先船が不意に船足を落とし、一番船に漕ぎ寄せて来る。

「こっから十六挺で行けやい。潮の終わりにゃ忽那じゃ」

大声で呼ばわって来た。

「分かった」

光盛はどなり返して全櫓の降ろし方を令した。その間に水先船から再び声が聞こえた。

「帰りにこの先の安居島に寄れやい。脇の頭《かしら》を連れて帰る。潮待ちの支度はしておくでぇ。頭のいいつけじゃ」

「よっし。安居島じゃな。明日か明後日になるか分からんぞ」

「構わん。待っとるでぇ」

終わりの声の頃には、水先船は五六間引き離されている。塩飽船は全速に移っていた。

夜半を過ぎ風が出て帆を張り、思いよりも早く、丑の下刻の頃忽那《くつな》の中島、神の浦の浜へ着到。半刻前、潮の流れがようやく止まりかけた頃、中島と東の睦月島の間の瀬木戸の瀬戸にさしかかり、そこで忽那の警戒船に取り囲まれたが、吉野の使いと名乗ると先導してくれた上に、早船は一足早く館へ急報してくれた。入船した時には、明けには未だ早い刻にも関わらず、焚火と松明が出迎えていた。

浜には忽那法眼重範が大将自ら迎えに立っていた。その後にいるのは勘解由次官《かげゆのすけ》五条頼元殿ではあるまいか。顕忠は一度新居大島で見たことがある。懐良親王の側近だ。

先導に立った顕忠に重範が声をかけて来た。

「顕《あき》殿、暫らくじゃ。それにしても、顕殿が御使いの警固《けご》とは思いも寄らざった」

「話は山程おざる、法眼殿」

「一別以来のこと、後でゆるりとな。先ずは御使い国枝殿を」

国枝照元は重範に挨拶して、後に控えている五条頼元の前に進んだ。

「お久しゅうおざりまするな、次官《すけ》殿」

「待ち兼ねておった、国枝殿。よう無事で参られた。もう、そろそろではないかと、宮も落ち着かれぬ日々であった。ともあれ御座所へ」

懐良親王が西征将軍として伊予に下り、暫らく皇室領新居大島に御座あって忽那島へ移御されたのが延元四年（一三三九）、同じ歳の八月には、主上御崩御の密書が届いた。あれから早三年が過ぎている。宮方と武家方の戦いはその間、各地で小競り合いは続いているものの、これという決定的な会戦もないままに推移し、しかも宮方の劣勢は蔽《おお》うべくもなく、吉野の御座所は草深い山中を一歩も出ることの出来ない現状である。去年の半ば頃より、九州の宮方よりしきりと、西征将軍宮の九州移御を促す密書が忽那へ届くようになっていた。九州の宮方武将達は将軍の宮を戴くことで士気を高めると共に、日和り見の武将達を宮方に参じさせようと、かなり焦っている様子だ。吉野へその旨を報じて、渡御の伺いをたてていたのだが、その返事は中々にやって来ず、忽那でもまた、焦燥の雰囲気は争えないでいたのである。

夜明けには未だ間があるというのに、将軍宮の御座所には明かりが灯され、宮は早、出御の支度を整えられていた。

御前には五条頼元と冷泉持房が使者の国枝照元を伴って伺候《しこう》した。

それから程なく忽那《くつな》重範が御前に呼ばれ、九州下向の旨が伝えられた。

「ただちにぞ」

将軍宮は、重範に直々、その言葉を下された。

忽那重範に抜かりはなかった。この日のために、食糧を始め、船、護送の船団の編成、将兵の選抜、全ての準備は整えてあった。

直ちに乗組み将兵に非常呼集がかけられ、出船準備が始まった。

「この騒ぎじゃ。この潮に一時も早ょう乗せたいでな。そこ許の方は反対のあげ潮、お構いも出来ぬが、潮待ちの間、あちらでせめて手足を伸ばされよ」

重範は、塩飽光盛に声をかけた。

「何の、合戦支度は馴れておざる。お心にかけられるな。手下《てか》の者共を暫らく眠らせて戴ければ、それが何よりにおざる」

がさつな光盛だが、忽那重範に対しては至極神妙だった。重厚な彼に対して位負けとでもいうのか、将軍宮の御側近くの武将ということで恐れ入っているのか。塩飽を出る時、自分が小笠原に対してとった態度と似たような仕打ちを受けて不満を洩らすでもない。顕忠は光盛にたいして何やら気の毒な気持ちにさせられていた。

「法眼殿は、暫らくはお留守なさるおつもりか」

詳しい航路と目的地を聞かされない顕忠は、そっと探りを入れた。我が身に直接必要なことではないのだが、凡《おおよ》そのことでも知っておきたかった。重平に話の仕様もある。

「大事じゃ。お護り奉る者が他にあろうや」

重範は笑って答えた。

「ただ留守中のことだが、重勝を残して行く。まさかの時、顕《あき》殿、よろしゅう頼む。重勝を助けてやって欲しい」

彼は手を差し伸べて顕忠の手を握った。

「わし等が出た後は忽那も手薄じゃ。顕殿、いざの時はな。重平殿にも頼うでおいてくれぬか」

「承った。大島一類は武士と違ぅて身軽ゆえ、何時なりと、即発進出来申す」

「よう存じておる。よろしゅぅに」

重範は結局、船団の行く先は明かさず、次官《すけ》殿の胸の内としか答えなかった。

「塩飽殿も、気を引き締めておられよ。近く、燧灘も騒々しゅうなろう。何事が起きるやも知れぬ」

重範は光盛には何やら意味有り気に言ったが、光盛は深くは気に止めなかったようだ。

「心得申した」

光盛は武骨に、それだけ答えて頭を下げた。

夜の明け切らない内に軍船八ぱいは、神の浦を粛々と出船して行った。潮の止まるまでには平群島に着くだろう。乗組みの将士も、その第一目的地以外知らされていない様子であった。顕忠には想像も出来ない船団の行方であった。

塩飽船は中島を離れて、野島の者が待つ安居島へ。そこで顕忠は波平を連れて下船。

「顕殿《あき》よ、じゅべ殿はわしに帰りに寄れとは言わざった。迎えをここに待たせ顕殿を降ろせとは、わしにはこのまま帰れということであろう」

「そういう事らしいな」

「わしは気に入らぬぞ」

「ま、まあ、ここは顕忠の顔に免じて。な、光殿。何ぞ曰くがありそうと、わしも不審でおる。この次逢ぅた時は、笑ぅて話せるやも知れぬ」

「勝手にせい。わしは、船折れは通らぬ。来島を抜けて帰る」

「そりゃ当然じゃ。一刻は違う。したが、渦には気をつけられよ。気色《きしょく》悪ぅては、操船が心許ない」

「何の、渦の中で三遍でも舞ぅて見せようわい」

他愛もない悪たれを交わしながら別れたものの、顕忠には若干気不味《きまず》いものが残っていた。

巻の四　潮《しお》騒《さい》

「ええ日和になった。そろそろかかぁ達が忙しゅうなる。野良でのぅ。この冬は寒の鰤《ぶり》がよう獲れる。尾の道の方まで運ぶもんもおるが、その割りには銭にならんようじゃ。おう、そうじゃ、塩飽がここを発つ時、黙って塩を置いて行きおったわい。墓のことが気に入らざったようじゃが、相変わらず律儀なもんよ。お陰で助かったわい。顕さぁも一俵持って行け。忠助さぁのとこへ、久しぶり顔を出すつもりじゃろ」

重平は顕忠が、大島庄にいる弟、忠助の許へ暫らくは身を寄せるものと決めている。顕忠もそのつもりではいたが、この度の帰郷には、携えて行く土産が何もなかった。勿論、顕忠は、一働きする度の報酬のために動いているのではないが、何時もなにがしか応分のものは手に入っている。忠助は気を使うなと何時も言ってくれるのだが、顕忠は、身を寄せる時は自身で、帰れない時は誰かに託して届けるとか、それを欠かさないようにしている。だがこの度は不在の時が永過ぎた。それに、我が身一つはどうにか過ごせたが、余分の実入りなど手にする働きではなかった。何時帰れるか分からない門出を重平に告げた時、庄のことはわしに任せておけ、といってくれた。これまでも永い不在の時は、重平は黙って忠助の許へ、何かと運んでくれている。顕忠は手ぶらで帰っても大きな顔をしておられるのではあるが。

それにしてもこの度はこれまでにない長期の不在だった。何か重平にねだって持って帰りたいと思っていた矢先である。

「有り難い。したが、一俵は多い。半分でよいわ。じゅべさぁは手下《てか》へも廻さずばなるまいに」

「何の、未だ五俵もあらぁ。塩飽は、一俵は顕さぁへのつもりじゃったろぅ。もう一俵くらいは、高竜寺へ布施のつもりもあったじゃろ。ちと、愛想もないことでさえんことじゃった」

重平も顕忠も二人だけの会話になると、自然に武士言葉のものまねが取れて、普段のままの気楽だがぞんざいな言葉になってしまう。

高台にある重平の家の庭でのことである。伯方島の矢里頭岬と洲首島の間に燧灘がけぶって見える。一足早い春を思わせるような眺めだった。

午過ぎに宮居島から宮窪の浜に着いた。その足で重平の許へ。だが、待ちかねていた風にも拘らず重平の口は重かった。顕忠が離れていたあしかけ四年の間に、この大島に何が起きたのか。重平が処理出来ない程の何事があったのか。

「波平は帰してやったか」

「ああ、浜から直ぐに追っぱろぅてやった。先に、お頭に話を聞いてもらうと言ぅて利かなんだが、明日にせい言ぅて怒りとばしてやった」

「それでええ。顕さぁは必ずそうすると思ぅとった。あれからよ、波平のかかん（母）に、無事で生きて戻ったいぅてやったら、泣いて喜んどったで。塩飽が潮待ちの間にも、かかんの所へひとっぱしりさせてやろうと思わんでもなかったが、まだ忽那《くつな》まで行くと聞いちゃそうもいかず。きまりがつかんけえのう」

「じゅべさぁの気持ちは波平もよう分かっとろう」

「あいつは、見所のある奴、顕さあ、目をかけてやりんさい。ああ、それからのう、あの若いの、あの日の内にゃ傀儡《くぐつ》のとこへ送っとったけえ」

「世話になった」

「何の。ありゃあ顕さあとどういう」

「行きずりのお人じゃ。なれど、何か気になる若いもんじゃ」

顕忠は、雑賀の浦の出来事を手短に話した。

「成程、唯の者とは見えんかったが」

そこで重平は腕組みをして、僅かの間視線を宙に浮かせた。

「何か、じゅべさぁ」

「いやいや、ま、聞いてみりゃあやっぱり変わりもんよのぅ」

何か思い当たることでもあるのか、顕忠は何となくそのような気がした。重平がはぐらかしているようにも思えたのだ。然しそれを追求する興味よりも、話さなければならないことが山程あった。

雑賀の浦の話から当然、四年前顕忠が北畠の陣営に加わると言って大島を出て以来の身の上報告になった。

「顕さぁも不本意なことじゃったのぅ」

重平はそう言ってくれたがその顔は喜んでいた。

「なーに、これでええと思ぅとる。迷いはしたが、わしにゃあ北畠との縁がなかったこと。それにやっぱり海じゃと思えての。じゅべさぁ、またもと通り使ぅてくれるか」

「何を言ぅとる、使うじゃことの。ここにおってくれりゃあ脇の頭よ。言うことはないわい」

「すまん。つまらんことを思うたばっかりに、じゅべさぁにゃ迷惑かけた」

「もうええ、もうええ。元を言やあ、忽那の合力に、わしの代わりで出てもろうたことからよ。ほいじゃがの、あれもこれも皆済んだ。前の通りにやろぅじゃないか」

口に出さなくても通じ合えるとは思っていても、顕忠の気持ちとしては詫びの言葉を言いたかった。重平の本心は顕忠を大島へ止めていたかったのだと改めて思うのだった。

「ところでじゅべさぁ、わしが塩飽におった時分村上の義弘殿が亡くなった。あの時、わしに帰って来ん方がええと確か言ぅた筈じゃ。それに塩飽と忽那《くつな》へ下る時、鼻繰の入り口がどうのということじゃった。どうやら、今岡と何かあるらしいと思ぅとるが」

「それよ。顕さあに話しても。どうなるもんでもないんじゃが、言わん訳にもいかず、と言ぅても気の進まん話じゃが」

重平にしては、珍しく廻りくどい口ぶりだった。

「どっから話そう。塩飽が墓参りと言い出した時にゃぁわしも一寸参った。あの男一徹じゃけえ、どう納得させようか思ぅてのう。ま、あれだけじゃ納得出来るもんじゃなかったが、あの場じゃ一応得心の態にしてくれた。言おうにも言えんことじゃけえの。辛いことじゃった。後家殿は今、行方知らずということになっておる。塩飽が聞けば、探索を始めまいでもあるまい。じゃけえ、ぐつは悪いが濁しておいた」

塩飽光盛が村上義弘の墓に参りたいと申し入れた時のことだ。後家は、義弘の室、千草の方だ。

「何故に隠す。また、それは何処よ」

「わしがこっそり移し申した。船を漕いだ手下《てか》三人より他誰も知りゃあせん。ということじゃが、野島の者なら言わずとも察しとるじゃろ。じゃが、わしが口を開かん限り、他へ洩らすことはない」

「それりやぁ」

顕忠はそこで言葉を止め、重平を見つめ息をつめた。重平はそれを見返し、ふいと視線を逸らせ口元を僅かにほころばせた。

「沖の島」

顕忠が低く口走る。

「言わずともよい。これだけ言えば顕さあにや察しがつくと思ぅておった。ええか、わしは未だ口には出さんど」

それは、胸の中に畳込んで他に洩らすなということだ。

「沖の島」は禁句だ。重平とは永年の付き合い、それも親子のように兄弟のように、時に盟友のように、何事も腹臓なく話し合え、言わずとも察し合える、そのような仲だ。だが、「沖の島」に限って重平は何も語らず、それを口にすることさえ制止するのだった。どれがその「沖の島」なのか、それさえ顕忠は知らない。どのような小さな島にも、それぞれ呼び名はつけられている。この近辺の島々で顕忠の知らない島はない。だが、そのいずれにも「沖の島」と呼ばれるものはない。

顕忠は二十になるやならずの血気盛んな頃、安芸を訪れたことがある。その時、とある浦の古老から、伊予の沖には「沖の島」と呼ぶ人外の島があったげなが、今でもそこへ立ち寄るもんはないいんじゃろうか、と尋ねられたことがある。その古老も島の場所は知らなかった。大島へ帰って、地の者に尋ねたが誰も知らない。だが顕忠は誰彼となく尋ねる内、知っていて知らぬふりをしている者がいるような気がして来た。だがその時の好奇心も何時か薄れ、忘れていったが、重平に目をかけられるようになってから、ふとしたことでそれを重平に尋ねたことがある。重平は言下に、そのようなものはない、と激しい調子で言い切った。顕忠はその時、重平は知っているなと思ったものである。

今、ふいとそれを思い出し、かまをかけて見たのだ。

案に相違して、重平は否定しなかった。顕忠が薄々でも「沖の島」の存在を感付いていると察したものであろうか。

実のところ顕忠は未だ何も知らず、見当もついてはいなかったのである。

「厄介の因《もと》は通任《みちとう》よ」

重平は直ぐに話の筋を変えた。

「通任殿なら義弘殿の娘婿、それがどうして」

「婿じゃけえ厄介なのよ」

「もっと分かるように話してくれ」

「通任は、義弘殿の名跡を継ぐと言ぅての、後家殿を責めたてたのよ」

「婿が跡を継いで不思議はなかろうが」

「そこよ、いたしいのは。後家殿は通任を始めから嫌ぅておいでじゃ。通任ずれに村上を継がせるくらいなら、村上を潰した方がましじゃと、きつい言われようよ。顕さぁも聞いておるであろうが。通任にやまぶきさぁを娶合《めあ》わせる時の話を」

「多少は知らぬでもないが」

通任は河野家の出で、今岡を名乗っている。大三島の東側、鼻栗瀬戸の北の口にある上島に城を築き、甘崎城主を称していた。

　村上義弘は河野家の客将のような身分で一応、河野幕下の水軍の武将として遇されていたが、彼は本来の武将ではない。年貢の輸送請負、商船、客船等の警固《けご》を業としていた。その仕事の性格から世の人はこれを海賊と呼んだ。この海賊は海の強者の意味だ。船を襲い、物品を奪い、人を殺傷する悪党と戦うためには、武士以上の戦闘力を持っていなければならなかった。この戦闘能力を戦いに向ければ、強力な水軍ということになる。元寇の役で名を挙げた河野通有に見られるように、河野水軍の名は世に名高い。にも拘らず河野家が村上義弘を迎えていたことは、それだけ船戦さの実力を高く評価していたということだ。それに、村上家は義弘の三代前、河野通吉の子頼久が継いでおり、血筋としては義弘もまた河野一族の流れということになる。そうした関係で河野家でも、村上を粗略には扱わなかった。河野通有の三男通種の流れである今岡通任の室に村上義弘の娘山吹を望んだのは、河野家の当主河野通盛である。村上との関係をより強固なものにしたい、いわば政略結婚だ。義弘はこれを拒めなかった。強行に反対したのは義弘の室である。今岡通任は河野幕下で剛勇の名を得ていたが、とかく粗暴の振る舞いもまた人に知られていた。義弘の室千草の方は、伊予新居郡の出で荘官の娘だった。年若い頃は京の知る辺の許に三年ばかり預けられていたこともあり、雅《みやび》やかな風俗に憧れていた。他にも色々あって娘の山吹は是非とも、京の然るべき官人へでも嫁がせたいという夢を持っていた。村上の財力を以てすれば、それは叶わない夢ではなかったのである。それがこともあろうに、悪評高いむくつけき男の嫁になどという訳だ。通任を憎む千草の方は、娘を嫁に出した後、一度も通任に会おうとしなかった。義弘も表向きはともかく、室の頑《かたく》なな意固地を敢えて窘《たしな》めようとはしなかった。義弘もまた、通任を後継者とは考えていなかったようだ。

村上義弘臨終の折、村上家中の主だった者達が呼び寄せられたが、通任への使いは、義弘が息を引き取ってから出された。その妻である山吹も、娘でありながら父親の最期を看取ることはできなかったのだ。

「その時は、使いの舟の手違いということで事を済ませたが、葬儀の時に今岡がの、わしが喪主になって万事取り仕切る言うてしやしやり出たもんで一騒動あったわい」

そのいざこざの続きで、今岡通任は、村上の名跡を継がせて欲しいと使いを寄越した。三度に亘ったその使いを千草の方は、口上もろくに聞かず、手紙の封も切らず使いの者に渡して追い返した。

しびれを切らした通任は遂に自ら千種の方に会いたいと山吹を寄越した。千草の方は義弘亡き後、宮窪にある義弘の別宅に住んでいたが、通任が来るというのに怯え、当時十四歳の次女を連れ、重平の家に逃れて来た。今岡通任も野島一類を束ねる重平には手を出せない筈だからだ。

「後家殿をわしが預かったと知って、通任は、一度は後家殿に会わせて欲しいと使いを寄越しおった。断ると、今度は奥方を寄越しおったで」

重平は苦笑いを浮かべた。

「山吹殿か」

「そうよ。わしは、あのお人が可愛ゆぅてならぬ」

「何歳になられたかな」

「今、二十五じゃ。じゃが、わしにとっては何時までも五つ六つに思えての」

村上義弘が本拠地である新居大島を出てこの大島に移り、中途《なかと》、務司《むし》の城を築き、処々《しょじょ》に拠点を築くのに忙しかった頃、義弘はその室と娘を重平の許へ預けた。その折、重平の建てたのが村上の別邸と呼ばれる屋敷だ。娘はそこにいた間、重平に懐き、彼の屋敷の方で過ごす方が多かった。

今岡通任との祝言は、新大島で行なわれた。河野方も村上方も、一族以下列席するのに便利な場所であったからだ。その席に招かれた重平が、万座の中で、新郎新婦に向かい祝いの言葉を述べた後、新郎をにらみすえた形に、

「山吹殿、これから先、若しや難儀ある時は、如何なる仕儀にてもこの重平にお使いを。重平直ちにお迎えに参上仕る」

と、武家言葉で言い放った。勿論、祝いの席での戯言として、万座は手を打ち笑いさざめいた。だが、それを単なる戯言《ざれごと》とは聞かなかった者もいた。この一言で、胸に釘を打たれたような思いをしたのは、新郎の今岡通任だった。重平がこの伊予の海で如何なる存在か、通任程の暴れ者でもよく承知していた。それに、彼の手勢の中に重平の息のかかった者はいくらでもいるのだ。通任が山吹を大切に遇したことはいうまでもない。

今岡通任はこの、山吹に対する重平の気持ちを逆手にとった。自分が村上の後を継ごうとするのは、村上家のためを思えばこそである。このまま、いたずらに日を過ごしていれば、村上家は断絶の憂き目を見ることになる。是非共母者にお願いして、我ら夫婦で村上を建て直そう

ではないか。そう言って山吹をくどいた。事実、村上義弘幕下《ばっか》と呼ばれた諸将達は、義弘亡き後、次々と去って行った。棟梁を失った後、村上の家業を支え得る武将がいなかったのである。村上の幕下といえば水軍の達者で聞こえている。その名の失せぬ内にと、てんでに他所に大将を求めて散って行ったのだ。

今岡通任の本心は村上の再建等にはない。村上を手に収め、その名を利用して、瀬戸内の権益を一手におさめることにあった。

この頃瀬戸内とは、備後と伊予の間にある備後灘と燧灘に面した島々より西の海域を称したものである。北より因島、弓削島、佐島、伯方島、大島がその主なものだが、これ等は広い灘からの防塁のように南西へと一列に並んでいる。島と島の間の狭い流れは潮の流れが速く、これを瀬戸と呼ぶ。このような地形が瀬戸の内《うち》の呼び名を生んだ。

この瀬戸内の島々の通航の要所、それに伊予本土の沿岸要所を加え、帆別銭、櫓別銭を取り立てる海の関所がある。かつて、それらのすべてを手中にしていたのは河野家一門の河野通種である。河野家が伊予国守護として、名門と武勇をうたわれていた時代である。通種は河野水軍を駆使してこの権益で大いに繁盛した。伊予国領外の因島にまで進出していた程である。だが彼の死後、この権益は徐徐に狭められ、他者の台頭を許した。その上、元弘の乱で鎌倉幕府方に参じた河野家は没落の憂き目を見た。足利尊氏の情けで旧領こそ回復出来たものの、守護ではない。そのような状態で海上の権益に手は回らないのだ。

今岡通任はそれを狙っている。通任は祖宗の河野通種が力で手にした繁盛を今一度と目論んでいる。村上海賊のような、商人に似た家業等初めから経営するつもりはないのだ。

大島の重平は通任のその魂胆を見抜いている。だが彼の室山吹には、通任の野望は見抜けなかった。

「じゅべのおっちゃ、あの人にそう呼ばれて頼まれれば、わしには断りようがないんじゃ。理非じゃのぅて、皆まで聞かんでも、よしよしと請け合いとうなる。それをわしはぐっとこらえて、話はしてみるとだけで帰ってもろうた。辛かったで。それからの、その日の内に後家殿を船に乗せたんじゃ」

どうも重平の話は情が先に出て分かり難い。

「待てよ、じゅべさぁ。山吹殿が婿を村上の跡に据えたいと思い、じゅべさぁが山吹殿に肩入れしたいんなら、じゅべさぁが後家殿を口説く。それなら筋が通るというもんじゃが。何で後家殿を隠す」

「分からん奴じゃのう。わしも通任を村上の跡へ入れとうない。そこは後家殿と同じよ。したが、山吹殿は順なお人故、婿の通任の言いなりじゃ。何も知らずとわしにとりなしを頼うで来る。わしゃ辛いけえ、後家殿を行方知れずということにした」

「分かった。だんだん見えて来た。で、鼻繰はそのことと」

「関を作ったは下ごしらえよ。関銭をとるよりは、今岡を見せつけたいが本音よ。夜中でも通航の船をとらまえて、今岡の名を上げようとしてな。村上の名を継ぐためにゃ力を見せとかにゃと思ぅとるんじゃろ。馬鹿気な、いらんことを」

「ははあ、それで忽那《くつな》へ行く時、余所《よそう》から船を出してくれたか」

「塩飽が聞いたら目をむいて、帰りに鼻繰を押し通らんでもない思ぅて、あの時それと言わんどいた」

「その内にゃ耳に入るで」

「祝《ほうり》と河野の代官が取り止めるよう申し入れをしたようじゃが、聞くような通任じゃないわい」

祝は大三島の神官であり、同時に足利の御家人を名乗る武将でもある。尤も、宮方を名乗ったこともあり、大山祇神社を守り抜くため、時の勢いの強い方へ靡《なび》きその去就は定かではないが、河野氏の源流越智氏の流れを汲み、海の者の大山祇《おおやまぎ》信仰に支えられ、これも大きな勢力である。だが、祝、河野家共に問題を抱えていて、今岡通任に申し入れはしたものの、これと事を構えるまでの気はなかった。彼等に直接影響を与えるものではなかったからだ。ただ夫々に、伊予国内のこと、大三島領内のこと、その支配者としての権威を一応示しただけのことである。通任は彼等の足元を見すかしているのだ。

「河野本家はどう考えとるんかのう。河野としても、村上海賊は欲しかろうに」

「通任が焦るのもそこよ。本家じぁ、通任が村上を継いで一段と強うなるのを警戒しとる。何をやらかすか分からん男じゃけえ。通任がこの話を持ち込んでもいい返事はせん。そこでじゃ、通任としては、村上の後家から、娘婿に後を継がせると言わせたいのよ。そうなれば、世間も納得するし、河野本家も反対する理由《わけ》がのぅなろう」

「飲み込めた。で、後家殿は何処へ移ったと言ぅてあるんじゃ」

「新居大島へ送ったということだけよ。それから先は後家殿がきめられること、与り知らぬと言ぅてある」

「通任殿も探しておろう」

「新居大島、渡って新居郡となれば宮方じゃで、通任も手は出せん」

そこで重平はまたしても苦笑を浮かべる。

「それであきらめる通任と、高をくくっとった訳じゃないがのう。やっぱりおかしなことになりよぅる」

「何が」

「通任の奴、あちこちへ散らばった村上のもん（者）へ、近々村上を継ぐいぅて回状を出しよぅる。中途《なかと》も務司《むし》もその気になっとるようじゃ」

来島の瀬戸にある中途、務司の二つの小島には、村上が築いた城がある。そこには、行き場のない将兵が未だいるが、義弘存命の頃の威勢は全くない。僅かに、航行船の上乗り（水先案内）で銭を稼いでいる。通任がここを押さえて本格的に活動を始めれば、瀬戸内の情勢は大きく変わるだろう。

「じゅべさあは」

「わしか。わしも動きようがないわい。甘崎の城から通任を追い払うくらいのことは何時でも出来る。じゃが、山吹さぁがおればわしがよう手を出さんと、あいつ見くびっとる。ま、野島のもんが鼻栗を抜けても銭はとらん。それで文句はなかろうが、ゆうつもりもあってじゃろ」

どうやら野島の重平の憂欝と焦燥は、この膠着《こうちゃく》状態の中で、村上義弘が築き上げたものが、なしくずしに今岡通任の手に移っていく、いわゆる乗っ取りの結果になる恐れからだ。

「小早川はどうだ」

「あれからと同じよ。何も動かん。備後の方で忙しゅぅしとるようじゃ」

小早川というのは、鎌倉幕府を倒し天皇親政の世となった建武の折、帝から大島三分の一地頭職を賜った小早川氏平のことである。地頭職ではあっても、氏平は未だ大島に入部したことはない。建武の新政が程なく破れ、武家方、宮方の抗争が始まり、氏平は武家方についた。備後の宮方とのにらみ合い、合戦と、大島に進出する余裕もなく、代官と僅かな人数を送り年貢を取り立てる程度だ。

顕忠は更に重平から、他の島々の動き等、足掛け四年離れていた間の伊予から安芸、備後にかけての、海の情勢を聞かされた。

「じゃがのう、もっともっと難儀なことになりそうじゃよ」

「何が」

「伊予で大合戦が始まることになろぅて」

「河野が何か」

「河野もじゃが。今、伊予国府にゃ宮方の伊予守護大館右馬之助殿に国司の四条殿がいる。忽那《くつな》にゃ征西の宮様よ。それにしちゃあ伊予の宮方の勢は少な過ぎる。河野の入道殿は武家方といぅても、さして合戦の気はない。お陰で伊予はまあ静かな内よ。それが近い内、大揺れが来るかも知れん。うんにゃ、そうなるなあ確かじゃ」

「どういうことだ」

「脇屋が下って来る」

「何、あの新田の」

「そうじゃ。脇屋義助。確か刑部卿になっとられる」

脇屋義助は新田義貞の弟で、義貞討ち死にの後は新田一族の総帥であり宮方の大立者である。

その武勇は天下に轟《とどろ》いている。

「脇屋義助殿が伊予へか」

「国府入りは間違いなかろう。脇屋の名があれば忽ち何十万の軍勢が集まろう。多分、四国中国の総大将じゃろぅな」

「それで分かった。忽那の西征宮は九州へお下りになったぞ。脇屋の下向もそう聞けば思い当たる。熊野が手下《てか》の海賊に出船の支度を達しておった。こりゃあ熊野から海へ出るな」

「その通りよ。したが宮さまの九州御下向は気が付かなんだ。あのもとどり」

顕忠が送って行った密使のことである。

「わしは、てっきり新田の伊予下向のことと思ぅておったよ。宮さまの九州お下がりは、新田が四国を固め、安芸、備後へ手をひろげる頃とにらんだが、九州が待ち切れんかったと見える。いや、それとも、吉野じゃあ、奥州が思わしゅぅのぅて、西へ本腰を入れようと一散気に火の手をあげるつもりか」

重平は西征宮九州移御に驚いていた。それにしても不思議な男だ。身分をいえば一介の漁師に過ぎない。野島の者を束ねるといっても、それは私的な一族の長であって、浦刀祢のように官につながる地位は一切ない。それでいて、世の動き、人の動きを早くからよく捉えていた。そして、それを分析した判断も的確のようだった。顕忠は何時も感心するばかりである。

「わしが思ぅておったより早ぅ伊予が荒れるで。そのどさくさに通任がどう動くか。騒がしゅぅならん内に、無い知恵をしぼってけりをつけよう思ぅとったんじゃが」

「この大島が巻き込まれるじゃろうか。騒動が始まるとしてじゃ」

顕忠は今岡のことよりも、起きるであろう伊予の騒動の方へ関心が移っていた。伊予国府は今張浦の直ぐ傍、今張は大島と瀬戸の流れ一つ隔てた指呼《しこ》の間にある。野島衆が合戦に加わると否に拘らず、大島が戦場となる可能性は高い。

「そりゃあ見当つかん。脇屋の大将が着いて、誰がどう動くか。その時が来んにゃ分からん。対州殿がどう気張るか、それにも依ろう」

対州は河野家の当主河野通盛のことである。通盛は元弘の乱に御家人として鎌倉の下知に従い六波羅合戦に加わり、破れて鎌倉まで落ち延びたが、既に北条一門は新田義貞の攻撃を受け全滅していた。止むなく通盛は鎌倉建長寺に入って落飾《らくしょく》、対馬入道善恵と号していた。ところが、建武の新政に叛旗をひるがえした足利尊氏が、伊予の名門河野の当主が、鎌倉で仏門にありと聞き、自らそこを訪れ、還俗《げんぞく》を勧め、伊予本領の安堵、河野総領たるべきことという御教書を与えて帰国させた。その恩義から、一旦西へ敗走した尊氏が筑紫の軍勢を率いて東上の際、通盛は麾下《きか》の軍勢を伴い、安芸の波多見（音戸）にこれを出迎え、その傘下に入って湊川の合戦に従っている。

「対州殿としては、尊氏殿の手前、伊予の宮方を攻めんにゃいけんが、宮方いぅてもあらましは皆河野の人間じゃけん。それに、寄せて来るとすりゃあ讃岐の細川が主力となろぅて。脇屋が来りゃ細川は渡りに船じゃろ。細川の本音は伊予の国が欲しいのよ。脇屋が来て、伊予攻めの名分が立ち、河野に西から攻めさせる。伊予の宮方にゃ、手強《てごわ》いのがいっぱいおる。それを片付けておいてくれりゃ、後々河野を攻めるのが楽になる。対州殿はそれが分かっとるけえ、そうそうは動かんじゃろうが、宮方が本格的に火の手を上げて勢いが上がりゃ、対州殿も振りかかる火の粉は払わにゃならん。さて、難しいことよ」

重平は次第に渋面《じゅうめん》になる。先行きの情勢と今岡の関わりに苦慮する様子だった。

日暮れまでに顕忠は大島庄の忠助の屋敷に着いていた。重平が、一晩ゆっくり飲み明かそうというのを断って、陽《ひ》のある内にと急いだ。距離にして一里にも満たない所だが、顕忠は重平の話を聞く内、早く大島庄へという気分に駆り立てられていたのだ。

何故そのような里心がと、自分でも訝しい気持ちさえ持った。

重平は塩の他にも、魚の干物、樽入りの地酒等を持たせてくれ、それを手下《てか》の一人に手押し車で運ばせてくれた。今日は誰も海に出とらんで、生きたやつがおらんでさえん。重平はそう済まなそうに言っていた。

弟の忠助は穏やかな物腰で顕忠を迎えた。屋敷にも何の変化もない。まるで世の流れと無縁のように見えた。変わったといえば、忠助夫婦にまた一人子が増えたくらいか。忠助の嫁は、三人の子を生んだとは見えないくらい、嫁いで来た時とさした変わりがないように見える。一家は幸せなのだ。顕忠は内心ほっとする。自分の勝手気ままで弟に家督を継がせ、おとなしい忠助が、煩わしいことの多い下司職という庄官の仕事が勤まるであろうかと、顕忠は何時も気がかりなのだ。帰って来る度、平穏そうな家内を見てようやく、うまくやっているらしいと、やっと安堵するのが常だった。

二、三日して忠助の嫁が顕忠を呼びに来た。話があると言う。帰って来たと嫁に告げ、土産を渡したきりゆっくり会ってはいない。

「兄者、こたび（こんど）はゆっくりなさるおつもりか。足かけ四年は長ぅおざった。宮方への御忠節、まことに御苦労に存じるが、暫らくは骨を休められては如何か」

四歳年下の忠助の方が兄に思えるような物言いである。

「今の所、そのつもりでいる」

「それにしては、毎日宮窪へお出掛けの様子、何ぞ次の支度でもなされてか」

「それはない。体がなまる故、船を漕いで鍛練致しておる。それが何か」

「いやいや、それはそれで結構に存ずるが、兄者、如何におざろぅ、この休息の間に、兄者の留守を守る者をお決めなされよ。兄者の屋敷は無人におざれば」

「何、それは、そなたの嫁が計ろぅてくれているではないか。何時帰っても、人が住んでいるようにきちんと手入れをしてくれておる。わしはそれに不服はないぞ」

「兄者、そのようなことではおざらぬ。嫁御を娶《めと》りなされと言ぅておざる」

「嫁御、このわしにか」

顕忠の脳裏をふいと、みおの肢体が横切った。

「如何にも。兄者も、もう三十二歳になられる筈、そろそろ室を持たれなければ、世の聞こえもおざりましょう」

「分かっておる」

顕忠は苦笑した。忠助が大人びて親のような物言いをするのと、今の自分が置かれている状況を思うのとで苦笑する他ないのだ。今ふいと浮かんだ、みおへの未練、というより本心から雑賀の浦に迎えに行くつもりではいるのだが、故郷へ帰ってみれば、身の廻りが何やら怪しい雲行きとなりそうだ。重平との親交からして、いずれは自分も巻き込まれることだろう。はて、どうなることやら。忠助の言も雑賀のみおのことも、今はそれどころではないのだ。

「新居の盛康入道殿の縁辺《えんぺん》に十九になる姫のおられる由、われらが母者の縁にも繋がるお人。一度会ぅて見られては如何かと」

「や、忠助。気を使ぅてくれるは有り難いが、それは駄目じゃ。新居のあたりはそれどころではない」

顕忠はあわてて、近く戦乱に巻き込まれるであろう中予の情勢を語った。

だが忠助は一向に驚く風も見せない。

「なればこそ兄者、早い方がよろしゅうおざろう。明日にでも出掛けられましょう、お供仕る。入道殿より内々の話は参っております故、何時にても相手方は歓待してくれましょぅぞ」

「待てよ、忠助。わしにそれは出来ぬ。合戦ともなればわしは直ちに駆け付けねばならぬぞ。そうなれば明日をも知れぬ命ぞ」

「兄者、そのようなこと、もう捨てなされ」

「何」

「嫁娶りのこともさりながら、実はそのことを兄者へ申したい、その時期が参ったと思ぅておじゃる」

何かにつけ顕忠には素直で、どんなわがままでも聞いてくれる忠助が、珍しく、顕忠の言葉を無視するような態度を示した。

「兄者は武士ではおざらぬ。今の世には、郷《ごう》の百姓とか、荘の官にありながら武士を名乗り、武将めいた振る舞いで成り上がる者の多いこと、忠助も存じておじゃる。なれど力だけの下剋上の世が、何時までも続くとは思え申さぬ。夫々の分に従い、力量に応じて上へと上がって行く、それが世の在り様の本然というもの。如何か、兄者。我が家の分は庄官におざる。兄者は幼き頃より思う通りの好き勝手な道を通っておざったが、もうそろそろ本来の道を歩みなされ。実はこの忠助、領家の醍醐寺五山のいずれかに召されることになるやも知れず」

「待て、忠助。それはまことか」

顕忠はそのことだけに愕然とした。

「それは困ったことになる」

忠助が荘を引き払えば、顕忠は我が家を失ってしまう。ならばどうしようという才覚は思い及ばない。顕忠は何時でも帰ることの出来る家、と、それだけ弟の忠助に甘え切っていたのである。

「いやいや、兄者が困られることは何一つおざらぬ。そうなれば兄者が私の跡、大島の庄の下司になられれば良い、地下人《じげにん》の中に兄者程の適任の者はおざらぬ。そのためにも兄者、室をお迎えなされ」

忠助は一気に畳み込むように言った。

「ならん。それは出来ぬぞ、忠助」

顕忠は思わず大きな声になった。怒声にも聞こえた。忠助が腰を浮かせる。

「兄者、ま、ま、落ち着いて」

「落ち着いておる。別にうろたえることではないわ」

「何をそう激高なされる」

「いや、怒ってはおらん」

大声を挙げたのは、自身を奮いたたせるためであったかも知れない。

忠助が考えてくれた身の処し方に触発され、内訌していたものが噴き出たのかもしれない。

雑賀の浦で一旦はあきらめ、けりをつけたつもりだったが。

「忠助よ。わしは、もう武士なのじゃ。戦働きに傭われる無頼の者ではない」

「兄者、私は兄者のこれまでの過ごし方をとこう申しておるのではおざらぬ。それに、武士と名乗られようが無頼の者であろうが、戦の働きは同じこと」

「待て待て、忠助。おことの言い様分からぬでもない。したがまあ聞け。わしはな、れっきとした武将になれる筈であったぞ。じゃに依って、これからそうなって見せるつもりじゃ」

「河野の家中にでも取り立ててもらうおつもりか。忽那《くつな》は国の領主ではおざらぬ。はてと、他に何処に主をお探しか。となれば兄者が主におなりのつもりか。手下《てか》を抱えておいでか。手下の面倒、どうやって見なされる」

その日の忠助は彼に似ないしつこさで、あくまで頑強にねじ伏せようとするかのようだった。

顕忠の末を案じる忠助は、兄がどのように怒ろうとも、生活を改めさせ、改心させたい一心であったのだ。顕忠にも、それが分からないのではない。といって、とてものことその気になれるものではない。

「なあ忠助、わしはこれでも、鎮守府将軍北畠顕家卿から、股肱《ここう》にと望まれた身ぞ」

「兄者、夢は程々になされるが良い。顕家の卿お討ち死なされたること、ここらあたりへも聞こえておじやりまするぞ」

「戯れではない。北畠大膳大夫顕忠と名乗り、北畠一門と扱おうとの御親書を拝領いたしておる」

「兄者、北畠は我らが本流中院家の別れにおじゃる。その一門の端が何程のものにおざりましよぅや。それに、北畠は武門にはおざらぬ。世の乱れにて今は止むなしと致しても、安寧の世に返れば、殿上の世界に移られましょう。そうなれば、武と名の付く者はすべて不要となされましょう」

「もう良い、忠助。折角のきもいりだが、わしは嫁を娶る気もないし、庄官になる気もない。忠助が上へ移ることにでもなれば、それはそれで良い。わしも、身の過ごし方などどうにでも分別しょう」

「兄者、忠助は兄者の身の末を見るのが辛ろぅおじゃる」

忠助は始めの勢いもなく悲しそうな面持ちになった。

それから五日経った夜中、波平が馬に乗って駆け付けて来た。

「出陣《でじん》じゃ。脇の頭、このまま、馬で椋名まで。わしが伴するで」

「何事ぞ。落ち着いて話せ」

「暇がない。とにかく支度を」

支度といっても着替えるだけである。その間に、波平が口早に次第を告げた。

今日の夕、薄暮《はくぼ》の頃忽那《くつな》の中島へ、河野の軍勢がいきなり押し寄せて来た。神の浦の浜を正面に、その両翼へ別動隊と、三方からの上陸作戦である。大将忽那重勝は一日本城に立て篭もり、近くの島々の与力の者に救援を求めた。

野島は忽那と所縁あって、危急の際には助力を惜しまない。

「河野は動けんじゃろ」

そう言った重平の言葉が顕忠の頭を過《よぎ》った。何故だ。そう思ったが思案の暇はない。

忽那の急使が大島の椋名の浜に着いたのが亥の上刻の頃。椋名には野島衆の善八がいる。善八は使いを馬で山越えさせ宮窪へ急報した。

その使いが椋名へ引き返した頃には、善八は出船の支度を終えているだろう、波平はそう言った。使いが帰って来ると同時に善八は先発として押し出す筈だ。重平の指揮と決断は、野島の者はよく飲み込んでいる。動きは素早い。椋名の使いに命令を与えると同時に重平は浦々の野島衆に急使を走らせている。

「椋名は五はいくらいじゃ。脇の頭を待っている筈が十二、三か。間に合わんもんが五六ぱい、これは忽那へ直行じゃ」

一ぱい二はいは、船の数の数え方だ。一艘、五、六人が乗り組む漁船である。遅れて進発する舟群の中には食糧を積み込んだものが三艘くらいいる筈だ。重平の指令で、野島の総指揮は中の院顕忠、この編成はこれまでにも何度かあったことで、参集も進発も雑然ながら手早い。顕忠は忠助の屋敷に、出動を告げる時間も惜しく、また、忠助から何を言われるかも知れたものではないという気もあって、置き手紙一つを残して波平と馬を並べて山道へ向かった。

明け方近くには忽那の中島と睦島の間の瀬木戸の瀬戸を抜けた。抜けたところの小さな島陰から突如灯火が見え、左右に三度動いて直ぐに消えた。

「善八がいるぞ」

一番船の波平が声を挙げた。

「高島へ向けやーぃ」

三番船の顕忠がどなり返した。高島はその小島の名だ。

先発した善八は、忽那《くつな》と合流する隙がないという。戦闘が始まるのを待つしかなく、待機の場所が本隊到着を待つ形になった。

中島の神の浦は浅い湾だ。そのほぼ東半分は石だらけの浜で船を留めるのが難しい。善八が言うには、暗い石の浜辺を竿で探り探り半ばも進まない内、西の砂浜前面に河野の軍勢が屯《たむろ》しているのが分かった。勿論その前面の海域には軍船が遊弋《ゆうよく》、あるいは砂浜に乗り上げている。忽那が城から打って出ない限り、折角の援軍も手の打ちようがない状況である。

「もうすぐ夜明けじゃ。丁度ええ時分じゃないか。善八、早速火矢を上げて見るか」

顕忠は、相談の態で一応彼の顔を立てる。野島から見れば他所者《よそもの》の顕忠である。脇頭の名は、野島衆の頭重平が取り立てたものではなく、顕忠の勝手な自称でもない。野島衆一統の誰言うともなく言い出したもので、いまではすっかり定着していて、頭の名代《みょうだい》として一統は彼を重んじている。大島庄の下司《げじ》の出、頭重平の盟友、それだけではなく、顕忠の力量に一統は畏服しているのだ。だが顕忠は、あくまで他所者の分を知って図に乗ることはない。これまでも、一緒になった野島衆の主だった者の意見を聞くことを、忘れたことはなかった。事に当たって彼の決断は何時でも早い。だがこうした気配りを欠いたことはないので、野島の者も素直に受け入れてくれる。

「脇の頭の言う通りじゃ。今なら直ぐにでも応じて来るじゃろうわい。わし等がここへ着く頃合いは、大概にゃ見当付けとろぅけえ」

善八は、賛意に合わせて、顕忠の判断の根拠を代弁してくれる。

一艘が島陰から広い水域に出て、神の浦の方へ火矢を打ち上げた。未だ明け切らない空に狼煙は使えない。狼煙であれば、その上げ方で何通りかの合図が出来るが、火矢ではここにいるということを分からせる程度の信号しか期待出来ない。だが、野島では独特の煙硝を入れた小袋をくりつけ、異様に白い光を放つので、その火矢を放った者が野島であると忽那には直ぐ読み取れる。

暫らく経って、城から天空に向けて火矢が上がるのが見えた。

「ちと間がありそうじゃな」

「浜へ向けて射とらんけえのぅ」

顕忠の問いかけに善八が答える。

「半刻近くはあるかな」

「そのようなもんじゃろ」

「河野が火矢に気付いて、こっちへ動くか」

「向こうの磯へ見張りは出しとる。あれが、がなるまでは大したことはない。河野が一ぱい、向こう側へ見張り船を出しとるが、こっち側にゃ、よう廻って来んじゃろう」

恐らく忽那《くつな》は軍船を、神の浦の西端赤崎を廻った西のあたりに退避させている筈だ。顕忠はそう見当を付ける。とすれば、使いを船に走らせ、軍船が赤崎を廻って姿を現すまでに半刻はかかるだろう。その時忽那重勝は城門を開いて討って出る筈だ。忽那の軍船が姿を見せた時が野島の動く時だ。

「腹ごしらえをさせておこう」

顕忠の呼び掛けに応じて善平が、

「波平よ、朝餉《あさげ》じゃ言ぅて触れたれいや」

波平に向かってどなった。各舟共、有り合わせの食物だけは積んでいる。このような緊急出動でもそこは、手馴れたものである。

奇妙な合戦だった。

河野の船団は殆どが砂浜に乗り着けていた。小早が三十艘近く。櫓船（櫓を組んだ大型船）が浜からやや離れて、これは遊弋しているようにも碇を下ろしているようにも見える。それを挟んで小早が二艘。これは櫓船の護衛船だ。はるか沖合、湾の外に一艘見えるのは、赤崎の方の見張りだ。高島の直ぐ近くの水域にも見張り船が一艘。

朝の陽が野島の舟群に淡い光を投げかける頃合い、沖にいる河野船から火矢が打ち上げられた。忽那船が動き出したのを発見したのだ。

高島の磯伝いに湾内の見張りに出しておいた手下《てか》が、それを大声で報せた。

河野の本隊までの距離は赤崎からより高島からの方が遠い。顕忠は素早く判断して、忽那本城からの合図を待たず全船発進を下令した。

高島と中島本島の間の狭い水道は忽ちに小舟の群れが溢れ、水道から吐き出されるように一群は宮浦の浜へ、一群は赤崎へ針路をとった。

野島の舟は勿論漁船が殆どだ。小は伝馬船より一回り大きいくらいのものだ。顕忠は小の方を選んで浜へ向けた。これは陸戦要員だ。その頭を波平に命じた。大きい舟は船合戦に振り向ける。大きい方は速さが違うのだ。漁船といっても、戦闘用にもなるよう、櫓数が何時でも増やせるように設《しつ》らえてある。だが小早の速さには叶わない。それでも、軽快を誇る小早よりも、一回り小さいだけ小廻りがきき、用船次第で海上近接戦では有利になる。野島衆はその操船に長《た》けているのだ。

程もなく、赤崎を廻る忽那の軍船が姿を見せ、同時に本城から浜へ向けて火矢の飛ぶのが見えた。恐らく忽那重勝は城門を開いて討って出るであろう。浜へ向けた火矢は、船団に対した総攻撃の合図である。

ところが何故か、河野の船団は野島の舟群と忽那《くつな》の船団を視認出来るにも関わらず、動く気配を見せなかった。動いている河野船は見張り船だけである。

城を出た忽那勢は鬨《とき》の声を上げて前面の浜へ押し出し、石浜を抜けたあたりの砂浜の東端に取りついた野島衆が、浜の河野勢の側面から攻撃しょうと砂を蹴立てた頃、河野船団は一斉に波打際を離れ始めた。勿論、正面から攻撃を始めている忽那勢を防ぎながらだ。動かない河野船団に顕忠は、忽那船団と合流して、立ち向かって来る河野を待つ邀撃戦法を変え、途中で変針、浜の河野船団に向かった。一直線に攻撃に出たのだ。忽那船団もこれを察し、赤崎から浜に平行の針路をとる展開を見せていたのが一斉に浜の河野船団に向かう。

浜の軍勢を収容して、ようやく動き出した河野船団は散開しょうとはしないで、舷がくっつきそうなくらいの一団となって沖へ出る。船団の中央に小早より大きい櫓船がおり、それはどう見ても戦闘体形ではない。しかも、十六挺櫓の小早が全速だった。河野は同様に小早を揃えている忽那を避け、野島の舟群の鼻先をかすめる針路を取り、釣島水道へ遁走した。

追跡もならず野島も忽那の船団も宮浦へ上陸した。

迎えた忽那重勝は、顕忠に合力の労を謝しながらも、しきりに首をひねっていた。陸の方でも、総攻撃に移る前の小競り合いだけで、河野勢はさっさと船へと撤退したという。浜を駆けた波平の隊も、戦列に加わる前に河野勢は浜から立ち退いていたのである。河野の討ち死にした者は二名、五人の負傷者は生け捕りとなったが、それはいずれも物の具も着けていない雑兵であった。忽那の損害も外《そ》れ矢に肩を射られた兵が一人、それもかすり傷程度で大したことはない。とにかく、河野勢には戦意がなかったとしか考えられない。前日、来襲時の勢いは凄まじく、人も態勢も不備だった重勝は、部下の損失を恐れて、本城に撤退し、来援を待って反攻の策を取らざるを得なかったのである。その河野が昨日に変わる今日の振る舞いは何とも解し難かった。

　忽那の小早一艘が河野船団に追尾した。その報告によると、河野船団は興居島の戸の浦の鼻を東へ廻り込み、そのまま船影が消えたという。伊予本土の三津浜へ帰投するつもりなら、興居島の西面に沿って南下、御手洗の鼻を廻る筈である。その航路をとれば、はるか離れた釣島水道で追跡中の忽那船から視認出来る。戸の浦の鼻から消えたということは、そこの浜に停泊としか考えられない。細長く西に突き出た戸の浦の鼻の、南面は砂浜だが、そこから湾になっている大部分は石浜で停泊には向かない。河野船団は、戸の浦の鼻の南側に息を潜めている。追跡船はそう判断した。それを確かめるためには、戸の浦の鼻に近付き、そこを廻り込まなければならない。だが、その偵察は非常に危険だ。河野は鼻の直ぐ下で忽那が近付くのを待ち受けているかも知れない。忽那の小早が追尾して来るのを、河野は気が付いている筈だ。忽那船は一刻ばかり釣島水道を遊弋しながら監視を続け、結論を出して宮の浦へ引き上げて来た。

「今宵か、明《みょう》明け方、河野はもう一度仕掛けて来る」

大将重勝の言に、諸将の誰にも異存はなかった。今日の撤退作戦で河野は忽那《くつな》の出方を見たのだ。というより、どこまで援軍を集めるか、その瀬踏みだったのだ。

野島衆は後発船を加えて二十二艘、全船を浜に並べた。全員が船合戦に投入されることになった。忽那は小早三艘を海戦に回し、他の乗組みは陸の戦闘要員となった。

総師忽那重範の留守を預かる甥の重勝は、剛勇の士だったが、守備に廻ると戦術指揮は余り得意ではない。一族の忽那忠重、牟須嶋則久それに中の院顕忠を加え軍議を練った。その席で顕忠は、広い海域では小早の速さに分があるが、河野の上陸を阻む波打ち際近くの船戦なら、野島の小舟の方に分があることを力説して、忽那衆の小早もいない方が野島としては仕掛けやすい。味方同志連携の取り難い乱戦となることは必定。顕忠はこれまでの戦闘経験からそう提案した。実は野島の小舟を活かして使う戦法は忽那重範に教えられたものだ。だがそれを口にしては、若い重勝は反発するかも知れないと思った。叔父の留守を預かり指揮をとるのに、叔父だったらこの戦法を使うだろうと言われては意地でもそれを使いたくなくなる。重勝は何時までも叔父の指揮に甘んじたくないという、向こう意気の強さを持った武将だ。その機微《きび》が分かるようになっただけ顕忠も成長したのだろう。餓鬼大将がそのまま年を重ねたのにも似た、戦う技術ばかり長じたようでも、名のある武将に合力する度、それと気付かず知恵はつくものらしい。

忽那の一艘は睦月島の南端、甫崎あたりまで進出、北条から来襲するかも知れない河野の別働隊の見張りに付いた。二艘は釣島水道の半ばあたりで遊弋警戒。

満を持して待つこと三刻、午の下刻、見張り船から狼煙が上がった。宮の浦の浜からは、興居島の陰から水道に姿を見せた河野船団の姿は未だ視認出来ないが、城の櫓からは望見出来る。城から浜に向け合図があり、間もなく伝令がやって来た。

合戦準備だ。浜に将兵の配置展開が始まった。大将忽那重勝は城を出て、浜の小高い所に戦闘指揮所を設える。

この度の合戦に野島衆の主だった手下《てか》は、椋名の善平だけだ。他の者は加わっていない。波平は重平からの伝言として、「済まんが、頼む」その一言だけを託されていた。顕忠にはそれで十分だった。手下の精鋭は殆ど重平の手元に残されている。それで重平は顕忠に済まながっている。それで良いのだ。それは甘崎城の今岡通任に備えてのことの筈だ。今頃は鼻栗の瀬戸の口の正面に漁船が群がっているだろう。重平が直接出張っているかも知れない。顕忠には、重平から連絡を受けていなくてもその意図は察することが出来た。

通任は多分動くまい。重平はそう言うだろうと顕忠は思う。通任は河野家の武将の列にはあっても、忽那と事を構えるのは避けて来ている。確《しか》としたことは分からないが、忽那と軍事行動を共にすることの多い土居氏得能氏と戦うのを避けているのかも知れない。土居、得能はいずれも河野の出だが、宮方として奮戦している。

だが、河野家の通達があったとしても忽那《くつな》襲撃戦に参加はしないだろうが、野島の者が忽那へ参陣、大島が空になったと知れば通任は宮の窪を襲い、一挙に大島を制圧しようとするだろう。それは勿論、村上の名跡を継ぐための大きな布石だ。実質の既成事実を造り上げて、最後は村上の後家殿に迫って名を貰い受ける。彼のその魂胆を重平は見通している筈だ。

重平は、顕忠に忽那への義理を託し、自らは大島の防衛に備えている。顕忠はそう理解している。

顕忠はそのような思いを胸に浮かべながら、思い思いの準備にかかっている野島の者達に目をやった。彼等の装備は、これが軍勢とはとても見えない。全く水手《かこ》の群れだ。それも、態《てい》の悪い。分厚い刺し子の漁着を着け、腰蓑だけで裸足に脚絆をはいたところは漁師に異ならない。中には腹巻（軽便略式の鎧）を着けた者、その草摺に当たる部分だけ腰蓑のように着けた者、胴だけの者、或いは篭手《こて》を着けた者、直垂袴《ひたたればかま》に着ける臑当《すねあて》だけ着けた者、そうした者達もかなり見られる。これはいずれも、これまでの合戦の戦利品、というより拾得物《しゅうとくぶつ》というべきものだ。武士達から見れば滑稽だが、彼等にすれば多少なりとも防御に役立つ道具である。見た目の格好を気にする風は更にない。手に持つ武器も刀を持つ者は極めて少ない。これも、戦場で運良くましな刀を拾った者だけが腰にぶら下げているのだ。柄の長い鳶口《とびぐち》、樫の棒、手作りの槍のようなもの、長刀、鉄棒、等々まちまちの武器を持っているが、圧倒的に多いのは樫の棒だ。これが彼等には一番手に入れ易く、船上の戦いには最も扱い易い。戦闘となれば刀も、斬るというよりたたく道具にしか過ぎなくなる。たたくにも突くにも棒の方が有利だと彼等は思っている。敵船に接近用の武具としては、投げ鉤《かぎ》、投げ碇《いかり》、手鉤、熊手、これは敵船を引き寄せるものだが同時に殺傷の武器ともなる。弓矢は手製、数は少ない。防護用としての楯は舳先に一枚か二枚、舷側に歩み板（荷物の揚げ下ろしの際使う渡り板）を横様《よこざま》に立てて使う他、敵の矢の射程距離に入ると布幔《ふまん》と呼ばれる布の吹き流しを張るが、これも武士の水軍の使うようなものではない、継ぎはぎだらけの布だ。これも拾い物で作ったものである。炮烙《ほうろく》も持ち込んでいた。火矢と共に敵船焼き討ち用のものだ。雑然としてまとまりのない装備である。

忽那の勢とは大違いだな。顕忠は改めてつくづくと眺め微苦笑を浮かべる。なれど、こやつ等は強い。それを知っている忽那衆も、彼等を見て頼もしくこそ思え、侮り笑《あなど》う者は一人もいない。その故に顕忠は、胸を張って軍議にも加わっておれるのだ。

見た目には不細工で貧弱な装備だが、その戦闘能力は侮り難い。村上義弘の警固《けご》船に使われていた時は専ら水手として従っていたが、水手といえども場合によっては直接戦闘に加わる。従って無装備で戦うことに彼等は馴れていた。彼等だけの戦闘隊を組む時も同じ感覚なのだ。

それに何より、武士並みの装備を整える経済力は彼等にはない。それはつまり、野島の重平にそれがないということなのだ。

不思議なことだが、武士達は恩賞目当てに戦う。そして彼等の主人は平素から、何等かの形で武士達の生活を保障している。だが野島の集団は、平素は漁師として、それぞれが勝手に生活していて、誰からの援助もない。だが自己防衛の必要があれば集団を作り、事に当たる。その指揮を取る者が頭の重平だ。単純にいえば、野島の衆とはそのような存在である。

久しぶりに野島衆の指揮を委ねられ、顕忠は改めてそのことに思い至っていた。何故彼等は、頭の重平の命であれば、その生命を危険にさらし、それを失うことも顧みないのであろうか。顕忠はこれまでの長い付き合いの中で一度もそのような疑念を持ったことはない。自分自身、何故、重平に頼まれれば唯々諾々《いいだくだく》としてこれに従って来たのか、それも考えたことはない。

顕忠がそのような思念に捉われたのは、彼の中で何かが変わろうとしている兆《きざ》しだったのだが、彼自身には未だそれはまとまった形のものにはなっていない。それに、今は、思いにふける余裕はない。敵は既に姿を見せているのである。

顕忠は舟群を三手に別けた。右翼に椋名の善平、左翼に波平、顕忠を正面の舟群とした布陣である。

「未だ半刻はある。持ち場までゆっくりと漕げ。ええか、小早一つに三ばい（三艘）取り付く。

忘れるな。わしの舟が漕ぎだしたら、勝手に相手を定めて向かえ。自分の相手以外に浜へ向かう敵に構うな」

顕忠は再度念を押して、舟群を散開させた。

敵船の三分の一を先ず討ち沈め、残る三分の二の上陸を許し、水際から敵の後方を攻める作戦だ。忽那《くつな》の小早は遊撃隊となって、敵の上陸阻止よりも、野島の衆を効果的に、次々と援護して走り廻る手筈である。

赤崎と高島を結ぶ線を、河野の船団が越えた時を戦闘運動開始の時機と顕忠は決めていた。唯、それも敵船団の陣形により発進の機を選ばなければならない。発進の時機が早過ぎれば、敵に対応の船列に組変える余裕を与える。遅きに失すればこちらの両翼の展開が間に合い兼ねる。

忽那の小早が赤崎と高島の方へそれぞれに針路を取った。河野船団の針路からの避退運動だ。顕忠は正面に目を凝らす。

「二列の縦だな」

顕忠は控えている者へともなく、独り言のように言った。

「そろそろ陣を構えるぞ」

二列縦陣は巡行の隊形だ。そろそろ戦闘体形に入っても良い頃である。

「見ろ。おあつらえの陣を取るぞ」

顕忠は大声で言い放った。

河野船団は二列の体形の後方の方から、徐々に左右に広がり、後方の船は同時に速さを増して前船の横の列を追い越そうとし始めた。鶴翼《かくよく》の陣である。敵を両翼で囲い込むようにして討ち取る作戦である。河野は上陸作戦よりも先ず海上合戦で雌雄を決する作戦のようだ。

広い海面での船の移動はおいそれと行くものではない。赤崎と高島の線を越えても鶴翼を整え終わらないであろう。野島の衆の間にもどかしい時が流れる。

河野船団が横一列に並んだと見えた時、

「それっ」

顕忠は掛け声と共に右手を上げて振り下ろした。同時に傍の者が善平と波平に合図を送る。

野島の舟群は喚声を挙げながら浜を発進した。三艘が一固まりとなった群れが三方向へ漕ぎ進む。顕忠は自分の舟に、敵の鶴翼の一番奥、河野の将船と見える櫓船に目標を定めさせた。

一旦避退の形だった忽那《くつな》の小早が反転、河野と野島の針路の正面を横切る方向に漕ぎ出し、矢頃には未だ間があるというのに、早々と鏑矢を放った。威嚇というより撹乱《かくらん》戦術である。と、その矢が海面に虚しく落ちるのを見すませたかのように、突如、河野船団は取り梶一ぱいの一斉回頭に移り、全船が舷側をこちら側に見せた。

「何じゃぃあれは」

野島の者の口々の叫び声がどよめきとなって海面に流れる。顕忠は全船に櫂上げを令した。舟は行き足だけのゆるやかな速さに変わる。

河野船団はなおも回頭を続け、完全に反転の針路を定め、元の縦陣に戻り始めた。

船列を整えながら河野船団は釣り島を目指して去って行く。

「小癪なり。我等の面前で船汰《ふなぞろ》えとは」

忽那重勝は烈火の如く怒った。

船汰えとは、全船集結の意に使われたが、今でいう観艦式のように、戦闘のための集結ではなく、勢力の誇示のためにも使われていた。昨日の急襲では寡勢《かぜい》敵せず一旦本城へ立て篭った。だが今日は援軍も整い、河野の首を取ってくれようと手ぐすね引いて待っていたのである。それが、堂々の船団をこれ見よがしに見せつけただけで引き上げるとは、全く愚弄するも甚だしい。お前のような小者は相手にせず。そういった態度としか思えない。昨日は陸で、今日は海上で。河野の力をとくと検分したか。まるでそう言わんばかりの行動に見えた。

重勝は、この上は道後へ押し渡り湯築城を襲い、河野の本城を落として、忽那の力を見せねばおさまらず、そう言って諸将の決断を迫った。武士の面目、その一言は彼等にとって理非を超えた力があった。反対する者もなく、全員鬨の声を挙げてこれに応えた。

重勝は直ちに後を追うべしと主張したが、全軍渡海のためには船が足りなかった。重勝は敵の上陸を許し、浜を占領されている重圧から、当面、陸上決戦でこれを撃退することに重きをおいていた。僅かな小早を出したのは海上撹乱の目的だ。野島が乗り入れて来れば、その効果は絶大なものとなろう。そこまでの戦術は組んだが、その後の海上追撃戦までは視野に入れていなかった。勿論、忽那《くつな》の主力の軍船と精鋭の大部分の将兵は、西征将軍宮を奉じて渡海中の留守、それもあって海上決戦は念頭に置かなかったのであろう。船は島々からの将兵の輸送を主とさせた。留守を預かる重勝としては、先ず本島の防衛と敵の排除を貫かねばならない。彼がそう考えたのも一理あった。

だがここに至って、敵影が消えてしまえば、自尊心を傷つけられ敵愾心が一挙に噴き出してしまった。若い重勝としては無理からぬことだったが、何としても船がなければ海は渡れない。今、浜にある小早三艘を自らが率い、野島の者と共にこれから進発、他の者は島々の船の回航次第後を追え。重勝はそう下知しようとしたが、諸将はこれを諫め、発進は明日払暁《ふつぎょう》ということでどうにかおさまった。逸る重勝に比べ、他の諸将は、海上戦闘も念頭に置いたのである。河野船団は待ち構えていると一応考えなければならない。その際、兵員輸送を主とした船では動きがとれない。

軍議の席で顕忠は、重範殿であれば最初から海上撃破の戦法をとられたであろう、とそのようなことを考えていた。忽那は水軍の達者で世に聞こえている。今、その主力が留守だとしても、残された将兵といえどもさ程劣るものではない。顕忠は彼等の実力をよく知っていた。とはいうものの、何分にもこれは既にそうなってしまったことだ。重勝が主張したように、忽那の小早三ばいと野島衆だけでも、三津浜に取りつく自信はあった。だが、その後どうなるか。顕忠にはそれが読めない。ということは、大将の重勝がその叔父である重範のように、安心して下知に従っていれば良しとするにはいささか危惧するものがあったのである。

陽が落ちてから、小早三艘が物見を兼ね、伊予在郷の宮方、土居氏へ合力依頼の使者を乗せて浜を離れた。土居郷は湯築城の南、さ程遠くはない。その北の外れの星が岡で、土居は河野の軍勢とこれまでにも何度か戦っている。土居は河野の一族だが、宮方として本家の河野に屈伏しないで、宮方の指令に応じ、中央の大事の合戦には軍勢を送っているのだ。三津浜の少し南の海岸に開いている重信川の河口から遡れば土居郷は直ぐだ。

翌朝寅の上刻発進、野島衆はその半刻以上も前に発進していた。忽那の小早は駿足で世に聞こえている。野島小舟群がとても付いて行けるものではない。途中何の障害もなければ、海上一刻、卯の上刻には三津浜に殺到するだろう。海上戦闘があったとしても半刻もあれば片はつく。物見の報告では三津浜沖に船団の影は見えなかった。備えはないということだ。たとえ異変を知って押し出して来る船があったとしても、昨日程の大船団とはなるまい。引き継いでの作戦があればともかく、警戒だけで大船団を組んだままとは考えられない。顕忠は、そこまでは高をくくっていた。だが、問題は自舟群の中に生じた。

潮の流れの速い釣り島水道で、逸《はや》り過ぎた野島の小舟は力漕の余り、波のがぶりを受けて浸水する舟が続出、船足の落ちた舟が一隻二隻と脱落して行く。遂には救助を必要とする舟が五はいも出た。先行していた顕忠は止むを得ず反転、救助と沈船同様の浸水船の曳航《えいこう》のため、六隻を割《さ》かねばならなかった。勿論乗組みの救助には全船を当たらせた。波間に放り出された者が三人いたのである。救助が終わったのを見届けてから顕忠は残る十一隻に発進を命じた。

その頃には早、押し出して来る忽那《くつな》船団が迫っていた。曳航する舟群とすれ違う際事情は聞いたものだろう、野島舟群を追い越す時忽那重勝は、

「無理を召さらず続かれよ」

そう呼ばわって漕ぎ抜けていった。

三津浜までの海上に行く手を阻《はば》む河野の船はなく、上陸後も伏勢の一つもなかった。将兵の中には何か罠があるのではないかと疑念を持つ者もいたが、大将の重勝はそのようなことに頓着はなかった。湯築の城を攻め取る、それしか念頭にない。船を降りるが早いか、逸りに逸って、進め進め、押せ押せと先頭に立って早駆けに移る。

途中で待っていた土居勢と合流してもその勢いを止めようとはしない。土居への挨拶も駆けながらだ。

そして、申の刻には城を占拠していた。尤も、城内は既に藻抜けの殻だったが。

河野の抵抗がなかった訳ではない。大手門を開いて人数を繰り出し、しばらく抵抗すると逃げ込んで門を閉ざす。矢を射かけ大手に取りかかろうとすれば、門を開いて飛び出して来る。その繰り返しで時が経った。援軍の到着を待っていて攻勢には出ないのだ。誰しもがそう考えた。来るとすれば祝谷方面。重勝は兵力を割いて、一応そちらへ備えておいた。火矢を放って炎上させれば事は早いと進言する者もあったが、重勝はこれを許さなかった。ここを攻め落とした後は、土居をここに入れて宮方の拠点としたい考えだ。河野の鼻を明かすためには、単に落城させるよりもその方がより効果的と踏んでいる。

結果として、河野の援軍はなく、城兵は囲みの手薄な所を破って敗走した。その数凡《おおよ》そ百人足らず。目ざましい働きこそ見せなかったものの、三倍以上の敵勢をよく持ち堪《こら》えたものである。彼等も一応の面目は立ったようである。

顕忠以下の野島の者がようやく間にあったのは城内突入寸前の時だった。面目を失った感だったが、共に城内に突入したこともあってか忽那重勝は、顕忠を労《ねぎら》っただけで遅参に就いては何も触れなかった。

忽那《くつな》の総帥下野法眼義範が率いる勢ならいざ知らず、重勝が大将では忽那もそれ以上の追撃は出来なかった。本拠を襲われた意趣返しといったところで、湯築城を土井氏に託して引き上げた。

事が終わってから顕忠は「河野は動くまい」そう言った重平の言葉をかみしめていた。河野対州入道善恵には最初から戦意はなかったのである。武家方として、伊予国内の宮方掃討を細川頼春から迫られていた善恵は止む無く、申し訳程度に兵を動かし、宮方相手にかく戦ったと申し開きをするつもりであろう。そのためには湯築城一つは安いものだ。我らは入道殿の戦略に踊らされただけよ。顕忠は湯築城攻め遅参の不面目よりも、馬鹿げた騒動につき合わされた思いの方が強かった。

「とんだ戦遊《いくさあそ》びよ」

顕忠は、九死に一生を得た安倍野の合戦を思い出していた。阿修羅《あしゅら》のように敵と渡り合い遂に力尽きたあの戦が、今となっては懐かしいような気になって来る。力を出し切る、それが男の本望というものだ。命永らえて北畠の幕下に参陣しょうとしたのは、亡き顕家卿の知遇に応えたかっただけではない。命を懸ける場がもう一度欲しかったのだ。己の力をもう一度試してみたかったのだ。顕忠はまたしてもそのような思いに捉われかけていた。

巻の五　栗の木長者屋敷

「南無阿弥陀仏、南無阿弥陀仏、南無阿弥陀仏」

ここは和泉の国佐野の浦に近い近木郷《こぎのさと》の里外れである。栗の木長者屋敷の前庭では、鉦をたたき、鉢を叩き、念仏踊りが行なわれていた。

上人が和賛を唱え、道衆がこれに和して後、それは南無阿弥陀仏の名号《みょうごう》の唱和に変わった。上人が鉦を叩き、道衆の中の一人が鉢を叩いて応じ、それに連れて彼等は緩やかに手をくねらせ、首を振り始めた。鉢を叩いているのは若い尼僧である。

道衆は二十人余り、その中に尼姿が八人。上人は縁側に立ち、その後には、この家の主とその家族。庭の道衆の周りには農民達が地面に腰を下ろしてこれを見物していた。

道衆達は浅葱色の法衣の上に薄鼠色の衣を重ね、黒くて小さい袈裟をその上に着けている。足に履くものはなく裸足、衣の裾はたくし上げられていた。身に着けているものは一様に、薄汚れくたびれているように見える。そのせいだろうか、尼僧達の顔や手足が異様な程に白く、妖しく輝いて見えた。中でも鉢叩きの尼僧は、その顔と姿形が、粗末な法衣を意識させない程、優艶なものにさえ見受けられた。

鉢叩きが少しずつ早く叩き出す。それに合わせて道衆達の手の動きがせわしなくなり、やがて足で地を踏み付け、あるいは蹴り挙げるような所作が加わる。

そこまでは一固まりのままそれぞれの立ち所を変えなかったものが、鉢を叩くのが早まって来ると次第に所を乱して、足踏みを合わせるようになった。一斉の揃い踏みになると、どっど、っど、と地を響かせ少し前進して足を後に跳ね、後に下がって前に足を跳ねる。だがその跳ねようは一様ではなく、思い思い勝手のようだ。

やがて鉢叩きは、一際高く名号を唱え、道衆の真ん中に入る。道衆はこれを避けながら、一人また一人と次々に歩を移し始め、やがてそれは鉢叩きを中心に二重の円を作って廻り出す。更に名号唱和の声が道衆の間で一段と高まって来て、道衆の身振り手振りが大きくなる。尼僧の衣がひるがえり、白いふくらはぎを見せていたものが、中には足を高く跳ね上げた拍子に、膝上の太腿まで見せる者さえ出て来るようになった。

道衆の目は一様に熱にうかされたようで、目は開けども目に入るものはなし、手足の動くのも知らず、唱える名号の声も耳に入らず、唯、無念の恍惚境に在るといった態であった。

何時の間にか、地面に座って道衆を取り巻き、見物していた者達が立ち上がって、名号《みょうごう》を唱和しながら踊るような所作を見せている。そして庭の外には人垣が出来、垣根の間から見ようとしやがみ込んでいる者もいる。よく見るとしゃがみ込んでいる者の中には、包帯で頭と顔を巻き、目だけ光らせている者がある。片膝をつき、杖を横たえ、一方の脚は膝から下がなく、僅かに枯れ枝のように見える骨の名残りが、身に着けた襤褸の裾から覗いている。かったいだ。他に、小さな箱車に座っているいざりもいた。彼等は食い入るように踊りの輪に見入り、口に名号を唱えていた。

と、家の中から二人の尼僧と一人の小坊主が出て来て、垣の外にいる見物の者達に、「南無阿弥陀仏」の名号札を一人々々に手渡して行く。三人共に言葉はなく、唯、名号を唱えながら配って行く。見物の者も次第にこれに和し、内と外で「南無阿弥陀仏」の大合唱となり、鉦と鉢叩きの音も切れ切れにかき消されんばかりの有様となった。

名号札を配っている尼僧は、踊っている道衆と違って純白の法衣の上に黒の衣、その上に袈裟はなく、これも純白の頭巾で頭から肩までを覆い、それ等身に着けているものは清潔で、匂い立つような清々しい雰囲気を作っていた。一人は四十年配と見える落ち着いた物腰、今一人は初々しい小娘のような顔に似ず、手、指の所作が女の華を思わせる風情である。小坊主は道衆達と同じものの童《わらべ》用を身に着け、更に鼠色の頭巾を被っていた。然しその頭巾は、尼僧のように、くるむようにして胸許で留めるのではなく、耳までは覆ってもそのまま背に流すような被りものである。その小坊主、目許はすずやかで色白く、鼻筋の通った美形ながら、目の光りはきりっとして尋常の童とは見えなかった。

この念仏踊りの一行は時衆の遊行僧である。

時衆は鎌倉時代に興った新宗教、真宗、法華宗と並ぶ宗派である。宗祖の一遍上人はまた、捨聖《すてひじり》とも呼ばれ、師と仰いだ空也上人の言葉「捨ててこそ」を一生の指針として、すべてを捨て切るために諸国遊行を駆け抜けたような宗教家である。

身をすつる　すつる心をすてつれば
　おもいなき世に　すみぞめの袖

このような歌を詠んでいる。苛酷な自己否定までに宗義の奥を進めていた。

また、熊野権現から授かった次のような聖頌《せいしょう》、

　六字名号一遍法　　十界依正一遍躰
　万行離念一遍証　　人中上々妙好華

からとって、それまでの法名智真に加え、一遍智真と名乗るようになった。後にこの聖頌は時衆の根本命題として秘伝されるようになったといわれる。

それはともかく、鎌倉時代に生まれた三仏教の内、権門に取り入り、ひたすら教団と組織の拡張に努めた真宗、法華宗共にこの南北時代から室町時代にかけて、組織の内部問題から、宗勢振るわずどころかむしろ沈滞衰微《すいび》の状態にあった。その中で、教団と組織を持たない時衆独り、圧倒的に民衆に迎えられ、その念仏踊りは遊行上人の行くところ、津々浦々、村々町々で盛んに催されていた。修業僧にとっては難解な教義であったが、一般民衆には唯、六字の名号を唱えれば往生出来るとした分かり易さと、念仏踊りのかもしだす陶酔の中に往生の要諦を無意識にもたらす効能が受けたのであろう。大衆だけではなく、貴族、武家階級の中にも帰依《きえ》する者が多かったと伝えられている。南北争乱に息つく暇もなく、加えて自然の災害による生の不安、絶えず死の恐怖にさらされていた時代が、念仏往生に安心《あんじん》を求めていたのであろう。

「さぁさ、もちっと傍へ寄りなされや。春じゃというに、夜は未だ未だ冷えまするる」

「いえいえ、火桶が部屋にあるだけでも、もったいない。冬の凍《い》てつく夜でも野宿に馴れておりまする。板敷の部屋に藁の円座《わろうだ》、その上何が要りましょう」

尼僧が三人、小坊主一人。この四人は念仏踊りの者達である。

ここは栗の木長者の屋敷の中の離れ家である。

火桶の傍へと勧められた尼僧が、鉢叩きの尼僧、後の三人が名号札を配っていた者。だがここでは、名号札を配っていた方が主人顔に、鉢叩きと小坊主は客の態であった。

亭主顔の年配の尼僧は愛想が良かった。

「それにしても、えろぅお疲れでありましたでしょう」

「疲れよりも、快さの方が勝っておりまする」

「成程、快いとおしゃる。御仏の功力《くりき》でありましょうなぁ。手前等、修業せぬ故、効験は何一つありませぬようで」

「庵主さま、斎《とき》が遅いようで」

年若い尼僧が口を挟んだ。

「斎と。今時分、斎とは」

鉢叩きが驚いたように言う。

「桂秀尼《けいしゅうに》さま、ここは仏家ではありませぬ。ま、私も口淋しゅぅて、夕餉《ゆうげ》は食しておりまする。この土筆《つくし》は、尼姿をしておりますれど、故あっての方便、朝餉を斎と教えたら、このように、食するものを皆、斎と申します」

庵主と呼ばれた尼僧が声を立てて笑った。

「では、庵主さまも、仮のお姿」

「泉舟と呼ぅでたもれ。私は庵を構えておりました。得度も受けず、頭も丸めず、それでもさる尼寺より門中を許されております。御仏に仕えるよりも、ただただ平穏に暮らせればと、このような姿に。仏家の戒律は無益《むやく》と生きております」

「人それぞれ。仏門の道に入らずとも、日々の安心があれば、往生が出来るのかも知れませぬなあ」

桂秀尼と呼ばれた鉢叩きは、静かに微笑んでそう言う。だが、直ぐ語を継いだ。

「このようなこと、お上人さまに聞こえれば、即捨てられます。捨聖さまは、従う道衆の中から教義に合わぬ者は即捨てて、列に加わるのをお許しなされなかったと聞き及んでおりまする」

上人は桂秀尼達道衆を率いる者、この捨聖は宗祖一遍上人のことである。

そこへ屋敷の下人が食事を運んで来た。芋粥に干魚である。

土筆尼が受け取って膳を造る。

「清若殿は頂いて良いのですよ。私はぶぶだけ頂戴」

小坊主ははにかんで笑いを見せたが、断りはしなかった。

「お湯だけでは腹が細ぅありましょう」

「私は先程お上人さまのお相伴《しょうばん》で、この家の主さまから点心を頂きました。それだけで十分過ぎておりまする」

桂秀尼は食事に関心がないようであった。

土筆と呼ばれた若い尼姿は、雑賀の浦、入江孫六の屋敷から連れ出され、深山近くの尼庵へ送られたみおの変わり果てた姿である。泉舟尼はその尼庵の庵主その人だ。

泉舟尼は干魚を箸でつつきながら桂秀尼に話し掛ける。行儀が悪いというよりも、食事に加わらない者の目の前で食べるのが気詰まりだったようだ。

「お二人共、見れば見る程にお美しい。清若殿はお子か」

「いえいえ」

「そうでありましょうなあ。どうもそのようには思えず」

「何と見られました」

「親子よりも親しそうで、それでいて他人行儀な物言いに聞こえることもあり、思案がつきませぬ」

「拾ぅて来ました」

「可哀相、捨て子とは」

「いや、拾ぅたというより、かどかわしたのかも知れませぬな」

そう言って桂秀尼は清若丸にほほ笑みかけた。清若丸はそれを受けて、にっこり笑って見せた。

「いやはや、そうたぶらかされては、言う言葉ものぅなります。おう、そうじゃ。捨て子といえば私共も捨てられた身、のう土筆や」

泉舟尼は土筆尼に笑いかけた。

だが土筆尼は聞こえぬふり、気付かぬふりに、芋粥をかき込んでいた。

土筆尼は最前から清若丸の顔を盗み見て、その方に気が廻って会話を殆ど聞いてはいなかったのだ。昼の光りの中で見た清若丸の顔と、今、灯りに映える顔とが別人のように見えることに驚いていたのである。夜の灯りの中で清若丸は物の怪のような妖しい美しさで、土筆尼は怯えに似たものさえ感じさせられていたのである。

泉舟尼は返事をしない土筆尼に頓着なく話を続けた。

「この先の佐野の浦近くの海辺で、いきなり船から下ろされて、捨てられました」

「それはまた、どうしたこと」

「何者とも知れぬ武者共に船と船頭を奪われました。私と土筆は、無用故解き放つと」

「それは無態な」

襲われた場所が佐野近くの海岸だったことが、彼女達にとっては幸いだったのである。

あの日の真夜中、庵で寝ていた泉舟尼と土筆尼は、日頃面倒を見てくれている出目という漁師に叩き起こされた。合戦が始まるという急の知らせだ。どのような巻き添えに逢わぬとも限らぬ故、ここから逃げなされと言う。雑賀《さいか》が一番安心だが、土筆尼のことがあるから、入江のお頭が迷惑であろう。自分の知っているお人の所へ案内する。というようなことで、土筆尼を連れた泉舟尼は、着のみ着のまま、夜道を歩いて、深山の浦近くから船に乗せられた。

それはみおが、入江孫六の手下《てか》鯨太の思案で、入江屋敷から泉舟尼の尼庵へ移されて二、三日経った頃のことであった。


入江衆の手で尼庵に届けられた時、泉舟尼はみおに、俗の姿では誰に怪しまれぬものでもないと、尼になれと命じた。仏門に入る気はないとみおが拒むと、泉舟尼は笑って頭巾を取って見せた。泉舟尼は有髪だったのである。「方便じゃ、形だけで良い。ここでは勤行も要らぬ、気楽に過ごしておればそれで良い」そうも言った。そして尼は尼らしく法名を付けねばならないが。そう言い、みおの名から澪標《みおつくし》を思い浮かべたと見え、それを取ってつくし、字を当てれば土筆、これが良かろうと土筆尼が誕生した。泉舟尼は良く言えばおおらかだが、かなりに無造作な性格のようだ。それに考えることも得意ではなさそうだった。

出目は深山の漁師だが、入江衆に名を連ねている者だ。入江孫六の命で、泉舟尼の尼庵にしばしば出入りし、何くれとなく世話をしていて、泉舟尼にとって、頼りになるそして気のおけない若者であった。出目の名の通り、目玉が一寸飛び出て見える。本名か渾名か分からないが、本人がそう呼んでくれというので、泉舟尼はそのまま使っていた。

その夜中の脱出行の途々、出目は、先ず泉の佐野の浦に船を着け、そこから歩いていくらもない近木郷《こぎごう》に栗の木長者の屋敷がある。そこで暫らく預かってもらう。折りを見て迎えに来るからと言った。

船に乗せられて明け方近く、坐ったままどろんでいた泉舟尼と土筆尼は出目に起こされた。

「もう直ぐ佐野じゃ。もちっとの辛抱。といぅても、陸《おか》へ上がってからもちっとは歩いてもらうが」

出目は船に乗る前の切迫感から既に開放されているらしい。胴間声がのんびりしているように感じられ、土筆尼はほっとしたものだった。

ところが、それから直ぐに二艘の船が岸辺の方から現われ、出目の船を止めた。どちらの船にも鎧姿の武者が五六人乗っていた。武者の一人が、その船を船頭ごと借り受けたいと呼ばわった。拒めば船頭を切って捨てよう。聞き入れてくれれば、恩賞も遣わすし、用の済み次第解き放そう。出目は、抵抗は無駄と悟り、せめてこの尼僧達を佐野の浦へ届けるまで待って欲しいと答えた。だが、時の余裕がないと一喝され、尼共はそこの海岸に降ろせと命じた。佐野まで歩かせれば良いという訳だ。止むを得ず出目は岩だらけの海岸に船を着けた。

「もっと明るぅなるまで動かんといてな。足元がよう見えるようになってから、ここから真っすぐ歩きゃあ、必ず路に出られる筈じゃ。明るぅなった頃にゃ、汐がもっと干いて歩きやすうにもなる。それまでこの岩の上でじっとじゃ。路に出て人に逢うたら、近木《こぎ》の里の栗の木長者の屋敷を尋ねなされ。長者に始めからの始末を話し、出目が必ず迎えに来るとな」

その間にも武者達が何度も催促の声を荒げたが、出目はそれだけのことを言い聞かせてくれた。

岩の上に残された二人は寒さに震えながら、抱き合っていささかの暖をとった。

「生き永らえていても、これといぅて良いことはないものじゃなあ。ようやく落ち着けたと思えば、直ぐに逃げ出さねばならぬようになってしまう」

「庵主さまは、このようなこと何度も」

「ああ、何度もじゃ。話しともないし、思い出しとうもないことばかり」

泉舟尼はそれ以上語ろうとしなかった。気楽な暮らしのように見えたが、この難儀に会ってこれまでのことが、つくづくと胸に浮かんで来たもののようだった。

みおは、生きていてこれという良いことがなかったという泉舟尼の言葉には共感したが、今の私は違う、秘かに胸の内でつぶやくものを覚えていた。私は尼じゃない。私はみおなのだ。その時彼女は強くそれを意識した。私は顕忠さまを待っている。普通の女子じゃ。長者の慰み者ではのぅなった。どのような辛い目に会おうとも、顕忠さまを想ぅておれば。慌ただしい環境の激変と振りかかる災難が、反って彼女の思慕の念を深め強めたようだった。行きずりにも似た一夜の交情が、彼女に生きる道を与えたのであった。

尋ね当てた屋敷では、案じることもなく、栗の木の長者は暫らくの逗留を引き受けてくれ、屋敷の中の離れ家を宛がってもらえた。泉舟尼とみおにとって、仮の宿とはいえ、どうにか一息つける日常が始まっていた。


この夜は、踊り念仏の一行を屋敷内の長屋に泊めるのに、二人程都合がつかなく、離れの泉舟尼に相部屋を頼むと家人に言われた。これが縁というものであろう。昼間、念仏踊りの間に、名号札を配って欲しいと桂秀尼に頼まれた、同じ尼姿の泉舟尼達が屋敷に逗留していると知っての依頼だった。その桂秀尼と、一緒に名号札を配った小坊主の二人が相部屋にやって来て、泉舟尼は事の他喜んでいる様子であった。

しゃべり且つ食べる泉舟尼の話しを桂秀尼は厭がる風もなく、微笑んで聞いてやっている。土筆尼と清若丸は黙って食べていた。土筆尼は、時折清若丸の顔に視線を向けては、視線が合いそうになるとあわてて目を逸らしていた。

夕餉を済ませ、下男が膳部を取り下げた後、泉舟尼はとってつけたように、時衆の教義に関して尋ね始めた。関係のない桂秀尼に、自分の俗事を独りでしゃべって一寸気がさしたのであろう。土筆尼は、時衆の教えとはどのようなもの、と切りだした泉舟尼の顔を見て思わず笑い声を挙げそうになり、一生懸命それをこらえねばならなかった。御仏など私は信じてはいない。教えなぞとは、しょせんもったいらしく理をこねるだけのもの。それを信じようが信じまいが、災難に逢う時は逢う。何事もない時は何もないのじゃ。法《のり》の道とやら七面倒なだけのものよ。自分の有髪を示した時、泉舟尼はそう言った。土筆尼はそれを思い出し、思い入れた様子で尋ねた泉舟尼の顔が滑稽と映じたのである。

「それはお上人さまにお尋ね下され${}$。私には未だ、とてもものこと人様にお教え出来る程、行を積んではおりませぬ故」

桂秀尼はさらりとかわした。

「成程。それ程までにお難しいものでありましょうなあ」

泉舟尼は、間延びのした声でそう言った。同時にほっとしたような表情も見せた。まともに答えられては、多分、困惑するだけであったろう。土筆尼はそれが分かるような気がして、二重におかしくなった。

「庵主さま、桂秀尼さまはお疲れと思います。清若殿とお二人で、くつろがせて差し上げては」

土筆尼はそう口を挟んだ。こういう気の使いようは、曲がりの長者の許にいる間に身につけたものである。世故には長けていないが、一通りの取り持ち方は見様見真似で自然と出来た。

「お言葉に甘えて、あちらの隅にでも」

桂秀尼は土筆尼の言葉をすかさず引き取って、清若丸に声をかけ、座を立って部屋の隅へ行った。

それから暫らく、二人はひそひそと話し合っていた。それが、桂秀尼の声が少し高くなって、泉舟尼達の耳に届くようになった。

「明日の遊行は大物浦、そこでは屋台を設えて待っている由。そこから天王寺へ参詣の後は須磨へ向かいます。そうなればもう戻れません」

「未だ得心しておりませぬ」

「どこまで観ても同じこと。得心出来るには齢《よわい》が要ります。清殿は、今は観るだけでよいのです。これからもまだまだ観なければならないものはいくらでも出てきましょう。遊行の念仏踊りはここまでで十分。大物浦で終わったら、淀を上る船に頼んで上げます。それで京に出て、柳の酒屋を訪ねるのです。お手紙を書いておきます。柳の酒屋の主殿は私の頼みを聞いてくれます。伊賀の里へは馬借《ばしゃく》の手を頼んでくれるでしょう」

馬借は今でいえば運送屋のようなものだ。

「いいえ、戻るなら独りで歩いて帰ります」

清若丸はすねたように言う。

「駄目。屈強の大人でも、一人の道中は危ない。清殿にそのようなまねはさせられません。清殿の父御《ててご》にも申し訳ありませぬ。それに清殿、柳の酒屋の主殿には、清殿を引き合わせておきたいのです。清殿が成人して、新しい猿楽を作り上げた時、きっと役立ちます。あの主殿は遊芸にたしなみの深い方、だからこそ私も色々とお世話を頂くことが出来たのです」

「分かりました。でも、天王寺まではいいでしょう」

清若丸は甘えた風な声になった。だが桂秀尼は、

「なりません」

厳しい声でにべもなかった。清若丸はじっと彼女をみつめ、ほろりと涙をこぼした。

「船は大物浦からでます。天王寺から私が引き返す等出来ないことです。それに、天王寺では参詣だけ、念仏踊りはいたしません。清殿が従いていくことは何もないのです」

返事もなくうつむいてしまった清若丸の手を取った桂秀尼は、黙って、暫らくその姿をみつめていた。

「おう、そうじゃ」

桂秀尼は唐突に弾んだ声を上げ、握っていた清若丸の手の甲を軽く叩き、その手を離して立ち上がった。清若丸が驚いてそれを見上げたが、彼女はそれを振り返りもせず、泉舟尼の方にやって来た。

「さぞや、お耳障りなことでありましたでしょう。お許し下さいまし」

前に坐って頭を下げられ、

「何でありますか、須磨の方へ行かれるとか、大変なことでありますなあ。須磨の次はどこまで」

泉舟尼が間の伸びた声を返した。土筆尼は、泉舟尼は何かとぼけているのだと思った。彼女も、桂秀尼の囁き声に耳をこらしていた。清若丸という小坊主に対する好奇心でいっぱいだったのである。庵主さまも耳を傾けていたのに、聞こえなかったふりをしている。

「遊行の行く先はお上人さま次第です。道衆は唯、従って参るだけです。そして遊行の旅に終わりはありませぬ。里から浦へ、国から国へと果てのない旅路が、修業と念仏勧奨の行なのです」

「あの、桂秀尼さま」

「はい」

「伊予へも行くかえ」

土筆尼が口を入れた。

「これ、土筆、何という物言い。桂秀尼さま、これは尼になって未だ日浅く、下衆の言葉が未だ治っておりませぬ。許されて下されませよ」

桂秀尼は泉舟尼に頷いて見せ、土筆尼に微笑を向けた。

「分かりません。でも、きっと訪れることになると思います。伊予は捨聖一遍上人さまの御生地ですから。時衆の遊行僧はこの地を訪れるものと聞いております。土筆尼殿は伊予ゆかりのお人か」

「いいえ、唯、伊予へは行ってみたいと思ぅておりますです」

土筆はこの時、国々を歩くと聞いて、とっさに見知らぬ伊予の名を思い浮かべたのである。中の院顕忠さまは伊予の方。もう一度会いに来ると言われた。でも、それが何時のことやら。出来ることなら私の方から伊予へ行きたい。相次ぐ境遇の激変で心休まる時もない中で、土筆尼、いや、みおは顕忠に対する思慕を募らせていたのである。

桂秀尼は土筆尼の返事は聞き流した風に会話を打切り、

「お願いがございます」

泉舟尼に向いて語調を改めた。

休んでいるところ申し訳ないが、この場で少し踊りたいので、迷惑とは思うが許してはくれまいか。彼女の願いとはそんな趣旨だった。聞けば、これまで道衆達と離れ、清若丸と二人だけになる機会がなかった。大物浦でもそれは叶わない筈。今夜は宿の関係で、初めてで最後の機会に恵まれた。清若丸に是非共見せておきたいものがあるのだと言った。

「そのようなことならどうぞ、どうぞ。私共もこれにて拝見させてもらいまする」

泉舟尼の承諾をとった桂秀尼は、立ち上がって清若丸の方に向いた。

「清殿、私がこれから舞をいたします。二度と見ることはないでしょうから、とくと御覧なされ」

「はい」

清若丸は彼女の語調を感じとったのか、固い表情で、はっきり返事をした。

彼女は頭巾を被っていなかった。その上さらに着けた袈裟を取った。

「この姿を水干と、上には綾衣、袴は緋と思し召せ。白拍子です。黒髪は長々と、頂きには烏帽子、腰には太刀をはいておりまする」

「はい。見えまする」

泉舟尼が表情を崩しかけたが、二人の真剣な面持ちに気押され、笑いをひっこめた。土筆尼には何のことなのか分からなかったが、とにかく物珍しさの目を見張っている。

「仕《つかまつ》るは今様《いまよう》。慈鎮和尚さまの御歌です。こう、左の手には鈴が」

そう言って、桂秀尼は左の手首をしゃくって鈴を振るふり、そして歌い出し、静かに足を滑らし始めた。

　はるのやよいの　あけぼのに　よものやまべをみわたせば
　はなざかりかも　しらくもの　かからぬみねこそ　なかりけり

舞というものを初めて見る土筆尼は、物珍しさに気を奪われて唯見とれていた。漁夫の家に生まれ、貧しい海辺で育った彼女は、一応衣食に事欠かなかった曲がりの長者の許での生活でさえ、別世界に住む心地がしていたものだ。だが白拍子といい、舞といい、初めて聞き、初めて見るもの、桂秀尼にその姿を説明されても想像の仕様はなかった。土筆尼が分かるものといえば、今様の旋律だけであった。いや、分かるというよりも、節の抑揚が胸の中に沁々とひろごり亘《わた》るとでもいう心地であった。このような歌を聞いたことも無論ない。歌の言葉は聞き取り難かった。一字音に高低をつけて長々と延ばす歌い方を、言葉として受けとめるのは土筆尼にとって少々無理なようだった。にも拘らず、彼女に深い感動を与えたのは、桂秀尼の透き通るような歌声と、尼僧姿ながら、優美な動きを見せる手と、僅かに揺れる肩の所作だったのであろう。何かを引きずるように運ぶ足さばきを、それが長袴の中の足使いとは土筆尼に悟る由もなく、彼女は唯全身を耳と目にしていた。清若丸は童とは思えない鋭い視線を桂秀尼に向け、彼女が時折左の手首をしゃくるのに合わせ同じ所作を、右の腕の流れには時にそれをなぞっていた。

泉舟尼は半眼となって見じろぎもしないでいた。

やがて舞おさめ、桂秀尼が正座して清若丸に向かい両手をついて深々と頭を下げた。清若丸も同様に辞儀を返した。無言である。暫らく二人は見つめあった後、彼女は表情を緩め、

「次は艶《あで》なるもの。小歌仕りまする。烏帽子と太刀は取り、右手に白扇一つと思し召せ」

彼女は再び立ち上がった。

　衣《きぬ》ぎぬの、砧《きぬた》の音が、枕にほろほろ、ほろほろとか、
　それを慕うは、涙よのう、涙よのう。

今様とは打って変わった、女の色香の滲《し》み出るような、肢体の動きと指の形を見せていた。

それが終わると清若丸は、

「いずれも桂子《かつらこ》さまの法衣は見えず、水干の白に、緋袴鮮やかと見えました」

と、言う。清若丸は、桂秀尼とは呼ばないで、桂子と呼んだ。それが俗名なのだろう。桂秀尼は嬉しそうに、そして満足気に頷いた。

歌と舞にひきずり込まれ、清若丸の声まで幻の続きのように聞いていた土筆尼は、

「今一番、空也念仏の鉢叩き仕りまする。これは、ものまね」

その声で、夢見心地からようやく我に引き戻された。

「私の周りは行者の群れと思し召せ。鉢は使いませぬが、まねはいたしましょう。先ずは和讃から」

桂秀尼は右手を軽く振って左手で支え持った鉢を叩く所作を見せ、声を低く落として唱え始めた。

無常まなこの前に来て　火宅を出よとすすむれど
名利の心がつよければ　聞きておどろく人もなし
人は男女に別れども　赤白二つに分たれて
生ずるときもただひとり　死するやみ路に友もなし

途中から唱え声の拍子に合わせて、桂秀尼の右手が僅かに左右に揺れ出しそれに左手が同調し、時にそれを止めて鉢叩きの所作。同行と鉢叩きの、二つの所作を見せているらしい。

それが終わって念仏に変わった。

「これよりは、辻から辻へと歩く姿と思し召せ」

　なんまいだあ、なんまいだあ、なーもあいだなんまいだ、なーんまいだ
そのように聞こえるものの繰り返しである。声の調子は少し高くなり唱え方も速い。彼女は念仏に合わせ足踏みを始めた。やがて右手を斜めに、上下に振り、左手は僅かにそれに合わせる。その内、ひょいと右膝を少し持ち上げ、すっと下ろして足をとんとついた。次は左膝。間をおいてはそれを繰り返した。

念仏の唱え方も、手足の動きも、殆ど盛り上がりらしいものを見せず、単調なままにそれは終わった。

「同行の者の唱える和しかた、聞こえましたか」

先と同様に清若丸に向いて正座した桂秀尼は、今度はいきなり清若丸にそう尋ねた。

「声が渦巻いているように聞いておりました」

彼女は初めてにっこり笑って見せ、

「これで終わりまする」

頭を下げる。

「有難うござりました」

清若丸は未だ固い表情のままであった。

土筆尼にとって、これはさして興味の持てないものであった。昼間見た時衆の念仏踊りの方が奔放な動きで、余程胸を熱くさせられるものがあったと、こちらは退屈でさえあった。従って今の、桂秀尼と清若丸の言葉のやり取りも、全然理解出来ないものだった。だが、理解出来ないままに、清若丸の返答を、大人のように賢いお子、と感心することしきりではあった。

「お騒がせいたしました。このようなまねをお許し下さり、まことに有難うございました」

桂秀尼は泉舟尼に向き直って丁寧に挨拶する。泉舟尼は声を掛けられ、はっとしたように顔を起こして目を見開くと、ややあって、

「これはこれは、結構なお経にあいまして、冥加《みょうが》にございました」

場違いな挨拶を返した。これにはものを知らない土筆尼も流石に可笑しく、思わずくすりと

笑いを洩らしてしまった。どうやら泉舟尼は半睡の態で過ごしていたらしい。

「桂子さま」

清若丸が何とはない二人のやり取りが続くのに、しびれを切らせたかのような声で桂秀尼を呼んだ。

「はいはい」

弾んだような返事で後を振り返り、笑顔を送り彼女は泉舟尼に会釈して立ち上がる。そのいそいそとした物腰に、土筆尼は妬ましいものを覚えていた。そして、急に淋しくてならない気分に襲われたのだった。顕忠さまが、あのように私を呼んで下さる日は何時来るのであろうか。そのような土筆尼の思いを他に向こうから、険悪とでもいうような声が聞こえて来た。

「清若は今少しお伴をしとうございまする」

興奮した大きな声である。大人しく行儀のいい清若丸だが、そこは未だ童、同じ部屋に人のいることへの配慮はなくしてしまっているようだ。

「なりませぬ」

桂秀尼も語気鋭く返していた。

「どうしてそのような冷たいこと」

「いいえ、これは道理です。清若殿にはもう見る程のものはありませぬ。早ぅ伊賀へ戻り、猿楽を演じながら、もっと沢山のものを見て、猿楽に工夫を加えなさる、その大きな望みをお忘れか」

「忘れてはおりませぬ。唯、清若はもっと得心するまで遊行に従ぅておりたい」

「大物浦ではこれまでと違って、三百、四百、いやもっと大勢の人々が念仏踊りに加わるでありましょう。その坩堝《るつぼ》の中にひたれば、清若殿の見るべきものはもうないのです」

「桂子《かつらこ》さまは、清若がいては邪魔なのですか」

「そう、修業の妨げには少しばかり」

「そのように清若を嫌ぅておられるのですか」

「いいえ、嫌うなぞ。清若殿は行く末楽しみな、大切のお人と思ぅております。なれど、聞き分けのないお子は厭にもなりまする」

清若丸はそのまま彼女の顔をにらみすえるようにして黙っていた。膝の上に乗せていた手が何時の間にかこぶしをつくり、そのこぶしが微かに震えて、瞼からぽろりと涙を落とした。それを見た彼女は、はっとしたように腰を浮かせかけたが、思い直した風に元の姿勢に戻り、声を掛けようとはしなかった。

ややあって、

「伊賀へ戻りまする」

涙声の清若であった。だが直ぐに、決然とした口調に変えた。

「清若は今九歳。十五歳になれば、どこに居られようと桂子さまをお迎えにまいりまする」

そして、続けて、

「かならず」

そう言った時には再び涙声となり、うつむいてしまった。

それを聞くと桂秀尼はぱっと座を立ち、走るような勢いで清若丸の前に近々と坐り、両手を差し伸べるが早いか、清若丸の体を引き寄せ、自分の膝の上に乗せて両腕で抱きしめていた。

彼もまた、彼女の首に両腕を捲く。

抱いたまま桂秀尼はすすり上げ、すすり上げ、涙を流し続け、涙に濡れた頬を清若丸の頬に摺りつける。

「きよどの、きよどの」

切れぎれに彼の名を呼び、

「いとおしや、いとおしや」

と、うめくように洩らしていた。

桂秀尼もまた、人目を憚る思慮を失ったようである。土筆尼は、まるで親子の生き別れをみるような心地で、何時の間にかもらい泣きの涙を流していた。泉舟尼独り、憮然とした顔で、面白くもなさそうに横を向いていた。

翌朝の二人は平生の顔に戻ったかに見えた。いやむしろ、晴ればれとして楽しそうに見えた。そして冴え冴えとした美しさを湛えていた。土筆尼はまぶしそうに二人の顔を見比べ、何となくはぐらかされたような気持ちにさせられた。そして更に妬ましい思いを我が身に重ね、沈んでいく気分をどうしようもないでいた。

こうして、時衆の遊行僧の一行が立ち去った後、深山の漁夫が栗の木長者の許に訪れて来た。漁夫は出目の消息を尋ねに来たのである。あの騒ぎの夜、深山とその近辺の漁師は殆ど船で逃げていた。合戦ともなれば船を徴発される恐れからだ。幸い深山は、細川の一隊が、争うどちら側にも加担しなかったので戦火を免れた。三日間の合戦の後両軍は引き上げ、漁師達は浜や浦に帰って来た。ところが、佐野の浦から栗の木長者を頼ると言い置いた出目だけが、いくら経っても帰って来ない。それで消息を尋ねてやって来たのである。

彼の話では、泉舟尼の尼庵は焼失、あのあたり一帯、立ち木にいたるまでの焼け野が原、田畑は踏み荒らされ農夫達も未だ農仕事が手につかない状況だと言う。

それを聞いた泉舟尼は泣き崩れた。

ようやく気を取り戻した彼女は、出目はあの時の武者共に殺されてしまったのだと断言し、頼るのは雑賀の浦の入江孫六殿だけ、雑賀まで船で連れて行ってくれとその漁師にせがんだ。

漁師はいい返事をしなかった。出目は入江衆の者、だが自分は只の漁師だから雑賀の浦へはとてものこと入る訳にはいかないのだと言う。泉舟尼は、自分が乗っていれば大丈夫だからとくどいたが、雑賀まで往復する余裕は自分にはない、そう言って漁師はつっぱねた。そこで彼女は、深山からであれば歩いて雑賀まで左程のこともあるまい。これから深山へ帰るのであろうから、せめて深山まで乗せて欲しい。彼女がねばり、長者も口を添え、漁師は渋々引き受けた。

事の成り行きを土筆尼は、はらはらのしどうしで聞いていた。入江の屋敷に戻れば、また厄介なことになるのではなかろうか。ここにこうして、二人で出目が迎えに来るのを待つのが一番いいのだがと思う。庵主さまはああ言ぅておいでだけれど、出目という人が殺されたかどうか分かってはいない。きっと迎えに来て、身の振り方をいいように考えてくれるに違いない。庵主さまは、どうしてこんなに急ぐのだろう。独り気をもんでいた。

ところが、思いも掛けない事態に彼女は追い込まれることになった。

漁師が承知の返事をしたとたん泉舟尼は、

「土筆はここへお残り。もう暫らくここの御厄介になるのです。私が雑賀へ着けば、入江殿は必ずここへお人を寄越し、お前さまの身の振り方をお決めになります」

「あの、それでは余りにも心細うて。庵主さまも、深山からの一人旅は心許のぅありましょう。私と二人なら」

一人残される心細さで、土筆尼は雑賀へ向かう危険を忘れかけた。

「いいえ、深山に行けば私にも知り人があります。雑賀までなら、気軽ぅ引き受けてもらえます。それに、深山から先、お前さまが誰の目に触れぬでもありません。騒動に巻き込まれるのは厭です」

曲がりの長者との一件を泉舟尼は承知しているのだ。土筆尼はそれを強調されてはうなだれるだけだった。

栗の木長者が、

「お前さまが、幾日逗留されようが、私は一向に構わない。泉舟尼さまがたってと言われる。そうなされ。気楽に過ごされて、お迎えを待つが分別というもの」

優しく言ってくれ、土筆尼もようやくその気になった。

陽気で万事に大まかで、気さくでのんびりしている泉舟尼が、このことでは性急で強情だった。こんな庵主さまとは思わなかった、決まった後も土筆尼は、くよくよと恨めしがっていた。

その日の内に泉舟尼は、漁師に伴われあわただしく屋敷から出て行った。

土筆尼は茫然自失の態で、何を考え、何を思う気もなく、部屋にうずくまるようにして時を過ごした。運ばれた夕餉も殆ど箸をつけず下げてもらった。

そして夜。またしても次の危難が彼女を襲った。

灯りを手に主の長者が一人、この離れにやって来た。

「一人では淋しいであろうと思ぅての。お相手に来ましたぞ」

長者はこれまで見せたこともない愛想の良さだった。

彼は先ず自慢話から始めた。

ここ近木《こぎ》の里は御櫛生供御人を中心に、十生供御人、網曳御厨供御人、春日神人達で造られている郷である。

供御人《くごにん》とは朝廷や神社に供御を献じる義務と特権を持った民のことだ。御櫛生供御人とはつまり、櫛造りの職人であり、朝廷や神社に櫛を献上する義務があると同時に貴族達の櫛造りを請け負う特権を持ち、その故に一般への販売も高値で取引が出来た。近木《こぎ》はこの櫛造りの職人集団の里として、広く世間に知られていた。十生供御人は大歌所の楽人であり、都人の交流もあり文化的にも開けた里だった。また、市も開かれ、郷ではあっても、都市的な雰囲気を持った里でもあった。

栗の木長者は農作の傍ら、櫛を始め、春日神人《かすがじにん》である酢造りの酢を売って財を成し、長者と呼ばれる身になった。御櫛生供御人といっても多勢の職人を抱えていては、大量の櫛をはかさなければやってはいけない。そこで供御人達は、広く国々を行商して歩かなければならなかった。長者はそれとは別の筋の行商人にこれを卸すのだ。

長者の自慢話は、どのような物を持っているとか、どのような力を持っているとか、何でも欲しい物で手に入らぬものはないとか、そのようなものであった。

一渡《わた》りそれが済むと、彼は懐から櫛を取り出した。それは象眼を施した赤い漆塗りのものだった。土筆尼はそのような豪華な品をこれまで見たことはない。まるで、物語の中に出て来る宝物のように感じ、櫛という実感は持てなかった。

「これは、近衛様お誂えの御櫛と同じものじゃ。と言ぅてもお前さまにはようは分からぬかも知れぬなあ。近衛様とは摂政、関白をお出しになられる尊いお家柄、雲の上の殿上人じゃ。そのお家にあるのと同じもの。これを、お前さまに進ぜよう。さ、手に取って見るが良い」

彼は上機嫌の笑顔で彼女に差し出した。だが彼女は手が出なかった。体がすくむ心地だったのだ。

「どうした。何か、これが不足か」

「いいえ、いいえ。もったいのうて、おそろしくて手が出ません」

長者は声を上げて笑った。

「どうじゃ。今はそのように初心《うぶ》なことを言ぅておるが、このようなもの、毎日使うておれば只の道具じゃ。土筆よ」

彼は初めて彼女を呼び捨てにした。

「櫛だけではない。そのむさい尼の衣を捨てて、着飾って見とうはないかえ。このまま屋敷へ居続けるが良い。どのような栄耀《えよう》も思うがままにさせよう」

そう言いながら彼女の手を握った。彼女は驚いてその手を振り払った。

「良いではないか。な、な」

「私、ここを出て行かなければならない身です」

土筆尼は、男を知らない生娘ではないが、手を握られてぞくりとするような嫌悪感が五体を走った。あれ程嫌い、憎んでいた曲がりの長者にさえ、これ程のものを感じたことはない。彼女の顕忠を慕う心がこのような潔癖性を持たせたようである。

「わしは何の繋がりもない者を只養う程馬鹿ではない。泉舟尼は出目の頼みだから預かった。出目はわしの役に立って来た男だ。義理がある。だがお前は、わしが預かるに、何のいわれもない、通りすがりの乞食尼と変わりはないぞえ。今直ぐにでも、ここから追い立てられて、申し立ての出来ることではないわえ。どうじゃ、そこのところを得心して、了見してはどうじゃ」

長者は特に怒った語調でもなく、どちらかといえば優しく聞こえる声音で、こわい文句を並べた。

「どう了見せいと」

相手の意図をはっきり承知していながら、彼女はそう言わずにはおれなかった。

「こうよ」

長者は言い放ち、いきなり彼女の手を引いて抱きすくめた。

そのとたん、土筆尼は両の手で力いっぱい長者の胸を突いた。不意を突かれた長者は仰向けにひっくり反ってしまった。

長者はあわてるでもなく、やおら立ち上がり、にやりと笑って見せた。

「顔に似ず力のつよいことよ。それにしては顔色を変えて。ま、そのような怒った顔も可愛ゆいものじゃて。お前も生娘ではあるまいに、怯える程のことではあるまい」

土筆尼はかあっと頭に血が上った。見下げられてたまるかと思う。私には顕忠さまというれっきとしたお方があるのだ。だが、それは言葉とはならず、只、長者をにらみつけるだけだった。

長者は一、二歩前に出た。土筆尼は坐ったまま後ずさりする。

「お前が力ずくなら、わしもそうしよう」

彼は、ゆっくり、言い聞かせでもするような柔らかい口調で言ったが、その次の行動は凄まじかった。ばっし、と大きな音を立てて土筆尼の頬が鳴った。一撃で彼女の体が揺らいだ。

「やったなぁ」

彼女が叫んだ。長者が再び手を振り上げるのを見るが早いか、彼女は突進して長者に武者ぶりつき、彼の右手を両腕に素早く抱え込んで、その手の甲にかぶりついた。

「痛たた、離せ」

長者は驚きあわてて、左手で土筆尼の頭を叩くが、彼女はひるまず、噛んだ歯を更に喰い込ませ、流れ出した血が彼女の口から顎から、喉までしたたり落ちる。

と、その時、戸が外から叩かれた。

「誰じゃ。入って来い」

長者が叫んだ。その声に驚いた土筆尼は思わず噛んでいる口を離した。長者は素早く右手を引き、左手で土筆尼を突き放した。

「何んじゃ」

入って来た下男へ、長者は右手を隠しながらとがめるように言う。

「供御人さまがお出てらっしゃります」

長者はそれに頷いておいて、彼女に向かい、

「明日にしましょうなあ、土筆尼殿」

と、何事もなかったような、平静な口調で言い、柔らかい物腰で軽く頭を下げて離れ家から出て行った。

土筆尼は、豹変した長者の言動に、底知れぬ不気味さを感じ慄然となった。外の足音が消えた頃、彼女は戸を開けて見た。外から閉じ込められてはいない。誰かが見張っている様子もなかった。何処へとて行き場のない女と、高をくっているのであろうか。それとも、何処へ逃げても捕える自信があるのか。土筆尼は長者の真の恐ろしさに気付かされたような気がして、俄に無力感に襲われ、その場にへなへなとうずくまってしまっていた。この先どうなるのだろう。雑賀へはもう戻れないのだろうか。どうしよう。

それからどれだけの時が経ったのか、土筆尼は覚えがなかった。間をおかずのようでもあり、随分と過ごした後のようにも思えた。入り口の戸が、外から叩くでもなく、しのびやかに開けられた。勿論、土筆尼はそれに気付いていた。人の入る気配も感じていた。だが彼女は振り返りもせず、身じろぎもしなかった。もう、何もかもどうでもいい。気力を失って、体が動こうとはしなかったのである。

入って来た人物は、土筆尼の後を廻って彼女の前にかがんだ。

その姿を見て、彼女は思わずあっと声を上げた。目の前にいるのは、異形の男だった。色とりどりの布を不規則にはぎあわせたような衣装。彼女の目にはそう見えた。たっつけ袴まで同じ模様である。灯の明かりに映え、その色は派手に光って見えたが、全体がどことなくくすんで見える。頭には黒くて大きい頭巾を被っていた。彼女がこれまでに見たこともない扮装である。彼女は恐怖で五体がすくんだ。

「逃げなされ。下手をすると命を落とす」

男はいきなりそう言った。土筆尼は訳の分からないまま、その言葉に頷いた。目の前にいる男が誰であれ、その言葉は自分の実感していることと同じだからだった。

「最前のこと見ていた。長者は恐ろしいぞ。逃げなされ」

返答しない彼女に、男は更に続けた。

「わしが助けて進ぜる。時がない。従いて来う」

男は灯を吹き消し、暗やみの中で彼女の手を取った。この時の彼女は思考力を失っていた。大きな衝撃の後の意気消沈、その上更に、奇怪な男の出現、彼女にはもはや、正常な感覚で判断する力はなかった。男に牽《ひ》かれるまま外へ出る。

外は夜の闇ながら星灯りで幾分の識別は出来た。男の衣装が所々星影に光り、それが一層、男を魔物じみて見せた。

男は出ると直ぐに土筆尼の手を離し、背をむけて腰をおとしてしゃがんだ。

「負ぶされ」

低い声で命じ、目は油断なくあたりを見回している様子。ぼんやりつっ立ったままの彼女を促して、男は後手に彼女を捉えて引き寄せ、その背に乗せた。

彼女の尻を両の手でがっちり支え、

「しっかとつかまっておれ」

言うが早いか、彼はいきなり駆け出した。

星灯りがあるとはいえ、どこに路があるとも定かではない夜の闇を、男は飛ぶような速さで駆けた。土筆尼はそれだけを感じ取っていた。

どこをどう駆けたのか、土筆尼には見当もつかない。駆け終わって連れ込まれたのは辻堂の中だった。

「ここで暫らく待て。じき戻って来る」

「こわい」

土筆尼はようやく声が出た。だがそれは男に訴えたものではない。恐怖が自然と言葉になったのである。

「この夜更け、誰も立ち寄るものはおらん。もしも誰ぞあれば、傀儡じゃと言え。仲間を待っているとな」

「置いて行かないで」

彼女は、初めて自分の意志を言葉に出来た。それは正常の分別というより、この真っ暗な空間に閉じ篭められる恐怖から逃れたい一心からだった。

「心配ない。傀儡《くぐつ》は、うそはつかん。助けるといったら助ける。戻って来るまでここを出るな。外には野犬がおる。いいな」

男は風のように去って行った。

漂泊《さすらい》の芸人集団、傀儡の名は土筆尼も聞いたことはある。だが見たことはない。人業とは思えないあやかしの芸を見せるという。彼女の認識は唯それだけだった。だが、その正体が分かったことで彼女は、かえって正気を取り戻していた。正気を取り戻したことで彼女は、改めて身の不運に思い至り、恐怖が悲嘆に変わった。逃げて拾われ、逃げて拾われ、その度、身の行く末は次第に闇の中に沈んで行くのではなかろうか。今こうして取り巻いている辻堂の闇のように。もう二度と浮かび上がることは出来ないのであろう。顕忠さまのお手も、もはや届くことは叶わないのだ。

土筆尼はみおに立ち返って、さめざめと泣いていた。

男が帰って来た時は連れが二人いた。連れの二人は大きな荷物を背負っていた。

男の点けた灯りの中でそれを見た土筆尼は、

「お前さま方」

悲鳴に似た声を上げた。

「間違えるでない。不審じゃろうが、これは盗んだものではないぞよ」

男は彼女の表情で察したらしい。そう言って笑った。笑うと、意外に人懐っこい顔にみえる。

男は包みの一つを解いて中の物を見せた。

「ほれ、な、櫛じゃ。栗の木の長者から買ぅたものよ」

長者は御櫛生供御人の造った櫛を買い、それをまとめて卸す。傀儡はその相手の一つだ。だが、傀儡との取引は隠密に行なわなければならなかった。供御人に知られるとまずいのだ。傀儡が櫛の行商をしているのは世間周知のことである。実は供御人達も櫛の行商に出ている。そこでその権益を侵されているという訳だ。傀儡は御櫛生供御人の造る物よりも他で造られる櫛を主に扱っているのだが、〝櫛の行商は供御人に限る〟という特権を主張する彼等には許し難い行為だった。他にこれを侵す者に唐人の行商集団があった。鎌倉時代の終わり頃から何度か朝廷に訴え、禁止の沙汰も出ていたのだが、戦乱の世となって、そのような禁令など行き渡ることもなくなった。供御人達は自分の手で権益を守る以外ない。そこで、傀儡や唐人の手に自分達の製品が渡らないことを考えねばならなかった。それを承知の栗の木の長者は、傀儡との取引を隠密に行なうのだ。

「あの長者奴、足許をみて儲けをむさぼる。買いとうはないが、御櫛生供御人の造った品でないと要らぬという人もあって、傀儡は他の櫛を売るためにはどうあってもここの櫛が要るのよ。したが、長者の強欲は腹に据え兼ねておる。そこへもって来て、今夜、この連れより早く来過ぎたわしは、あの離れやでお前の叫び声を聞いた。そこで羽目板の隙間から覗いていたのよ。わしは長者に一泡吹かせてやろうと、とっさに思案したのよ。供御人が櫛を届けた後、立ち去るのを見澄まして屋敷に入るのは、何時ものならい故、わしがお前を連れ出したとはよも気がつくまい」

男はぼつぼつとそのようなことを語った。その夜はその辻堂で仮眠、夜明け前に発って仲間のところへ行くという。

「どこぞ頼るところがあれば、そこまで連れて行くぞ」

どうやらそこまで面倒を見てくれるようだ。話しを聞く内土筆尼は、危害を加える相手ではなく、むしろ助けてくれた恩人であることを得心出来た。だが、頼る相手と言われても、どう答えようもなかった。雑賀以外行く当てはない。だがそこは、こちらからは行けない。思案してもどうにもならないことだった。いっそこのまま傀儡に連れて行って欲しいとも思ったが、この並外れた者達に従いては行けないだろうと自分で打ち消す。そして彼女は桂秀尼を思い浮かべた。あの遊行僧の一行に従いて行けば、伊予へ行けるかも知れない。そうしょう。

「踊り念仏の行者か。あれなら昨日見かけた。未だ遠くへは行っておらんじゃろ」

土筆尼が口にすると、男は簡単に承知してくれた。

「お前さまは尼姿、傀儡の女は皆尼姿じゃ。わしと連れだって誰に怪しまれることもない」

男は、連れの二人は荷もあり急いでもいる故、わし一人が連れて行こう。夜明け前にここを出、日の暮れるまでには探し当てその尼殿の手に渡そう。そう請け負ってくれた。

灯りが消され、闇の中で菰《こも》を被った。一先ずの安堵が彼女を眠りに誘ったようである。

巻の六　傀儡《くぐつ》屋敷

小三郎は伊予の傀儡《くぐつ》屋敷にいた。

小三郎は、空漠とした世界に漂っているかの様な思いに時々捉われる。今何故ここにいるのか。身の行く末はどうなる。自問することはあっても、そこに懐疑《かいぎ》も不安も無かった。期待するものもなく充足感もないが、現在の日常に抗《あらが》う気持ちもさらさら無い。そんな自身を、ちょっと妙だと感じるもう一人の自分が居ることは居たのだが。

播磨灘の塩飽船の船上で、中の院顕忠と密使国枝照元から、身元と行く先を尋ねられた時彼は身元を語らず、傀儡屋敷を訪ねるとだけ簡単に答え、すべてを曖昧《あいまい》にしたままで彼等と別れた。己れの来し方を話す気持ちにはなれず、傀儡屋敷を訪ねるのも、確とした成算がある訳でもないものを話しようは無かった。

実のところ小三郎は、国枝照元が、あやふやな記憶ながら、小三郎を吉野の朝廷で見かけたことがあると言ったが、それは正しく当たっていたのである。

彼は推挙する者があって吉野の朝廷に召しだされていた。国枝照元の不確かな記憶は当たっていたのである。宮居近くの警護の武士だ。世が世であれば北面の武士と呼ばれ、然るべき位も授かり、栄誉ある役である。だが吉野では、在郷の武士団に組み入れられた。彼等は一様に無位無冠、ひたすら帝《みかど》に忠節を尽くし、帝の御傍近くを警護し奉ることを無上の誉れと思っている。彼もまた、彼等の中に入って、己れの身の上に不満はなかった。彼の家には烈々とした皇室崇拝の血が流れていた。彼はそれを受け継ぎ己れの使命と心得ていた。だが吉野入りして間もなくの頃から、彼は少しずつ懐疑の思いに捉われるようになっていった。武家方を討ち破り、帝を再び京の都へ迎え奉り一天万乗の大君の治し給う世となす。それが宮方の悲願であり信念である筈。ところが、帝の吉野落ち以来つき従っている公卿の大方の本心は、再び帝の御世となれば、武家に奪われた自分達の所領が戻り、更には、帝に従い奉った功で新たな所領が増えるであろう、そのような打算からではあるまいか。宮居、朝廷とは名ばかりの小さな鄙びた御所では、公卿達の何気ない言動の端々まで目に入り耳に聞こえて来る。彼は大義の合戦と吉野の帷幄《いあく》の内幕との間の違和感に気づかされることがしばしばであった。

だがそれでも彼は吉野を見限って逃亡等、夢にも考えたことはない。人は人、自分だけは最後の一人となっても帝を護り奉らん。彼の忠誠心が揺らぐことはなかった。

ところがある夜、思いもかけない出来事が彼の境遇を一変させたのである。

吉野に、さる小慧《こざか》しい少納言がいた。何事にも口を挟み、さして毒にも薬にもならない存在だったが、人々は面倒なので、困らない範囲で彼の主張を通していた。ところがこの少納言は、それを、自分の知恵と見識に人々が感嘆しているものと錯覚し、傲《おご》り高ぶる態度が多かった。その息子に左少弁とやらがいた。その時の小三郎と同年、十九歳であった。吉野には、その官名にふさわしい仕事があるわけではないのだが、宮仕えの者には、慣例に従った除目《じもく》があった。叙位叙官の儀式の事である。

事件の夜、彼は宮居近くの松の陰で警護の任に着いていた。夜とはいっても未だ宵の去り際、あたりは薄闇ながらかなり遠くまで見透かせる程度であった。

大気が動いた。彼はそう感じ取り、そっと姿勢をかがめ、太刀の柄元に手を添えた。彼は天性敏感なのである。まして吉野の山の中の夜、風も落ちていた。ものの気配の消えた静寂が支配している。彼方のかすかな動きを彼は嗅ぎ取っていた。

一呼吸、二呼吸、三呼吸を終えた時、さして長くもない宮居の築地の端から人影が浮かび出た。その後に続く者のあることも彼の耳は捉えていた。

だが彼は直ぐに緊張を解いた。その人影を女性《にょしょう》と見定めたからである。唯、この時刻に宮中へとは、その疑念は持った。一応、御門の前で糾《ただ》さねばと、腰を伸ばした時、次の人影が姿を見せた。これは男、しかも宮人と見た。女性も然るべき身分の者、被衣《かつぎ》を被っている。

彼が踏みだす前にその女性が小走りに移った。と、後の影が、

「待ちゃれ、藤殿」

殺した声ながら権高い物言い、彼はその正体に直ぐ気がついた。左少弁である。若いくせに女好きで誰彼となく手を出す噂は承知していた。父親の少納言の権威を背景に、嵩《かさ》にかかって相手をものにするとも。いずれその類《たぐい》か、苦笑した彼は放っておこうと一旦は思った。藤と呼んだところを見れば、あの女性は五位殿の娘藤姫であろう。藤姫は確か十六歳と聞く。美形の誉れが高い。あの二人なら宮人同士一応似合いかも知れぬな。そのような呑気な思いを廻らせている間に事態が変わった。

「何をなされます」

藤姫が、これも忍んだ声ながら鋭い声をあげる。追い付いた左少弁が、いきなり彼女の背中に抱きついたのである。そして彼女は直ぐにくるりと廻されて、正面から抱きすくめられた。

「お離し下さりませ。お許し遊ばせ」

彼女の声は涙声になった。

「良いではないか。麿に抱かれれば藤殿ばかりではないぞ、五位殿にも相応の陽が当たろうというもの。麿はもう待ち飽きた。今宵はどうでも我がものにな」

「お許しを。お離し下さりませ」

「さ、素直に歩きやるか、それとも麿が担いで参ろうか、それも心地良いであろうな」

「お人を、声を挙げてお人を呼びまする」

「おうおう、声をたてなされ。人が来れば、それに夜道を案内させようぞ」

いたぶるような声音で、彼はひるむ様子もない。たまりかねた彼女は意を決したのか、腕を思い切り突っ張り、

「あれぇー、助けて、誰か」

大声で悲鳴を挙げた。彼は大地を蹴っていた。

一足飛びにも似た速さで彼らの傍に駆け付け、殊更な大声を挙げた。

「宮居御傍におじゃる。お静まりあれ」

「騒々しきかな。その方こそおとなしゅう物申せ」

左少弁が苦々しく言い、流石に藤姫の体から手を離す。藤姫はすかさず彼の後に身を隠した。

その頃には、同じ警護の者が五六人、ばらばらと駆け付けて来た。

「仰々しい事よ」

左少弁は憎々し気に一同をにらみ廻した。警護の二人までは松明に火をつけていて、その場の情景を鮮やかに照らしだしている。

「麿は」

左少弁が名乗ろうとしたとたん、

「左少弁どの」

彼は声を放った。

「何、麿と知ってか。ならば、何故にこのように騒ぐ。早々に立ち去るが良かろう」

「それでは我らの役柄が立ち申さぬ。宮居御傍の狼藉、御名にかかわりましょうぞ。立ち去るべきは左少弁の方こそ」

「無礼であろうぞ。身の程を弁えぬ田舎武士奴が。そこどけい。その女性《にょしょう》連れて参る」

「厭にござりまする」

藤姫が再び、悲鳴に似た声を挙げた。

「厭と申されている。このままお立ち去りを」

彼が言いかけたが、左少弁は構わず、つかつかと前に進んで彼の体を腕で押し退けようとした。ところが彼の体はびくとも動かず、あまつさえ苦笑さえ浮かべていた。それで左少弁は逆上したらしい。

「おのれ、麿に手向かうか。こうしてくれる」

左少弁はいきなり太刀を抜いて彼に切り付けた。

彼はひょいと身をかわし、かわし様に左少弁の腕を手刀に打ち、

「痴《し》れ者」

大喝と共に左少弁の頬を殴りつけていた。

翌日、彼は右中弁に呼び出された。左少弁の直接の上司である。だが、一件の取り調べも何もなく、いきなり国許へ蟄居《ちっきょ》を申し渡された。

「何、形程のもの。左少弁の顔が立てば良い程に。ま、三か月も経てば、直ぐ呼び戻されようぞ。気楽に休んでおれば良い」

右中弁はしきりと愛想笑いを浮かべていた。

時は阿倍野の合戦に鎮守府将軍北畠顕家卿討ち死後いくばくにもならぬ頃であった。宮方としては一兵といえども惜しい筈であった。まして剛勇を取り沙汰され始めていた彼程の士をと、この扱いを非難する声は高かった。それから三年、吉野から何の沙汰ないまま過ぎた頃、知る辺《べ》の宮人から便りが届いた。時の大弁に彼の蟄居の解かれる様子を尋ねたところ、彼に蟄居申し渡しを取り次いだ時の中弁その人であった大弁は、そのような話、憶えがないと答えた。とぼけているのではなく、本当に忘れている様子であった。就いては、自分が懇意な中納言に彼

の出仕を願い、聞き届けてもらえたから、昔の事はなかったと思い吉野へ罷《まか》り越すように。彼の身を案じた丁寧な挨拶に添えて、そのような用件が綴られていた。

彼はその好意には大いに感謝した。然し、出仕は丁重に断った。だが彼の心中は怒りに猛り狂っていた。理非を糾すこともなく処断しておきながら、その処断の事実を忘れているとは。しかもあの時、形だけのもの故三月もすればと事もなげに言ったその本人が、そのまま忘れてしまったとは。吉野へ上ってあの中弁の背信を面罵《めんば》してやろうと何度思ったことか。だがその度、家へ振りかかる難儀を考え思い止まった。そのうち時日の経過と共に怒りは虚しさに変わっていった。彼は自分の力に自信もあり、それ故に朝廷《みかど》に召しだされたとの自負もあった。それが、あっさり見捨てられ忘れ去られていた。吉野にとって自分はそれだけの存在だったのか。ならばこちらも忘れてやろう。次第に捨て鉢な気分に支配されるようになった。南北朝の争いの行く末も、朝廷《みかど》への忠誠、合戦で名を挙げる野心、家の名、すべてがどうでも良くなり、唯、怏々《おうおう》と無為の日を送っていた。

そのような頃、預かり人の館に傀儡《くぐつ》一行が逗留することになった。三年に一度はやって来る、土地では馴染みの者達である。彼にとっては初めて見るものだった。傀儡達は館の中庭で、今様を謡いながら人形を使った見せ物、軽業、目くらましの術等を演じて人々を楽しませた。館の中庭は近在の百姓達にも開放された。その後で彼等は参会者に櫛を売った。彼等は一日演じた翌日からは、手分けして近郷へ散った。櫛の行商である。それが十日に及び、再び館に集まり戻って、中一日おいてまた見せ物を演じた。行商の間に触れ歩いていたのである。二度目は、近くの川原でこれを行なった。見物は最初の時に比べ、三倍にも四倍にもふくれ上がっていた。

彼等が行商に出ていた間のことである。

傀儡《くぐつ》の一行は男女半々くらい、女には若い娘が多く男には年配の者が多いようだった。然し傀儡特有の装束に頭巾を被った姿からは年令を見定め難い。頭巾の下には目と鼻だけをのぞかせた布がついている。一行を束ねていた者は尼僧姿で行女《いきめ》と名乗っていた。これも外見からは年令不祥であるが、その声、身のこなしから若い女と思われたが、これもまた、白い尼頭巾の下は目と鼻以外見せていない。

この行女一人は行商に加わらず、館の中で過ごしていた。時折は館の主に召し出されて諸国の面白い話を物語っていた。彼女の与えられた宿所は他の建物より少し離れた、小さな雑木林の中にあった。そこは彼が与えられていた宿所の直ぐ傍といっていいくらい近くにあった。勿論彼の宿所は、蟄居とはいえ、世話をする者二人の同居する作りでそう狭いものではない。行女の方は森番の休息所で、一部屋の粗末な小屋だ。

行女が一人居残って三日目の夜のことであった。

彼はかすかな笛の音に惹かれて外へ出た。夜とはいえ、未だ宵のたゆとう頃おい、暮れなずむ春の日だった。

音を探して木立の間を歩く彼の耳に、ふいと笛の音が高まった。思わず歩みを止め、周囲を見回す。と、笛の音はぴたりと止み、彼と一間も離れていない場所に忽然と人影が立った。

「若さま」

人影が呼びかけた。甘く、か細い、まるで笛の調べのような声音だった。

高貴な女性のような薄物の衣装を身に着け、すらりとした立ち姿は観音像を思わせた。暗さのため、その顔は判然とはしないが、その白さは際立っている。

「いずこの方か」

彼は鋭い語気で問い、腰を低めて身構えた。館内のこと、太刀は帯びていなかった。だが彼は、太刀に依らずとも、素手で戦える自信はある。彼はその時、この女性を、狐狸の類か魔性の者、いずれにしても尋常の者ではないと判断していた。案の定、相手は彼を挑発して来た。

「貴方様の御武勇存じております。でも、この目でそれを拝見致したく、笛でお誘い申し上げました」

「無礼なことを。武勇は人に見せるものではない。唯、その奇怪なものの言いよう。許せぬ故、捕らえてその正体見破ってみせよう」

「さあ、このところ若さまは打ちしおれておいでとか。どれ程のお力がお出しになれますか」

彼女は含み笑いさえもらした。

かっとなった彼は、地を蹴って彼女に飛びかかった。彼は確かに、衣装と共に彼女の体を腕の中に抱き取ったと思った。その時えも言われぬ香気が鼻腔をくすぐった。だが、確実に仕留めたと思ったその瞬間、腕の中の彼女はするりと抜けて、その袖端さえも彼に掴めさせず、抜けたと感じた次には、ふわりと五六間後に飛び退《しさ》っていた。

「明日の夜、またお笛でお誘い申し上げます」

彼女はまたしても、か細く甘い声でそう言ったかと思うと後の闇に音もなく溶け込んでしまった。

二晩目は、彼女は立っているその場から、真っすぐ上へ飛び、立ち木の梢に立った。

「ここまで如何。さ、早く」

彼女はからかうように挑発する。

「その足の曲げよう、腰のたて様では、三尺とは跳べません」

暗い中で、彼女は明るい傍で見ているかのように指摘して彼を驚かせた。そして同時に、この女性《にょしょう》が傀儡《くぐつ》の行女ではなかろうかと察した。彼女の跳躍で、館の中庭で見た傀儡の技を思い出したのである。だが尼姿の行女と目の前の女性とはどうにも重なり合わなかった。

それから五晩、彼は様々な跳躍で彼女に翻弄され続けた。ところが合わせて、七日目のこと、彼は、横へふわりと二間も跳んだ彼女をついと追って、彼女が未だ接地しない内にその腰に手をかけ、足が地に着いた時彼女の体を両腕で抱きかかえていた。

彼女は彼の腕から逃れようとはせず、彼を見上げて、

「嬉しい」

と、言った。彼が黙って、彼女を降ろそうとすると、

「いや」

叫ぶように言って彼の首に双の腕を巻きつけ、

「このまま歩いて。私の宿まで」

そう言った。

改めて、行女と名乗られても彼は半信半疑、というよりやはり信じ難かった。尼姿の行女は、年格好も定かではなく、尼頭巾の間から僅かにのぞかせているその顔は、男面に近いような固い面《おもて》、その記憶しかない。彼の目の前で婉然《えんぜん》と微笑む女性は、娘のような色艶を持ち、目鼻立ちの整った有髪《うはつ》の人である。尤も、髪は切り髪で短く、それが唯一尼である印しと見えた。だがそれより何より、その蠱惑《こわく》的な瞳に彼は気を奪われてしまっていた。

「ささ（酒）を召し上がりますか。珍しいものなんですの」

行女の宿所で彼女は、すっかり打ち解け合った男女の物言い、物腰であった。

「これがささと」

彼は驚きの声を挙げた。その頃の酒は未だ濁り酒が普通であった。ところがその酒は澄んでいたのである。淡い黄がかかったような、殆ど無色といっていいような透明な液体だった。そして濁り酒特有の甘さと酸い味がなく、甘さと辛さが程よい味とでもいうべきか。とにかく彼は驚いた。

聞けば、その酒は何処にも売られていないと言う。京の近くで、この酒を作るのに苦労している者があるそうだ。うまく出来ることもあるが、未だ失敗する方が多く、売り物にまではならぬと言う。

行女はそのままの姿で十分魅力的であった。殊更に、彼の気を惹くような甘い言葉も、肢体も見せなかった。ところが、酒が程よく廻った頃、彼女はきちんと座り直し、彼を真っすぐ見つめて言った。

「若さまの御種をお授けになって。お願い」

そう言って、すっと立ち上がり、身につけている物をはらりとすべり落とした。

火影に映るその透き通るような白い裸身に、彼は声もなく息を飲んだ。

その翌日、二人はその小屋で一日を過ごした。更にもう一日甘美の世界を共にした。

「このまま此処に留まらぬか」

「それは成りませぬ」

「そなたの跳躍の術、もっと見極めたい」

「ならば、伊予の傀儡《くぐつ》屋敷をお訪ねなさりませ」

「私と一緒に暮らすのは嫌か」

「定めにございます」

「定めと……納得出来ぬ。ややが生まれたらどうする。」

「傀儡の子は、家を構えて子を育てる役の者に渡し、親は仲間と共の旅へ」

「そのような馬鹿な」

「そのお話はそこまで」

行女はそう言って、やにわに小三郎の上にのしかかるようにして、愛撫の唇で彼の口をふさぎ言葉を封じた。その後は、睦言のほか交わされなかった。

その翌日、櫛売りに出て十日目になる一行が三々五々帰って来て、行女は宰領の姿に戻った。彼を傍にも寄せ付けぬ素っ気なさであった。

川原の興行が終わって一行が出立の時、一同を先に発たせ、行女は館の主、他の主だった者達一人々々に丁寧な礼の言葉を改めて申し述べた。そして彼の前に立った彼女は、

「二度とお目にかかることはありませぬが、糸は切れませぬ」

と言った。

「何んと」

怪訝《けげん》な顔の彼の反問に、行女は近々と顔を寄せて声を潜め、

「若様は伊予の傀儡《くぐつ》屋敷へ参られるでしょう」

と囁いて、つと身を後に引いてにっこり微笑んだ。

「それはどういうこと」

皆まで言う前に彼女はくるりと背を向け、早、歩き始めていた。

行女が館の門を出て四、五歩も行った時、俄に一陣の風が吹き起こった。行女の黒い衣の裾が横に吹き上げられる。行女は白い頭巾の首元をおさえる風に俯く様子。間髪もなく巻き上がる砂塵に行女の姿が霞み、茫として次第に消え去って行った。

その光景に彼は、行女が風の絵の中に溶け込んだと思った。

遠い昔のようにも、つい昨日のことのようにも思える、行女との関わりだった。

笛の音が静かに流れていた。

庭の梅の花の散りぎわを眺め、花が散って、今は小枝の先が伸びて新葉が繁茂。日数を数え

なくても、草木が時の経ったのを知らせてくれる。

雑賀の小三郎が、ここ伊予の傀儡屋敷に入ってから早や一月近くになろうとしていた。

人の気配で小三郎は笛を置いた。

「大分心地良い音色におなりになりました」

部屋に入って来たのは、この屋敷の主である春風尼である。

何時見ても艶やかで美しい女性《にょしょう》である。その顔に陰りを見せたことはない。

「春尼殿、そろそろ動かせてはもらえないか。体がなまって来ました」

小三郎は苦笑を浮かべてそう言う。

「そろそろですか。考えておきます」

春風尼は盆の上に載せた、木の実と豆を煎じた飲み物を小三郎に勧める。

その時僅かにうつむいて、斜めに顔を見せた。

(行女。まさしく行女)その角度の顔を見せられる度小三郎は、胸の内でうめくようにつぶやくのがならいになっていた。郷国で別れたままの行女。単に忘れ兼ねているだけではないのだ。

この尼姿の女性と初対面の時、小三郎は「行女」と叫んで座から腰を浮かせた。だが尼姿の女性は、静かな口調で、この家の主、春風尼《しゅんぷに》と名乗った。彼女は小三郎の、来訪の用件、目的等一切尋ねなかった。

「暫くは御逗留なさることになりましょう。案内させまする故、御ゆるりと過ごされませ」

一方的にそう言い座を立って部屋から出ていった。入って来た時、気が付いたら目の前に彼女が座っていたという態の現れ方で、出て行く時もまるで風の過ぎて行くような、小三郎にはそう感じられた。幻に逢ったような、現実感のない対面だった。その上、彼女の独り決めの申し渡しにも似た言いように、抗う気持ちが全然起きなかった。然も、何かを尋ねる気も無く、彼は唯無言でいたのである。後から考え妙な心地であった。

その時に、童のような尼姿の女の子に案内されたのが今こうしている部屋。それ以来小三郎はこの部屋から出たことはない。廊下伝いの厠へ行く時が、唯一部屋を出る時だ。

部屋に案内された翌朝、春風尼が現れて告げた。まず笛を吹けと横笛を差し出し、笛に飽いたら坐業に入れと言う。

「何を考え、何を思おうと気ままになされませ。思うことが無うなったら南無阿弥陀仏の念仏を唱えればよろしい。捨聖さまからそう教えて頂いたことがあります。捨聖さまは一遍上人と申され、この伊予の国の道後の御出自、河野通有さまの御孫です。私は国分寺にお仕え致しておりますが、伊予守さまの御庇護《ひご》も賜っております。その故でお上人さまの御来光があったのです。お上人さまは、こうおっしゃったのです。傀儡《くぐつ》は遊行僧に似て漂泊の旅を日常とする.

居を構える者であってもその胸の内は絶えず水の如く風の如く、うそも真もなく、思うがままに生を通り抜けて行く。常人と違ぅて、傀儡に捨てるものは何もない。唯、三昧の境を得たいと思う時は念仏を繰り返せば心気を澄ませ得よう。念仏無用、安心《あんじん》無用の傀儡にも、何かの手段《てだて》に迷うこともあろう。その時念仏を唱えておれば、道が見えて来るやも知れぬ。そのような時は念仏に限らぬが、私は坊主故、こう申しておく。斯様《かよう》に諭されました。お分かりになりまするか。ではそのように、毎日笛と座業のみにて過ごされませ」

春風尼が多くの言葉を使ったのはその折だけだった。

顔は毎日合わせた。朝餉と夕餉の間に二度、甘い草餅だとか木の実、干柿、等に飲み物を添えて童の尼僧が運んでくれたが、その内の一度は春風尼が一緒で、童が去っても彼女だけ残り、笛を吹いて聞かせた。何も言わないが手本にせよという意のようだった。始終にこやかだったが殆ど口を利くことはない。何を考えているのか、小三郎にはさっぱり分からない表情だった。彼女は最初に春風《しゅんぷ》でなく春《しゅん》とだけで呼んでくれるようにと言った。その時僅かにはにかみの色を見せた。彼女が感情らしいものを見せたのはそれだけだった。

小三郎を監視している気配は全くなかった。広い屋敷の中を動き廻っていても、とがめる者がありそうにも思えない。屋敷から逃げ出すのは簡単なようにも思われた。それなのに、小三郎は春風尼の申し渡しに忠実だった。まるで呪縛にあったように、足を踏み出すことが出来なかった。

自分でもそれが不思議なのだが、時折、中の院顕忠の言葉を思い出すことがある。噂では、傀儡《くぐつ》の屋敷に入って二度と出て来た者はいないと。あの噂は、こういう状態になることを意味しているのだろうか。頭ではそう考えても、だからどうしようという意欲は全く持てないでいる。

この屋敷に来る途中のこと、送ってくれた大島の重平の手下《てか》は舟を漕ぎながら、何故傀儡の屋敷に行くのか尋ね、止めた方が良いとしっこく言っていた。桜井の浜辺で舟を繋ぐ時は、もう直ぐここが軍船でいっぱいになるかも知れぬとも言った。陸《おか》に上がってももう一度小三郎に翻意《ほんい》を勧めたが、笑って相手にもなろうとはしない彼に腹を立てた様子さえ見せたが、それでも律儀に傀儡屋敷の前までは案内しょうと言った。この道を右に向かえば国府、あちらに見えるのが国分寺、傀儡の屋敷はその傍近くだと道筋を示し、浜から道に上がった所に見える小屋を見張り番所だと教えた。河野の手勢が詰めていると言う。とがめられても、大島の者だと言えば大事ないと手下は胸を張ったが、番所の横を通る時、そこから誰も出ては来なかった。河野は伊予を領している河野家のことだ。

国分寺の塀沿いの道を進み、広大な寺の一角で道は二つに分かれ、展望が開けて、一面の田畑の景色の中に農家らしい家が点々と見える。その田園の末に小高い丘が見え、その裾辺りに遠目にもその結構が察しられる大きな建物があった。

「あれが傀儡の屋敷ぞ」

手下の一人が指差したが、彼の顔は幾分硬張って見えた。畑中の路を先に立って行く手下が、屋敷に近づくに従って妙に落ち着かない様子を見せ始め、一寸寒気がすると言い出した。果ては、傀儡の妖気に当てられ出したと口走る。引っ返すなら今ぞと、小三郎の袖を引いたりもした。結局、入り口の前までついて来たのは、こわいもの見たさの故か。開いた入り口の奥に人影が見えたと思うと彼は、悲鳴に似た声を発して、後をも見ずに逃げ帰って行った。

入り口に小三郎を迎えた尼姿の女性《によしょう》はお待ちしておりましたと言って、ついて来るようにと、先に立った。

それから春風尼との対面、小三郎はその間一度も口を開かなかった。勿論、名を名乗ることもなかった。あの時迎えた尼は、待っていたと言った。どうしてそれを怪しまなかったのであろう。それに気が付いたのは二、三日も経ってからだ。あの時は、口を利こうとする度、あの尼は振り返って小三郎の顔に視線を向けた。すると彼は何故ともなく後でという気分になって黙った。春風尼は自分のことをすべて見通しているように思える。ということは、顔が似ているのではなく、やはり行女その人ではないのか。自分を見知っており、この屋敷で待ち受ける者が行女以外にあろうとは思えぬ。何度かそう思うのだが、春風尼は時として、ひどく年配の者に感じさせることがある。顔かたちの何処といって変わりはないのに、そう感じさせるのだ。ところが、おやという気持ちで見つめ直すと、今度は行女と同じ年頃に見えて来るのだ。まるで変化《へんげ》のようにも思える。

変化といえば、春風尼は一遍上人の教えを受けたことがあると言った。小三郎も確かな知識はなかったが、一遍上人といえば鎌倉の末頃の人、五六十年は昔のことではないか。変化でもない限り、今の世に生きてあのように若くある筈がない。そこでまた、中の院顕忠の言葉を思い浮かべる。春風尼は年を取らないのだと。顔は春風の名にふさわしいのに、鷹伏尼と呼ばれるのは、それだけのあやしさを身に秘めていて、何かの折にそれを顕示して見せるからであろう。

座業の間に、とつおいつ考え思い浮かべていたこともその内小三郎は、そういうことのなくなった自分に時折気が付いていた。念仏を唱えることはなかった。そして彼はどうやら、無念無想の時を得るようになったらしい。

「小三郎殿、庭へ出なされ。お相手はこの二人」

体がなまったと告げた翌日、春風尼は一組の男女を伴って入って来た。

彼女が小三郎の名を呼んだのはこれが三度目。最初は部屋へやって来た時、部屋の外で若さまと声をかけて入って来た。彼が行女だと思ったのも無理はない。それから暫く経って名を呼び掛けられた時には、小三郎殿だった。そして今日。これから小三郎で通すつもりのようだ。伴った二人にも小三郎と告げた。

相手をする男は、角《かく》、女はるいと名乗った。二人共に同じような農夫の野良着に似た着物で、しかも継ぎはぎだらけのものを身に着け、手甲、脚絆を着け、大きな頭巾を被っている。脚絆の下は裸足。ただ、腰で締めた太い紐が女の方は緋色だった。珍妙なと小三郎は可笑しかったが、着替えるようにと差し出されたものは、彼らのものと同じだった。勿論、裸足である。

庭というのは小三郎の部屋の前のそれではなかった。その庭の木戸をくぐり、木立の中を通り抜けて、小屋の並びを過ぎ、木立に四方を囲まれた広場があった。そこが傀儡《くぐつ》達の芸の修業の庭だった。長い梯子《はしご》や竿が、いくつか立ち木の元に置かれてある。

「舞から入る。るいのまねをして。手の振りよりも足の形、動き、それのまねだ」

角がどうやら師匠らしい。るいの舞うのをまねさせて、一つひとつ小三郎を手直ししていく。

日数につれて、舞は踏の形をとり始め、何時しかはっきりした跳躍の術に変わっていった。小三郎は行女に、もっと跳躍の術を極めて見たいと漏らしたことはある。だがこの屋敷に来て、春風尼に跳躍の術の修習を望んだことはない。勿論、角にもそれを告げてはいない。もっと高く、もっと遠く、もっと速く。角とるいは縦横に飛び交わし、その後を小三郎に追わせた。かつての日、行女が自分の後を小三郎に追わせ、飛ぶ力を付けさせてくれたように。尤も角の要求はその比ではなかったが。時日が経つごとに角の鍛えようはきびしさを増した。

暁に朝餉を済ませた後、小三郎は横笛を吹く。終わるのを見澄ましたように、るいが声もなく庭の木戸に立っている。小三郎を修行の場へ案内するための迎えだ。るいは言葉を発せず、挙措《きょそ》進退に殆ど音を立てない。笛も迎えも春風尼の定めた日課である。この日課の繰り返しを、小三郎は倦《う》むことなく続ける内、月日の経過が念頭から去っていた。

一時《ひととき》笛を吹き、吹き終わった頃、それがならいの筈のるいがその朝は姿を見せなかった。暫く待った小三郎はさして気にも留めず庭へ下りた。この庭の木戸から外への一人歩きは禁じられている。部屋から庭の植え込みまでの空間はさして広くはない。小三郎はふいと、軽く垂直に飛び上がって見た。胸が軒端近くの高さになる。そこですうっと下りる。足の裏に殆ど衝撃はない。この庭で試みたのは初めてである。彼は意外とわが身の軽いことに少し満足した。しかし、まだまだとも思う。るいが時折見せる、風の舞うような軽やかさには未だ程遠い。それを嘆いた時るいは、これは小三郎には無用のものと言った。これは傀儡《くぐつ》の見世物の芸だとも言った。

部屋に人の気配を感じ、庭から目を向けると童の尼だった。

水浴みをするようにと言い水浴み場へ導いた。そこは、何時も体を拭く井戸端ではなかった。廊下から突き出た部屋があり、その仕切りの板戸の奥に羽目板だけで囲われた部屋があった。仕切り戸は開けてあり中が一瞥《いちべつ》出来る。そこには石畳が敷き詰められていた。背丈よりも高い所に明り取りの小さな板戸があり、奥にもう一枚の板戸、これは庭からの出入り用であろう。今は閉じられている。

石畳の上の大きな桶には水が満たされていた。それを汲む小桶もある。

着衣のまま中へ入り、水浴みが終わったら、今身につけている物はすべて中へ脱ぎ捨てるように、童尼はそう言って小三郎を石畳に押しやり仕切り戸を閉じた。

水を浴びる音がと絶えた頃、仕切り戸が軽く叩かれ、「着替えのお召し物はこれへ」童尼の声が聞こえた。

素裸の小三郎は躊躇しながら、仕切り戸を細目に開け部屋を覗く。彼の感覚では当然だが、やはり童尼の姿はなかった。

だが、ここでは世俗の常識を超えたことがままある。跳躍修習の後、小三郎一人が上半身裸で体を拭っている時その水浴び場へいきなり、るいが入って来た。そして、洗濯をするから着ている物を脱げと言う。それも下着までだ。持って来てくれた着替えを傍らの垣根に掛け、礼を言いながら小三郎は、るいに背を向け袴の紐を解き始めた。るいは当然、一旦立ち去り後で取りに来るものと彼は思っていた。勿論背後に人の気配は感じなかった。ここの居住者達は進退の気配は感じさせない。尤もそれは小三郎の感覚であり、彼らの間では、未だ見えない内から相手の動きはちゃんと分かるものらしい。その日常になれて来ていた小三郎はその時も、るいが立ち去る気配を感知していたのではない。一旦去ったもの、それが当然と思っていた。彼は下帯も取り払い、腰から下も洗うつもりで桶を取ろうと体を横に向けた。その時るいの姿が視野に入り彼はとっさに小桶で前を隠した。るいは小三郎を注視したまま、表情も変えず、早く脱いだ物を渡しなされ、待っているのだ、と言った。小三郎は、男の無防備の姿は人の前に曝《さら》すものではないと思っているし、女は羞恥心でこれに目を向けるものではないと思っていた。それが彼の常識だった。るいは、つっ立ったままの彼の傍へつかつかと歩み寄り、脱ぎ捨てて水浸しのままの衣類を拾い上げ、胸に抱えるようにして消えて行った。

そのようなことがあったから、小三郎は一応警戒したのである。童といえども、無防備の姿は見せたくなかった。居れば出て行くよう声を掛けるつもりであった。

部屋の中には竹網の平たい籠が二つ置かれている。一つには白い小袖に下帯、体を拭う布、もう一つには上に着る衣装が入っていた。

小三郎は手早く濡れた体を拭き、下帯、小袖を身に着けた。と、まるでそれを見ていたかのように、尼姿が入って来た。童ではない。中供《ちゅうども》の年恰好の、初めて見る顔である。

「髪と頬の髯を整えます。そのまま坐って」

彼女は必要最小限の言葉で、用意して来た道具を取り上げた。

全く無口な連中だ。馴れては来ているものの、小三郎はつくづくとそう思う。その雰囲気の中には、こちらから尋ねることを拒否するようなものが感じられ、彼も勢い口が重くなる。それにも馴れてはいるのだが。

「色白故、髯を生やした方が強そうに見えるのでしょうけどね、似合わないから剃り落とします。口髭も」

「これは無精髭だ」

小三郎は承諾の意のつもりでそう言う。反応の応答はなかった。

髪が仕上がると、衣装を着るのを手伝ってくれる。衣装は長袴ではなかったが直垂《ひたたれ》である。久しぶり身に着ける直垂だった。これを捨てるような気で旅に出て、はるばる傀儡《くぐつ》屋敷を訪ねた。直垂は今の小三郎にとって過去の象徴のようなものだ。彼の脳裏を、ふとその感慨が過《よ》ぎった。だが彼は、それを打ち消そうとするかのように首をかすかに振った。

着し終わって、最後の胸紐を結んでくれた中供の尼が、少し離れて小三郎の姿をつくづくと眺め、

「りりしい」

と言った。初めて感情をこめた声音に聞こえ、小三郎は思わず微笑んだ。真っ直ぐ彼から視線を外さないでいる彼女の顔に、はにかみに似た色が見えたがそれはすぐに消えた。

そこへ最初の童尼が侍烏帽子《さむらいえぼし》と小刀を持って入って来た。小刀は右手で抱え込むように胸に付け、烏帽子は無造作に左手にぶら下げている。

それを見るなり中供尼は、烏帽子をさっと取り上げ、

「これはこうして持つもの」

と、両手で捧げ持って見せた。

童尼は小さくつぶやくように弁解した。

「刀が重くて」

「二度に運ぶもの」

童尼は俯き、縮こまった。

「刀は私が取りに行くものを」

小刀は小三郎の差し料である。童尼が叱られて、とりなすように口をはさんだ。中供尼は元の無表情に戻り、

「坐って」

小三郎を促した。烏帽子を載せてくれるつもりらしい。烏帽子を着け、

「案内します」

再び小三郎を立たせ、童尼が胸に抱いた小刀を取って差し出し、腰に挟ませて、

「行ってよい」

童尼に声を掛け、彼女を振り返るでもなく、小三郎の顔を見るでもなく、中供尼は廊下に出た。彼はその後を追った。

着いた部屋は、戸を開けると直ぐに几帳《きちょう》が目に入った。几帳を廻ると、そこには青縁《あをべり》の大畳が六枚敷かれ、一本の燭台に灯が入っていた。外からの灯りが殆ど入らない部屋である。一度に夜が訪れたようだった。先に入った中供尼が畳の上を指差し、そこへ坐れと言い、小三郎の着座を見届けて彼女は出て行った。待つ程もなく春風尼が現れ、ふわりと畳の上に坐った。小三郎に相対した位置だが端近い。二人の間はかなり隔たっている。彼女は何時もの黒い法衣を脱ぎ、白い小袖を白い帯で締め、白い頭巾はそのままである。白一式の姿は玲瓏《れいろう》として、物の精のように見えた。右手に柄の付いた金色の鈴を持っていたが、音を立てないでそれを畳の上に置いた。

着座して一旦、小三郎を直視しておいて、両手をつき深々と頭を下げ礼をした。

元の姿勢に戻り、

「唯今より、小三郎様の御行く末を観じ申し仕りまする」

朗々として清らかな声でそう告げた。美し過ぎて、まるで造り物の仮面のようだ。小三郎はそう思いながら黙って頭を下げた。表情を動かさない、その透明に見える顔が、その印象が、そう思わせた。

「動いてはなりませぬ。声を立ててはなりませぬ。何事があろうとも」

彼女はそう言い、もう一度小三郎に頭を下げた後、鈴を取ってこれを三度鳴らした。再び鈴を置くと、両手を合わせその指を組み、頭を垂れて祈念の姿勢に入った。その形のまま無言で続く時間の間に、それを凝視《ぎょうし》している小三郎は、少し頭がぼんやりして来るのを意識していた。

ようやくそれが終わり、彼女が両手をついて彼に頭を下げ、やっと終わった思いで彼は一息ついた。だが、すべてが終わったのではないらしい。彼女は左真横に体を向き変え、誰もいない空間に向かい深々と礼をした。続いて真後ろ、更に右真横と一度ずつ伏して礼をした。どうやら東西南北に礼を捧げたように思われた。

それが終わって、再び鈴を三度鳴らし、立ち上がって、畳の上を廻り始めた。どうやら舞のようであった。軽やかに、唯軽やかに、静かに舞は続く。一言も発しない。沈黙の中の春風尼の動きはまるで夢幻の世界のもののようで、小三郎は、私は夢を見ているのではないかとさえ思っていた。と、春風尼の肩近くに、蝶が一匹、彼女の動きにもつれあうように飛んでいるのが見えた。やはりこれは夢だ。いや幻だ。小三郎は内心につぶやく。更に見る内、蝶が二匹、三匹、続けて数を増し、合わせて十二、三匹が春風尼の体近く、あるいは離れた空間を、ひらひらと戯れるように飛び始めた。

小三郎は後頭部にかすかなしびれを感じ出していた。それが次第に頭頂に及んだ頃、春風尼が鈴を鳴らし動きを止めて、元の位置にぴたりと正座した。

我に返った小三郎の頭からしびれが消えた。春風尼の周りを飛んでいた蝶の影も消えている。

彼女は立ち上がって燭台を取り、小三郎の正面に置いた。

「ともし火を透かして私をじっと見て」

言われたようにすると、彼女の顔が火影のゆらめきに合わせ揺らいで見える。

次第にその揺らぎが大きくなり、彼女の顔が大きく膨らむように感じた。はっとして目を凝らすと、すぅっと元に戻る。そしてまた揺らぎ出す。そして膨らむ。気を引き締めれば元へ、その繰り返しが何度か続く内、小三郎は目まいを覚え始めた。

やがて春風尼の顔が霞むようになった。

そして遂には、かき消すように顔は見えなくなり、春風尼の居たあたりが靄《もや》となり、その靄は次第に広がり、部屋一面、彼の全身も靄に包まれてしまった。

と同時に彼は、船に揺られているような感覚を覚えさせられていた。体が下から上に突き上げられ、下に下がり、そして右に傾き左に傾き、彼は膝に力を入れ、懸命に上体をささえようとしていた。

目まいが何時か茫様とした感覚に変わっていた。

突然、幕のようだった正面の靄が動き始めた。そしてそれは動きに激しさが加わり、渦巻くように見えて来た。轟々と音さえ立てているように小三郎には思われた。気が遠くなるような、それが幾分おさまるような、不安定な状態が続く内、ふと彼は笛の音を聞いたと思った。やがてそれは、高く、低く、嫋々《じょうじょう》として春の海に吹き渡り彼方の霞《かすみ》に吸い込まれていく、そのような光景を感じさせるものとなり、小三郎の目まい、しびれ、揺動感、すべてが失せて、恍惚とした快感に全身が浸された。

笛の音が絶えた時、虚空から降って来るような声が聞こえた。決して大きくはないが、重く低く、脳天に突き入るような声音であった。

やまにあそびてこえきけば　　ゆきゆきてみちははてなし
うずにいりてはへさきにたつ　　たいらけきうみははるかなり

その声は、それを小三郎の脳裏に刻み込むかのように、同じ言葉を三度繰り返した。

そして小三郎は、その声音が終わると共に、完全に意識を失ってしまっていた。

どれ程の刻が経った頃であろうか、小三郎は芳《かぐわ》しい香りに包まれている自覚を持った。花だな。花の香りだ。何の花だろう。そして、全身に亘る緩やかな快感が意識に上った。そしてそれは、恍惚のような情念ではなく、はっきりとした皮膚感覚であった。撫でられている。そう思う。やがて、額のあたりがむずかゆい感覚に変わった。

「お気が付かれたか」

春風尼の顔が小三郎の上にあった。額が触れるばかりの間近さである。

小三郎は未だ幻の中にいると思った。目を見開き、まじまじと彼女の顔に見入った。

春風尼は顔を離し、彼の上半身を抱え起こして微笑んだ。

「もう、お口を利かれてよろしいのです。終わりました」

小三郎は春風尼の膝の上に頭を乗せられていたようである。

坐り直して、ようやく正気を取り戻した自覚を持った。頭に手をやると、烏帽子はちゃんと被っていた。直垂姿も変わりはない。小刀ばかりが腹の前にあった。これを腰に差し直すと、この部屋に入って来た時の姿と何の変わりもない。畳も几帳も、灯りもそのままだ。

「最前より何があったのか、教えてくれぬか」

「さあ」

春風尼は小首を傾げて微笑んだ。

「声があった。山に遊ぶとは、声を聞くとは誰の声。うずとは、海の潮の渦のことであろうか」

小三郎は性急な尋ね方をした。

「さあ、私には」

「身の行く末を観ずると申された。春尼殿に分からぬ筈がないではないか」

「傀儡《くぐつ》が観ずる時はあのように振舞うて、天の声を呼びまする。なれど、呼び寄せた声は、私には届きませぬ」

「それでは私に届きようはない」

「いずれの日か、必ず自得なされます」

それ以上無駄だと言わんばかりに春風尼は立ち上がり、お部屋へと言い残して消えた。替わって入って来たのは童尼である。彼女は小三郎を一目見ると、

「きれい、前よりももっときれい」

目を丸くしてそう言ったが、直ぐに何時もの素気無い顔に戻り、付いて来るように言って先に立った。どこをどう廻ってこの部屋まで来たのか、見当が付かなくなっている小三郎はあわててその後を追った。

その夜。小三郎は、既に灯りを消して夜具の中に横になっていた。

今日の出来事は一体なにだったのだろう。春風尼のまやかしに遊ばされただけのものなのか。春風尼は「天の声」と言った。占いのようなものであろうか。だがそれにしては、春風尼には何も聞こえないと言う。あの後、部屋に戻ると中供尼が待っていて、普段着に着替えさせられ、直垂、小袖、烏帽子、まとめて彼女が持ち去った。その後、春風尼が当然やって来るだろうと小三郎は思っていた。何かの話がある筈だ。もしかして、この屋敷から退去を持ちかけられるのではないだろうか。彼はその予感を持った。跳躍の術を極めたい、言うなればそれだけの単純な目的、傀儡でない外の者には今の程度で良しと春風尼は見定めたか。それで、何やらん身の行く末を観ずるなぞともったいをつけて、体よく幕を閉じさせるつもりか。それにしても解《げ》せない。春風尼は私の来し方、身の上、何が望みか、何一つ一度も尋ねたことはない。この屋敷に居ついてから、世の常と余りにも違う屋敷内の有様《ありよう》、課せられた日々の過ごし方の中で、既に念頭から失われていた当初の疑念が、改めて小三郎の胸にふつふつと湧いて来るのだった。これを汐に春尼殿に問い質《ただ》さなければ。物事にさしてこだわらぬ性《さが》の小三郎だが、こればかりは、ここを去るに当たって確かめておかねばならぬ。何故黙って今日まで自分を受け入れてくれていたのか。それが知りたい。その思いの底には、春風尼に重なる行女《いくめ》の面影があった。行女なれば、小三郎に改めて聞く要もなく、この屋敷での処遇も異とするに当たらぬような気がするのだ。

ここへ戻って中供尼が去り、童尼が草餅と飲み物を運んで来て、続けて来るのだろうと思っていた春風尼は、陽が落ち、夕餉が来ても姿を現さなかった。

刻が過ぎ、寝に就いたものの、横たわって目を閉じれば直ぐに眠りに落ちる小三郎だが、その夜は目が冴え、眠りは訪れそうにも無かった。閉じた瞼の裏に、果てしない山脈《やまなみ》が浮かぶ。遠く遠く果てしもなく、末は煙ぶるように続く山々。と、それが渦に変わる。鳴門で見た渦だなと思う。あの渦の中に船を乗り入れるのが私の行く末なのか。それとも、幾山越えて何処ぞへ辿り着くのであろうか。それでどうだというのであろう。思案の追い付くことではない。またしても渦が浮かぶ渦の中に白いものが浮かんでは消え、消えては浮かび、その白いものが何かの形を取り始めたと思うと渦は消えた。これは今日見せられた幻の続きなのか。小三郎は目を開いた。目に入るものは漆黒《しっこく》の帳《とばり》、なにも見えない。目を閉じると、瞼裏にまたしても白いものが。そして今度は、その白いものが次第に形を成して行く。出来た形は、何時かの夜の行女の肢体だった。小三郎は情の兆《きざ》しを覚えていた。旅に出て以来、初めての欲情だった。

何刻の頃であっただろうか。

板戸が僅かにきしむ音を立てて開かれ、灯りが部屋内を照らし出した。同時に馥郁《ふくいく》とした花の香りが流れ込む。未だ幻を見ているような心地の小三郎は、そのままじっと動かないで目だけ開けた。戸が閉じられ、そこには手燭を持った春風尼が灯陰の後に立っていた。彼が身を起こそうとすると、彼女はさっと身をかがめ片膝をついて、片手で彼を制した。彼は呪縛にあったように動きを止めた。彼女は彼の顔を覗き込むようにしてにっこり笑いかけたが、一言も発しない。そして、手燭を置いて尼頭巾を脱いだ。現れた肩までの切り髪が、灯りを受けて艶《つや》やかに光った。彼女は笑みを絶やさず、彼を見つめたまま、白い小袖の幅広の紐を解く。手を伸ばして手燭を取り、体をひねってそれを遠ざけた。その時、緩められた小袖の裾が乱れ、白いふくらはぎがちらりと目を射たように彼には思えた。ぞくりと背中を走り抜けるものがあった。

春風尼は事が終わって部屋を出て行くまで言葉を出さないままであった。小三郎もまた無言。吐息と、堪《こら》えた短い嬌声が口から洩れ、荒い息遣いの交わされる悦楽の時のみを過ごした。

翌朝、深い眠りから覚めた小三郎は、部屋に残っていた春風尼の残り香と、夜具に付いている幾本かの髪の毛で、真夜中のあれは夢、幻ではなかったと自得した。そして、春風尼が行女ではないこともはっきり悟った。彼女は小三郎よりも多分年上だと思われるが、その弾む肢体は若い乙女のそれと感じられた。さらに小三郎は、春風尼が決して変化《へんげ》ではなく、正しく人間の女性《にょしょう》であることを確信していた。

るいの迎えもなく、童尼が食事を運んで来ただけで、身の処し方の分からないまま、小三郎は、笛を吹いて刻を過ごした。

その晩も春風尼は小三郎の部屋を訪れた。その時は交情の後、寝を共にし、明け方更に求め合って、出て行った。

こうした三晩目、春風尼は初めて口を開いた。

「何故に口を吸ぅては下されぬ」

いきなりだった。小三郎は驚いて返答に詰まった。

「若さまは、私を汚いと思ぅておいでか」

彼女は問い詰める口調だ。真剣な目だった。

「そのようなこと」

思ぅてはおらぬと続く言葉は、春風尼の口を我が口でふさぎ声とならなかった。

続けて小三郎は彼女の小袖を開き広げ、その胸にも口をはわせた。

春風尼の顔の美しさには、激情の行為の中にあってさえ、なお犯し難い気品さえ漂い、小三郎は唇の愛撫なぞためらわれていたのである。彼が、行女とは別人と悟ったのはそこだったのだ。行女もそっくりの美しさであったが、媚態が違っている。

唇での愛撫がためらわれていたその気持ちを、唇を僅かに離しては、切れ切れの言葉で伝えた。

「うれしい」

春風尼は小三郎の首に腕を巻き、或いは両手の平で彼の顔を挟み、身をもだえた。

「傀儡《くぐつ》も並の人間、唯の女とお分かりか」

「いかにも、確《し》かと見定めた。いとおしい」

「うれしい」

彼女はもう一度それを言って涙を浮かべた。

「若さまのお言葉故に一層うれしい」

春風尼は、初対面の時一度だけ使った「若さま」の呼び方をその夜に限って使っていた。彼女は、小三郎の出自を知っているのだ。行女より他、傀儡の中で知る者はいない筈だが。

その夜の春風尼は、乱れに乱れ、情をとげてなお、恥ずかしいと灯りを消し、更に何度も求めた。

「これで思い残すことはありませぬ」

明け方、その言葉を独りつぶやくように言って春風尼は立ち去った。陶酔の名残りと快い疲労の中で小三郎は、彼女の言葉を何気なく聞き流していた。

三夜を重ねてその翌日、小三郎の若い肉体も、抗し難い疲労でうとうとと一日を過ごし、夜に入っては泥のように眠りこけていた。春風尼は現れなかった。

その翌日、観相の日から五日目、るいが姿を見せ、例の修習用の装束に着替えるよう言った。その日はるい一人だった。付いて来るよう告げたるいはさっさと歩き出す。それが何故か、何時もの広場ではなく違う路をとり、築地塀の小さな出入り口から屋敷の外へ出た。

外は畑だ。幾人か野良仕事の者が見える。久しぶりに吸う屋敷外の空気である。確かに違うな、小三郎はそんな気がした。屋敷の中には内にあっては気付かない、言い現し難い何かが漂っているように思える。畦道《あぜみち》をるいに従って歩きながら、彼はふと思い出した。

ここへ案内してくれた大島の重平の手下《てか》が、この畑地に入ると、ここはもう傀儡《くぐつ》の敷地じゃ、何やら怪しいものが漂ぅておると怯え始めた。小三郎には何も感じられなかった。私はにぶいのかと思い、少し可笑しかった。だが、屋敷を出て畑地に入り、空気が違うと意識するのだから、傀儡の敷地と一般の地とは、この近辺に住む者には、はっきり違いが分かるのだろうと思う。

さしてゆっくりでもなかった、るいの足の運びが次第に速くなった。そして遂に駆け出した。それもまた、次第に速めて行く。畑中を通り抜け、雑木林の小径に入る。懸命に追い掛ける小三郎は次第に息が切れて来た。

と、ついと止まったるいは、その場で立ち木の小枝に跳び上がり、小三郎を手招いた。彼も勿論、つんのめりそうなのをぐっとこらえ、足を揃えて跳び上がった。然し立ち木の高さの半ばで体は下へ落ちた。彼は暫く気息を整え、跳躍を繰り返した。だが前よりは高かったもののやはり枝までは及ばない。るいは、自分が腰掛けている枝の真下から試みるように言った。そして、跳び上がった時、腕を上に伸ばせと付け加えた。

手で枝を掴めという意に彼は受け取った。だが違っていた。彼の手は枝に後少しというところで、上昇の力が止まり体は下降に移る。るいは、再度を促した。所がその時は、上昇の力が失せる前に、るいの手が伸びて彼の腕をぐいと掴み、さっと引き上げた。彼の肩が枝の上あたりまで浮かび上がり、彼は危うくその枝に取り付けた。

「大変な力だな」

息を弾ませて言う小三郎に、

「力は要らない。跳びあがる力に一寸手を貸すだけでいい」

るいは笑いながら答えた。相手の力をうまく利用したり、手助けする呼吸が傀儡の芸のこつの一つだと言う。小三郎には不要の業だが、見せるだけ見せておこうと思ったのだとも加えた。

「何故不要と決め付けるのだ」

「傀儡《くぐつ》より他に相手はいないよ。その呼吸を覚えても、相手がそれを知らなかったら役には立たない」

成る程、そのようなものかと思う。だが、さした高さを求めなければ常人相手でも使える技ではないか。小三郎の質問に、常人が少々跳び上がっても、今の小三郎とは体の質が違い、重すぎるのだという意味の言葉が返って来た。体の質が違うとは、跳躍で鍛えた体の意であろうと彼は理解した。

と同時に彼は思い出した。行女に跳躍を教えられた時、ふわりと跳び去る行女を最後に捉えることが出来た。あれは行女が、私の跳ぶ呼吸を見てとってそれに呼吸を合わせてくれたからではないか。あの時私に跳躍の力がなかったら、行女がじっとしている以外、私の跳ぶ力だけでは捉えられなかったであろう。行女が私の腕に捉えられたのは、彼女の業だったのだ。小三郎の脳裏を行女の肢体が懐かしく過ぎったが、忽ちに現実に返った。二人並んで腰掛けている枝の上だ。

るいが小三郎を覗き込むように見て、次に視線を下に落とし、再び彼の顔に厳しい目を向け頷いて見せた。

跳び下りろというのだろう。枝の高さは二丈余り(七メートル位)と小三郎は見た。一丈半の高さの竹垣越えは習得している。だがこの高さからの着地は未経験である。彼は僅かではあったがたじろぐものがあった。跳び上がるのに失敗した時の高さに、自分の背丈を足した高さが今の位置だ。跳び上がる時下から見る高さと、上から下を見る時の高さはまるで違ったものに見える。

るいは小三郎の気の動きを読んだようだ。

「足を地に着ける方法《てだて》はどのような高さでも同じこと。ただ、高い程、刹那の膝の曲げ具合を心持深く、腕を大きく広げるといい」

るいは横向きに彼を見据えて、そう教えた。

太い枝だが、二人が並ぶのがやっとだ。互いに体温が伝わる風な間近さである。傀儡《くぐつ》の女はどうしてこうも目が美しいのか。間近に顔を向けられ小三郎は感嘆した。るいをこうした格好で見るのは初めてである。傀儡の女は一般の婦女子に比べて、その容姿に優れている者が多い。だが、近づき難い存在と映るのは、その異形の風態、芸の業だけではなく、この吸い込まれそうな黒い瞳の美しさにあるのではないか。それが、あやかしと映る気を漂わせているのだ。傀儡《くぐつ》にはすっかり馴染んでいる小三郎だが、今更のようにそう思う。と同時に、「同じ人間のただの女」春風尼の言葉が頭をかすめたが、何となく首を傾げる気も持った。

樹上でゆっくり思案の時間があったのではない。二呼吸の間にひらめいた思念を、言葉にすればこういうことだった。

るいは次に、手の届く小枝をしっかり握っているように言って行動を起こした。膝を軽く曲げ両足を引き付け、足の裏を枝の上に載せ、続いて枝の上にしゃがんだ姿勢をとった。その動きの間、枝は殆ど揺れなかった。

「私が跳び下りるのをよく見て。ここからでは私の足は見えない。でも、背、腰の沈み具合は見える。それをよく見切れ。私が枝から離れた時、枝は跳ね上がる。体の力を抜き、枝の動きに逆らわぬこと。手は掴んでいる枝をしっかり。よいか、行くよ」

るいはすぅっと落ち、地上近くでふわりと舞い降りたように見えた。

るいが離れた後、反動の揺れは思った程には感じなかった。るいの指示に忠実だった故であろう。落ち着いて観察出来たが、それは跳び下りたというより、見事に舞い降りたといった光景に見え、感嘆の思いの方が強く、仲々に業を見切るどころではなかった。

「考えるな。そっと落ちて来よ」

声が下から届く。小三郎はるいのした通りをまねて、枝の上に足を載せしやがむ姿勢をとった。その動作を始めると枝はかなり揺れ、動きの途中、三度も揺れの静まるのを待たなければならなかった。それを見ているだけで、下からの助言はなかった。るいは何も案じていない。その気持ちが小三郎の胸に伝わって来る。

「やぁっ」

気合が自然に出た。腕が無意識に横へ張った。接地の瞬間足に強い衝撃があり、体が前につんのめったが、すかさず足が前に出てたたらを踏み、はいつくばる無様《ぶざま》は免れた。

顔を上げた目の前にるいが立っていた。

「上出来。よう見極めた」

彼女はにっこり笑った。そっけない物言いだが、声は柔らかく、そして優しい。

足に痛みは残らぬかと尋ねた後、小三郎の落ちて来る様を説き、ここをこうと彼の四肢に触れながら、着地の要領を明かした。納得したところで、その場で跳び上がらせ跳び下りさせ、何度も繰り返させて、その度、矯正を加えた。

最後に二度、二人で同時に同じ枝に跳び上がり、跳び下りた。

るいは、これで終わりというつもりだろう、右手を上げて見せ、小三郎の顔を見つめた。何故か硬い表情だった。何か言うのかと思ったら、無言のまま、視線を外らせて、元来た道へ歩き出した。

帰り道は、二人肩を並べて歩いた。るいが摺《す》り寄るように並んだのだ。

「明日は十人ばかり人が帰って来る」

雑木林の道を通り抜けながら、るいがやっと口を開いた。その時初めて、屋敷内の部屋には何時も無人のものが幾つもあると聞かされた。広い屋敷内がひっそりしているのはその故なのだ。

「私は明日から旅に出る」

るいの言葉は淡々として殊更な感情を感じさせない。

「角も一緒か」

「いや、角と組んだことはない」

「何故旅に出る」

「それが傀儡《くぐつ》の暮らし。世の人が家で暮らすように」

傀儡屋敷で過ごすのは長くて十日、休むというより次の旅の支度に費すらしい。るいと角は小三郎を指導するために、此度は異例の逗留だったようである。るいはこれから一人で仲間の後を追うのだと言った。

「そうか、るいとはもう会えぬのか」

「縁があればまたどこかで。でも傀儡は縁を当てにはしない。傀儡は、唯通り過ぎて行くだけ」

そこで雑木林を抜けた。それ以後るいは口を開かなかった。小三郎もまた言葉を失っていた。だが、最後に交わした二人の言葉には感情がこもっていたのは確かである。離別の思いは傀儡にもあるのだ。小三郎はそれを胸の中で反芻《はんすう》していた。


翌朝、丑の下刻(午前三時)、未だ深い眠りにあった小三郎は、板戸をたたく音に起こされた。

「急ぎ出立の用意を」

小三郎の誰何《すいか》に答えがあった。確かこの声は。中供尼の姿を思い浮かべた。

「朝餉はここへ置きます。戸を開けた時踏まぬよう」

それだけで廊下を去って行く様子。別に不審は抱かなかった。説明抜きの仕様には馴れている。ともかく灯りを点けて、板戸を開く。そこに膳部が置かれていた。

出立の用意といわれても支度するものは何もない。朝餉を急いで済ませたが、それからの音沙汰がない。ただでさえ物静かな屋敷内は未だ眠りの中、静まり返っている。ふと、小三郎は胸騒ぎを覚えた。出立というからには、一寸した他出ではなさそうだ。若しかして、此処を立ち去れということか。行女の時と同じだ。睦み合って直ぐの別れ。何故だ。理不尽の思いがこみ上げて来たが、それは怒りとはならず寂愁へと傾いた。春風尼に逢うことはもうないのであろう。静寂の中でそれは確信に変わった。春殿はここへ姿を見せないに違いない。小三郎の方から出向こうにも、彼女の部屋の見当もつかないのだ。

「さらば、せめてもの挨拶言上とするか」

独りつぶやいて小三郎は横笛を取り上げた。

吹き口をしめして唇を当てる。屋敷内の者の眠りを妨げる顧慮《こりょ》もなかった。ただ彼は別れを伝えたかった。

低く流れ出した笛の音はくぐもっていた。やがてそれは、次第に高く清澄な音に変わっていった。小三郎は目を閉じた。瞼の裏に春風尼の姿が、顔が浮かんで来る。笛の音は、高く低く抑揚の変化を辿り始めた。彼の内耳に春風尼の声が聞こえる。脈絡もなく、言葉にならない彼女の声音だけだった。小三郎もまた、別れに告げる言葉はなかった。唯、笛の音を送りたかった。

吹き続ける内彼は、かすかに、遠くで別の笛の音が聞こえると思った。それは、小三郎の笛に寄り添うように、まつわりつくように、高低、緩急相反しながら、調べの呼吸はぴたりと合っている。

春殿も吹いている。小三郎はそう思った。だがそれは長くは続かず、低い調べとなってふっりと絶えた。

小三郎の、笛に送る息が止まった。暫く、吹き口に唇を当てたまま、みじろぎもせず耳を澄ませていた。

「小三郎殿」

庭の方から声があった。るいだ。小三郎は笛から口を離して立ち上がった。

雨戸を開けた灯りの中にるいが立っていた。何時もの服装ではない。尼姿だが裾をたくし上げわらじ履き、首から頭陀袋を下げている。頭巾は顔を隠していない。背には笠。旅装束だ。

「これを」

るいは手に持った笠を小三郎に差し出した。

「私が竹を削《そ》いで編んだ」

「るいと同行《どうぎょう》するのか」

「いやいや、小三郎殿の同行はあれに」

るいが振り返って見せたところに、角が垣根から姿を見せた。

「これを着けや」

脚絆《きゃはん》、わらじ、上に羽織る手無し、大きな頭巾。

「刀は要らぬ。代わりにこれを腰に差せ」

角は棒状の袋の口を解き、中を見せた。先が三つに分かれた手鈎である。長さは小刀より少し長い。

それを受け取りながら、小三郎は改めて角の姿を見なおした。竹を編んだ笈《きゅう》を背負い、笈の側面には、半弓よりも更に小振りの弓をとめ、矢羽も見える。左の肩には、菰《こも》を巻いた縄紐を二つ下げている。彼らの遣り方に馴れていて、尋ねることをしないで相手の意向に任せる習いになっている小三郎も、これには流石に驚いた。そして怪しんだ。

「何処へ。何を仕出かそうとする」

「山だ。山歩きよ」

「何のために」

「知らん。歩くだけだ。山は、傀儡《くぐつ》には遠い遠い昔の故郷《ふるさと》だ。山は精気を吹き込んでくれる」

小三郎は春風尼の意図が、すっと伝わって来るように感じた。春風尼は小三郎に肉体の鍛錬を施そうとしているのだ。気と技の他に生身を鍛えよということに違いない。

彼はそれ以上の詮索《せんさく》は無用と、黙って頷いた。

「部屋はそのままで良い。小三郎殿の持ち物に触れる者は誰もおらぬ」

その一言で、再びここへ戻るのだと分かった。小三郎の顔に喜悦が走った。春風尼とこのまま離別かと、哀愁の念を持った先程の自分が少し可笑しかった。だがそれでいてなお、もう逢えぬものと直感したしこりは胸から拭い去ることが出来ないでいた。

るいを挟んで三人は傀儡屋敷を出た。表の門には門番がいて大扉を左右に開けてくれた。この時刻に門番、と驚く小三郎に、四六時中張り番はいると、るいが囁いた。やはりここは、余所者《よそ》を一切受け付けぬ別世界であるようだ。胸に頷く小三郎へ、角が言った。態々《わざわざ》大扉を開いてもらって出るのはこれが初めてだ、これは小三郎殿を通すためじゃ、と。普段の出入りは脇のくぐり戸と決まっているそうだ。

星空の下の畦道を抜け、小道を通り街道へ出た。るいが立ち止まった。

「ここでお別れ。小三郎殿お達者で」

「るいはどちらへ」

るいは左方を指差した。

「今張の浦へ。安芸通いの便船に乗ります」

るいの声が、心なしか湿って聞こえると小三郎は感じた。

「教えてくれたこと、委細忘れはせぬ。安穏の旅を願ぅておるぞ」

るいは黙って頭を下げ、くるりと身をひるがえすようにして歩き始めた。あたりは暗くその表情は窺えなかったが、星明りに目がきらりと輝いたのは涙の故ではなかったろうか。去り行くるいの背に、

「るい」

その名だけを呼び掛けた小三郎だった。るいは振り返りもせず足早に離れて行く。

「そろそろ行くぞ」

立ちつくして、暗がりに見えなくなって行くるいを見送る小三郎に角が声を掛けた。

小三郎はもどかしい思いを捨て切れないでいた。何をるいに告げるべきだったのか、自身にも良く分からない。然し、もっと優しい言葉が掛けられなかったものかと思う。相手は女子だ。るいが喜びそうな言葉は無かったものか。私のために、飽きもせず技を演じてくれた。言葉遣

いは男と同じく粗野だったが、気遣いは細やかで優しかった。嬉しかった。有難いと思ぅている。それ等の気持ちを何故言葉で伝えなかったのか。

傀儡《くぐつ》は以心伝心、言葉は無くとも相手の気持ちが、そのまま伝わる術《すべ》を心得ているように思える。言葉が少なく、用件のみであるのもそのためのようだ。相手の気持ちが言葉でなく捉え得るため、自分の気持ちを言葉にする必要を感じないのだろう。自分同様、相手もまた自分の気持ちは口にしなくても分かると、それが習いなのだろう。

ならば、私の気持ちはるいに伝わっているかも知れぬ。小三郎はそれで自身を納得させようとした。だが気持ちは晴れなかった。

「角よ、お主、幸せか」

「なんじゃ、それは」

「旅から旅への生涯、傀儡のそれが不幸せとは思わぬかと聞いておる」

「考えたことはない」

「人は皆、安住の地に暮らすのを幸せとしている」

「小三郎殿は幸せではないのか」

「私はこれまでの柵《しがらみ》が馬鹿らしゅうなってここへ来た。一つことに打ち込めば気も紛れようと思うてな。いや、私のことはどうでも良い。傀儡の暮らしが気になるのだ」

「るいのことか。傀儡は定めに従ぅて何の疑念もない」

「その定めは誰が定めておる」

「知らん。生まれた時から定まっておる。わし等の親もその親も、何百年も何千年も、傀儡はそれで生きて来た。歩き続けて生きて来た」

「喜びも悲しみもないのか、それで」

「ある。ただ……通り過ぎるだけよ」

角はるいと同じようなことを言った。

「分からぬ」

「もう止めれ。夜明けが近うなった。朝倉から徳能まで歩き、愛の山で足慣らしじゃ。今夜はそこに泊まる。急ぐぞ」

角の急ぎ足は早駆けに近い。小三郎も歩調を合わせた。

巻の七　八重の潮路

脇屋刑部卿《ぎょうぶのきょう》義助、四国、中国の総大将に任じられ、紀州田辺を発向。義助卿の一行は熊野海賊の軍船三百余艘に護られ淡路の沼島到着。それより沼島海賊に引き継がれ、備前を指して西へ下向。

この噂は風のように早く海を渡り、四国、中国の宮方勢は欣喜して士気はあがり、武家方は愕然と色を失った。

脇屋義助は新田義貞の弟である。越前で武家方に敗退したとはいえ、宮方にあって数少ない、声望高い武将だ。その勇猛果敢さも、討ち死にした兄の義貞に勝るとも劣らない。新田家は源義家の子義国を祖とする、その直系である。足利尊氏もまた義国を祖とする。当時の武士達は源家の棟梁の名で、争ってその傘下に馳せ参じた。足利尊氏は源家の棟梁の名で、北朝樹立の大立物になった。南朝に従った新田義貞もまた、源家の棟梁の名で大軍を集めることが出来たのである。

脇屋義助の下向に中国、四国の武家方が震撼《しんかん》したのは、その剛勇だけではなく、源家の声望に集まる軍勢を畏怖したからだ。日和見《ひよりみ》の武将達はこぞって義助の下につくだろうし、武家方の中からも宮方に寝返る者が続出するだろう。その懸念に怯えたのである。


上天気が続いていた。風雲急を告げる軍事を他に、海は穏やかであった。

伊予大島の宮窪の入江には、今日も七、八艘の船が浮かび漁に従っていた。漁船の数が少ないのは、沖獲りに燧灘へ出払っているからだ。

「遅いのう。今日でもう四日じゃないか」

一艘の漁船から苛立たしそうな声が聞かれた。中の院顕忠である。彼も波平を連れて漁に出ていた。

「もう帰って来ぅに。そう焦らんでも」

波平はそう言いながら釣り糸を手繰り、ひょいと引き上げた。

「こいつぁ豪気《ごうぎ》じゃ。手応え十分と思うとったで」

釣り上げられ胴の間に落ちたのは一尺に余ろうかという黒鯛である。

「脇の頭よ。こりゃあ忠助さまのとこじゃのう」

ず
だ。

「気を使わんでええ。おかんのとこへ持って帰《い》ねえや」

顕忠は気の無さそうな返事である。彼の頭の中はそれどころではないのだ。漁に出る気もしなかったのだが、さりとて為すすべもなく、波平の誘うままに出て来たものの、心ここにあらずだ。

顕忠が脇屋義助備前到着の報を聞いたのは今朝だ。折悪しく大島の重平は他出して留守だ。直ぐにでも大島の臨戦配備を整えなければ。気が急《せ》く。

重平の読みを聞いてはいる。彼は伊予の動きを対岸の事と気軽に考えている風だった。それで済むものなのか。

脇屋義助の行き先は伊予の国府を措《お》いて他には無い。国府には国司の四条有資、守護として大館左馬之助氏明がいる。氏明は新田に従っていた歴戦の武将だ。忽那《くつな》にあった西征将軍宮九州下向の後、伊予近辺の宮方指令は四条有資から出ている。地理的にも国府の位置は、四国及び海の向こうの中国をにらむに最適の地だ。

その国府は、伊予大島の目と鼻の先といっていいくらい近い。それに、合戦ともなれば当然備後、安芸の武家方が伊予に押し寄せて来る。彼等が島伝いに来るのは必定と思われる。途中の島に宮方がある。加えて、大島は、武家方の小早川氏平が三分の一地頭職を持っている。大島を拠点とすることは十分考えられる。野島衆が、武家方宮方いずれに付くにせよ、事の差し迫っている現在、早急な戦闘準備が必要ではないか。だが、頭の重平がいなければ、誰もそれを下令出来ない。顕忠が苛立っているのはそこだ。重平の下令があればこそ、野島衆は顕忠に従って手足の如く動いてくれる。それがなかったら顕忠は只の他所者である。顕忠は重平の主立った手下《てか》に一応の動員の手筈を持ちかけたが、

「要らざることをせんでも。お頭の声がかかりゃあ、直ぐに間に合うことよ。それに、わしらぁお頭から、若しものことがあろうなぞ、何も聞いとらんど」

異口同音の答えが返って来た。

大島の対岸、伊予の道前には宮方の武将が居ることは居る。だが何といっても、河野の勢力は強い。道後から河野の本隊が押し出せば一たまりもないだろう。忽那は当然、来島の瀬戸の制圧に乗り出すだろう。そこを大島から安芸武家方の小早川が衝く。

そこへ野島衆が宮方として加われば、当然小早川と大島内で戦うことになる。それを嫌えば、武家方となって忽那と海上で一戦となるだろう。だが重平が忽那に敵対するとは思えない。ならばこそ小早川へ備えが。

考えはどうしてもそこへ落ち着く。だが、今は何も出来ないのだ。

「そろそろ引き揚げるか。沖釣りが帰って来る」

戸代の鼻から姿を見せた船を見て顕忠は糸を手繰り始めた。漁に熱中出来ないのだ。

「待てよ。ありゃあお頭の船じゃ」

顕忠の声で横を向いた波平はそう言いながら小手をかざしてすかし見る。陽はそれ程低くは無い。顕忠はそれにも気がつかない風だ。

「今時分引き揚げる奴がおろうかい。ありゃあお頭よ。漕いどるなぁ権《ごん》じゃ」

顕忠の遠目も良く利くが、波平はもっと良く見える。言われてみればそうかなと思う。

「迎えに行くか」

「うんにゃ。要らざることをして、機嫌が悪ぅなろうて」

「何故じゃ」

「お頭の出入りは誰も気がつかん顔をすることになっとる」

そういえば、長い付き合いだが、重平が宮窪から船で出入りする姿を顕忠は一度も目にしたことはない。それっきり波平は説明しない。大分たって顕忠は、

「ふーん」

間の抜けた頷き方をした。それ以上聞いても無駄と悟ったからだ。

船が近付く間に波平は更に二匹釣り上げた。

「今日は、わしの針に掛かるべき奴が、すべて波平に掛かるようじゃ」

負け惜しみに似た。それ程顕忠の方は不漁だった。

船が近付き、重平は直ぐ傍まで漕ぎ寄せてきた。

波平に、釣れたかと声を掛け、顕忠には、

「仕舞うたらうちへ来いや。一杯やろう」

そう言い残して船を浜へ向けた。


ひさしぶり酒を汲み交わしながら、重平は暫らく漁の話を続けた。帰りに沖釣りの連中の間を見て廻り、漁獲の高を聞いて帰ったようだった。

「じゅうべさぁ、わしに何ぞ話があるんじゃろ」

顕忠が盃を置き、坐り直した。

重平の癖だ。重要な話の時は何時も世間話を長々とする。顕忠はそう思っている。自分の方から切りだそうとじりじりしていたのだが、一応水を向けた。

重平は盃を離そうとはせず笑っている。

「まあな。そういっさんきに急かすな」

「合戦の手配りじゃろ。わしはそれが気になって気になって。じゅうべさぁが居らんけりゃ何も始めようがないじゃろぅが」

「合戦の手配りとは、何ぞあったんかいの」

重平はからかい気味に言う。

「長い留守じゃったが、じゆうべさぁは、刑部の卿にでも会うとったんか」

顕忠も負けずにからかった。

「刑部の卿とは脇屋の大将のことか」

「そうなっとるらしい」

「脇屋の大将なら今、児島の佐々木が所よ」

児島の佐々木とは、飽浦信胤のことである。小豆島を制圧した信胤は、本拠の児島に脇屋の軍勢を迎えたようだ。

「佐々木の船汰《ふなぞろ》えもそろそろ終わる頃じゃ。脇屋の伊予入りも間近じゃろぅて」

重平はこの様な重大事を、まるで世間話の様にさらりと言う。

「そのようなのんきなこと言うとる段か。他人事じゃなかろう」

「顕さぁ、何をそのようにいきっとる」

「脇屋の軍勢が伊予到着ということは、武家方との合戦が始まるいぅことじゃろぅ。この大島も只じゃ済むまいが。じゅうべさぁがどっちにつくかわしは分からん。どっちでもええ。じゃが手配りは要ろうが。それをどうして急がんのか、今夜、明日にでもどこぞの軍勢が押し寄せて来たんじゃ間に合わん」

「落ち着けよ、顕さぁ。未だ何処も動きゃあせん。動いたら使いが来る。それからで遅ぅはない、こっちが動くのはのぅ」

「使い言ぅてどこからじゃ」

顕忠は重平がどこからの敵を想定しているのか、それを早く知りたかった。

重平は何故かその時言いよどんだ。そして表情が堅くなり、じろりと鋭い目で顕忠を見すえた。その目の光に顕忠はたじろぎ、次の言葉が出ない。何だ。何が気に障ったのだ。そう言おうとして、言葉にならなかった。だが、重平は直ぐ表情を元に戻し、

「船のあるところどこでも、報せてくれるもんは居るで」

語調もこれまでに変わらなかった。

「なあ顕さぁ、近い合戦じゃあこの大島にゃ何事も起きんて。顕さぁが逸るのも無理はない思ぅがの。まあ、聞けぇや」

重平は顕忠に酒を勧める。

それから重平は、じっくりと情勢を分析して聞かせた。

安芸の小早川氏平は今、備後の宮方と事を構えていて、合戦に間に合うかどうか。動いても、生口島が立ちはだかる。ここに篭もる広沢五郎、生口は抜けまい。島伝いは先ず無理。中国側から海を渡って来る武家方は、それだけでは侵攻は難しい。脇屋下向の噂はもう知れ渡ってい

る。伊予の宮方の下に集まる軍勢は日に日にふくらんでいる筈だ。既に国人、野伏の類が国府を目指して続々と、引きも切らないというような話もある。武家方の主力は何といっても細川である。讃岐の細川頼春は阿波の守護から移って来て、阿波には細川の本家、清氏が入ったが、清氏は都にも兵を出し、地元の阿波では、名東郡の小笠原、祖谷郷の菅生始め、阿波内の宮方の対応に追われていて、伊予侵攻の後詰めは難しい。当面、武家方の主力は讃岐勢だけということになろう。地元の武家方棟梁河野善恵はというと、これは動くまいというのが重平の見通しだった。先に忽那《くつな》へ攻め込んだのは、細川の催促がきびしいので、伊予本土とは関係のない忽那を攻めた体裁にしたに過ぎない。宮方と戦っている形は示しておこうという算段からだ。同じ武家方といっても、河野は細川の野心を恐れている。細川の野心とは四国全土を我が手に収める事だ。武家方総師足利尊氏への義理もあり、宮方を攻略しなければならない立場の河野だが、伊予の宮方は細川の伊予侵攻の砦となっている。それを背後から襲うことは細川を利する以外何の意味もない。国府の宮方を破ったとすればその後細川は、恐らく伊予の道前、道後へと雪崩込んで来るに違いない。その細川にしても、今直ぐでは讃岐勢単独で打って出る自信はなかろう。脇屋義助入府を護送する、児島の佐々木の大船団を予想すれば迂闊《うかつ》には動けない筈だ。

忽那を発向、九州へ西下なされた征西宮懐良親王は今、日向の五辻宮の許にある。近々そこより薩摩に向かわれる。

「じゅうべさぁ、おんし、どうしてそれを知っている」

顕忠は驚きの声を上げた。

「重範殿が日向から密かに帰って、また出て行った。こんだぁ（今度は）警固《けご》じゃのぅて合戦よ。薩摩の山川の浦から上がって谷山までは陸《おか》じゃ」

「忽那がそれを注進して来たのか」

「うんにゃ。そのような大事を洩らすこたぁない。じゃが、忽那の動きならわしの耳には入って来る」

「忽那だけで薩摩の合戦が出来るのか」

「うんにゃ。熊野が、もう疾うに日向へ向かっておるわ。脇屋の警固で紀州田辺を出た熊野衆は、三百余りの軍船で沼島まで、紀伊水道を埋めんばかりに堂々の陣形じゃったげな。阿波はそれに見とれとっただけよ。したが、それとは違ごうた一団が、土佐沖へ向うたのは誰も気付いちゃおるまいて」

重平はそれ以上の説明はしなかった。とにかく、九州が未だそのような状態で、征西宮が、薩摩を平定し、北上して北九州の太宰府へ入られるのには、まだまだ時間がかかる。宮方が九州と四国相呼応して反撃に出るのは当分先のこととなろう。つまりそれまでは、伊予、中国での大会戦は先ずあるまい。

それが重平の読みであった。

「顕さあ、あわてるこたぁ要らん。したが、どっちにしろ、合戦になってものぅ、わしは野島のもんを一人も出しゃあせんつもりよ」

「どういうことじゃ。誰ぞ攻め込んで来たら何とする」

「逃げる。ここに居らんけりゃぁ、何事ものう済むじゃろう」

「分からん。じゅうべさぁの言うこと、分からんぞ」

「野島はのう、余程切羽詰まった時でのぅては戦はせん」

「忽那《くつな》へは度々合力して戦ぅたじゃないか。そうじゃ、わしが塩飽にいた時も手下《てか》を送ってくれたぞ」

「忽那は元、野島と同類よ。その難儀のためなら血も流す。塩飽はのう、義弘殿に合力を頼んで来た。それが叶わざったけえ、野島を送ったが、ありゃあ塩飽のためじゃのぅて、顕さぁ、おんしのためじゃった。おんしは、野島と同じと皆んなが思ぅとるけえの。それで義弘殿の義理もいくらか立つ。塩飽のためだけじゃ動かん」

野島は野島のため以外は動かぬ。更に、無益の戦いならこれを避けるのだという。大島で戦っても益はない。逃げておいて、ほとぼりが醒めてから帰って来れば何事もなかったのと同じ、なまじっか抵抗すれば、命を落とす者も出れば、僅かな畑地も浦辺も船も荒らされるだけだ。船で逃げておれば、戻ってからの生計《たつき》は容易である。先程も言ったように、侵攻の恐れがあれば必ず報せが来る。それから皆を逃がす。重平は力みもせず、淡々と話すのだった。

「忽那が国府へ軍勢を出せば、野島に声をかけて来よう」

「忽那も今は、出しても精々来島の瀬戸止まりか。後詰でにらみを利かすくらいの働きしか出来まい。役には立たんが、中途《なかと》、務司《むし》が居るだけで心強ぅもあろう。わざわざ野島を呼ぶこともない」

来島の瀬戸に浮かぶ中途、務司の両島には村上の残党が今も居るが、これは戦力にはならない。忽那の邪魔をしない限り、武家方から見れば、渦潮の要衝にある二つの城は無言の圧力になる筈だと重平は言う。

「若しものことがあれば、じゅうべさぁも逃げるつもりか」

「おお、逃げるで」

「この屋敷が荒らされてもか」

「誰もおらんのに、まさか火もつけまい。軍勢が入ったとしても、何時かは出て行く。ここは大島庄じゃ」

顕忠は嘆息した。

「未だ、得心はいかんが、わしもじゅうべさぁのお伴するしかないか」

「先走らんでええて。ま、そういうことにゃならんて。顕さぁがあんまり言うで、突き詰めりゃあこういうことと、言ぅてみたまでのことよ」

重平は笑って見せたが、顕忠にはその笑いが、如何にもわざとらしく思えてならなかった。

まあ飲もうと重平は酒を勧める。三ばい四はいと飲み干し、気になる顕忠はまたしてもそれを口にした。

「じゆうべさぁ、わしに話がある言うたんは、未だ別にあるんじゃろう」

重平は否定も肯定もしなかった。黙って酒を汲み、気の重そうな様子であった。

「余程言い難いことか」

二度三度顕忠が催促して、彼はようやく口を開いた。

「あのなあ顕さぁ、こういう世の中の動きじゃ。これを汐に、顕さぁは下司に戻らんかい」

「何、それ、わしと手を切ろうと言ぅことか」

「そうじゃない。じゃが、おんしもええ歳になった、わしらのような漁師ずれと、何時までも遊んどる訳にゃいくまい。大島庄の下司職に戻ったらええ」

「情け無いことを言ぅてくれるのう。下司は弟が継いどる。わしがそれを捨てたを承知で、じゅうべさぁはわしを仲間として扱ぅてくれていた。今更それはないじゃろ」

「分かっとる。それを承知で言うんじゃよ。顕さぁが下司に戻れば、弟御は醍醐寺に呼んでもらえる。顕さぁも合戦等とは縁が無うなろう。平穏もええもんじゃぞ」

「忠助に頼まれたのか」

「ま、それもあるが、わしにも面倒な思案があってのう」

どうも重平の声は重かった。顕忠はそれを、弟忠助の頼みを断り切れず、自分の本音でもないところから来る屈託と理解した。

「分かった。じゆうべさぁは、わしと忠助の板挟みで、強ぅも言えんのじゃろうが、じゆぅべさの都合が悪けりゃあ、わしはこの大島から出て行こう。したが、わしはもう武士になったつもりでいる。そうじゃ、わしは先に言ぅたことがあろう。丁度ええ汐じゃ。この際わしは、唯今から北畠大膳大夫顕忠に名乗りを変える。じゆうべさぁもそのつもりでおってくれ」

重平は苦笑の色を浮かべたが、直ぐ真顔になって、

「相分かった、北畠殿。したが大島を出て行く必要はない。北畠殿は重平にとって大切の人じゃ。如何なる事態が出来《しゅったい》しょうとも」

武士風の言葉に改め、重々しく言った。

「じゃあ、これまでどおりでええんじゃな」

「わしにとって、顕さぁは何時までも顕さぁじゃ」

だがその声は何となく力が無く、表情に苦渋の色を見せた。どことなく苛立たしそうにも、屈託するもののあるようにも見受けられた。

顕忠は彼の表情の変化で、未だ何かあるとは察した。だが、それ以上追求する言葉がなかった。口にすれば信義を疑うことにも成り兼ねない。それは出来ぬことだ。

「本当にそう思ぅておってええんじゃな」

彼も声を落とした。

「くどいで、顕さぁ」

重平は怒り声になった。


顕忠は波平を連れて余所へ出掛けた。弟忠助の依頼である。余所の漁夫と庄民とのいざこざの仲裁だ。波平は忠実な手下《てか》になった。母一人子一人の暮らしで、母に手はかからぬと言って、何くれとなく顕忠の世話をしてくれる。それに、野伏仲間で過ごした間の苦労で度胸も座り、力も付き、人間関係のとりなし方も身につけている。一旦は野島を離れ、野島衆の中で浮いた存在になることを心配して、自分の手下にと重平から請い受けてやったのだが、短時日のうちに、顕忠の方が扶けられているような存在になっていた。

漁夫の方は野島衆の者だったから、波平の周旋《しゅうせん》で事は簡単に済んだ。だが、双方を相対させるまでに意外な時間を取られ、日暮近くとなって、漁夫の方はわざわざ宮窪から来てくれたのだからと酒の支度をするし、結局一晩厄介になってしまった。

　重平と何となく気まずい別れ方だったその翌日だけに、余所《よそう》へ出張ったのは、顕忠にとって良い気分転換になったようだった。じゆうべさぁの言葉を素直に受け止めればそれでいいんだ。何も変わりはせぬ。そこに気持ちが落ち着いていた。

　ひる前に宮窪の浜へ帰り着くと重平の手下が走り寄って来た。直ぐ屋敷へ行けと言う。お頭が二人を呼んでいるということだった。

　波平と二人を呼ぶというのが一寸解せなかった。はてと思案しても思い当たる節は無い。波平に聞いたが、彼にも見当は付かないようだった。

　屋敷では重平の他に、侍烏帽子に素襖《すおう》姿の二人の男が、顕忠、波平を待っていた。

　重平は機嫌が良かった。

　鎌刈の時光、背戸庫吉、二人の男は重平の紹介でそう名乗った。重平は顕忠を、北畠大膳大夫顕忠と紹介した。波平を顕忠の手下とは言わず、野島の波平と言った。

「時光《じこう》殿はわしと縁のある人よ。早速じゃが顕さぁ、手下を十二、三連れて、時光殿の合力に出てはくれまいか」

「合戦か」

重平に言って、視線を時光へ向けた顕忠に、

「合戦ではおざらぬ。警固《けご》じゃ」

時光が答えた。

「じゅうべさぁが請けた仕事、わしに否やのあろぅ筈はなかろぅ」

顕忠は重平に微笑を送った。これで元通りだと嬉しかったのである。

「急なことで申し訳ないが、明日の夕べ申の下刻までに鎌刈に到着して頂きたい」

「鎌刈」

顕忠は反問した。鎌刈の島は知っているが、未だ船で乗り入れたことはない。

「後でわしから詳しゅぅ」

重平が口を入れた。

「左様ならば、わし達はこれで」

時光が腰を浮かせた。

「もう行かれるか」

「乗組みの目途がつけば、支度が急がれて」

「ではまた、いずれゆるりと」

二人は立ち上がった。

武士の姿はしているが、どうも違った匂いがする。顕忠はそう思ったが、その正体の見当が付かなかった。やはり海賊なのであろうか。

彼等が辞した後、

「聞いたこともない名じゃろぅが、あれで仲々の者よ。瀬戸の内じゃあんまり姿を見せんけえ、顕さぁが知らんのも無理はない。したが、今度の警固は面白いで。わしにもはっきりは分からんのじゃが、顕さぁが時光に付いて行って、まあ、損にはならんじゃろぅ。そう思ぅての、二つ返事で引き受けたのよ。手下《てか》にはこれから触れを出して、支度をさせておく。明日、波平を迎えにやる。それまで顕さぁはゆっくり休めえや。今度のはそう短ぅは済まんぞ」

「長いのか」

「分からんが、とにかく三日や四日じゃ済まんのは確かじゃろぅて」

「何処まで行くんじゃ」

「時光も分からんと言ぅとった」

「得体の知れんことじゃのぅ」

「時光は信頼しとって大丈夫じゃ。唯、警固は警固じゃけえの、万一は何処の警固でも同じことよ」

「それは分かっとる」

不得要領なやり取りだったが、顕忠は、重平が再び自分を警固《けご》の宰領として出してくれたことに満足していて、他の事はさして気にならなかった。とにかく警固として船に乗り、且つ、先程の時光のように、俺もこれからは武士なのだ、彼の気分は昂揚していた。重平が北畠と紹介したことは、彼もそれを認めたのだ。それが嬉しかった。

鎌刈は斎灘に面した安芸の国の島だ。伊予人でここに住み付いた者も多い。瀬戸の内の島々の住人達は、陸地に住む人達のようには、伊予と安芸の国には拘らず交流が盛んだったようだ。顕忠はこの島の沖は度々航行し、島の存在は知っていたが、一度も立ち寄ったことはない。波平の方は何度か訪れたことがあると言う。だがその彼も、時光《じこう》の名は知らなかった。

重平が付けてくれた手下《てか》は、野島衆の中の最精鋭といっていい剛の者ばかり十二人だった。それに波平を加え十三人の宰領が顕忠だ。人数こそ少ないが、手下の顔触れに顕忠は感激した。と同時に疑問も持った。この者達の殆どは、忽那《くつな》への合力の際には加えられなかった。重平が動く時のみ従う手下である。または重平の代役を務める。この頭株の手下達の総力を何故俺に預けた。更には、俺達の留守の間はどうするのだ。有事の際は皆を島の外へ逃がすと言ったが、本気でそのつもりなのか。それで、力量のある手下も必要ないということなのか。

宮窪出船の時、重平は浜に姿を見せなかった。立ち働いている浜の者が手を振って見送ってくれた。これは出船に対する挨拶で日常の事だ。顕忠達の船出の行き先を知っている風はなかった。重平が姿を見せなかったのは、他の者の関心を逸らせるためのように思われた。

鎌刈では運送船のような大きな船が待っていた。船腹に下ろされた縄梯子を上り、船内を目にして驚いた。水手《かこ》風の男達が三十人余り、顕忠達と同じ警固と見える者達が十五人、背戸庫吉《せどのくらよし》はどうやら梶取《かんどり》のようだった。水手と同じいでたちで何やら大声で指図している。

人数の多さに戸惑っている顕忠の前に、帆柱の陰から異様な風体の男が現われ近付いて来た。

「ようおざった。恃《たの》みに思ぅておじゃるぞ」

鎌刈の時光《じこう》である。重平の屋敷で出会った素襖姿の時光とはまるで別人の様に見える。小袖の重ね着、それも詰め袖、顕忠にはその様に見えた。その表の方は、まるで女物のように華やかな色と模様で埋まっている。更にその上に、ゆったりとした手無しを羽織っている。それを何と呼ぶのか知らないが、自分達が用いている手無しと形態が同じだからそう思ったのだが、これがまた変わっていた。何という生地か知らないが、やたらと金糸銀糸が用いられていてきらきらと光っていた。それには前紐が付いていてこれも金色。時光が後向きになった時、分かったのだが、その手無しの背には背中いっぱいの大きさに黒い丸が描かれ、その中の白地に鎌が二つ交差して描かれてあった。顕忠は知らなかったが陣羽織に似たようなものだ。

その姿の頭には侍烏帽子。腰には太い紐というか細い帯というか、真白い腰縄の様なものを巻き着け、そこへ大刀をぶちこんでいる。顕忠には珍妙としか思えなかった。彼は、都で傾《かぶ》けと呼ばれる派手な衣装が流行っていることも知らないし、見たこともない。時光はその傾《かぶ》きものを気取っているようだったが、それにしても、小袖の詰め袖は、顕忠でなくとも妙に感じただろう。これは船上での機能的な要求のためのものかも知れない。

「見ての通りだ、ちと息苦しいがしばらく辛抱されよ」

かなり大きな船だが乗員が溢れかえっているのだ。時光は後を振り返って顎をしゃくって見せた。

乗って来た船は島の者が浜へ回送してくれた。艫《とも》に繋いだ伝馬船を残し、他の小舟もみな浜へ返し、船は碇を揚げた。櫓を下ろし漕ぎはじめ、やがて帆が張られた。

風をはらんだ帆を見届けて、

「ま、あなたへ」

時光は箱のような船室を指した。

「夕餉らしきものも配られて来よぅ程に」

彼は顕忠と波平は別格に扱うつもりらしかった。

「北畠殿は」

時光はそう呼び掛けた。

「広い海を御存じか。どこまで行っても、果てのない水と雲だけの青海原《うなばら》を」

「はて、そのような海、見たことはおざらぬが。赤間関から和泉の堺まで、たいていの海なら存じおり申すが」

「ふえっふえっ、へへへへ」

時光は奇妙な笑い声を放った。

「それは海と申すより箱庭の水と申すもの」

「何と、箱庭の水と申されるか。なれど、一度風が巻き起これば、怒涛となって白い波頭は牙をむいて船に襲いかかり申す。風はなくとも、瀬戸には大渦、仲々に箱庭の水とはいき申さぬ」

「いやいや、波や潮の騒ぐを言ぅに非ず。広さじゃよ。船を走らせ、幾日経っても島影一つ見えず、船は一つ所に止まっているかの様に思える、その様な広さにおざるよ」

顕忠と波平は黙って顔を見合わせた。

「此度の警固《けご》は、その海へ乗り入れるものと思われよ」

ややあって、波平が恐る恐る尋ねた。

「若しや、この船は唐の国へ」

時光はまたもや奇妙な笑い声を上げる。

「大唐は昔。それが元《げん》となり、今は明《みん》と申す。ま、それでも唐《から》の国で通用はしておる。唐土というは広い。こたびの行く手は唐土の中でもずんと南に下がったところ。ほとんど通う者もおらぬ。船もこの船ではない。これの二倍以上はあろうかの。顕忠殿、その様な大船の動かし様、とくと見ておかれて損はあるまい」

「忽ちにはこの船でも吾等には縁の無きものに思われまするが、その様な大船、乗るだけでも話の種かと心得申す。なれど、島影も無き海原にその様な大船、何故に警固《けご》が必要か。広大な海原なれば、不審な船を遥か彼方で見付けるのも容易でおざろぅ。されば、これを回避するのは造作もないことと心得るが」

「そこよ。箱庭の中で逃げ廻るのとは違う。恐れるのは海賊船におざるが、余りに遠くてはそれか否か見分けは付き難く、仮にそこで逃げて大きく転針すれば航路も大きく外れる。さすれば航海の日数も違ぅて来る。さすれば面倒も起きて来る。襲って来る者は航路を良く知っている上に船脚が速い。余程大きく転針しない限り振り切るのは難しい。吾等の乗船する船は、積み荷が多くて船脚は遅い。航路を変えなければ、海賊共に横着けされることとなる。お分かりであろう。船の上で合戦じゃ」

顕忠も波平も黙って聞いている。二人は船戦《ふないくさ》には馴れている。だが、大船を横着けしての戦闘となればひどく勝手が違いそうな気がする。船の上での戦いであればこれは同じこと。だが、大船同士、船を走らせながらの横着けはそれだけで大変な危険を伴う。それに、賊船に乗り込んだとして、万一斬り立てられたとして、海へ逃れるすべはない。この辺りの海であれば、島なり陸地なりに泳ぎ着ける。大海原では、海へ逃れるとは死を意味するだろう。顕忠はそんなことを思っていた。波平は何を考えていたのか、不意に顔を上げ笑って言った。

「得心におじゃる。して、その賊共は吾等の後を追ぅて来るのか、帰りを待ち伏せるのか、いずれにしても、九州あたりに巣食う者におざりましょぅな」

「いやいや、それは違う」

「はて、松浦《まつら》が高麗を掠め、海上にても船を襲うと聞き及び申しておるが、その類にはおざらぬか」

松浦とは北九州の松浦党のことである。だが高麗を掠めるのは松浦ばかりではない。周防、安芸、伊予、そのあたりの名もなき海賊で高麗に出かける者は少なくない。だが彼等も一様に、一応は交易に出掛けるのだが、彼の地の賊が倭人と偽って劫略《ごうりゃく》を働き、官の役人がそれと知らず、やって来た交易の倭人を襲撃して交戦になるとか、彼の地の賊と交易船が交戦するとか、そうしたことが重なり、次には始めから強奪目的で船を出す者もいるといった状況で、真偽の不明なものも多かったようだ。

「いや、それはない。襲って来るのは、高麗船、唐船、えすぱにあ船、大体この三つだ。松浦にせよ、周防、安芸等の賊船では、玄海灘をわたり高麗の岸伝いの航行が関の山。とてものこと、南の大海原には乗り出せぬ」

「その、えすぱとは何処の船におざる」

顕忠が聞きとがめた。

「えすぱにあ。身共もそう聞かされただけで、何処と問われても困り申すが、何でも、遠い遠い西の果ての国とか」

「此度、吾等が行くところよりも、もっと遠ゆぅおざるか」

「その幾層倍もあるそうな。そこから吾等が行くところまで辿り着くのに半年以上もかかるそうなが、ま、それは措いといて、未だあるぞよ」

「何が」

「襲ぅて来るは海賊だけではない。大明の官船じゃ。相手にしてさしたることもないが何せ、五はい六ぱいと大船が組んで来る」

「襲われたことがおありか」

「わしは未だない。聞かされただけよ」

「何故に官船が海賊のまねを」

「取り締まりよ。官の許した者以外交易は出来ぬ。その目をかすめる故にな」

「掟破りか」

「そう言う言いようが出来ぬでもないが、なあに出先の官人が、官符《かんぷ》とやらを渡してそれで許しを得たことになるのじゃが、それを得るためには莫大な貢物《みつぎもの》が要る。それ等は官人の懐に入るだけで彼の国の官の物とはならぬ。馬鹿々々しいから官の目をかすめようとする者が増えるのじゃよ」

「ではわし等の警固《けご》は悪事の加担か」

「それは違うぞ。双方共に潤う商いじゃ。官の名をかさに着て私服を肥やす非道な輩《やから》の言いなりにならぬだけぞ」

どこまでが信のおける話なのか顕忠には見当がつかない。半信半疑の思いがないでもないのは、相手が珍妙というべき服装を身に着けているせいかも知れなかった。ま、船路の徒然《つれづれ》の酒飲み話と聞けば腹も立たぬが、そんな気持ちでもあった。それに時光という男、何としても重平が信をおいている相手だ、顕忠はそうも思うのだった。

斎灘から伊予灘を抜けて周防灘に入り、国東の沖で転針、国東に添って南下、半島の基底部にある豊後高田の浦に着いたのは明け方であった。

大きな入江に三艘の大船が浮かんでいた。時光の船が小早程にも感じられる大きさに見えた。帆柱が二本立っている。更に舳先近くに小さな帆柱のようなものが見える。その下に下ろされた帆と見えるものがあるから、やはり帆柱だろう。近ずく程にその大きさに目を見はらせられた。

「千石積みもあろうか」

腕を組んで、驚嘆の眼差しを向けていた顕忠がつぶやく。

「何の、その上、三百か、五百はあろうか。わしもしかとは知らぬが、赤間関、尾道の津あたりで見た千石積みより、一回りは大きい」

時光はにんまりとして言った。

「この様な船、噂にも聞いたことがないが」

「そうでおざろうな。走り初めて未だ半年、それに、周防灘と玄界灘より他で見られることはない。それも、夜の内に走り抜けるで、人目に触れることも少ない。浦の者は口を噤《つぐ》うでおる。世に知られるのには時がかかろぅて」

「外の海のみに使ぅてか」

「そのことは、お屋形殿から聞かされよう」

「お屋形殿とは」

「吾らに警固《けご》を頼うで下されたお人。荷主でもあり、この船団の総宰領でもある。もう直きじゃ、そのお人に目通りするのは。北畠殿のその目で得心されるが良かろぅぞ」

大船の船腹に横着けさせた時光は、顕忠、波平、庫吉の三人を伴って縄梯子を上った。船の者が上から手を差し伸べて、引き上げる様にして舷《ふなばた》を越えさせてくれ、船室へと導いた。

船室は広くゆったりしていたが、中程に大きな板に四本の脚をつけたものが置かれ、その前に一人の人物が座っていた。丁度、床几に腰を掛けた具合だが、床几より高く、脚が四本あり、背もたれの格好の物が付いている。それと分かったのは、その人物が腰を下ろしている物と同じものが、これも脚のある大板の前に四つ並べて置かれていたからだ。その大板は机なのであろうが、その大きさと高さが机と思わせない。その人物は、素襖らしきものを身に着けているのだが、その上から蓑《みの》の形に似た物を羽織っている。黒い布で造られた物のようだ。更に頭には、鍋を伏せた様な形の帽子を載せていた。その扮装《いでたち》といい、船室の道具といい、顕忠と波平は肝を潰した態で、息を飲み込んでいた。

「北畠顕忠殿、野島の波平殿におざる。両人共に海の達者、外海《そとうみ》は初めてなれど、如何様にも役に立ち申すお人におざる」

「如何にも、面魂、気に入り申した」

時光の紹介にそう答え、大板の向こうの人物は腰を上げた。

「宇佐の宗勘《そうかん》におざる」

柔らかい口調で名乗った彼は、四人に腰を下ろすよう掌を返した会釈で勧めた。四人が腰を掛けると、案内して来た男はその後に立った。

「さてと、手短に申し上げておく」

柔らかい口調なのにきびきびとした感じの物言いだ。歳の頃は四十路《よそじ》余りか。これが時光の言うお屋形殿だろう。思っていたより威圧感はなかったが、その扮装のせいか、顕忠も波平も身を固くして、無言で聞き入るだけだった。

「行く先は大唐のさる島とのみ申し上げておく。そう呼び馴らされておる故。唐土と申しても滅多にこちらよりは人の行かぬ遠い南におざる。日数は風次第と申し上げておこう。所用は交易。方々に頼ぅだ警固《けご》は、要るやも知れず要らぬやも知れず。警固料は、方々には一人五貫文、手下《てか》には一人五百文。事ある際はそれぞれ、その倍といたす。この高田より立ち去られる折お渡し申そう。命を落した者にはその身内に必ず届け申す」

「事ある際とは如何なる」

顕忠は難破《なんぱ》の際のことを尋ねたつもりだった。宗勘は一寸眉をひそめ、時光に視線を移したが直ぐに顕忠に視線を戻し、

「警固の仕事、合戦のこと」

そう言ってまた、時光の顔に視線を移した。その話は伝えていないのかと、とがめる風に見えた。顕忠はあわてて語を継いだ。

「それは承知、難破の場合も同じかと」

「それはこれから、但しと申し上げるつもりであった。難破の際は、残る積み荷によって応分に。船の傷みは船主のかぶるもの故、それの損害に関わりなく残った積み荷により申す。積み荷をすべて失った際は、警固料は無いものと思われよ。如何、これにて契約願え申すかな」

顕忠と波平は顔を見合わせた。悪くはない。だが、手下達がどう言うか。彼等は、異国への航海とは露知らぬ筈である。

その顕忠の思いを察したかのように、時光が口を開いた。

「顕忠殿、野島の衆は今頃、わしの手の者から異国への船路のこと聞かされていよう。否やがあれば、もうここまで駆け上って来る頃じゃ。その気配のないところを見れば、得心と見え申すぞ。即答されて差し支えなしと思われるが」

顕忠は波平に良いかと尋ね、彼は頷いた。

「請け申す。よしなに」

宗勘は表情を崩さず続けた。

「祝着。出船は半刻後。顕忠殿、波平殿、野島の衆は二番船に。顕忠殿は船長《ふなおさ》じゃが、船のことは全て梶取《かんどり》にお任せ願う。船長の仕事は合戦の指図、その折は梶取を十分に使ぅて船を操られたい。荷役は一切、乗組みの水手《かこ》の手で。野島衆は荷役以外の水手の仕事は手伝われよ。従って、この高田に帰って来るまで、陸《おか》の土は踏めないものと心得られたい。二番船の梶取を引き合わせ申そう」

宗勘は後に立っている男を手招いた。

「臼多と申す。異国通いはこれで六度目になり申す」

男は黙って頭を下げた。

「一番船にはわしが、三番船には時光殿、船同士の合図は全て梶取《かんどり》が承知。何かお尋ねの儀があれば」

「別段これ無く」

顕忠が代表して答えた格好になった。

「然らば、それぞれの船に乗り込まれよ。時光殿は二番船まで御足労願おう。野鳥の衆とこの臼多を」

鎌刈の伝馬船で送れということだ。

「承知仕った」

宗勘は終始物やわらかい語調なのに、無駄もなくそつもない、扮装に似合わず面白気のない人物だと顕忠は思った。だがこの取り決め方は、実に明快で手早く気持ちがいいとも思った。それにしても、変わったお人だと思う。顕忠は自分の周囲を思い浮かべて、何事もあいまいなまま済ませて行くことに馴れ過ぎているように思った。

大船は夜以外出入りしないと時光は言ったが、船団は白昼堂々、碇を上げて出帆した。梶取の臼多に尋ねたが、彼もこれは初めてだと首をひねっていた。

顕忠波平を初め野島の者は、帆の張り方に興味を持った。小船とはまるで扱い方が違う。それに、驚いたのは、帆は布でつくられていた。臼多に尋ねると木綿だと言う。木綿を知らないではないが、高麗から運ばれる綿布は未だ貴重品で、一般の者が惜し気もなく使えるものではない。船の帆といえば昔ながらの蓆《むしろ》帆が大半である。綿布の帆は風のはらみ様が違っていた。大船が周防灘を滑る様に走って行く。舳先の波のけたて方が違った。この速さなら遠い異国までも造作ない様に顕忠は思った。

赤間関の手前で帆を下ろし、櫓方に変わってゆっくり進み、玄界灘に入って帆走。船団は大きな湾の中の島陰に碇を下ろした。その湾の奥が博多の津だと梶取の臼多が教えてくれた。島の向こうと東の方を指差されたが、勿論見えない。

船団の西に陸地が見えるが、船の位置からは取り立てて浜といえるものは見当らないようだ。一番船から伝馬船が下ろされ陸地の一角目指して漕いで行った。かなりな時間があって、伝馬船が海岸の雑木の陰に見えなくなったあたりから、忽然と六艘の艀《はしけ》が船団に向かって来るのが見えた。その艀は、二艘ずつ、一番、二番、三番船へと分かれた。各船の船腹に網が下ろされ、荷が上げられて行く。艀は三度通った。その様を顕忠は飽きもせず眺めていた。村上義弘のことを思い出していたのである。義弘の運送船に警固《けご》で乗り組んだ時も荷役の現場を何度も見た。だがその時の彼は人足の仕事に全然興味はなく、終わるまでの無聊《ぶりょう》を持て余していたものだ。だが此度は違った。何故か自分でも分からなかったが、とにかく面白いと思ったのである。艀一ぱいで船倉がどのくらい埋まるものか、船倉にも下りて見た。梱包された積み荷はその内容は分からない。荷札には符丁が記されているが、勿論その意味が分かる筈もない。それなのに、違う符丁を見比べて、それだけで面白いと興がっていた。向こうの積出地の様も見てみたいものだと思う。

そうした興味とは別に、顕忠が疑問と関心を抱いたのは当然であろう。積み荷は何か、津へ入らないで何故かかる場所で荷役を行なうのか。高田の浦の出入りは夜に限られていると聞いた。ところが此度の出船は朝である。臼多に尋ねても首をひねっていた。だがここへ来て気付いたのだが、高田の出船の時刻は、ここでの荷役の都合ではないかと察しられる。この荷役は暗い夜では難しい。だが、荷役を何故博多の津で行なわないのか。艀が出入りしているあたりに、船の浮かぶ姿は見えない。南のあたりには漁船らしいものがちらほら見えるだけで、近くを航行する船もない。艀の出入りするあたりに、荷の集散地らしい浦が、集落が在るとも見えぬ。積み荷の中身を生産する土地とも思えない。つまり隠密に荷役を行なう手段としてこの場所が選ばれているのだ。それが何故なのか。

「わし等は、お屋形さまの命令通りに動くだけよ。それが何故か、聞くこともないし、それが入り用なこともない」

臼多に尋ねてもそう言って笑うだけだった。臼多は無口に近い男だが、特に無愛想というのでもない。高田を出てから、船の扱い様に関して、顕忠や波平の尋ねることには親切に教えてくれた。他の手下《てか》達の質問にも、厭がりもせず一々答えてやっていた。そのような臼多を見ていると、彼が知らないと言うものは、真実そうであるように思われた。

日没の頃、船団は碇を上げた。船団は西へ針路をとる。

針路が南に変わった時顕忠は、もう玄界灘を抜けたのかと驚いた。彼は南への転針を外洋に出たものと錯覚したのである。だが違っていた。かなり走った頃帆が下ろされ、櫓方に変わった。風が落ちたせいばかりではないようだった。顕忠がそれと気付いたのは、船の両側に、島とも陸《おか》ともつかぬものが見える、明らかに狭い水路と覚えるところに進入を始めたからである。夜目にそこまでは判断出来たが、地理に不案内の顕忠には、今何処を走っているのか見当もつかない。一番船に、しきりと赤い灯火が振られるようになった。後続船への指示だ。それと一番船の舳先で、度々明かりの光るのが見られた。梶取《かんどり》の臼多に尋ねると、

「宇佐の船だと知らせとる。このあたりは松浦《まつら》の巣じゃによって」

松浦とは松浦海賊のことだ。舳先に立てた宇佐の旗に、ああして明かりを当てて見せているのだと言う。夜の闇の中では旗印は見えない。

「このような大船でも襲って来るのか」

「松浦は手馴れている。高麗、元、異国の船は皆大船じゃ。漕ぎ寄せて船に駆け上るのは造作もないこと」

「船諸共《もろとも》乗っ取るのか」

「そのような悪業は働かぬ。ま、関銭というか、警固料《けご》というか、内海の海賊のしているようなものだ。ただ、従わぬ時は荷を奪うて打ち沈める。見せしめじゃ。これも内海海賊と同じじゃ。だが、高麗の浦々を掠める気の荒い者も多い。内海の者より荒っぽいのは確かじゃよ」

宇佐船は事前に手が回してあるという。

狭い水道が長く続き、周りに陸《おか》の見えるのは同じだが、啓《ひら》けた海域に出て、船団はそこで碇を下ろした。

そこで明け方まで仮泊。暁を迎えて艀の一群が船団に向かって来た。

荷役が行なわれたが、ここでは余り時間はかからなかった。艀はその一回だけで終わりだった。各船に四はいから五はいの艀が取り付いていて、浜からの往復がなかったから能率的だった。荷役が終わると同時に船団は碇を上げた。

この大きな入江の奥に伊万里の里があると臼多は教えた。伊万里は陶器の生産地だ。

そこを出て西へ、外洋に出てから五島の沖で南西に針路を定めた。左手の遥か彼方の波間に僅かに頭をのぞかせた島が五島と教えられ、それが視界から消え去り、後は茫々たる海と寞々《ばくばく》たる空のみの世界になった。


興国三年（１３４２）四月二十三日、脇屋刑部卿義助、伊予今張の浦に着到。伊予国司四条有資これを迎えて国府に入った。義助の軍勢の士気は旺盛で、迎えた伊予国守護大館左馬助氏明を始めとした土居、得能等の伊予宮方の軍勢は歓呼の声を挙げた。

同じ日、大島の重平の船は鞆《とも》の浦を出て、近くの走り島の沖合を東へ抜けようとしていた。そこで、南の六島の陰から、次々に姿を現す大船団を目撃した。船の針路は正しく今張の浦と見た。遠くなのでその数は数えられないが、大小合わせて三百は下るまい。

「脇屋の軍勢よ。あれには、飽浦の佐々木もおれば塩飽の光盛もおろう。近頃豪気《ごうぎ》なものよ」

小手をかざしてこの船団を見つめていた重平は、水夫達へ聞かせるでもなく、独りごちた態で言った。

鎌刈の時光に請われるまま、顕忠と手下《てか》を警固に送り出した後大島の重平は野島の者十三人を伴にして、淡路の洲本を目指していた。淡路の「のうし」を尋ねるためだ。

その途次、鞆の浦の前にある仙酔島にある小さな集落を訪れた。そこには彼の従弟にあたる者が漁師の束ねをしている。しばらくぶりの対面に話が弾み、勧められるままに一泊した。急ぐ船路ではない。というより気の重い船旅だった。ここで足踏みするに否やはなかった。

そこで重平は鞆の安国寺の話を聞いた。従弟は仏徒ではないのだが、鞆の金宝寺には時折喜捨をしていたと言う。金宝寺は代々、庶民の零細な喜捨を集めるしきたりで、鞆の浦に寄る船の船頭や乗客にまで熱心に勧進《かんじん》していた。このあたりの漁師からも、一文二文の喜捨を受けていた。それで金宝寺の名を知らない者はいない。ところが三年前、足利尊氏、直義の兄弟が、元弘の変以来の合戦に斃死《へいし》した者達の冥福を祈るために国ごとに安国寺を造立することを決めた。備後国ではここ鞆の金宝寺が選ばれ、堂塔を拡張して安国寺となった。

従弟にとって、それ自体は自分に関わりのあることではない。ただ、世間話として重平に語ったのだが、その口ぶりには、足利尊氏を称賛する気配があった。今、全国が武家方、宮方に分かれて抗争を続けているのだが、それぞれに縁故のある者は別にして、関わりのない一般庶民の間では、武家方の棟梁、足利尊氏の人気は高いのではなかろうか。重平は何となくそう思った。人心を掴むのがうまいのだ。そう思った。最後に勝つのは足利ではないか。そう思われた。どちらに味方しておこぼれに与《あずか》ろう等という気持ちは毛頭ない重平だが、心情的には宮方である。大島庄内の住民であり、皇室領の新居大島、対岸の新居荘とは縁が深い。武家方の勝利を望む気はないが、どうやら足利に歩があるのではなかろうか。政治、軍事に全く関わりのない重平のこれは直感だった。だがそうなれば、少々困ることにならないか。

もう六年になる。延元元年（1336）四月、都で破れ西に逃れていた足利尊氏は、再起東上の途に就いた。この時河野対州入道通盛は、嫡男六郎通朝を連れ、大船団を率いて安芸の隠戸《おんど》の瀬戸にこれを迎えた。この船団の中に村上義弘が加わっていた。その村上船団の一翼を野島衆が担っていたのである。野島衆は勿論重平が宰領していた。

重平はその時のことを思い浮かべた。

その時尊氏は、河野父子と村上義弘を謁見《えっけん》し、親しく声をかけた。そして、水軍の誉《ほま》れ高い伊予船団に、全軍勢の先魁《さきがけ》を命じた。隠戸から尾道の浦へ。尾道では浄土寺に入る尊氏に従って、他の武将と共に河野父子、村上義弘も上陸。尾道から鞆の浦へ。鞆では、備後、備中、出雲、石見、伯耆《ほうき》の勢が馳《は》せ加わった。

この鞆の浦まで伊予船団の中にあった村上義弘はここで足利勢から離脱して伊予に引き返した。伊予経略のためを理由とした。勿論これは最初から対州入道との契約であった。入道としては足利の前で伊予勢の数を誇示したかった。また、伊予の大船団が加われば、足利に組する者は更にふくれ上がる。それが畢境《ひっきょう》、足利への奉公となるのだ。入道はそう言って村上義弘を口説いた。義弘は参戦を拒んでいたのである。結局、鞆の浦までの先魁を務めることで折り合った。鞆の浦での参陣の多さに足利尊氏は満足し、入道も面目が立ち、義弘は伊予国元の押さえに〝離脱〟の名目も受け入れられたのである。

その時村上義弘は重平に語った。

「こたびは人数そろえに島の者を大勢使ぅた。わしはこれ等の者を、合戦で無益に殺しとうはない。己れの島を護るための戦さならば、命を賭《と》さねばなるまい。したが、遠い他国の戦場で、武家方宮方の戦さにどれ程の関わりがあろぅぞ」

村上義弘は河野家の武将の列に加えられている。これは義弘の三代前が河野家より入った関係から一門の扱いとなっているものだ。だが義弘自身は、武将ではなく運送、警固《けご》を業とする海賊であると公言していた。然し、河野家の危急存亡の際は河野の陣列に加わりこれを助ける。これは先々代からの不文律の家憲ともいえるものだ。義弘は何時の場合もその立場を崩さず、武家の名利には恬淡《てんたん》としていた。だが、一度立って戦場に臨《のぞ》んだ時、悪党に船を襲われた時、義弘の剛勇は、猛者ぞろいの手下《てか》達でさえ、心胆を凍らせ目をそむけさせる程の凄まじさであった。並みの海賊ではなかったのである。

今、義弘殿御存生ならば、わしは何も迷うことはないのだが。野島衆を村上党へと差し出せば、あのお方ならお分かり頂けるものを。

ゆくりなくも足利尊氏の評判を聞かされ重平は、それにからまる亡き村上義弘を想い浮かべ、今の我が身に重ねて吐息をついた。

　そして今日、偶然というより、予想しないではなかった脇屋義助の船団を、海上で目の前に見て、伊予の風雲が現実のものとして重くのしかかって来る想いを、改めて実感させられる重平だった。

　西南へ遠ざかる船団を見送りながら重平は、錯綜《さくそう》する複雑な思いで表情を陰らせるばかりであった。

巻の八　伊予の落潮《おちしお》

興国三年五月四日、伊予国府において脇屋刑部卿義助卒去。

先月二十三日に今張浦到着、国府入りを果たした義助だったが、国司四条有資、守護大館左之助等と作戦方針の協議、伊予宮方を始め阿波、土佐、海を越えた中国の宮方への連絡、指令に忙殺される最中、急病で倒れた。国府入りして五日後である。彼はそのまま回復することなく七日過ぎ、無念の思いを残してこの世を去った。

国府では彼の死を秘して葬礼も密《ひそ》かに取り行ない、国府内部でさえ下々の者にはそれと気取らせないよう、ひた隠しに隠した。

大島の重平が脇屋義助の死を知ったのは翌日の夜に入ってからだった。

止んぬるかな。重平は臍《ほぞ》を噛む思いであった。

先月末淡路から帰って来た重平の許へは、伊予の宮方へ参集して来る軍勢の様子、伊予内の武家方の城十余ケ所が戦わずして落去、河野善恵入道通盛も逼塞《ひっそく》の態、中国の宮方が脇屋義助伊予入りの報で活気づき、これも勢を集めて攻勢に出る模様等の知らせばかりだった。そこまでは重平が見通していたものに狂いはなかったのだ。近々、伊予の宮方は讃岐攻めの行動に移るだろうし、中国でもそれに呼応する合戦が始まるだろう。先のことはともかく、脇屋形部卿の勢いに乗った宮方勢が動けばその軍勢は更にふくれ上がる。よもや讃岐の細川に後れをとることはあるまい。それは、この大島が当分は合戦に巻き込まれる恐れがないということだ。

だが事態は急変した。脇屋義助急死の衝撃が、宮方武家方、共に如何に大きいか容易に想像出来ることである。

北畠顕忠と手下《てか》が帰って来るまで中予にさした波乱はあるまい、その判断が怪しくなった。重平には野島の者に告げなければならない大事があった。顕忠達を送り出すまで、重平は自身の決断をつけ兼ねていた。迷ったままで顕忠や手下と、毎日顔を合わせるのは忸怩《じくじ》たるものがあった。鎌刈の時光の申し出は渡りに船だったのだ。彼は決断するまで独りになりたかった。決断するため会わねばならない人もあった。顕忠達が留守をしている間に、決断するものならば心を定めておき、平静な気持ちで彼等にそれを告げたかった。万事は彼の思惑通りに進んでいくと思っていた。

はて、これからの事の成り行きが問題じゃで。重平は今までの、野島衆の頭目としての自分ではない、新しい重平として考えなければならなかった。忽那《くつな》が合力を申し入れて来ても、これからは断らねばならないが、その理由を付けるのが難しい。だが、もう出す訳にはいかないと思う。宮方の讃岐攻めなら忽那も合力を求めはすまい。だが、国府防護の合戦となれば忽那は必ず合力を求めて来る。河野水軍との対決は十分考えられるからだ。さて、どうしたものか。

三月に野島の一類が合力した、忽那の湯築城攻めの恩賞として忽那一族は、周防国屋代島の島末庄西方の領家職を安堵されたと重平が知ったのは五月の末である。武将には恩賞があるが合力した者にそれは無い。今まではそれで良かった。重平は改めてそれを思うのだった。世の中が変わっていくように野島も変わらなければならない。それが分かっていて、これまでの柵《しがらみ》への対処に屈託の思いを捨てきれない重平だった。

同じ頃、忽那の第一陣が薩摩から帰って来た。西征宮懐良親王は五月一日、無事谷山城へ入られたようである。

一週間おいて、大将忽那重範以下の本陣も帰って来た。それから重範より重平宛て、留守中の合力参陣に対する丁重な礼の書状が届いた。重平はまたもや気の重いことであった。

脇屋刑部卿義助の死は何時の間にか世に知れ渡っていた。

細川頼春は兵を集め始め、諸々の武家方に軍勢発向の指令を出して侵攻の準備に追われていた。伊予の宮方では、義助亡き後、守護の大館氏明が総大将となり、讃岐境近くの川之江城を土肥三郎左衛門に守らせ、自らは世田山城に入り、峰続きの笠松山に搦手の砦を築き、これには、篠塚伊賀守重広、岡武蔵正を配し、こちらは防禦の体制であった。

六月の半ば、城を留守にしているともいわれ、鳴りを潜めていた今岡通任が甘崎城を出たという知らせが入った。軍船六艘をつらね鼻繰瀬戸を南下、斎灘へ出て南西に針路を取ったという。

重平は直ぐに河野の下知と察した。今岡まで呼び寄せるとは、河野が本腰を入れて参戦の準備を始めたものと考えていい。此度は細川頼春の出陣とあって、有耶無耶《うやむや》な態度で形だけの参戦とはいかないと観念したのであろうか。

今岡の出動の後を追い、道後の方からも、俄に河野の動きが活発となったと知らせが入る。河野がその一門に動員令を下したのは確かなようであった。

やがて七月に入り細川頼春は遂に進撃を開始。讃岐、阿波、淡路の大軍が伊予境を怒涛のように越えて来た。

満を持していた宮方の水軍は、金谷修理大夫経氏を大将として兵船をつらね川之江城の沖に展開した。城の後詰である。

細川の進撃に合わせ、備後、安芸、周防、長門の武家方勢は鞆の浦、尾の道の津に船汰《ふなぞろ》えして、一気に燧灘を南下、宮方水軍の遊弋する川之江の沖に殺到した。

武家方船団は宮方水軍の倍以上もの船を揃えていた。その上その船は大船である。それに引き替え、伊予宮方の船は小船だ。武家方は呑んでかかって、一斉に舷をたたいて鬨をつくりこれに襲いかかった。陸《おか》の総攻撃の前に海上決戦が繰り広げられたのである。

武家方は大船の利で上から小船を射すくめる。然し宮方は小船の利で、逆櫓を立てて縦横の進退でこれに応じた。また、大船に横付け、上に駆け上って船上の敵を斬り伏せ、素早く小船に下りて次の船にかかる。潮の流れ、風の吹き様に応じながらの船戦は、操船が意に任せないだけ大船は不利であった。宮方の小船は数こそ圧倒的に少ないとはいえ、戦法の利で意気上がり、一引きも引かず戦い続けた。

長い戦いの刻が流れたが、突然、一天俄にかき曇って強風が吹き始め、大船といわず小船といわず、戦っている船はことごとく、水面に浮かぶ木の葉のように進退の自由を奪われてしまった。次第に吹き荒ぶ風の前にもはや戦闘どころではなく、それぞれが己れの船の安全に汲々とするばかりであった。

そして気が付いてみると、大船は伊予の海岸へ、小船ははるかな西の方へ吹き分けられ、互いに戦場を離脱していた。自然の猛威は人力の如何とも仕難いことであった。

夜に入り風もようやくおさまった時点で宮方の将士は、運のない時は致し方もないもの。一

旦基地へ漕ぎ戻るべしとの議が上がった。ところが大将の金谷経氏は、

「運を計って勝利を求めるため時節を待つべきかも知れぬが、大将軍と頼みし脇屋刑部卿のはかなくなり給う上は、長らえて何とするぞ。命を限りの戦をして弓矢の義を専らとすべし」

そう言って、今夜の内に備後の鞆へ押し寄せ城を乗っ取り、中国の味方が集まれば西国を攻めるべきだと主張した。

この金谷経氏は新田義貞麾下《きか》の、音に聞こえた猛将だった。義貞に従って数々の合戦に功あり、北陸の戦いに義貞が破れ、討ち死にした後は隠れ潜んでいたが、脇屋義助伊予下向と聞いてその幕下に馳せ参じ、熊野よりこれに従って来た。先に主と恃む義貞を失い、今また、将と仰いだ義貞の弟義助の死に会い、これまでと思い定めて、自分の死に場所を求めていたのかも知れない。金谷を将とした宮方水軍の中核は土居、得能である。河野一族である彼等は水軍の達者であった。彼等がいなければ金谷が鞆へ押し寄せることは覚束ない。伊予の陸戦に心を残しつつも彼等は備後の鞆へ向けて針路を定めた。

金谷勢はその夜の内に鞆を急襲、武家方の鞆城を乗っ取り、大可島を詰め城として鞆の浦を占領した。そこから、小豆島、淡路の沼島の味方に救援を求めた。

然し、その救援が来る前に武家方中国勢の大軍が鞆へ押し寄せて来た。金谷勢は鞆城を放棄、大可島に拠って浦の東西の泊りに漕ぎ寄せ、打って上がり、新手と交替しては戦った。武家方

は小松寺に陣を構え、浜辺へは騎馬隊を繰り出してこれを攻め、十数日に及ぶ死闘が繰り広げられた。

一方伊予の川之江では、海上決戦が勝敗のつかぬまま終わり、伊予水軍の来襲のないのを見定め、中国勢は上陸して川之江城攻略に加わり、細川勢の本格的な攻撃が始まった。

その頃、伊予武家方の総帥河野入道善恵は密かに軍勢を展開させていた。だがそれと同時に彼は国府に使者を送り、宮方の降人となることを申し入れていたのである。

伊予国司四条有資はこれを受け入れ、宮方全軍に通報した。

これに安堵したのは忽那《くつな》である。その精鋭は長駆、日向、薩摩と転戦し帰ったばかりである。兵も水夫も疲労し、船の損傷、物の具の傷み、とにかく休養と手入れの期間を必要としていた。今、全軍をあげて参戦する状態にはなかった。幸い河野宗家が宮方に寝返ったことで、河野への対応の必要はなくなった。忽那への国司下知は、大浜城の後詰である。河野宗家が宮方となったとはいえ、野間半島一帯には大祝一族の武家方がいる。来島瀬戸に臨む宮方の大浜城は国府全体が讃岐方へ目を向けている現在、後方の押さえであると同時に孤立無援ともいえる存在だ。忽那の後詰とはそれの支援である。戦局を見渡せば、この局地はさして重要なものとは考えられない。大三島の大祝は出動しないだろう。安芸の武家方が出て来るにしても、燧灘が筋、わざわざ来島瀬戸を目指すことはない。忽那重範はその判断で、重勝を大将に留守部隊だった一隊を来島の瀬戸へ差し向けた。大島の重平もこれ等の動きを良く把握していた。勿論、河野が寝返るとは流石の彼も読めなかった。だが、善恵入道の真意は程なく重平の知るところとなった。善恵入道の本意は宮方に就くことではない。

河野通盛は元弘三年の六波羅合戦に鎌倉御家人として、六波羅探題の召に応じて一族郎従を引き連れ参戦した。だがこの戦いに敗れて鎌倉へ落ち、北条一門に合流したが、これも新田義貞の攻撃の前に敢えなく全滅。通盛は鎌倉建長寺を頼って落飾、入道となって逼塞の身となっていた。ところが建武の新政の世となり足利尊氏が鎌倉に入り、新政に反逆の狼煙を上げた際、伊予の名族河野通盛が出家入道ながら健在と知り、これを召し出して帰服させ、伊予本領安堵、河野総領たるべしという御教書を与えて伊予に帰国させた。

善恵入道となった河野通盛にとって足利尊氏は、再び元の河野の総領に返り咲きさせてくれた恩人なのである。彼は武家方総帥の尊氏に背く気は微塵《みじん》もなかった。だが、同じ武家方でありながら、虎視眈眈《こしたんたん》と伊予の地を狙う細川頼春の前に、宮方を攻めて彼を利する訳にはいかない。細川の野望を砕き伊予を守るためには、宮方の共同の敵として細川を打倒する以外なかったのである。彼はこの真意を側近の者、一族の主立った者にははっきり伝えていた。参戦は伊予防衛のためなのである。

大三島の祝一族が参戦しなかったのも河野の真意が伝わっていたためだ。祝一族も河野一族も元同祖である。

大島の重平は河野が宮方となったことで、しばらくはこれで息がつけるものとほっとしていた。忽那《くつな》からの依頼もない。どうやら大島は圏外におかれるであろう。だが彼は念のため、事ある時は家族を船に乗せ島を離れることが出来るよう、準備だけはしておくよう野島衆にふれを出しておいた。その頃には伊予の戦局は島中に知れ渡っていて、野島衆の中には、重平の指令を待ってうずうずしている血気の者も少なくはなかった。

川の江城の土肥三郎左衛門義昌は大軍を一手に引き受けてよく戦った。だが孤軍奮闘、遂に七月十四日城は陥落した。国府より讃岐境の川の江までは遠く、戦線の伸びるのを埋めるには宮方の勢は少なかった。恃みとしていた水軍に依る中国勢阻止も思惑が外れ、後は諸国からの宮方来救を待つ間、土肥の健闘を祈るだけであった。河野もまた、道前より道後への細川の侵入を食い止めようと、その防衛線に力を注ぎ、足の延びきる川の江までは手が回らなかった。宮方の悲運はここから始まったのである。

その一方で、備後の鞆の浦で中国勢の大軍を相手に死闘を続けていた宮方は、この川の江城陥落と細川勢世田山城へ迫るとの報を受け大いに動揺した。主将金谷経氏とその郎従は元新田麾下《きか》の者達だが、与力する大部分の者は伊予の者である。土居、得能以下の伊予の者は、同じ死ぬならば、故国の伊予で討ち死にせんと戦線離脱を申し出た。金谷経氏はこれを入れ、大可島を放棄して伊予へ向かった。

川の江城を屠《ほう》った細川勢は破竹の勢いで世田山城目指して進撃を続ける。途中若干の抵抗はあったが、これを排除に止め宮方の掃討よりも前進を優先していた。

一寸解せないのは、細川頼春が笠松城世田山城を攻撃しようとはしないでいきなり国分寺へ入ったことである。両城共、東伊予から国府へ到る駅路筋にある。山城のある峰々の足元を駅路は走っている。府中を守る者はこの山城を死守し、府中に入らんとする者はこれを抜かなければ府中入りは叶わぬとするのが通常である。ところが頼春はこの城に本格的な攻撃を懸けることをしないで、素通りにも似た形で国分寺へ入った。勿論国府城は国分寺の目と鼻の先にあり、国府城と世田山城から城兵が打って出れば細川勢は挟み討ちとなる。その恐れを頼春はまるで無視したかのような行動に出たのである。

国分寺に入った細川頼春はそこで禁制を掲げた。

禁制　　国分寺狼藉事

右於当寺軍勢並甲乙人等、不可致乱入狼藉、若有違犯之輩者、可処罪科之状、如件。

康永元年八月五日

刑部大輔

康永は北朝の年号で南朝の年号では興国三年（1342）に当たる。刑部大輔は細川頼春の官名である。この禁制というのは、武将達がある地域を武力制圧した時その地の有力な寺社に掲げ、その寺社の安堵を保障するためのものである。その寺社に何人たりとも乱入狼藉を働くことを許さず、若しそれを犯す者があれば処罰するぞという意味を高札に書いて掲げるのだ。これは、その地の人心を安心させる意味合いもある。制圧者が治安を引き受けるということと同義にも受け取られた。更に、この禁制を掲げるというのは勝利宣言でもあったのである。細川勢は川の江城を一つ陥したに過ぎず、宮方の主力は未だ健在だった。それなのにこの行為に出たというのは、国府への威嚇のつもりだったのだろうか。だがそれとも考えられないのは、彼のその後の行動である。頼春は国分寺から国府城の攻撃に向かうのでもなく、そのまま来た道を引き返し、世田山城も笠松城もまたもや無視、遥かに下がって石槌山麓大保木の天河寺に陣を構えた。

ここへきて細川頼春の意図は明白になったと考えていいようだ。そこから峰々を越えた西の方、道前道後近くの桜越えには河野善恵入道自ら、長男通朝と共に出張り、河野勢はそこから壬生川川口近くの北条、吉岡にかけて布陣していた。頼春は国府を始め世田山城等の宮方は始めから眼中になく、北のこれを放っておいても、周布郡あたりから一挙に道後へ雪崩れ込み、河野の息を止め伊予を手にしようという作戦だったように思われる。国府以下の宮方の料理はそれからおいおいで十分。彼は脇屋義助亡き後の伊予宮方をみくびっていたようだ。

国分寺への制札は国府への威嚇であると同時に河野善恵に対する恫喝《どうかつ》のつもりではなかったのか。戦わずして勝利宣言。次は道後だ、覚悟は良いか。そんなつもりだったのかも知れない。


川之江城合戦の後、川之江から国府に至る間の中予には、不気味な小康状態が続いていた。そのような頃、宇佐の宗勘の警固《けご》に付いていた北畠顕忠と手下《てか》十三人が大島へ帰って来た。重平の思惑よりも長い日数だった。道中何事も起こらず、警固としては無為にも等しい航海だったが、目的地近くからの悪天候に阻《はば》まれ思わぬ日を重ねたようだった。

無事豊後高田に帰港、宇佐の宗勘より報酬を受け取り、鎌刈の時光の船で鎌刈島へ引き揚げた顕忠達は、そこで伊予の状況を詳しく聞かされた。

「伊予の目鼻がつくまで、高田へ逗留してはどうじゃ。豊後豊前あたりにも警固の要りようはいくらもある。わしが許を根城にして構わぬが」

宇佐の宗勘はそう言ってくれた。高田にも、伊予川の江城陥落とその沖の船戦の噂は伝わっていたのだ。宗勘は、詳しい状況の分からぬまま伊予へ帰るよりはと、一応引き止めてくれたのである。だが、顕忠も手下達《てか》も、不分明なだけに余計大島が気にかかり、宗勘の好意を振り切って帰途に就いた。

「北畠殿も無欲じゃな。お館殿に付いておれば陽の目を見ることもあろうに」

鎌刈の時光が帰りの船の中で顕忠にそう言った。時光には宗勘から時々警固《けご》の口がかかり、人数の足りない時は時光が人を集める。そういう請負警固の仕事だ。時光も宗勘のことは良くは知らない。宇佐に大きな館を構えているという話だが、彼は一度も行ったことはない。何時も海上船中の対面だった。とにかく謎の多い人物としか聞いていない。だがとにかく、陰で絶大な力を振るう人物として畏怖されている存在らしい。時光は宗勘から、高田に逗留を勧められたことなぞ一度もないのだ。顕忠とその手下達は一度の航海で宗勘の気に入られたのではないか。時光は顕忠にそう言った。だが顕忠は宗勘の自分に対する評価等、殆ど関心がなかった。

来島の瀬戸には忽那《くつな》の水軍が出張っているという。鼻栗瀬戸は何事もないのだが、一般の通行船は鼻栗を避け、大三島の西側を北上して尾道の津経由で斎灘へ出ているという。随分な大回りの航路である。鼻栗を抜け、伯方島の北を回って伯方の瀬戸から斎灘への水路もあるのだが、今は伯方の北隣の生口島では、宮方の広沢五郎と生口氏を安芸の武家方小早川氏平が攻め、両軍死闘の最中である。勿論、島の周囲の船合戦もしばしばで、伯方と生口の間の狭い水域は剣呑《けんのん》でとても通れたものではない。今は何事もない大島の能島の瀬戸も敬遠されている。武家方が何時大島を襲うかも知れない、そういう噂がもっぱらだったからだ。

顕忠達は万一を用心して夜中に宮窪の浜へ帰って来たのである。

顕忠は明け方まで波平の家で過ごし、夜明けを待って手下全員と揃って重平へ報告に行った。

重平は一同の無事を喜び、労をねぎらった。ともかく長い留守だったから今日は一日それぞれの家族と過ごせ。夜に入ったら宴を催そう、土産話はその折りに。彼はそう言って短い対面で一同を帰した。だが、顕忠には残ってくれと言った。

重平は、朝餉は未だだろうと言い、一緒に食べようと思い残ってもらったのだと弁解がましく言う。

その声色で顕忠は、また何か屈託が増えたのだろうと思った。それにしても、どうにもすっきりしない。この前もそうであったし、今日もまたかと、自分の気も重くなった。それでも彼は快活を装い、宇佐の宗勘のこと、航海のこと、異国でのこと等々、口早に一気に告げようとした。

「陸《おか》へ上がらぬ約定だったが、それもその筈、取引は海の上での受け渡しよ。島陰でこっそりとな。大唐じゃいぅてそれがどのようなものか見えもせなんだ。艀で乗りつけて来たは確かに唐人ではあったな」

ところが重平はその話の腰を折った。

「顕さぁの土産話はいずれゆっくり」

そこへ朝餉が運ばれて来て、会話は途切れた。下働きの小女が給仕についている。

「顕さぁは海が好きか」

重平は唐突な尋ね方をした。

「好きだ。殊には、此度の警固《けご》で、生まれて初めてとてつもない大きさの海をみて、更に好きになった」

重平は笑い声を立てたが顕忠は笑わなかった。真面目に答えたつもりである。

「そうか。海は好きか。好きだくらいが丁度良かろうな」

「何が言いたいのじゃ」

「はて、海の話よ。海には魚がおる。貝もおる。わかめもおるでぇ。わし等はその海に育てられて来た。潮はどこへでもわし等を運うでくれる。板子一枚ありゃあのう、ま、体を浮かしとるだけでも同じことじゃが」

「分からん。じゅうべさはこの前も分からんことを言よぉうた。どうしてじゃ」

「どうしてもこうしても、わしは当たり前のことを言ぅとるだけよ。ま、食べぇや」

食事をしながらの会話で、二人はぽつぽつと言葉を口にする。重平はただ、気まずい空気をつくらないためだけで言葉を出しているようだった。だが結果的には、それが反って顕忠に懐疑の念を起こさせ不快に近い感情を引き出しているかのようだった。

小女が膳部を下げた後も、暫らく埒《らち》もない言葉を連ねていた重平がふいと座り直した。

「顕忠殿」

彼は語調も改めた。

「わしは此度、野島の衆を解き放つことに決めた」

「解き放つと」

顕忠は驚きの声を挙げてこれも座り直した。

「どういうことだ、じゅうべさぁ」

「わしが野島の頭ではのうなる。いや、頭というものが要らんようにする。野島の一人一人が気ままに生きていけということよ」

「待ってくれ、じゅうべさ。それは、野島衆をなくするということか」

「そうなる。一人一人がこの大島に、ただ住んでいるというだけのものにする」

「わしはどうなる」

「顕忠殿は元々野島の者ではない」

「じゆぅべさはわしを片腕じゃといぅてくれたぞ」

「その通り。野島の頭の片腕じゃった。これからは、頭がのぅなれば片腕も要るまい。したが、顕忠殿がわしの盟友であることに変わりはない。それでよろしゅうおざるか」

「解《げ》せぬ。重平殿、解せぬぞ。このような大事を何故唐突に」

顕忠も釣られて言葉が改まっていた。気持ちが高ぶっていく。

「手下達には未だ明かしておらぬ。野島の者でのぅても大切の人と思えばこそ、こうして顕忠殿に先ず打ち明けておる。了見して下されよ」

野島の重平が独り悶々としていたのはこの事だったのである。

「顕忠殿には関わりのない事。なれど顕忠殿にはこの成り行きの次第を話しておきたい。いや、聞いて欲しいのじゃ」

それから重平は奇怪な話を始めた。


重平は三月の終わりに沖の島へ出掛けた。

沖の島というのは、かつて顕忠が聞き質《ただ》したことのあるあの沖の島だ。だが、沖の島という名の島が存在していないのは事実である。それは、ある人々の間だけの呼び名で、現実のその島には、近辺の人々の名付けた呼び名がある。その島にはちゃんと人も住んでいる。何の変哲もない島と一般には思われているのだ。

その島には「のうし」と呼ばれる人物がいる。重平が沖の島に出掛けたのはその「のうし」

に呼ばれたからだ。

そこらあたりから聞き手の顕忠は、奇怪としか言いようのない不思議の世界へ引き込まれるような気分にさせられて行った。

「のうし」というのは通り名で「珍《うず》の大人《うし》」という尊称である。「うずのうし」がつづまって「のうし」となった。「うずのうし」とは珍族《うずぞく》の頭領のことだ。

珍族が何時頃から内海に住むようになったのか誰も知らない。何千年も前だと族の間では信じられている。「うずのうし」は当初淡路島にいたという。そして彼は、

「うずの者は流れ藻のように潮に流されて行け。磯辺に着いた流れ藻は、磯の有様《ありよう》を潮に乗せて我に告げよ」

そう言って一族の者を内海に押し進めた。各地の動向を直ちに「うずのうし」に報せる義務は今に至るまで守られている。

これも何時の頃か不明だが、淡路島から赤間関の間を二分する形で西の方にも「うずのうし」がおかれるようになった。沖の島の「うずのうし」はこうして西の海の頭領となったのだが、その所在地は時代によって転々としたらしい。

「珍の族はわだつみより生まれし者なり。何事もわだつみの声に聞け。糧《かて》は、海に潜り磯辺に拾え。棲《す》み処はそこにあり」

これが珍《うず》族を律するすべてだという。わだつみの声を聞く者、それが「うずのうし」なのだ。一族の指針は「うずのうし」が下す。

珍の者は己れが珍であることを誰にも洩らさない。従って、彼等以外には珍族の存在すら知られていない。だがどのように離れ離れになっていようとも、彼ら同士は同族と分かる、そしてその連帯感は非常に強い。

「このような話、信じられまい。顕さぁに聞かせてもつまらんことよ。したが、これを言わんことにゃ、今の話が分かるまい思ぅての、要らざることのようにも思ぅたが」

顕忠は頭を振った。

「こないだ、沖の島ののうしがわしを呼んだ」

「のうし」の下には幾人かの頭を立てていた。頭とは、珍の者の取り纏め役のような存在である。「のうし」の声はこの頭を通じて伝えられる。

「のうし」は重平に、「のうし」の後を継がないかと言った。それは命じるのではなく相談だった。西の方の頭は重平一人になっていた。時代と共に頭と呼ばれる者が減っていったのである。時の「のうし」はその後を立てず今日に至っているのだ。「のうし」は一子相伝が不文律だ。

今の「のうし」には息子が一人いる。ところがこの息子は「のうし」の後を継ぐことを嫌って、早くから勝手気ままに生きることを口にしており、「のうし」としての修業を忌避《きひ》していた。父親である「のうし」も、我が子ながら、「のうし」は務まらぬとその素質の凡庸《ぼんよう》さを見抜いていた。それに引き替え大島の重平の人柄を見込み、彼なりに期待するものがあった。彼を養子として一子相伝をよそうことを考えていたのである。

重平は「のうし」の申し出を断った。自分にはわだつみの声を聞く能が備わっていないこと。「のうし」に嫡子《ちゃくし》のあること。自分には子のないこと。以上三つの条々を挙げ、更に、自身も齢五十に近く、加えて脚は不自由、頭《かしら》も後どれ程勤まるか覚束ない。大島には見所のある手下《てか》が幾人かいるが、特に傑出した者がおらず、自分亡き後、誰を頭に立てても丸くは治まらぬと思っていると苦衷《くちゅう》も申し述べた。

わだつみの声を聞く能は、秘伝を授けることで何とか勤まると思う。「のうし」はそう答えた。だが他のことは重平の言う通りでこれは如何《いかん》ともし難い。実は、重平の返事は分かっていたのだと「のうし」は笑った。

分かっていたのは、わだつみの声の託宣があったからである。然し「のうし」は、それでも重平の意志を確かめたかった。自分の代で「のうし」を絶えさすに忍びなかったのである。それは珍族の崩壊を意味しているからだ。

それから「のうし」は、時の流れを諄々《じゅんじゅん》と語った。

珍族《うずぞく》が珍であることを秘匿《ひとく》するようになったのは、その命脈を保つためであった。波の上を走り、海に潜り、磯辺に暮らす珍の平穏な生は、長い時の流れの間に、陸地に繁栄するようになった他種族からの外圧を受け、これに従わざるを得ない仕儀にしばしば追い込まれた。屈伏と見せてなお一族の命脈を保つためには、一層の連帯意識と連絡が必要だった。陸《おか》の種族は力によって「くに」と称するものを造り、磯辺も海も皆その中に組み入れた。珍にとって、海や磯辺に境界はなく、潮の流れのある処すべては彼等の世界であった。海に生まれ、海に育ち、海に生きる。それが珍の存在意義だった。それ以上のものは望まず、ただそれだけを維持して命脈を保とうとした。「くに」の仕分けに隔てられながら、珍が珍であろうとして手を握り合うため、彼等は次第に、珍であることを世から隠すようになった。

一族の受けた迫害と受難の事象《じしょう》は代々の「うずのうし」に伝承されていた。だが、沖の「のうし」が引き継いだ頃にはその多くが失われ、二つの大きな事件の言い伝えのみ残っていた。

その一つは貞観年間の海賊として伝えられる。「貞観八年（８６６）、九年に伊予野間半島の宮崎村に海賊群居《ぐんきょ》、公私を掠奪、海上を遮る《さえぎ》」と通史にあるのがそれである。この時、宮崎村の磯辺に暮らしていた珍の者達は、支配者の苛斂誅求《かれんちゅうきゅう》に耐えかねて、海と磯の自由を求めて支配者に迫り、これが反逆とされて武力で鎮圧された。珍は海上に逃れ、家船で漂泊していたが、支配側はその船団をも水軍を繰り出して攻撃した。そのために海上を遮ったのは支配側の方である。追撃を逃れた僅かの者達は、思い思いの浜に隠れ棲んだが、直接関係しなかった野間半島一帯の珍もまた迫害にさらされ逃散《ちょうさん》の憂き目をみた。

二つは天慶《てんぎょう》年間（940、941）藤原純友の反乱である。この時、野間半島から豊予水道にかけて散在していた処々《しょじょ》の珍の者は、支配者に反逆を企てた純友にこぞって味方した。その結果、二千人以上もの珍族が家族もろとも殺戮《さつりく》された。

珍が珍であることをひた隠しにし、同族の間でも珍が禁句となったのはそれからである。「うずのうし」は「のうし」と呼び、その所在は「沖の島」と架空の名で呼び、そこに近づくことすらしなくなった。

「のうし」に会えるのは散在している珍をまとめ易い地にいる幾人かの頭だけだ。その頭が、「のうし」の言葉だと告げれば、珍にとってそれは絶対のものだった。それは即ち「わだつみの声」だったからだ。

時移って、西の「のうし」に属する頭は大島の重平一人となった。

のうしが珍衰滅の予言をわだつみの声から得たのは既に十年も前からであった。それまでにも珍から離れ、珍と接触を断った者はいた。だが、去る者は追わず。それも珍の不文律だった。ところが昨今、その離脱者が増えて来た。下剋上《げこくじょう》の時代風潮に乗って、世の中にのし上がろうとする輩が増えたのだ。氏も素性もなくとも、力さえあれば一かどの者となって世に受け入れられる時代なのだ。支配者の顔色を窺《うかが》いながら、海辺にすがりつく一生に満足出来ない者が出て来て不思議はない。のうしは海を棄てる輩を憐れんだ。豊穣《ほうじょう》の海にしか生きられない珍《うず》の定めを棄てて、後悔する時もあろうにと思う。だが支配者側の押し付けた一方的な秩序だとはいえ、今それが崩れたこの世に、海から離れた自由を得たいとする者が現われたことに、珍のこれまでの生き方の限界も汲み取っていた。彼が淡路の「のうし」と話し合ったのはもう五年も前のことだった。淡路の「のうし」も、わだつみの声を同じように聞いていた。二人の「のうし」は、後継者の問題から、珍を珍の柵《しがらみ》から解き放そうとその時期を窺っていたのである。

「時の流れじゃよ」

重平は沖の「のうし」と同じ言葉を使った。永い間、珍は、時の支配者に面従腹背《めんじゅうふくはい》を以て珍が珍であろうとして来た。今、強大な支配者が影をひそめ、群小の支配者たらんとする者が右往左往して競り合っている世の中となり、逆に珍はその内部から崩れようとしている。

「淡路ののうしの許の、頭の一人が淡路を抜けて野伏の仲間となり、赤松重範とやらの郎従から旗頭に上がった者がいるそうな。淡路は都に近い。大きな合戦の度、諸国から名のある武将が軍勢を連れてやって来る。どこぞの軍勢に潜りこむのは容易じゃ。血の気の多い漁師が、抜けて行くのはどうしょうもならん」

顕忠は小笠原の侍大将を思い出した。「漁師ずれが」あの時、塩飽光盛が軽蔑するように言った。あれが珍かどうかは知らないが、成り上がりと呼ばれる者が増えているのも、それを目指している者が増え続けているのも事実だろうと思う。

大島の珍が野島衆と呼ばれるようになったのは、村上義弘の水手《かこ》や警固《けご》の仕事に就くようになってからだ。重平は漁師の彼等をまとめ、義弘は彼等に集団訓練を施した。仕事の性質上必要なものだった。集団行動がまた、野島衆の結束を固めた。だが重平は、これを野島の組織とすることをしなかった。義弘の組織の中の野島衆であり、一人一人はあくまで珍の自由を持った者としておきたかったのである。村上義弘に恩義は感じていたが、身命を捧げて忠誠を尽くす気はなかった。勿論義弘も、契約の履行を求めるのは厳しかったが、命を差し出せと要求するようなことはなかった。

重平が顕忠を片腕と恃むようになったのは、その器量を認めたからである。顕忠は手下《てか》達の蛮勇と勝手を許さなかった。わしの命令は重平のものと、筋を通し、手下を押さえる力もあった。重平には、時として手下の暴走を押さえ兼ねることもあったのだ。身内だけに、やりたいようにやらせるかといった甘さがあった。そこへいくと顕忠は、的確に重平の意図を理解し、それを実行させる力があった。

重平は自分の後継者に顕忠をと何度考えたか分からない。その度、珍の者ではないという単純な壁に突き当たる。それが分かっていて、またしてもその考えに取りつかれるということの繰り返しだった。

「そこでじゃ、頭さぁ」

重平はようやく本題に入ったと見え、大きく一息ついた。

「野島衆と呼ばれるように、まとまった力に仕立て上げたのはわし一代のことじゃ。それが良かったのか悪かったのか、今のわしは迷ぅとる」

「何故」

「一人一人が己れの力を知って来たことよ。今、珍《うず》の柵《しがらみ》から解き放すといえば、中には血迷う者も出て来るじゃろ。通行船を襲うこともやり兼ねまい。少々の警固《けご》などものともする奴等じゃないからのう」

「悪い方に考えれば、それはあるな」

「どうじゃろ頭さぁ、おんしが頭になっちゃぁくれまいか」

「今まで通り、重平さぁで何故いけぬ」

「わしは駄目じゃ。のうしが後にいてこその頭じゃ。のうしの言葉じゃからこそ、皆んなはわしの言うままに動いて来た。沖ののうしがのぅなって、珍をのぅするという、わだつみの託宣を聞きやあ、まとまりはつかんようになる」

「じゅうべさぁ、それは違うぞ。手下《てか》達はじゅうべさぁの人柄に服しとる。のうしの言葉を操り人形のように伝える人間だからじゃない。珍というものを、わしは今まで知らず、のうしも知らなかった。したが、じゅうべさぁはよう知っとる。じゅうべさぁは、のうしがおらんでも、りっぱな野島衆の頭よ。今まで通りでええじゃないか。わしはそう思う。それになあ、じゅうべさぁ、わしは頭の器じゃない。わしの上に誰かがおってこそ、存分に力が振るえる。そういう巡り合わせに生まれとるんじゃと思ぅとる。野島衆の頭がおらんことになりゃあ、大島を出て、何処ぞの大将の下にでもつかんにゃなるまいと思う。わしはもう武士として立つことに決めとるからの。野島衆の中にあれば、ゆくゆくはじゅうべさぁを村上のような大将に押し立て、わしはその下の武将でおさまるつもりじやった。じゅうべさぁ、もう一度思案して見ちゃあくれないか」

「頼むのが逆さになったようじゃな」

重平は苦笑した。

「頭さあ、何遍も言うが、わしもそろそろ五十ぞ。新しゅうはなれん。天朝様が二つ、宮方の武家方のいぅて走り廻っとるが、所詮は己れの利益のためよ。それに下の者は、どさくさに紛れて上へ浮かび上がろうとあがいちょるだけじゃ。珍は上も下もない。大昔から、海に生きとりゃそれで良し。それで続いて来た。陸《おか》の者が持つ欲には縁がなかった。それで良かったんじゃ。じゃがここへ来て、珍にも陸《おか》へ目をむけるものが増えて来た。海だけに暮らして来た漁師が魚を獲るより他の、自分の力に気が付き始めたということじゃ。そうさせたのは、今の世の流れよ。わしにはその流れに乗って、野島の者を束ねる力はなあで」

結論は出なかった。ただ、重平としては今一つの気掛かりである、村上義弘の跡目が決まるまでは「のうし」の声を伏せておきたかった。今続けられている、伊予の合戦騒ぎに今岡通任が参戦していて忽ちの動きはないが、これが終わった後、通任がどう出るか、場合に依っては野島衆の力が必要となるかも知れない。それまでは今の体制を保持しておきたい。村上の事は珍《うず》の問題ではないが、野島が受けた義弘の恩義を思えば、それに報いるのが珍の道であると重平は心に決めている。義弘の後家、千草の方と次女のさくらを見殺しには出来ない。そしてそれは、問題が生じた時に「のうし」が支持したことでもあった。

今は伏せておきたいとする重平の考えには顕忠も賛成をした。とにかく思いも寄らない成り行きで、彼の本心は混乱しているだけだった。時日をかけてゆっくり思案して見なければ、結論というか、自分の行く道が見出せるものではないと思った。

「村上のさくら殿がめっきり女らしゅうなっとられた。後家殿が早ぅ婿殿をと焦るのも無理ないが、後家殿の目は大宮人へ向いとる。都振りが好きなお人じゃ。それでいて、村上の跡目はさくら殿の婿をとな。何を考えとられるんか分からん。ま、新居の実家の方がいずれ跡目になりそうなお人を連れて見えるじゃろうが。わしも早ぅ安心したいわい」

村上の後家親子は、顕忠が漠然と想像していた通り、のうしのいる沖の島にかくまわれていたのだ。顕忠は今岡の嫁となっている村上の姉娘山吹には面識があったが、後家殿と妹娘には会う機会がなかった。それでも義弘の遺族故に無関心ではない。だが、争い事の起きない限り、自分の出る幕はないものと思っている。

さくらは姉の山吹と違って男の子のような気性で、島の荒らくれ達に交じって何かと動き廻っているという。重平はしばらくそんな噂話をしていたが、

「そうじゃ。話は違うが、淡路からの帰りに雑賀の孫殿の処へ寄った。わしとしちゃあ、野島衆をのぅする頭でいっぱいで、これからは孫殿に会うこともなかろうかと、それとない別れのつもりじゃった。顕さぁが世話になった礼もと思ぅての」

「そりやぁすまんかった。孫殿健在じゃったか」

「おうおう、熊野に従ぅて薩摩まで行き、一暴れして来たと言ぅとった」

ならば忽那《くつな》と同勢であったか。その思いがちらりと顕忠の頭を過ったが、それよりも、入江孫六と聞いたとたん彼の胸は、あの時の女、みおの姿が蘇り、その消息を尋ねたいとうずうずとしていた。だが何やら面映《おもは》ゆく、口に出し兼ねていた。だが彼が口にするまでもなく重平が先に触れた。

「何やら顕さあ、あそこでええ話があったそうなのう」

「はて、何か」

重平は顕忠の顔を見て破顔一笑した。

「顕さぁ、赤うなっとるで。わしは顕さぁが女嫌いじゃとばかり思ぅとった。孫殿から話を聞いた時はびっくりしたぞ。顕さぁも男じゃやった。わしは嬉しゅうなったで」

「重平さあ、たいがいにせんか、そんなぁ」

「照れることもあるまい。男が女を抱いて、いとしいと思うて、大切にしてくれと頼ぅだ。ええじゃないか。顕さぁは芯は女に優しい男よ」

「重平さあ、冷やかしはそれくらいで良かろう。そこまで言ぅなら、どうしてその女、大島へ連れて来てはくれなんだ」

顕忠は思わず本音を口にした。

「それよ。ここから先はええ話じゃない」

「何と。みおがどうかしたのか」

顕忠はその名も口にした。

「まさか、あの長者奴に取り返されたと」

「いやいや、そうではないようじゃ」

入江孫六が顕忠と共に密使の警固《けご》で沼島へ向かった後、みおを深山の近くの尼庵に匿《かくま》わなければならなかったいきさつから顕忠は全く知らないことであった。合戦を避けてその尼庵を立退き、近木《こぎ》の郷の長者の許に身を寄せていたことは、孫六も暫らくは知らないでいた。尼庵の面倒を見させていた出目という者が、庵主の泉舟尼とみおを連れ出したとまでは推察出来たが、その出目からの連絡はなく、孫六の探査も及ばなかった。

ところがそれから半ケ月経った頃、木の本あたりで尼僧と供の者らしい男が、浮浪の者に襲われて殺されたという噂が聞こえて来た。木の本は深山から紀伊路へ出る道筋だ。若しやと感の働いた孫六は人を遣って調べさせ、その尼僧が泉舟尼であることを突き止めた。ところが、一緒にいた男の素性も知れず、何故そのあたりにいたのかも分からない。ただ、旅姿だったらしいことから、或いは雑賀を目指していたのかも知れぬと推測しただけである。一緒にいた筈のみおの消息は手がかりが全くなかった。

更に一月経って出目が孫六の許へやって来た。彼は阿波にいたのである。

佐野の浦近くで、泉舟尼とみおを陸《おか》に降ろし、武士団に船ごと拉致された出目は、そこから淡路に渡り、由良、沼島、そこから阿波へ。鮎喰川に入って、名東郡の一の宮に着いた。出目を拉致したのは、一の宮荘の地頭小笠原長宗の武将だった。河内の宮方に合力して武家方に対峙していたが、脇屋義助伊予下向近しとあって、阿波宮方もこれに呼応して兵を挙げるため急遽《きゅうきょ》呼び戻される途次、あと一艘の船が足りなく、たまたま来合せた出目の船を奪った。一の宮に着き次第銭を与えて解き放す約束だったが、二日ばかり働かせられる内に、吉野川の川口から南の勝浦の浜にかけて細川の軍船が展開して、一般の通航船を遮断していた。その警戒が解けたのは、脇屋義助を警固《けご》する熊野の船団が通り過ぎて暫らく経ってからだった。

深山に帰った出目は、その足で佐野の栗木の長者を訪ね、泉舟尼は深山の漁師と深山に帰り、みおは、勝手に長者の屋敷から姿を消したと知らされた。深山にとって返し、漁師仲間を尋ね、泉舟尼を連れ出した男は直ぐに分かった。ところがその男の話では、深山に着くと泉舟尼は知辺をたずねるとかで、礼を言うのもそこそこに、あたふたと去って行ったという。それから二三日後、災難に会って命を落としたのは孫六が調べたことと符合していた。

いずれにしても、みおの行方は皆目見当がつかなかった。栗の木長者の話では、泉舟尼が立去る時、必ず入江衆が迎えに来るからそれまでよろしくと頼まれ、自分はそのつもりでいたし、みお自身も納得してお願いしますと言っていた。それなのに、朝になると、煙りのように消えていたのだと言う。長者は不服そうだった。勿論、銭は持っていないし、屋敷のものを盗んだ形跡もない。在の者を調べても、屋敷の外でみおの姿を見かけた者はなかった。

「孫殿が言うには、野伏の頭に頼うで探してもろぅたり、手下《てか》に深山から佐野の間の海辺も探させた。それで手がかり一つないのだから、誰かに拐《かど》わかされて、思いもよらぬ遠くへ連れ去られているのではなかろうか。と、こうじゃ。生きてはおろぅとな」

その言葉で僅かに勇気づけられた顕忠だったが、から頼みの虚しい思いに気持が萎えていくのをどうすることも出来なかった。

「顕さあ、どうしたんじゃ。えらい愁嘆《しゅうたん》のようじゃが。それ程にまで思ぅとった女子たあ知らなかった。今まで一言も言わんかったが」

それまでの茶化し半分の顔付きだった重平が真面目な表情になった。

「一段落したら雑賀へ迎えに行き、連れ合いにして連れ戻るつもりじゃやった」

「女子もその気じゃやったんか」

「おう。そうとも。わしが行くのを必ず待っておると言ぅた」

重平は黙って冥目した。ややあって目をひらくと、

「顕さぁ」

と呼び掛けた。眉をひそめて痛ましそうな顔を見せたが、直ぐに笑顔に変えた。

「のう、赤い糸の話を知っとるか。唐《から》の話じゃ」

顕忠は怪訝《けげん》な顔になった。

「男と女というものは、生まれた時から赤い糸で結ばれとるという話よ」

「知らぬ」

「赤い糸で結ばれた者同士は、例えどのような邪魔が入ろうとも、どっちかがその気がのぅて

も、いや双方共だったかのう、とにかく何時かは必ず夫婦《みょうと》になるんじゃそうな」

「ふーむ」

「そうかも知れんとわしは思ぅとる。わしが連れ合いに死なれてから、後添えの話が幾つかあった。結局まとまることはなかったがのう。わしにその気があったものもある。なかったものもある。いつも何かでまとまらんかった。こりゃあ、わしにはもう赤い糸の相手がおらんということよ。ほいじゃが、その糸が見える訳じゃない。時が経ってみんと、その糸があるんかどうか分からん。顕さぁも待って見ることよ。そのみおとやらいう女、生きてさえおりゃあ、きっと顕さぁを尋ねて来る。伊予の大島は知っとるんじゃろう」

「わしの方が迎えに行くつもりじゃったが、一応は、大島で中の院といえば直ぐ分かるとは言ぅておいた」

「ならば辛抱してみるのだな。縁があれば会える。赤い糸で繋がっているものなら、生涯連れ添うことになる」

雑賀を出船する時、あの雑賀の小三郎が、あの女きっと大島へ追って来るぞと囁いた、顕忠はそれを思い出した。そうかも知れぬ。いや、生きていればきっと来る。顕忠は次第にその気持ちに傾き、自身の愁嘆を慰めようとしていた。

「顕さぁ、どうじゃ。晩げの集まりまでにゃ未だ刻がある。一旦、忠助殿の処へ帰って来るか」

「おう。わしもそのもりじゃった」

そう言って顕忠は座り直して形を改め、脇に置いていた袋を引き寄せた。

「一番に言わにゃいけんことを、折がのぅて言いそびれとった。申し訳ない」

そう言いながら袋の中から銭の束を取り出した。

「じゅうべさぁのお陰で此度はええ稼ぎになった。色々と習うことがあって、わしとしてはただ働きでも良いような気持ちじゃったが、五貫文の銭をくれた」

「ほう、それは豪気じゃ。顕さあ、良かったじゃないか」

重平は素直に喜んでくれる。

「ついちゃぁじゅうべさぁ、この中から三貫文受け取っちゃぁくれまいか」

「何でわしが」

「手下《てか》の者は個別に銭をもろぅた。わしが分けてやることもなかろう。それに今度の仕事はじゅうべさぁの受けたもの。わしは野島の北畠として仕事をして来た。銭はじゅうべさぁが、その中からわしに幾らかくれるものだ。じゃがわしは、実を言えば二貫文欲しい。それでじゅうべさぁには三貫文と勝手に決めた。怒らんでくれ。何時かこの埋め合わせをする」

顕忠は三貫文を重平の方へ押しやった。

「律儀なことよ」

重平は笑いながらそれを押し返した。

「顕さぁの気持ちは嬉しいが、わしは野島の仕事として受けたのじゃない。時光に頼まれ、顕さぁを引き合わせただけじゃ。これは顕さぁの受けた仕事ぞ。何を言ぅとる。わしに取り分があろうなぞ考えたこともないわい」

「じゅうべさぁ、気を悪ぅしたのなら謝る。始めから銭を全部渡して、二貫文欲しい言えば良かったのじゃ。わしもつい、二貫文二貫文の頭があって、言いようを間違えた。悪かった」

頭を下げる顕忠に重平はあわてて手を振った。

「顕さぁ何を言ぅとる。わしと顕さあの間で、そのような気の行き違いがあろう筈はないじゃないか。そのような勘ぐりをわしがすると思ぅのか、顕さぁ。情けないぞ。わしはわしの気持ちを素直に言ぅたまでじゃ。今度の仕事を顕さぁが喜んでくれたのなら、時光に引き合わせて本当に良かったと、そう思ぅとる。それだけでわしは十分じゃわい」

それでもと顕忠は頑固に押し返し、押し問答の末重平が折れ、折角の顕忠の気持ちだからと三貫文受け取ることを承知した。だが彼はそれを一旦手元に寄せたあと、一貫文を顕忠の方へ押した。

「顕さぁこれはわしから忠助殿へ差し上げると言ぅてくれ。先程話した珍のごたごたで、このところ長ぅ忠助殿への届け物を怠っとった。それの埋め合わせじゃと言ぅて、ように謝っといてくれ」

「有り難いがじゅうべさぁ、忠助へはわしが渡してやるつもりじやった。それで二貫文執心じやったんじゃ。これはええ」

「まだそがいな。顕さぁわしは怒るで。顕さぁの気持ちとこれは別じゃ。わしから忠助殿へ渡したいのじゃ。素直に持って行っちゃくれないか」

顕忠は涙を浮かべて、黙って頭を下げた。


大保木天河寺に本陣をすえた細川頼春は仲々に腰を上げようとはしなかった。断続的に行なわれる諸所の小競《こぜ》り合いは、宮方本勢の力の瀬踏みをしていたのか。然し、天河寺は宮方本城の世田山城よりも道前境に近い場所だ。やはり道後へ攻め入る機会を窺っていたと見るべきであろう。ところが、宮方の出方が不鮮明な上に、河野勢の守りは固く、つけ入る隙を与えなかったようだ。

頼春が川の江城を抜き、破竹の勢いで国分寺に駆け入ってから一ケ月近く、目ぼしい戦闘もないままに推移したが、動きは宮方の方から起きた。

備後の鞆《とも》から取って返した金谷経氏、河野通郷、得能弾正以下の面々が、精兵を率いて九月三日、中道前千町原へ細川頼春との決戦を求めて進出したのである。

細川頼春はこれを転機と見切ったのか、直ちに自ら大軍を率いて同じく千町原へ向かった。敵の大将細川頼春と引組んで刺し違えようと豪語して出陣した金谷経氏だったが、如何に無双の勇士といえども、多勢に無勢、大会戦ともなれば一人の力は知れていた。目指す敵将頼春の姿さえ見つけられず、縦横無尽の働きの内に、率いた精兵は討ち果たされた。なおも敵将を求めて敵の三陣まで攻め入ったが、そこにも敵将の姿はない。味方は経氏以下主立った武将十七騎となっていた。経氏はかくなる上はと、このまま名もなき勢《ぜい》相手に討ち死にするよりも囲みを破って落ち延びようと、十七騎が轡《くつわ》を揃え敵陣に突入した。

金谷経氏以下の十七騎は戦場離脱に成功した。だが千町原決戦の意図は挫折し、大敗北となって終わってしまった。細川頼春がこの機を逃す筈はない。宮方への大攻勢を号令した。

千町原決戦の報で、道後の湯築城にあった河野善恵入道は嫡男の通朝と共に道前境の桜三里越に本陣を進め、周布郡から北条、吉岡あたりに進出させていた軍勢に新手の兵を加え、細川の攻勢に備えた。

国府、世田山城、笠松城から宮方勢も兵を繰りだし、丹生《にゅう》川あたりの諸処で細川勢との合戦が始まった。河野勢は、世田山城、国府の防衛よりも、西の方、道後の防衛が主眼であった。細川に伊予侵入を許しているとはいえ、河野の主体は道後である。河野勢は国を護るため必死の覚悟である。漫然と防衛線に留まってはいない。吉岡、北条に打って出て細川勢に攻めかかる。細川勢も、千町原の勝利に意気軒昂《けんこう》、これを迎え討って一歩も退かず、激しい戦闘が五、六日の余続いた。

そして両軍共に、連日の合戦にようやく疲れが目立って来た。機を見てとった頼春は一旦本陣を東の方に下げ、吉岡、北条あたりに散開している勢を丹生浦に集結させた。同時に武家方の水軍も丹生浦に集め、陸勢をことごとく船に乗せた。大会戦は行なわれず広い戦線の合戦で、どちらも勝敗の見分けはつかなかった。頼春は軍兵を休ませる作戦行動をとった。

その動きはいち早く大島の重平へ知らされ、重平は野島の者に船へ食糧の積み込みを下令した。勿論家族もだ。何時でも浜を離れる体勢で待機だ。それが終わるか終わらない内、武家方の軍船は丹生浦出船大島に針路を向けたと報せが到着した。重平はためらわず全船に、島の北側、田浦の浜へ集結するよう伝えさせた。細川が果たして、大島の何処へ上陸するか不明である。また、上陸ではなく大島以外の地を目指しているのか、それも見当はつかない。だが、いずれにしろ田浦にいれば、細川が海陸どの道をとっても逃げる余裕は十分にある。細川の出方によって避難先を決めれば良い。重平のもくろみはそこにあった。

「細川は来島へ向かうのではないか。ならば、忽那《くつな》と船合戦になろう。わしはこれからでも忽那に合力しても良いぞ」

顕忠が言った。彼は重平の船に乗っていた。重平は顕忠に、庄官の屋敷に居るよう勧めた。顕忠には奪われる船はなく、庄の内部まで細川の軍勢が立ち入る心配は先ずないだろう、そこの方が安全という訳だ。だが顕忠は、重平に従ってどこまでもと聞き入れなかったのである。その実彼は、来島の瀬戸での船戦さに加わってみたい気持ちを捨てきれないでいたのだ。重平は最初から退避を口にしていたが、顕忠は戦ってみたくてうずうずしていたのである。瀬戸の流れの中で戦えばこっちのものだ。それを一度試してみたかった。武家方の、宮方のという前に、ともかく大島を護ることに繋がるのだ。顕忠はそんな気でいた。だがそのためには船と水手《かこ》が要る。重平が承諾しない限り顕忠はそれを手に出来ない。

「細川は来島へは行かん。戦い疲れの軍勢じゃということだ。大島の陸《おか》へ上がる、見とってみい。ただ、その何処へ上がるかが問題じゃて。忽那《くつな》も陸《おか》までは追ぅて行かん。疲れ勢《ぜい》じゃ言ぅても数が多すぎる。来島へ乗り入れりゃ思う壷と手ぐすねひいてはおろうが」

重平は笑って顕忠を相手にしなかった。だが重平は、顕忠が内心焦っているのではないかと察している。野島衆を無くすという話で、彼が自分の行く末に迷いを抱いたのは当然だと思う。これまでの顕忠であれば、事態の判断はもっと的確に出来る筈だ。今の顕忠は、判断よりも、機会にすがろうとする気持ちが強い。重平はそう見ていた。

「顕さあ、細川は島で一時休んだらまた丹生川に戻るかも知れん。せくことはない。まちっと待ってみようぜ。報せはじきに入って来る」

重平は、いざの時は退避させると心に決めた時から気持ちは楽になっていた。行く先は周防の屋代島、そこには元珍の頭だった者の曽孫《ひいまご》がいる。そこで逗留が長引くようであれば、他の島々へ分散させるつもりだ。時の勢いに逆らう気がなければ楽なものだと思っている。

「まあ見とってみい。ここへ集まりゃあしたが何事ものぅて、直《じき》にそれぞれの住み家に帰れるかも知れんて。まあ気を落ち着けて酒でも飲んどるこっちゃ」

重平の見込みは当たった。大島の南端に近い南浦に船団を乗り付けた細川勢は、そこで上陸して、全軍立山へ登った。立山はさして高い山ではないが、そこから来島瀬戸が一望に見渡せる。そこには村上義弘の城があった。この時は既に廃城となっていて無人のまま半ば朽ちかけていた。細川勢にはそこを戦略拠点にする意図は全くなく、あくまで兵を休めるため、宮方の襲撃の及ばない場所としてここを選んだようだ。その警戒のため、兵を浜に置かずわざわざ山へ登らせたのだ。来島瀬戸に浮かぶ忽那水軍は安芸勢来襲に備えて、瀬戸を離れる心配はないと見込んでもいたのであろう。

何はともあれ、当面の危機は去ったと、野島の者達の間に安堵の気色が流れた。

二日おいて因島から報せが入った。生口島の宮方を攻めていた小早川氏平が遂にこれを攻め落とした。

田浦に集結していた野島の者に衝撃が走った。小早川は生口から鼻繰瀬戸を抜け一気に大島へ上陸するに違いない。立山には細川勢が溢れている。それから先の予測はつかないが、この大島に夥しい軍勢が合流となれば、河野や忽那《くつな》がこの機会を逃さないだろう。大島の島内とまわりの海が戦場となるに違いない。野島衆の血気の者は、鼻繰に押し出して、下って来る小早川を瀬戸で迎え討とうと気勢を上げた。

「逸《はや》るな。鼻繰に押し出し、この田浦に残された者はどうなる。細川が背後から襲って来ないでもあるまい」

顕忠がこれを抑えた。だが彼も、一合戦試みたい気持ちは山々だ。それを抑えているのは重平の気持が分かっているからだ。手下《てか》を抑えたのは、自分自身を抑えるつもりだった。

翌日は、小早川が船を汰《そろ》え始めたと通報が入った。重平もこれまでかと、全員に乗船を命じた。いよいよ避退の他ないと肚を決めたのだ。

ところがその直後に、立山の細川勢が山を下り始めたという報せが入った。

「このままで、まちっと待ってみるか」

重平はそのまま待機を告げた。間もなく、細川勢は南浦の軍船に乗り込むようだと続報があった。

重平は皆を一旦陸《おか》へ揚げ夕餉を摂らせることにした。未だ早い時刻だが、間もなく陽がかげる。小早川の動向で退避するとすれば、下手をすると喰いはぐれる。

「このまま鎌刈まで走った方が良くないか」

顕忠はそう言ったが、

「出来るものなら行かん方がええ。向こうも迷惑じゃで」

重平は苦笑まじりだ。

「小早川は伯方の瀬戸じゃあ」

食事を始めた頃、漕ぎ着けた船から声が聞こえた。浜へ着く手前からどなりたてていた。浜辺にどっと歓声がわき上がった。

「皆を帰すか」

重平がぼそりと言う。生口島から伯方の瀬戸を抜ければ燧灘である。小早川が伊予本土の今張か桜井あたりへ上陸を目指しているのは間違いない。

「済んだのう」

顕忠は殊更に明るい声を上げた。

日ならずして、細川勢、安芸、備後の中国勢連合の大軍が攻撃を開始した。

河野勢は、笠松、世田山両城に掛かるその背後を衝こうと進出を企てたが、細川頼春に緩みはなかった。忽ちに押し返され、吉岡、北条からじりじりと下がって、丹生川流域の防衛線を保ちこたえるのがやっとの戦況となった。深追いはして来ないが、出れば、がきっと応じるといった手応えである。河野の陣営に焦燥感が流れていた。

巻の九　変転の幕間《まくあい》

「向こうを見な」

傀儡《くぐつ》の角が東の方を指差した。

「あの一番高い山だ。何という山か分かるか」

雑賀の小三郎は、

「分からぬ」

言下に答えた。

「私に分かる筈がないではないか。角は山の名を教えて来たつもりだろうが、やみくもに山歩きを続けて来た私には、どの山も皆同じに見えてくる」

角は、けっけっけっけと笑い声を立てた。角のこの妙な笑い方は機嫌のいい時か、面白がっている時に出て来るらしい。傀儡屋敷で小三郎を教えていた時はついぞ見せたことのないものだ。何時でも無表情、感情らしいものを見せたことはないのだが、此度の山歩きでは、かなり感情らしいものを示してくれるようになっていた。

「そっちはそう言うと思ぅた。わしが胸の内で言葉を並べとったら、その通りをそっちが言ぅたぞ。私に分かる筈がないではないか、とな」

角はそこでまたひとしきり、妙な笑い声を立てた。

「あれは石槌山よ」

「何、最初に登ったあの高い山か」

「そうよ。山の名だけは憶えとったか」

「あれは忘れぬ。何とも苦しかったからな」

「これで元へ戻ったということだ」

角の声音が幾分湿って聞こえた。

「ここは温泉郡の皿ケ嶺だ。帰り着いたも同然。これで山歩きは終わり。この嶺から谷へ降り、川沿いに暫らく行って、そこから低い峰々を伝って帰る。これはもう平地のようなもの」

これで終わりと聞かされ、小三郎は一寸複雑な感情を味わった。長いようでもあったし、束の間のようで、もっと続けたいとも。名残り惜しいような。何かが終わったというような感慨は覚えなかった。

尾根から尾根へ、頂から頂へ。石槌山脈を東へ、阿波境から西へ土佐の山々。大体そのような角の話だったが、小三郎にとっては、どこまで行っても単なる山、厳しさに変わりはなかった。だが、慣れてきたというか、肉体が自然と鍛えられたというか、苦痛は感じなくて済むようになっていた。角に遅れて急かされることもなくなった。

日数も忘れた。過ぎし日を思い浮べることもなかった。何のためにこうして歩いているのかも思わなかった。念頭は常に空だった。ただ、角の姿を追い、懸命に角を見習った。獲物を追い、割《さ》いて焼いてかぶりつく。草を取り、木の根を掘り、木の実を拾い、山襞《ひだ》の湧き水を飲み、それ等はすべて行きずりの僅かな営みにしか過ぎなかった。ひたすら歩く。時には駆ける。岩をよじ登る。谷を跳び越える。一跳びの無理なものは、傍らの木に登って太い枝に蔓を巻き、その端を持ってぶら下がり、反動をつけて向こうへ渡った。鍛錬しながら、術を更に向上させるのが角の役目だったようだ。夜は岩陰木陰で、菰一枚被って泥のように眠った。会話らしいものも殆ど無く、無念無想の行にも似た、或いは動物の生きざまにも似た日々であった。そして小三郎は己れのその姿を想う意識も持たなかった。

「ここらで腹ごしらえするか」

頂から余程下ったあたりで角は立ち止まった。角が提案するのは珍しい。いや、初めてだった。何時も腹ごしらえは、角がいきなり獲物を狙うことから始まる。その時角は、手伝えとも何とも言わない。小三郎は見よう見まねで獲物をとることを憶え、角との連繋作業、動作が以心伝心の形で出来るようになっていた。

角は、山歩きの終結を口にして、出発前の小三郎の扱い方に戻ったのかも知れない。小三郎も角の提案の一言で、ふっと何かが落ちたような気持を味わっていた。

「止まれ」

歩みを止めた角が声をひそめる。

「向こうの木の下の茂みだ。大きな岩との間に半間の隙間がある。あの際から一間左に石を投げろ」

囁きながら角は箙から弓を外し、矢を抜いてつがえた。目は茂みから離さない。

「よし」

小三郎が小石を投げた。小石が草叢に吸い込まれると同時に、草叢から灰色のものが飛び出し、大岩との隙間の空に跳ね上がり、地に落ちた。兎だ。草叢から大岩の陰に身を移そうとした瞬間を角の矢が捉えたのだ。

角は弓を箙に納め、ゆっくり獲物を取りに行った。

小三郎は心得て、付近の落葉、枯れ枝を集めにかかる。角は獲物の処理を小三郎には手がけさせなかった。始めの間は小三郎がまごまごしている間に、角はさっさと燃える物を集めて火をつけ、処理した肉を焼きにかかるのだった。角は小三郎にああしろ、こうしろといった指示をしない。小三郎が見まねで自発的に動くまで全て自分で片付けた。今では何の合図がなくても、自然に分業の作業が出来る。

角は鳥、獣を狙う時、決して大きなものを的にしなかった。二人がその時腹いっぱいになる大きさで良いと言う。鹿の肉は美味だと小三郎は知っていた。鹿を見つけ、それを狙おうと弓を取った時、角は黙って小三郎の腕を抑え、首を横に振った。よく見るとその鹿は仔連れだった。

「成程、仔鹿がいては哀れか」

小三郎は、角が止めたのは憐愍《れんびん》の情と理解した。ところが角は再び首を振った。

「喰いきれぬ」

「何と」

「余った肉を引きずっては行けぬ」

大きな獲物は、一つ所に止まる時か、大人数の時より他獲るものではないと言う。

「ほう、そのような際は、熊でも獲るのか」

皮肉まじり、冷やかし半分に小三郎が言うと、

「熊の肉はうまいで」

にこりともせず答える。それ以来小三郎も、獲物は小物ばかりに目を向けるようになった。大岩の下から灰色がかった兎を拾い上げ、元へ戻った角は、兎を射抜いた矢を丁寧に抜き取り、べっとり着いている血を木の葉で拭い笈に納める。それから平らな石の上に兎を横たえ、小刀で皮を剥ぎ、腹を割いて臓腑を取り除け、木の葉で器用に肉の血を拭いた。それが終わると、石の上に枯葉を厚く敷き、山刀で骨ごと輪切りにたたき切った。枯葉を下に敷いたとはいえ、それで刃こぼれ一つないのだから見事なものだ。

骨から肉片を剥がすと、心得た小三郎が作った、両端を尖らせた小枝の一方に肉片を刺し、一方を地面に突き刺す。そして枯れ枝を燃やし始めた。

その作業の間に角は、臓腑と毛皮を持って大岩まで降り、先ず、大岩の上へ臓腑を投げ上げた。空中高く上がった臓腑は直ぐ見えなくなった。大岩の上に安着したのだ。これは鳥の餌だと言う。茂みや樹間あたりに投げ捨てたのでは鳥は啄ばめない。毛皮は、手の届く高さの適当な枝に吊り下げる。この吊り方は、枝に切れ目を入れ、そこに挟んでおくのだ。この毛皮は、その内からからに乾く。山歩きの者がそれを見付けて、重宝することがあるのだ。

「そっちはこれから先どうすることになっとる。館へ戻ってからよ」

「春殿から何も聞いておらぬ」

「そっちはどうしたいんじゃ」

「さて、何としょう。別に思案はない。傀儡《くぐつ》の仲間へでも入れてもらおうか」

「ならん。それは出来ん」

「何故だ。私は傀儡が気に入っている」

肉が焼けるのを待つ間、角は饒舌だった。角との会話らしい会話はこれが初めてだった。これは、類と一緒に跳躍の修習に当たってくれた時も同じだ。小三郎に興味を示さないだけでなく、己れのことを話したこともない。

「傀儡は異族を入れぬ」

「そうかな、男と女は交わるではないか。生まれた子は異族の血をひく」

小三郎は久しぶり、行女の姿を想い浮かべた。そしてそれに春風尼の姿が重なる。山歩きの間忘れ果てたように、脳裏を過ぎることもなかった。行女は、生まれた子は傀儡の者が育てると言った。

「傀儡の女子《おなご》は異族の胤をもらうこともある。したが、傀儡が生めばそれは傀儡よ。男が異族の女に生ませりゃ、それは傀儡じゃない。女子が里に居つけばそれも傀儡じゃない」

「妙なならいだな」

角はそれには答えなかった。

「角はどうして山歩きの業を身に着けたのだ」

「傀儡《くぐつ》は誰でも山へ来る」

「何故」

「生き返るためだ」

「ほう、たしかに身内に活力がみなぎるとは納得出来る。山の霊気を呼吸するとでも言うか。だが、誰でもとは、そのような慣いであるのか」

「慣いとはちっくり違う。とにかく来たいと思うようになる。山が呼ぶんじゃろ」

「角もそうだったのか、此度の山歩きは」

「此度は違う。館さまが、そっちの伴で山を歩いて来いとな」

聞かなくても分かっていることだ。だがその真意を知りたかった。だがそれは、角に尋ねても無駄だった。ただ、知らぬと素っけない。

「私の伴というには、先に立って随分と速かった。常人では、走るといった方に近い。傀儡は皆、あのように速く歩くのか。平地ではない。誰でも角のまねが出来るものではあるまい」

「誰でも同じよ。生まれついた性《さが》だ」

「珍《ちん》にして異じゃな」

角はこの言葉が分からなかったらしい。怪訝な表情を見せたが、そのまま黙った。

「そろそろ焼けた頃じゃ。喰うか」

会話はぼつりぼつりだ。角は言葉を出すまでの沈黙の方が多い。その間に肉に火が通った。あたりは何時ともなく香ばしい臭いにつつまれていた。尤も小三郎はこの臭いに辟易したものだが、何時の間にかそれを香ばしいと感じるようになっていた。角は左手の甲に塩をおく。枝の串を地面から抜き取り、肉片にその塩をつけてかじり始めた。小三郎も同様だ。この食べ方にも慣れた。当初は、焼いたばかりの肉の熱さで、左手の甲が火傷しはしないかと、暫らく間をおき冷ましてから塩をつけた。だがこれも今では、熱さが気になるようなことはなくなった。

「逃げとったんじゃな」

角が口に頬ばったまま、唐突に言った。

「何が」

「走るような歩き方よ」

平地の異族に追われていたという。傀儡は元々山棲みの族だった。平地の異族が木や石を求めて山へ入って来て、傀儡を発見すると恐れて攻撃するようになった。傀儡は今もそうだが、攻撃されると逃げることしか知らなかった。傀儡の人離れした業は、獲物を得るためとこの逃走のために研かれて来たらしい。永い歳月の間に傀儡も里へ下りて異族と平穏な交わりが出来るようになり、言葉も異族に同化して行った。だが、傀儡は山棲みの本性を頑《かたく》なに守り続けて、異族を受け入れようとはしなかった。

角が口にする片言から、小三郎はそのように理解した。

「山が時折呼ぶのよ」

「どうやって」

「胸の中に山の声が響いて来る」

「不思議な一族よな」

角はそれっきり口を開かなくなった。

皿ケ嶺を降り、谷川の流れで魚を獲り、低い峰々の獣道をたどり始めた。曲がりなりにも道らしいものを歩くのはそれが初めてだった。角は口にはしなかったが、どうやら、獣道の見つけ方を教えようとしているらしい。方角の目標を定めると、必ずどこかに最短距離の獣道があった。道がふっと途切れたように見えても、角は歩みを止めず、暫らくすると道らしいものが確実に出現するのだった。

岩穴を見付け、そこで一夜を明かし、そこを出立してから角は心持ち足を早めたようである。これまで何度か味わされた疾走こそしなかったが、帰着間近で心逸るのか。

右手に木立を透かして海が見えるようになった。その峯々は海に近かった。

角がふと立ち止まって耳を澄ませる。

「合戦じゃ」

彼はつぶやいた。小三郎はあたりを透かし見た。

「何も見えぬ。何も聞こえぬぞ」

角は行く手を指差した。

「笠松城だ。城攻めじゃ」

彼は再び歩き出したが、次第に駆ける速さになった。小走りの中で、

「合戦は度々見たが、城攻めは未だ見たことがない」

そう告げて一層速さをましていった。

立ち昇る一条の煙が見えた。風に乗ってざわめきが聞こえて来る。小三郎の耳にもそれが聞こえて来る頃には、疾走に変わっていた。

笠松城の大手が見下ろせる小高い場所の大木の枝に二人が腰を降ろすまでにいくらも刻はからなかった。

大手門は既に破られ、門内には寄せ手が充満し、一の木戸の内側へ盛んに矢を射かけていた。火矢も射込まれ、木戸内の火の手は次第に燃え広がる。木戸の内からも矢を射返してはいるがその数は少なく、城兵は残りすくないようだ。木戸の破られるのを防ごうと、木戸に近づく者を狙うのが精一杯のようだ。

城門の外のだらだら坂には、乱杭、逆茂木《さかもぎ》を組み立てた抵抗線が二陣あったようだ。そこで

の戦闘は激しかったようで、引きのけられた逆茂木のあたり、敵味方の死屍累々《ししるいるい》の様である。寄せての控えの軍勢がその間に散開しているのが見てとれた。

「合戦を見損のぅた」

角は失望したようだ。

「未だ攻めているではないか」

「ま、残り少のぅなった者が、あの火の中で自害して終わりだ」

興のなさそうな返事である。小三郎も、随所に繰り広げられる死闘の様という合戦を想像していただけに、期待の外れた感はあった。

「世田山の麓も騒いどるようじゃが、未だ本気じゃないわ」

角は隣の峯の方に小手をかざしてそう言う。

「見ろ」

小三郎が角に注意を促した。

折しも、城内の木戸が押し開かれ、一人の武者が姿を現したところである。

紺糸の鎧に竜頭の兜を被った大兵のその武者は小脇に鉄の棒を抱えていた。

「降人ぞ。降人ぞ」

「手出しは無用ぞ」

寄せ手の中から声が聞こえる。寄せ手はその場で動きを止めた。とたん、その武者が鉄棒をどんと地に突き、大音声を挙げた。

「よそにては定めて名をも聞きつらん。今は近付きて我を知れ。畠山の庄次郎重忠が六代の孫、武蔵の国においい育ちて、新田左中将殿に一騎当千とたのまれたりし、篠塚伊賀守という者ここにあり。いざ、討って勲功に与《あずか》れ」

言い終わると同時に、武者は鉄棒を横に抱え寄せ手の中へ突進した。百は居ろうかと見える寄せ手の中でこれを阻止しょうとする者の一人もなく、気を呑まれてさっと左右に開いて彼の道を開けた。

武者は一気に城門の外へ出た。兵たちはようやく我に返ったか、

「相手はただ一人ぞ。篠塚伊賀守といえども馬にも乗らず何程のことやある。遠矢に射殺せ」

寄せ手の中から声が上がった。と、その声を聞きつけたか、伊賀守は歩を止め、くるりと振り向き、からからと笑った。

「御辺たちのべろべろ矢、某の鎧によも立ち候わじ。しかと狙い候え」

彼は鎧の胸板をどんとたたいた。

小癪なりと城内から、十数本の矢が放たれた。だが僅かに二本、鎧の袖に当たって滑り落ち、他は悉く外れた。あわてて他の武者も矢をつがえ、一の矢を送った者は二の矢をつがえ、まさ

に一斉射と思われたその時、木戸口に喚声が上がって十二、三人の武者が飛び出して来た。伊賀守に矢を向けていた寄せ手の背後である。寄せ手の勢はあわてて振り向き、これに立ち向かう。城門と木戸の間で壮絶な切り合いが始まった。

それと見た伊賀守は城門に背を向け、悠々と坂を下り始めた。寄せ手の控えの勢がこれを阻もうと前途に群がった。

「御辺たち、いとう近づいて頚《くび》に仲たがいすな」

伊賀守は嘲笑して、何やら低い声で称え始めた。小三郎にはそう聞こえたのだ。

「小歌じゃ。小歌を唄ぅとる」

角があきれたような声を出した。

「お主知っているのか」

「ああ、……世の中はちろりに過ぐる、ちろり、ちろり」

角は武者が歌っているのを口移しにしているようだ。

「そう唄ぅておるのか」

「ああ、中々の巧者よ……何ともなやのう、なにともなやのう……やっ、みたかあれ」

寄せ手が六人、一斉に伊賀守に切掛り、伊賀守は鉄棒を横殴りに振って、その六人は跳ね飛ばされる者もあり、その場に崩れる者もあり、一瞬にして立ち上がる者は居なくなった。伊賀守は何事もなかったように歩みを止めない。

「また唄う……うき世は風波《ふうは》の一葉《いちよう》よ、ただ何事もかごとも、ゆめまぼろしや水のあわ、あっ、また」

伊賀守の鉄棒が横薙ぎ、五六人がふっ飛ぶ。

小三郎の耳にはそのあたりから声は届かなくなった。角には届くようだ。

「息も切れずよう唄ぅとるわい……ささの葉におく露の間にあじきなの世や。夢幻や、南無三宝、あっ、駆け出した」

寄せ手が逃げ散る。伊賀守が歩く。寄せ手が歩調を合わせるようにつき従う。伊賀守がまた駆ける。

「見ろ。どうやら落ちたようだ」

小三郎は城の方を指差した。城内の炎が一段と噴き上がり、寄せ手がぞろぞろと城門の外へ出て来た。手傷を負って支えられながらの姿も見える。抱き抱えられた者は討ち死にの者か。

城兵は城と共に焼け果てるのか。

「あの武者、追ぅて見るか」

角は落城にさした関心はないようだ。

「もう良い」

小三郎は言い捨てた。角はその語調に怪訝な表情を見せたが、直ぐに、

「あの武者の最期こそ見ものというに」

ひとりごちて言った。

小三郎は黙った。駈け合う馬、弓勢の凄まじさ、斬り合いたたき合う激突の迫力。小三郎は、合戦をそのように何となく想い描いていた。そこにあるのは武士の雄々しい姿だけである。だがそこで見た城攻めの終末の様相は、彼の想い描いていた合戦とは随分と違ったものに見えた。

小三郎の胸は空漠たるものにふさがれ始めていた。


笠松城陥落の報せで、大島の重平と顕忠は読み切れぬ先行きに苛立っていた。

小早川の軍船が今張に向かったと知って、田浦の野島衆を解散させ宮窪に帰ったところへ、報せが入った。国司四条有資が国府を脱出したと言う。

細川勢が大島の館山へ避退している間隙を縫って、来島瀬戸の忽那《くつな》水軍が今張に乗りつけ、国司を擁《よう》して来島瀬戸を抜け西へ去った。未だ細川勢中国勢の総攻撃が始まる前である。四条有資は、脇屋義助の卒去で俄に弱気になったのであろうか。忽那が来島瀬戸に面した大浜城の後備えに出張ったとはいえ、今張から北へ少し離れている大浜城は、主戦場の後方支援の戦力

として余り役に立たない。大浜城のある野間半島には武家方の勢力が若干あるが、これは河野の傘下にあり、河野が宮方に降《くだ》っている今、当面野間半島に心配はない筈である。忽那水軍が来島瀬戸を遊弋していたのは解せなかった。重平は今にしてその意図が分かった思いだ。忽那は最初から国司脱出を援《たす》けるために待機していたのだ。安芸勢を来島で食い止める、その作戦とも考えていたのだが、安芸勢のこの方面への動きは全くなかった。

「川之江が落ちた時、もう腹をくくっとりんさったのじゃろ。長ぅはないのう」

重平は憮然《ぶぜん》としてつぶやいたものだった。

国司の脱出はそれとして、総攻撃が始まって笠松の落ちるのは思ったよりも早かった。重平はあの辺りの地形をよく知っている。笠松城が城とは名ばかりの、砦の規模であることも知っていた。だが、本城の世田山城から兵を繰りだし、新居の方から河野が攻めれば、かなりに持ち堪《こら》えもしょう。その間に、備前の飽浦、小笠原も長駆《ちょうく》、沼島から駆け付けるだろう。重平はそのように思案していた。ところが思いの他に笠松の陥落は早く、宮方の援軍はどこからもその動きは聞こえて来なかった。

この分では世田山城が何時まで持ち堪えるか。命日夕《めいたんせき》に迫った感だが、問題は陥落の後だ。細川が勢いを駆って道後に雪崩込むのは当然として、河野善恵入道が構える道前境が主正面だろうが、中国勢の水軍を来島瀬戸から道後へ廻す二正面作戦を採るだろうか。その動きがあれば忽那《くつな》が迎撃に出動するだろう。となれば大島が巻き込まれるのは避け難い。だが、今一つ、中国勢が細川の河野攻めに加担するだろうか。足利の軍勢催促に河野が対象に入っているとは考えられない。あの善恵のことだ。詐《いつわ》って宮方に降るとも、足利への忠誠は変わらないくらいの誓詞《せいし》は送っているのではないか。彼は細川さえ伊予から退ければ良いのだ。中国勢も足利の催促に入らない河野を討ったところで、恩賞はないと承知しているだろう。細川と河野の合戦ならば単なる私闘とみなされ兼ねない。恩賞のない戦さを誰がするものか。

とつおいつの思案だが、どれも確信の持てるものではなかった。

笠松城陥落の二日後、「のうし」からの使いが重平の許へ来た。

笠松城の落ち武者が一人、沖の島へ流れ着き、今、村上の屋敷に居るという。その扱いのことで五郎左がそちらへ出向くから、相談に乗ってやって欲しいという伝言だ。

重平は驚いた。「のうし」は全てに判断を下す存在として珍《うず》に君臨して来た。それがこのような申し入れを。しかも五郎左は「のうし」の息子なのだ。重平の出る幕ではなさそうに思えるのだが。

五郎左は二十八才になる。妻子のいる一人前の男だが、早くから「のうしの後」は継がぬと、ひたすら漁師に励んでいたが、ここ一、二年、警固《けご》で身を立てたいというようになっている。人の下で使われればそこそこには働けるだろうが、独立して手下《てか》を動かすには器量が不足しているようだ。それだけに重平としては、五郎左には余り近づきたくない思いを持っている。肩入れしょうにも、その仕甲斐のない男だが、仮にも「のうし」の嫡男である。そう無下《むげ》にも出来ず、つかず離れずの距離で今までを過ごして来た。

村上の屋敷というのは、村上義広の後家と次女さくらの身柄を「のうし」に預ける時、重平が建てた仮住まいだ。大島の村上屋敷とは比べものにならない。沖の島ではこれを村上屋敷と呼んでいるが、普通の漁師の住まいより少し小綺麗で部屋が四間あるだけだ。二間の家に家族五、六人が住むのが当たり前の漁師達から見れば、屋敷と呼ぶのがふさわしいのであろう。

使いの去るのと入れ替わりのように、五郎左が三人の漁師を連れてやって来た。この漁師は手下のつもりかも知れない。五郎左は刀を差していた。

五郎左が来た時、丁度顕忠も居合わせていた。

二人が向き合って座っている部屋へ、五郎左はいきなりずかずかと入って来た。浜から知らせがあったことで重平も、待ってはいたのだが。その時も顕忠にそれを話して、良い機会だから引き合せておこうと話していたところだった。

「じゅうべのおっちゃ、のうしがどう言うたか知らんが、わしゃどうしても出させる」

五郎左は挨拶も抜きでいきなり、のっけからけんか腰に似た物言いだ。

「何や。まあ、座れ」

彼は重平に言われるまでもなく、どっかとその場に腰を下ろす。

「丁度ええとこじゃ。ここに居なさるのは北畠大膳大夫顕忠殿じゃ」

五郎左は不審な顔つきを見せた。

「それ、中の院の」

「あ、あの顕忠殿か。その名はおっちゃからよう聞かされとる。わしは五郎左よ」

顕忠は、五郎左が「のうし」の子息とは先程重平から聞かされたばかりだ。顕忠は挨拶に困って重平の顔を見たが、彼は何も言わない。顕忠は黙って五郎左に頭を下げるだけに止めた。

五郎左もまた重平の顔を見て、何も言わない彼に戸惑ったように口を閉じた。

やおら重平が表情を緩めた。

「ごろちゃ、何を言いに来たんじゃ。わしゃあ、のうしから何も聞いとらんで。落ち着いて、筋を立てて話せや」

重平と五郎左は、おっちゃ、ごろちゃと呼び交わし合う仲である。五郎左が生まれた時から、身内のような間柄だ。

「聞いとらんと」

「何やら落武者が流れ着いたそうな。それだけじゃ」

「ふーん」

ちょっと怪訝そうな顔付きになったが、それに頓着《とんじゃく》するような男ではない。

「ま、ええか。その落武者がのう、篠塚伊賀守と名乗っとる。鎧も兜も見事なものよ。あれなら大将首いうてどこぞの陣へ差し出しゃ、わしを使ぅてくれる大将がおるかも知れん。そう思ぅて村上に掛け合ぅた」

「それで」

「伊賀守は村上の客じゃ言ぅて、けんからけんから抜かしおって話にならん」

「後家殿が言われたか」

「うんにゃ、さくらちゃよ」

「さくらちゃ」

「ほうよ。女子《おなご》の癖に言うことがすどい」

「何と言ぅた」

「強《た》って渡せとなら、私が相手じゃ言ぅての、刀を抜いたで」

「ほう」

「相手になる言ぅても、こっちが相手出来るかい」

「何で」

「相手は女子で」

「さくらちゃがのう、ごろちゃ、相手になりゃあ良かったろうに」

重平は笑いながらそれを言う内、堪え切れないように、弾けるような笑い声になって、仲々にそれは止まらなかった。

「何がそのように可笑しい」

五郎左は渋い顔だ。

「ごろうちゃが、さくらちゃをどのように料理するか、こりゃあ見物《みもの》よ思うたら、可笑しゅうて」

なおも笑い続ける重平だ。

「おいといてくれ。女子《おなご》じゃ思ぅて下手に出りゃ、馬鹿にしくさって、何遍行ってもことにならん。ほいでの、おっちやから掛け合ぅてもらおう思ぅての」

「のうしがわしに頼めと言ぅたか」

「うんにゃ。相談せい言ぅた」

「そうか、分かった。ほんなら言ぅちゃろう。そのこたあ、あきらめえや」

「どうしてじゃ」

「五郎左が思ぅとるような具合にゃならん」

「何がじゃ」

五郎左は腹立たしそうにどなった。

「ええか。ごろちゃが、どこぞの大将の手下《てか》なら、伊賀守の首に恩賞もくれよう。取り立ててもくれよう。ほいじゃが、高の知れた漁師が、首一つ届けたところで何程に買ぅてくれるもんやら。大将によっちゃあ、これ程の勇士の寝首をかいた不届き者奴と、ごろちゃの素っ首はねんでもあるまいて」

「そんな馬鹿な。おっちゃは、わしが、目をつけたを妬んどるんじゃないか。それで、やめとけ言ぅんじゃろ」

「馬鹿たれ」

重平は大喝した。

「伊賀守はの、手下の五人十人連れて掛かっても、びくともするような大将ではないぞ。怪我をするか殺されるか、それを見とうないからこそ、止めとるんじゃ」

「そんなら、野島衆を加勢に出そうと、どうして言ぅてくれぬ」

「未だ分からんのか。馬鹿げた思い付きを止めえ言ぅとるのが」

五郎左はなおもあれこれと口走って喰い下がったが重平は取り合わず、結局は腹を立てたまま帰って行った。

「聞いての通りよ。あれが結局、珍《うず》の末路を招いた男よ。何時まで経ってもがきのままじゃ」

五郎左の去った後、重平は暗然として顕忠に告げた。

顕忠は終始、五郎左から無視されたままだった。話の内容が彼とは関係の無いことだったとはいえ、顕忠の噂を知っているなら、口添えの一つくらい頼むかと聞いていたが、五郎左の眼中に顕忠は入らなかったようだ。それに、去る時も顕忠に挨拶はなかった。傲慢《ごうまん》無礼の男。顕忠にはその印象だけが強く残った。

その翌日、世田山城落城の報が大島の重平の許にもたらされた。興国三年（一三四二）十月十九日のことである。

その日の暁、宮方の主将大館左馬之助氏明は十七騎の郎党を引きつれ、一の木戸口を打って出て、群がる敵を蹴散らし、遥かな麓まで追い下し再び城へ取って返した。それから、敵の軍勢が鳴りをひそめた束の間に、先ず左馬之助が心静かに自刃を遂げ、これを見届けた郎党も一斉に腹を切って打ち伏した。

これを知った残る城兵は、再び駆け上って来た敵勢の唯中へ突入する者、城中へ火をかけ、炎の中に飛び込む者、ここでも笠松城と同じ凄惨な地獄絵図が現出していた。

世田山城の攻略を果たした細川頼春は、軍勢を府中に進め、真光寺に入った。

翌二十日朝、この寺の境内で頼春は、宮方の分捕《ぶんどり》首の首実見を行なった。だがその中に大館左馬之助の首は無かった。

その日の夕刻、二人の山伏が宮窪にやって来た。伏間に通じる山道を辿って来た。

その一人が心覚えでもあるのか、すれ違った漁師に尋ねるでもなく、すたすたと道を急いで、大島の重平の屋敷を訪れた。

二人共に丈高く、筋骨勝れた偉丈夫であったが、その一人は山伏の被る頭巾《ときん》の下に頭髪の無い坊主頭、髭を蓄え威厳があった。

案内を請う声に出て来た取次の者に、

「重平殿にお目にかかりたい」

用件だけ告げて名を名乗らない。重ねて聞くと、

「告げずとも良い」

そう言って笑顔を見せた。

取次の者から凡《おおよ》その風貌を聞いた重平は不審そうに出て来たが、坊主頭の山伏を見て、これは、と驚きの声を挙げた。山伏はすかさず、自分の唇に一本指を当てた。重平は頷いて、手下《てか》を呼び、座敷へ通す世話を命じた。

その時も顕忠は屋敷内にいた。情勢緊迫とあって、このところ彼はずっと重平の屋敷に寝泊

りしている。客座敷に通した山伏の許へ、重平は顕忠を伴なった。

山伏を上座にすえ、手下《てか》達を遠ざけて、重平は初めて彼の名を呼んだ。

「志純さま、御健在何よりにおざりまする」

「重平殿も息災、重畳《ちょうじょう》々々。固苦しい挨拶は抜きじゃ。ただの修験者が一夜の宿を請うた、そのおつもりで、な」

「承知仕っておざる」

重平も察するところがあるのか、飲み込み顔になった。

「こちらへ控えておりまするは、北畠大膳大夫顕忠殿。重平の片腕と頼むお人なれば、御懸念には及び申さず候」

「いやいや重平殿、そのお言葉遣いも、もっと平に、平にな。直垂《ひたたれ》で物言わずと。ただの山伏が相手じゃ」

坊主頭は照れ笑いで手を振った。

彼は傍らの山伏を、岡部二郎忠行と紹介した。志純と呼ばれた坊主頭が、見た目の威厳にも拘らず磊落な性格の様なのと対照的に、岡部の方は実直そのものといった感じを受ける。

「さて重平殿よ、時ならず俄に押し掛けいささか心苦しいが、火急の頼みがあって参った。聞き届けてはくれまいか」

「ははあ。この重平奴、如何なる仰せなりとも。して、その御望みは」

重平は緊張した。世田山城落城の報が頭を過り、これからの伊予情勢の動きに連動する頼み事ではあるまいか。彼の胸にその不安が満ちた。

「されば、われ等二人、備後の歌島へ送って欲しい」

「お送りするだけにおざりまするか」

重平の声が弾んで聞こえた。

「いかにも。小舟一つ、水手《かこ》一人拝借願えれば十分」

「容易《たやす》いことにおざりまする。して、お送りは何時仕りましょうや」

「明朝、明け方時分、歌島へは、無理であろうか」

「造作もなきこと」

重平はすっかり緊張を解いていた。

「安堵致した。はて、頼み入るにその訳も申さずと心ないことであったが、聞き届けてくれた上は、手短に物語らん」

そこでようやく、志純と岡部はこれまでの成り行きを交々《こもごも》、淡々として語った。

志純は脇屋義助に従って伊予に入っていた。義助が病没した際、入道している志純は義助の遺髪を、折りあればその故国上野の新田郷へ届けんものと切り取っていた。

岡部二郎忠行は大館左馬之助の郎党である。左馬之助落城を目前にして自刃の際、忠行に後事を託した。忠行は城に火をかけ、その炎で左馬之助以下の遺体を焼き、骨にしてこれを地に埋め、左馬之助の頭を箱に詰めて、乱戦の城中を脱出した。

志純は世田山城篭城《ろうじょう》には加わらず、国司四条有資が脱出した後の府中に残って合戦の推移を見守っていた。

「実のところ、世田山城はちと脆《もろ》きに過ぎた。今暫らく支えていれば、細川は必ず手を引く。私はそう見ていた」

そこで志純は意外なことを打ち明けた。

「と、仰せられまするとし」

「細川頼春の手元へ、足利尊氏の教書が届いている筈じゃ。軍勢を率い京へ馳《は》せ上れとな」

「や、それはまた、如何なる」

「南方蜂起《ほうき》じゃ。未だ一、二箇所火の手が上がったに止まっているが、やがてはこれが燃え盛る炎となろう。尊氏はその動きを嗅ぎ取ったと見える。諸国の武将に次々と教書を発して軍勢催促を行なっているのじゃ。そのこと、阿波の野伏が私に知らせて来た。大館殿へはその旨通じて、持ち堪えてさえいれば伊予回復の目途も立つと励ましておいたのだが。頼春奴、四国宮方を刈り取った名が余程欲しかったと見える。兵の損害を顧みず遮二無二《しゃにむに》押しまくりおった」

世田山城落城には至るまいとふんでいた志純だったが、落城と知って、高縄半島の大浜城へ走った。彼の後を追うようにして、城落ちした岡部忠行も逃れて来た。

伊予攻めに加わった中国勢が未だ伊予にいるその間に、備後へ渡り、行方をくらまさなければ。二人の意見が一致して、早急な伊予離脱を企てた。だが、問題は船だった。

大浜城の前面、来島の瀬戸には忽那《くつな》の水軍の影は見えなかった。何とか漁船を見つけて、手近な大島の正味《しょうみ》の浜まで、瀬戸を一またぎして運んでもらった。大島へ渡れば重平がいる。志純はそれが頼みの脱出行だった。

「よう分かりまいた。歌島へお渡りの儀、しかとお請け申し上げまする。ところで志純さま、先程仰せられまいた細川、都へ参陣は真におざりまするか」

「如何にも。明日にでも伊予は空になろう。細川が撤収の準備にかかっておること、大浜へ聞こえておったぞ」

「余勢を駆って道後攻めは」

「あるまい。河野の堅陣を破るのに、これ以上兵を失う愚は冒《おか》すまい」

重平は安堵した。脇屋義助伊予下向以来、胸につかえていたものが一挙に下りる思いであった。

「されば、何はともあれ、夕餉を差し上げまする故、暫時、この場にお寛《くつろ》ぎ下さりましょう。

程のぅ参じまする」

重平は顕忠を連れて座敷を下がり、己れの部屋に入った。

「じゅうべさぁ、あのお方は」

部屋に入るなり顕忠は性急に聞き質した。話の間中、相手は何者ぞと、気になって仕方がなかったのである。重平の言語態度で、あの場でその素性を尋ねるのは憚《はばか》られた。だが、知りたくてうずうずしていた。あの態度、話の内容といい、余程名のある武将であろうと想像はしたものの、皆目見当はつかなかった。

「ま、座れや」

重平も座り、

「あのな、顕さぁ」

急に声を落とし顕忠の傍ににじり寄った。

「聞かれちゃならん思ぅての、わしはあの場で志純さまとより口に出さなんだ。実はのう、あのお方は備前のお方で児島三郎高徳と仰せられる。入道なされて三宅志純とお名乗りなされた」

声を潜めたまま重平は語を継ぐ。

児島高徳は後鳥羽天皇第五皇子冷泉宮頼仁親王直流の家に生まれたと言う。過ぐる承久の乱に連座した頼仁親王は北条義時のために備前児島に配流された。配所生活二十七年の後その地で薨去《こうきょ》。高徳は親王の御令孫《れいそん》である。

高徳は元弘の乱に、後醍醐天皇の倫旨《りんじ》を奉じ、北条の鎌倉幕府を倒すため働いた。北条が倒れ建武の新政成り、天皇親政の世も束の間、足利尊氏の離反で、国中が宮方、武家方に分かれた争乱の世となった。尊氏が九州へ敗走した後、高徳は、新田義貞の播磨攻めに加わり、更に脇屋義助と共に備前船坂、三石の攻略の際、熊山にたて篭もり、囮《おとり》となって義助の本隊の船坂、三石抜きを容易とした戦功がある。高徳の作戦で、義助は更に備中に進んで高松城を陥れることが出来た。

ところがこの時の囮作戦で、味方に数十倍する敵勢相手に奮闘する内、高徳は重傷を負い、戦線を離脱してさる寺へ逃れた。その後の彼の消息は途絶えていた。

その後、足利尊氏が東上し、湊川の決戦で宮方が破れて以来、宮方は劣勢に立たされた。そうした中で高徳は武将として合戦に望むことはなく、地下工作に東奔西走していたのである。大島の重平が高徳に再会したのは播磨の明石だった。村上義弘と共にした最後の航海の時のことである。その時高徳は、入道して三宅志純と名乗っていると明かし、今は野伏の頭領だと笑っていた。

この時代の野伏の隠然《いんぜん》とした力は、合戦の帰趨《きすう》を決める程のものだった。武士のようにその名が表にでることもなく、千、二千の集団がたちどころに現われ、あるいは霧のように消えて行く。神出鬼没のこの集団は、味方にして頼もしく、敵につかれては厄介な存在であった。

大島の重平と児島高徳の出会いは、村上義弘が鉄製品を扱った際、高徳が製造業者との間を取り持ってくれたことに始まる。これを徳として義弘が大島に高徳を招き、十日余りも逗留して遊んだこともあった。

「顕さあ、行ってくれるか警固《けご》で」

「そうよなあ、今のじゅうべさぁが自分で動くのはまずいか」

「小早を出そう。十六挺櫓じゃ」

この小早は村上が残した唯一の船だ。戦闘用の船で、義弘亡き後は偶《たま》にしか使っていない。然し手入れの十分なことは顕忠も知っている。

「わしは未だ尾道の水道に入ったことがないぞ。北は因島までしか知らん」

「いっぺん見て来いや。先々のこともあろう。船頭にゃ甚八をつけよう」

甚八は宮窪の漁師だ。潮見に長けていて、内海を知り尽くしている。手下《てか》の中では一番温和な性格の持ち主でもある。

「子の刻にゆっくり出ても、しらじら明けには歌島へ入れる」

夕餉を済ませた三宅志純と岡部忠行には、出船までの間寝《やす》んでもらい、その間に重平は手下を集め船の支度をさせた。重平は顕忠にも一眠りするよう言ったが、顕忠は浜へ出て手下達と船、櫓の具合を念入りに確かめずにはおれなかった。志純が宮様のお血筋ということで、顕忠は訳もなく興奮し、緊張していたのである。

「尾道は武家方の杉原が支配している。向かいの歌島は支配こそしていないが、踏み込もうとすれば造作もないこと。狭い水道を渡るに手間暇かからぬ。私が目をつけたはそこよ。伊予の残党が目と鼻の先に潜むとはよも気づかじ。便船が出るのをじっと待っておれば、苦もなく備前へ運んでもらえる」

歌島から先を案じる重平に志純は笑って答えた。歌島の問丸に、心を寄せてくれる者があるようだった。雁木に船を乗り付けて咎められることも無いという。

星灯りの海に船出して、志純は初めて顕忠に話しかけた。

「北畠殿と申されたな」

「ははっ」

「北畠大納言家、お縁《ゆか》りの方でもあられるか」

「多少は。中院が末流におざりますれば。大島庄の庄官の家の出におざりまする」

そして彼は北畠顕家から名乗りを許されたことを語った。

「惜しいのう。それ程の士が大島でくすぶりおるとは。如何かな、この志純に付き従うては見ぬか。宮方への忠節はその身に幾層倍にもなって返って来ようぞ」

顕忠は思いもかけない申し出に驚いた。絶好の機会と喜ぶ気持ちは十分にあった。だが彼は、夢と野望がすべてといえる年令ではない。欝勃《うつぼつ》とした野心がくすぼっているとはいえ、年令相応の思慮が働いた。

「有り難き幸せなれど、この身は海より知り申さず。内海を離れては赤子も同然かと。それに大島には断ち難きしがらみの、幾重にもおざりますれば」

「無理にとは言わぬ。人それぞれに世のしがらみの中に生きておる。縁あればまた会おうぞ。気持ち良き男と、忘れはせぬ」

「恐れ入りましておざりまする」

志純は笈の中から重平心尽くしの瓢箪《ひょうたん》を取出し、顕忠に盃を与えた。

「脇の頭よ、まんが良ぅて潮に乗り過ぎとるでぇ。この分じゃ、早ぅに着き過ぎようで。櫓を変えるか」

船頭の甚八がのんびりとした声を上げた。

「それで良い。船頭任せじゃ」

顕忠の返事で、二交替の櫓方が三交替に変わった。漕手の水手《かこ》は十六人、警固《けご》は顕忠を入れて五人。船には大分ゆとりがある。その分、船足は軽かった。事あればとにかく逃げよ。そのための小早ぞ。出船間際まで重平はくどく念を押していた。小早は、船底を浅く作った俊足船である。攻撃にも脱出にも軽快な船さばきが可能だ。船頭の甚八が予定より到着が早そうだという理由で漕手を減らしたのは、いざとなれば十六挺櫓が全速で漕げるよう、水手の力を蓄えておくためである。弓削島を回り百貫島の西から北上の針路を取るが、因島を西に見るあたりから警戒水域だ。弓削、因島共に宮方が気勢をあげているが、それだけに何時武家方が襲いかかるかも知れない情勢にあった。夜明け前は奇襲の常道である。野島衆はこうした合戦の機微《きび》を良く知っていた。その巻き添えを喰わぬ手立てに怠りはないのだ。

その夜の海で顕忠は、我が往く道、見定めたりと、大仰な決意を己れに言聞かせていた。貴人の誘いを断った気持ちの昂ぶりもあったようだ。断ち難きしがらみ、自身の言葉を思い浮かべ、わしは野島の衆とは離れられないのだ、つくづくとそう思うのだった。この先どうなるのであろうか。重平は、珍《うず》の者を解き放つと言った。それで何がどうなるのか、しかとは見定められぬ。だがこの思い、変わらぬであろうな。

顕忠は星空を仰いだ。

東の空に星一つ流れるのを見た。

（北畠大膳大夫）その名が流れ落ちたと、顕忠は思った。束の間の夢であった。ひとかどの武将を望みに持ったが、しがらみを破れぬ自分をさとった。

（人にはそれぞれ生まれながらの分がおざる）

弟忠助の言葉が浮かんで来る。我が道見定めたと己れに言い聞かせながら、彼の気持ちは次第にあきらめに似た気息の衰えへと変わっていくようであった。

「三番方、櫓降ろせえー」

甚八が胴間声を上げる。

船が緩やかに変針した。行く手の小さな黒い塊と見える百貫島が右舷に変わり、次第に船の後方へと離れて行った。

巻の十　離別無情

傀儡《くぐつ》の角と雑賀の小三郎は、府中の西の小高い丘から東へ移動する細川勢を見送っていた。軍兵の列は野放図に乱れ、のろのろと疲れた足どりのように見えた。沖の方に、遠ざかって行く船の群れが見える。中国勢の引き上げであろう。

「終わったな」

角は楽しそうに見えた。

「世田山城も笠松と同じ最期のようだな」

小三郎は東を向いてつぶやいた。燃え落ちた城跡からは未だ煙が立ち上っている。

「むごいものだ」

小三郎は笠松城の戦闘を想い浮かべていた。それは、篠塚伊賀守の大胆不敵な退き方ではなく、あの城門の内で行なわれた、炎の中の城兵死闘の光景だった。

「負ければむごい目にあう。それが合戦よ」

角が聞き咎めたようにそう言う。

「戻ろう」

彼は弾んだ声を残して駆け出した。角にとって合戦は、別世界の絵巻物に過ぎないようであった。駆け抜けて行く道の、視野に入る一つの風景、それだけのものなのであろうか。

角の言った通り、傀儡《くぐつ》屋敷は兵火と無縁であった。屋敷ばかりか、その周辺の敷地一帯全て、出立の時そのままの姿がそこにあった。畑には七、八人、農作業の男達の姿が見える。多勢の軍兵が直ぐ近くを踏みしだき、暴れ廻ったというのに、信じられない程の平穏な光景だ。

門をくぐると小三郎の前に、例の中供尼がすうっと現われた。

「お戻りなされませ」

小三郎に一礼し、

「御苦労でありました。暫らく休みなされ」

切り口上の態で角に言った。

相変わらず可愛気のない女子よ、小三郎は胸の内で苦笑する。角は黙ったまま頭を下げ、左手に歩き出した。彼は小三郎にも声を掛けようとしない。小三郎は彼を呼び止めた。角は足を止めようとはせず、それでもたゆとうような歩調になって顔だけ振り返った。

「有り難い、そう思ぅておる」

小三郎は名残りを惜しむ言葉を探したが、とっさにはそれ以上の言葉にならなかった。別れ方が唐突に過ぎた。

角は、にいっと笑ったきり、顔を戻してすたすたと去って行った。

中供尼は小三郎に頷いて見せ、軽く一揖《ゆう》してくるりと向きを変え歩き出す。小三郎はその後に従う。

何時かのように水浴び場に案内され、汚れを落として衣服を改めさせられた。あの時と同じ直垂と侍烏帽子が用意されていた。此度は童尼が姿を見せず、中供尼が一人で世話をしてくれた。そして通された部屋は、この前の広い部屋ではなかった。誰か一人の居室といった手頃さで、板敷の上に円座《わろうだ》が相対して置かれていた。

「あれへ」

中供尼は中へは入らず、手を差し伸べて小三郎を促し、入るのを見届け、板戸を閉めて立ち去った。

奥が半蔀《はじとみ》になっていて、これは開けられ暗くはない。その外は縁で、その先に庭が見える。

一人になって小三郎はようやく、山へ出立する前の自分に立ち返ったようである。俄に、春風尼恋しの激情に捉われた。自身が驚く程の不思議な感情だった。山にいる間、彼女を想い浮かべたこともなく、この傀儡《くぐつ》屋敷に着いてからも、今の今まで小三郎には、久しぶりに見るものへの懐かしさも感慨も湧かなかったのである。また、その、感情の起伏の無さに気づきもしなかった。何かの呪縛にあっていたかのように。その呪縛が今解き放たれたのでもあろうか。

小さな棚に見慣れない一管の笛が置かれているのを見つけた。

山へ出立する時のあの笛の音が小三郎の耳に甦る。

彼は笛をとって、吹き口を舌で湿らす。

息を送り、笛は音をたてた。春風尼が姿を現すまで、我が気持ちを笛に託すつもりであった。再会の悦びを調べに乗せるつもりであった。

ところが、笛の音は一向に弾まなかった。それだけではない。湿りくぐもり、陰々滅々《いんいんめつめつ》の気が漂い始めた。

小三郎は笛を置いた。とたん、死屍累々《ししるいるい》の情景が脳裏に宿った。「笠松城」彼はその名を口走りうめいた。背筋に悪寒が走った。

と、板戸が音もなく開き、外から、

「ええいっ」

裂帛《れっぱく》の気合いが小三郎に向けて発せられ、彼は目のくらむ衝撃を受けてうずくまり、意識を失った。

気が付いた時、小三郎は尼の膝に上半身を支えられ、額を優しく撫でられていた。

小三郎が目を開き事態を認識したと見ると、尼は彼を起こし、座らせて、素早く離れて、円座の上にふわりと座った。

ややあって小三郎の目が正常に戻り、

「おっ、春尼殿」

声を上げ、うずくような想いが胸を突き抜け、彼は腰を浮かせて手を延べようとした。

離れた円座《わろうだ》に座っていた尼は、唇をほころばせ、静かに言った。

「私は春《しゅん》ではありませぬ。春風《しゅんぷ》です」

一寸すかされた感じに、延ばしかけた手を垂れて腰を下ろしたものの、

「どちらでも同じではないか、春風尼《しゅんぷに》殿」

小三郎は座ったまま今度は彼女へにじり寄ろうとした。その動きを見た尼は、

「そのまま。動いてはなりませぬ」

強い語調であった。

「何故。何故にじゃ。私はこの腕に」

抱き締めたいと言おうとしたのだが、片手を上げ、口を封じさせた尼は、

「先ず御挨拶を申し上げねばなりませぬ。私、初対面におざりますれば」

切り口上にそう言う。

「何を馬鹿な、春風尼。それは何のまねじゃ」

「私をとくと御覧なされよ」

春風尼は笑顔になって小三郎をみつめた。

その顔をまじまじとみつめる小三郎。そのまま沈黙が続いて、彼はようやく納得出来た。

顔形は実によく似ている。だが、全体に漂う雰囲気が違った。彼が抱いた春風尼ではない。

「お気がつかれましたか。小三郎殿が山へ発たれて三日の後、私はここへ参りました。それから、屋敷の主、春風尼を名乗っておりまする」

「あの春風尼は何処へ行かれた」

「常人に洩らすことではありませぬが、小三郎殿は格別のお方故」

「先の春風尼がそう言われたか」

「いいえ。私の思案」

「何故」

「行女、憶えておいでか」

「行女」

小三郎は叫び声になった。

「忘れはせぬ」

「行女は私の妹におざりまする。されば、私も小三郎殿に無縁とは申せませぬ」

「何んと」

この屋敷で初めて春風尼を見た時、行女だと思った。今目の前にいる女性《にょしょう》を先の春風尼と見間違えた。三人共に余りにも似通った顔立ちなのだ。

「先の春風尼も姉妹か」

「それは違いまする」

「して春風尼殿は何処へ。行女は」

小三郎は急き込む。

「先の春風尼殿は阿蘇の山へ。行女は東国の傀儡《くぐつ》が屋敷へ」

「それは誰かの指図か」

「春風尼殿は山に呼ばれました」

「異なことを」

「傀儡はある時、山へ行きたくなりまする。それを山が呼ぶと」

「阿蘇の何処へ」

「それは分かりませぬ。山行きの本人より知らぬこと。この家《や》の傀儡の主は、先の主が次の主を呼びまする」

その時、己れに似通った者を後継者とするのか。小三郎は、はたと気付いた。そうであったか。世間が真《まこと》しやかに噂として伝える、春風尼は歳を取らぬ魔性の者と呼ばれる秘密はこれだ。小三郎は得心した。春風尼は妖怪変化の類いではない。人間の女性《にょしょう》であることに変わりはない、と感じた彼の感覚はやはり間違ってはいなかった。世間一般の者と傀儡《くぐつ》の違いは確かに数多くある。だが、煎じ詰めれば同じ生身の人間に変わりはないのだ。

「得心なされた様子。なれどこのことお忘れ下されませ。もはや小三郎殿は傀儡とは縁なきお方」

春風尼は冷たく突放した物言いになった。

「何と言う」

「このお笛、山に縁無き者が吹けば、山の瘴気《しょうき》を呼び寄せ、吹き寄せた者に災いをもたらせまする」

春風尼はそう言いながら笛を取り上げ口を付けた。

玲瓏《れいろう》とした調べが奏でられ始め、不思議な香気さえ漂うような気が部屋に満ち、高ぶっていた小三郎の気持ちは次第に落ち着き、ただ笛の音に耳を傾けていた。

春風尼はしばらく吹いて笛を置き、にっこり笑った。

「このように、山の者が吹けば妙なる音を奏でてくれまする」

小三郎は言葉もない。

「ところで山行きは如何でありましたか」

「角のお陰で体の鍛練になった。身が軽うなったように心得ておざる」

「それはそれは。それで小三郎殿が、この屋敷を訪ねられた甲斐があったと申すもの。行女も喜びましょう。それに、先の春風尼殿も」

「あのお人は、私に何か言い残されてはおざらぬか」

「一言もありませぬ」

にべもなく答えた春風尼は、何時にても気の向くままにここを発ち去るように告げて、かき消すように音もなく部屋を立ち去って行った。

中供尼が現われ、発つまでこの部屋を使うよう言い、旅装を置く。小三郎の持っていた刀以外はすべてが新しいものであった。そして、忽ちに行く目当てがないならば、新居郡の黒島へ行き別宮宗通《べちみやむねみち》という武士を訪ねるようにとの、春風尼の言葉を伝えた。

「食事は私が運びます。発つ気になられたら、私が参りました時、必ずお告げ下さい」

妙な幕切れだと、小三郎は味気ない気分にさせられていた。

その夜、床に付いてからも落ち着かなかった。何故ともなく理不尽な扱いを受けているような気分だった。これまでの扱いは確かに好意からだったと思う。技を身につけたいと飛び込んで来た男を遇するにしては、破格の扱いだったように思う。感謝こそすれ、不服の言える筋合いはないのだが、それにしてもこの急変ぶりは、やはり不当の扱いに思われた。角に連れられて山へ発つ前のことがあれこれと思い出される。あの時春風尼は、私が山にいる間に、この屋敷から出ることを既に決めていたのだ。私と別れるのが辛くて、私を山へ追いやったのか。あの出立の朝の笛の音が思い出される。あれは確かに別れを惜しむ調べであった。だが、何故。私の不在の内に屋敷を出るためだけにしては、私の山行きは長く、鍛練は酷に過ぎたように思える。角は何も言わなかったが、角が私に課した鍛練は春風尼の意志だったことは間違いない。それは、私の体技をより高度なものにさせるためだったのか。それにしても解せない。帰着早々に傀儡《くぐつ》屋敷を発ち去れとは、これも春風尼の意志だったのか。それとも、新しい春風尼が、私をこれ以上ここには置けぬと判断したのか。行女の姉と称したあの春風尼は、行女と関わりをもったことのある私を、ここへ置くのに何か都合の悪いことがあるのでもあろうか。

何事によらずものにこだわらぬ性《さが》の小三郎が珍しく、埒もない詮索でなかなかに寝つけなかった。

堂々巡りに似た自問自答を繰り返す内、何時しか小三郎は半覚半睡の状態になっていたようだ。部屋の闇の中で突然、煙とも霞ともつかぬものが漂い始めた。夢を見ているな。醒めた部分がそう知覚していた。と、笛の音が聞こえたと感じた。そしてそれは、低くつぶやく声に変わったと感じる。ああ、あれだな。小三郎はぼんやりそう思う。記憶の中にあるものだが形にはならない。再び笛の音になって、それが消えた時、今度は小三郎の耳にはっきりした声となって響いた。

やまにあそびてこえきけば　ゆきゆきてみちははてなし

小三郎は、あっと声を上げた。その自身の声で彼は完全な正気になったようだ。

「夢か」

口には出したものの、聞こえた声は未だ耳朶《じだ》にはっきり残っていた。山の声だ。春風尼が小三郎の将来を占って聞いた山の声である。

はて、これは何であろう。何でこのような夢を見たのであろう。言葉の意味は、時が来れば自得することもあろうと春風尼は言った。夢に甦ったということは、その時が今なのか。分からぬ。

山が呼ぶという言葉を二度聞いた。一度は角から。二度目は今日、今の春風尼から。山が呼ぶとは、山の声が聞こえるということであろうか。「やまにあそびてこえきけば」私は何も聞かなかった。山行きを通じ、帰ってこの屋敷に入ってからも、私には何も聞こえて来なかった。私が捉えた声は、先の春風尼が将来を占ってくれた時のこの呪文のような声だけだ。春風尼はあれを山の声だと言った。だがあれは春風尼の声ではなかったか。巫女《みこ》が神移りした時発する声は、本人とは似ても似つかぬ声になると聞いたことがある。それと同じようなものではなかったか。してみれば、春風尼の口を借りた山の声か。だがその後、何も聞かぬ、聞こえぬ。

今日の春風尼は、もはや傀儡《くぐつ》とは縁が無いと言った。何故だ。分からぬ。分からぬ。山の声が聞こえぬから縁がないと言うのか。

思案にあぐねながら、明け近く一時《ひととき》の微睡《まどろ》みに落ちた。

目が醒め、蔀を開ける。庭に未だ陽の影は無かった。だがもう明るい。初冬の冷たい空気が忍び込み、疲れた頭に快かった。部屋の片隅に置かれた旅装に何気なく目をやり、おやと気が付いた。刀に並べて笛が置かれていた。山行きまで居た部屋にあったものだ。吹き馴染んだ笛だ。昨日の夕餉の時、中供尼が持って来て置いたものであろう。旅装の傍に置いたということは、持って行って良いということか。それならそれで一言言ってくれれば良いものを。何とも無愛想な女よ。小三郎は苦笑した。

彼は笛を取り上げ口に当てた。

山歩きの間忘れていた音色が流れ出した。懐かしい。吹く程に彼は自身のつむぎ出す音色に聞き惚れていた。全身が柔らかいものに包み込まれるような、やわらぎに心を委ねているような心地であった。

昨夜、眠れぬままに悶々と考えあぐねたことがうそのように、洗い流されたかのように彼の脳裏には何も浮かばぬ。明澄の心機とでもいうべき、無念夢想に浸っていた。

板戸の外の気配に気付き、小三郎は笛に送る息を止めた。

「朝餉を持って来ました」

中供尼だ。小三郎が応答するのも待たず板戸が開けられた。

彼女は黙って彼の前に膳部を置き、一礼して立ち去ろうとする。

「待たれよ」

小三郎が声をかけた時はもう、彼女の手は板戸にかかっていた。彼女は、返事はなく上半身だけ振り向いた。不審そうに小首を傾ける。

「朝餉をすませたら出立しよう」

「ええっ」

小さな叫び声を上げ、下半身を回転させ、小三郎に向き合い、視線が合うと目を伏せ、肩を落として座った。

「何故そのように急がれます」

俯《うつむ》いたまま声を落とした。

「もはやここには縁無き身、ゆっくりは出来ぬ」

彼女は顔を上げ、怨ずるような目を見せた。

「しばらくは、お笛の音が聞けるものと思ぅておりました」

「ほう、私の笛を聞いていてくれたのか」

「はい」

彼女の目に涙の光るのが見えた。と、彼女はいきなり立ち上がり、

「後程」

か細い声を残して出て行った。

分からぬ。またもや小三郎はこの言葉を口にした。あの無愛想な中供尼が、小三郎が出立すると聞いて、何故涙を見せたのか。彼には計り難かった。

朝餉の膳部を下げに来たのはあの童尼だった。

「やあ、姿を見せぬから、もうここにはいないのかと思ぅていたぞ」

小三郎は何となくほっとした気持ちで、口軽になった。だが彼女はにこりともしない。

「直ぐと言われても、何か食べる物を作るには刻《とき》がかかります」

気に入らぬ気な顔で、つんつんした物言いだ。

「路用の物か。それはなくとも良い。腹に入れるものは何処にでもあろう。あれに着替えれば直ぐに発てる」

「小三郎殿は優しく無い人ですね」

童尼は蔑《さげす》むようなこましゃくれた言い方をした。

「はて。何をそのように怒っておる」

「知りません」

彼女は膳部を持って部屋を出る時、

「泣いている人もあるのだから」

そう言い捨てて逃げるように去った。

小三郎は益々分からない。

間もなく男が一人やって来た。見覚えのない顔である。

「黍餅《きびもち》を作っておるで、しばらく待たっしゃれと言ぅておりますわい」

男はそう告げて、小三郎に行く先を尋ねた。道順を教えようと言う。

「黒島だ。春風尼が言ぅてくれたそこより、今は当てもない。尤も、そこを尋ねてどうなるのか見当もつかぬが。行ってみてからの思案と思ぅておる」

男は黙って頷く。それから地理の案内にかかった。

新居郡まで街道は一本道。笠松山の麓の山越えを抜ければ、海岸沿い、新居の浜へ出れば、行く手に小さな島が二つ、その後に大きな島が重なって海に浮かぶのが見える。手前が垣生島、中が黒島、後が新居大島。黒島へ渡るには、垣生島を横に見て街道が南へ少し下がるあたりに人家がちらほらある筈故、そこで尋ねると良い。

男はそれだけ説明して下がった。

小三郎はまた笛を取り上げていた。

巻の十一　警固《けご》往来

歌島は尾道津の向かい側にある。その昔平氏の時代、尾道村が太田荘の倉敷地とされるまでは内海航路の寄港地として重きをなしていた。狭い尾道水道で相対していた寒村の尾道浦が倉敷となって、年貢の積出港となると忽ちの内に磯辺には倉庫が立ち並び、船着場が整えられ、年貢の他に近隣の産物の集散地に変貌していった。市が開かれ、寺院が建ち、遊女が集まり、尾道の傾城《けいせい》は広く世に知られるようになった。尾道の殷賑《いんしん》と相対的に歌島の寄港地の性格は失われ、経済地盤も低下した。然し、尾道浦は発展と同時に、その権益を争う勢力によって何度かの兵火にかかり、焼失と再建を繰り返している。水道一つ隔てただけで、歌島にその難はなかった。

この時、尾道津を含む木梨庄を支配していたのは杉原氏だが、戦略上も重要拠点である尾道には足利尊氏によってその弟直義が配されていた。杉原は勿論武家方の武将である。それに、備後には細川頼春の分国もある。此度の伊予攻めに加勢を繰り出した中国勢の大半は備後勢だった。

北畠顕忠が、三宅志順を船で送り届けた時のことである。

三宅志順はその敵方の真っ只中に乗り込んで来たようなものだった。三宅志純の名は天下に広く知れ渡っていた。宮方の周旋者、野伏の棟梁。中国で宮方が兵を挙げる時、必ずといっていい程、その陰に志純の名が見え隠れしていた。だが志純は神出鬼没、何処の合戦でも討ち取ることはおろか、その姿さえも捉えられなかった。

歌島にも小規模ながら問丸があった。倉庫の三つ四つも見えた。

三宅志純を迎えた問丸の主は別にあわてる風も見せない。まるで隣人を迎えるようなさりげなさである。四十年配の律儀そうな男だ。

志純も気さくなもので、挨拶に答えるでもなく、いきなり二人を引き合わせた。

「ここの主で歌島三郎衛門、こなたは北畠顕忠殿」

「これはこれは、おれやれい（よくいらっしゃいました）。三郎衛門におざりまする」

彼は軽く頭を下げて、柔和な目を真っすぐ顕忠に向けた。

「顕忠殿と申されますれば、もしや中ノ院の」

「その中ノ院におざるが、何故にそれを」

顕忠は驚いて聞き返した。

「野島衆の中にあって顕忠殿の名はここへも漏れておりまする」

三郎衛門は穏やかな微笑を浮かべて答えた。

「船溜りに入って来る船が野島衆と、直ぐに見当はつけておりますれば」

彼はそうも付け加えた。どうやら彼はただの商人ではなさそうだ。顕忠は心中秘かに畏怖するものを感じた。

「志純さま、御心に任せ何時まで御逗留なされましても、その手筈は整えまするが。上方への便船は明後日に出ることになっておざりまする」

「それが良い。軍船が伊予から帰って来るのは今日の日の内じゃ。明後日なれば未だ、何かとごたごたもしておろう」

「仰せの通りかと存じまする。では私が宰領で乗り込みまする」

「それは助かる。したがそれには及ばぬぞ。ここを留守にする訳にも参るまい」

「恐れ入りまする。なれど、入れ替わりに左衛門二郎が淀より帰って参りまする。それに警固《けご》衆は沼田《ぬた》海賊におざりますれば」

「なに、沼田と」

志純は破顔一笑した。沼田海賊は今、伊予攻めから帰って来る船路にある小早川氏平の手の者である。氏平が三宅志純ここにありと知ったなら、直ちに攻め寄せ志純の首を挙げて功名手柄とせん、と息まいて押し寄せて来るに違いない。その氏平の手の者が警固《けご》する歌島の船に志純が乗って行くというのである。三郎衛門が宰領として乗り組んでいなければ、何が起きるかも知れない。

「三郎衛、これは近頃小気味良い次第じゃ。よう言ぅてくれた」

「たまさかの取り合せにおざりまする」

三郎衛門は高ぶるでもなく、平然と笑っていた。

「ところでさて顕忠殿、そろそろあたりも白み始めておざる。初にお目にかかりながら如何にも不調法にて心苦しゅうおざるが、早速御退散下されますまいか」

「心得ておざる。われらの風体、どこで見とがめられぬものでもありますまい」

「何時か尾道の津でも御案内仕りましょうぞ」

「顕忠殿、当てにするが良いぞ。三郎衛は口にしたことは必ず守るゆえ」

志純が口を添える。続けて三郎衛門は、帰途は布刈の瀬戸を廻れと言った。布刈は歌島の西側と因島との間の瀬戸だ。歌島と鰯島の間を抜ける頃には潮が澱むだろう。潮はやがて上げ潮に変わり、布刈を一気に抜けられる。それは顕忠も始めから予定していたことだが、歌島に着いてからどういう具合に事が運ぶのか見当がつかなかったから、腹づもりのままに通れるかどうか危うんでいたところだ。だが三郎衛門はそれだけではない、小早川は今の潮に乗って北上している筈、潮が澱む前には布刈へ入りたい筈。逆潮で布刈の急流へは入らない。そこで顕忠達野島の船が鰯島を抜けてどこぞで潮待ちをしていれば、必ず小早川の船隊を見ることが出来るだろうと言う。小早川の船立てを見ておいて決して損はない。

「顕忠殿、三郎衛の言う通りじゃ。早々に船を」

志純が急き立てた。

三郎衛門はもてなし料だと言って、一貫文の銭を船の舳先へ置いてくれた。豪気なものよ。顕忠は腹の中で舌を巻いていた。三宅志純は無論、問丸の奥から出ようとはしなかった。

「顕忠殿、縁あらばまた」

それが別れの言葉であった。

日ならずして顕忠は再び尾道の津を目指すことになった。

「顕さぁ、また力を貸してくれぬか」

大島の重平は言い難そうな顔だった。

「わしは引き受けとうなかった。わし一存の計らいで野島のもんを動かすなあ、もうしとうない。早よぅあれ等を解き放してやりたいんじゃが、せめて何ぼうかでも銭を分けてやりたい。それもあるし、沖の五郎左の面倒も、ちいたあ見てやりたい」

「何があったんじゃ、じゅうべさぁ。まわりくどいで」

「言い難いことよ」

「じゅうべさぁの言うこと、わしが聞かんかったことがあるか」

「そう言ぅてくれりゃ助かる。実はのう警固《けご》の仕事よ」

その仕事を沖の五郎左に受けさせてやりたい。それだけではなかった。五郎左の合力として野島を引きつれて行ってはくれまいか。それが重平の頼みだった。

重平としては、五郎左を何とか一本立ちにしてやりたい。それには丁度いい仕事が重平に持ち込まれた。それを五郎左に廻してやりたい。だが彼とその手下《てか》だけでは仕切るのは覚束ない、そこで野島が合力という訳だ。

「造作もないこと。じゅうべさ、それなら折り入って頼むもないものだ。行って来いと言えばそれで済むこと。のうしの息子じゃというて、じゅうべさぁがわしに頭を下げることは要らぬ」

「未だあるんじゃ」

「何が」

「合力じゃいうても、野島の旗は立てんで沖の旗を立ててもらいたいのよ」

旗印はその船の帰属を鮮明にするものだ。旗印は相手によっては手出しを控える場合もあるし、手合せ次第では名を挙げることも出来る。沖の名は未だ誰も知らない。重平は五郎左に旗揚げさせてやりたいのだ。だが、あの増上慢の五郎左が沖の旗を立てた野島を見れば、これから先、野島を見下すのではないかという気もするし、顕忠や手下達が、五郎左の下風に立つようで厭がるのではないかと心配なのだ。

「何のことかと思えば、じゅうべさぁ。話が分かっておれば、沖の旗だろうが何だろうが、警固は警固よ。手下にも否やは言わせぬぞ。その話受けた」

重平は愁眉《しゅうび》を開いた。仕事は弓削荘《ゆげのしょう》から持ち込まれたものだ。弓削島は東寺の庄園である。塩の産地で有名であり島は豊かであった。それに目を付けた悪党共が島へ乱入しては横領を繰り返していた。動乱の最中である。東寺としては何処へ訴えてもどうにもならない。そこで段々調べてみると、どうやら荘官の中に、横妨人《おうぼうにん》と結託した者がいるらしい。そこで敏腕な所務を派遣して所務職《しょむしき》を交替させることにした。ついては、新所務職が無事入部出来るよう警固してほしいという依頼である。尾道の津から弓削島の鯨まで。鯨には年貢積出用だった船着場もあり、浜の近くに所務所もある。今は年貢の大半は銭に替えて納入されているが、塩の換金のためには積出をしなくてはならない。用途は変わっても船着場はよく整備されている。ところが海賊の中にはこの船着場さえ壊す者があった。要求が入れられない腹いせだ。

「小泉が新所務の入部を嫌ぅとるという話じゃ」

小泉は小早川の庶子族だ。因島の宮方と呼応していると言われているが、小泉を名乗る中の小悪党が、私服を肥やすために弓削荘を度々犯している。一部の荘官を抱き込んでいるのがその小泉のようだ。

「荘官を抱き込まなきゃ何も出来ないとはな、さした悪党とも思えぬが」

顕忠は物足りなさそうな声を出した。

「小泉についちゃあ、わしもようは知らん。弓削《ゆげ》のもんからちょくちょく名は聞いとるが、さしたもんではなさそうじゃが。ま、それもあって五郎左を向ける気になったのよのぅ」

顕忠にはこのところ警固《けご》の仕事が続く。今度は五郎左への合力の名目ながら、実質は顕忠の宰領ということになろう。やはりわしは、野島衆と共に警固の仕事に就くのが定めのようだ。

顕忠はひとり胸につぶやいていた。

沖の島へ乗り入れるのは初めての顕忠だ。重平の物語であらかたは承知し、沖の五郎左にも一度は会っている。だが、伝説の沖の島が彼の脳裏には残っていた。人外の島と恐れられていたのは何故か。行ってみればそれが分かるかも知れない。警固の仕事よりも、それへの興味の方が先になっていた。

沖の島の名で呼ばれる島はどこにも無い。だが伊予の島々の中の何処かにあるのだ。伝説の中で人々はそれを信じていた。幻の島なのだが、実際にはやはりあったのだ。それは燧灘《ひうちなだ》の沖合に浮かび、どこからでも、誰の目にも見える、日常の風景の中にある小さな島だった。伊予本土、島々の浜辺の人々によって様々便宜上の名称は使われていたが、固定された名はない。それはこの島が航路から外れ、漁に出るには遠過ぎ、日常縁の無い島だったからだ。島々の者が漁のため沖に出るといってもその距離は知れていた。その範囲で魚は豊富に獲れる。それ以上船足を延ばす必要はなかった。沖の島は目に見えながら無視され続けて来た島なのだ。だが、日常これを目にし、何の変哲もないだけに、伝説とこの島を結びつける者は誰もいなかったのである。

宮窪の浜を離れ戸代の鼻を廻ると、東に小島が二つ重なって見える。重なった後の島がそれだ。

沖の島の直ぐ南に粟つぶ程の島があり、その間を通り抜けて岬を廻ったところに、入江があった。浜は短い。それでも船溜りのようなものはあった。十二さんばいは入るか。顕忠は目算した。これでは遠目に無人の島とより見えぬな。顕忠は周りを見渡しそう思う。

一汐（約六時間）かけて午の下刻頃着いた。重平は沖の島から弓削の鯨までやはり三刻かと言っていた。潮の流れを突っ切ることになるからだ。

ここで余り愚図々々しておれんな。島の岬を廻り始めた頃の潮の緩み具合を見て、顕忠は手下《てか》達と言い合っていた。だが、その心配は無用だった。顕忠が入江をざっと見て検分するかしないかに、狭い砂浜にぞろぞろと人が出て来た。砂浜の途切れたあたりの高みに、杖をついた老人の姿が見える。「のうし」ではないか。顕忠はそう思った。その老人が、傍にいる者に何やら物を言っている。とその男は砂浜を駆けて水際まで進み、

「重平はおるかや」

とどなった。顕忠は舳先にいる波平に返事を命じた。

「お頭は来とらん」

波平もどなる。

「誰の宰領じゃあ」

波平が振り返って顕忠を見た。彼は頷いて立ち上がった。

「北畠顕忠」

水際近くの群れの中から、別の男が声を上げた。

「そこらあたりで廻せやあ。直ぐ乗り込むでえ」

そう言っておいて男は周りの者に手を振って指図する様子。男は五郎左のようだった。何やら被っていて、しかとは見定められない。

船は浜にもやっていた。野島の小早より一回り以上大きい。網船だな。顕忠は判断した。舳

先に丸に沖の文字を入れた旗が立てられてあった。一人二人、乗り込んで行く人数を数えると、二十一人、弓を抱えている者が六人いた。櫓は十六挺と見た。

その間に野島船は転回して船尾を浜へ向け終わり、櫓を上げる。

野島方が十七人、合わせて三十八、まずまずか。顕忠はこの陣容に一応安堵した。だが、網船は船足が遅い。いざの場合の進退はかなり不自由だ。それが気がかりにならぬでもない。ま、そこはせいぜい野島が走り廻ることだな。気がかりとはいいながら、顕忠に気の軽い思いもあった。合戦ではない。一寸した警固だ。これだけ揃えておけば、少々の者では手が出せまい。

ふと、何気なく視線を移した顕忠は驚いた。何時の間にか、「のうし」らしい老人の傍に女性《にょしょう》が立っていた。村上の後家殿。とっさにそう思った。後に侍女らしい者が二人。傍らには膝までの短い裾の着物を着た放ち髪の童。顕忠は座っていた床几から立ち上がり、正面に向き直った。すると童が手を上げて振って見せた。あれは、顕忠は目を凝らした。さくら殿ではないか。そう思いつつ、後家殿に深々と頭を下げ一礼を送った。頭を上げると、後家殿が会釈を返して来た。一言挨拶をしたいが、女性相手にここから大音声を上げる訳にはいかない。すると今度は老人が右手を延ばし会釈を送るのが見えた。顕忠は丁寧な辞儀を返した。

「のうし」と対面のこともあろうかと予想はしていたのだが、このような形になろうとは、顕忠は若干の気落ちを覚えていた。はぐらかされたような思いである。対面してどうということもないのだが、「のうし」の息子の後ろ盾、その優越感を味わいたかったのかも知れない。顕忠自身、未だ警固人に撤していない嫌いがあるようだった。警固の役に就いた時は私の感情を挟まず、その役目のみ考えよ。村上義弘は手下達《てか》によくそう言っていた。この時の顕忠はその言葉を忘れていたのである。

もやい綱を解いた沖島船が漕ぎ寄せて来た。舳先に立っている男は五郎左。頭に何かと見ていたのは頭巾だった。商人のようにも見えるが、当の本人は自慢のものらしい。しきりと頭へ手をやって格好を直している様子だ。

舷が触れそうなところで、

「顕忠殿、頼むぞ」

五郎左は初めて声をかけ、旗竿を差し出した。顕忠はその先をしっかと握って、

「相分かった」

そう返して、受け取った沖の旗を波平へ渡す。その間に船は離れて漕ぎ進んだ。間を計って野島の船頭が櫓を下ろす号令をかけた。野島の動きはきびきびとして、櫓揃えも鮮やかであった。

後の浜に喚声が上がった。沖の島から警固船が出航するのは始めてである。島の者は五郎左に何かの希望を託しているのかも知れぬ。顕忠はそう思った。

だがそれにしても、これからだなと思う。先を行く船の櫓合わせの乱れようを見ても、これから先が大変だと思いやられた。

弓削島はひどい所だった。

陽が沈んだ頃合、鯨の浜へ入ると、灯火をかかげた伝馬船が近くまで漕ぎ寄せて来て、船着場へ着けるよう誘導した。

船着場には下人が二人いて、松明の灯りの中でもやい綱を取ってくれる。そのまま上陸しようとすると、下人が押し止めた。

「公文《くもん》さまが見えるによって、それまで待たっしゃれや」

公文を名乗った男は、刀を差し、侍烏帽子を被った武士の風体だった。公文は所務職の下職である。

「承知のことと思うが、明朝、卯の上刻に、尾道の津、長江口《ながえぐち》に着けられたい。弓削荘の者と言えば、船着場の者が承知しておる。長江口は浄土寺を仰ぎ見る所じゃ」

公文は尊大で、用向きのみしか言わぬ男だった。沖の五郎左が、腹に据えかねたようにどなった。

「そこらは聞かんでも分かっとるわい。それよりも早ょぅ宿へ案内してくれ」

「何、宿とな」

灯りに照らされた公文の顔に嘲笑の色が浮かぶ。

「生憎とここには役目所の他何もない」

「役所の隅で良い。出船《しゅっせん》まで同勢を休ませたい。それに我らの役は新所務職を、無事館まで送り届けることとある。この船着場よりその館までの道も案内してもろぅておかなきゃならん。とにかく、船を下りる」

公文は五郎左の剣幕に多少は驚いたのか、

「ま、ま。そのままにおざれ。程のぅ夕餉を持って進ぜる。地べたに座って食するよりは、船の中の方がと思ぅての。これ程の人数が食する場所がないによってのう。それに館と申すはこと目の鼻の先、ほれあなたに灯りが見えよう。格別、道を見ておくことも要るまいで」

若干語調は和らげたが、対応そのものの冷たさは同じだった。

「出船は思いのままになされよ」

公文はそう告げて立ち去った。

「何だ、あやつ奴《め》」

五郎左は吐き捨てるように言って、一番船の顕忠を呼び寄せた。

「今の、聞いとったろう」

「ああ、しっかり耳にしておった」

顕忠も腹を立てていたが、同調しては五郎左の怒りをあおり立てるだろうと、自分を押さえている。

「五郎左殿よ、相手は雇い主と思ぅて大面《おおづら》したいのよ。気にすまいぞ。それに警固《けご》の時は船で寝るのが通常じゃ。了見されい」

一応大人振って笑顔はつくったものの、このあしらい、わし一人であったなら、もっととがめ立てして、このまま大島へ帰るところだ、腹ではそのような気持ちだった。

そこへ下人が五人、大鍋二つをかつぎ、椀や箸を運んで来た。鍋の中は粟粥に野菜の煮込みだ。

「松明を置いて行けえやい。暗ぅて見えんが」

誰かが船の中からどなった。下人達は素直に、持っていた松明を三本共差し出した。自分達は慣れた道故、灯りがなくても帰れるのだろう。受け取った者は、これを竿に縛り付け、舷側から突き出す。火の粉が波の上に舞落ち、あたりの海が輝いた。

「ええ眺めじゃ」

誰かが声を上げ、どっと哄笑が沸き上がった。無邪気な男達だ。一椀の粥が届いただけで、機嫌は悪くない。

「何じゃ、酒はないのか酒は」

五郎左がまたわめく。

「そういきるな。酒も魚もこっちに積んどる」

顕忠の声を聞いて、五郎左よりも彼の手下《てか》の方が先に歓声を上げた。

「みんな聞けぇ。飲み食いは手早ぅにせい。寝る方が肝心ぞ。明日は休む暇はない。食ろぅた者から早ぅ寝い」

顕忠は手下に酒を運ばせながら、両船の者へ呼ばわった。それから、酒の徳利を持って五郎左の傍へ行き、盃を差し出し、

「ぐぐっと飲ぅで早よぅ寝ようや」

穏やかに笑いかけた。

「警固《けご》いうもなぁ、このように馬鹿にされるものかいの」

五郎左は未だおさまらぬようだ。

「ま、色々よ。請けた以上は警固の他に気を廻さぬことじゃ。ところで、蓆《むしろ》は積んどるかいの」

「尻の下に敷いちゃおるが。それがどうかしたのか」

「被って寝るのよ。警固に夜が挟まる時は、船で寝ることは多い。その時のために積んどくものよ。警固には警固の用意、色々じゃ。ま、ぼつぼつ覚えて行くことだな。わしの方に余りは

ないが、ちっとばかり廻そう。明け方は冷えるで、着とるものだけじゃ寝とられんわい」

顕忠は一人二枚あて積み込ませていた。場合によっては、夜の航行となり交替で寝をとることも有るからだ。これが初めての五郎左には、悪党との立ち回りの頭ばかりで、それ以外の事に気を配る知識はなかった。

手下の一人が自船へ戻るよう顕忠を呼びに来た。

待っていたのは波平である。

「脇の頭よ。どうも向こうが可笑しいような気がする」

彼は顕忠の耳許で声を潜めた。

「どう可笑しい」

「分からん。したが、何やらうろうろしとるで」

「ふーむ。わしには分からんが」

顕忠は闇の向こうに目をやった。夜目にも木立と分かるその向こうに、館の灯りと公文が言ったその灯りはそのまま、どこにも何の気配も感じられない。

「わしは船を下りて、地面に耳を付けてみたのよ。ほいでわしは聞いた。あの灯りのあたりへ、何処からか駆けて来た足音、あそこから駆け出して行く足音。間違いはない。何かうろうろしとるんじゃ」

「それがわしらと何の関係がある」

「分からん。したが脇頭よ、この鯨の浜へ入って来た時は薄暗ぅても浜は見えとった。わしは何やら可笑しい気がしたんじゃが、船がおらんかったと後で気がついた。一ぱいか二はい、浜の隅にいたような気がするが、この浜にあれだけの船ゆうなぁ可笑しいと思わんかい」

「成程。波平の言う通りじゃな」

「念のため、わしが寝ずの番をしょうと思うて。脇頭の指図を受けたい」

「そうじゃな、分からいでも不審があれば用心に越したことはない。じゃ、そうしてくれるか。それじゃ、手下《てか》を半交替で」

「うんにゃ、脇頭。それじゃ皆が寝不足じゃ。わし一人なら尾道へ入るまで、行く間寝ておられる」

結局一人では危険を伴うということで、顕忠は手下の中から源という男を選んで波平につけた。

二人は船を下り、少し離れた所へ、まわりから木の枝を集めて火を点けた。焚火の明かりで、周囲からこちらは丸見えだが、逆にいえば近寄る者を発見し易くもする。

四半刻近く過ぎて、船は全く静かになった。男達が飲んで食べて眠りに落ちるのは早い。飲んだ後も仕事があるとなれば、徹夜でもめげない彼等なのだが。あと何もないとあればいいとも簡単に眠りを得ることが出来る。体が習慣的にそう出来ているのであろう。

舷側が船着場の踏み板と水平になる位、船が浮き上がって来た。潮が止まった。満潮である。子の上刻に近い筈だ。

「そろそろだな」

波平が声をかける。

「そうじゃのう」

源が答えて大きなあくびをした。

「お前は野島を起こせ。わしは沖の島を起こす。静かにやれえよ。大きな声を立てさせるな」

潮が緩み始めるまでにはもう漕ぎ出していた。沖の島船を先に、櫓の音も忍びやかな出船だった。

沖の島船には手下の疾《はや》を乗せた。水先案内だ。沖の者で尾道へ入ったことのある者もいたが、いずれも松永へ入る東航路より知らず、布刈の瀬戸は不案内だという。船足の早い野島船が先に立てば沖の島船が引き離され易い。疾はしぶったが、波平を寝かせてやるためには仕方がない。顕忠は無理やり彼を沖の島船へ送った。疾は自分で人付き合いが悪いと決めていて、見知らぬ者の中へ入るのを嫌う。与えられた仕事には忠実で、また良くこなしもする男だが。顕忠は何となく、人を使うのは難しいものよ、胸の中で苦笑していた。顕忠は特別十文出すことを約束させられた。僅か十文、それでどうこう言うような男ではないと分かっている。疾は、格別に厭な仕事を押しつけられたことが言いたかったのだ。

だが、使われるのもまた難しいと、顕忠は程なく思い知らされることになった。尾道の浦でも腹に据えかねる思いをさせられた。

尾道の浦へは思いのほか早く着いた。当木島を真横に見るあたりで緩やかに北西へ変針、その頃から潮の流れが早まって来た。流れはどんどん速さを増し、船は布刈の瀬戸へ吸い込まれるように入って行く。この瀬戸を通り抜けるのではなく、歌島と鰯島の間の狭い瀬戸へ入り込まねばならない。変針の時期を誤れば船は鰯島の南の入江に流されてしまうだろう。沖の島の梶取《かんどり》が疾の言う通りに動けば良いのだが。顕忠はやきもきしていたが、案ずることもなく、目指す瀬戸へと船は逃げ込んだ。瀬戸の突っ切り方は疾にとって造作もないことだ。うまく梶取の癖を飲み込んで指図したものと見える。そこを抜けて尾道水道。ついこの前、三宅志純を送り届けた時の経験が役に立った。顕忠は島の形、岬、陸《おか》の景色、薄暗い中でもはっきり捉えて憶えていた。先の時より逆行の航路ながら、一々記憶に叶っていることに満足だった。途中はすべて夜の闇の航行だったが、星明かりだけの観測で誤りはなかった。

長江口の船着場に近付くと、船着場にばらばらと人影が飛び出して来た。あたりはもう白みかけている。

「沖の島じゃあ」

五郎左が呼び掛けると、

「こっちぃ着けてもやいを投げえや」

声が返って来た。両船共横づけしろと指示する。

「そのまんま待っとれえや」

人影はもやい綱を受け取り、もやい柱にくくり、どこかへ消えた。

あたりを見渡したが、それらしい船は見当らない。はて、所務職の座乗船は未だ来てはいないのか。

弓削島は尾道から南下するにも、逆に尾道へ北上するにも、潮の変わり目をうまく利用して流れに乗るのが難しい所だ。上げ潮の時布刈の瀬戸は南流となる。弓削島と因島との間の東北の流れは弓削島の北岸をかわして東流となるのだが、この流れは百貫島の北あたりで、布刈の瀬戸からの南流と合流して備後灘を東行する。つまり、布刈の瀬戸の南流に乗っていれば百貫島の北の沖あたりから東流に乗ることになり、南下して弓削島を目指せば、潮流を横切ることになりそれだけ難儀だ。尤も、そのあたりの潮の流れは瀬戸の出入口にくらべそう早くはないから、さしたることもなさそうだが、やはり時間と労力はかなり余分にかかる。下げ潮の時はこの逆だ。顕忠はこれをうまく利用して、西流の緩やかな間に出来るだけ北上を急ぎ、東流に乗ったので、楽に早く尾道へ入れた。だが尾道からでは潮の合流点までの距離が長く、刻の予測が難しい。顕忠は航路に未だ慣れていないからだ。弓削の近くからが難儀だろうなと思う。

四半刻（三〇分ぐらい）も待たされただろうか。船着場にようやく人の姿が見えた。袈裟衣を着けた年寄りの坊主が小坊主二人を先導に、その後をやや離れ、寺侍一人を先に立て、もう一人を後に従えた旅装姿の坊主が歩いて来る。

小坊主の一人が駆出し船の手前で声を張り上げた。

「警固《けご》の宰領の方はこなたへ来られませい」

「おおう」

五郎左が応えて船を上がる。坊主共は歩みを止めていた。

「あなたへ」

小坊主が後へ腕を差し伸べて見せた。五郎左は頷いて、のっしのっしと歩き、袈裟衣の前三歩ばかりで止まり、軽く頭を下げる。

「沖の者か」

袈裟衣が甲高い声で尋ねた。

「五郎左じゃ」

太い声で答える。袈裟衣はその答えに顔をしかめた。

「東寺の御役僧様を御案内仕って参った。弓削荘までの御供、粗相無きよう。また、しかと御護りするよう警固に相励まれよ」

五郎左は袈裟衣をじっと見つめたままだ。袈裟衣は返事を待っていた様子だが、無言の彼に舌打ちして、後を向き、五郎左の前から体を傍へよけ、

「所務職《しょむしき》様、警固の者におざりまする。島々の海賊共におざりますれば、物の言いようも知らぬ輩、弓削まで暫らく、御不快の段御堪忍下されましょう」

「相分かった。御住持殿、御座乗の船は、あの大きい方かな」

声をかけたのは寺侍だった。所務職と呼ばれた坊主は黙ったままだ。如何にも尊大な構えに見える。住持とよばれたところをみると、袈裟衣はここ尾道のどこぞの寺の住職であろう。

「五郎左、御案内仕れ」

袈裟衣の甲高い声は、それだけで高圧的に聞こえる。

五郎左が吠えた。

「所務職殿の警固と聞いて来たが、座乗なさるとは聞いとらん」

「何をまた、他愛もないことを。島までの警固とは、船に御乗せ申しての警固であろう」

「御乗せする用意はしてないわい」

「これはまた」

袈裟衣は絶句して、寺侍を振り返った。

顕忠はたまり兼ねて船から飛び上がって、五郎左の傍へ駆け寄った。

「もう良い。お乗せしろ。今からじゃ別船の調達は間に合わぬ。刻が経てば潮に遅れるぞ」

耳許で囁いた。

「便船じゃないわい」

「便船に警固《けご》が乗り組むことは多いぞ。それだと思え」

「そっちの方へ乗せろ。気詰まりじゃ」

「こっちは狭い。がまんせい。暫らくの辛抱じゃ」

問答を重ねる場合ではない。顕忠はそれを言い捨てて、寺侍へ向いた。

「あなたへ」

沖の島船を指差しておいて、

「早よぅ指図せいや」

五郎左を促した。

彼も観念したのか、不足気な顔ながら踵《くびす》を返した。

乗船の際、蓆の上に座らせられると気付いた寺侍が抗議の声を上げた。五郎左は返事もしないでそっぽを向く。聞き付けた顕忠は苦笑して、自分の座っている床几《しょうぎ》を手下《てか》に持たせてやった。

思わぬことでしんどいものよ。顕忠は苦笑する。彼もまた、警固の宰領とは、手下の指揮だけだと思っていたのだ。護衛の対象者への応対等、全然念頭になかったのだ。三宅志純の際は、一切重平が整え、高貴の人のお伴の意識が、巧まずして応対にも表れた。警固の依頼者への対応も警固の役の内かと、彼は改めて考えさせられていた。

所務職と二人の寺侍を乗せると、直ぐにもやい綱を解く。

夜はすっかり明け切っていた。潮はもう動いている。

船を東へ向けた。歌島の東側の航路だ。所務職が、気色が勝れぬというので、布刈の急流に乗るのを避けた。所務職の一行は、淀からの便船で昨日の午《ひる》、尾道へ着いた。それからずっと在所の寺で寝ていたという。伴侍が弓削へ行くのを延ばすよう進言したが、入部を急がなければと、予定通りの出立となった。

布刈の瀬戸を通れば、早いし楽なのだが、当木島で潮待ちすることになろうかとも考えていた顕忠は、ためらわず東周りの航路を採った。

「脇の頭、潮待ちする程のことはあるまい」

動き出してから波平が話しかけて来た。途中の船で熟睡出来たと見え、波平は何時もの活力を顔に取り戻している。弓削で寝ずの番をした疲労はどこへも止めていない。疾の方は、目をしょぼしょぼさせていた。顕忠がもう少し休めと言うと、すぐに横になった。

「なあに、当木島からは丸見えじゃ。何も見える気配がなけらにゃ、潮の変わり目に流れに乗り、一息で鯨へ乗り入れる算段よ」

弓削島と因島の間の水道は当木島へ向けて真っ直ぐその口を開いている。当木島は百貫島同様に、航路の目標に格好の小さな島だ。そこから南は、百貫島以外目に入るもののない、開豁《かいかつ》な水域だ。不穏の動きがあれば見つけ易く、また、それへの対処が十分に処置出来るだけの、島々からの距離がある。

漁船、商船、多くの船と行き合った。ほとんどが近間の浦や浜をつなぐ船と見え、岸近くを漕いでいる。岸近くには逆潮（反流）があって、潮をさして気にすることはない。航路を外して碇を下ろし釣りをしている船もある。つい先頃の伊予合戦で大軍勢の船団が通り抜けた海域とは思えない、穏やかな風景があった。

加島からは当木島へ向けて針路を定めた。

歌島の観音崎を真西に過ぎたあたりから、布刈の瀬戸を抜けた航行船がよく見える。殆どが大型の商船だ。随伴する警固《けご》船のいるのも見られる。

布刈からの船が途絶えて暫らく目をやらない間に、ひょいと顔を向けて顕忠は驚いた。因島を背に一艚の船が、こちらに針路を向けている。沖の島船も気がついたと見え、手を振って合図して来た。要警戒だ。

「軍船じゃ」

波平が叫んだ。顕忠は目を凝《こ》らし、その船を見つめながら、あの現われ方と針路からすれば、布刈を抜けたものとは思えぬ。とすれば。あの船の後が鏡浦の鼻だ。その北の陰。分かった。外浦からの発進だ。

そのような思案をしている間にその船は徐々に船首を回頭させ南へ針路をとった。可笑しい。その針路は弓削島の鯨へぴたりと当てているように見えた。

外浦からとすれば宮方の軍船に間違いない。外浦の奥の中庄の城に宮方が立てこもっていると聞いている。鏡浦から南に下がった三ツ庄にも宮方の城がある。今、右舷斜め前方はるかに、三ッ庄の浜が白く見えている。

若しやあの軍船は三ッ庄に入り、そこの軍船と組んでこちらを襲う手筈なのではあるまいか。顕忠は背筋に冷たいものが走るのを感じた。こちらは合戦の装備ではない。ただ、所務職の入部を快く思わない輩がいるので、その妨害を排除して欲しい。それだけの依頼と聞かされている。合戦の装備等思いの他である。だが、向こうに見える軍船が実力阻止を企てるとすれば、当然これは合戦となろう。鎧等の物の具、長刀とおぼしきもの、それが陽を受けてきらきら輝いている。恐らく、弓矢、楯と重装備に違いない。

両船はほぼ東北の線上に並んで南下している。このままで行けば、こちらが当木島へ着く頃、未だ軍船は三ッ庄の北の鼻を回り切れないことになる。

沖の島船が速度を落とし野島船と平行し近くへ漕ぎ寄せて来た。

「当木で様子を見るかぁ」

五郎左がどなる。

「このまま突っ走ろう」

「潮待ちはどうなんじゃ」

「逆潮じゃ走れんか」

「馬鹿いうな。ちいと遅れるだけよ。そこへ見えとる所までじゃ何のことはないわい」

「よし、それで行こう」

三ッ庄のひろく深い湾内は逆潮の筈だ。かなり船足は衰えると見ていい。浜へ寄せるまでの見当を付ければ、三ッ庄から仲間の船を伴って出て、鯨へ向かったとすれば、ぎりぎりこちらの方が鯨へ早く到着出来るだろう。顕忠はこの目算に賭けることにした。船着場から上がれば、後は何とでもなるのではないか。相手は所務職の首を狙っているというのではないようだし。追い返すのが目的と云われている。

だが顕忠の目算は誤っていた。更に、見通しの甘さに気づきようもなかったのである。

布刈《めかり》の瀬戸に二艘の船が見えていた。遠くだし、船首をこちらに向けているからはつきりは分からないが、どうやら商船のように思われる。一番船の沖の島船は全櫓にかかって船足を速めた。追尾する二番船は次第に水を開けられて行く。

因島の海岸沿いに三ッ庄を目指しているらしい軍船から顕忠は目を離さない。

「もう、ええころじゃろう」

「ほうじゃのう。よっしゃ。全櫓にかかれえや」

波平が梶取《かんどり》に声をかけ、彼も同意して下令した。二番船も船足を上げ始めた。一番船との距離をとったのは、三ッ庄から出て来るであろう敵船を自船に引きつけ、撹乱《かくらん》のために走り廻る作戦からだ。

軍船が三ッ庄の鼻を回りかけた頃、一番船とほぼ東西の線上に並んだ。

「もうええ言ぅたれ」

顕忠は波平に命じ、一番船に合図を送らせた。船足を巡行速度に戻させるのだ。海上は近いようで遠い。弓削島の三山が直ぐそこの、手の届くような所に見えながら、その距離は仲々に縮まらない。船足を緩めさせたのは、水手《かこ》の疲労を防ぐためだ。鯨に入るまで何が起きるか分からない。軍船が三ッ庄に寄り、再び出て来るまでを予想し、それに追いつかれない位置まで進出しておけば、それ以上の無駄な力を使う必要はない。鯨に入ってからも、陸上の妨害もあるものと覚悟しておかなければならないのだ。

「ありゃあ」

波平が頓狂な声を上げた。

鯨の浜の北の小さな鼻から船が一艘、続けて一艘、その後からも。三艘が直列となって、こちらへぴたりと針路を向けた。

「小泉の奴等じゃろう。間違いはない」

波平が断定する。

「前に出せえ」

顕忠が梶取《かんどり》にどなった。船は再び全櫓となり全速に移った。波平が一番船に赤旗を振る。一番船も全速に移る。

二番船の小早の方が船足の延びが違う。忽ちに一番船に追い付き、追い抜きざま、

「何が何でも鯨へ逃げ込め。こっちに構うな。陸《おか》にも奴等が待っとる。無理をするな」

顕忠はどなった。

向こうの船隊が直列を解き、後続船が横に進出して鶴翼《かくよく》の形をとった。

「真ん中から追い散らそう。どうじゃ」

「沖が両側から包まれるが」

「真ん中につっかかって、直ぐ面梶、右側にかかろう。すりゃ、通り路が開ける」

「それで行こう」

顕忠は波平に計り、梶取に伝える。

両者が接近した。と、向こうの三艘が一斉に火矢を空に放ち船を漕ぐのを止めた。

停戦命令だ。

「しめた。このまま突っ込めば通り抜けられる」

波平が喜んだ。だが顕忠は、

「これだけ間があれば、向こうも動く体制がとれる。わし等が抜けても沖の島は危なかろう。一寸向こうの手に乗ってみるか」

顕忠は船を止めさせた。程もなく沖の島船も追い付き、並んで櫓を上げる。

行く手をふさぐ船隊の真ん中の船に一人の男が立ちはだかっていた。彼は沖の島船が櫓を上げるのを見すまして大声を上げた。

「われは弓削島の住人、民部房四郎なり。弓削荘新所務職御入来と知ってまかり出たる者なり。いざ物申さん」

沖の島船から声が返った。

「地下人《じげ》の迎え大儀である。海上にて物申すよりも、早々浜まで先導仕れ」

答えたのは新所務職の伴の寺侍である。それを聞いた民部と名乗った男は大声を上げて笑った。

「こりゃ聞けやぃ。先導ゆぅてもの、尾道まではちいとえらいわぃ。勝手に来たんじゃによって、勝手に去《い》ねえや」

「戯言《ざれごと》を申さずと案内せぃ」

「馬鹿たれが」

民部が怒号した。

「所務職を入部させる訳にゃいかんのよ。命まで取るとは言わん、さっさと帰れ」

「黙れえ」

今度は五郎左がどなり返した。

「わしは沖の五郎左よ」

「聞かんのう、そのような名は」

民部がうそぶいた。

「やかましい、つべこべ言うなあ後にせぃ。わしは警固《けご》じゃ、所務職入部までがわしの仕事よ。

邪魔はさせん」

「寝言を言うな。ここが通れる思ぅてか」

「通らいでか」

五郎左は言い放ち右手を上げる。一斉に櫓が下ろされた。同時に手下《てか》の一人が素早く弓を構えて、民部が立っているあたりの船腹を狙って矢を放った。矢は船腹の喫水線に突き刺さった。

「あの馬鹿が」

顕忠は舌打ちした。相手は威嚇《いかく》だけの肚と読んだ。そこでうまくすり抜けてみようと思ったばかりである。こちらから挑発することはないのだ。五郎左の奴、逸り過ぎだ。

案の条、両翼の二艘が中心に船首を向け、密集の隊形を取り始めた。発進した沖の島船を正面から迎え討つ体勢だ。

流石に矢は放って来ない。万一、所務職に逸れ矢が当たってはという慮《おもんばか》りだろう。妨害だけならともかく、所務職殺害ともなれば東寺もいい加減では済まさない。然るべき所へ訴え、どこぞの軍勢が差し向けられれば悪党共はひとたまりもない。そこらあたり心得ているだろう。引き下がらなければ船を沈め、たっぷり水を飲ませてから引き上げ、追い返すつもり。まあそのようなところか。顕忠はそう判断したが、それを許す訳にはいかない。

幸い潮が止まった。流れに逆らう不利はなくなった。野島船は斜め前方に出て取り舵に転針、相手の船腹を狙う作戦に出た。それと察した右手の船が回頭して舳先をこちらへ向ける。その回頭運動で中の船との間に開きが出来た。そこへ沖の島船が突っ込む。大体狙っていた通りになりそうだ。

「船尾《とも》をかすめろ。波平は梶取《かんどり》を狙え」

顕忠は指示を与えた。舳先に立っている波平は長い竿を手にした。野島船は相手の船尾を目標に右へ右へと回る。相手もこちらの意図を察知したのか、左へ左へと廻る。半径が段々狭められ、頃はよし、顕忠は直進に転じさせた。

野島船は身の軽い小早だ。速さが違う。相手があわてて転針を計ったが、立直しの利かない内に野島船は舷が触れる程の近さで相手船の船尾をかすめた。

擦れ違いざま波平は竿を繰りだして相手船の梶取をしたたかに突いた。梶取がもんどり打って波の上に落ちる。

一息ついて向こうを見ると、沖の島船は二艘に挟まれた形で苦戦している。半櫓で船を漕ぎながら、残りの者が得物を持って防戦だ。相手の船の一艘が前に出ては針路を妨害し、そのまま下がりながら竿や棒で突っ掛かる。それを両船が交替で休まないという戦法だ。沖の者は、棒や竿でわたりあい、刀で竿を切ろうとするが、間断のない両舷からの攻撃で、その上針路は次第に西へ逸れ初めている。

「民部と名乗ったな。あやつの船にとりかかろう」

顕忠の下知で素早く漕ぎ寄せる。今度は沖島船にくらいついて前進している相手だからやり易かった。相手の船尾《とも》をかすめてまたもや梶取を突き落とした。反転して残る一艘を狙いにかかる。狼狽した相手は沖の島船から離れ、回頭して反撃に移って来た。

「脇頭、そろそろやるか」

沖の島船が針路を立直し、鯨へ独走の形をとったのを見届けて波平が言った。彼はうずうずしているのだ。合戦のつもりで渡り合えば一対一、その間に沖の船は二艘でいいように料理されてしまう。梶取を突き落としたのは時間稼ぎだ。梶取がいなくても船が動かなくなるものではない。大船と違い、梶取程の判断はできなくても、船を動かすくらい他の水手《かこ》でも出来る。だが梶取が海に落ちれば、先ずこれを救う。そこを狙ったのだ。梶取の落ちた船は暫らくは休戦状態に陥る。現にその二船は梶取の収容で離脱している。その隙に一対一で痛みつけておこう。それが波平の思惑だ。

波平は熊手、投げ鈎を用意させた。

「漕ぎ寄せろ」

顕忠の指示に梶取が「おおうっ」と吠えたて、櫓方が「えい、えい」と掛け声を発し始めた。

忽ちに両船は横付けとなり、乱闘が始まった。船の上の乱闘なら野島に敵すべくもなく、みるみる相手は打ち倒され、水に飛び込んで逃れる。

ほんの僅かの間だった。

「引き上げい、引き上げい」

顕忠が呼ばわった。相手の船に飛び乗っている者への下知だ。

顕忠は、熊手で殴り付けて来た相手を刀で振り払い、熊手の柄を切って、たたらを踏む相手を横薙ぎにしようとした時、彼の後の海が視野に入った。そこには、近づく二はいの大型船があった。彼はとっさに攻撃中止を判断したのである。

手早い引き上げと離脱。野島の機敏さは小気味よいものだった。直ちに前進全速。はるか先を行く沖の島船を追う。

右舷後方の船は多分、民部と名乗った者の船だろう。左舷後方の船はそれより更に遅れている。

「追ぅては来まい。痛みつけた奴等を救けてやらねばなるまいからのぅ」

顕忠は会心の笑みを浮かべていた。警固《けご》の役は見事に果たしたと思ったのだ。

沖の島船は船着場の横に係留していた。干潮なので水位が低く船から直に船着場へは上がれない。それは当然としても、砂浜へ舳先を突っ込みもしないで船体は浮かせたままである。乗員は船の中にいた。

「何をぐずしている。あれを見ろ」

船を近付け、顕忠はどなり上げて沖の方を指差した。先程の相手の一艘が浜を目指して漕いでいる。恐らくあれは、民部房四郎の乗船であろう。

その後を追うような形で二艘の大型船。これもどうやら鯨の浜を目指しているようだ。これは布刈《めかり》の瀬戸で望見し、顕忠がずっと気にかかっていたものだ。正体は不明だが油断はならない。

「様子が可笑しゅうての、陸《おか》へ上がらずとおる。公文《くもん》を探しにやっとるが、それも未だ帰って来ん。どうしょうもないんじゃ」

五郎左は苛立っていた。船着場へは、昨夜顔を見せた公文が当然迎えに来ているものと思っていた。ところが、船着場にも浜にも、人の姿、船の影は見えない。その無人の不気味さに加え、浜の後背の木立、草叢にちらちらと人の頭が見え、まるで伏兵を備えているような感触である。昨夜の公文が指差した灯りのあたりの見当に、確かに建物は見える。所務職以下の詰める役所といった体裁に思われた。だがそのあたりには全く動くものがない。静まり返った空気が伝わって来るだけである。

そこへ五郎左が遣っていた手下《てか》が息せき切って戻って来た。

あの建物は確かに弓削荘の執務所である。周囲に垣を廻らせた広い敷地の中に、荘官達の居宅らしいものもある。だがそのどこにも人の姿は見えなかった。

探し歩くのに今まで手間取っていたという報告を受け、

「所務職をとにかくそこへお連れしよう」

顕忠の言に五郎左は頷いたが、

「だいじあるまいな、そこは。今しばし様子を窺うては如何じゃ」

始終を聞いていた寺侍の一人が口を挟んだ。

「居りたきゃ、ひとり残ってもええで」

五郎左が言い返した。

「悪党共はすぐそこへ迫っており申す。ともかくあれなる役所へお伴仕ろう」

顕忠はもう一人の寺侍に告げた。

野島の小早は平底だ。水際へ乗り上げ易い。有無を言わせる暇はない。先ず野島を上陸させ、その間に沖の船は船着場のもやいを一旦解き、船を回して舳先を砂に突っ込む。

その作業の間に、民部の船は指呼の間に迫っていた。上陸地点をどうやら浜の中央あたりにするらしい。向こうも用心しているのだ。船で突っ掛かって来る無謀は避けるつもりのようだ。

民部の船が浜に達着する寸前といっていい、際どいところで全員上陸を終えた。

「野島が浜へ残って、きゃつ等を引き受ける。沖の島はあれへ。後のことはその時の思案。つなぎを寄越せ」

顕忠の言で沖の者達が新所務職を囲み一団となり、動き始めたとたん、行く手の右側の草叢に、一人の男が立ち上がった。

「待てぇ」

その声に応じるように、その周りに七八人の男が同様に立ち上がった。

声を発した男は武士の風体だが、他の男達は無頼者《ぶらいもの》風、手には棒切れ、長刀をきらめかしている者もいた。

「弓削荘は今無人じゃ。われ等は大切の留守を預かる者。何人たりとも近付くことは許さぬ。早々に立ち去れ」

「わし等が到着することは、昨夜の内に、ここの公文が承知よ。つべこべ抜かさずと、案内くらいせい。公文はどこじゃい。早よぅ呼んで来ぅ」

五郎左がどなり返した。

「公文殿は他行中じゃ」

男はうそぶく。寺侍がたまり兼ねて前へ出た。

「新所務職様の御入部におざるぞ。留守の者とやら、早急に下司《げし》以下の荘官共を呼び集められよ。その前に早や早や御案内を。所務職様長途にてお疲れにあられるぞ」

男はからからと笑った。

「新所務職様か何か知らぬが、わしは聞いておらぬぞ。見れば、御一統海賊と見受けたり。さては所務職入部と偽り、この弓削荘を横妨せんとの企みか。ならば許せん」

「無礼であろう。東寺の下し文もあり、このことつとに当荘下司職宛て下知も伝えあること。疑う等とは以ての他。無礼は許さぬぞ」

「言うことはそれだけか。まあ、怪我をせぬ内に、そこから引き返すのが身のためと申すもの。船へ戻られい。立ち去られい。急がぬと、ほれ」

男は浜の方を指差した。民部が船を乗り付けたところである。

五郎左が顕忠の所へ歩み寄って来た。

「足手まといがおっちゃ、押し通るなあ難しいで」

耳元で囁いた。

「わしが一緒に行けば船を取られる。船を沖へ逃がしておいて、残りを同勢とするか。沖は四挺で行けるか」

「無理をさせよう」

四挺櫓では巡行速度が精一杯だが、それ以上の人員は割けない。顕忠はそう判断した。

「もうちっと様子を見よう。あれが達着してからだ。あれの正体が分からぬ内動いては、四挺じゃ太刀打ち出来ん羽目にならんとも限らん」

彼は浜へ近付く二艘の大型船を指差す。どうやら商船のようだが、先程来の海上の争闘は見ている筈だ。それを承知で浜へ入るのは、尋常の商船とは思えない。

五郎左は密集隊形を解いて、手下《てか》達を砂の上に休ませた。

案の定、民部の同勢も浜へ下り立ったものの、こちらへ来る様子はなく、一塊になって近づく船を見守っている。

「ありゃあ鎌刈じゃあないか」

波平が声を上げた。

「何じゃと。おっ、時光《じこう》じゃ。時光の船じゃ」

辰も驚きの声を上げる。波平も辰も、今ここにいる他の手下達もあらかたは、宇佐の宗勘の警固《けご》に就いた時の面々だ。一斉に向こうを見てどよめいた。

「吉か凶か。時光殿如何なる関わりがあるのか、それ次第よ」

顕忠はつぶやいたが、内心は困惑していた。時光が民部と結託しているならば、一旦沖へ離れる他あるまい。勝ち目は先ずない。民部がこっちを放うっておいて民部を待っているところよりすれば、両者は何らかの関係のあることは確かだ。

顕忠は五郎左の許へ歩み寄った。

「引き上げるか」

「相手が多過ぎるのう」

五郎左も同じことを考えているようだ。

二人の撤収の相談を聞きつけたものと見え、寺侍の一人が傍へ来た。

「所務職様はあくまで荘の中へ入られる御意向だ。たって妨害するとあらば、伊予守護細川頼春様が黙ってはおられぬとな。こう申すよう仰せじゃ」

「細川が伊予守護じゃと」

顕忠は思わず声が高くなった。

「先程の伊予の宮方攻めの功で足利様の御教書を賜られた。御存じないか」

顕忠はだまり、寺侍は五郎左を促した。

「分かった。話をつけて来よう。入部を見届けるのが、警固《けご》の役目じゃ」

五郎左は誰へともなく言い放ち、手下《てか》の二人を選び、民部の船の方へ歩き始めた。

「脇の頭、わしも行こうか」

波平が心配そうに言った。

「そうよなあ。五郎左は厭がるかも知れん。と言うて、心配はわしも同じよ。よし、わしに従うて来い。五郎左とつかず離れず、いざとなれば駆け寄せられる程の間をおこう」

顕忠は残る手下達へ口早に指示を与え、五郎左の後を追った。

「民部とやら、房四郎とやら、面を見せぃ。沖の五郎左がものを言いに来た」

浜を半ば歩いたあたりで五郎左は吠えるようにどなった。

「おう。行ってやろうわい。そこ動くな」

民部房四郎がどなりかえして、これも手下二人を連れて進み出た。

五郎左の二間程が前で止まった房四郎は、

「やい、命ごいに来たか。只で済むとは思ぅておらぬであろうな」

憎々しげに言う。

「やかましいわい。そっちこそ後で吠え面かくな。所務職様の仰せ承れ。たって妨害するならば、伊予守護細川頼春様が軍勢を繰り出そうとな。どうじゃ、たまげたか。おとなしゅう手を引けい」

「たまげた、たまげた。伊予守護じゃと。細川じゃと。ここを何処じゃと思ぅておる。生名島、因島、ことごとく宮方鉄壁の備えぞ。東寺の、所務職の言うて、いずれは消えて無うなろうものを。そのような者の警固に使われ、哀れなものよのぅ。ま、島方の者のよしみ、ここは見逃してもやろぅぞ。とっとと去《い》ねえ」

「うぬがっ、ようもようも」

かっとした五郎左は叫んで駆け出そうとした。あわてて手下《てか》が武者ぶりついて止める。

「待てえぃ五郎左」

顕忠が後からどなった。

その間に、房四郎の後に華美な女の衣装をまとったような異形に見える男が近付いていた。顕忠はその男をじっと見つめていた。鎌刈の時光に間違いない。だがその意図が分からぬ内は、うかつに声もかけられないと、彼はただ見守っていた。臨機応変の策しかない。捨て身を覚悟していた。

「房四郎殿、引かれぃ」

彼の後から時光は声をかけた。振り向く房四郎に声が続く。これも大音で、顕忠の所までよく響いた。

「何やら物々しい。なれど委細は聞くまい。鎌刈は塩の買い付けに寄ったまで。誼《よしみ》ありとはいえ加担はせぬぞ」

「何の、暫時《ざんじ》のこと見ておざれ。どこの島の末の者やら、一気に追い払う所存」

「勇ましきかな。流石房四郎殿よ。なれど、あの沖の船争い承知におざろう。身共も、こなたへ入る通りすがりにとくと検分致した。野島が相手では、この浜に死人の山が築かれるのは覚悟の上か」

「何と。我等は、あやつ等が去《い》んでくれればそれで良し。無用の荒事までは好むものに非ず」

「顕忠殿」

時光は遠くの顕忠の名を呼んだ。

「時光殿かあ」

顕忠も呼び返した。

時の氏神である。

「新所務職殿が入部されずば、我等の商いに差し支える」

結局、鎌刈の時光のその一言で民部房四郎は引き下がった。

客である筈の時光の案内で、五郎左、顕忠は所務職を守って弓削荘の役所へ入った。

所務職を五郎左に任せ、顕忠は時光と別間に入った。あくまで五郎左を立てるつもりである。

時光は一別以来の挨拶も抜きで、問わず語りに弓削荘の実情を顕忠に聞かせた。

時光は弓削の荘官にとって大切な客だった。それは表に出せない裏取引である。東寺の年貢は近年、塩の現品より、銭に替えて納める方が多くなっていた。勿論、市に出すのだが、時光のように大口の客には直接取引にも応じている。ところが荘官の中には荘の年貢を横領して私服をこやしている者がいる。勿論、荘官が自身で商いは出来ない。そこで地下人《じげ》や小泉のような悪党と結託して、その者共に商わせ、儲けを分かち合っている。時光はそれを承知でそうした輩の品物も買い入れているから、どちらにとってもいい客なのだ。その上、時光は名だたる海賊だ。その力に信があって、彼との取引には邪魔の入る心配がない。

「ま、そう言うことだ。それにしても、このような所で顕忠殿と再会するとはなぁ。今のような世では、何があってもさして異とするには及ばぬが」

時光は何やら感慨深気であった。

「布刈《めかり》を抜けて見えるは気付いており申したが、時光殿とは思いも寄らざった」

「身共も同じこと。顕忠殿の船が同じ弓削に向かっておるとはな。昨夜は尾道で女を買い、寝過ごしてあわや潮に乗り遅れるところでおざったよ」

「我等が長江口に着きたる時、船着場に他の船はおらざったが」

「ああ、そりゃ、我等は坊の口におざった。商いの都合、女の都合はすべて坊の口の方じゃに」

「そう云えば、水道の半ば程に、船が五六ぱい眠っておった。かしこが坊の口におざるか」

「顕忠殿も、この次は坊の口へおじゃれ。『おれやれい』と言ぅて黄色い声が優しゅうに振りかかって来る」

「ま、われ等には縁なきこと」

「と言ぅて、覚えはなくもなし。ちと、顔が赤うおざるぞ」

「ざれごとは止められぃ」

冷やかされて、むきになった。女と寝過ごしたと聞いた時から顕忠は、雑賀の浦のみおを思い出していたのである。行方も知れないみおを、彼は未だあきらめ切れないでいる。

時光は笑い声を立てた。

「ところで、あれからも宇佐へ出向かれたか」

「まあな」

一旦はあいまいに濁したが、何となくためらう風な間をおいて唐突に言った。

「顕忠殿は我等に加担される気はないかな」

「加担」

「と言うより同心におざる」

「何の」

「商い。武士とて、力で突っ張るばかりが生きる道ではおざらぬぞ。本領安堵に命を賭ける武士も、名を挙げて恩賞を狙う武士も、所詮は生きる手だてを求めてのこと。同じ生きる手だてなら、商いの方が面白い」

「あいや、折角ながら、我が身は不調法。身にそぐわぬ事は気が進み申さず」

「まあ、聞かれぃ」

時光は声をひそめた。

「わしは宇佐の宗勘の向こうを張る気でおる。商いというても桁が違う。異国が相手じゃ。この前の警固《けご》のこと顕忠殿も憶えておられよう。薄々は気づかれたと思うが、あの取引は、明《ミン》とえすぱにあの荷が半々じゃった」

「えすぱとやら、あの気の遠くなるような遠い異国と言われた国か。その国の荷が何故にあのような所に」

「明の国はえすぱにあとの交易を許さぬ。したが、そこはそれ、えすぱにあでは遠い東の異国の品物を欲しがっている者がいる。明にもえすぱにあの品を欲しがる者がある。欲しがる者にこれを与えれば利は思いのままよ。危ない船路も、禁制も物の数ではない。それが商いというものよ。えすぱにあの船は一目で分かるからな、陸《おか》の沿岸近くには姿を見せず、もっぱら海上で取引をする。この前の取引の間、えすぱにあの船はあの島近くのどこぞで船を流しておった。取引を明船にまかせてな。われらの船を倭寇《わこう》ではないかと用心してのことだ」

顕忠は黙って頷くだけである。口の挟みようもない。

「実はな、宇佐の臼多、あの時の梶取《かんどり》じゃ。憶えておざろう」

「よう憶えておる。色々と習うことがあった」

やっと顕忠に返事の言葉が出た。

「あの男を今、わしが匿《かくも》うておる。宇佐で何やら不義理を働いたらしゅうて、宗勘殿の手の者に追われとる」

「宗勘殿を敵に回すおつもりか」

顕忠は、正体が分からぬと聞かされたあの宗勘の風貌を想い浮かべた。

「馬鹿な。わしは勝ち目のないものに手は出さぬ。臼多を匿ぅておるは、明に渡っての交易に役立たせるつもり、当分の間は人目に触れさせはせぬ。ま、そういうことでな、わしも交易のため莫大な銭が入り用じゃ。それで高の知れた商いでも精を出しとる。顕忠殿を誘うのは片腕が欲しゆぅての。大島へ行く訳にはいかず、折を探しとったが、今日ここでとは思いもよらざった。というようなことで、わしとしちゃあこの場の思い付きで言ぅとるんじゃない。どうやって連絡《つなぎ》をつけたものか思案しておった」

「つなぎの何のと言うて、大島へおざれば済むことを」

「さ、そこじゃよ。重平殿の耳へは入れ難い。顕忠殿独りの思案が欲しゆぅてな」

顕忠は時光の真意が計り切れず黙ったままだ。

「実のところ、わしは少々急いどる。宇佐の正体が薄々分かったでな。後れをとっては割り込む隙がのぅなってしまう」

「さっぱり飲み込めぬ」

「そうであろう。わしにもはっきりは見えぬ。勘だけじゃよ。今に九州が様変わりとなろう」

「何と、宮方の総崩れか」

「逆じゃよ。西征宮が統一なされようわい。その軍資調達に宇佐が動いているのではないか、と思える節がある。とすればだ、ゆくゆくは西征府そのものが唐土との取引に乗り出すのではないか」

「西征府。何だ、それは。耳にしたこともないが」

「西征宮が大宰府へ入られれば、そこが九州の都よ。九州の宮方はそれを目当てに武家方を懸命に攻め立てとる」

そこへ五郎左が、出船を急ごうと催促に来た。彼は所務職から労をねぎらわれ、寺侍からは、今後の話も持ちかけられた様子。後から疾が顕忠の耳に入れた。市へ塩を出す仕事を幾らか回してもらえるらしい。顕忠と時光がひそひそ話を続けている間に、五郎左は手下《てか》を役所の外に走らせて、うろうろしていた荘官や家族、下人等を引立てて来させ、新所務職への忠誠を誓わせる等、思いの他の働きをしていたのである。勿論、彼等の多くは、地下人《じげ》に脅され役所から退去していたのだ。地下人達が一斉に姿を消し、どうして良いのやらうろうろするばかりだった彼等にとって、沖の島の者達に見つけられたのは渡りに船だった。

五郎左は機嫌が良かった。上首尾を早く島の者へ告げたいのか、俄に気が急き出《せ》した様子である。

時光はその間に早、手下を近くの塩場に走らせていたようだった。商いに抜かりはない。

「わしへの同心、考えておいてくれ。返事は成るべく早ぅにな」

時光は顕忠にささやいて立ち上がった。

「時光殿はこれから」

「積み込みが終わる頃には潮が変わる。下げ潮に乗って今張まで。今宵は浦泊り」

「宮窪へ寄って行かれぬか。じゅうべさぁが喜ぶ」

そう口に出したもののこの挨拶には内心忸怩《じくじ》たるもののある顕忠だった。誘いに応じるつもりはないが、重平と時光を並べその前で平静でおれるかどうか。

だが時光は宮窪へと言われて気にとめる風もなかった。

「またのことにしょう。今張から、九州、博多の津まで。鎌刈へ寄る暇もない始末におざるで」

慌ただしい船旅というのは本当だろう。時光だけではない。宮方、武家方の合戦を他に、海上往来の商船は盛んに動いている。合戦の声を聞けば、その周辺の往来はぴたりと止まるが、一段落すれば、何事もなかったように元へ返る。合戦を当てにする商人も多い。武器、武具、食糧の運搬と商い。時光がその一人であることは間違いない。単なる警固《けご》人ではない。知合ぅた時は警固のみと思ぅておったが。元からそうであったのか。あれから変わったのか。世が移れば人も変わる。

五郎左もこれですっかり変わるだろう。変わり様のないのはわしだけか。顕忠は一寸ほろ苦いものを覚えていた。弟の忠助に、武士になったと息まいてみせたが。さて。

五郎左は沖の島へ一緒に帰ろうと一度は誘ってくれたが、顕忠が断るとあっさり自分達の帰り支度を命じた。沖の島へ寄って、「のうし」に初めて会うにはいい機会だと思う。村上の後家殿に挨拶もしたいし、村上がかくまっている篠塚伊賀守にも会ぅてみたい。だが、此度の警固《けご》の首尾は、五郎左一人に語らせてやった方が良い。その思いがあった。船の乱闘で手下《てか》三人が手傷を負っている。早く家に帰してやりたい。それを口実にした。手下の傷はかすり傷程度で、櫓を漕ぐにも、戦闘能力にも何の支障もないものだったが。

「警固の初仕事、見事やりおうせたな五郎左殿。また会おう」

「いっぺん、ゆっくり来てくれぃ」

五郎左はあたふたと、一番先に船を出した。

「宮窪の沖までは一緒におざるな」

時光が後から顕忠の肩をおさえた。顕忠は振り返り、

「あの男、時光殿に挨拶もなしに行きおった」

向き直って深々と頭を下げた。これは一応の礼儀である。時光の出現で闘争を免れたのは事実だ。

「あれが今の世の慣い。身共がしゃしゃり出たは、わが身の利益のためと見透かされておる。顕忠殿が気に病むことはおざらぬ」

時光の思いやりの言いようが顕忠には負担に感じられた。わしを見込んでくれたような話だったが、わしはそれには乗れぬ。その心苦しさが彼に困惑ももたらしていた。

巻の十二　黒　島

「霜月というにこの陽気はどうだ。伊予は何時でもこうかな」

雑賀の小三郎は額の汗を掌でぬぐって相手に尋ねた。

「似たようなものだが、今日はまた格別。小春日和と申す。それでも、朝晩は冷えるようになった」

相手の武士は勝部弥五郎久長といい伊予新居郡の者という。二十八歳といったが、どことなく老成ぶって見える。

海上の小舟の上から見れば新居大島が随分と大きく感じられる。反対側向こうには新居郡の磯辺がけぶったように見渡せた。黒島からは大分沖へ漕ぎ出ているようだ。黒島はやはり小さい。小三郎は何でもないことに興を深くしている。海上からの眺めはどこを見ても、島々の間に海が横たわるせいか見飽きない趣がある。

「もう一漕ぎして帰ろう」

「心得た」

小三郎は連日、この久長から船の漕ぎ方を始めとする船の扱い様の教習を受けている。

黒島へ来てから小三郎の生活は一変した。変わらないのは傀儡《くぐつ》の世話になっていた時と同様、体を酷使することだった。船の扱いには体力が要る。馴れないことなので無駄な力を使うことが多く、その分だけ余計に力を消耗していた。


傀儡屋敷を出た雑賀の小三郎は、伊予新居郡の黒島にいた。

楠崎あたりの漁師の好意で黒島へ渡った時、下ろされた浜辺で、船の底を燻《いぶ》し焦がしている男に出会った。

「どうじゃ、これが破れ船《やぶね》とは思えぬであろう。これは川之江の浜近くに沈みおるを引き上げたもの。向こうの板材とも見えるものは、そこの大島に打ち上げられしもの。今かかっておるこれが仕上がり次第あれの繕いにかかる。早ぅにかかってみたい。あれは、面白い船にして見せるぞよ。その工夫で既に一艘は試みたがものにはならなんだ。今度こそと思ぅとる」

男は初対面の小三郎に口を開く余裕も与えず、つるつるとしゃべって呵々と笑った。

「私は」

小三郎は言いかけて口篭もった。何をどうする当てもなく黒島へ、ともかく渡った。この男にどう口を利こうか考える暇もなく、相手がしゃべった。

「挨拶は要らざること。小三郎殿の身柄は当分わしが預かる」

「私の名をどうして」

「この島を訪れる者は知れておる。見かけぬ顔ならば雑賀《さいか》の小三郎と一目で分かった」

彼は愉快そうに笑う。

「春風尼《しゅんぷに》から文が参った。わしは別宮《べちぐう》八郎宗通《むねみち》だ。この黒島に居る限りは、わしの下知に従うてもらおう。不承知ならば立ち去られぃ」

名乗りを上げた男を小三郎はつくづくと眺めた。筋骨たくましい大男だ。四十半ばの年格好である。その名から判断すれば武士のようだが、刀は腰になく、風体は漁師に変わらない。目が澄んでいた。小三郎はこの男の言いなりになってみるのも面白いと思った。

「心得申した」

別宮宗通は仁太、種助の二人を引き合わせた。船大工だという。どちらも四十がらみの実直そうな男だ。翌日から小三郎はこの男達の下働きの格好で、壊れた船の板材運びに従わせられた。

三日過ぎて、一人の武士が船に乗ってやって来て、船仕事を手伝うようになった。それが勝部久長だ。彼が来てから小三郎は一日の内、一刻から一刻半、船に乗せられることになった。小さな船だが小三郎にとって、操るのは並み大抵のことではなかった。

その日小休みの後の帰途、久長は浜まで小三郎一人に櫓を漕がせた。上げ潮にもろに逆らっての針路はきつかった。

「力の入れよぅが大分巧者になった。この分ならば、ま、三里が程は行けるのではないか」

煽《おだ》てるような口調の久長が、その口の端から、

「頭を立て直せぃ。船はどっちを向いておる。多喜浜へ流れ着くつもりか」

叱咤の声が飛んだ。多喜浜は伊予本土新居郡の海岸である。

帰り着いた浜では宗通が待っていた。修復していた船が波打ち際近くまで引き下ろされている。船体の延長線の砂には、板の上に並べた丸太が未だそのまま残っていた。船を押しずらせたばかりのようだった。

「もやい放うれ」

宗通がどなる。久長がもやい綱を投げた。受け取った宗通は綱を砂上の船の船尾に巻きつける。

「上がって良いか」

「上がれ。未だ間がある」

久長は小三郎へ、浜へ乗り上げるようにと言った。

「大分漕げるようになったようじゃな」

二人が下り立ったところへ宗通が歩み寄って来た。小三郎は黙って微笑を返した。

「まちっとで潮が満ちる。もう一漕ぎしてくれえ」

「何処まで」

「何の、それを曳くだけよ」

「何と。この小舟でか」

「陸《おか》の方からも押すわい」

宗通が可笑しそうに笑った。小三郎の素朴な反問が可笑しかったのだ。宗通には説明なしで人を動かす癖があるようだ。尤も、船に関して無知な小三郎をからかっている風がないでもない。

「宗通殿よ」

久長が小さな声で注意を喚起し、目顔で宗通の背後を指した。

直垂姿に風折烏帽子《かざおりえぼし》を被った人物が浜へ下りて来るところだった。下人を二人従えている。

「別宮殿、間に合ぅてか」

遠目に見る姿からは似つかわしくないような大音声だった。

宗通は右手を高く上げて見せただけで、再び小三郎の方へ向いた。

「高見の見物という者もおる。気にはされまいぞ小三郎殿」

「今の私は、与えられた仕事の他、気を廻すゆとりはおざらぬ。その御懸念御無用」

「見たいと言ぅを断りもならずじゃ」

宗通は弁解じみた口調で苦笑を見せた。

直垂姿が傍近くまで来て、ようやく宗通は後を振り返った。

「程良いところへおざった。まちっとじゃ。潮が満ちぬことには船は動かぬでな」

「左様、左様。それに浮かべて見ねば、浮くやらどうやらも分からぬ。仲々に手のかかるものよのぅ」

直垂姿はからかう口調だ。

「泥舟じゃないぞよ。浮くは必定。漏れぬか漏れるか、それの験《ため》しよ。浮かせたら直ぐに乗せて進んぜよぅわい」

「いやいや、御辺が島を一回りして、無事な姿を見てからと願ぅておこう」

「相分かった。そのように頼りにならぬと思うなら、もうもう、金輪際この船には乗せはやらぬわい」

直垂姿が哄笑《こうしょう》し、宗通がそれに和した。

「久長、辛抱しておるか」

「はっ」

声を掛けられて久長は直垂姿に一礼した。

「宗通殿に斟酌《しんしゃく》は要らぬぞよ。飽きたらば新居の荘へ戻れ。合田の弥四郎が許でも良かろう」

「船作りの仕事、面白ぅおざる。少なし、田所よりは」

「それは重畳《ちょうじょう》」

直垂姿はまたもや哄笑する。頗る上機嫌のように見えた。

宗通もにやにや笑っている。田所職は地下《じげ》の荘官である。久長は荘官から武士となり、然るべき働きをしていたものらしい。

「ところで先日来耳に入れておいた若いお人、お引き合わせしておこう」

「おう、それはそれは」

宗通は小三郎の傍へ寄った。

「雑賀の小三郎殿だ」

小三郎は黙って頭を下げた。直垂姿も黙って頷く。小刀を帯挟み、美髯《びぜん》を蓄えた偉丈夫である。

「黒島神社の祀官殿《しかん》じゃ」

小三郎は一礼して、

「雑賀の小三郎におざる」

自ら名乗った。祀官は軽く礼を返したが、笑いの表情が消え、無言でじっと小三郎の顔を見つめた。炯々《けいけい》とした眼だった。だが小三郎はその鋭さをやんわり包むように、他意ない目を返していた。

ややあって、

「近藤滝口の三郎におざる。お見覚えはおわさぬか」

目を和らげ穏やかな口調で言った。

「はて、お目にかかるは今が初めてにおざるが」

小三郎は小首をかしげた。

「ここ黒島は御皇室領におざれば、その御縁にすがり、身共、院の滝口に御奉仕つかまったことがおざる。その折のことと覚ゆるが」

「京の朝廷《みかど》に上りつることとこれなく」

今度は祀官の方が首をひねった。

宗通が割って入る。

「祠官殿、小三郎殿は未だ二十三歳じゃ。祠官殿の滝口御出仕は確かもう十年前にもなろうか」

「や、そうであったわ。これは失態。いやいや、顔を見たとたんひらめき申してな、どうしても思い出せぬ内、気忙しゅう尋ね申した。左様、その頃御辺は童の頃か。これは由ないことにおざった」

祀官の顔に苦笑が浮かんだ。だが彼は未だしきりと首をひねっていた。

「ま、ま、それはそれと致して、折角の御入来の折りじゃ。この前ちらと洩らした話、潮の満ちるまでに、説き明しておこうか」

「はて、何でありしかな」

「船首の工夫じゃよ。御辺はよう分からぬと申しおった」

「や、それか。何やら船が水を切るとか切らぬとか」

宗通は大工に木箱と板を持って来させ、水際で先ず木箱を波に浮かべた。

「良いか。戸板造りの今の船体は、早ういえばこの箱のようなものじゃ」

彼はその箱をついと押して見せる。

「頭で水を切るのがにぶい。そこでじゃ、頭をこうすれば」

二枚の板を木箱の先に手でくっつけて見せた。箱の両端に板の一端を付け、他端をくっつける。つまり箱の先を三角形にしたような形だ。

「泳ぎがそうであろう。足であふった際、両手を横に広げているよりも、真直ぐ伸ばしていた方が、速くて延びもいい」

「成程、言われてみれば道理じゃ」

「船の舳先を出来るだけ尖らせれば、櫓を漕ぐのも楽になる。昔の刳舟《くりぶね》がそうであったようじゃ」

「それがどうして」

「今の船は、大木を刳《く》ったを縦割りにして間を広い板で繋ぎ、航《かわら》（船底のこと）にしている。それで大きな船が造れるが、船首は板で囲う形にしかならぬ。それが戸建て造りよ。そこを何とか尖らせてやろうと思うてな」

「やはりよぅは分からぬが、ま、しっかり励めや」

「言われいでか」

「そこな船はどう見ても箱型だが」

「一散気《いっさんき》にことが成ろうか」

「職人《じきにん》でのぅては叶わぬか」

「こいっが」

二人はまたしても声を合わせて笑い声を立てた。

「その代わりにゃ櫓床を増やす。速ようなるぞよ」

そこへ大工が注進に来た。

「お頭、潮がええころ加減じゃがぁ」

「よっしゃ。掛かろう」

「小三郎殿」

久長が小三郎を促した。

「心得た」

小船はもやい綱を引いて、波打ち際から五間ばかり離れていた。久長が引き寄せようとする。

「そのままにて」

小三郎はそれを止めておいて、その場の砂をけって飛び上がった。

波を越えて、ふわりと小船に下りる。小船はほとんど揺らぎを見せなかった。

「お見事」

声をかけたのは久長一人。他の者は船に取り付くのを急いで誰も見ていなかった。

小三郎は船の上から、水の中のもやい綱を手早く手繰り寄せて、櫓を手にした。

祠官の下人も加勢に入った。船の両側に三人ずつ取り付く。祠官が舳先の正面に位置したが、
これは押す目的ではないらしい。

「やんれーえ」

祠官が歌うような声を張り上げた。

「そーれっ」

「ええいっ」

押し手の六人が気合いを揃えて船を押す。

小三郎は懸命に漕ぐ。牽《ひ》き綱がぴーんと張り詰める。だが、小船は前へ進まず、船体が左右に揺れる。

「そーれっ」

「ええいっ」

船はじりじりと波へ乗り出し始めた。

修復した船体は見事に海に浮かんだ。

その船首、船尾両方からもやい綱を牽いて、浜の杭に繋ぐ。砂浜に横付けの形だが、綱にはたっぷりとゆとりを持たせ、ゆらりと流れのままに任せて波打ち際よりかなり離れさせた。三四日はこのままにしておいて、水漏れを見ると言う。

「棚に心配なところが二、三ケ所ある。十分に詰めてはおいたが。なんせ、拾い物の継ぎはぎじゃで」

棚は船の外板のことである。口ではそう言っていたが、宗通はさして心配そうでもない。自信があるのであろう。破船、沈船の修復はこれで五艘目だと言った。尤も此度のような大きな商船は初めてだ。川之江沖の船合戦の時、損傷して沈んでいた中国勢の船である。当時は未だ、一般的には、戦闘目的だけに造られた船はない。商船に軍勢を乗せ、陸戦用の盾を並べれば、それが軍船と呼ばれた。海賊が用いる小早と呼ばれる船も、軽速さを目的に造られ、荷物を扱うのには不向きだが、攻撃、または防御のための特別な構造を持ってはいない。戦闘船と呼べる船の出現には、もう少し時の流れを待たなければならなかった時代である。

これから、櫓床を着け、帆柱をたて、梶を取り付け、小さな船室も造り、要するに艤装に掛かるのだが、その殆どは既に造り終え、後は取り付け作業だけだ。船体の不備の有無を見極めるまで、大工を休ませようと宗通は言った。

「その間小三郎殿は小舟で遊べ。久長、よろしゅぅな」

宗通がにやりと笑うと、久長もにやりと笑った。

帆を張った小さな荷船が、浜に立ち寄った。小三郎と久長が小船を出そうとしていた時だ。

「手伝ぅてやろう」

久長は小舟から飛び降りて、荷船の達着地点あたりへ駆け出した。

「久長殿か」

荷船の舳先に男が立ち上がり呼ばわった。遠目に商人風に見えた。だが腰には刀をさしている。

「貞次どのー」

久長も声を上げる。

水際に近付いて、もやいが投げられ、久長が受けて杭にとめようとする。

「そりゃあええで。小船をこっちい着けえや」

荷船の梶取《かんどり》がどなった。帆は何時の間にか下ろして、水手《かこ》二人竿を手にしていた。

久長は小舟に取って返し、

「荷船の腹へ取り着けられぃ」

小三郎を促した。

小舟に積み替えられた物は、菰に巻かれ縄で縛った細長い品だ。小舟いっぱいの長さだった。

荷船の男も小船に乗り移り、荷船は帆を上げて流れに乗り出していた。

久長は男を、合田貞次と小三郎に告げた。久長より少し年下か。久長や別宮宗通のような荒くれた感じはなく、どちらかといえばひ弱そうに見える。

「今張からか」

「壬生《にゅう》に寄って来た。荷の都合じゃ」

「あれは讃岐通いか」

貞次の乗って来た荷船のことである。

「うんにゃ。川之江止まりと言ぅておった。川之江へは荷がよう動いている様子じゃ。細川の手の者が入って、家を建てているそうな」

「ほう、そのこと、ここらあたりへは未だ聞こえて来んぞ」

「梶取《かんどり》の言うことじゃ。荷受け主からそう合点しているのであろう」

「城より住み家が先か。かしこは随分と灰にしてしもうたからのぅ。それにしても細川の為すこと、よう分からぬ」

久長と貞次の話す間に小三郎は小船を浜へ乗り着けた。

別宮宗通も大工を従えて姿を現した。

「貞次、手に入ったか」

「ようやく。なれど思う大きさの物ではなく、御不満かとも」

「ま、見てからじゃ」

小舟から菰包を下ろし、大工二人に抱えさせて、浜を上がったあたりに下ろさせた。

菰を解いて中から取り出した物は白い布地であった。

「二尺か」

宗通がひろげて両端を手に持ち、その巾を大工に尋ねた。

「そうじゃな、鯨で二尺か、曲《かね》で二尺四、五寸。そういうところか」

「二尺にはちと寸足らずかのぅ」

大工二人は互いに顔を見合わせて、ぼそぼそと声を交わす。

「良いわさ。その見当としてだ、長さはどうじゃ」

長さは五尺余りと踏んだ。曲は曲尺、鯨は鯨尺。（鯨尺の一尺は曲尺で一尺二寸五分、約三十七、九センチメートル）

「二枚だけか、貞次」

「はあ。これが精いっぱいらしゅうおざった」

貞次はのんびりした声で答える。

「これでは間尺に合わぬ」

「と申されても。無いものは無いと浜作が申し条」

「鵜呑みにしたか」

「はあ。致し方なく受け取り、戻り参っておざる」

浜作は今張に居を構え、手広く商品を扱っている商人である。

「更にと頼ぅでおいたか」

「言われまするまでもなく」

宗通は舌打ちした。貞次の間のびのした答えようが気に入らないのか、品物が思うように入手出来なかったのに腹を立てているのか分からなかった。

「もう良い。貞次は祠官殿が許へ行け。算用の仕事が待っているそうな」

「相分かり申しておざる」

貞次はにやにや笑いながら去って行った。

「あやつ、あのようにとぼけた顔をしておるが、あれで仲々の切れ者におざるよ。村上義弘殿の許で算用方を勤めており申した。商いの品にも目端《めはし》がよう利く。父御は合田弥四郎貞遠と申され、新居郡では隠れもない武勇の士におざるるものを、とんと親には似申さぬ」

宗通は小三郎にそう語ったが、どうやら宗通と貞次は非常に親しい間柄のように見える。彼の言葉の端々に、小三郎は親愛の情を感じ取っていた。

「取りあえず小屋へ入れておけ」

宗通が大工に命じると久長が、

「宗通殿、小舟で験《ため》て見られては如何におざる」

それを遮った。

「あれでか」

宗通は小三郎が漕いだ小舟を指さす。

「如何にも。工夫すれば帆柱を立てられ申す」

「駄目じゃ。あのように航《かわら》が浅く、狭ぅしては、風をくろぅて舟がひっくり返る。帆は無理じゃ」

「似たような舟、帆を使ぅたことがおざれば」

「蓆帆とは違うぞ」

「なればこそ験して見たく。綿布は風を通さぬと見申した。されば風集め良く、帆となさば走りの良い道理、それを確かめ仕る所存」

「分かっておる。だが駄目じゃ。使ぅて見るなら向こうじゃよ」

宗通は陸《おか》からおろして浮かべたばかりの船を指さした。

「元々あれの帆に使うつもりで探させていた木綿よ。これが後三枚、いや二枚でも手に入れば、はいで（継いで）使おう。ま、それまで待つことだな。その間に帆柱を削って、立てておかねばならぬわい」

宗通は世人が余り見ることも聞くこともない木綿の帆を、修復船に使おうと目論んでいるのだ。船の帆といえば蓆か竹を編んだものと決まっていた。

貞次が求めて来たものは高麗産だと聞かされて小三郎は単純に驚いていた。綿布の帆が意味するものに就いて、船の知識も交易の知識も、小三郎には未だなかった。

「潮がたるんだら、多喜浜まで一漕ぎ致されぬか。酒を求めて参ろう。あや難《に》く残り少のぅおざる故」

久長が小三郎を誘った。合田の貞次が祠官の許からこちらへ帰って来れば、宗通は夜っぴて酒を汲み交わす筈だと言う。貞次は明日になればまた出て行く、忙しい身のようだ。

巻の十三　備前《びぜん》備後《びんご》

船坂峠を越え備前の国に入ってしばらくのあたりである。

「寂しゅうて、心細ぅありますするなぁ」

みおはあたりを不安そうに見回した。

「旅を続けていれば、このような思いは何時ものこと。もう、慣れてもいい頃でしょう。さ、参りましょうか」

今、腰を下ろしたばかりなのに、桂秀尼は立ち上がった。病み上がりの彼女には少しきつい行程だった。一息入れたい。自分から口に出して歩みを止めたのだが、みおが不安がるのを見て、こうしてはおれない気持ちにさせられた。日が暮れるまでには未だ大分刻がある筈。それまでには和気に着く。三石の里でそのように聞かされた。だが途中から陽が陰り、次第にどんよりとした、重苦しい天気に変わった。その上更に、すれ違う往還の人影が次第にまばらとなり、遂には途絶えてしまった。周りは山、道の両側には、枯れ木と草叢《くさむら》がどこまでも続いていた。

道のほとりに腰を下ろして、歩みを止めた僅かの間に、初冬の寒気が手の先に応えて来るようになった。

「私、このような景色、気が落ち着かない。私の生まれ育ったところだって、似たようなものだけど、そこにはにおいがあるの、何時だって。海の香りなんだ。磯の香りが立ちこめていて、それを嗅いでれば、どんなところに一人でいても、寂しくもないしこわくもない。でも、ここには朽木の干からびたにおいばかり」

みおは、黙っているのが不安なようだった。

「私はお上人さまの時衆に加えて頂き旅に出るまで、鄙《ひな》の里も山家の景色も知らなかった。土筆尼殿のような、磯の香りとやらを吸うこともありませなんだ」

「桂秀尼さまは、都でお生れ」

「そう。京の町より知らなかった。でも、もうもう二度と京へ足を運びたいとは思いませぬ」

「何故」

「かしこは地獄。炎が燃え盛り、阿鼻叫喚《あびきょうかん》の凄まじさ、私はその地獄を二度も見せられた。その後は疫病《えやみ》の群れと行き倒れ、亡霊がさ迷ぅているような、身の毛のよだつ有様。あれを思えば、都の外のどのような景色も、一向気にはなりませぬ」

この年、天変地妖、疫病の流行等の理由で北朝の朝廷は五月二十八日、暦応の年号を庚永と改元した。天下静謐《せいひつ》を祈ってのことだが、世の中一向に革《あらた》まる気配を見せなかった。

みおは黙っていた。彼女は戦火に焼かれた都の様も、あてどもなく彷徨する浮浪人や病人の群れの悲惨な現実も知らない。彼女は坊主が説教に用いる地獄の話かと勘違いして、鼻白む思いにさせられていた。彼女は仏の教えとやらが好きではなかったのだ。

御仏に救われずとも、私を救ってくれるお人はちゃんとあるのだから。雑賀の浦で危急を救ってくれたのはあの若い武士だが、曲がりの長者の手から救い、守ってくれたのはあのお人。あのお人の頼みだからこそ、入江衆のお頭さまも守ろうとしてくれた。

あの一夜の情けと、必ず戻って来ると言ったその一言だけがみおの支えであった。何時までも待つつもりが、思いもかけない出来事が重なって、みおは今、自分の方から伊予の大島へ近付こうとしている。大島で中の院顕忠がどのような境遇にあるのか。彼女はそれを考えないことにしている。

「土筆《つくし》尼殿」

桂秀尼が不審そうに名を呼んだ。みおは、説教かと思い込んだ時から、耳は上の空となり、ぼんやりしていたのである。

「どうしました、土筆尼殿」

「はい、あの、そう桂秀尼さま、土筆ではなく、みおと呼んで欲しい。私、みおでいたいのです」

「何を言うのかと思えば」

桂秀尼は少し笑った。

「でも、それはなりませぬ。こうして、私と同行の間は」

「桂秀尼さまだけで他にお人がいないから、私、みおでありたい」

「尼姿だけでは通らぬこともあります。土筆尼《つくしに》と呼んでいればこそ、自然と尼らしゅう人の目にはうつります。それに、呼び名は、とっさには呼び慣れたものが口から出ます。姿だけは尼であっても、真は尼でないと誰かに悟られたら、関一つ越えられませぬ」

往還の道筋に関を設け、関銭を徴収している所は随所にあった。それは官のものではなく、在地の勢力者が何かと名目を作って通行者から銭を取り立てるものだ。だが、僧尼、職人《じきにん》、傀儡《くぐつ》等は関銭を徴収されることなく、その通行は自由であった。これは官の設けた関所でその自由は保障されており、私関であってもこの自由通行は不文律として認めていたのである。

「私に従《つ》いている間は土筆尼でいて下さい。私まで怪しまれることになるのですよ」

それは桂秀尼との最初からの約束だった。

(この先私はどうなるのかしら)

みおの名で呼ばれたい。土筆尼の名ではこのまま尼で世を過ごすことになりそうな気がする。

その思いが口に出たのだが、桂秀尼はにべもなかった。


思えば雑賀浦の出来事以来、みおの身の上を襲ったものは危難の連続だった。

近木郷の栗の木長者の魔手から、たまたま櫛を需《もと》めてやって来た傀儡の男に助け出され、大物浦まで送ってもらった。時衆の遊行道衆一行の許までと望んだのはみおである。桂秀尼なら、訳を話せばきっと一行に加えてくれるだろうと思った。時衆として遊行の旅を続けていればその内伊予へ行ける。桂秀尼はそう言っていた。それだけの一方的な単純な思いつきであったが、あの場合他に方法はなかったのである。大物浦では、既に時衆の念仏踊りは終わっていた。その舞台の後片付けの最中に行き合わせ、どうしたものかとぼんやりしている時、桂秀尼と一緒だった清若丸と出会った。彼は先程桂秀尼と別れ、淀行きの便船の出る刻を待っているところだった。

清若丸は童なのに、大人のような表情で仔細《しさい》を尋ねた。居る筈のない者に思いがけない場所で出会い、彼なりの不審を抱いたようだ。好奇心の強い童なのだ。

聞き終わった後清若丸は、少しだが喜捨《きしゃ》しょうと銭をくれた。自分は淀に着けば銭の入り用はないのだと、何故か寂しそうに言った。

清若丸に教えられ、みおは天王寺へ一行の後を追った。

天王寺では遊行の一行は既に須磨へ向かって発った後だった。あの時程心細い思いに駆られたことはない。それでも気を取り直して、みおは西国道を辿り始めた。

一行の足はかなり速いとみえ、道々尋ねる度、一行とみおの間はどんどん引き離れて行くような心地に襲われていた。ようやく追いついたのは明石である。その土地の大きな農家でお上人様の説法があり、請われるままに三日滞在して、念仏を受けるため近隣から集まって来る人々を待ち、或いは帰依《きえ》者達との問答、説法、そして念仏踊りとあって、みおはやっと追いつくことが出来たのだ。

「良いですか土筆尼殿、道衆となるためには帰命戒を授けて頂かねばならないのです。とてものこと、勤まるものではありません」

「私、ついて行くだけでいいのです。その内、伊予へ入れば一人離れます」

同行を頼むみおに桂秀尼は、のっけから宗門の掟を盾にしてみおを追い払おうとした。みおは必死だった。ここで見離されたら野垂れ死にするだけである。誰一人頼る当てもない身の不運を綿々と桂秀尼に訴えた。そして、

「清若殿のように、念仏札を配るだけなら私にも出来ましょう。桂秀尼さまを頼りにここまで追って来たのです」

そう言って後は泣くばかりだった。

「分かりました。私も実は道衆ではありません。同行のように振る舞ってはおりまするすが、本当は鉢叩きに重宝されているだけ。ま、私のことは止しましょう。後からついておいで、尼姿だから人々から怪しまれることもないでしょう。乞食《こつじき》も、道衆の方々のまねをしておれば、その日の糧は得られましょう。少し離れて、さり気なく付いて来るのですよ。時折私が傍へ行きます、それなら安心でしょう」

桂秀尼は心優しい女性《にょしょう》だった。みおの境遇を聞いて、そのまま突放す気にはなれなかったようだ。


ところがその、人への優しさが今度は我が身を救うことになった。

姫路近くになって、桂秀尼は俄の腹痛に見舞われた。余りの痛みに桂秀尼は、道端にしゃがみこみ、歯をくいしばってうめくだけだった。

時衆の道衆は、同行の者の危難は見捨てて憚《はばか》らない。「一切捨離《いっさいしゃり》」の教義に従うのだ。それを知っている桂秀尼は、同行に告げることもせず、助けも求めず、黙って立ち止まり、腹をおさえてしゃがんだ。

はるか後から見え隠れについて来ていたみおは、近づいてそれが桂秀尼と知って驚いた。同行に報せねばと駆けて行こうとするみおを、桂秀尼は気力の萎《な》えたか細い声で、それでも何とか引き止めた。通りすがりに人があって、みおから事情を聞き、近くに尼寺があるから、ともかくそこへ連れて行き休ませてやるよう言ってくれた。ところが連れて行こうにも、桂秀尼は立ち上がることも出来ない有様。農夫のように見えたその人は、見かねて、桂秀尼を背負って尼寺へ連れて行ってくれた。

幸い住持が薬餌《やくじ》の心得があり、薬草も蓄えていて、そのお陰で桂秀尼の激痛は取り去ってもらえた。ところが痛みは消えても、桂秀尼は起き上がることが出来なかった。気力体力共に萎《な》えたままなのである。住持は首をひねって、気長な養生が必要だといった。そして、遠慮は要らないから、回復するまでここに居たら良いといってくれた。そして、医師《くすし》ではないが、思い当たることもあり、治療も施してみようと言った。二人には、その親切に甘える他、為す術はなかった。

夏が過ぎ秋を迎えた頃、桂秀尼はどうにか立ち居が出来るまでに回復した。

みおはその間、寝たきりの彼女の看護の他に、寺の二人の尼僧の手伝いで立ち働いていた。どちらも中年の尼僧は親切だった。みおの手伝いで助かると喜んでくれ、居心地は良かった。

このままずっとこの寺で厄介になるのも悪くはないと、そのような気持ちを抱くことさえあった。でもやはり、伊予へ行きたい。大島を訪ねたい。あの人はきっと、根無し草の境遇から私を救ってくれる。みおの、中の院顕忠に逢いたいという思慕の情は次第に、それ以外自分の救われる道はないのだという願望の気持ちの方が強くなっていくようだった。

桂秀尼が出立したいと告げてからなお二ケ月は住持がそれを許さなかった。少しずつ動いて体を慣らさなければ、とても行脚《あんぎゃ》は叶うまいと言った。

「御遊行の後を追うことはあきらめました。これから備後の尾道に行きます。尾道には一鎮上人さまが西江寺という御寺をお開きなされたと聞きました。一鎮上人さまは、捨て聖さま六代に当たられる、時衆では一番尊いお方。そのお方におすがり申してから私の行く末を決めるつもり。土筆尼殿も、尾道の津なれば伊予へ渡る手立てはいくらでもあると思います。そこまでは一緒に参りましょう」

そこからは自分一人で道を探せと言う。みおは納得した。備後尾道の津がどのようなところかは知らないが、伊予の島々は直ぐ近くだと言う。それだけでみおの気持ちは弾んだ。

桂秀尼が従っていたお上人さまは、どうやら時宗の高僧ではあっても、最高の捨て聖さまではないらしい。その上には更に、一鎮上人さまというお方がいらっしゃるらしい。みおはそのように理解したが、どの道自分には関わりのないこと、みおは、尾道の西江寺とやらに左程の関心をもたなかった。

ようやく住持の尼様から許しが出て出立の日が来ると、尼様の親切はどこまでも行き届いていた。備前の福岡、備中の鴨方に、縁に連なる尼寺があるから、道中そこを頼るが良いと書状を持たせてくれ、路用まで恵んでもらった。時宗が遊行を旨として寺を持たないことは広く知れわたっていた。尼様は病み上がりの桂秀尼の体を案じ、そこまで心配してくれたのである。


桂秀尼は杖にすがって立ち上がった。

「和気に入ったら、どこぞの農家に宿を頼みましょう」

「桂秀尼さまはそれまで大丈夫ですか。もう少し休まなくとも」

「陽が落ちれば土筆尼殿がこわがるゆえ。急ぎましょう」

桂秀尼は笑顔を作ったが、少し苦しそうだった。

かっかっかと、行く手から馬蹄の音が聞こえ、二頭の馬が駆けて来た。

「危ない。道端へ避けましょう」

未だ遠い内に桂秀尼は口早に言って、傍の草地へみおを導いた。

みるみる近付いた馬は、二人の横を駆け抜けて行った。馬上には武士らしい姿が見られた。

鉢巻きを締め、手綱をしぼって疾駆《しっく》して行く。砂ぼこりを巻き上げ去って行くそれを見送りな

がら、

「通る人もあるのですね。安心した」

みおは胸に手を当てて、大仰に撫で下ろした。

「この道は西国道ですよ。色々の人が通行して当たり前です」

「でも、もう一刻、それ以上も人の姿が見えなかった。これが何処まで続くのかと思ったら気味が悪くて」

「旅はこのようなものですよ。人里離れれば、人影の途絶えることは珍しくありませぬ。何も気にすることはないのです」

そう言う桂秀尼は草の上に座り込んでいた。馬をやり過ごす間だけでも腰を下ろしていたかったのだろう。みおはそれに気づいて自分も草の上に座った。

「安心したら私も休みたくなりました」

みおは自分でそう言って声高な笑い声を立てた。

その草地の奥は密生した雑木、はるか向こうの雑木の間に杣道《そまみち》のようなものが見え隠れしている。谷という程ではないが、向こうは緩い傾斜で低くなっているようだ。

「行きましょうか」

短い時間だったがそれで桂秀尼は少し回復したらしい。

「はい」

返事をしたみおの方が先に立ち上がった。とたん、

「ま、桂秀尼さま」

みおは怯えた声を上げた。

みおの視線の向こうに二人の男が立っていた。道の向こう側である。

男は無言で道を横切って来た。浮浪人の様子だ。一方の男は腰に刀を差している。

「もっとゆっくりして行きゃれ」

無刀の方の男が、薄笑いを浮かべて言った。

「急いでおりますれば、御免仕ります る」

桂秀尼は気丈にそう言って、

「土筆尼殿、参りまするぞ」

みおの手を引いた。みおは声も出ない。

「おっと。待ちゃれ。手間は取らせん。わしらと一緒に一寸遊んで行けやぃ」

男はそう言いながら後を振り返った。道の向こう側に更に三人の男が姿を見せている。

「御無体は許しませぬ。われらは御仏に仕える身。お前さま方のお相手にふさわしゅうはありませぬ」

男は大声で笑った。

「御仏に仕える観音さまを拝みたいのよ」

「南無阿弥陀仏、南無阿弥陀仏」

桂秀尼はいきなり念仏を唱え始めた。

「えい、面倒だ。誰が通らんでもない。早うかついで行けやぃ」

男の声で、他の四人が女二人に取りかかろうとした。

「待って。桂秀尼さまはお体がすぐれぬ。堪忍して下さい」

臆病な癖にみおはいざとなると度胸がすわるのか、突飛もない言動に走る。寄って来た二人の男の手を振り払い、指図している男目掛けて突進した。薄笑いを浮かべて桂秀尼の方を見ていた男が、はっと気付いた時には、みおは両手を突っ張って体ごと男の胸につっかかっていた。諸手突きの具合だ。不意をつかれた男は後へのけぞり、もろくも尻餅をついてしまった。

その隙にみおは道へ飛び出し、駆けながら大声で助けを求めた。

「助けてぇ。誰かぁ」

依然として、道に往還の影は無い。みおの助けを呼ぶ声はむなしく空に流れ、消えていく。みおは忽ち男達に追いつかれた。手取り足とり、担ぎ上げられたみおは、それでも金切り声を放ち続ける。あらん限りの声を振り絞っていた。

元の場所に連れ戻され、そこには桂秀尼が観念したように草の上に座っており、傍にはみおに突き飛ばされた男が立っている。

みおを立たせた男は、いきなりみおの頬を殴りつけた。

「ひいっ」

みおは悲鳴を上げて横に倒れた。

「借りたもんは返さにゃならん。おとなしゅうしとりゃ、痛い目を見んでも済んだものを」

男はうそぶいた。みおはあまりの痛さでもう声が出なかった。

「こやつは手足取って抱えて行け。こっちは大人しゅう歩くじゃろ」

男は桂秀尼の方に顎をしゃくった。彼女はうなだれたまま唇を噛みしめている。

どこへ連れて行こうとするのか、男達は草地の奥の方へと歩き出した。

程なく草地が切れて、雑木の間に人の通れる空間が続くようになった。それはみおが遠くに見た杣道へと続いているようだった。

みおを担ぎ上げて歩いている男達が突然止まった。

通り抜けられる空間を辿り、曲がったとたん、目の前に忽然と山伏が三人姿を現したのである。

「女を下ろせ」

真ん中の山伏が低い声で言った。張り上げたふうもないのに、その声は強く重く男達の耳に響いた。

後を歩いていた男が前に進み出た。

「おこと等に関わりのないこと。口出し無用にして、道を空けてもらおうか」

「言うな。その女の助けを求める悲鳴、あたり八丁へ鳴り響いたわ。われ等はそれを聞いて宙をとんで馳せ参った」

山伏の脇の一人がそう言い終わるが早いか、男の横を擦り抜け、みおを担いでいる男達に迫り、いきなりみおをかついでいる男達の足を金剛杖で薙ぎ払った。男の二人まで当たったとみえ悲鳴を上げ、みおを離して倒れる。支えを失ったみおは地に崩れ落ちた。もう一人の脇の山伏は更にその横を駆け抜け、桂秀尼の傍へ。彼女をかばうように立った。

真ん中の山伏は、金剛杖を片手で先の男の額近く、ぐいと差しつけていた。

これが一瞬の出来事である。三人共に大兵、笈を背負った身でこの身軽さと早業は見事なものであった。

「殺生は好まぬ。腕か足か、いずれをへし折ろうか。望みを申せ」

真ん中にいた山伏が静かに言った。静かだが腹に響く声に、金剛杖を突きつけられている男は震え上がった。がばっとその場に土下座した。

「悪ぅありました。もうもうこのようなまね、二度と致しはしませぬ。お慈悲を。お許しを下され。お願い仕る。何とぞお慈悲を」

男は震えながら、泣くような声で許しを請うた。

「ならぬ」

山伏は顔色一つ変えず、静かな口調も崩さない。

「女が許しを請うた時、お前達は聞く耳持たなかったであろう。お前は今震えておる。女も震えたであろう」

山伏は土下座している男の肩に金剛杖の先を乗せた。男がぴくりと肩を震わせる。

「慈悲の心を持ち合わせない者が、都合の良い時慈悲を口にする。そのさもしさが更に許せぬ。肩を砕いて見せしめとしておこうか」

「ひえっ」

男は悲鳴を上げ、

「お許しを。何とぞ、何とぞ」

両手をすり合わせて山伏を拝み始めた。

山伏はようやく金剛杖を引いた。

「二度と不埒《ふらち》なまねは致さぬと誓うか」

「誓いまする。誓いまする」

「天網恢恢疎《てんもうかいかいそ》にして洩らさずの例え、悪業は何処《いずこ》の地にあっても私の耳に入って来る。その時は五体満足のまま居られるとは思うなよ」

山伏は意外な程あっさり男達を許し、その場を去らせた。

「有難うございました」

桂秀尼とみおはこもごも助けられた礼を述べたが、みおはその後に、

「でも私、悔しい。こんなひどい目に合わされたのに、あいつ等は痛い目に合わないもの。どうして腕くらい折ってやらなかったの」

そう言って、山伏に怨む目を向けた。

山伏は軽く驚きの目でみおを眺め、その腫《は》れ上がった頬に目を止めて眉をひそめた。

「成程、これはいささか片手落ちで申し訳無し。気がつかなかった。許されよ。それを知っておれば、そなたに思い切りあの男を殴らせたものを」

そう言って脇の山伏に目配せした。その山伏は心得て笈の中から薬を取り出した。

「その膏薬《こうやく》は良く利く。明日の朝までには腫《は》れは引き、二、三日で赤い痣《あざ》も消えよう。これで料簡《りょうけん》してくれぃ」

山伏はそこで初めて笑い声を立てた。優しく、慈愛に満ちた声とみおは聞いた。

何処へ行くと尋ねられ、桂秀尼は和気と答え、みおはとっさに伊予と答えた。頭の山伏は怪訝な顔になったが、先ずみおに顔を向けた。

「伊予はどちらかな」

「島です。大島」

「ほう、大島とな。身寄りでもあられるかな」

「逢いたいお人が」

「それは楽しみなことじゃな。道中気を付けて、つつがのぅ参られよ」

山伏もこれから和気を通る故、同道しよぅといってくれた。その上、足弱な上に先程の乱暴に会って体調を崩した桂秀尼を、山伏の一人が背負ってくれることになった。

「和気にはお社があってな。そこの神主は知る辺の者、よしなに頼みおく故安心さるるが良い」

山伏の頭はその声の重々しさに似ず気さくだった。何かとみおと桂秀尼に話かける。

「大島は良い所ぞ。魚がうまい。みお殿の目当ての人は漁をなさるのかな」

「分かりません。大島の庄の中の院としか聞いておりません」

「何、中の院」

頭は驚きの声を上げた。

「中の院は何と申さるるお人じゃ」

めていた。

「あきただざまです」

頭はそのまま黙ってしまった。ややあって、

「今は何もしてやれぬな」

低くつぶやいた。みおは次の言葉を待ったが、頭はそれきり、しばらくは押し黙って歩を進めていた。

だが、直ぐに気分を変えたようである。

桂秀尼からは尾道の津の西江寺を目指すと聞き出し、時衆の念仏踊りは、その体では無理だな。私等は見ていてあの激しさだけで目がくらみそうであった。殊には、尼殿達がふくらはぎまで見せてのう、あれには参り申した。そう言って、傍らの山伏と顔見合わせ豪快に笑った。

他意のない笑いに桂秀尼も釣り込まれて笑い声を立て、

「あれは人に見せようとてのものではありませぬ。念仏の高まりと共に、自然に体が動きまする。祖師さまの捨て聖さまは、こうお歌いになられました。はねばはねよ、おどらばおどれ、はるこまの、のりのみちおば、しる人ぞしる」

「うむ。一遍上人のその歌、どこかで聞いた覚えがある。そうじゃ、伊予じゃ。確か、伊予の野伏から聞いた。伊予は一遍上人出生の地。上人は、河野伊予守の縁に連なる武士の出自と聞かされて。はて、念仏踊りは何処で見たのであろう。ま、良いわさ。ところで、西江寺を開基

した他阿真教一鎮上人は遊行六代でありながら、別派を開いたと聞く。教えを弘める遊行ではなく、他の宗同様、寺を構えて門徒衆を作り上げると世上に取り沙汰されているようじゃ。桂秀尼殿も、遊行の旅から、寺の門徒に移られるつもりかな」

「私、そのようなことは存じませぬ。ただ、私共の先達となられたお上人さまが、尾道の津の西江寺に寄るとおっしゃったように、同行の方から聞いておりました故、はぐれた私がそこを訪ねれば、何か進む道をお教え頂けるものと思ぅております。私には、時衆の難しい教えは未だ分かってはおりませぬ故、別派とお聞きしても戸惑うばかりにござりまする」

「や、これは由ないことを尋ねたようじゃ。私とて時衆のことは何も知らぬ。酔狂で世上の噂に耳を貸すだけだ。ま、ま、私は御仏の教えには縁なき外道を歩く者、どうでも良いことであった」

「外道ではありませぬぞ。日の本の正しき道におざりまする」

山伏の一人が、色をなして語気鋭く口を挟んだ。

「まま、良いではないか。どちらにせよ、修羅《しゅら》の道に変わりはあるまいぞ」

「なりませぬ。お戯れにもせよ、外道とおとしめらるること、なりませぬ」

「分かった。分かった。もう二度と口にはせぬ。料簡せぃ」

頭の方は素直であった。このお方はどのようなお方であろう。桂秀尼は内心首を傾げていたが、みおにはその話の半分も理解出来ないことであった。

和気の郷に入ったのはたそがれ近かった。

あれが鎮守の森だと指差したあたりで山伏は歩みを止めた。道の端に大きな松の木があり、山伏の頭はその太根に腰を下ろした。供らしい山伏はその前に片膝着いた。桂秀尼を背負っていた山伏も、彼女を下ろして膝をつく。

「筆と墨をくれぬか」

頭の声に応じて一人が笈の中から取り出して渡す。

「桂秀尼といわれたな」

筆を受け取りながら頭は桂秀尼に声をかけた。

「はい」

「近ぅ寄られよ」

桂秀尼は言葉の意味を計り兼ねて、黙ってじっとしていた。

「早ぅ。ぐずぐずしておっては墨跡が見えぬ。私の手の届く所までじゃ」

「ははい」

立ち上がった山伏に手をとられ、桂秀尼は頭の前に膝をついた。

「衣の袖だけまくられよ」

頭は下の白い小袖の袂をつかみ、自分の手前に引いた。そしてその下端に文字を書き付けた。逆さに見ている上に、薄暗くて頭の手元は彼女の目には読めなかった。

「そちらの、土筆尼であったな、それへも一筆」

頭は同様に小袖の袂に何やら書き付けた。書き終わると自ら衣の袖を元へ戻してくれるので、それが何か、彼女達は見ることも叶わなかった。

頭は供の一人を呼んだ。

「私はここで待っていよう。神官殿へ小袖の筆跡を見せ、私の頼みじゃと伝えよ。この尼僧達の宿と、出立の世話をよしなにとな。私が顔を出せば、余計な造作をかけるであろうによってここで待つのじゃ。構えてここまで出向くことの無きよう、それも固く、くれぐれも伝えよ」

「ははあっ」

「あ、それから尼殿よ、これから先、備前、備中、備後と吉備《きび》の国一円で先程のような乱暴者に会ぅたら、その小袖の文字を見せ、身内じゃと申されよ。手を出すのは控えるであろう」

と面白そうに笑い、

「急げよ」

山伏に下知した。

山伏の一人は再び桂秀尼を背負い、もう一人はみおを促して、道から鎮守の森に通じる径路を駆け始めた。

和気神社の神官は家族ぐるみで親切にもてなしてくれた。事情を聞いた上で、明後日、この先の吉井川を長船《おさふね》まで下る舟の便があるから、明日一日骨を休めて、舟で行くが良いと勧めてくれた。

小袖の袂に書かれた文字は「志純」と読まれた。

「三宅志純と号しておらるる尊い御血筋の御方。それ以上は知らぬが良い」

神官は桂秀尼が尋ねたのへ、それだけを答えた。

長船の川向こうを西へ歩けば程なく福岡の市。市を過ぎて一里ばかりのあたりに尼寺がある。存じ寄りの尼殿ゆえ、和気から来たと言えば世話をしてもらえる。出立の時、神官は幾何《いくばく》かの喜捨を与えてくれ、先のことまで細かい気配りを見せた。何度も厚く礼を述べる桂秀尼に、

「志純さまの御声ゆえ」

礼には及ばぬと、神官はにこやかに答えるのだった。

興国四年（1343）、伊予は、前年の騒動がうそのような平穏な正月を迎えていた。

半農半漁を生活の基盤としている島の者達には、暦が変わったといって新年を寿《ことほ》ぐ習慣はない。去年収穫しておいた荏《えごま》の種をそろそろ絞りにかかる。絞った油は食用となり灯油となる。絞り滓《かす》は大切な肥料だ。畑の土を起こす時これを鋤《す》きこむ。土起こしにかかるまでに作りためておかなくてはならない。それに、年貢としておさめるものでもある。

正月五日、顕忠は警固《けご》の役で出ていた。周防の屋代島から備後の鞆の津まで、商船の上乗《うわの》りと警固である。鎌刈の時光からの依頼だった。赤間関の船である。

時光は、どうでも顕忠を一味に引き入れたいらしい。またもや、しっこく誘われた。あれから顕忠も彼なりに考えないではなかったが、どうも宇佐の臼多という男の正体が見えない。梶取《かんどり》として大船を操る技は見事なもので、多くのものを彼から学んだような気はするが、宇佐の宗勘から逃れているというのが気に入らない。何やら胡散臭《うさんくさ》くてならぬ。蒲刈の時光はあの男に誑《たぶら》かされているのではないか。顕忠はこの件を大島の重平には話していない。話せば、いくらかでも乗り気があるように重平にとられるのは嫌だった。その気がないものを話して、重平に無用の心配をかけたくもなかった。だが、それはそれとして、当面の仕事を断ることもあるまい。今はともかく重平の代理を勤めてやらなくては。そのような気持ちの顕忠だった。

その航海で留守をしている間に一寸した事件が起きていた。

田浦の漁師が沖へ出て網を張っていた。そこへ鼻栗の瀬戸から出て来た船が通りかかり、その網を櫓にひっかけた。乗っていたのは軍兵姿が五人、水手《かこ》四人。四挺櫓の片舷二本がひっかけた。藁網でさして強いものではないが、慣れた漁師であれば破らないように上手に外す。櫓に当たった時の感触で直ぐに外す処置をとる。網を櫓にひっかけるのは左程珍しくはない。ところがその水手は不慣れだったらしく、ひっかけても強引に漕ぎ続けようとし、余計巻つけてしまった。そこでようやく櫓を止めたのだが、櫓を手繰り寄せても仲々解けない。

「何じゃい。面倒な。こうしてやろうわい」

軍兵の一人が小刀を抜いて網を切った。他の一人も、もう一本の櫓の方の網を切った。

網を切るところで近くにいた漁師がそれを見た。

「何をしゃあがる」

大声でわめいて船を漕ぎ寄せた。漁師の小舟には三人乗っていた。

「網を切るとは何事なら」

血相変えた漁師に、網を切った軍兵が、

「櫓にからまって船が動かぬ。仕方もないことよ」

うそぶくように言い返した。

「何を抜かす。ひっかけたわれ（汝）の方が悪いんじゃろうが」

「何じゃい、波の下に見えんものを投げとくのも悪かろうが」

口論の末、漁師は竿で軍兵をなぐりつけ、結局漁師三人はあっと言う間に海へたたき落とされてしまった。

その騒ぎの間に、近くに散在していた漁船が五はい漕ぎ寄せた。

そこで乱闘となったが、今度は数の多い漁師側が圧倒し、傷だらけにされた軍兵側は、船底にはいつくばって許しを請う羽目になった。

「どうしてくれるんなら。詫びて済むと思うたら大間違いよ」

海に投げ込まれていた漁師が、僚船に助け上げられ、居丈高《いたけだか》にどなった。

「一貫文出せ。網がのぅちゃ魚は獲れん」

相手は声もない。彼等にとって一貫文は大金だ。出ようはないのだ。

「お前ら、何処のもんなら。そのなり（風体）なら、頭がおるじゃろ。頭に出してもらえ。でなきゃ、お前ら一人々々海に沈んでもらわにゃならん」

「そこの甘崎の者じゃ」

軍兵の一人が力なく答えた。

「今岡か」

漁師達は顔を見合わせた。乱暴者で名の通っている今岡通任は一般の漁師でも知らない者はいない。

「今岡じゃろうが誰じゃろうが、網を破ったら、償うのが道理よ。五人はわしら田浦の漁師が預かろう。水手《かこ》が銭をもろぅて浜まで来いや。それなら良かろう」

応援の漁師の中に野島の者がいて、そのような強気の提案を出した。

「無駄なことよ。誰も銭を出す者はおらん」

軍兵は投げ出すように言った。

「それじゃ、みんな海へ入ってもろうて、銭の代わりにその船をもらうより他仕方がないな」

野島の者が言った。

「好きなようにせいや」

軍兵の一人が言うと、他の者も頷いた。あっさりそう答えられると野島の者もひっこみがつかない。

「それじゃわしらの船へ乗り移れ。水手は甘崎へ帰って言うだけは言ぅてみるんじゃやな」

結局、軍兵五人を人質に浜へ引き上げ、その翌日一人の武者が若党一人を従えて引取りに来た。水手は前日の四人である。

武者は床几に腰を下ろしたまま船から下りて来なかった。若党が一人砂浜に立ち、

「一貫文の受け取り人はどこぞ」

集まった漁師達を見回した。手には銭を一差し（百文前後）持っていた。

「わしじゃ」

網を切られた漁師が進み出た。

「一貫文は法外に過ぎよう。この一差しで料簡してくれぃ」

「馬鹿な。百文じゃ網は調達出来ん」

「繕《つくろ》えば良かろう。見れば、そこにおる足軽共、ひどういたぶられた様子、この手当ての料も馬鹿にはなるまい。あまり法外なことを言えば、当方もそれを言わねばならぬ。どうじゃ、これで手を打たぬか」

若党はそう言って、その一差しを漁師の目の前にぐいと出した。平生、百とまとまった銭を手にすることもない漁師は、差し出されたものを、反射的に両手で受け取っていた。

「良いな。連れて行くぞ。皆の者船へ乗れい」

若党が声をかけると、軍兵達は先を争って乗り込む。若党もひらりと船の上へ。同時に水手《かこ》二人が竿を突き入れ、ぐいと押して船は砂地を離れた。

鮮やかな駆け引きと進退だった。武者は最後まで口を開かず、表情も変えないまま、じっと交渉を見守っているだけであった。

野島の重平に知らされたのはその後のことである。

「今岡へ何ぞ言ぅてやったか」

「何も言わん」

顕忠の問いに重平は浮かぬ顔で答えた。

「何故に」

「向こうから先に言ぅて来た」

「何を」

「漁師とのいざこざじゃない。村上がことよ」

伊予に戦乱の小康が訪れている。今岡通任はこの隙に、どうでも村上の名跡をものにしたいのだ。

「河野一門柚木谷殿の流れじゃと言ぅての、家柄に不足はあるまい、その若殿をさくらちゃの婿殿にと、こうじゃ」

「ほう、自分が後を継ぐのはあきらめたか」

「なかなか。通任殿はそう甘ぅはないて。姉婿が後見ということで乗っ取りの魂胆は見え透いておるわい」

通任からは、良い話なので、至急、村上の後家殿にお目にかかりたい。取り次いで欲しいという申し入れだった。勿論、重平は即座に断った。あれきり消息は絶えて、どこでどうしておじゃるか、つなぎの取り様がない。にべもなくそう返事をしておいたのだが、通任は再び使いを寄越し、重平があくまで、もはや村上とは縁無きものの如き口を利くならば、これよりは野島への斟酌《しんしゃく》は無きものと心得よ。甚だ高圧的な口上を伝えて来た。

「それで。じゅうべさぁ、どう言ぅてやった」

「放っとる」

今岡通任はその後何も言っては来ないし、どのような行動に出るとも見当がつかない。村上母娘の所在を探っている様子もない。それがかえって不気味だと重平は言う。

「行き交いする船は増えるばかりじゃ。通任が関銭の上がりを確かなものにしょうという魂胆は目に見えとる。熊野の泰地や塩崎が足利の尊氏殿に靡《なび》いて、摂津から赤間関までの関銭を取って繁盛しとる。通任も村上の名があればと、歯ぎしりしとるのよ」

村上海賊の名は、運送、警固《けご》に信用があり、関を構えた関銭も取れていた。その名が忘れ去られない内にと通任は焦っているようだ。

それでなくとも、宮方、武家方抗争の合間を縫って、悪党と呼ばれる新興勢力が、貴族、寺社の荘園を押妨《おうぼう》していた。通行船から通行料を徴収する権利もまた狙われている。

「五郎ちゃは、暮れからずっと弓削《ゆげ》へ行ったきりのようじゃ。心配する程のことはなかったのう。あれで案外、つき合いがうまいのじゃろ」

重平は沖の五郎左の自立の様子を喜んでいた。肩の荷一つ下ろした気持ちだった。ところが、そこへ今岡通任の申し入れである。尤も、これは、遅かれ早かれ解決しなければならないものだったのだが。こればかりは、村上の後家殿の意向次第で、重平がどうすることも出来ないものである。

「後家殿へは知らせたのか」

「うんにゃ。はねつけられるに決まっとる」

「河野の柚木谷なら悪い話ではあるまい」

「それが真なら入道殿が動かぬでもなかろう」

伊予武家方の総帥河野対州入道善恵にとって、村上海賊が与力するとなれば頼もしい限りであろう。一門の柚木谷から村上へ婿入りとはそれを意味することになる。善恵入道がこの縁談に乗り出すことは十分に考えられた。何時再燃するかも知れない細川との合戦に備え、村上海賊の再建は願ってもないことだ。

「したが、その気配は全然ない」

重平は湯並城と柚木谷を探らせた。だが噂の影すら無く、柚木谷には二十歳前後に該当する若殿はいなかった。

「解せぬ。通任殿の魂胆は何じゃ。ありもしない若殿をつくり上げて」

「いや、柚木谷の分流はうそではなかろうて。どこぞにくすぶっている名もなきお人じゃろう。その方が意のままに操れる。いや、通任は後家殿に断られるのを承知の上かも知れん。とすりゃあ目当ては後家殿よ。直に会うて、己れの跡目相続をうんと言わせたいのよ」

日ならずして顕忠は輸送と警固《けご》に出ることになった。

船は今張の浦のもので、運ぶのは十五人の人だった。今張から備後尾道までの便船はないでもない。だが乗船する人々が便船を嫌い、船を仕立てた。乗船者は今張の浦の商人と近郷の物持ちである。一遍上人の教えに帰依する時衆の信者達だった。尾道の西江寺が、念仏踊りの踊り屋を建てるのに寄進が集まらず難渋《なんじゅう》していると聞いて、講を催して銭を届けようということになったのである。勿論、人数の大半が商人だから、尾道の市での商いも目的だ。従って、仕立てた船の警固も必要としたのである。

尾道の坊の口から東に見える大伽藍《がらん》が浄土寺であるとは顕忠も見憶えていた。北へ向かって山路をとろとろと上り、木立の間に家が見えた。普通の民家とさして変わりもないように見えたその建物が西江寺だと言う。

狭い山路の奥がそのまま広がった具合に空き地が開け、それが庭の態で行き止まりに祠《ほこら》が建っていた。いや、その祠と見たのが本堂だった。扉の中には御本尊が安置されているのであろう。その前に人が二、三人座れるだけの板敷があり、低い階段が三段という作りだ。少し離れた脇に建っているのが僧坊。下の方から民家と見た建物だ。出て来た寺僧に意を通じると、目を丸くして驚いた。

「それはそれは、伊予から海を渡っての御入来《ごじゅらい》、寄進のためとは、真に御奇特《ごきとく》のことにおじゃりまするなあ。なれど、如何なる噂が聞こえ申しまいたか存じませぬが、見らるる通り、ここには踊り屋など建てる空き地はありませぬ」

折角故、喜捨の方は受け取ろう。お上人さまに申し上げ、説法頂けるよう取り計らうから、暫時待ってもらいたい。寺僧はそういう意味の言葉を告げて僧坊に消えた。

顕忠は二人の手下《てか》を船に残し、波平と二人で同行していた。説法が始まると聞いて、顕忠は世話人に、先へ船に帰っているが良いかと尋ねた。世話人は一応、説法を一緒に聞くよう勧めたが、さしておしつけようとはせず、好きにして良いと言ってくれた。彼は波平を伴うつもりで促したが、案に相違して波平は説法を聞いてみたいと言った。

(うずの者は神や仏をまやかしと退け、ただ、海の声のみを信じて生き続けて来た)

野島の重平は、珍族《うず》について語った時そう言った。何もかも変わる時代だと、沖の「のうし」が嘆いたとも言った。その変わり様の一つなのだろう。顕忠は、波平が、時衆の上人の説法を聞くと言って後に残ったことをそのように受け止めていた。波平から仏の話なぞついぞ聞いたこともない。他人の知らないところで、彼なりに何か考え求めるものがあったのだろうか。だが、わしには縁はなさそうだ。顕忠はそう思った。神や仏にすがらいでも、わしは今日まで生きて来た。己れのままに生きて来た。波平の奴、何を思ぅてか知らぬが、わしには要らぬ。


顕忠は、波平が付いて来なかったことが不満のようだった。

坂が下りとなれば、尾道の津の全貌が良く見渡せることに気づいた。水道を船で進む目とは違った景観が広がる。大小の密集した建物が、向背《こうはい》の山に向けせり上がる形に見えた。尾道城の下さえ家屋に取り囲まれた姿だ。人家からぽつんと離れた小高い位置に、寺らしいものが幾つも見える。

歩きながらの望見だけで、観察の興味はなく、僅かな間に船着場に着く。

そこでは一騒動持ち上がっていた。

今張の船の前あたりに人だかりしていて、何やら胸騒ぎを覚えた顕忠は、それに気づくと同時に走り出した。

人々を掻き分け前に出た。

陣羽織を着けた武士が五人の下役を従え船に向かい、船を背にした梶取《かんどり》と水手《かこ》、それに顕忠の手下《てか》との三人が対峙している。

顕忠は両者の間に飛び込んで、

「何事じゃい」

先ず梶取に声をかけた。

「良いところへ帰って来た」

梶取が答え、すぐさま後から、

「船改めぞ。無用の者下がっておれ」

陣羽織が叱咤《しった》した。

「わしは、この船の警固《けご》の者じゃ。仔細《しさい》を聞こう」

顕忠は向き直ってその武士をにらみすえた。

「私は今川様の手の者だ」

陣羽織は苦々し気に答える。

尾道城を預かる今川氏の許へ足利直義からの下し文が届いてた。春日の油神人《じにん》からの訴えによれば、昨今所々の商人が油を尾道の津に持ち込み、勝手な商いをするので、油神人一統大いに難渋している故これを取り締まって欲しいとある。その故、船着場へ出張っていたところ、先頃、伊予の船が油を持ち込むのを見たという訴人があった。その故にこうして改めに参ったと言う。

梶取《かんどり》の言い分は、そのような積み荷はない。だが、今、荷主は船が着くと同時に、荷はそのままにして出払い、留守だ。荷を船が預かっている以上、相手が誰であろうと、勝手にこれを他人に見せる訳にはいかぬ。それは梶取の責任の問題だと言う。

「ここは一応引き取ってはもらえぬか。理非は別にして、わしはこの船の警固《けご》だ。船を宰領しておる梶取を護るのも当然の勤め。強ってとあらば、力ずくでも梶取の言い分を通さねばならぬ」

「何と」

陣羽織は顔色を変えた。配下の者も色めき立って棒を構える。

その時、

「お待ちなされや」

人込みの中から一人の商人風の男が出て来た。

振り返ってその顔を見た陣羽織は、

「おおっ」

驚いた声を上げ、直ぐに表情を和ませ、深々と頭を下げた。商人風の男も慇懃《いんぎん》な辞儀を返して、

「お役目、御苦労様におざりまする」

そう言う。

「いやいや」

陣羽織は何となく口の中でもごもご言っていた。その彼の前を通り抜け、男は顕忠の前に立った。

「尾道まで御苦労様におざりまいたなぁ、顕忠殿」

男は歌島三郎左衛門だった。歌島の問丸だ。彼は挨拶を返そうとする顕忠を手で制し、再び陣羽織に向き直った。

「いきさつ、人々の後で聞いておりまいた。ここは如何でありましょう。この三郎左に免じてお引取り願えませぬか。こちらにおらるるは、野島の顕忠殿、村上義弘殿の一門にあられたお人」

顕忠は微苦笑を浮かべて三郎左に顔を向けた。その言われ方はちょっと面映《おもばゆ》い。重平に連れられて、何度か村上の仕事に従ったことはあるが、村上義弘から声を掛けられたこともなく、ましてや一門等とは。はったりもちょっときつい。だが三郎左はちらっと顕忠に目を走らせたが、きびしい顔を陣羽織にむけたままだ。

陣羽織は驚愕《きょうがく》に近い声を上げた。

「えっ、村上海賊の」

「如何にも。村上殿は信義を旨とされたるお方。請け負った荷をみだりに人の目にふれさせぬは警固《けご》の信義。梶取《かんどり》、船長《ふなおさ》いずれも同じ。その信義あればこそ私共商人は安心して荷を預けられまする。こちらは」

三郎左は顕忠と梶取の方に手を上げ、

「その信義故に拒みなされる。信義を貫くためならば、力を以てするも厭われませぬ。ここの道理をお分かり願えまするかな」

三郎左は積み荷の疑惑には一言も触れず、陣羽織に手を引くように求めた。

「歌島殿に異をとなえるつもりはおざらぬ。道理も納得仕っておざれば、ではこれにて退散仕る」

陣羽織はあっさり承諾した。三郎左はすかさず手を上げ、供の者を呼び寄せ、

「良きにな」

供の者は頷いて、陣羽織に何か囁き、先に立って歩き去った。

「さてと、顕忠殿、またお目にかかれました。相変わらずの御健勝、祝着におざりまするなあ」

柔和な顔になった三郎左は、改めて挨拶した。

「思いもかけぬ所で、思いもよらぬ助けを賜りまいた。ただ今のお扱い真に有難く存じまする」

「何の何の、かの男、村上の名に怯えただけのことにおざりまする。今だに村上の名を忘れぬ

人も多い故、ふと口に乗せてみまいた。案の定それにひるんで、私の口車に乗って料簡して見せまいた」

三郎左は声を立てて笑う。やはり三郎左は、顕忠は村上とさした縁もないと知った上で一芝居打ったようだ。だがそれにしても、津役人を手玉にとれる三郎左の力に、顕忠は改めて感服することしきりだった。

「梶取殿、このままでは不都合あるやも知れぬな」

「と、おしゃるは」

梶取はいきなり声をかけられ怪訝《けげん》な声で答える。

「荷が下ろせなくばということ。札つきの仲買いに、当分は目が光るはず」

梶取は返事をしなかった。船から下ろせても、仲買いとの取引の現場をおさえられる恐れがあるという意味だ。彼は三郎左の真意が掴めず黙るしかない。

「行きがかり故、更には顕忠殿の顔も立てたくてな。要り様ならお役に立ちたく」

梶取は顕忠に目を向けた。

「大事ない。お任せして安心のお人ぞ」

「お願い申しまするで。よろしゅぅに。油は五荷程」

顕忠の意見で梶取も本音を出した。船改めは免れても、売れぬ油をかかえてはどうにもならないと、内心困惑しきっていたところだったのである。

三郎左は頷いて、陽が落ちたらここを離れ、歌島の隣、いわし島の西の鼻を廻れ。そこに白浜がある。無人の浜だが、朽ちかけた社が波打ち際近くにある故直ぐに分かる。そこへ仲買い人を回しておくからそこで取引すると良い。仲買い人は三原近在の者で、尾道ではさばかぬ。沼田海賊の者が警固《けご》で付き添ぅて来るであろうが仔細ない。形だけのものだ。取引だけで済ませば口を差し挟むこともない。歌島の名を出すことも、名乗ることも無用。向こうも名乗ることはない。取引は相対《あいたい》で納得すれば良い。

「私と関わりのある仲買いではないが、存じ寄りの者が、固い仲買いを選んでくれる筈。宵までには万事手配が終わりましょう。私との縁はこの場限り、そう思われよ」

三郎左は梶取《かんどり》にそのことでは念を押していた。

「頴忠殿には、その内また御縁があるような気が致しまするなぁ」

所用の途中故これにて御免仕る、歌島三郎左衛門は離れて待っていた供の者を促して町屋の方へ歩み去った。陣羽織と共に出掛けた供の者は、あれっきり姿を見せなかった。

船の中へ戻って暫らく経って、

「ごうぎい（豪気な）お人よ」

梶取が感に耐えたように、ため息と共にそう言った。ど肝を抜かれて、どう言ぅてええか分からんとも言った。そして顕忠が歌島三郎衛門と昵懇《じっこん》とは只者ではないと、しきりに感嘆し、お陰で助かったと何度も何度も頭を下げた。

助かった思いは顕忠も同じだ。あの相手だけならどのようにでも凌《しの》げたと思うのだが、城から人数を繰り出す事態にでもなればと、強気の構えの内心では、秘かな恐れを持っていたのだ。梶取は油を護ろうとする気持ちばかりで、力の抵抗のその先は頭に無かったようだ。顕忠が帰って来た時も、警固が加わった安心感だけでほっとしたようだった。勿論顕忠にも、事態をどのように収拾するかの思慮は持てず、強気の梶取を援護するだけの無策ぶりだった。それだけに、三郎左衛門のとりなしでどのように安堵したことか。だが顕忠は、助けられたことよりも、三郎左衛門が自分を見込んでいてくれたらしいと、その気持ちが伝わって来た、その思いの方がより嬉しかった。

西江寺から帰って来た一行は、留守中の出来事に仰天《ぎょうてん》し、忽ち強気と弱気の二つに分かれた。訴人による船改めと聞いて、このままでは済むまい、お説法は頂いたことだし直ぐにでも船を出して引き上げよう、商いはもうどうでも良い。弱気の者は気もそぞろになっていた。強気の者は、もしこのまま引き上げれば、やはり油を持ち込もうとしていたのだと悟られ、二度とこの津へは来られないことになろう。折角この地の問丸のとりなしのあったこと、ここはそれに乗って、さあらぬ態に他の商いの品を明日の朝の市へ出すのが上分別。さすれば、講の当初の目的通りに果たせて、胸を張って帰れる。

結局、欲深が勝って、いわし島へ船を回すことになった。梶取《かんどり》の提言で、いわし島へ行くのは船の乗組みと警固《けご》の者だけと言うことで、荷主の一行はその間、陸《おか》で刻を過ごすことになった。

水手《かこ》の一人がぼやいた。

「とんだ貧乏籤《くじ》よ。ええし（良い衆）について行きゃあ、尾道の女を抱かせてもらえるいう話じゃったんじゃがの」

「成り行きじゃて。あきらめるんじゃ。早ぅ戻って、今張の女でがまんせいや」

講中の一人がどなった。

船中が笑いの渦となった。とにかく決着したことで、一同の気も緩んだようだ。方途さえ決まれば、夜になる油の取引を気に病む者はいないように見受けられた。油の行商は油神人以外はまかりならぬと国が禁じている。それを知りながら、油の仲買い人が相場よりも高く買っていると聞いて、軽い気持ちで尾道に持ち込もうとした連中だ。欲は深いが商略の目端の利く者はいないようだった。油を積んでいるとは、顕忠は聞かされていなかった。他の商品同様、陸《おか》へ上げてしまえばどうにでもなると思っていたのであろう。積荷によっては警固にも対処の仕様があるとは考え及ばなかったらしい。梶取その者からして、ただ、船を動かすだけの仕事で、積荷を預かる仕事には不慣れだったようだ。警固料が高いから引き受けたのだが、こういう連中とはもう組めないな。顕忠は、哄笑の続く中で白けて行く気持ちを抑えかねていた。

わしは歌島を信じている。だから今夜の取引に何の不安も持っていない。だが、歌島三郎衛門も、油の仲買い人も知らず、沼田海賊がどのようなとも知らずして、取引はならず、海賊に強奪される羽目になってはと、誰一人危ぶまないのは何故だ。そう思う者が居ても不思議はないのだが。この無防備の気楽さは、船を宰領する梶取や警固の重要性と危険性に思い到ることはないだろう。これからは心して依頼主を選ばねばならぬな。顕忠は警固の要諦《ようてい》を一つ体得出来たと思うことにした。

寺参りの後は一旦船に帰り、それから手分けして油の仲買い人探しと予定していた一行は、油は梶取任せと決めるとその日の仕事はなくなった。日暮れを待つこともなかろう。誰言うとなく、遊び女の町へ繰り出そうということになった。船に残る乗組みと警固の者への斟酌《しんしゃく》はなかった。

「長江口とやらから、西へ向かって登って行くそうな」

尾道の津へ来たのは初めてという者ばかりだった。西江寺への寄進のための船旅とは名ばかりで、商いと物見遊山の方が主だったように思える。先の伊予合戦の際、今張の津に上陸した中国勢の軍兵が、しきりと、備後尾道の津の繁盛を話題にしていたと、大島の方へも伝わっていた。漁師や商人で尾道を訪れたことのある者は少なくないのだが、その者達の見聞はさして広くは伝えられない。軍兵の人数と口さがなさが、噂を一度にかきたて弘めて行ったものらしい。この連中もそれに踊らされたのだ。

船に残された者のために梶取《かんどり》が酒を出し、ほろ酔い加減の頃、波平が顕忠に囁くように言った。

「脇頭も女を買うつもりで来たのか」

「さあ」

顕忠はあいまいな顔になった。

「分からぬ。その場にならぬとな」

正直なところ、改めて尋ねられれば返答に窮した。尾道と聞いた時から、頭の何処かに遊女の意識は確かにあった。だがそれは、強い願望には成長しなかった。男の欲望がない訳ではない。それでいて現実の女に心動くことがないのだ。たまさか女の想念に捉われる時、浮かぶのは何時もみおの肢体だけである。それも近頃は稀になった。

「波平はどうなんじゃい」

「買おうと決めとった。どうしても抱いてみんにゃいけんのじゃ」

「えろぅ思い詰めたように言うもんよ。何ぞあってか」

「寺へ残ったはあの衆がそのまま遊びに行くと思い、ついて行くつもりじゃった。この話、島へ帰ってから話す。脇の頭、その時にゃあ聞いてくれんかい」

それきり波平は浮かぬ顔で、黙って酒を飲むだけだった。

顕忠が尾道の津まで警固《けご》で出掛け、時衆の西江寺へ付き添って行った頃、同じ西江寺を目指すみおが、直ぐ近くの鞆の浦あたりで足を止められているとは、互いに知る由もないことであった。

巻の十四　縁《えにし》

三月になった。北畠大膳大夫顕忠が、北畠親房の麾下《きか》に入ることを熱望して伊予大島を出奔《しゅっぽん》、志ならず、吉野の朝廷の密使を警固《けご》して忽那《くつな》へ下り、大島へ帰り着いてから一年が過ぎた。合戦に明け暮れする世の動きに合わせたように、顕忠の身辺も事件に次ぐ事件といったような、あわただしい一年であった。

前年の十一月伊予の戦乱が終息《しゅうそく》したかのように、島々を取り巻く海の交通が繁くなった。人が動く、物が動く。殊に、赤間関から摂津、堺に至る間の航路には、船の寄港地が物と人の集散地となって繁盛する津が増え、商人は肥え太った。これら商人の中には、武士を凌ぐ力を持つ者も現われるようになっていた。

船の航行が増えれば警固の仕事も忙しくなる。大島の重平が珍族《うずぞく》の終焉《しゅうえん》を野島の一統に告げるきっかけが無いまま、顕忠が野島の手下《てか》を連れて走り廻っている。重平は、実質、顕忠が野島の頭となっていくことを喜んでいた。顕忠はあくまで、重平の差配で自分が出て行くのだとしているが、もうどうでもいいように重平は思い始めている。今の世に名目はもはや無用。力のある者が束ね、それで島の者が潤えばそれで良し。重平は野島の頭としての肩の荷が随分と軽くなったような気持ちでいた。月が変われば波平が嫁を迎える。主立った手下の中では波平が一番若く、彼だけが嫁を娶っていない。重平は思い出して一人笑った。波平の嫁とりを顕忠から聞かされた話だ。

尾道から帰って二、三日もした頃、波平は深刻な顔をして顕忠に相談を持ちかけた。

志津見にヨネという娘がいる。波平の母親の縁者だ。幼い頃から仲の良かった二人の母親は、お互い後家となってから、時折訪ねあって親しくしていた。ヨネも母親に連れられて何度も訪れている。だが波平は殆ど顔を合わせたことはない。留守中にやって来ることが多かったからだ。そのヨネが明けて十九歳になった。去年の師走にヨネは母親の伴でやって来て、居合わせた波平と挨拶を交わした。娘らしく成長したヨネを見るのはそれが初めてだった。波平の記憶にあるヨネは幼い顔だけで、殆ど関心はなかった。

何年ぶりかで見るヨネは別人のように思えた。大柄で色白だ。野島の女で色が白いのは珍しい。男程ではないが、一様に薄く赤茶けた肌の色である。ヨネは色白の上に目が大きい。悪い印象ではなかった。ヨネ親娘が帰った後で母親が嫁にもらえと勧めた。年が明けたらヨネの家を訪ねよと言う。ヨネの兄とは仕事で度々顔を合わせており、行き渋る理由はない。ヨネの兄は波平の一つ年下だが既に所帯を持って子も二人いる。お互い気心の知れた家同士が結ばれるのはこの上ないことだと波平の母親は強く望んだ。どうやらこの母親の方から持ち出した縁談のようだった。

波平に異存はなかった。だが彼には人知れず悩んでいることがあったのだ。

そのことで顕忠は波平から相談を受けた。

波平が阿倍野の合戦の後、野伏の群れに身を投じていた間のことだ。国人同士の地所争いの小競り合いの陣に加わり、波平の加わった側が勝った。その掃討戦の折り、波平の仲間の五人が逃げて行く女三人を見付けてこれに襲いかかった。二人の若い娘は懐剣を抜き、その伴らしい年増女は持っていた長刀を構えて抵抗した。だが造作もなく得物をたたき落とされ、野伏の肉欲の餌食となってしまった。

波平は潔癖な男で、このような所業は好まなかった。だが仲間の者達は、どうしても犯せと強制した。波平がその群れに入って間のない頃だった。仲間から外れる気かと半ば脅され、波平はその娘の一人の上にまたがった。強要された上の行為とはいえ、波平も血気盛んな男である。気持ちとは別に肉体の方は十分に肉欲をみなぎらせていた。

いざ事に及ぼうという時波平は娘の顔をまともに見た。整った顔立ちだが、死人のように青ざめていた。そしてまともに視線が合った。娘の瞳は虚ろだった。娘の薄く形の良い唇が微かに動いた。「けだもの」彼女はそう言ったのだ。その途端、波平は萎えてしまった。

それ以来、波平は女に気を動かされることがなくなった。波平が尾道の津で、遊び女を抱こうと決めていたのは、男の行為が果たせるか否か、それを確かめたかったのである。若しそれが不能と分かれば、ヨネとの縁談は断る以外ない。ヨネをもらっても不能者ではヨネが可哀相だ。自分もそれと知られる赤恥はかきたくない。波平は尾道で顕忠に尋ねられ彼に打ち明ける気になった。

だが顕忠も、男女の交わりについては云々《うんぬん》出来る程の体験も知識もない。

「嫁にもらう前にいっぺんおさえてみいや」

「ヨネさぁをか」

「そうよ。男と女にゃ合ぅ合わんというものがあるそうな。もし合ぅもんなら、お前の弱気もけしとんで、ちゃんと出来るかも知れん」

「そうかのう。したが、そのような手荒なことをして、ヨネさぁがいきり立ったら元も子もものぅなる」

「そうなりゃその時のこと。縁がなかったもんとあきらめるのよ」

暫らくして波平が顕忠に告げに来た。

「やったろぅ思うとったら、反対におさえられた」

波平はそう言ってやに下がっている。

彼は一日、ヨネの家を訪ねた。歓待しようとする家人の好意を断って、とにかくヨネを家から連れ出した。浜を少し歩いて、網小屋の中にヨネを誘った。向き合って坐り、何とはない会話を交わしたが、胸に一物ある波平は直ぐに言葉が切れてしまった。ヨネは自分から話しかけようとはしない。長い沈黙が続いた。どうやって行為のきっかけを作っていいのか、波平には思案がつかず、無言のままに時間が過ぎていた。そうこうしている内、いきなりヨネが叫んだ。

「抱かんかい」

そして彼女は波平にとびかかり、彼を押し倒して上にのしかかった。自分の胸で波平の胸をおさえつけ、片手で波平の袴をはいで男の物をしごくと、次には馬乗りになって自分の中にそれをおさめ込んだ。ヨネはその瞬間、苦痛の声を上げていた。後で知ったが、波平の下半身はかなり血で彩られていた。

波平はのしかかって来たヨネの一生懸命な顔を可愛いと思ったと言う。ヨネは一旦波平の上から下りて彼に寄り添い、今度は波平が上になってくれとせがんだそうな。波平は男の自信を取り戻して余程嬉しかったのであろう、顕忠に洗いざらい事細かく話した。
あの二人ええ夫婦《みょうと》になるじゃろ。大島の重平は目を細めて顕忠に言ったことだった。珍《うず》の女は男に従順だが、時に思い切った言動に走る。根は気性が激しいのだ。自制が利かなくなった時、平素からは想像も出来ないような根性を見せつけるのだ。遠い昔から珍の女は海に潜るものとされて来た。貝類、海藻類、浜辺で拾うだけではなく海に潜ってこれを採った。男は船の上から魚を獲った。男も海に潜り魚を突いて獲るが、女程は潜らない。近年は海上往来の船が増え、漁師もまた船に頼ることが多くなって、潜ることは少なくなった。それでも珍の女の気性には潜りの血が流れているのだ。海で鍛えられるのは肉体だけではない。したたかな根性もまた養われる。

月が変わったら志津見から嫁が来る。野島の者の嫁取りはさして儀式張ったものはない。月明の浜辺で身近な者達が集まり、頭が立ち、二人が夫婦《みょうと》になることを一同に告げる。それだけで直ぐに祝い酒となり、新郎新婦が一人々々に酒を注いで廻り、終わったら二人は浜を抜け出して我が家へと行く。浜の者達は適当に酒を酌み交わして、やがて三々五々帰って行く。全く簡素なものだ。ヨネと母親は二人だけで山道を歩いて来る。縁者はヨネの兄が船に乗せて志津見から宮窪の浜まで連れて来る段取りだ。

「それにしても顕さあ、他人の段じゃあるまい。自分も早ぅ嫁を取らんかい」

その話しの折、重平は顕忠に妻帯を勧めたのだが、

「未だその気はない」

顕忠はにべもなかった。


束の間の平穏だった。重平と顕忠が危惧《きぐ》していたことが予想を超えた事件となって現われたのである。三月の末、何の前触れを感じさせることもなくいきなり、今岡通任が、中途《なかと》、務司《むし》の両城を乗っ取ってしまった。

中途、務司は来島の瀬戸に浮かぶ豆粒のように小さな島だ。そこに砦があり、これを城と呼んでいた。村上義弘が造り、海上通行監視の拠点にしていた。今は昔の面影はなく、村上配下だった水手《かこ》達が少人数たむろし、通行船の上乗り（水先案内のこと）と警固《けご》の仕事で細々息をしていた。村上の名の知られた手下《てか》達は、それぞれ雇い主を求めて散っていた。動かず、まとまっているのは野島衆だけである。尤も野島の者は村上に臣従の形はとっていなかった。合力の名の警固で、村上衆ではなかった。だが重平は村上義弘から、その重臣よりも信頼され頼りにされていた。世間では野島と村上が別物とは誰も思っていなかった。

今岡通任が中途、務司を抑えたのは、村上の後家、千草の方に脅しをかけるというより、大

島の重平に対する挑戦と見ていい。村上の後家が強気なのは背後に重平の居るため。今岡はそう見ている。村上の後継者の件が何時まで経っても埒が明かず、今岡は遂にしびれを切らせたのだ。彼がこの挙に出たのは、力で野島に対抗出来ると勝算を用意したからではなかろうか。

通任は関船二艘で乗り着けた時、

「予州大守河野対州入道善恵公の御下命により、今岡通任が此処を預かる」

そう名乗ったと言う。重平は早速に調べさせたが、道後のどこからもそのような噂を聞くことは出来なかった。勿論、通任が村上のさくらの婿として担ごうとしている柚木谷の方にも人をやったが、そちらにも変わった話は無い。

「中途、務司、それぞれに二十が程の人数、関船が時折甘崎から廻って来ているらしい。甘崎には、関船が三ばいおると言うぞ。前より一ぱい増えとる。人数も増えとる。じゅうべさぁ、このままじゃいけまい」

顕忠は重平に臨戦体制を取るように言った。

だが重平は難しい顔になるだけだった。中途、務司から通任の兵を追い出すことはたやすい。だがそれをすれば、通任は報復として大島へ兵を上げるだろう。騒ぎになれば、四分の一地頭職を持つ小早川も介入して来るかも知れない。いうまでもなく小早川は武家方、河野は細川の伊予攻めの際は偽りにもせよ宮方に降伏を申し入れ宮方となっている。何がどうなるか予想もつけ難い。といって、甘崎城に先制攻撃をしかければ、河野本家としては面目上、放ってはおかないだろう。通任は河野一族であり、河野の武将だ。

「困った。どうにも動きようがないんじゃ」

村上の後を継ぐとはその名によって利益を上げ、のし上がろうということだ。村上の実体の消えた今でも、村上の名が広く生きていることは、顕忠も尾道で実感した。通任が村上の名を欲しがるのは無理もない。この次はどのような手を打って来るか。

「じゅうべさぁ、今岡の下につく等わしには出来ぬぞ。じゅうべさぁが死んでくれ言やぁ何時でも死んで見せようが。何かせぃ言ぅてくれ。何でもするぞ」

重平に思案のつかぬものが、顕忠に思案出来ることではない。

「さくらちゃに婿を迎えさえすりゃあのう。後家殿はその婿殿に村上の名を譲る。村上の棟梁がおれば、通任はそれに従う他あるまい。あれも村上の婿じゃからの、棟梁には背けん。仮に背いたとしても、棟梁がこれを成敗して何処からも苦情は出んぞ。河野も口の挟みようはない」

「後家殿も公家がどうの、都の人がどうのと夢のようなことを言わずと、ここらの武将の息《そく》にでも目をつければいくらでも婿は探せように。じゅうべさぁ、もう一度話して見ちゃどうじゃ。様子が変わって来たことを詳しゅう言ぅて見られては」

「そうじゃなあ。顕さぁが言ぅて見ちゃくれまいか。わしからじゃあのお人、わがままを言いつけてなさるから、同じ返事よ。顕さぁなら、今の野島を動かしている頭じゃと言ぅてある故、ちいたぁ応えるかも知れん」

後家殿がわがままなのではない。重平が彼女の言い分を通すだけだ。顕忠はそう思っている。じゅうべさぁは、あのお方を想ぅとるんじゃ。山吹殿を可愛ゆぅてならぬと公言しとるは、実はお方への想いを言ぅとるのじゃ。彼が彼女のことで話す言葉の端々に、ひょいとのぞかせる思いを顕忠は感じ取っていた。重平が千草の方を「お方」とは呼ばず殊更に「後家殿」と呼んでいるのは、自身への戒めではないか。主人は村上義弘の後室だ。それを自身に言い聞かせているのだ。顕忠は前々から気付いていることを改めて思い浮かべる。これはうっかり後家殿にものを言えば、重平の気持を踏みにじることにもなりかねない。彼はそう判断した。

「よし引き受けたと言いたいが、わしには未だ荷が勝ち過ぎとる」

顕忠は態よくかわしておいた。

そのような愚痴まじりの会話で為すこともなく数日を過ごす内、顕忠はふと思いついた。婿だ。要するに婿を連れて来ればよいのだ。後家殿の望む都ぶりの若者。あれはどうだろう。顕忠の脳裏に浮かんだのはあの若者、雑賀の小三郎である。人品骨柄、年齢、まさにさくらの婿としてぴったりではないか。そのような気がする。それに力技、弓勢の凄まじさも見た。村上海賊の棟梁として恥ずかしいものではない。そう考えれば雑賀での出会いの折、この人とは生涯縁があるのではなかろうか、そんな気がしたことなども思い合わせられる。彼は次第に自分の思いつきに自分で興奮しだした。や、ここは正しく思案の為所《しどころ》ぞ。顕忠は思わずおのれの膝を叩いた。

野島の頭は重すぎる。といって、村上の名跡の問題で悩んでいる重平を、黙ってみているのも辛い。だがわしにはさくら殿の婿探しなぞ、およそ役に立つことではないと思ぅておったが、あの若いのがいるではないか。あの小三郎殿なら、大将と仰いでわしが仕えるのに不足はないかも知れん。そうじゃ、これは重べさぁの苦境を助けるためだけじゃない。何時までも、これぞと思い定める道を見つけられないわし自身の、行く末を定めることにもなるであろう。小三郎殿を村上の御大将に据え、野島衆を配下として村上党を整えれば、散り散りとなっている旧村上家中の者も集まって来るであろう。旧の村上がどのようなものか、詳しくは知らぬ。だが、その棟梁を据える働きをわしが仕切ったとなれば、わしより他に村上家重職の座に坐る者はいない。

顕忠は何時しか遠い記憶を手繰り寄せ、その上に夢想を重ねていた。

延元元年(1336)四月、足利尊氏再起東上の折、河野対州入道通盛は伊予の大船団を率いてこれを隠戸《おんど》の瀬戸に迎えた。この船団の一翼に村上水軍があった。その中に大島の重平は野島衆を率いて加わっていた。顕忠はその重平の傍に控えていたのだ。あの折、顕忠は船上にある村上義弘の姿を何度か仰ぎ見ることがあった。野島の小早からでは大きな義弘の乗船の上は、立ち姿しか見えなかったが、それでも義弘の威容は十分に見て取れた。顕忠の夢想は、あの時の船上にある義弘の傍に己の姿を置いていた。村上船団を率いる将船の上だ。そして義弘の姿を雑賀の小三郎に置き換える。控えている顕忠は、様々な方策を小三郎に進言し、それを入れた小三郎は棟梁としての下知を下すのだ。

顕忠は初めて自分の内部に、はっきりと定まった、野心めいたものが燃え上がるのを意識した。

顕忠は、自分の思いつきがまるで天の啓示のように思われて来た。

そうなるとさて、村上の後家殿をどのように納得させるかだが、それまでに先ず重平がこの話に乗るか否かが問題だ。顕忠独りが小三郎を担いだところで、後家殿、そして肝心の花嫁となるさくら殿に話しの出来るのは重平だけだ。この話、重平にどう持って行ったものか。

そして、やがて彼は再びおのれの膝を叩いてにんまりと笑った。策が思い浮かんだのである。

それもまた、天の啓示かと彼は思った。そして、これで企ての成就は間違いなしと、次第に気が昂ぶって来るのだった。

彼はその興奮を重平の許へ持ち込んだ。

「名案ぞ。重平殿、支度ぞ、支度。支度めされよ」

顕忠は武士言葉で呼ばわった。

「何じゃい、顕さぁ」

重平は顕忠のはしゃいだ様子に呆れ顔だ。

「北畠大膳大夫、村上の姫君の婿殿をお連れ申すぞ」

「何と言った顕さぁ」

「婿殿、婿殿よ、じゅうべさぁ」

「落ち着いて言ぅてくれ。何のことじゃよ」

顕忠は雑賀の小三郎の名を出した。塩飽光盛の軍船に便乗していて、顕忠の依頼で傀儡《くぐつ》の屋敷に送ったあの若者、只者ではないあの目の輝きを、重平ははっきり憶えていた。

「出来たぞ、顕忠殿。よう目をつけられた」

重平はさも可笑しそうにからからと笑った。

顕忠も釣られて笑い声を上げたが、その笑顔はすぐに引っ込んだ。重平は嬉しくて笑ったのではない。まるで冗談のように受け取っているのではないかと気がついたのだ。

「あの若いのなら、ひとかどの棟梁にはなれるかも知れぬなあ。惜しいことよ」

そこで重平は真顔になった。

「したが、村上の棟梁にはなれんわい」

「どうしてじゃ、重べさぁ」

「当たり前じゃないか。何処の何者とも素性は知れず、傀儡の屋敷に入った者を、村上の婿へなぞ、あの後家殿へ何と持ちかけられる。取り繕いようもなかろう」

顕忠は否、いなと顔を動かし片手を振った。

「そこじゃよ、じゅべさぁ。素性を作ろう。な、わしは北畠じゃ。あの小三郎殿を北畠一門にしてしまえば良い。北畠は公家の名門、後家殿も納得する筈。小三郎殿は、顔立ちに品格が匂い、性《さが》ものびやかであったぞ。一目見ただけで、氏素性の正しき者ではないかと誰でも感じる。加えるに、吉野の朝廷《みかど》に仕えたことのあるのは確かなようじゃ。北畠のさる御曹子として疑われることもあるまい」

「突拍子もないことをようも思いついたものよ。後家殿とさくらちゃを騙すだけじゃのぅて、島のもんも、村上の名の通ったすべての世間をたばかることにもなる。露見すりゃあおおごとじゃ」

「露見とは人聞きが悪いぞ。村上の婿としてふさわしい人物を迎える、それだけのことじゃないか。素性を作るのは、後家殿の気休めじゃと思えばどうと言うこともない。と、わしは思ぅておる」

「わしはそこが料簡し難い。あの若いもんが、仲々の人物であろうとは、わしも見抜けんでもないが」

重平の声が、何となく弱々しげになった。顕忠はすかさず声を励ました。

「とにかく急ぐのは、さくら殿に婿を迎え、それに村上の名跡を継がせる。それより他、通任の横車を止める手立てはないのじゃろ」

「その通りじゃが」

「ならばやってみるに如《し》くはなし」

「肝心のあの若い、本人がどう言ぅであろうかの」

「分からん。頼むのじゃ。承知させるのじゃ。後は如何様にも我等が守り立てるとな」

重平は未だ乗り気では無さそうだったが、根負けの態で、ともかく村上の後家殿へ申し入れることは承諾した。彼は、素性を偽って後家殿をだますことになる、それにこだわっていたのだが、それよりも、然るべき人物を通した縁談話でもないものに、あのお方が乗って来るだろうかという危惧の方が強かった。顕忠がここまで言いつのるものを無下に退けるよりも、ともかく後家殿の耳に入れて、それで断られれば顕忠も納得するであろう。重平はそう思案した。

ところが案に相違して村上の後家、千草の方は、北畠一門の御曹子と聞いて一も二もなく、御目にかかりたいと大層な喜びようだった。その喜悦に満ちた表情に重平は胸の痛む思いであった。だが事ここに至っては、堪える他なし、村上のためじゃ。重平は我と我が身に言い聞かせていた。

「わしが傀儡《くぐつ》へ迎えに行って来る。事を急ごう」

村上の後家の反応を聞かされた顕忠は弾んだ声を上げた。

「うんにゃ。そのように軽ぅ扱ぅてはなるまいぞ。これまでのような、旅先の通りすがりの若いもんじゃない。村上の棟梁に据えようというお人。村上の棟梁ともなれば野島の上にも立ってもらわねばならんわい。それにな、顕さあ、傀儡へ入った小三郎殿がその後どうしておいでか。わしも傀儡屋敷までは案内させたが、あそこへ一旦入った者の消息はこの重平にも知りようはない。したが、今でもかしこへ居なさるとすれば、傀儡が手離すかどうかその心配もある。あの屋敷に入ったのにはそれなりの訳があったのではないか。それを受け入れたということは、傀儡には傀儡なりの思惑あってのことであろう。主の春風尼殿に先ずは頼み入らねばなるまい」

重平は難しい顔になった。

「ま、とにかく顕さぁ、二人で傀儡が屋敷へ行こう。村上の窮状を訴え、野島があげて手下《てか》に入ると、事をわけて話してみるのじゃ。これは野島の頭としての務めでもある」

「分かった。じゅうべさぁの思いに従おう」

顕忠はそう答えたものの、内心楽観するものがあった。初めて雑賀の浦で小三郎に出会った時、打ち物業を挑み彼の力倆を確かめた後、この若者とは生涯の縁があるのではなかろうかと思った。村上の後家殿の、乗り気になった様子を聞いたとたん彼は、その時の自分の直感を思い浮かべ、やはり縁があったのだと思った。小三郎を村上の婿に仕立てあげようとしたのは、苦しまぎれの思いつきだった。だがそれに重平が乗り、村上の後家殿が乗って来た。ここへ来て顕忠は、二人の出会いは主従となる定めの縁《えにし》の始まりだったのだと思った。定めなればいずれはそうなる。

手下《てか》の精鋭八人を波平に宰領させて小早を仕立てさせ、音物《いんもつ》に魚一篭、荏油《えごま》一樽を積んで、重平と顕忠は桜井の浜を目指して漕ぎ出した。

浜へ着くと、音物を持たせる手下二人を選び、波平以下は船に残した。浜を上がった所に建っている船番所に人影は無かった。国府には主を失った下役人が幾らか残っているそうだが、浮浪の徒が入り込んでも追い払う力もなく、国衙は荒れ放題だと言う。河野家も今は道前から手を引いている状態だ。合戦の気配のないことを平穏と言うならば、伊予は正に平穏であった。

傀儡《くぐつ》屋敷の門前に着くと、大扉は開かれていた。だが声をかけようにも人影は見えない。入ったものかどうか躊躇していると、門内の石畳の上に忽然と尼姿が現われ、黙って腰を屈め、次いで手を上げて差し招いた。重平と顕忠は何となく吸い込まれる心地で門の中に入る。手下もあわててこれに従おうとすると、門の左右の横から異形の男が二人、無言で彼等を遮った。

手下二人は声が出せなかった。恐れを知らない彼等が、この時ばかりは怯えすくんでしまったと、後で洩らしていた。

「手にした品、男共にお渡し下さりませ」

尼が離れた所から声をかけた。柔らかく丁寧な言葉であった。それが逆に手下二人を畏怖させ金縛りにあったように立ちつくした。異形の男は手下の強《こわ》ばって動かない手から、篭と樽をもぎ取るようにして受け取り、彼等を門の外へ押し出した。

「そこで待っていやれ」

一人が口をきいて大扉を閉めた。

それを見届けもしないで、尼は踵《くびす》を返して歩き始めた。重平と顕忠は操られるようにその後に従っていた。

部屋に招じ入れられ、尼が消えて間もなく別の尼姿が風のように入って来た。生身の人間の重さを感じさせない軽やかさである。雑賀の小三郎がかって体験したのと同じ驚きを二人は味わっていた。

「ようこそお出なされました、野島の重平さま」

我が名を呼ばれ驚いた重平は、尼の顔を見つめて二重の驚きを覚えた。

「春風尼《しゅんぷに》さまか」

尼は微笑んだ。

「や、正に春風尼殿」

顕忠も思わず叫ぶような声を上げた。

「二十年、いやそれ以上か、声をかけられ子供心にも忘れられぬそのお顔。あの時のまま、歳を全く召されぬような」

「いや、お若くなられたようにさえ見える」

重平もうめくように言った。

春風尼はそれにも微笑を返しただけである。

驚きの余り、肝心の用向きを切り出せないでいる二人が口を開く前に、春風尼の方が先に、答えを告げてくれた。

「雑賀《さいか》の小三郎さまは黒島においでまする」

更に二人は驚いた。用向きは一言も告げていないのだ。だがその不審よりも、小三郎の今の境遇の方が気になった。顕忠が急き込んで尋ねた。

「そこで何をしておいでるか。若しや、宮方への合力等、御加担あっての故におざりまするか」

黒島、新居大島あたりには、宮方の国人、地侍が多い。

「お行きになられて、お確かめなさいませ」

「傀儡《くぐつ》と小三郎殿との御縁は如何なるものにてありましょうや。それ次第ではお願いしたき儀もありますれば」

重平が尋ねた。小三郎は未だこの屋敷に居るものと推量して、春風尼に懇願して彼をもらい受けよう、そのつもりで乗り込んで来たのだ。傀儡との関係をはっきりさせておかないと、後日、どのようなもつれが生じるかも知れない。

だが春風尼はそれには答えようとはしないで、

「この度のお目論みは、先に沖のお方に申し上げられ、お言葉を頂戴なされまするが上策にござりまする」

未だ一言も触れていない核心の事情まで、承知しているかの口ぶりの言葉を返して来た。

「沖と申されまするると」

「珍の大人《うし》と申されるお方にありましょう」

春風尼は率直だった。知る人もない筈の珍を口にされるだけでも、重平が驚き畏まるのに十分であった。何故に、何故に。聞き質《ただ》したいことが山のようにあると重平は思った。だが春風尼は、重平に口を開く余裕を与えず、

「ではこれにて。音物の品、有り難く頂戴仕りまする」

その言葉を残して、初めと同じようにふわりと去って行った。

最初の尼が再び現われ門へと導く。広い屋敷の中は無人のように静まりかえって不気味だった。顕忠は案内の尼に数々の疑問を尋ねてみたいと思った。それなのに、何故か声にはならなかった。重平も同じなのか、時折顕忠に目を向けるものの、やはり一言も声を発しなかった。

門の外に出ると、二人は急に生気が立ち戻った気分になった。ところがそこには手下《てか》二人が地にへたり込んで眠りこけていた。重平と顕忠は顔を見合わせ、怪訝《けげん》な表情を作った。このようなだらしのない手下達ではないのだ。ましてや、畏怖の的である傀儡《くぐつ》の敷地内で、気を許して居眠りする等考えられないことだ。

「やい、起きろ」

重平は邪険に二人の肩を足で蹴った。

二人は、ぱっと立ち上がったが、重平の顔を見てきょとんとしている。重平は舌打ちをして、

「ここで居眠りとはええ度胸よ。帰るぞ」

不興を露わにしていた。それでも二人は、顔を見合わせて首をひねっている。

「術をかけられていたな。傀儡の術によ。眠らせておけば見張りの手間が省ける」

「そうか。その手か。それじゃこいつらも、どうしょうもなかったわい」

顕忠の思いつきで重平は納得し機嫌を直した。だが顕忠もそのような術を傀儡が用いるとは聞いたことがない。とりなすつもりで口に出しただけである。手下二人は何も憶えていないと

いった。眠っていたという自覚もないようだった。

不思議を不思議として怪しませないものが春風尼の身に備わっているようだった。重平も顕忠も、最前の異常な体験について改めて語り合うことをしなかった。意識して避けたのではなく、日常的光景がさした関心を持たないその感覚に似ていた。口にしたのは、春風尼から告げられたことを実行する段取りだけである。

ここまで来ているのだから序でに黒島へ立ち寄り、小三郎が島にいるかどうかだけでも確かめて帰ろう。顕忠はそう主張したが重平は、春風尼の言葉に従い「のうし」に会うのが先だと律儀だった。尤も、それから黒島へ向かえば、そこらあたりで宿を求めなければならない。その面倒もあった。結局、宮窪へ引き上げた。

結果的にはそれが良かったようである。


大島では事件が待ち受けていた。

日暮近い浜に五、六人の人影がうろうろしているのが見えた。戸代の鼻を廻っていくらもたたない頃からだ。小早が帰ってきたと知って飛び出して来たようだ。波平は八丁櫓を下ろして全速を下令した。小早の船足がぐんと伸びる。

「お頭あ、待っとったでえ」

気が保たないのか、波の中に腰まで入り込んで大声でどなる男があった。

「田浦の竹三じゃ」

波平が告げた。重平は眉をしかめた。竹三は負けん気の強い男だ。向こう見ずなところがある。

「何ぞ面倒を起こしたに違いあるまいて」

重平は気鬱《きうつ》げにつぶやいた。

船が砂をかんだところで、一早く砂地へ駆け上がった竹三が、

「お頭、一合戦するで。ええじゃろぅが」

叫んだ。案の定、そういった表情で重平は顕忠に苦笑して見せた。

「くたびれとる。そう喚くなや」

船首から飛び降り砂地に立った重平は、叱るように言った。

「済まんと思ぅとるんじゃが、業が煮えて業が煮えて、辛抱出来んのじゃ」

「今直ぐでのぅちゃいけん話か」

「今直ぐじゃ。丁度ええ、聞いてもらいたいもんの顔が揃ぅとる」

「みんなくたびれとる。何か知らんが、手短に話せ」

午過ぎ、田浦の沖で事件があった。海に沈めていた漁網が破られたのだ。これは事故ではな

い。この前早川でやられたように、櫓に網がからみついて取れないと見せかけて刃物で切り破る、同じ手口だ。相手はこの前と同じ今岡の船だ。しかも今度は大きな関船である。早川の時のように、漁船が取り巻いておさえる訳にはいかなかった。船足は早い。乗組みも多い。破られた漁網は五枚である。目撃者は多勢いた。これ見よがしに高々と櫓を上げて見せ、邪魔者がと悪態をつきながら刃物で切り捨てた。漁を中断した漁師達は、叶わぬまでも、七、八艘で追いすがろうとしたが、関船の何人かは嘲笑うように手さえ振って見せながら漕ぎ去って行った。

田浦の漁師は押し掛けて償わせようと息まいた。漕ぎ去った方向から見て、務司《むし》か中途《なかと》に入ったと考えられる。皆の見方が一致した。だがこの二つの小島には今、今岡の兵が二、三十はいる。一つならともかく、二つの島では一寸荷が重い。関船が甘崎へ帰るのを狙って分捕るか。意見は二つに割れた。漁師の中には野島の者でない者も多勢いる。野島の者はこれまで合戦に加わった者が多いだけに、田浦の浜だけで仕掛けることに慎重だった。だが、合戦を知らず、気性が荒く、ただけんかに慣れているだけの漁師達は、武士が指揮する兵のこわさを知らなかった。彼等はやみくもに、浜の総勢で掛かればと人数を過信して今岡に挑むことを主張した。同じ野島の者だが、浜を束ねている竹三は、漁師に突き上げられて、野島の者の意見を聞けなくなった。野島の者達は、せめてお頭に断った上でないと自分達はついて行けないと諌めた。

そこでやむなく竹三は、自分が宮窪から帰って来るまでは集まりを禁じると言いおいて、馬を飛ばして駆けつけた次第であった。

「網は使いもんにならんか」

聞き終えた重平は静かに尋ねた。手下《てか》達を早く休ませてやりたく、それを引き止めた竹三に腹を立てていたのだが、始終を聞く内、頭としての冷静さを取り戻し、その対応の仕方も思案したようである。

「繕《つくろ》やあ使えるで。ほいじゃが、泣き寝入りじゃ腹の虫がおさまらん。今岡の奴等、わしらを小馬鹿にしくさって、黙っとりゃ先々何をされるか分かりゃあせん。早川の時のように、仕返しをしたらんにゃ」

竹三は言い募った。

「竹よぉ、まあ聞け。これは田浦だけの事じゃないで。野島の者《もん》全体に関わっとるんじゃ。今岡の狙いはの、野島衆をいきり立たせて、仕掛けさせる魂胆よ」

「仕掛けるいぅて、合戦か」

「そうよ」

「ほいじゃやそれに乗ったろぅじゃあないか。野島のみんなが立ってくれりゃ言うことはない。わし、死に物狂いで先頭に立つで。みんなどうなら。この際みんなで今岡をへこましたらんかい」

竹三は周りの手下達を見回した。

「それもええで」

血の気の多い早川の辰が声を上げた。辰はこの前、今岡の武将に弁償の銭を出させた男である。その額には不足を持っている。辰に連れて二三の者も気勢を上げた。

「静かにせぃ。竹だけじゃない、みんなもよう聞け」

重平は声を大きくした。今岡通任が村上の後釜になりたがっているというのは、噂として誰でもが知っている。だが重平はそれに就いて何も語ったことはない。村上の後家殿と今岡の確執をさらけ出すつもりはない。それを口に出せないのが少々苦しい。

「今岡はこれからもちょっかいを出して来るじゃろ。さっきも言ぅた通り、野島が総勢で打ち掛かるように仕向けるためよ。その手に乗っちゃならん。辛抱せい。野島が叩きつぶされとうはないじゃろう」

「お頭は、わし等が今岡に負《ひ》けを取ると思うとりんさるんか」

源《げん》が太い声で言った。源は手下の中では温和な方だ。だが力業ではかなう者がいなく、鈍重そうに見えるのが逆に威圧感にも似て、彼に逆らう者はいない。

「源よ。わしは今岡の手勢を恐れとるんじゃないで。先の伊予騒動で関船を三艘にして帰って来とる。小早は、五はいよ。わしら野島は小早一丁、それでも今岡は物の数とも思ぅとらん。

わしの手下《てか》の働きをよう知っとるつもりよ。したが、わしの恐れとるのは、今岡の通任というお人よ。あの人が村上の婿じゃと知らぬ者はおらん。わしら野島の者は村上の組下で働いとった。合戦というものには名分が要る。下剋上いぅての、下の者が上の者に取って替わるのが今の世のはやりのように言ぅとるが、それもそれなりの名分が無けらにゃ、切り取り強盗と変わらん。何時かは寄ってたかってつぶされる。通任殿が村上の婿の名分を立てれば、加勢に参じる者はまだまだ多い。そうなりゃあ、今岡への意趣《いしゅ》返し等と野島の言い分に耳を貸す者はおらん。野島の横妨で片付けられよう」

手下達は黙って聞いていた。

「えぇか、ここは堪忍せぇ。今岡も自分の方から討ち入っては来ん。仕掛けたら名分が立たんからのう。向こうから仕掛けて来れば、その時こそ今岡を討ち果たすまでよ。その覚悟と平生からの備えだけで、腹の煮えるちょっかいを出されても手を出すな。じっと堪《こら》えるんじゃ」

重平の説得を誰もが得心した。

「お頭、よう分かった。したが、わしは得心出来ても、田浦のもんに、お頭のようにゃあよぅ言わん。誰ぞ向けてくれるか」

竹三の申し出は尤もだった。竹三の口からでは、重平の話をどこまで伝えられるか、誰が考えてもこれは心許なかった。

「そりゃあ尤もじゃ」

重平は破顔一笑した。

「顕さぁ、波平を遣ってくれんか」

重平は顕忠の顔を立てた。波平は顕忠の直接の手下だ。

「わしは構わぬが」

重平に答えておいて、顕忠は波平に向いた。

「お前、仕切れるか」

手下の中では口の立つ方だが、多勢の漁師の説得には一寸心許ない気もする。押しの強さに欠けるのだ。船を宰領する時の人使いの巧みさは、陸《おか》の対人関係では影を潜めたようになる。根はしぶといくせにどこか気弱い。

波平はしばらく返事をしなかった。

「本人がしぶるんじゃ、他の者にしょうかい」

重平が言った。波平を真っすぐ見つめ、その目が笑っていた。波平はその目を見返す。

「お頭、わしでのぅちゃいけんのか」

「そう思ぅたから波平をと言ぅた。不服なら断ってえぇ」

波平は更に黙った。

「もうええ、じゅうべさあ、替えてもらおぅか」

顕忠が口を挟んだ。とたん、

「行くで。行かせてもらうで」

波平が叫ぶように言った。彼は、笑っているような、明るい顔になっていた。

「よし、それと決まったら、誰ぞ波平に馬を出してやれい。他の者は帰ってえぇで。明日の朝は寅の上刻。それでええな、顕さあ」

「承知。波平はどうする」

「無理じゃな。波平よ、田浦でゆっくりしてえぇぞ。思うようにしてえぇで」

「そうさせてもらうとしょうかい」

波平は重平に笑顔を向けた。

田浦の辰は馬で来ていた。それで波平に馬となったのだ。馬であれば、これから田浦まで往復して帰って来てからでも、眠りは十分に取れて、明日の出船には間に合う。沖の島へは引き続き波平を連れて行くつもりだった顕忠は一寸妙な気がしないでもなかったが、田浦の事情には余り詳しくはないので、手数のかかることでもあるのだろうと一人合点していた。

翌朝の出船に波平は間に合わなかった。重平はそれを気にかける風もなく出船を促した。

沖の島では「珍《うず》の大人《うし》」は、重平と顕忠が前振れもなくやって来たことをとがめもせず、むしろ喜悦の表情にすら見えた。

痩せ細った白髪の老人である。六十歳と聞いていたが、もっともっと老いている感じで、全く浮き世離れのした隠者を思わせた。

「顕忠殿か。お手前のこと、初めて耳にしてからもう二十年になり申すぞ」

不明瞭な発音で聞き取り難くかったが、顕忠に好意を持ってくれているらしい気持ちが、直に伝わって来るように覚えた。

「重平よ、えぇ若い衆を育てて、楽が出来るのう」

「のうし」は目を細めて、顕忠から視線を外さない。

「これで野島を統べる棟梁さえ現われれば、重平の肩の荷が下りる」

「のうしさまよ。そのことで参上仕っておざりまする」

「分かっておる。重平、わしは一昨日、久しぶりにあの鼻へ出た。もう三年、近寄りもせなんだ。ところがどうじゃ、明け方、ふいと行って見とうなった。後から思やあ、海に呼ばれたのよ」

「屏風が鼻におざりまするか」

屏風が鼻は、海上からは良く見える切り立った崖の小さな岬だ。波間は岩ばかりで船で近づくことは出来ない。この岬の上に辿りつくには細いけもの道が一筋。緩やかな坂になっていて行き当たりに五、六畳ばかりの広さの平らな岩がある。「のうし」はそこに座って瞑想に入るその瞑想の中で「海の声」が聞こえて来るのである。重平は幾度となく「のうし」の伴で行ったことがある。若い頃は、「讃岐衆」の頭と一緒だった。その頃は既に、珍《うず》の頭分はこの二人だけだった。その「讃岐衆」の頭も十年前に亡くなり、後継ぎはなく「讃岐衆」も消えた。それからしばらく、重平一人が伴になっていた。

岩の周りには大きな松の木が何本も生えている。そこへ着くと、海風に鳴る松籟《しょうらい》が凄まじく、人の会話もままならぬ程であった。その場で「のうし」は「海の声」を口に上せて重平に聞かせた。それはすべて珍への指針だったことは言うまでもない。

その在りし日の光景が瞬時、重平の脳裏を過った。

「そこで海の声が聞こえたのじゃよ、重平。未だ海の声は珍を見捨ててはおらなかったぞよ。野島の上に立つ若者、山より送られて来るとな」

重平と顕忠は、はっと顔を見合わせた。

「のうしさま。それは真におざるか」

「真じゃ。重平喜べ。珍は絶えさせるより他、道無しと言ぅておったが、しばらくは、野島として続こうぞ」

「暫くと申されましたが、それは僅かの一時のことでありましょうや」

顕忠が訝しげな顔で口を挟んだ。

「乱世の続く限りとでも申しておこうか。これより先、世が変わろうとも、国々の乱れは激しゅうなるばかりじゃ。おことたちの二代三代ではとてものこと治まりはせぬ」

のうしは僅かに憂い顔を見せたが、

「珍はうずでのぅてもしぶとく泳げるぞよ」

と、笑顔になった。その彼に重平が顔を向けた。

「先程申されまいた、その若者のことで参りましておざりまする」

「して」

「傀儡《くぐつ》屋敷の春風尼さまが、のうしさまを訪ねよと」

「なに」

「のうし」はしばらく冥目していたが、膝をたたいて目を開いた。

「分かった。傀儡は旧《もと》山の者じゃ。珍は海の者。遠いはるかな昔、海の者と山の者は睦み合った世もあったと聞いておる。何千年とも知らぬはるかな昔じゃ。長い間に異族が住み着き、山の者も海の者も枝分かれして、旧を求めるのも難しゅうなった。僅かに野島が海の者の旧を、傀儡が山の者の旧を伝えておる。なれど互いに睦み合うことは絶えてしもぅておった。したが此の度は、海と山の声に響き合うものがあったと思える。山は海へ。山の声は傀儡《くぐつ》へ、海の声はわしに、それを告げたのじゃ」

重平と顕忠は再び顔を見合わせ、重平は安堵のため息を吐き、顕忠は懐疑のうめき声を上げた。

「のうし」は静かに笑った。

「顕忠殿は信じられまい。野島でない者に信じろというは無理じゃ。信じずとも良い。目の前に起きることに従われよ。それが顕忠殿の意に叶うものとなる筈じゃ。迷わず、思ぅた通りに進められて障りは起きぬと心得られい」

上首尾であった。

顕忠は折角のこと故、村上の後家殿千種の方を訪ね、さくら姫にもお目にかかりたいと言ったが、重平はそれよりも、一刻も早く小三郎殿を訪ねたいと譲らなかった。潮の加減もあることだし、顕忠は仕方なく従ったものの、重平の性急さに驚いていた。それにさくらに会うのは、その人となりをとくと眺め、小三郎に伝えるつもりもあったのだ。ま、会えば分かること、聞かされていようがいまいが同じことか、そう思う他なかった。

重平は後家殿とさくらに会うのを避けているのだ。先日は単なる話として伝えただけのつもりでいる。小三郎に未だ話もしていない今、重ねて会うのは憚られた。若し小三郎が乗って来ない場合でも、その方が言い繕い易い。難しいところよ、と思ぅのだった。

黒島で雑賀の小三郎は、小屋の中で魚を処理していた。頭を切り落とし、鱗を取って、片身ずつ骨から身を切り取る。刺身を造る訳だが、小三郎の取り組んでいる姿を見ると、活魚なのに捨てる死魚を処理しているように見える。そう言って冷やかしたのは、近藤三郎である。別宮八郎宗通が刺身の造り方を教えて一週間になる。だが未だ、切り身を取った後、骨に付いている肉の方が多いような有様だ。頭を落とさず、いきなり鱗をけずり始めて、跳ね廻る魚と格闘することもしばしばだ。

大島の重平は黒島神社の祠官近藤滝口三郎とは旧知の仲である。帝室領である新居大島と黒島は、その年貢の輸送を村上義弘の一手に委ねていた。その関係で重平もしょっちゅうここは訪れていた。

祠官は自ら別宮八郎宗通のところへ案内してくれた。宗通と重平は初対面である。

宗通は船の上で船大工相手に帆柱の取り付け作業をしていた。

「小三郎殿に会いたいお人が見えた」

祠官が声をかけると、船端に姿を見せた宗通は、

「小屋にいるぞ。今、取込中の筈じゃよ」

「行って差し支えあるまいか」

「祠官殿が行っては、ろくに返事もすまいな」

「何と」

「釣って来た魚のしごう(始末)をしとる。自分では刺身のつもりじゃ」

「ああ、あれか。残った身の方が多い骨を、薪ざっぽうのようにたたき切っておった」

「それよ。祠官殿があからさまにそれを言ぅた故、機嫌が悪ぅてのう。要領を伝授しようとしても受けつけんようになったわい」

「久長に面倒見させれば良かろうに」

「その久長が似たようなものじゃ。船は漕いでも所詮陸《おか》のもんよ」

「やれやれ。それじゃ、皮ばかりで身が見えん程のものしか食べさせてもらえんのか」

二人は他愛もないやり取りを面白がっている。

「小三郎殿に改まった話か。どうやら、お連れは小三郎殿の客人のようじゃが」

祠官が重平と顕忠を紹介すると、宗通は船から飛び降り、砂を踏んで近付き丁寧に名乗った。

大工の仕事の身なりだが、祠官とのやり取りといい、尋常の挨拶といい、名のある武士であろうと思った重平は、これも慇懃《いんぎん》な挨拶を返した。

「久長と一緒か」

祠官は小屋の方を指差して尋ねた。

「いや、二人で魚を取って帰り、久長の方は西条の荘へ出掛けた。今日はもう帰っては来ぬ。久長にも何か」

「いやいや。おらぬ方が良い。小三郎殿と密談とあっては久長が要らぬ気を廻さぬでもない」

「久長が居ては都合の悪い密談か」

宗通は厳しい目になって、祠官と重平の顔を交互に見た。

「あれに隠さねばならぬ事ではないが、暫らくは人の口の端《は》に上らぬ用心が要るのじゃて」

宗通は船の中の大工に声をかけておいて、三人を小屋へと誘った。

「祠官殿、手が上がり申したぞ。これこのように、骨の方に身はあらかた残ってはおらぬ」

小三郎は先にたって入って来た祠官を見ると、身をそいだばかりの魚の片身を手に取って見せた。だがその後に続く顕忠の顔に気付き、

「や、これは」

驚きの声を上げた。

「暫らくでおざる」

「小三郎殿。手前を見憶えておいでか」

続けて重平が声を掛ける。

「大島の重平殿」

久闊《きゅうかつ》を述べ合い、小三郎は世話になった礼を述べた。

「小三郎殿、このお二人から特段の話があるそうな。それで案内して参った。重平殿、宗通とわしはここで待って居よう。話は松原で浜と波を眺めながらの方が良うおざろう。気宇壮大な話に展《ひら》けるやも知れぬでな」

祠官は豪快な笑い声を立てた。小三郎に村上への入り婿を懇請《こんせい》し、村上の再建を計るつもりと、重平は手短に告げていたのである。祠官は深くは尋ねず、村上再建の計を単純に喜んでくれたのだ。

左手に新居大島が半身を見せている浜辺の、松の根方に小三郎を座らせ、重平と顕忠がならんで彼に向き合った。

「村上義弘殿は、あの新居大島の出でおざる。村上の城もおざった」

重平は先ず、村上義弘が経営していた海漕と警固《けご》の仕事のあらましを小三郎に告げることから話を始めた。

村上の後継者が未だ定まっていないこと、婿である今岡通任と村上の後家殿との確執《かくしつ》、後家殿は次女のさくらの婿を後継者にするつもりであること等を重平が語った。顕忠はそれを受け、後家殿には既に小三郎殿を婿の候補として話してある。後家殿は殊の他の喜びようで、出来るものならば村上の婿殿としてお迎え致したく、一日も早くお会いしたいと申されている。そこで、これは相談だが、後家殿は、婿には都人をと強く望んでおいで。就いては小三郎殿に北畠を名乗ってもらいたいのだと、ざっとそのような話をした。

小三郎は二人が語る間ずっと無言で、海の遠くを眺めていた。

申し入れは一段落したが、彼は微笑を浮かべただけで黙っている。二人の話に無関心と言った表情とも受け取れなかったが、熱心な相槌が返って来るのでもない。話の手応えは見当つき兼ねた。

「如何におざろう。この話受けては頂けぬかな」

重平が促してようやく口を開いた。

「村上の名跡を取りたいという今岡某《なにがし》と、同じく名跡を狙うおこと達と、要するに、野心と野心のせめぎあいにおざるか」

「違う、それは違うぞ小三郎殿」

顕忠が叫ぶような声を上げた。

「理はわれらにあり。村上義弘殿の後を継ぎ申したのは後家殿、名跡を再興する者は後家殿の意に叶ぅた者ではならず。今岡は単に名跡の押妨を企む、村上にとっては謀反人におざる」

「口が過ぎたなら謝り申そう」

小三郎は微笑を浮かべた。

「だが、折角のお申し出ながら、それはお断り申し上げる。雑賀の小三郎の他に名は要らぬ。それに私はこの島の、今の暮らしが気に入っている。漁師のまねも、船大工のまねも面白い。このままで不足はないのだ」

その後の言葉を待ったが続くものはない。

「これまでにない暮らし故、珍しゅうもあると存ずる。したがそれは所詮一時のもの、慣れてしまえばどうということもなく、漁師はただの魚釣り、船大工はただの船造り、それの他に何がありましょうや。小三郎殿、男が生涯を賭ける程のものではありますまい」

顕忠が声を励まして言い添えた。

「あやにく私はそれで十分なのだ。他に望むものはない」

「御自分の御器量を惜しいとは思われぬか」

「器量とな」

小三郎は可笑しそうな笑い声を立てた。

「私の器量とは何だろう。お見かけの通り、一介の若輩者に過ぎぬ。未だ人の上に立ったこともなく、人を使う身分を味わうたこともない。また、それを望む気も無い」

「小三郎殿、棟梁の器量と申すものは、生まれながらに備わったもの。習い覚えて身に着くというものにはおざない。これまでの小三郎殿が如何お過ごしあろうと、関わりはさしたるものに非ずと申し上げよぅわい。われら、いささか人を見る目を持ち合わせていると思ぅておざる。小三郎殿の御器量、口巾ったい申し条なれど、われら一統の棟梁と仰ぐにふさわしい御器量と申し上げさせて頂きまするぞ」

口を挟んだ重平の口調が何となく、若者を諫める年寄のような口ぶりになった。

「はて。われら一統と申されたな。重平殿はその一統の頭と聞き及んだ覚えがある。棟梁は村上のそれではおざらぬか」

小三郎は聞きとがめるつもりではなかった。聞き流していたのではないが、そこがよく飲み込めないので軽く反問してみたのだ。他意はなかった。

「それは」

重平と顕忠が異口同音に発して、互いにを顔見合わせた。顕忠は、ここで珍族《うず》の苦況を説明すべきだと思った。顕忠が小三郎に向き直ろうとするのを、重平が目で止めた。

「これは不調法仕った。われら一統と申したのは、われら野島の者は村上義弘殿の手下《てか》でもありまいた故、村上の棟梁はわれらの棟梁。言葉が足りざった。そういうことでおざるよ」

「成程。それで分かり申した」

小三郎が分かったと言ったのは、話の筋道を理解したというに止まっていて、その後のやり取りでも、結局、村上の婿も棟梁もその気が無いの一点張りで断ってしまった。

小三郎が二人を伴なって小屋に戻ると、祠官が先ず相好を崩して言った。

「小三郎殿、この滝口の三郎が媒酌の労をとらせてもらおうぞ。わしも、村上義弘殿とは無縁では無い。如何か、わしでは不足であろうか」

ひとりではしゃいだが、言葉の途中で、重平と顕忠の顔色に気付いた。

「こりゃ、早まったかな」

「祠官殿の悪い癖よ。早飲込みで、人の思惑に無頓着、その上、勝手に事を決めたがる。ま、ま、お三方。気を悪く召さるるな。これも好意のつもりじゃで」

宗通がとりなすように言った。小三郎は微笑を浮かべただけである。重平と顕忠は黙って祠官に頭を下げた。

宗通が酒の支度をしてくれていたが、手下《てか》を待たせているからとこれは断った。祠官も帰ると一緒にそこを出た。野島の船は神社の下の磯にもやっている。

道々祠官は、折りを見て宗通共々、小三郎を口説いてみようと話した。あれは逸材じゃよ、義弘殿の上を行くかも知れぬ等、自分の観相も洩らしていた。

「欲の無いお人よ。わしは益々気に入ったのじゃが。今の世に珍しい。それだけに、今一度頼み込もうと思ぅても、その手だての思案がつかぬ。祠官殿よ、頼りにしておすがり申しまするで」

重平は何度も祠官に頭を下げていた。

往きの意気込みと違って気の滅入るような船路だった。夜に入った海が殊更に暗く感じられた。月はなく、星灯りも絶え絶えの空だった。


だが、帰って来た宮窪の浜には、一行にとって胸のすく思いの報せが待っていた。お陰で重平、顕忠以下の重苦しい気分は吹き飛ばされて、その時だけでも快哉を叫ぶことが出来た。出迎えた松明の光の中に、生気を取り戻した男達の笑顔が浮かんでいた。

中途島に繋がれていた今岡の関船が半ば潮に沈み、辛うじて船首を岩につないで流れるのを止めている状態だと言う。田浦で事を起こしたあの関船だ。

「潜ったな」

報告を聞いた重平は破顔一笑して叫んだ。

波平は未だ田浦から帰っていなかった。状況は田浦の野島衆が宮窪へ伝えていたのである。波平は仕事が残っていると言う。

重平の屋敷に引き上げてから、顕忠は重平に訊ねた。

「潜ったとか、そのように聞こえたと思うたが、浜でのことよ。あれはじゅうべさあ、何のことじゃい」

「おう、ありゃあしくじった。言ぅてならぬことを、つい口に出した」

おどけた調子の重平は機嫌が良かった。

「わしにも言えぬことか」

「おうとも。と言う訳にも行くまいなあ、顕さぁには心得ておいてもらわにゃならん」

潜ったのは波平だと重平は断言した。海に潜って関船に穴を開けたのだろうと言う。

今でこそ潜るのは女が多いが、大体漁師は皆海に潜る。潜りには慣れているのだが、野島の者にはかなわない。野島の者は天性、潜りに長けている。珍《うず》はその昔、魚や海藻、貝の類を殆ど潜って採っていた。時が移り、船釣りや浜辺採りが主となっていっても、彼等は何かとよく潜っていた。珍の血のなせる業だろう。その中で波平は際立っての名手だ。潜りはただ、水の中に潜れば良いというものではない。水の中でどれくらいの作業が出来るか、そしてどれくらいの間水中に止まっておれるか。それが潜りの上手の目安になる。

「大分古い話じゃが、わしは波平を使ぅて船に穴をあけたことがある」

村上義弘が商船に乗り込み、重平が野島衆を宰領して小早で警固《けご》についた時のことだ。播磨灘で三艘の海賊船に襲われたことがある。重平は賊船を本船に寄せつけまいと、縦横に小早を操ったが何しろ相手が三方にいては思うに任せない。一艘が本船に取りついたところで重平は波平を呼び、鏨《のみ》と金槌を用意させた。本船の方は義弘が控えており心配はない。梶取《かんどり》に、わが思うようにしのげと命じておいて、重平は波平と共に海へ飛び込んだ。賊船の一艘にうまく取りついて、重平は波平に己れの体を支えさせ、鏨で船腹に穴を明けた。息を吸うため浮き上がった時、二人は役割を交替した。片手で鈎を船腹に打ち込み、それで自分を支えて、片腕で相手の腰を掻込《かいこ》み、相手の両腕が自由に使えるようにする。作業はそれだけだが、動く船の船腹相手に水中での仕事だ。並大抵のものではない。息の長い波平は直ぐに要領を飲み込むと、重平より先に潜って鈎を打ち、手がかりを確保して重平が潜って来るのを待ち、共同作業に移った。三箇所目の穴明けにかかっている頃には、賊船の船足が止まっていた。浸水にあわてて櫓を捨て水漏れの手当てにかかったのだ。三つの穴を明けて浮上してみると、賊船の他の一艘が浸水を始めた賊船の異常に気付いて漕ぎ寄せて来た。勿論船足を緩めて近づく。重平と波平は再び潜ってその賊船に取り付いた。

後で村上義弘は重平と波平を呼び、その時の働きを抜群と賞めた。だが、

「此度《こたび》は事の他の働きなれど、船は海の者の命。滅多にはその技を用いまいぞ。浜近く、曳船容易なる場所に止めよ」

そう言って戒《いまし》めた。義弘は、警固は賊の排除にありとして、賊といえどもその命を奪うことは極力避けさせていた。村上海賊は事に臨み、その勇猛さの威を示せば足りる。つまり一撃で

相手を慴伏《しゅうふく》させよということだ。

重平も波平もその後、潜りの手を使ったことはない。田浦の竹三の報告を聞いた時、重平は、潜りの手が直ぐに浮かんだ。関船を小さな漁船で仕留めようとするなら、待ち伏せて潜りを使うしか無い。ものの三、四はいで待ち伏せすれば、相手はなめてかかって嬲《なぶ》りに来るだろう。必ず船足は落とす。そこが付け目だ。だが重平はうかつにはその指令は出せなかった。それを実行すれば、野島衆が挑んで来たと今岡に口実を与えることになる。

「お頭がわしに田浦へ行けというた時、お頭の目がわしに潜れと言ぅておると思ぅた。でなかったら、田浦の衆をなだめに行くには、他に主だったもんが何ぼでもおる。特にこのわしにとは、誰にも知られずと潜れと言うことじゃと合点した」

帰って来た波平は、重平と顕忠にそのように語った。重平の以心伝心はやはり波平に通じていたのである。

田浦に行った波平はいきりたつ漁師に、網の弁償は取れぬが、必ず仇は取る故、ここはがまんしておとなしゅうなってくれと説得した。勿論計画を明かしたのではない。だが何とか承服させた。そして田浦の野島衆の中から密かに潜りの達者を二人選び、夜半に中途島の対岸に着いた。

関船の船尾あたりに穴を明け、浸水、半ば沈没させることに成功したのだが、中途《なかと》へ出立する前に、野島衆の一人から波平は耳打ちされた。漁師達がなかなかおさまらず気勢をあげていたのは、どうやら煽り立てる者がいるようだ。もしかして、今岡に通じている者ではないか。浜全部を挙げて、中途、務司へ押し掛け、城を打ち壊そうとしきりにけしかけている。どうも怪しい、と言う。波平はその男の監視を頼んでおいて、潜りの工作に出た。隠密行動が終わった後も、波平が宮窪に帰らなかったのは、その怪しい漁師の詮議のためだったのである。

調べてみるとその漁師は、その娘を今岡の足軽へ嫁にやっていた。同じように縁のある者が二人いて、どちらも此度の件で、今岡相手に事を起こそうという漁師達の急先鋒だった。野島の者が最初に目をつけた漁師を責め、一騒動起こしてくれるよう婿から頼まれていたことを白状させた。

波平はその三人を呼んでこれを諭《さと》し、田浦の者が今岡に対して実力行動に出ることは絶対無いと言ぅてやれと言った。その時は既に今岡の関船は半ば海に沈んでいた。

「それで良い。よぅしてのけた」

波平の処置に重平は満足だった。これで暫らくは今岡も鳴りを潜めるかも知れない。関船の沈没は野島の仕業、通任は見抜いているであろう。だが、直接の証拠がなく、物言いも難しい。同時に、このような隠微《いんび》な手段を使われてはと、野島を刺激することに躊躇《ちゅうちょ》も覚えるだろう。その間に一日も早く、雑賀の小三郎を説得しなければ。一つを解決しても、心休まる暇のない重平だった。

巻の十五　襲撃者

いい日和だった。

「もうちと温ぅなったら水に潜ろう。面白いぞ」

小三郎に船を漕がせながら、船首に座り込んでいる久長が話しかける。

「潜って何とする」

「魚を突くのよ。ほら、これでな」

久長はそこに横たえてあった手鎗を取り上げて見せた。

「あ、それは魚を突くものか」

「何に見えたぞ」

「戦う道具かと」

「使ぅて使えぬでもないが、この通りの細身じゃ。合戦ではさほどの役には立たぬ」

「成程」

「小三郎殿は合戦に出たことはないのか」

「ない」

「ふむ。それ程の力倆を持ちながら、不思議よな。今の世に珍しいことよ。何処の陣でも、諸手を上げて迎えてくれように」

小三郎の答えはなかった。彼の顔色で、触れたくない話と察したか、久長は話を元に戻した。

「わしは漁師ではないが、体の鍛練には海が一番良いと、親父殿の意向でな。幼い頃より、浜へ連れ出されて漁師と同じことをさせられて育った。水中に潜れば、体の筋が、たくましいだけでのぅてしなやかにもなるぞ。武技を習得するに、大いに役立ったものよ。ところで、泳げるか」

「水に浮くくらいなら。川遊びだ。この広い海をどこまで泳げるか心許ない」

「うむ。それなら大丈夫だ。水に浮くことが出来れば必ず泳げる。手足を動かして一間泳げる者は必ず五間泳げる。五間泳げた者は必ず一町泳げる。人間の体はそのように出来ているのじゃよ、案ずることはない」

久長は小三郎と二人になると時に冗舌《じょうぜつ》になる。それは自分の体験を通した何かを、教えたがっているように小三郎には思えた。兄が弟に教えるように。

久長は二十八歳だ。小三郎が二十三歳。年の頃合からすれば兄弟の感じを持って不思議はない。勝部弥五郎久長の名は、初対面の際、別宮八郎宗通から紹介されて以来耳にしたことはない。久長の呼び名だけだ。新居郡の地侍と聞いていたが、彼から、詳しい素性、宗通との関係、黒島に何故居るのか等々、その身にまつわることを聞かされたことはない。また、小三郎についても、素性その他一切訊ねようとはしない。互いに目の前にある姿だけの関心の持ちようで、二人はうまが合っているようだった。

その日は梶の補修に掛かっていた。引き上げた沈船の修復も大詰に近い。宗通は船大工相手に取り組み、小三郎と久長はその間、用が無いということで魚釣りにでた。尤も、未だ閑だから釣りを楽しむといった態の余裕はない。漁獲の実益を兼ねた、小三郎の指導の色合が強い。小三郎がそれを口にして頼んだことはないのだが、久長はそのつもりでいる。無論、小三郎に異論はない。とにかく、島へ来てからの全てが、彼にとって興味の対象であり、すること為すことが皆面白かった。

「そろそろ来島の瀬戸へ行っても良いな。瀬戸の流れから見れば、このあたりの海は池のように和やかなものぞ」

「鳴門の瀬戸は見たことがある。潮の緩やかな刻だと聞かされたが、それでも岩を噛む潮流が白い泡となって飛び散る凄まじさは見た。来島も鳴門に劣らぬと聞いてはいるが」

「そうよのぅ。わしは、鳴門の潮は聞かされただけじゃ。来島の渦も容易なものではないぞ。慣れた漁師は、その逆巻く渦潮の最中に瀬戸を横切るそうな。渦道というものがあるそうなが、わしは未だ通ったことは無い。したが、瀬戸を漕ぎ抜けたことは何度もある。船がめりめりと音を立ててきしんでな、櫓も利いておるのかおらぬのか、見定めもつかぬ。動かしても動かさいでも同じような持ち重りのする手応えよ。それが梶の役もする故、瞬時の油断も出来ぬ。ま、これが抜けられるようになれば一人前の水手《かこ》じゃ」

次の言葉を続けようとして、

「はて」

久長は怪訝な表情になった。目は小三郎の後方を見やっていた。

釣られて小三郎は櫓を漕ぎながら頭で振り返る。黒島の端から姿を見せた船が、今、こちらへ針路を向けたところだった。

「陸《くが》沿いに東へ進むと見ていたが、直ぐにこなたへ向いた。大島へ向かうにしてはちと外れておる。まさか、この船を目指しているのではあるまいな」

久長は不審を言葉にする。

「追いついて来れば分かる」

小三郎は意に介する風もなく笑って答えた。

「速い、速い。十六丁櫓じゃ。小早だ。何処の者であろう。大島に何事か出来《しゅつらい》したのかも知れぬな」

新居大島に向かうにしては針路が外れていると見た久長だったが、その船を小早だと判断すると、新居大島での異変かと気を廻し始めていた。

新居大島の城は今、無人の筈である。川之江城合戦の時には、大島に立て篭もる宮方と陸地《くが》から繰り出した細川方とが、今浮かんでいるこの水域で船戦の小競り合いをしばらく続けた。世田山の本城攻撃が始まるとここでの合戦は止んだ。細川が勝利して讃岐へ引き上げた後、大島の城へ帰って来る将兵はなく、無人の城となった。

そこへ小早が乗り付けるとなると何かの変事を思わせる。久長がそう判断するのも無理はなかったのである。だが小三郎にはそのような知識はない。久長が眉をひそめる顔を見ても、のんびりした様子で、二度と後を振り返って見ようともしなかった。

小早は程もなく追い付き、斜め後方に迫って一斉に櫓を上げた。行き足だけで、小三郎の船に並んだ。十間ばかり離れているが、乗員の姿ははっきり見える。十六丁の水手に武士が三人、残る四人は足軽と見た。物の具をつけ鉢巻きを締め、ものものしい出立ちである。

武士が一人立ち上がった。

「船を止められい」

「何事ぞ」

久長がどなり返した。

「雑賀《さいか》の小三郎殿はいずれにおわすや」

「小三郎は私だが」

彼は漕ぐ手を止めない。

小早は四丁櫓を下ろした。

再び漕ぎ出してこちらを引き離し、二十間以上も先の方で取り梶を取って旋回に移った。針路に立ちふさがるつもりか。

「怪しい。替わろう」

久長は船尾に移り、交替して櫓を漕ぎ始めた。流石に小三郎が漕ぐよりもぐんと船足は伸びる。

針路前方に小早の腹が真横に見えた時、久長は取り梶を取った。小早は未だ旋回を終わっていない。小早の姿が右舷に流れるのを見すまして久長は取り梶を戻し針路を直線に戻した。大回りに旋回する小早に対し、こちらの漁船は小回りが利く。その利点を利用し、転機を見誤らなければ両者の距離をかなり引き離せる。久長は小早の速度を見てとり、旋回は相当大回りと判断していた。

旋回を終えた小早はこちらと逆方向に進む形になった。

「直ぐに面梶を取るぞ。こっちは取り梶よ。向こうの腹が見え始めたら言ぅてくれ」

「久長殿、向こうは櫓を全部下ろしたぞ」

「ならば好都合よ。回るのは益々大きぅなる。こっちは小回りで何とか凌ぎながら島へ近づこう」

だが小早は中々、旋回に移らなかった。両者が大きく離れようやく旋回を始めた。思った時間よりも長引くのに不審を感じた久長が、櫓を押しながら振り返った時はそれに移る時だった。

「しまった。裏をかかれた」

久長が悔しそうな声を上げた。

「どういうことだ。随分と離れたが。これなら何とかなるのではないか」

小三郎には飲み込めなかった。

「あれ程に遠のいては、わしがいずれに梶を取ろうとも、向こうは難なく追尾の針路が取れる。こちらの手立ては直ぐに見破られたようだ。櫓を全部下ろしたのは、旋回の必要のない真っすぐで後から追い詰めるつもり。もう逃れようはない。島までの半分も行かぬ内だな、これは」

久長は櫓を押すのを止めた。

「用があるのは私にだ。久長殿はじっとしていてくれ。とにかく、きゃつ等の意図は未だ分からぬ。逃げる必要もないことかも知れぬ」

「小三郎殿甘いぞ。あの身ごしらえを見たであろう」

「物具だけで害意ありとも申せぬであろう」

「いや、わしには分かるのだ。修羅場を踏めば、敵味方、害意の凡《おおよ》そは見当がつく。小三郎殿、向こうが踏み込んで来るのを待とう。こちらの狭い中なら二人で何とか戦える。向こうの誘いに乗ってきゃつ等の小早へ移るまいぞ」

久長は口早に対処の仕方を小三郎に告げたが、二人共に丸腰であり武器はなかった。

「久長殿はこれが手慣れておろう」

小三郎は魚を突く手銛を手渡した。

「これは小三郎殿が。わしは素手で立ち向かって相手の得物を奪おう」

「お好きになされよ。私はこれの方が手ごろだ」

小三郎は笑いながら、櫂を取り上げた。長い櫓が使えない場合に備えて櫂は積み込んである。

追尾に移った小早が追いつくのにいくらの刻《とき》もかからなかった。

小早が櫓を上げ、行き足だけに移った。こちらに平行する前に櫓を差し込み行き足を止める。

「此方へ横づけられ、雑賀殿だけ乗り移られよ」

先程の頭らしい武士が声をかけて来た。今度は両船の間は三間ばかり。どちらも止まり、わずかに潮に流されている。

「名も名乗らず、用向きも告げず、いきなり乗れとは理不尽」

小三郎が返すと、その武士は声を張り上げた。

「故あって名乗れぬ。用向きは雑賀殿の身柄が所望」

「断れば何とする」

「この場にて仕留め申す」

その声に応じて、彼の傍らにしゃがんで控えていた武士が立ち上がり、半弓に矢をつがえた。

小三郎は久長に顔を向けた。

「向こうへ移る他なさそうだ」

「向こうへ移っても亡きものとする魂胆ぞ。ならばこのまま敵を迎えよう。射手は一人とみた。凌げよう」

久長は小声で口早に言う。

「いや。久長殿はこのままじっと座っておられよ」

そう言った小三郎は久長が声を返す余裕も与えず、

「相分かった」

向こうへ返事を返した。

「俯《うつぶ》せなされ」

小声で久長に告げた小三郎は、小早に向かい、

「参る」

気合いのような声を上げた。そのとたん彼は船端を蹴って宙に舞い上がり、小早の船中に落ちた。

落ちる寸前彼は、半弓を持った武士を蹴倒し、手にした櫂で頭の武士の肩を打ち据えていた。

「理不尽には理不尽で返した」

頭の武士の腰の刀を櫂で押さえ、小三郎は彼を見据えた。彼はあぐらをかいたような姿勢でへたりこみ苦痛の声を上げる。一撃を受けただけで、櫂を振り払う気力はもうなさそうだった。

小三郎は櫂を引き船中を見廻した。

「一同の者、動くな。動く者は骨を打ち砕く」

身動きする者も無く、声一つ無い。気を呑まれたと言うか、信じられない出来事に茫然自失というか、とっさの対応の出来る者はいなかった。

蹴倒された武士がのろのろと身を起こした。

「加減はしてある。動けよう。弓矢をここへ」

小三郎は自分の足元を指さした。

「刀はすべてここへ」

他の者へも声をかけた。頭の武士は肩をおさえ俯し懸命にうめき声をこらえていたが、

「手向かうでない。仰せのままに」

やっとそれだけの言葉を発した。

武士と足軽は及び腰で、小三郎の足元に得物を置く。

一方の久長は、小三郎が舞上がった時、反動で船が揺れるのをものともせず、素早く立ち上がって櫓を取っていた。小三郎一人を小早で戦わせようとは思わない。自分も船で乗りつける気だ。だが彼が小早の舷側に取りつく前に勝負は終わっていた。

水手《かこ》にもやいを取らせた久長が、船を引き付け小早に乗り付けようとした時、小三郎の涼やかな声が聞こえた。

「水手は櫓を持て。向こうの黒島神社が浜まで船を進めよ」

久長はあわてて、もやいを船尾に廻すように言った。舷側にもやったままでは櫓が漕げない。

水手が一旦結び付けたもやい綱を解き船尾に廻ろうとすると、

「そのもやい放せえ」

船尾からどなり声が聞こえた。

「放すな。早ぅ結べ」

久長がどなり返した。

船尾に腰を下ろしていた声の主がうっそりと立ち上がり小三郎をにらみつけた。漁船をもやることも久長のことも彼の眼中にはないらしく、もやるなと言ったのは言い捨てだった。坊主頭の大男だ。手無し一枚を身につけた褌姿。腰帯には小刀一本を差していた。

「船を黒島へはやらんど。指図するのはこのわしじゃ」

坊主頭はどなった。

「ほう、刀はこれへと申したが、未だその腰に残っていたか。船を動かす前に、それをこなたへもらおう」

小三郎は含み笑いを伴った平静な声だ。

「やかましいわい。船頭はわしじゃ。船頭がうんと言わにゃ船は動かん。水手《かこ》共は、わしが言わにゃ何もせんど」

「分かった。ならばお主より、黒島へ着けるよう命を下してくれ。それからその刀もこなたへ」

「馬鹿たれが。そっちの言ぅことは、聞かん言ぅとるんが分からんのか。わしはそこの頭のようにひよろひよろじゃあないで。文句があるんなら、かかって来やぁがれ」

坊主頭は小刀を抜いた。

「望みとあらば致し方なし」

言い放った小三郎は、舷の上に足をかけたと思うと、その細い縁にひよいと立って、つつつぅっとすべるように船尾に走った。

彼がとんと航《かわら》の上に下り立った時、坊主頭の手にした小刀は空にはね上り陽にきらめいていた。坊主頭は右手をだらりと下げて、虚ろな目で小三郎を見つめ息を詰めている。

「動くな。動くと脳天を割ろぅぞ」

小三郎は静かに言った。

小三郎の力の凄まじさはその動きの素早さで、見る者にその激烈さを悟らせない。ただ、その瞬間の結果をまるでまやかしのように感じさせるだけのようだった。坊主頭は誤算していたようだ。頭の武士が倒されても、己れが負けを取るとは思えない相手と高をくくっていたのだ。

小早に漁船を曳航させ、黒島神社の浜へ着けさせた小三郎は、水手を小早に残し、武士と足軽を上陸させて砂浜に座らせた。何事かと近寄って来た島の漁師の一人に、祠官へ告げてお出を請うよう頼んだ。頭の武士は、彼が何を訊ねても一切無言であった。彼はどう始末をつけて良いのか思案に余った。この島の差配でもある祠官に相談する他なく、久長もそれに賛成した。祠官の知恵を借りることは別宮宗通の判断を仰ぐということである。小三郎は宗通の預かり人だ。だがこの者達の正体が知れないでは、船造りの浜へ向かうのは何となく憚られた。宗通の船造りは何やら隠密の作業と思われる節がある。黒島神社であれば良く知られた存在で、何人《なんぴと》を連れて行っても憚るところは無い。

祠官が出て来て、改めて詮議したが同じことであった。頭の武士は口を閉ざしたまま、他のものは知らぬ存ぜぬで通した。

そこへ小者の注進で宗通が駆け付けて来た。

「人ひとり仕留めようと襲った者、しくじった上の覚悟はあるのであろう。頭のこやつが首をはね、他の者は死なぬ程にいたぶって、何処の手の者か吐かせてくれよう」

委細を聞いた宗通は即決の断を下して腰の小刀を抜き放ち、ずかずかと彼の前へ進む。

「待たれよ」

「何故に小三郎殿。こやつは御身を襲ぅた痴《し》れ者、成敗が当然。わしは御身を預かる身じゃ。この悪党見過ごす訳には参らぬ」

止めようとする小三郎に宗通は反発した。

「お言葉御尤も。なれど、この者は私と渡りあえる力は無い。それに、今は見ての通り戦う気力を失ぅておる。据え物斬りは宗通殿に似つかわしゅう無い。先ずは刀をおさめられては」

「後悔することがあるやも知れぬぞ」

「承知。切り捨てて悔やむ程にはおざるまい」

小三郎は討手と名乗ったこの男に憎しみは感じなかった。その故が知りたい。それだけの気持だ。それが分明すれば、後は祠官の処置に委ねてと思っている。尤も宗通の怒りが分からぬでもない。小三郎の身を案じてのことと有り難いとも思う。だが、敗れて捕われの身となった者の命を奪う気にはなれなかった。そのつもりであれば、船の上の一撃で殺すのは容易であった。理不尽な仕掛け様を何としても糺《ただ》さねば、船を跳び離れる時からそのつもりだったのである。

「よいわさ。わしに思案がある。この者共、しばらく留め置こう」

「厄介におざるぞ」

祠官が断を下したのに宗通は異議を称えた。

「これだけの人数に食わせる食物は、この島に在らず。切り捨てるか放逐か、二つに一つ。但し、襲ぅた故を白状させた上でのこと。それで無ぅては禍根《かこん》は断てぬ」

「ま、ま。その思案は同じじゃ。だが焦るまいぞ。食らう物は与えずばそれで良い。十日二十日、水だけでも死にはせぬ」

祠官は笑って見せた。

「物申し候」

頭の武士がその時初めて口を開いた。

「何じゃ」

と、これは宗通。

「疾《と》く我が首をはね給え。それにて、雑賀殿を襲いし罪の仕置きとなされよ。我が手下《てか》共は何も知らず罪はなし。我が命に従いしのみ。罪は我一人のもの。この上の詮議、無用に候。早ぅ、罰を与え給え」

彼は苦しいのか、息も切れ切れにそれだけ述べて再び頭を垂れた。

「その言や潔し。望み通り素っ首はねてくれるわ」

宗通は再び刀を振りかぶった。

「お止めなされ」

小三郎がその傍につと近付いて、宗通の振り上げた右手の肘をぐいと握った。

「止めても無駄ぞ。その手、離せ」

宗通は小三郎の手を振り払おうとした。だがその手はびくとも動かない。宗通は驚いた。その腕力には自信がある。力をこめて引き離そうとしたが、宙に捉えられたまま己れの腕は動かなかった。

「こやつ、肩の痛手に耐えかねて錯乱の態に見受け申す。ここは堪忍、料簡なされては如何か」

小三郎は静かに言った。宗通は、その間肘を掴んだ力を緩めない小三郎にその強い意志を悟った。

小早の上では久長が船首の戸建てに仁王立ちとなり、奪った半弓に矢をつがえて抜かり無く見張っていた。だが、水手《かこ》達は、頭の坊主頭が一撃で腕をくじかれたのを見て気を抜かれてしまったのか、不審な動きを見せる者も無く、時々、おどおどした目を久長に向ける他は、放心したように波間に目を落としているばかりであった。

小早の乗組みの者すべて、後手に縛り上げ、更にこれを松林の立ち木にくくりつけた。小者五人に鎗《やり》を持たせてそれぞれの監視に付けた。祠官は厳命通り彼等に食物は与えなかったが、負傷した二人の手当ては許した。手当てしたのは小三郎である。傀儡《くぐつ》の角から習った手当て法が役に立った。夜に入ってからは、後手は縛ったまま漁師小屋に押し込めて、外から板で釘付けとし、周りに篝火をたいて監視させた。

これは逃亡を防ぐと同時に、同類が押し寄せる恐れもありとした祠官の方策だった。彼はそもそも雑賀の小三郎なる若者の素性に疑念を持っていた。自分の記憶に何かひっかかるのだ。それも何か朝廷と関係があるように思われてならなかった。帝室領であるこの黒島へやって来たということは、何か密命を帯びた潜行ではあるまいか。その思いがあった上に今日の襲撃事件である。彼は真相を突き止めて対策を講じるのが我が務めであると確信した。

祠官は郎従の一人を対岸に遣り、一帯に散らばっている息のかかっている者達へ警戒を指令した。同時に一人を大島の重平の許へ急行させた。彼は襲撃者を水軍の者とにらんだのである。それならば、重平であれば見当をつけるかも知れぬ。それに、村上の婿に担ごうという以上、小三郎について何か承知しているのかも知れない。とにかく、小三郎が襲われた事実は告げてやらねばなるまい。

あれこれの対応は、わしに思案があると言い切った時には素早く胸に浮かんでいたものである。何事もなく神社の祠官でくすぶっているように見えて、近藤滝口の三郎に油断は無い。乱世に生き、宮方への忠誠を忘れることのない武士だった。

翌朝大島の重平が小早で漕ぎつけて来た。先日来島の折と同じ面々に波平が加わっており、合戦に備えた武装を整えている。

「何事ぞ。大仰な」

宗通が眉をしかめた。祠官達と浜へ出迎えた時だ。

「わしが大げさに伝えたのよ。流石の重平も些《いささ》か仰天したのかな」

祠官は笑っていた。

重平の到着で小三郎襲撃の真相は直ぐに判明した。それに祠官が恐れていたことも杞憂であったことが分かり、彼は体を揺すって大いに笑い安堵の状を表現した。

襲撃者の頭の武士は今岡通任配下の木見作兵衛という。かなり名の通った剛の者である。重平とは顔馴染みの者だった。

　彼は重平の顔を見ると、いずれは分かることと観念して、あっさりすべてを白状した。

　実は彼が今岡通任から命じられたのは、村上の後家と娘の所在探索だった。後家殿は東大寺領新居荘の荘官の娘の出だ。そこを主として覚園寺領西条荘他新居郡一帯を調べた。これまでにも再三にわたって通任は、人を介して探らせていたが、埒が明かぬと見て、直接配下の作兵衛を送って探らせることにしたのである。ところが作兵衛も何等得るところがなかった。仕方無く引き上げることにして、最後に船を出したのが阿島の対岸の垣生である。黒島とは目と鼻の先の近さだ。船が沖へ出て程もなく、一艚の小早とすれ違った。かなり離れていたが、乗っている者の顔は判別出来る近さだった。その小早の船首に立っている男の顔を見て木見作兵衛は驚いた。大島の重平ではないか。何事と訝《いぶか》ると同時に作兵衛の頭に閃くものがあった。行く先は村上の後家殿に関係あるのではないか。探索に来ていたのであるから、若しやの疑念を持つのは当然だった。幸い漁船に五人が蓑を着けて乗っていて、重平の方は通りすがりの漁船と見過ごしたようだった。作兵衛は反転して、重平の小早の行く先を黒島神社の浜と突き止めた。再び垣生に引き返し、彼は黒島に探りを入れた。

　探りに入れたのは垣生の漁師である。かねてより木見作兵衛と気脈を通じる心利きたる者。

更にこの地の者であれば怪しまれることも少ない。作兵衛の思惑は当たって、その者は直ぐに重要な報せをもたらした。後家殿とその娘は黒島にいるどころか立ち寄った気配もない。だが、何故か雑賀の小三郎という若者が逗留していて、この若者がどうやら村上へ婿入りする話だと言う。

この話を漁師に洩らしたのは、宗通の許で働いている大工の一人だ。その大工は漁師の幼なじみだった。偶然である。漁師は彼が居るとは知らず、いきなり黒島神社の浜へ行くよりも、辺鄙《へんぴ》な浜で先ず当たりをつけてから。その思惑が思いもかけないものを聞き込んだのである。それとなく村上の後家殿の噂を尋ねると、それは聞いたことがないが、村上へ婿入りする話なら小耳に挟んだと言う。重平と顕忠が小三郎に婿入りを口説いている時、この大工はその近くを通りがかった。近くといっても大分離れていて、こちらを向いている小三郎が彼に顔を向けたのは知っていた。だが小三郎は何も言わないので、彼も気にはしなかった。だが顕忠と重平の声は断片ながら耳に入った。ちらっと聞いた程度ではあったが、どうやら小三郎を村上の婿へと勧めているのだとは判断出来た。その大工は自分に関わりのない話だから、その場限りで忘れるともなく忘れ、相棒に話すこともしなかったと言う。興味がなかったのだ。それが思いがけず久しぶりに出会った友達の口から村上の名が出て、ゆくりなくもそれを思い出した。

単純な偶然だが、木見作兵衛はこれで収穫のなかった探索の穴埋めが出来ると喜び、直ちに引き上げて今岡通任に報告した。通任はその雑賀小三郎という若者を生け捕って連れて来るか、討ち果たすか、いずれでも良し。作兵衛に処置を任せるから、必ずし遂げて参れと厳命した。

木見作兵衛は重平にこの態をさらした以上、自分が黙って殺されても、重平なら必ず事の仔細を暴くであろう。ならば誼《よしみ》のある重平に、潔く白状した方が気が軽くなる。そう言って委細を語ったのである。

一番腹を立てたのは宗通だ。使っている大工が、盗み聞きの上に口の軽さ、許せぬ。たたっ斬ってやると息まいたが、これは祠官がなだめ、小三郎が頼んで事なきを得た。

木見作兵衛以下の者の処置には皆頭を悩ませた。このまま今岡へ帰しては、通任のことだからただでは済まさないだろう。作兵衛の処刑は免れないとしても、野島へどのような報復に出るか。重平のその心配に先ず宗通が同調した。宗通は通任の人柄を承知していた。祠官もあり得ることと重平に同情的だった。

「このまま黒島へ留めて、祠官殿の配下とされては如何」

小三郎が気楽な調子で提案した。

「小三郎殿にはここの内実も重平殿の立場も理解が難しいであろう。そう単純には参らぬ」

宗通がたしなめる口調でこれを退けた。

「伊予に関わりのないところへ遣ってては如何でおざろう」

始終無言で控えていた顕忠が、ようやく口を開いて提案した。彼は独り先の先を考え巡らせていたのである。この作兵衛という男、どこか見込みのある根性と見た。恩を売っておけば何かで使えぬでもあるまい。それを思案していたのである。

「当てでもあるのか。悪ぅはない処置におざるが」

宗通が水を向ける。

「されば、讃岐の塩飽など」

「ほう、三郎光盛殿が許へか」

「光盛殿を御存じか」

「いや、その名だけ。会ぅたことはない。忽那《くつな》から聞いたことがある。顕忠殿は御懇意《ごこんい》か」

「わしよりも重平殿の方が。な、じゅぅべさぁ」

「あれなら預かってくれよう。そうじゃな、それがえぇかも知れぬ」

最後の重平の言葉で処置は決まった。

祠官が木見作兵衛を呼びその処置を告げると、彼はその寛大な処置に泣いた。

「すべては小三郎殿の寛容の度量からじゃ。忘るるでないぞ」

祠官は小三郎を立てた。だが小三郎はくすぐったい気持ちだった。命を奪うのには反対だが、その他の処置は彼にとってどうでも良いことだった。何やら分からない思惑で論議していたが、私には関わりの無いこと。彼は冷ややかでもあった。

作兵衛の手下《てか》だけではなく水手《かこ》達も塩飽行きに異を称える者はいなかった。皆、通任の処分を恐れているのだ。家族の者を捨てて塩飽へ走っても、何時か会える時もあろう。備後灘一つ隔てただけである。酷い罰を受けるよりもと、水手達はむしろ単純に喜んでいた。

作兵衛に重平と顕忠二人が署名した塩飽光盛宛ての書状を持たせ、食物を与え、小早に乗せて燧灘へと送り出した後、

「さてこれからの後始末じゃな。問題は」

祠官が難しい顔になった。木見作兵衛と手下が小早諸共消え失せたとなれば、今岡通任は総力を挙げて探索に乗り出すであろう。それをどう切り抜けるかだ。少なくとも通任は黒島に雑賀の小三郎という若者在りとは承知をしている。小三郎が誰にも知られず隠れ潜んでいるとは考えないだろう。黒島在住の誰かの厄介になっているか。それは差配である祠官かも知れない。村上の婿へと小三郎を推挙したのは祠官かも知れない。そのような憶測を結論とするのに、通任は手間暇をかけないだろう。だが彼には小三郎暗殺の指令を下した弱みがある。表立って掛け合いには来ないだろう。はて、どう出るか。そして、対策をどうしておくか。

「小三郎殿を襲った者達は小三郎殿に討ち負かされて降参し、小三郎殿が小早諸共何処へともなく連れ去った。そういうことにしては如何か」

顕忠がまたしても提案した。宗通がそれに猛反発した。

「小三郎殿のその働きを我々がどうして知っているのじゃ。口をくわえて傍観していたと、誰が信じよう。相手は今岡通任ぞ。そのような、噂話に似た応対で引き下がるものか。我等が加担し小早を討ち沈めたとしか思うまい。ここはじゃな、すべてが無かったことにするのが上策じゃ。雑賀の小三郎、そのような者は知らぬ。黒島にはおらぬ。今岡の小早が黒島へ立ち寄ったこともない。これあるのみ」

「対応を誤れば、通任は河野を動かさぬでもない。小早一ぱい沈められたか、奪われたともなれば、河野の血の気の多い者の中には通任に加担する者も出て来るであろうな。なまじ偽るなら、あくまで知らぬこととするが分別かもしれぬ。そのためには小三郎殿にどこぞへ移ってもらわねばならぬが。さすれば証しは何も無い」

祠官が宗通を支持すると共に更に提案を加えた。

「それでは小三郎殿が気の毒に存じますぞ。今ここを去られては、折角これまでの修練が、中途半端で無駄なものになり申す。口裏を合わせれば、小三郎殿をかくまうことも容易におざる」

目上に対する礼として何事にも控え目の久長が、思い余ったように口を挟んだ。

「久長よ。その思いはわしも同じぞ。わしは船造りを憶えてもらいたいと思ぅてな、ようやく浜や海に慣れて来た故、次の船にとりかかれば、大工を教えるつもりであった。したが久長、そうは言ぅておれぬ。こたびのことでも、小三郎殿のこと、我等より他、島の者達はあらかた知らなんだ。それでもああして大工の口から洩れた。探られれば、何時か必ず偽りは現われるもの。移ってもらうより他の手だてはないのじゃよ」

「ま、大島へ移り願うのが最上策。野島なら隠しおうせる。その上さらに、村上の婿がこと承引してもらえれば、万々歳。そうなっては通任も手は出せぬ、いや、出させぬ手だては如何様にも。のう、顕さぁ」

重平が断定的な提案をして顕忠の同意を求める。顕忠もそれに頷いた。

「そう願えれば、黒島の対応は楽になる。すべて無かったで通せよう」

祠官が愁眉《しゅうび》を開き、宗通も賛成した。久長一人不満そうであったが、これは黙ったまま目を伏せていた。

浜の方から笛の音が聞こえて来た。小三郎である。小三郎はこの詮議の席にいなかった。祠官から、席を外すことを求められていたのである。

浜には一面識のある波平がいて話し相手になった。一別以来の再会である。波平には小三郎に救われた恩義がある。あのまま、礼を述べる機会もなかったこと、波平はここで会えたことを喜んだ。今の境遇を語って、小三郎のためならどんなことでもして役に立ちたいと申し出るのだった。小三郎は別に無いと答えた。雑賀の浦での出来事は小三郎の印象にさほど残っていなかった。改めて礼を言われても、戸惑いを感じたくらいである。それを察したのか、波平は一寸淋しそうな表情を浮かべたが、気を取り直して、近く嫁を娶るのだが、それに顔を見せてはくれないかと頼んだ。恩人の顔を是非共、母親と嫁に拝ませてやりたいと言った。

「拝まれる程有り難い存在かなぁ」

小三郎は声を上げて笑った。他意はなかった。小三郎の言いようが大仰に思えて可笑しかったのだ。

「ではその席で笛でも吹かせてもらおうか」

そう言いながら、やおら懐から笛を取出して吹き始めたといった次第である。からかうつもりはなかったが、半ば冗談の気持ちだった。

祠官達の合議が終わり、呼ばれた小三郎は伊予大島へ移ることを懇請された。

「私には逃げ隠れしなければならない理由は何も無い。なれど、私がこの島へいるというだけで、祠官殿や宗通殿始め、島の人々の迷惑になるやも知れずとあっては、私がこの島から退去するのは当然のこと。宗通殿の船造り、久長殿の海での鍛練、まだまだ私には尽きぬ興味の方が多いが、それは致し方もおざらぬ。何時の日か、再び見参仕り申す。ところで、私の退散先を大島へとのお言葉、迷惑は黒島も大島も同じではおざらぬか。私が命を狙われるとは理不尽だが、それをかばってもらうための迷惑をかけるのは不本意。小三郎一人、何処へなりと消え失せる故、かまえてお気にかけられるな」

面倒は厭じゃ。小三郎はそう付け加えたかった。人と人の慮《おもんぱか》りのしがらみの中で、息を潜めて暮らして行くのが厭で旅に出て、今日の自分があると思っている。それが気に入っているのだ。周りの人間がしがらみと見えればそこを立退く他はない。

だがその本音を口に出さなかったのは、自分も成長したのであろうか。小三郎は自身でそう思うのだった。旅に出て以来、人の世話になるだけで過ごして来た。人の情けを傷つけるような振る舞いは慎まねばならぬと思う。

「小三郎殿それは違う。われ等野島一統、小三郎殿を迎えて迷惑することは何一つおざらぬ。こたびのこと、われ等に関わりのある今岡のよこしまな野望より出たるもの。小三郎殿を護るは、われ等の当然の務めと心得ておざるぞ。せめてもの償い、そう受け取り下されい」

「分かり申した。顕忠殿の気持ち、素直に有り難いと申し上げておく」

すかさず小三郎の言葉を遮った顕忠に、小三郎は一応の礼を述べた。彼の好意は身に沁みるものがある。

「では、これより大島へお供仕ろう」

「待たれよ。相分かったと申したは顕忠殿のお気持ちだ。それをこの胸に頂戴しただけで十分。この身をお預けするのとは別。我が身は一人で凌げ申す。他人を巻き添えとするは不本意。一人で別の土地を求めるつもり」

二人のやりとりを聞いていた重平が身を乗り出した。

「小三郎殿、お好きなようになされい。なれど事は急を要しておざるぞ。この島から出る船はおざらぬ。便船は何時立ち寄るやも知れず。それまで今岡が手控えておるとは思えず。取りあえず大島へと立ち退かせられい。折を見て、小三郎殿の思いのままになされては。とにかく、この黒島から一刻も早く御退散を」

「これは異なこと。この島の小船一艘用立ててもらえば、対岸へ渡るに造作もないこと。祠官殿如何であろう。便船の何のという大げさなことではあるまいと思うが」

小三郎は重平へ言葉を返し、祠官に同意を求めた。対岸へ渡り、それから先は山歩きでも、小三郎はちらりとそのようなことを頭に浮かべていた。

「小三郎殿それはまずい。新居郡には今岡の息のかかった者がいくらでも居る。黒島に隠れて居るよりも未だ危ない。な、祠官殿、宗通殿もそう思われるであろう」

顕忠が助け船を出した。新居郡に今岡の意の通じる者等いない。納得させるための方便である。祠官と宗通に同意を求めて目配せした。二人は心得て、今直ぐこの黒島を出て行くには大島の重平の許以外には無いのだと、こもごも小三郎の説得に当たった。

結局小三郎は、大島へ便船が立ち寄るまでという期限を切って、大島へかくまわれることを承知させられた。便船は上《かみ》であれ下《しも》であれ、とにかく大島から遠く離れた地へ向かう船が立ち寄り次第立ち去る、それを条件としたのである。

「波平が喜ぶかも知れぬなぁ」

小三郎は苦笑しながらつぶやいた。波平の婚礼の席で祝いに笛を吹いてやろうと、冗談のつもりで言った言葉が真になるやも知れぬ、そう思った。


「実に質素であるな」

小三郎は感に堪えたように言った。大島の重平の屋敷に入った翌日のことだ。相手は下働きの小女である。彼女は言葉の意味が分からなかったと見え、上目使いに彼の顔を見上げ、直ぐに目を伏せ俯いたままになった。返事はない。

「いや、何でもない。下がって良い」

膝をついて縮こまった彼女に小三郎の方がうろたえ加減になった。由ないことを言った。彼女は自分の見すぼらしさを恥じたのかも知れない。一般的な世俗の言葉を借りるならば、貧乏の表現が適切かもしれない。だが小三郎はそれとは違った受け止め方をしていたのだが。

小女はようやく娘になりかけた年頃である。飾り気のない顔、女らしいかすかな体臭、それを初々しく清々しいと感じた小三郎は、それにこの屋敷に入ってからの実感を重ねて思わず口にした言葉だった。相手が小女であるから、気軽に感嘆の言葉を洩らしただけである。あの小女、小馬鹿にされたと受け取っていなければ良いが。小三郎にしては珍しく他人の思惑を気にしていた。

頭の屋敷といいながらただ広いだけのもので、造作からして荒削り、柱等は生木の皮をはいだままを使ったように思われる。古びているので結構家屋の体裁は保って見えるが。簡素というより不細工な木組みというより他ない粗末さである。

妻を亡くし子のいない重平の世話をする者として、男衆《おとこし》と呼ばれる手伝い人が三人と、女子衆《おなごし》と呼ばれる下働きの小女が二人、屋敷の中に起居している。彼や彼女が身に着けているものは、すべて継ぎはぎだらけのものだ。だがよく洗濯すると見え清潔そうだ。髪を束ねているものは藁しべ。食物を盛るものは木の椀であり木の皿、箸は竹。それも職人の手になった物とは思えない不恰好な物だ。食物はそれに比べて豪華なものだ。獲れたての魚、貝、海藻、贅沢なものだ。だが、野菜は少なく、穀物の雑炊はさしたものでは無い。何かちぐはぐだが、海の恵みの豊富さに比べ、田畑の少ない陸《おか》の産物の少ない生活を如実に現しているものである。

「ここに居られる間は北畠顕成をお名乗りあれ。小三郎殿の名はお忘れ願う」

顕忠は強引に小三郎を承服させ、野島の一統にもその名で伝えた。

目立たぬが良かろうと、これは重平の考えで彼等と同じ衣類を与えられた。だが呼び名は

「御曹司《おんぞうし》」である。手下達《てか》を納得させるのはこれが一番手っ取り早い。小三郎が塩飽光盛の軍船に便乗してこの島へ立ち寄った夜のことを憶えている者、彼を傀儡《くぐつ》屋敷まで送った者等もいて親近感を持たれたのか、彼等は小三郎を、貴種の隠密の滞在としてすんなりこれを受け入れ、暗黙の内に彼を警固《けご》する空気を作ったようだった。

「御曹司、黒島で勝部久長殿が仕りおうせざった事、この顕忠が仕る」

顕忠はそう言って小三郎を船へ誘った。繰船の鍛練である。更に、久長はも少し暖かくなってからと言っていた泳ぎを、顕忠は直ぐに始めさせた。

船の上で寒風を身に受けているよりも、海の水の中にいた方が意外と暖かく感じるものだ。顕忠にそれを言うと、

「それで油断は禁物。海中にては、肌の温もりの失われるが早よぅおざる。体は徐々に慣らして鍛えるが肝要」

彼はあっけない程短い時間で水中から引き上げさせ、浜辺の焚火で暖を取らせた。そのように大事をとる程のことはあるまいに。肉体に自信のある小三郎は、ちと仰々しいと内心可笑しかったが、海には海のやり方があるのであろうと、一応顕忠の言うままになっている。

何事もなく過ぎていく。だが重平の目配りは鋭かった。黒島、新居大島を中心に伊予の海岸一帯の、どのように些細な動きからも目を離さない。尤も、その動きを知るのに野島から手下

の一人でも遣るのではない。伊予の海岸に散在する珍《うず》の者の一人につないでおけば、後は動きのある度報せが来る。

今岡通任は木見作兵衛の小早が黒島に近づいたことはあの襲撃の三日後には確認したようだ。小早の帰投が遅いので中途島の部下を派遣して調べさせている。更に三日経って、通任直々に小早に乗組み、五艘の漁船に部下を乗せて探索に乗り出した。事と次第に依っては一戦に及ぼうという構えだが、その相手の見当もつかないのにこれはいささか大仰なことであった。それだけ通任が焦っていたということだ。三艘の小早の内、一艘は中途島へ係留中、船底を大破し修理の目途もつかないままだ。通任はこれが人手にかかって破られたとは気付いていない。激しい潮流のため岩へぶち当たったものと思っているようだ。その上さらに小早一艘行方不明では、彼が苛立つのも無理はない。今岡の兵は海岸の漁師達を厳しく詰問して回った。通任の小早は船の繋げそうな箇所は残らず探索していた。黒島、新居大島の周りも何度か巡って、かけらでも見付からないものかと目を光らせていた。勿論、漁に出ていた数すくない黒島の漁師を海上で尋問して、雑賀小三郎の消息も調べた。漁師達は異口同音に、その名は知らないと答え、島へ上がって祠官さまに尋ねられよと言う。通任にとってはまことに解せない事態だった。雑賀小三郎が実在しなかったとしても、彼の指令でここへ木見作兵衛の小早が来たことは確かだ。あの日それを見たという漁師が垣生に三人もいるのだ。だが彼等も、垣生と黒島の間の水道を南下するのを見ただけでその後は知らないと答えた。その内の一人は木見作兵衛の息のかかった者で雑賀小三郎を探り出した男だ。彼は小三郎が朝の内は大抵、黒島と新居大島の間の水域に漁に出ているらしいと作兵衛に告げていた。従って彼は、あの日も作兵衛の小早は、黒島の南端の鼻を廻ってその水域に出たものだとばかり思っていたと言う。

通任は落胆して甘崎城へ引き上げた。だがあきらめたのではない。重平の居る宮窪を始め、伊予大島の海岸、向かい側の伯方島に至るまで小早の姿を漁船で探索させていた。勿論、雑賀小三郎あるいは他所者の若い男の探索も行なっていた。だがそちらの方は最初から無理と投げていた風であった。重平がその気になれば絶対顕れることのないのは通任も良く知っている。まして、実在しているのか否かも良くは分からない人物である。

こうした状況を重平は全て把握していたが、それでも念を入れて気を緩めることはしなかった。

「警固《けご》が来とるが、波平でも遣らんか」

警固の仕事が来た。依頼は鎌刈の時光からだ。斎島から備後の鞆まで運送船に乗って欲しいと言う。船は時光のものだ。

「ちと面妖な。時光殿は我が船なのに何故手下《てか》を使わぬ。それに斎島なら、鎌刈とは目と鼻の先。何で野島を使う」

顕忠は重平に訝しい顔を向けた。

「博多から斎島までは時光殿宰領で鎌刈衆が乗って来るそうな。ところが時光殿は別に大仕事を請け負って、鎌刈で警固《けご》船に乗り換えにゃならんそうな。それが急いどるいぅて、鞆まで行っとったんじゃ間に合わん。それで頼むというて来とる。大切の荷で、野島にしか頼めんそうじゃ。ま、これは世辞じゃろがの」

重平は笑ったが顕忠は、これはわしに仕事を回してくれるつもりだと思った。どうでもわしを一味に誘い込む魂胆よ。気の進む話ではないが悪い気はしなかった。もう少し時光の性根を知っておけば何かの時に役立つかも知れぬな。加担する気はなくとも、今のところ時光からの請け仕事でつないでおくのも一策か。顕忠は重平に手を挙げてみせた。

「そう言うことなら、波平でも良いがやはりわしが出よう」

弓削島で一味同心を持ちかけた時光の顔が目に浮かんだ。斎島でわしと会うつもりかも知れぬ。そう思ったのだ。

「うんにゃ。ここは顕さに出てもらう訳にゃ行くまい。小三郎殿、いや、北畠の御曹司のことよ。このまま何も起きんとは思うが、まさかの時にゃ顕さぁがおらんとどうにもならん」

「じゅうべさぁが居りゃあ十分じゃろ」

「そうは行かん。今岡の他に誰が加担せんでもなかろう。頭に血の上っとる今岡が一挙に村上を名乗って何を仕出かすか分かりゃあせん。未だ何の気配も見せとらんが、気配をさとったら直ぐと手を打たにゃならん。備えにゃ、顕さぁが何時でも居るようにしてもらわんとのぅ」

顕忠の留守の間、小三郎にかかる者が誰も居ないという問題もあった。小三郎を一人放ってはおけない。結局鎌刈の警固には波平を頭として五人を出すことにした。


波平の気分は大いに高揚していた。此度の警固の差配、と重平から申し渡された時、彼は感激して涙をこぼした。嬉しかった。嫁取りの日取りが迫っている時期だけに一入《ひとしお》の喜びだった。これでタヨも身内の者に鼻が高かろう。四人の仲間は皆年上なのに波平を立ててくれる。顕忠の直接の手下《てか》ということで多少の遠慮はあるにせよ、帰り新参でようやく一年、野島の中ではあまり大きな顔も出来ないのが普通だが、重平と顕忠が目をかけてくれ、何かと大切なところで使ってもらえたお陰だ。鎌刈船の荷はただの商品ではない。それだけに警固の仕事も重い役だ。

梶取《かんどり》は鎌刈の者で船の宰領を兼ねていた。

「鞆《とも》までは通い慣れた路よ。警固衆は寝ときんさってもええで」

気の良さそうな五十男だった。積み荷は焼き物と銭だと言う。どちらも大唐のものだ。

「景徳鎮《けいとくちん》いぅの聞いたことがあるか」

「何のことだ、そりゃあ」

「知るまいてぇのぅ。大唐にある土地よ。そこの窯で焼いた焼き物はりっぱなもので、ええ値のするものよ。景徳鎮の壷じゃ、景徳鎮の水差しじゃ等言ぅての、有り難がるもんが増えよる。ここに積んどるなあ博多で荷揚げしたもんじゃ。唐の銭も積んどる。この船全部でどれくらいなものかわし等にゃ見当もつかんが。たいしたもんでぇこりゃあ。じゃによって警固《けご》も達者のもんをつけにゃならん」

船は帆を上げて進んでいる。梶取《かんどり》は退屈しのぎか、波平を話し相手によくしゃべった。

斎灘から大島と伯方島の間の瀬戸を抜け燧灘、備後灘へと出れば、鞆の浦は北東へ真っすぐ。途中遮るもののない船路だ。尤も風と潮の流れで船は直線には進めない。だが、瀬戸を幾つも抜けるような航路に比べれば楽な海路だった。

鞆は初めてだという波平に梶取は、面白可笑しく浦の様子を語って聞かせた。市が立ち、宿があって遊女がおる。去年、宮方と武家方がこの浦で合戦したが、一段落したら前にも増して繁盛しているという。

「浦の船着場の前に大可島いうての、こまい(小さな)島があっての、そこにゃ、遊女を束ねとった女子が歳をとってから、尼になって庵を作ったんが仰山あるんじゃ。まあ考えてもみいや、その尼がそれぞれに遊女を何人も抱えとったんじゃよ。鞆に遊女がどんかいおるか云ぅことよ」

その大可島の尼庵の主達は去年の合戦騒ぎの際、どこかへ逃げ散って殆どの者が未だ戻らず、庵の密集している一帯はさびれきっている。大可島城には武家が入っていて治安の心配はないのだが、何やら気味が悪く直ぐ船へ引っ返したものだが、今はどうなっているやら。梶取は去年の師走に鞆へ行った時の様子を話していたと思うと一転して博多の遊女の話になる。

どうやら梶取の津々浦々における興味は遊女だけのように思える。波平はそれを聞きながら尾道の津で、悲壮な意気込みで遊女を抱こうとしたこと、それを果たせず、結局タヨに思うようにされたこと等思い浮かべ体を熱くしていた。

それにしても、どうしてこう遊女の話ばかりするのだろう。野島の者の間では遊女が話題になることは滅多に無い。遊女を買った覚え等ほとんど無いのではなかろうか。買うだけの銭を持たないのだ。波平はそこに考えが落ちた。平生気もつかなかったことだ。どこぞの浦へ乗り付けても、陸《おか》へ上がって宿をとるようなことも勿論無い。その暇もないことの方が多い。暇もなく銭も無いので最初から陸《おか》に上がることに無関心なのだ。波平はそれで納得した。だからどうなのだという思案までには至らない。

どちらにせよ波平にとっては、面白い船旅のようなものだった。

「積み荷をおろす時に一寸気張っといてもらやあ、後はどういうことはない」

梶取《かんどり》が言った通り、何事もなかった。だが、荷受け主が受け取りの証文を梶取に渡すまでは運送人の責任である。梶取はそれを強調した。馬鹿話に興じてはいてもおさえるところはぴしりとおさえている。

船着場で波平は、警固《けご》の頭ということで、手下《てか》への指図、自身もまた怠りない監視の目配りで緊張の連続であった。こうした、荷の積み降ろしの際の盗難、破損はよくあることだ。だがこれまでのように、頭の指図で動いていた時には自分の持ち分だけの気楽さがあった。緊張の度合いは比べものにならない。波平は荷を運ぶ人夫を必要以上に大声で叱咤《しった》していた。

無事荷役が終わると船へ上がるや否や波平は胴の間にへたり込んでしまっていた。緊張に続く疲労で、鞆の浦の景観を眺める余裕もなかった。船も直ぐ解纜《かいらん》してその暇もまたなかったのではあるが。

船は陸地に沿って更に北上、芦田川の河口へ向かった。梶取は帰りを急いでいたのだ。

河口近くの草出津は鞆の浦から見れば、小さな集落だった。梶取の話ではその小さな津に、「有徳人《うとくにん》」と呼ばれる富裕な有力者が幾人もいるという。小さいながら活気に溢れている津だ。

そこの船着場まで鎌刈船は行けなかった。大きな船を着ける船着場はないという。少し離れて碇を下ろし、艀《はしけ》が来るのを待つ。艀は三ばい。警固は陸揚げして向こうの倉へ荷を運び入れるまでつき添うよう梶取は言った。

艀は船着場へは着けず、その横の水路へ入っていった。水路の両側には何軒もの大きな建物が見える。これは珍しかった。二つ目の建物の前に雁木《がんぎ》が設《しつ》らえてあり、艀はそこへ着けた。雁木の上には天秤棒を持った人夫が待ち構えている。

差配の商人風の男に荷の数量を点検させ、倉まで運ばせたのであるが、何しろ波平は初めてのことなのでまごつくばかりでさっぱり進まず、相手の差配は苦笑ばかり洩らしていた。波平はどうやら念を入れ過ぎたようだ。貴重品の板箱故その上げ下ろしに気を使うことを要求する余りさっぱり捗らなかった。勿論、艀三ばい同時には下ろさせなかった。

一ぱい目の艀は積み荷を下ろすともう一度鎌刈船へ引き返した。残りの荷の運搬と梶取を迎えるためだ。鎌刈船には手下二人を残している。梶取がこちらへ来てもその手下だけで大丈夫だとは思うが、梶取を迎えにと言われると波平は何とはない不安を覚えた。かなり神経質になっていたようだ。

荷受け証文を受け取るのは、宰領である梶取の役目だ。ならば最初から梶取がこちらへ渡り、わしが船に残れば良いものを。その頃になってそのような思案が胸に浮かぶ。何せ、何がどうなのかさっぱり分からないまま梶取の指示に従うだけで、知恵の働きようはなかったのだと思う。

ともかくも終わった。梶取が荷受け主のところへ行っている間、波平と二人の手下は艀の中で待っていた。艀の水手《かこ》が、「えらい長い」等不平を言う程梶取《かんどり》はなかなか出て来なかった。水手も早く上がりたいのだ。

その時のことである。向こうから水路沿いの路を小走りにやって来る小女が見えた。壷切り姿のふくら脛の白さが目に付く。未だ小娘と見えた。その小女が雁木の横にさしかかり、ちらりと艀に顔を向けた。

波平はぼんやり所在もなくこの女の姿を目で追っていた。女が顔を向けた時、波平は女と視線を合わせた。何気ない見方だった。ところがその小女は、あっと小さな叫びを上げてその場に立ち止まった。

「あの」

声をかけられ波平は怪訝な顔で小女を見た。小娘と見ていたが年増の顔である。改めて見直し、じっと見詰めて何か記憶があるような気がした。とっさにはそれが何か出て来ない。

「あの、雑賀《さいか》の浦で」

その小女は雑賀の浦のみおだった。波平の顔に見覚えがあったがその名を思い出せないのか。

「あっ、あの時の」

雑賀の浦と聞いて波平の記憶は瞬時に甦った。自分に気づいてくれたと分かったみおは顔を輝かせる。

「どうしてここへ」

「顕忠さまは何処にお出か」

二人は同時に声を発していた。

丁度そこへ梶取が帰って来た。水手《かこ》が、

「ほいじゃあ出すでぇ」

もやい綱を解き始めた。

「顕忠殿は大島に御健在よ。おことは今何処に」

「この草出《くさいつ》の東、ちょっと離れたあたり」

水手が竿で雁木を押した。艀が動く。

「どうしとるんじゃい」

みおはそれには答えなかった。艀がどんどん離れて行くのだ。

「顕忠さまへ、みおは必ず大島へ参ると言ぅて」

「分かった。確かに」

そこで水辺の路は切れたのか、みおの姿は見えなくなった。

巻の十六　篝《かがり》火《び》

月の変った満月の夜、波平の嫁取りの披露が催されることになった。

ヨネの兄は親族の者と船二はいで志津見から午過ぎには宮窪の浜へ着いた。夜明け前から近隣の者と漁に出て、目ぼしい大きさの魚ばかり船いっぱいにもらった。酒は志津見の浜の者が持ち寄って瓶《かめ》二つに満たしてくれた。

野島の重平は他出中ということで、浜へ迎えに出たのは北畠顕忠である。ヨネの兄は武士の出迎えということでひどく恐縮の態であった。野島衆の中にあっても、波平は顕忠の直接の手下《てか》であり、波平の嫁取りは我が事のように嬉しいと顕忠に言われ、満面を輝かせて喜んだ。妹思いの男だった。

重平は日暮れまでには帰って来て、ヨネを迎えるのには差し支えない。その言葉にもヨネの兄は安堵した。手下の嫁取りにはお頭が、家の中に居る手下の代わりにその家の外で嫁を出迎える。その嫁を野島衆が受け入れるという意味なのであろうか。とにかくそれがしきたりなのだ。

若干のしきたりはあるものの、野島の嫁取りには格式張った儀式めいたものはない。頭は外で嫁を出迎え、婿の家に入るのを見届けると直ぐに引き上げる。そして披露の時刻を待つばかりとなる。

波平が警固《けご》の仕事に出た留守の間に、仲間達が寝所を建ててくれた。母親と住んでいる家の建て増しなのだが、波平とヨネが就寝出来るだけの広さの丸太小屋だ。雨露が防げて、夫婦の語らいが出来れば良いというだけのものだが、仲間達の祝いの情がこもっている。

三人の手下を伴に船で出て居た重平は、沖の漁に出ていた漁船六ぱいに囲まれるようにして日暮前に浜へ帰って来た。浜の中央あたりではヨネの兄と親族の者が魚を焼いている。嫁取り披露の宴の支度だ。漁船の群れはその場所からはるかに離れた所に乗り着けた。これから始まるお披露目への配慮である。重平の姿はほとんど目立たず、遠目にはそれと分からない。隠密の行動のようであった。

顕忠はヨネの兄を迎えた後、連絡のための手下二人を浜へ残し重平の屋敷に引き上げていた。宴の支度は嫁の縁者の仕事だ。思うようにしてもらうが、こちらからは手も口も出さない。刻限が来て浜に出れば良い。連絡の者を置いておくのはまさかのためだ。屋敷では雑賀の小三郎が退屈なのか、庭で木刀を振り回していた。今日は小三郎と迂闊に話は出来ぬと心に決めていた顕忠は、声をかけず与えられている自分の部屋に入った。だが彼は直ぐに屋敷の外へ出た。落ち着かないのである。手下《てか》が嫁を取ること自体で彼が平常心を失っているのではない。とにかく小三郎を避けねばならぬという思いだけで落ち着かないのだ。屋敷を出たり入ったりしていれば、如何にも忙しく立ち働いているように見えるだろう。さすれば、小三郎と不意に顔を合わせることがあっても弁解して逃げることが出来る。重平の帰着に気づいたが、勿論迎えにも行かないし、彼が屋敷に入っても彼の所へ顔を出さなかった。ただ、遠目ながら、手下三人の伴の他に一人、重平の側にいる人影を確認していた。良し。彼はにんまりとした。重平は浜のヨネの縁者達に声を掛けるではなく、遠回りに素通りして松林に入った。屋敷に帰って来た時は一人だ。三人の手下は消えていた。

月が東の水平線に姿を現し始めると、参会者が三々五々浜へ下りて来る。

水際近く、浜の後の松林に向いて右手に波平の身内、左手にヨネの身内が横一列に並ぶ。その前には大瓶二つに、幾つもの台に載せた料理の品が盛られている。

浜に集まる者は十五人の手下とその家族。彼等は婿と嫁の身内の端から並び、大きな円陣を作って砂の上に腰を下ろした。

円陣の末をやや開けて床几が三つ。そこが正面となり婿と嫁の身内達に相対している。この円陣の中心よりやや松林側に下がった場所にも床几が二つ。

円陣の中には薪が五ヶ所積まれている。


やがてばらばらと数人の人影が円陣の中に動く。刻限か、一人の男が大太鼓の前に進み出て「どーん」と一つ打った。薪の裾に火の手が上がった。

五箇所の炎が火花を散らして噴きあがり、円陣の中を赤々と照らし始めるのを待って、正面の暗がりから野島の重平が円陣の中へ進み出た。後に波平とヨネを従えている。

重平は床几の前まで二人を誘導してそこへ立ち止まらせ、自らは更に進んで中央で歩を止めた。

しばらく呼吸を整えるかのように月影に砕ける波を見つめていた重平は、

「海よ」

重々しい声を押し出した。低いが良く響き渡る声だ。

途切れた時に薪の炎が一段と勢いを増した。暗い空間に重平の姿が浮き上がって見えた。

「我らが親なる海よ」

そこでまた途切れる。浜はしーんと静まり、薪の燃える音の他何も聞こえない。

「月の浜辺で今宵、宮の窪の波平が志津見のヨネを嫁に娶った。潮の流れに乗せて、磯辺浜辺の珍《うず》の、やからうからにこれを伝えてよ」

最後の句で重平は右手を高々と上げた。それに合わせ太鼓がどんと鳴らされ、どろどろどろと低く小さく鳴り響かせた。

太鼓の響きの中で、

「えぇ、ええ」

気合いのような囃子声を上げながら十五人の手下《てか》が次々と立ち上がった。

「ようお」

一人が掛け声をかけて二、三歩前に出た。源という男だ。力自慢だけあって声も殊更に太い。

「届いた、届いた。潮の声が聞こえたで」

謡うように抑揚《よくよう》をつけて声を響かせた。その後を受け、手下が声を揃える。

「波平がよう、志津見のヨネを嫁に娶《と》った。えぇにょぼじゃと。えぇにょぼじゃと。潮の流れがそう言ぅた。そう言ぅた」

そこで浜の円陣の皆が一斉に歓声を上げた。婿と嫁の身内が立ち上がり、手下に盃を配り、酒を注いで回る。重平は正面の床几に戻っていた。その隣には顕忠、二つ並んだ床几から少し離れて、雑賀の小三郎が座っている。この三人の所へはヨネの兄が酒を持って来た。波平とヨネのところへは双方の母親が互いに婿と嫁に盃を渡していた。

酒は立っている手下達だけで、座っているその身内達には回っていない。

「酒は揃うたか」

盃を持った重平が声をかける。

「えぇか。波平とヨネのための祝い酒、いざ飲み乾さん」

重平は盃を高々と掲げた。

「いざ飲み乾さん」

手下がこれに和して、一気に飲み乾した。一斉にどよめきと歓声が上がり、手がたたかれた。それの終わらぬ内、座っていた者の中から女達が立ち上がり、料理を盛った台へ駆け寄る。皿に小分けして箸を添えて配り始めた。婿と嫁の身内はもっぱら酒を注いで回る。誰が指図しているとも見えないのに、手回しの良さは見ていて小気味良く、あっという間に無礼講の酒宴が始まっていた。

「いささか風変わりな婚儀だな」

顕忠の盃を受けながら、小三郎は苦笑まじりに洩らした。声を潜めたのは直ぐ前に居る重平への遠慮だった。だが、これは聞こえた。重平が振り返って言う。

「儀式のような格式ばったものは、野島の漁師には無用におざるでな。嫁を娶ったと仲間に告げる、仲間がそれを承知と答える。一人々々では面倒な故、こうして集まってもらう、ただそれだけのことにおざるよ」

「親なる海へ告げると申されておざったが」

「如何にも。これは言い伝えにおざるよ。しきたりの言葉に過ぎず」

重平はそこまで言って、

「ちょいと御免」

立ち上がった。彼は波平の所へ行くつもりらしい。

不得要領のままその姿を見送った小三郎は再び顕忠に囁きかけた。

「婿殿と嫁殿の所へは酒と肴を持って行ったきり、誰一人近付こうともせず彼等もまた動こうともしない。どういうことだ」

「あれが気遣いというものにおざる。挨拶ごとに酒酌み交わしておれば、あの二人なかなかに二人きりにはなれぬ。今しばらくすれば誰かが踊りを踊る。それが終わったら、婿殿、嫁殿は何時の間にか消えてしまうという訳だ。それからが酒盛りは弾む。今座っている列も崩してな。尤も今宵はしきたりと違うて、御曹司の祝いの笛の音がある故、それが終わってのことにおざる」

重平は直ぐに元へ帰って来た。婿と嫁に酒を注いでやり、それだけのことだったようだ。それを見すましたように太鼓が鳴った。

太鼓はそのまま続けられ、その音は大小長短の音を組合せ一定の拍子を持っていた。それに合わせ三方から一人ずつ、男が身振り手振り面白く、円陣の中へ入って来た。一座の者は太鼓に合わせ手拍子を打ち始めた。踊りなのであろうが、三人はてんでばらばらの所作で動き回り、然程興の持てるものではない。

「歌はないのか」

小三郎はつまらなさそうに顕忠に言った。

「左様、野島には歌う者がおざらぬ」

顕忠の言葉を受けて重平が添えた。

「飲ぅで食ろぅて、寝るが極楽。男が歌わぬ故、女も歌わぬ。味気のぅ思われましょう」

小三郎は返事に困った。

太鼓が乱拍子となった。

「終わりますぞ。さ、次ぎは御曹司。波平への餞《はなむけ》、聞かせてやって下され。手下《てか》共は言うまでも無ぅ、身内の者共、笛の音とは如何ようのものか、酔ぅては大事と酒を飲むのは控えて待っておざる」

太鼓が最後の一打ち。歓声が上がり、波平とヨネが立ち上がって頭を下げるのが見えた。重平は小三郎を促した。

小三郎は小ざっぱりとしているが浜の者と同じ服装だ。放ち髪を藁しべで無造作に後でくくり、裸足で砂を踏む。夜目遠目には浜の漁師としか見えない。

小三郎は未だ中天に上り切らない海の上の月を見た。感興を誘い出してくれる情景だ。束の間、眼前の浜のざわめきが彼の耳から消えた。が、直ぐと我に返り、薪の明かりが消えればもっと良いのだが。そう思った。

砂の上をゆっくり歩き波平の横に止まった。波平とヨネは早くから立ち上がって小三郎を迎える姿勢でいた。小三郎が止まると二人は深々と頭を下げた。

「波平殿への祝いじゃ。月は良し、心ゆくまで仕ろぅぞ」

「しやわせにござまする。有難く、有難く頂戴しまするで」

二人は更に深いお辞儀を繰り返した。

浜のざわめきが一段と高くなった。ざわめきは後の松林のあちこちからも聞こえる。参会者以外は浜へ下りることを禁じられているが遠くからの見物は許されている。それまで声を潜めて見物していたのだ。

小三郎は笛を構え、吹き口に唇を当て、二、三歩前に出た。炎の明かりで全身がうつし出され、どよめきが上がった。

どよめきの余波のざわめきがおさまらぬ内、小三郎は吹き始めていた。浜の参会者に聞かせる意識は無い。波平一人の胸に響けば、餞の甲斐もあろう。そのような気持ちで、周りのざわめきを気にすることも無かった。彼は月に向かって吹いた。

ふと気がつくとざわめきが消えていた。浜には微かな波の音のみ、人の姿は影絵のように動かぬ。ゆったりとした笛の音が浜を巡って波の上に流れて行く。

と、円陣の中のどこからか人影が円の内に入り、舞の手振りで砂の上を行きつ戻りつし始めた。小三郎は笛を奏でながら瞳を凝らした。距離が離れているのと薄暗いのとで定かには分からないが、確かにそれは舞と見た。どうやら小娘のようだ。

小三郎は驚いた。見れば見る程に小娘の所作は見事であった。笛の調べにも心地良く乗っている。ふくら脛丸出しの漁師の衣服の腰に結んだ帯が、結び目が長く垂れ、体が反転する時その帯が緩やかに翻《ひるがえ》った。砂を踏む足音が小さく、さくさくと聞こえて来る。小三郎はその小娘に、きらびやかな衣装を身に着けた舞姫の姿を思い重ね、曲趣《きょくしゅ》が溢れだして来るのを感じていた。

一転して笛の調べが急調子に変った。小娘の舞に小三郎の感興が更なるものに誘発されたのであろう。自身の思案というより、曲想の流れが自ずと次ぎの展開を導いたのである。転じた瞬間、小娘はそれまでの優雅ともいえる動きをぴたりと止め、一呼吸の後、砂を蹴ってぱっと横に跳び、片足揚げて両手を左右に開いた。舞いから踊りに移った。円陣の人垣から歓声が上がり、拍手が鳴った。笛の乱拍子を巧みに捉え、それに合わせて小娘はところ狭しと飛び跳ね、踊った。

小娘はその動きの中で何度か小三郎の傍近くまで寄って来た。何度目かの時、薪の炎の加減で彼女の顔がはっきり照らし出されて小三郎の目に映じた。

その顔を見たとたん小三郎は不覚にも吹き口から唇を離し、あっと声を上げた。

行女、行女ではないか。彼は胸の内に叫んでいた。

笛の音が途切れた。小娘は動きを止め小三郎の顔をみつめ、直ぐに小首をかしげにっこり微笑んだ。

「正に」

小三郎は低くつぶやいた。

小娘は催促するかのように体をくるりと一回転させた。それに釣られ小三郎は再び唇に笛を当てた。それからは、まるで小娘の踊りに操られるような曲の流れとなった。吹いている自身がそう感じていたのである。行女が私に笛を吹かせている。踊る小娘の姿に尼姿を重ねて見ていた。

それから長くはなかったが、小娘が踊りを締めくくって終わった。

小娘は離れた所から彼に一礼した。炎の明かりが全身を照らし出している。小三郎は手招いた。彼女は僅かに顔を振って動こうとはしない。彼は小走りに近づこうとした。ところがそれと見た彼女は砂を蹴って二間ばかり後に跳び退く。だがそれを察知した小三郎もまた砂を蹴っていた。

彼女の足が砂に着いたと思った時、小三郎の体はふわりと彼女の目の前に下りていた。

小娘は目を大きく見開いて驚きの色を見せたが、次ぎには脱兎の如く走り始め、松林目掛けて走り去った。

あっという間の出来事である。事の次第を見ている者はほとんどいなかったようだ。踊りが終わった途端、参会者はその座を崩して、思い思いの相手の名を呼び交わし、腰を据えて飲む支度に喧騒の場と変っていたからだ。

「如何なされた」

小娘の姿を目で追い、茫然と突っ立っている小三郎に顕忠が歩み寄って声をかけた。勿論、顕忠と重平は始終をじっと見ていたのだ。

「いや、舞も踊りも見事な故、声をかけようと思ぅたが、逃げられ申した」

「そりゃ恥ずかしかったのでおざろぅ。いやいや、御曹司の笛、感じ入り申した。波平が大層喜んでおり申したが、お礼の挨拶は明日ということで、早々に退散いたしておざる。しきたりということで、直きに姿を消さねばならぬで」

「それは構わぬ。ところであの娘御は、この地のお人であろうな」

「如何にも。でなければ、今宵はこの浜へは入れ申さぬ」

そこへ重平がやって来た。

「御曹司、見事な笛の餞、誠に有難うおざった。わしからもお礼申し上げまするぞ。ところであの者達の酒盛りに入ってもらえば一段と面白ぅありましょうが、何かと憚りもおざれば、屋敷に戻られて顕さぁ相手に祝い酒を酌んで下され。わしはこの座から離れる訳に参りませぬで」

小三郎にはその方が、都合が良かった。早急に顕忠に問い質してみたい。

彼の笛に合わせて舞、踊った小娘の顔が胸に焼き付いて取れないでいた。行女に生き写しの顔だった。年格好からいって行女ではあり得ない。はるかに若いのだ。それが分かっていてなお行女だと思う。それはまた、春風尼の顔でもあった。彼はあの小娘とも結ばれるであろう予感を持った。それが私の定めなのだ。そう思われて仕方がなかった。彼はそうした思いにのみ捉われて、漁師の小娘があれ程の舞や踊りの技量を身につけていることに疑問を持たなかった。そしてそれは、芸の素養を身につけるための要件に小三郎が無知だったことでもある。彼は、漁師の中に舞や踊りの出来る者があって、それに不審は感じない。

「あの娘御にゆっくり会ぅてみたい」

「会って何となされる。どういうこともない漁師の小娘におざるぞ」

「どういうこともないが」

小三郎は口篭もった。どう相手に伝えて良いのか自分でも良く分からないでいる。三度同じ顔に出会った。三度目の相手とも自分は結ばれるであろう。その言葉通りを顕忠に言えるものではない。笑われるだけだ。ましてや当の小娘がこれを聞けば、誘いの甘言とより聞くまい。三度目の相手とも結ばれるだろう。何とはない予感だった。だが小三郎の胸の内にこれまでに覚えたこともない感情が湧き上がった。

行女の時も春風尼の時にも、小三郎が自ら求めたものではない。成り行きだったと彼は思っている。それなりの情はあったし、残りもした。だが人の世の、男と女の常とは違うものとは承知している。今宵また、三度目同じ顔に出会った。ああまたこの女性《にょしょう》とも結ばれるのだ、単純にその予感を持ったのだが、それがどうも、自身でよく分からない様相を呈し始めたのである。

とにかく会いたい。もう一度会って見たいものという思いが小三郎の中で急速に、是非会いたいという思いに変って行った。あの顔を見て未だ幾らの時も経たないというのに、急激な感情の変化である。

「明日にても会わせてはもらえぬか」

「待たれよ御曹司、実のところ、わしもあの娘は知らぬ。何処の誰か先ず尋ね聞かねばならず、早急のことは請負いかね申す」

「私が探して歩こう」

「それは無理と申すもの。御曹司はこの島のお方ではない。野島の重平の客ではあっても所詮他所の方、漁師共は他所の方に、口も胸も開き申さぬ」

「ならば、私がこの島の者になろうではないか」

「何と申される。この島の者とは漁師にでもおなりのつもりか」

「漁師でも何でも良い。私はあの娘御に会いたいのだ。そのためなら何にでもなろう」

「これは奇怪な。そのようにしてまで会ぅて何となされる」

顕忠はわざと訝《いぶか》し気な顔を作った。

問い詰められた形が小三郎に騎虎《きこ》の勢いを与えた。何かに憑かれたように言葉が口を衝いて出ていた。

「あの娘御を娶《めと》りたい。夫婦となって、この島の漁師で暮らすも厭わぬ」

「それはまた、短兵急な。あの小娘、どこの者とも未だ分からぬに。御曹司、落ち着いて思案なされよ。あの小娘、一目でお気に召したのであろうが、娶るとなれば話は別。後先のことゆるりと御思案なされても遅ぅはおざるまい」

「分かった顕忠殿。いささか思慮の足りぬ申し条と思う。私がそのつもりでもあの娘御が受けてくれるか否か分からぬ。その上私は遠からずこの島を立ち去る身。便船のあり次第の約束でおざったな。事の次第はもう申すまい。私が立ち去れば今岡とやらの追求もなくなる由。だが、事の起こりは私が自ら招いたものではない」

「それはもう申されるな。その故にこそわれ等は御曹司をお護りする義理があると、肝に銘じており申す」

「顕忠殿聞いてくれ。私は恨み事を言う気はない。御身達は私に、村上の婿になれと言ぅてくれ、私は断った。その私がこの大島へ来て、この島の娘を娶りたいと顕忠殿にその所在を尋ねた。顕忠殿はさぞや心底面白からず、それが分からぬではない。ま、有り態に言えば私は思慮を失っている。失わせたのはあの娘御だ。このお人と生涯結ばれるのが我が身の定め。何故か知らぬが私の胸の内にその思いが生じた。顕忠殿、何事もなかったら私は、黒島で歳月をかけ身の処し方を見付けることが出来た筈だ。それが、行く末の方途もつかぬままこの大島からも出て行く身となった」

「申し訳もおざらぬ。したが、御曹司が良ければ便船のあるまでと言わずお気の済むままに御滞留あっても」

「いやいや、顕忠殿、それを言うのではない」

小三郎はじれったそうに拳で自分の膝をたたいた。

「はっきり言おう。御身達は身勝手な申し出を私に押しつけようとした。今度は私が身勝手なことを言っている。だが私の身勝手は御身達に何の災いもないと思う。これまでのいきさつを捨てて、あの娘御に会わせて欲しいのだ。先程は、この島で漁師になろうとももと言ったが、あの娘御が望めば如何なる境遇も厭わぬということだ。私がこの島にいることで今岡とやらのもつれが解けぬとあれば、あの娘御を連れて立退こう。この島の漁師に成り切れば今岡の追求もなかろうとならばそれも良い。如何様にしてでも、あの娘御とのなりわいの道は見つける。これが私の心底の全てだ」

「そこまでおしゃるなら重平殿に諮《はか》り申そう。この島のこと、何事によらずお頭の胸ひとつで決まること。今の仰せ様、重平殿にもそのままおしゃりまするか」

「重平殿とて今の趣、変改は非ず」

小三郎は言い切った。

顕忠は重平と謀った目論み通りに事が運びそうで喜悦の思いが思わず顔に出てしまう。

「御曹司、余程あの娘がお気に召したものよのぅ」

冷やかしの態の言葉で内心をごまかしていた。

実は手を打っていたのである。重平は村上の後家殿に、手下《てか》の嫁取りに笛の興を添える者があるのだが、浜の者は無粋故、笛の音色などさして興も持つまい。就いては、笛に合わせてさくら殿の踊りで花を添えて頂きたい、と頼み込んだ。後家の千草の方は、村上の姫が大勢の漁師の中でそのようなまねをと、一言で断った。それを承知の上で重平は、様々説得の言葉を用意はしていた。ところが案に相違して、その場に居合わせたさくらが、重平の頼みもさりながら、自分とすれば未だ笛の調べに乗って舞い踊ったことがない故、是非試みてみたい。それがどのような場であろうとも気にはしない。だが、若しその笛の音が私の舞心を誘ってくれるものでなかったら、黙ってその場から立ち去っても構わないか。さくらはそう言った。さくらの舞と踊りは、千草の方が躾《しつけ》、すじは天性のものと、お方が自慢にしているのを重平はよく知っていた。さくらの申し分は尤もだと良く分かった。だが、踊りや笛の見様、聞き様を知らない重平だが、黒島で一度だけ聞いた小三郎の笛の音が、何やら心に沁みこむものであったと憶えている。さくらの心にも響くものがあるのではなかろうか。もしさくらに響くものがなかったら、この企てが敗れるのも致し方ない。そもそもが、波平の嫁取りの機会を利用して小三郎とさくらを近づけようと、顕忠と図った策である。重平は即座にさくらの条件を呑み、改めて頼み込んだ。千草の方は不承不承ではあったが、さくらの申し出を許した。

四日待たされた。小三郎はじりじりとする思いでひたすら待った。彼にとって不思議な感情だった。顕忠の誘いで海に出ても心ここに非ず。彼は自身でも己れの内の高ぶりように奇異の感を覚える程であった。行女と別れた時も、春風尼が去ったと知った時も、一抹の淋しさは覚えても、恋いこがれる激情に襲われたことはない。それが、あの小娘を一目見ただけでこのような胸のうずきに苛まれるとは。と、自身を笑って見ても、ふつふつと燃え上がるものをおさえられるものではなかった。

あの婚儀の翌日、重平は朝早くから他出していた。顕忠が重平に話したのがその翌日。

「さくら殿、思ぅた以上の美形。わしも初めての拝顔じゃが、じゅうべさぁ。さくら殿、傀儡《くぐつ》の春風尼に似通ぅて見えた。暗い浜の炎に照らされて目が怪しゅうなっておったかな」

「何の。顕さぁの目に狂いはない。さくらちゃはのぅ、娘になるに従ぅて春風尼に似通ぅて来た。後家殿も村上へ輿入れの頃は、どこやら春風尼の面差しを思わせるものがあったが、段々に別の美しさになられた。その代わりにさくらちゃがあのようぅに」

「ふむ。初めて聞くぞ、その話」

「わしも初めて口にした。独りそう思ぅて見とっただけで他人に話すよぅな事じゃない」

重平は心持、顔を赤らめているように顕忠は思った。やはり重平は千草の方に思いを寄せているのだ。だからこそわしにも語らなかったのだ。顕忠は独り合点していた。

「ま、何はともあれ、あの美形なら小三郎殿が一目で心奪われたのも無理ないわい」

傀儡屋敷の春風尼とさくらが似通っていようが、それでどうということはない。小三郎がさくらを一目見ただけで娶りたいと口にしたことが肝要なのだ。実は最初から、小三郎にさくらをそれとなく見せておいてと、重平と顕忠が、波平の嫁取りの宴を利用して密かに企てた顔合わせだった。だが、思いの外にその場で小三郎の気が動いた。顕忠はもはや事成れりと上機嫌で重平に小三郎の思い入れを注進したものだった。

「顕さぁ、まだまだ迂闊《うかつ》には進められんぞ。もう一つ二つ、ゆっくりとひねらなきゃあ、結び目も綻びよう」

顕忠から小三郎の申し出を聞かされても重平は慎重だった。さくらが村上の息女と明かされた時、小三郎かどう出るか。

その足で二人は小三郎の前に顔を並べたが、重平は多くを尋ねようとはしなかった。

「あの娘も人の子。親というものがおざる。その親が御曹司の意に叶わないでも、娘は娶られるか」

それだけを確かめた。

「如何にも。どのような親御であろうとも、あの娘御の親御とあれば、如何ようにも伏し申そう」

「何を申し出るかわしにも計り知れ申さぬが、それが御曹司にとって堪え難しと思われることであっても、承知なされるか」

「この小三郎、この世に大きく望むものはない。最前より申しておる通り、漁師にてあれ何であれ、何処にても、あの娘御と人の暮らしが立てばそれで良い。体はこのように、漁師の荒仕事に耐える自信もある。とにかくその親御の如何なる申し出にも従うつもりでいる」

それを聞いて莞爾《かんじ》と笑った重平は、

「小三郎殿、ではない。北畠顕成殿。御曹司と浜の者へも触れてあることお忘れでない」

一言たしなめておいて、なれば親と娘に取り次ごうと言って更に一日を待たせた。

「そろそろ出掛けましょうぞ」

顕忠が部屋に迎えに来たのは翌々日の陽も大分高くなってからだ。

「何処へ」

「浜の上の方におざる。能島と申す小島の正面あたり」

「娘御の家がそのあたりか」

「いやいや、かの娘御は朝暗い内からその能島へ渡っておれば」

「能島で会わせると」

「いやいや、そろそろ引き上げる頃かと。磯採りに出ており申す」

「磯採りとな」

「貝や海藻の類を採るのでおざる。島の女子の仕事におざるで、他の連れと一緒じゃ。そこの瀬戸貝は殊更に大きゅて美味におざるぞ」

外に出ると重平が一人で待っていた。

「お伴仕る」

重平はそれだけで先に立って歩き始める。

「重平殿、向こうの親御の返答は如何におざったか」

「御曹司、話は帰って来てからということで。歩きながらでは誰の耳に入らぬでもない。とかくこういう話は、あらぬ噂一つで壊れるということもあるもの。ともかく今日はあの娘に直に会うて、御曹司の意中をお伝えなされ。その段取りだけはつけており申す故。あ、それからもう一度念を押し申すが、北畠顕成の名はお忘れなく。先方へはそのように伝えておざる」

下へ下りて浜に沿った小道を三人は黙々と歩く。

能島の磯に散らばった人影が見える。十五、六は数えられた。あのように人目が多ゅては、はてどういうつもりか。小三郎は内心首をひねっていた。

能島の正面あたりで重平が足を止めた。向こうから姿を隠すつもりか、傍の松の影へ入って小三郎を誘う。顕忠は小道に残り、懐から白い布を出して能島へ向けて五、六度振っておいて、松の陰に入って来た。

「見たかな」

「手を上げたで」

重平が聞いたのへ顕忠は嬉しそうに答えた。

待つ程もなく一艘の伝馬船が能島の磯を離れるのが見えた。乗っているのは漕ぎ手一人。潮は止まっている。だがそれにしても伝馬船は速かった。漕いでいるのはあの小娘と見た。かなりの達者だ。小三郎は驚いていた。

浜へ乗り着けると、船を飛び降りた小娘はこちらに向かって駆けて来る。三人の居る場所まで一気に駆けて来た小娘は、小三郎の五、六歩前でぴたりと止まった。流石に息を切らせたのか、肩で息をしていたが、それでも小三郎の顔に目をすえていた。傍に居る重平と顕忠には目もくれない。

重平も顕忠もそれを見守るだけで無言である。小三郎は戸惑った。紹介されたら最初に何と言おう。その思案はあったが、言葉をかけるきっかけは無かった。誰も無言のままがしばらくあって、小娘はようやく息がおさまったと見え、一歩踏みだしたがまた止まり、肩先が細かく震え出したように見えた。息が再びあえぎ始める。と、じっと小三郎に向けた目から涙が溢れた。

「如何なされた」

小三郎はうろたえてそう口走る。と、

「会いたかった」

彼女は叫ぶような声を投げ付けて、さっと両手で顔を覆い、その場に崩れるようにしゃがみこんだ。

どうして良いものか、小三郎は声もなく立ちすくむだけだ。

首をひねると顕忠と目が合った。彼は傍へ行けというように目配せをする。

小三郎はゆっくりと近づき、小腰を屈めて彼女の肩にそっと片手を置いた。彼女の全身がぴくりと動いた。

「私も貴女に会いたかった」

言葉は自然に出た。それを聞いた彼女は、顔を起こして彼を見上げた。目がきらきらと輝いている。行女。小三郎は危うくその名を呼び、抱き締めたい衝動にかられた。そっくりだ。だが違う。目の前にある顔はどこかあどけない雰囲気を漂わせている。それが彼に自制を強いた。

顔を見ながらまたしても涙を溢れさせながら、彼女は微笑をつくり、

「嬉しい」

そう言って顔を両手で隠した。

「二人で話しなされ」

ようやく重平が口を開いたが、そう言うと顕忠を促してその場を離れた。彼女はそれに返事はしない。小三郎もまた、そちらへ視線も向けなかった。事の成り行きをどうあしらっていいのか、懸命に言葉を探していたのだ。

「名は何と申される」

彼女の肩を撫でながらやっとそう言った。

「さくら」

彼女は俯いて顔を隠したまま答える。

「私は北畠顕成《きたばたけあきしげ》」

彼女は同じ姿勢で首だけ動かして頷いた。

「もう泣かないで。さ、立つが良い」

彼はあやすように言った。どう扱っていいものか更に困惑していた。行女も春風尼も小三郎に対して能動的に振る舞った。小三郎には、女性《にょしょう》は皆そうしたものという思い込みがないでもなかった。目の前のさくらの年の若さに思い至らず、その上思いもかけない彼女の言動だ。

彼女の体に手をかけて立たせて良いものかどうかためらっている間に、彼女はさっと勢い良く立った。

「もう、泣きません」

そう言って、片腕を目に当てて横に振り払って、にっこり笑った。

その変わり様に小三郎はたじろぎ、また言葉を失った。ただ、抱き締めたい衝動のみが身内を突き抜けた。その気配を察したかのように、彼女は後ずさりした。

「動かないで。そのままでいて」

そう言いながらどんどん後に下がる。

二間ばかりも下がった所で動きを止め、

「わたし、あきしげさまのお嫁になる」

そう言ったかと思うと、身をひるがえして駆け出した。と、四、五間先で止まり、くるりとこちらを向いて、

「お嫁にして」

もう一度言って駆け出した。

「きっとだぞ、さくら殿」

我にかえったように小三郎が大声をその背に送った。さくらはその声で止まり、振り返って片手を上げて見せ駆け去った。来た時と同じような速さで、あっという間に浜の伝馬船に取りつき、船を海面に押し出して飛び乗り櫓を漕ぎ始めていた。見送っていた小三郎にはその動きが小気味良いものと映じていた。

「思いが叶われましたな」

何時の間にか、重平と顕忠がそば近くにやって来ていた。

「さて、これから先は、諸式万端。吾等にお任せあるや」

重平のにこやかな笑顔に比べ、顕忠は真顔で尋ねた。彼はこれからの段取りを考え、真剣な顔つきにならざるを得ない。必要な言質《げんち》はとっておかねばという気持ちが先にたっていた。

「何事もよろしく」

「途中で異は申されぬな」

くどく念を押すのだった。


「案ずるより産むが安し云ぅげなが、ええ按配に行きそうじゃのう」

「じゅうべさぁがどう言いくるめたか知らんが、この話、後家殿がよう乗ったことよ」

「なあに、さくらちゃが一人ではしゃいで、島の娘になって踊るのが、ただ嬉しゆぅての、婿さんにという話は始めから頭にゃなかったのよ。久しぶり遊びたかったのよ」

「それが一目で参ってしもぅたか」

「そりゃあ御曹司も同じよ。あのお人にゃ、嫁取り相手とも、村上とも洩らしちゃあおらん。あの時、小娘が座興で踊るとも告げちゃあおらんかった。それでもこの始末よ。あの二人、どうもせんでも結ばれるようになっとったんじゃろぅのう」

どうもせんでも結ばれる。重平のその言葉で、顕忠の脳裏をみおの肢体が過った。かあっと胸が熱くなる。鞆から帰った波平に、みおが無事で草出の近くにいると聞かされた。その内きっとわしを尋ねて来ると言っておったという。それを聞いた時、直ぐにでも迎えに行きたい衝動に駆られたが、顕忠の立場と野島の情勢がそれを許さなかった。わしとみおも、どうもせんでも結ばれる定めになっているのであろうか。

「顕さあ、どうしたんじゃ。急に黙り込んでしもぅたが」

「いや、何でもない」

「可笑しいでぇ」

「いやいや、後家殿がさくら殿一人をよう来させる気になったものじゃ思ぅてのう。北畠顕成の名はさくら殿に告げてあったんかいの」

「うんにゃ。知っておるのは後家殿だけじゃ。嫁取りの宴で踊ること、さくらちゃが承知した後で、笛を吹くのは先に耳に入れた北畠殿と、お方だけにそっとな。後家殿は村上の格式でさくらちゃを会わせたいと言ぅておいでじゃったがの。それじゃあ御曹司が始めから断るじゃろうとわしが止めたんよ。今だにさくらちゃは御曹司を、婿にと話のあったその人とは知らん筈じゃ。御曹司もさくらちゃが村上の娘とは気がついてはおらんじゃろぅ」

「御曹司は確かじゃ。漁師の娘と思い込んどる。これからが一寸いたしいのう」

「そこじゃて。先ずは、相手の方へのう、実は北畠顕成という武士だと打ち明けたら、向こうはそれで納得したと、そのように話を持って行っちゃろぅと思ぅとる」

「そうよのぅ。それで、対面した時に後家殿が村上を名乗る。御曹司はそれを聞いても、もう断る訳にはいかんと、こういうことか」

二人は声を合わせて笑い声を上げた。

小三郎にそれとは言わずさくらを見せておいて、次第に小三郎をその気にさせよう、その肚づもりで、波平の婚儀に呼んだ。それを思い付いたのも、小三郎が祝いに笛を吹こうと言ったからだ。笛に合わせてさくらが踊るという趣向であれば、二人は否応なく、ごく自然に顔を合わせることになる。二人が互いにどう思うかは計り知れなかったが、重平にしてみれば、贔屓目だとしてもさくらは並に外れた美しい娘だ、あるいは小三郎の気が動くかも知れない。その思惑で企んだことだが、予想以上の結果に重平と顕忠は気を良くしていた。後は日をかけて細かいお膳立を考えるだけと気持ちも軽かった。

ところがその段取りも決まらぬ内に事態は急変した。

重平の許へ報《しら》せが入った。大三島の漁師からだ。その男は水軍の水手《かこ》も勤めている。誰一人知る者はないが珍《うず》の者だ。その報せをのうしの許へ齎《もた》らせたら、直接野島の重平へ届けるようということだった。

今岡通任がしきりと大祝《おおほうり》に慇懃を通じている。探りを入れて見ると、近く村上の遺蹟を自分が継ぐことになっているが、野島の者がこれを妨害している。就いては、三島の力を以て後押しをしてもらえないだろうか。自分の舅村上義弘と大祝の交誼《こうぎ》を思えば、今自分が頼りになるのは大祝《おおほうり》だけである。そのような趣旨の嘆願をしているらしい。それに対して大祝は直接通任に会うのは避けている模様だが、取次の神官の口から洩れ、宮内で密かに囁き合われているようだ、という。

大祝というのは三島大明神を祀る三島宮の神官の頂点に立つ存在だが、これは活神と呼ばれる特異な存在で、大明神の神意を人の言葉で伝える。三島宮は古来航海者、中でも水軍の者の信仰が篤《あつ》く、そのために政治的軍事的に利用され、或いは逆に三島側が利用して繁盛もして来た。また、大祝の下につく三島の神官、祝《ほうり》達は武将も兼ね、彼等の率いる三島水軍は侮れぬ力を持っている。元弘の乱に帝の側に就いた祝彦三郎安親は猛将で名を知られている。然し彼はその後南北抗争が始まると、河野対州入道通盛の下知もあり、今は足利の御家人を名乗っているのだ。

「わしは大祝をよう知らんが、今岡の頼みで動くじゃろうか」

「大祝はうんとは言うまい。ほいじゃが、祝の中には今岡と誼《よしみ》のある者もおろう。同じ越智じや。来島の一つでも約束すりゃあ乗って来るかも知れんのう」

来島の瀬戸の大島側には鳴河図、務司《むし》の小島に村上が関を設けていたが、野間半島側にある小島、来島には手を着けていなかった。重平は、そこにも関を設け、それを餌に味方に引き入れようとするかも知れないと言っているのだ。同じ越智というのは、祝一族も河野も越智氏の出であり、気脈を通じ合う者があっても不思議ではないことを言っている。

「越智にとっちゃ野島の者は、人の内とも思ぅとらん者よ。この伊予で人間扱いに思うて下されたのは、義弘殿だけよ。今岡の口車に容易《たやす》ぅ乗るもんもおるじゃろぅて」

「どうで、ひと合戦するか。三島がどのようなか知らんが、今岡なら知れとろう」

「受けて立つ用意は要るかも知れんのう。したが時機がわりぃ。もう一息、もう一息で村上がのう」

気負い立つ顕忠に比べ重平は浮かない顔であった。小三郎の北畠顕成とさくらを結びつける段取りがようやく出来たばかりである。だが村上相続のことは未だ予断を許さない状態なのだ。

事態は更に危急を告げることになった。

今岡四郎通任の室、山吹が重平を訪ねて来た。

浜からの注進で重平と顕忠は屋敷の外に出て高台から船の達着を見ていた。

丸の中に今の字を入れた大きな旗印を掲げた小早である。立っている五人の武士は鎧を着込んでいる。船尾近くの床几に腰を下ろしているのは山吹だ。その前後に侍女が座っている。

「何じゃぃ、仰々しいことよ」

重平が眉を顰めた。

「物々しいな。こりゃあ何か魂胆があるで。じゅうべさぁ、用心してかからんと。手下《てか》集めさせようか」

「そこまでは要らんじゃろ。こけ威しよ。やまぶきさぁがおりやぁ、このわしが手をよう出さんこと、今岡はよう知っとる。騒ぎにゃならん」

山吹と侍女、五人の武士は村上屋敷へ向かった。この前来た時は、村上屋敷を無人と知っていて直接重平の屋敷に来た。伴も侍女二人だけであったが。山吹の顔も身分も浜の者は皆知っている。彼女がたった一人でこの浜に来たとしても、何の危険もないのだ。

しばらく経って山吹の侍女が二人の武士に付き添われてやって来た。

山吹の使いで来たと名乗っていると取次の者から聞いて重平は少し腹を立てたようだ。

「やまぶきさぁがどうして来んかい。浜で誰かに一声かけりゃあ、わしの方から飛んで行こうに。わざに使いじゃと」

と、いきってはみたが、結局その侍女を上へ上げた。

今日は今岡四郎通任の名代として罷《まか》り越した。野島の重平殿に申し入れ度き儀これあり、村上屋敷まで御足労願い度い。侍女は切り口上でそのような旨を告げた。

「通任奴、何か難題を突きつける気じゃろ。顕さぁも同道してくれんか。何を言われても突っぱねる気じゃが、わしが聞き間違えんでもない。顕さぁにもよう聞いてもらいたいんじゃ」

「心得た。したが念のため手下《てか》は集めておこう。まさかとは思うがじゅうべさぁを討ち果たす計りごとかも知れんで」

「いや、要らん。そうであったとすりゃあ、やまぶきさぁが名代では来ん。仮にそのようなまねをしたとすりゃあ、生きてこの浜から出られるもんは一人もおらん。そのこたぁ通任の方がよう知っとるで。その心配はない」

重平は気軽な丸腰の格好、顕忠は一応刀を腰に差し彼に従った。

周りの物々しさの中で山吹の楚々とした風情に変わりはなかった。顔色が冴えなかった。重平と顔を合わせれば必ず親しそうな笑顔を先ず浮かべるのだが、対面してその笑顔はなかった。

「重平殿。本日は今岡通任の名代で罷り越しました。通任が申し条この書面におざります故、御披見の上、御返答を下さりましょう」

久しぶりの挨拶も抜きで、改まった口調の山吹はそう言うとうなだれてしまった。この口上を述べるのが精一杯だったようだ。

書面を受け取った重平がそれを読み下す間に、俯いた山吹の目から涙がこぼれ落ちるのを顕忠は見て、彼は胸騒ぎを覚えた。内容は山吹が胸を痛めずにはおれないものなのだろう。それを夫の命で重平に告げる辛さに耐え切れない思いをしているのであろう。それは通任が事を起こすとの通報ではないのか。きっとそうだ。

あれこれ思う暇も無く、重平は読み終えて、黙ってその書状を顕忠に渡した。

「良いのか」

顕忠が小声で尋ねると重平は頷いておいて、腕を組んで冥目した。

一、　村上義弘の姉娘の婿今岡四郎通任が村上の遺跡を継ぐこと、自然の道理なり。このこと三島大明神の御神託もあり、河野総家も得心召さるることなり。

書面はそのような文言から始まり、村上の後家殿に対する要求が条々に述べられていた。それは申し入れではなく、恫喝《どうかつ》そのものであった。

後家殿が素直に、今岡を村上の棟梁として認めるならば、本日より一ケ月の内に村上家重代の品々を宮窪の屋敷へ運び入れるよう。その証があれば今岡は後家殿を村上御母堂として処遇する。若しその証の得られない時は、村上の遺跡は一つずつ兵を以て切り取って行く。既に来島瀬戸の二城を切り取ったこと御承知のことと思う。日ならずして宮窪の屋敷を乗っ取り、能島の関を再建、大島の浦々を切り従える所存。若しそのような事態に立ち至った際は、後家殿を始め村上の残党共の身の安泰は望むべからず。

凡《おおよ》そ以上のような文言を連ねた末に、これを後家殿へ手渡してくれるよう重平に依頼する体裁の書面となっていた。

顕忠が読み終え、書状を巻きかかると重平は腕組みを解き、かあっと目を見開いた。

「通任殿へお伝え願いたい」

山吹がびくりと体を震わせるような、怒りを含んだ大声だった。通任が目の前にいるかのように、山吹の後をにらみすえていた。彼女の後に控えている武士達に緊張の色が走った。

「村上のお方さまの御行方《おゆきかた》、この重平未だ知らず。この書面お手渡しの手立てもなく、このままお返し申し候と、このようにお伝え下され」

山吹はしばらく無言のままでいたが、やがて、ためらいためらい、か細い声で告げた。

「じゅうべちゃ、おっちゃが断るかも知れん言ぅて通任殿も申されてじゃ。その時はなあ、伝えようが伝えまいがひと月経ったらこの書面通りに事を行なう、そう言えと申されたわいのう。じゅうべちゃ、私も辛い。どうぞ、母上さまに料簡してもらうよう言ぅては下さるまいか」

「困ったことをお言いじゃ」

重平は声を落とした。いとしげに山吹の顔を見る。山吹を見る何時もの重平に返っていた。

「山吹殿よ、お方さまへ伝える術はのぅても、このことやがては噂となって広まるじゃろ。そうなりゃあ、お方さまの耳へ入るかも知れん。そうすりゃあお方さまも思案なさるかも知れん。ま、そう思ぅて余り気に病まれんことじゃ。わしにはそうとしか言えんのが情けないことよ」

慰めようもないのに慰めようとする重平の気持ちは、聞いている顕忠にも伝わって来る。彼女は声を殺して泣いた。

会見は不首尾に終わったが、重平は獲りたての魚や貝を山吹に持たせた。そして、彼女の伴の者の目を盗み、彼女の耳許で囁いた。

「辛抱なされ。おっちゃが生きとる限り、悪りいようにはせん。やまぶきちゃだけは守るでぇ」

彼女は嬉しそうに頷いた。


その夜重平は主だった手下《てか》を召集した。

彼は今岡の書状の内容を告げ、これは野島衆に対する挑戦状だと断じて聞かせた。

「降参して今岡の言いなりになるか、今岡と合戦して決着をつけるか、それとも皆、てんでばらばらとなって何処ぞへ退散するか。三つに一つ、どれかを選ばにゃいけんが、どう思うや」

重平は最初から単刀直入に結論を求めた。手下達は静まり返って声を出す者もいない。

「重平殿、それは無理だ。初めて聞かされていきなりどうするでは思案の間もないではないか。ここは意見あらば聞くに止めておいて、野島衆というよりも、一人々々の身の振り方として、じっくり思案する刻をおいては如何かと存ずるが」

顕忠が取り成すように発言した。

「顕忠殿の言われよう、尤も至極。それじゃこうしょう。五六日、間をおいてその間によう思案して、もう一度集まって、その時に改めて話し合うということにしょうわい。えぇか、それで」

重平はあっさり顕忠の言を入れて手下達《てか》の賛同を求めた。勿論否やはない。とっさに思案の出来るものではないのだ。

手下達が引き上げた後重平は顕忠に言った。

「あれで良いか」

「と思うで」

顕忠はにやりとした。手下達へどう告げるかは、二人で運び様を打合せておいたことだ。手下達の反応を探りながら手だてを考えて行こうと、二人の意見が一致したからだ。これまでのように、頭の声一つで動かせるような問題ではない。事の重大さを理解させるためには、対処の仕方を幾つか挙げその中から選択するよう持ち掛けた方が良い。最終的な決断を下す前に、手下達に覚悟を求めることにもなる。

さくらに婿を迎え村上を継がせたい、後家殿の意志を入れその後押しを決意した時から、何時かは今岡通任と対決しなければならないことは分かっていた。だがそれがどのような形となるのか、そこまでは重平も突き詰めて考えてはいなかった。彼も今岡を軽く見ていたようだ。

「とにかく御曹司の婿入りを急がねば」

「分かっとる。取りあえずはそれを片付けんことにゃ。したが御曹司がどう出るか、頭の痛いことじゃ」

「じゆうべさあ、何時までもそれを言ぅておっては先へ進まん。あのお人はとにかくさくら殿を娶れるなら何でもすると言ぅた。もう、それでおしまくるだけよ」

「頭さぁの言う通りじゃ。御曹司はそれで良しとして、後家殿が、婚儀がどうのといたしいことを言ぅじゃろうな」

「じゅうべさぁ、そのような悠長なこと後家殿が持ち出しても、危急存亡の時と取り上げんことじゃ。後家殿が一人で婚儀を取り仕切れる訳じゃなかろう」

「軽ぅに言ぅてくれるのう、わしの身にもなってくれやい」

「村上思いのその気持ちは百も承知よ。したが、尻に火のついとる今はどうにもならん。誰か立合いを頼うで、夫婦《めおと》の盃を交わす。それだけでええんじゃないか。その後は直ぐ合戦の支度に入らにゃならん。立合いも、沖の村上の屋敷には伊賀守がおろう。どこにも頼まんでも直ぐ間に合う」

「ありゃあもうおらん」

沖の五郎左が弓削の小泉と気息が合ぅて彼の島へ行ったきり戻って来んと「のうし」から聞いていたが、つい先日帰ったと思うと、篠塚伊賀守を乗せて因島へ行ったと言う。因島で気勢を挙げている宮方の将、大館時氏が伊賀守無事と知って招き寄せたらしい。

「五郎左がしゃべったのか」

「そこまでうつけじゃない。伊賀殿が五郎ちゃにつなぎを頼んだらしい。村上の後家殿が彼の島にあること口外無用と念を押してあると聞ぃとる」

「それなら良いが」

「そうじゃ、立合いなら打ってつけの御仁が居るわい」

膝を打って重平が口にした名は黒島の祀官、近藤滝口の三郎である。

「あの御仁なら村上義弘殿との因縁浅からず、御曹司とも黒島での縁がある。それに黒島の小三郎殿へ頼み入りに行った時、早や飲み込みで媒酌の労をと口走ったお人だ。神主とあればこれ以上のお人はなかろう」

「それよ。顕さぁ頼みに行ってくれるか。その間にわしは後家殿へ段取りを話しに行って来よう」

「そりゃあ構わんが、二人が一緒に留守じゃまずかろう」

小三郎のこともある。それに万一の異変ということもある。黒島へは波平を向けてはどうか。その間に重平は沖の島へ行き、後家殿を納得させて宮窪へ帰って来る。波平は祀官をそのまま沖の島へ送り宮窪へ帰って来る。その報告を聞いて重平、顕忠の二人で小三郎を連れて沖の島へ。

顕忠は頭の中で構図を描きながら段取りをしゃべった。この構図なら三者三様にそれぞれの支度の時間も取れる。

「どうじゃな、これで」

「よし、それで行こう。祀官殿は一日ここへ来てもろうてと思ぅたんじやが、顕さあの言う通り、直に向こうへ行ってもらやぁ手が省ける」

方針を決め重平はその夜中に沖の島へ渡った。

波平には土産物を持たせ、夜が明けてから出船するよう命じた。どちらも普通の漁船に水手《かこ》の替え手二人だけで、さした遠乗りには見えない。今岡がどこから目を光らせて居るかも知れない。山吹を名代として寄越した直後だ。当然重平は後家殿に連絡するとにらんでいる筈である。用心に越したことはない。

案の定、後家殿の説得には手間取った。村上の格式だの、山吹を嫁に出した折のことだの、長々と聞かされるのを重平は辛抱強く黙って聞いた。その上で、

「お方殿、今は何よりも村上の棟梁を定めるのが第一義におざるぞ。棟梁に就くにもそれなりの儀がおざりますがの、今それは叶い申さず。村上家中とてなく、然るべき案内の筋とてこの乱世ではつなぎも難しく、先ずは棟梁の名を挙げて折に触れての御会釈《えしゃく》より他なし。お分り下され。ましてや、婚儀のことなど、形より実ということで料簡下さりましょうぞ」

費えのこともあった。後家殿にそれはない筈。重平にはもとより資力はない。「のうし」も同様だ。婚儀を行なうとしてその費用はどこから出る。だが重平はそれには触れなかった。それを言えば後家殿の女の夢を微塵《みじん》に砕くことになろう。哀れな思いはさせたくなかった。重平は山吹が通任の名代として来た次第を語り、彼の切った期限は一月。その間に後家殿が望んでいるような婚儀や棟梁相続の儀の支度は到底出来るものではない。とにかく事を急ぎ、今岡への対応策を考えねばならない。重平はひたすらそれを強調した。ともかく、神官の立合いで盃を交わすというに止めて欲しい。既に黒島の祀官がこちらに来る手筈にもなっている。北畠顕成は自分が宮窪へ帰り次第こちらへ同道する。否応なく、これからの段取りまで立て続けにしゃべった。

「じゅうべのおっちゃ、さくらは顕成さまのお嫁になれるのなら、さくら一人で宮窪へ行ってもいいのよ」

同席のさくらが、後家殿が口を開く前にそう言った。

「そりゃあええ。したが段取りはお方殿のお決めになることじゃ」

「さくらが宮窪へ行くことはなりません」

後家殿がたしなめるようにさくらへ言った。どうやらそれが重平へ承知の意思表示のようだった。

「のうし」の許へも重平は廻った。野島衆挙げて村上の傘下へ組み入れる相談だ。珍《うず》を解き放つ「のうし」の意志にはそぐわないかも知れぬが、野島の者に一人立ちの才覚は無い故、忽ちはわしが率いて村上へ入る所存。それを告げるためだ。色々あって迷いに迷って来た重平だったが、ここへ来てその肚を決めていた。

「のうし」は思いがけず臥《ふ》せっていた。二、三日前、俄に気色が悪くなって床に就いたという。急激に衰えたその顔に重平は驚いてしまった。見舞いを述べ病状を尋ねる重平に、

「寿命じゃ」

その答えしか返って来なかった。次の言葉に困っている重平に「のうし」の方が相談の趣を催促した。重平がその肚の内を語るのをじっと聞いていた「のうし」は、彼が語り終わると、

「それで良い。わしの思うておった通りじゃ。したがじゅうべよ、構えて、縛るでないぞ。前にも伝えたと思うが、海の声はこう言ぅた。珍《うず》は何時までも海のものではないとのう。それは、海が何時までも珍のものでは無いと言うことでもあるぞ。心して、それぞれの思いに任せてやれやい」

そう言った。村上の婿取り、棟梁相続の場に立ち合ぅてもらえないかとの頼みには、

「この体じゃ。叶うまい。それに村上の婿殿のこと、この目で見るまでもない。わしにはよう分かっておる。野島を預けて心配は無い。山から海へつなぎがあったそうな」

終わりの言葉が飲み込めず重平は反問した。だが「のうし」はそれには答えなかった。

「処々《しょじょ》の珍の者、珍としてではのぅて使ぅてやれ。段々に村上の者としての。違ぅた海の声が聞ける」

それだけ言うと「のうし」は重平を退がらせた。

巻の十七　奇縁

後家の千草の方はせめて五日欲しいと言った。女にはそれなりの支度に暇のかかるもの。かねてから用意のものはあれど、いざとなって整えねばならぬものもある。彼女は頑強だった。それを重平はねばって三日と承知させた。彼が後家殿の意に逆らったのは恐らく初めてではなかろうか。それだけ重平は危機の切迫感に襲われていたのだ。

後家殿は婿引出物に義弘の鎧兜を贈ろうとも言った。重平は、北畠には村上へ贈る何も持たない。漁師の娘でも娶るつもりでいるのだから、そのような重宝を贈られれば、反って迷惑に思うのではなかろうか。重平は小三郎に引け目を感じさせたくなかった。だが彼女は、北畠顕成が今は雑賀小三郎と名乗って流浪の身とは百も承知である、彼からの贈り物等思ってもおらず、ただ、鎧兜は村上が棟梁の象《しるし》なれば。そう言って譲らなかった。重平は仕方なく承知した。だが、若い小三郎がそれをどう受け取るか気の重いことだった。さくらを村上の姫と明かしただけでも彼がどう出るか、その不安はずっと胸の中にある。出来るだけ彼に無用の刺激は与えたくなかった。如何なる相手であってもという言質は取ってあるとはいえ、たばかるにも似た目論《もくろ》みを持った者の弱みだ。

それにしても、ともかく第一段の見通しはついた。（さて、それからじゃ）宮窪へ帰る船の中で重平は次に打つ手を思い巡らせていた。

顕忠は今岡への先制攻撃を主張している。今岡が他の勢力を仲間に引き入れる前なら、野島の前の敵ではない。一挙に攻めて降伏か滅亡を選ばせることは造作もない。それにこの合戦は、村上の棟梁が一族の従わぬ者を攻めること故、身内の争い、何処からも非難、介入されることはない。それが顕忠の言い分だ。だが重平はあくまで今岡との和平を望んでいる。棟梁が定まらぬからこそ今岡も野望を抱く。棟梁が定まれば彼も不承々々でも村上の傘下に入るのではなかろうか。何といっても村上の姉婿、一族には変わりないのだから。それに望みを託したいのは、やはり通任の室、山吹を思ってのことだ。

先ず三島宮へ参詣して大祝《おおほうり》に慇懃を通じよう。今岡からの誘いがあったとしても、村上の棟梁を名乗った参詣とあれば無下に断りはすまい。義弘殿との縁もある。また、棟梁と村上の後家殿打ち揃って三島宮参詣と触れておけば如何な今岡とて途中に手は出せまい。それから次いでは河野本家じゃ。入道殿は村上の再興を歓迎するだろう。村上の昔を思えば、河野にとって損はない筈。

重平は次第に、これで何もかもうまくいくような楽観的な気分に支配され始めていた。どうにか小三郎とさくらを結びつける第一歩を終えた安堵感のなせる業だ。

宮窪の浜へ着いたのはたそがれ、浜に人影は見えない。顕忠が一人迎えに出ていた。戸代の鼻を廻って姿を見せた船を、重平乗船と見て待ち構えていたという。その頃は未だ夕日が残っていた。陽が落ちるのは早い。

「遅かったなぁ」

「ああ、思ぅたより手間取ってしもぅた」

重平は水手《かこ》にねぎらいの言葉を与え、引き取るように言って顕忠と二人だけになった。水手は屋敷に一旦連れて行き、夕餉を振る舞うつもりであったが、顕忠の素振りで二人だけになりたい意志を見て取った。

水手達とは道が違う。歩き始めてしばらく経って低い声で尋ねた。

「何事かあったか」

「奇策を思い付いての、早よぅじゅうべさぁと相談したかった。気ばっかり焦る」

「何か知らんがまあ落ち着けや」

「じゅうべさぁの顔を見たら静まった。もうあわてることはない、それは後じゃ。それよりも先に片付けんにゃいけんことがある」

「何を」

「わしにか」

「客が見えとる」

「重平殿に会うまではと言ぅて名も名乗らん。坊主が三人じゃ」

「坊主じゃと。心当たりはないで」

「わしは三人共武士と見とる。それも端武者《はむしゃ》とは思えん」

「ほう。何じゃろ」

「用心したがえぇ。まさかとは思ぅが、今岡が差し向けた者かも知れん」

「そりゃあなかろぅて。顕さあの思い過ごしよ。今岡はようせん」

「ま、わしは傍にひっついとろう。若いのが一人に、わしとあまり違わんぐらいのが二人じゃ。刀は持っておらんが、懐に短刀くらい呑んどろう」

屋敷に入ると手下《てか》が二、三人佇《たたず》んでいる。顕忠が集めたものだろう。大げさな、重平は苦笑した。顕忠が無言で手を振ると、そこかしこから手下が姿を現した。全部で八人。ぞろぞろと重平の先に立ち、彼の部屋の前で入り口の左右に別れて廊下に座り込んだ。

板戸を開けて先ず顕忠が中に入った。三人が一斉に振り向く。

「この家の主、大島の重平が帰って見え申した」

三人は座り直して、重平を奥へ通すよう座を明けた。

重平は入り口でどっかと腰を下ろし、黙って三人の僧の顔を順に見て、おもむろに口を開いた。

「大島の重平におざる。失礼ながら顔を拝見致し、見覚えこれなく。名も名乗られずこの重平を待たれてあったのは如何なる存念か。して御用の趣は」

彼は低い声で殊更な切り口上で言った。

「如何にも。礼を失した振る舞い、お詫び申し上げる。先ずはこれを披見《ひけん》下されい」

年若の僧が答え、一通の書状を取り出した。畳まれた書状の表には「じゅべどの」と書かれている。僧はその宛名を見せておいてひっくり返し裏の文字を重平に見せながら手渡した。僧の顔は強ばり緊張の態である。他の二人もそうだが、こちらの方は殺気すら思わせる程の強ばりようだ。

その文字に目を走らせた重平は驚きの色を面に現し、じっと若い僧の顔を見たが直ぐに顕忠へ視線を移した。目で近くへと合図する。彼が身をすり寄せると耳許へ口を寄せた。

「手下を遠くへ、な」

と、囁く。

「わしは」

顕忠も囁き返した。

「ここへ」

顕忠が立ち上がって外へ出て一旦板戸を閉めた。それを待って重平は、書状を、軽く頂く仕草をして開いた。

一瞥《いちべつ》した文字は「純」。彼にはそれが三宅志純こと児島高徳からのものと直ぐ分かった。と同時に名乗らぬ客と合わせれば、事は隠密を要することと分別が働いたのである。

書状には、故あって迎えを差し向けるまで、この三人の身柄を預かって欲しい、とあった。三人の素性は新田左衛門佐義治とその郎従とある。義治は伊予の国府で病死した脇屋刑部卿義助の遺児である。この時二十二歳。

「その故は知らずとも、志純さまの仰せとならば、この重平、命にかけておかくまい申し上げる。何卒お心安く思《おぼ》し召されましょう」

一読して重平はためらうことなく言った。三人の僧はほっとしたように緊張の色を解く。重平は続けて、途中でそっと入室した顕忠には書状の内容を告げ、

「手だては後で相談しよう。じゃがこりゃあ他言一切無用ということで、な。手下《てか》には遊行僧

の方たちの逗留とでも言ぅておこう。そのつもりでな。お三方も御名を洩らされることのなきよう」

三人の僧にも釘を刺した。

「北畠顕忠殿、元の御名は中の院殿」

義治が声をかけて来た。

「名を明かせぬ内は口に出せずおり申したが、御辺《ごへん》には志純殿より御言伝《おことづて》がおざる」

そう言って話したのは雑賀の浦のみおのことであった。

去年の晩秋、備中の和気近くの西国道で危難に会った桂秀尼と土筆尼の二人を三宅志純の一行が助けた。その後一行は上野国に向かったのである。志純の目的は脇屋義助の遺髪を新田郷へ葬るにあったが、行く先々の宮方、あるいは宮方へ心を寄せる者達の動向を探り、手を繋ぐ周旋、つなぎと隠密の活動こそが大きな仕事だったのである。あの時同行した岡部二郎忠行も同じ上野国の大館に大館氏明の遺骨を無事葬ったのだが、その後、志純の依頼で上野国、及びその近辺の宮方を探った。脇谷義治はその岡部忠行に探し出されたのである。越前藤島の戦いで伯父新田義貞は討ち死に、その傘下にあった義治は敗走と諸処転戦の中で父脇屋義助とも別れ別れとなり、遂には上野国の一隅に逼塞《ひっそく》の身となっていた。三宅志純が伊予からわざわざ父義助の遺髪を携《たずさ》えて来て、新田郷に葬ってくれたと聞かされた彼は、志純の挙兵に加担することを誓った。ところが一行が摂津国に入った時、志純の配下の野伏が備前備中の情勢を齎《もた》らして来た。そこで時期尚早と判断した志純は、身軽となって諸国を探索したいと、義治にしばらく別れて伊予で待機して欲しいと告げた。幸い、尼崎から赤間関まで帰る商船が見つかり、これに便乗して伊予大島で下ろすよう頼んでくれた。

「志純殿は備中で助けたみおという女性《にょしょう》をえらく気にかけておじゃった。大島の中の院顕忠殿を訪ねるとの、深い思いが察しられ、役に立ってやりたかったが急ぐ旅故それが叶わなんだと、顕忠殿に済まない気持ちだと仰せておざった。その女性、もう顕忠殿の許へ参られておざるか」

「気にかけて頂き有り難いことにおざる。なれど、みおは未だに」

「着かれぬか。それは気がかりな」

「備後の草出《くさいつ》近くに居るとは、人伝てながら近ごろようように消息を得ておざる」

顕忠はそれを口にして胸が痛んだ。直ぐにでも行ってみおを探し出したい。だが、今はそれが出来る状態ではない。村上の騒動が終わるまでは目をつぶろう、我が身を納得させていたのに、思いもかけない人物から思いもかけない話を語られ、胸の疼《うず》きが首をもたげかけた。

己れの部屋に顕忠を伴った重平は性急に結論を告げた。

「小三郎殿と一緒に沖へお連れしょう」

「脇屋殿をか」

「差当ってどうしょうもないで。ここへ置いとく訳にもいくまい」

「道理じゃ。したが警固《けご》に手下《てか》は回せぬぞ」

「沖じゃ人に知られることもない。ここでなまじっかの警固を立てるより余っぽど安心じゃろ。相手は武家方全部と思わにゃならん。今岡相手とは違う。警固より隠すことだけじゃよ」

「泊めるところがあるかの。沖は宮窪よりも家はぐっと少ないぞ。いっそのこと庄官館のわしの家はどうじゃろ」

顕忠はほとんど寄り付かない自分の家を思い浮かべた。あそこなら、気のいい弟嫁が暮らしの世話をしてくれるだろう。

「そりゃあいけん。これまで何事もなかったのは庄の中に旗を上げるもんがおらんかったからじゃ。それでも醍醐寺が領家ということで、武家方の誰が目を光らせとらんとも限らん。それにの、あそこで良けりゃ志純さまがはなからその指図をなさる。それのないところを見りゃあ駄目ということよ」

成程と頷いては見せたが、このような勢力の複雑なからみ合いと末端の思惑等、顕忠は即座には頭が廻らない。

「それはそういうことで。ところで顕さあの相談たらを聞こう。浜からの帰るさに、奇策とやら言ぅとったが」

「うん。その前にじゅべさぁの留守の間に今岡の情状の報せが入っとる」

甘崎城へ二艘の小早が入った。これで元の三艘の戦力になった。小早が今岡の調達か、合力する者の兵船なのか分からない。今岡は着々と準備を整えているようだ。それと、田浦の竹三がいきり立っている。今岡の船が五、六ぱい、どうということなく鼻繰瀬戸から出てきてはあのあたりを漕ぎ回り漁の邪魔をするのだ。未だ網こそ破られていないが、危なくておちおち漁が出来ない。何せ、いつも小早が率いていて、その小早には武装した兵が十五、六人乗っている。とてものこと、田浦の漁船が取り囲んで勝ち目はない。だが竹三はそれでも、決死の者が漁船何ばいかつっかけ、小早に体当たりすればこちらのものだと口走っているようだ。田浦の険悪な空気は段々と竹三の言いように傾きかけている。

「このままじゃ多分、今岡が言ぅた期限が来る前に田浦へ今岡が上がって来る。竹三をおさえとくのはそれまでもつまいで。竹が手を出しゃ、今岡の思うツボよ」

「ま、村上の棟梁を立ててからのことよ。棟梁が決まりゃ、今岡も無茶は出来まいで。さ、それからの話し合いじゃ」

「じゅうべさぁ、そのような呑気なことを言ぅとっては裏をかかれるで。村上の棟梁と言ぅても、所詮その下に就くもんは野島だけじゃ。今岡は初めっから野島相手に一合戦のつもりの筈じゃ。棟梁の名を上につけてもこたやあせん。早い話、中途《なかと》、務司《むし》を返せ言ぅて返すか。返さんじゃろ。甘い顔を見せりゃ次は立山と、陸《おか》に上がって来るは必定、そのために兵を増やしておる」

「顕さぁの言う通りかも知れん。したがわしには、今岡に加担する者の見極めがつかめん。下手にこちらから出て行って、思うに増した軍勢に待ち構えておられちゃと思ぅてのう。手下《てか》をむげに死なせとうはない」

「じゅうべさぁの気持ちは何遍も聞かされよう分かっとる。そこでじゃ、わしは考え抜いて奇策を練った。村上の棟梁は後よ。討ち入るのが先じゃ」

「そりゃあ顕さぁ」

「まあ聞いてくれ。これまでじゅうべさぁと二人で、ああでもないこうでもないと詮議《せんぎ》して来たこと、結局はさくら殿に婿をとり、その婿を村上の棟梁にするための手立てだった。結果がそうなれば良し。そう言ぅことじゃろぅ」

重平は飲み込めぬまま、それには黙って頷く。

「さてと、攻め込むのは村上の棟梁じゃない。北畠顕成だ」

「それじゃ同じことじゃないか、下につくのは野島じゃ」

「違う。北畠顕成が攻め込むのはこの宮窪じゃ。相手は野島よ」

「分からん」

「つまり、北畠顕成は村上の遺跡を乗っ取るために攻め入って来る。宮窪から次々と大島の浦々を攻め取る。最後に村上の後家殿に迫ってさくら殿の婿となり村上の棟梁となるのじゃ。ということにする」

「よぅ出来た」

重平は緊張を解いたのか、体をゆすって笑った。だが直ぐに渋い顔になった。

「そう言ぅお方がありゃあ苦労するこたぁないで。ま、くわしい手立ては婿入りと棟梁が定まってからということにしょう」

「じゅべさぁ、本気では聞いとらんのぅ」

「本気で聞いた。そうなりゃあえぇと思う。したがのう、北畠は一人で乗り込んで来るのか。船のいっぱい、兵の一人もおらんで、何が攻め入るじゃ」

「尤も。船と兵は借りる。それで良かろう」

顕忠は冗談のように扱いかける重平を意に介しないように、膝を進めて声を潜めた。

「塩飽じゃ。光盛に一役かついでもらう」

彼はにんまりと笑って見せた。

女衆《おなごし》が支度の出来たことを告げに来た。

「後家殿との段取りが済んだので、久しぶり顕さぁと呑もうと思いながら帰って来た。思わぬ客人のもてなしと重なったが、ま、良かろう。小三郎殿にも呑ぅでもらおぅわい。御僧殿とどうせ沖へは一緒とあれば、今会ぅてもろぅとこうよ」

重平は男衆《おとこし》を呼んで、三人の僧と小三郎を案内するよう命じた。

広間といっても重平の居室を二つ合わせた程の広さ、粗末なのは他の部屋と同じだ。配膳の器も粗末。だが肴だけは豪華だ。刺身、焼き魚、貝類、それに海藻類の色どりがあって賑やかだ。

「何か祝い事でもあってか」

入って来た小三郎は少しはしゃいだ声を上げた。このところの食事は、女衆《おなごし》一人を相手に黙々と済ませることが多く、膳部の並び様を見て気分が一寸浮いて来たようだ。

さして間をおかず三人の僧達が入って来た。彼等も先ず目をやったのは膳部の上だ。驚きに目を丸くしていた。

「さてと、先ずはお引き合わせ申そう」

顕忠が口を切った。

「こちらにおられるは北畠顕成殿」

「顕成におざる」

小三郎は神妙に名乗って頭を下げた。三人の僧が彼を注視したのは当然だが真ん中の若い僧は殊の外、小三郎を凝視《ぎょうし》している。小三郎が下げた頭を起こした時その視線が若い僧のそれとからみあった。とたん、二人共に息を飲む気配。次に若い僧が、

「やっ」

驚きの声を上げ、同時のように、

「佐《すけ》殿、脇屋の右衛門佐ではないか」

「師清殿か」

小三郎が叫ぶように名を呼び、若い僧も呼んだ。

「御両所、御面識あってか」

顕忠も驚きの声を上げた。

「こりゃあたまげたのぅ」

重平がうなった。

脇屋義治が重平と顕忠を交々見ながら言う。

「私が兄者とも思ぅておるお方におざる。信濃の更科で三月ばかりお世話になり申した」

「そのお話、飲みながら承りましょぅぞ。さ、さ、先ずは盃を持たれよ」

重平が促した。

義治は藤島の敗戦の後、諸処に転戦したがいずれも利非ず、次第に兵も細って遂には流亡《るぼう》の身となって転々とする内、縁を辿って信濃の村上館で養われたことがある。丁度その時蟄居《ちっきょ》の身であった小三郎と同じ館に住まわされた。一つ違いの若者同志とあって直ぐに打ち解け合い、打ち物業《わざ》に勝れている小三郎は義治にそれを教え、毎日鍛練の日々を過ごした。年十三歳で初陣以来、戦陣で鍛えた義治だったが、小三郎の力業に学ぶところ多かった。短い間であったが、共に書も読み、狩りにも出た。義治には真の兄のように思われる相手だった。

「あいや、しばらく。先程来より村上の名が出、師清殿と呼んでおざるが、顕成殿の真の名は何と申される」

途中で顕忠が口を挟んだ。

「これは御無礼を。懐かしさの余りいきなり師清殿の名を口にし申した。何故北畠をお名乗りあるか、先ずはお尋ね申すべきにおざった。その名、呼んではならぬものにおざったか」

義治は顕忠に会釈して、後の方は小三郎に顔を向けた。

「いや、そろそろよろしいかと思案しておった」

小三郎は苦笑しながら答えた。

「さした故もなく、雑賀の小三郎と名乗り、いわば流浪にも似た境涯を歩む内、村上の名、何とのぅ捨てた心地におざった。それが何かとあって、昨日今日、俄に北畠顕成となり申した。

さてこれより先はどうなるか私には分からぬ。北畠の名も捨てて漁師となるやも知れず」

「何ということを申されまするか。重平殿、これは何とした」

義治は重平に詰問の矛先を向けた。名を捨てるとは彼の意志ではないもののように感じたからだ。

「左様のことには成り申さず。それよりも、このお方、村上とか師清とか申されたは真におざるか」

「真にも何も、師清殿は信濃村上の統の流れのお方、先年、大塔宮護良親王の御身代わりとなって吉野の蔵王堂にて討ち死になされた村上義光殿は、師清殿の御叔父に当たられ申す」

小三郎はまたも苦笑を浮かべていた。

「小三郎は私の幼名だ。名を捨てても、私には小三郎が一番似合ぅておるように思うのだが」

そのつぶやきを顕忠が聞きとがめた。

「それはなりませぬぞ。今はとにかく北畠顕成で通されよ。さくら殿がそう信じており申す故」

「分かっておる」

彼は困ったように笑った。義治は何となくあっけにとられた顔で盃を乾していた。

小三郎の出自が分かったことで重平には逡巡《しゅんじゅん》するものがあった。この段になってこのような。

更には、脇屋義治の来島。彼は何か不都合が起こりそうな前兆のような気がした。義治を匿《かくま》うのを放棄する気は全くないが、小三郎が村上の婿入りを断った場合、どうやって匿い通せるか。また、今岡と一戦に及ぶこととなった時、その間、目の届かぬ沖へ置いたままなのも不安な気がする。わしも年のせいかな、われながら取り越し苦労ばかりの弱気が過ぎるような気もする。

顕忠は強気だった。北畠顕成が実は信濃村上の流れを汲む人物とあれば、塩飽を誘うにも好都合だ。事を急ごう。彼は重平に改めて決断を促した。

波平が帰って来た。

「早過ぎるではないか。まさか祀官殿が断ったと言うのではあるまいな」

手下《てか》の知らせで顕忠は浜へ走った。重平の弱気が移ったのか、予定より早い波平の帰着に何やら胸騒ぎを覚えたのだ。

「いやいや、そりゃあない」

「で、沖の方はうまいこと話がついたのか」

「沖にゃ未だ行っとらん」

波平は落ち着いている。

「どう言うことだ」

波平は笑いながら沖の方を指差した。

「と言うことじゃ」

戸代の鼻を廻った一艘の商船らしい船が入って来るのが見える。未だ帆を下ろしていない。

「祀官殿はあれじゃ。わしが言ぅよりも、脇頭が直に聞いてくれ。わしらより船足が速いから
と随分後に黒島を出なさったが、風が良かった。思ぅたより早かったわい」

波平の船は四挺櫓だ。帆は無論ない。

「夜中の潮で乗り出した。くたびれとる。手下《てか》を寝かせてやってくれ」

「お前も寝て来い。話は後で聞こう」

波平と手下を住み家へ帰し、顕忠は重平を呼びに帰ろうとしたが、彼の方が下りて来るのが見えた。顕忠が屋敷を出て行った後、気になる重平は高台から浜を見ていたのだ。彼は入って来る帆船を見ていて驚いた。未だ遠くてはっきりはしないが、帆船の船首に黒い小さな旗が立っている。それは旗印というものではないが、黒島の祀官が乗船していることを示すものだ。顕忠はそのことを知らない筈だ。とにかく、沖へ先に行ってくれている筈の祀官がこちらへ廻ったということは目論みが狂ったということだ。とにかく自分も浜へ出て見よう。重平は自分の予感が当たったものと思い込んだ。

「顕さぁ、どうなっとるんじゃ」

姿が見えているのに声もかけず、近々と顕忠の傍へよってから、低い声で尋ねた。

「分からん。波平にもよぅ分からんのじゃあるまいか。祀官殿から聞け言ぅての」

帆船が波打ち際に乗り付けた。達着と同時に黒い旗は降ろされた。黒の旗印は浜の者へ到着を報せるためのもの。武士であれば黒の旗印が黒島の宮方と知らない者は無い。この時世だ、誰に見られて勘違いされぬでもない。今は宮方としての行動をとっているのでは無く、私的な訪問である。野島方に祀官乗船と分からせれば事は足りる。祀官の配慮だ。

小者が二人、船首から飛び降りて歩み板を下ろす。直垂姿の祀官が先に立ち、別宮宗通、勝部久長と続く。

「祀官殿これは」

重平は不審の声を上げた。

「世話を焼きに参った。村上が婿取りの後、通任に一泡噴かせる算段と聞いてな、加勢じゃ。通任がこと黒島辺にも聞こえて来ておる。あやつ如きに村上を乗っ取られては、わしらも大いに迷惑する。ここは重平殿、顕忠殿、画策あった雑賀の小三郎殿をすえるにしくはなし」

祀官は機嫌が良かった。

「郎従、小者、気の利く輩を選り抜いて参った」

別宮宗通も挨拶代わりにそれを言った。重平達と共に沖の島へ出掛け、その後も行動を共にすると言う。

「これは有り難い。助かり申す。合力受けまするぞ。のう、顕忠殿」

重平は愁眉《しゅうび》を開いて顕忠を返り見た。商船と見たが船の中は兵船の備えである。祀官の決意は並大抵のものではない。

「婿殿は何処じゃ。あれ程断りおって、今更嫁取りの盃に立ち合えとは何じゃい。一言言ぅてくれにゃ肚がおさまらぬ」

宗通が笑いながら言う。彼も嬉しそうだった。気に入っていたあの若者が村上の棟梁になると聞いて、自分から祀官の伴をすると言い出したのである。久長もまた、小三郎に一臂《いっぴ》を貸したいと同行を申し出た。この三人に郎従、小者合わせて九人、それに十挺櫓の水夫、梶取《かんどり》、かなりな兵力である。船は小早より一回り大きい。

「祀官殿、沖の方へは明日と言ぅてある。向こうの都合でおざってな。折角なれど、潮の頃合を見て、一足先へ、沖へ行っては下さらぬか」

どこから見られて不審を持たれぬでもない。重平は言い難くそうだった。宮窪へ一晩停泊させるのはまずい。今岡に刺激を与えないでもないと思う。幸い遠目には商船と見える。こちらの行動を察知されるようなものは見せたくない。

「それに祀官殿、小三郎殿は北畠顕成の名で通しておざる故、これから先はその名で」

顕忠も付け加えた。

黒島船が浜に止まっていたのは一刻足らず。その間に重平と顕忠は交々《こもごも》、今岡の動向とこちらの対処の手順を祀官達へ話した。北畠顕成の討ち入りと、村上遺跡の乗っ取りの発想には彼等も驚いていた。

「この乱世じゃ。どのようなことが起きても不思議はなかろう。名目は勝った者の理屈じゃ、勝ちさえすれば世間はどのようにでも納得してくれる。ましてや、村上が承知の上の謀事《はかりごと》なれば、何処に恥ずることもなし。面白いではないか」

宗通がそう言う。

「それにな、彼の船は」

彼は商船を指差した。

「村上の棟梁再興を祝うて、わしから小三郎殿、いや、北畠顕成殿へ献ずるつもりで乗って参った。大島討ち入りの乗船に使ぅてもらえばその甲斐があろうと言うもの。何しろ後世の語り種《ぐさ》ともなろぅ事績を創るのじゃからな」

「ま、あの船、三年保てばよいという代物だが」

祀官がそう言って笑い飛ばした。船は宗通が時日をかけて沈船を修復したものだ。小三郎も黒島でそれを手伝った。村上の棟梁を名乗っても今の村上に船は無い。重平の野島衆に小早が一艘あるだけだ。祀官も宗通もその内実をよく知っている。たとえ素人の修復船でも、船を整え得るようになるまでのつなぎとしてあれば役に立つ。尤も、素人といっても宗通は船大工並みの技量を持ち、大工にはない発明なところがある。それを十分認めた上で祀官は、何時も小馬鹿にしてからかっている。

「恩に着申す。何時の日か必ずこれにお報い致し申す」

重平は感激の涙を浮かべて、律儀な礼を述べた。

手下《てか》の芳が呼ばれた。村上母娘が宮窪の屋敷にいる時世話をしていた男だ。四十を過ぎた温厚な男である。荒くればかりの手下の中では思慮深い方だ。重平はこの芳に黒島船の案内を命じた。芳は沖の島の者にも顔をよく知られている。祀官といえども波平は沖の島の所在は明かしていない。先発してくれといっても黒島船は行きようはないのだ。

「あれが沖の島じゃと」

島に近付き、ようやく芳の口から目的地を指差され、祀官と宗通、久長共々に驚きの声を上げた。

「何と彼の島に人が住んでおるのか」

その島は黒島からも見える。土地々々によってその呼名は違うようだが誰も関心を持つ者はない。そのあたりまで漁に出掛ける者はないからだ。魚は岸の近くでいくらでも獲れる。この島は航路の目印の一つとしてしか認識されていなかった。

（もう、うずの島ではない。人目から隠すことはないのだ。今はただ、今岡の目から後家殿を隠しおうせればそれで良い）重平が祀官達を沖の島へ呼ぶ決心をしたのも、それがあったからだ。

「村上を匿《かくも》ぅておるのは、あの島の如何なる人物じゃ」

宗通が芳に尋ねた。

「匿ぅいうてもの、後家さまや姫《ひい》さまはただ暮らしとりんさるだけじゃし、わしにゃよう分からん。あそこへ住んどるはただの漁師ばっかりじゃが」

芳はのんびりと答えた。

「重平殿がしばしば訪れてか」

祀官が尋ねる。

「さあ、ようは知らん。お頭が沖の島へ行くいぅて聞くこともなかったし、見たこともないのぅ」

芳は珍《うず》の暗黙の掟のままに、沖の島と重平の交流には平然として白を切る。これはもう習性となったもので、ごく自然に知らぬと口に出て、他人に疑いを挟ませるような素振りも見せない。重平が沖を訪れる時の伴は決まってこの芳だったのだが。

祀官は村上義弘と親交があったし、その内室であった後家殿とは彼女の幼時からの知り合いだ。新居荘の荘官の娘であった彼女は時折、父親に連れられて黒島神社を訪れて居た。彼女の家は、今は絶えている。重平の依頼を一も二もなく引き受け、その上の肩入れをする気になったのはそうした縁もあったからだった。

島へ着いてから芳は一人で走り廻った。先ず「のうし」を訪ね事情を話して指示を仰いだ。幸いというか、今は五郎左が手下《てか》を連れて弓削島へ出張っている。島の者を呼んだ「のうし」は五郎左の手下達の中で家族のいない者の家屋を貸すよう手配してくれた。「のうし」は床についたままだった。村上の婿取りの立合いには出られぬと、重平と村上の後家に伝えるよう芳に念を押した。

村上の屋敷へは祀官と宗通を案内した。久長は宿舎の手配りをしようと同行を断った。後家殿は屋敷の隣の家屋に宿をと言った。篠塚伊賀守が一時いた所だ。だが祀官は、そこは婿殿の入る所と笑い流し、挨拶と昔話もそこそこに浜で待つ手下の所へ引き返した。話しに身が入り過ぎると、うっかりこれからの目論みを口に出さないでもないと自戒してのことだ。後家殿にも小三郎にもすべてを告げるのは嫁婿の盃が終わってからと重平に釘をさされている。すべてが隠密裡に運ばれていた。

さくらは実は親と共に別の島に住んでいる。さくらの一家は以前この大島に住んでいたことがあり、幼時を宮窪で過ごしたさくらにはここに知り合いが多く、度々こちらへ渡って来て寝泊りして過ごしているのだ。波平の嫁娶りの夜は、たまたまこちらへ来ていて小三郎の目に止まった。そういう関係で、小三郎の意を告げるにも一々その島へ赴かねばならず、日数を重ねることになった。小三郎が望んだように、さくらもまた小三郎の嫁となることを熱望している。小三郎の、さくらを嫁に出来るならば如何なる境遇にも甘んじよう、という意志をさくらの親に伝えたところ大いに感激し、さくらを嫁に出すことを承知した。嫁娶りの前にその親が小三郎に対面するのが順序というものだが、婚儀も含め今はそういうしきたりを行なう境遇にない。親に対面した時、即、盃を交わして夫婦の契りの形としたい。

重平は凡《おおよ》そ以上のようなことを小三郎に告げた。

「委細承知。何事も重平殿の存念にお任せ申す」

小三郎は何の疑念も持たずさわやかな顔つきだ。彼の胸にはさくらと夫婦になれる喜びだけだった。自分のこれからの生に何の望みも持たなかった彼が、さくらに会って、これからの生きる道をはっきり掴んだ、その自覚を持った。さくらと共に歩むことこそ、自分に与えられた生きる道なのだ。それは傀儡《くぐつ》の行女と出会った時からの定めだったのだ。彼は自分の望みが叶うだけで満足している。

小三郎の返事に重平はほっとした。脇屋義治と小三郎の関係を知っても此度のことを義治達に告げる気はなかった。ただ、三宅志純からの大切な預かり人、重平はそれだけに徹するつもりでいる。若いお人が義侠心からどのような動きに出ないでもないと心配でもあった。だが、今や同志となってくれている祀官や宗通に、三人の僧の素性を明かさないのは心苦しかった。信義で結ばれている相手に秘密を持つことは、彼の信条に反することだ。祀官達は自分を救けるために来島し、沖へも行ってくれる。同じ場所に三人の僧は一緒だ。それでいて彼等のことに触れないのは何とも後ろめたい。沖の島へ着けば、人知れず漁師の空き家へ三人の僧を止め、自分達が沖の島を離れた後、篠塚伊賀守がいたあの家に移ってもらうよう、芳に手筈を整えさせてはいるのだが。

戸代の鼻まで波平が小早を指揮して送って出た。脇屋義治、北畠顕成に対する儀礼と外海の警戒を兼ねたものだ。

手下《てか》の精鋭と小早は波平に託し、水手《かこ》の剛腕の者を選んで六挺櫓での出船だ。

「顕さぁ、いよいよじゃのぅ」

手配りに万事遺漏《いろう》はない筈だが。重平は何度か胸の内に繰り返し、落ち着かなかった。下手をすれば野島は収拾のつかない混乱に見舞われ兼ねない。

「いよいよじゃのぅ」

顕忠はおうむ返しの返事をしたが上の空の声音だ。彼は塩飽のことが気がかりだった。使いは遣ってあるが光盛からの返事はない。使いが未だ帰って来ないのだ。事を急ぐ余り、返事を待たず行動に移る必要があった。重平は問題にしなかったが、やはり返事を待って動くべきだった。今までの交誼を考えれば重平の声だけでも合力に応じてくれる筈である。その上顕忠は小豆島の合戦には光盛に合力して働いている。更に重平は、村上再興の暁は備後灘の警固《けご》は村上と光盛の折半という条件も与えている。備後灘は村上が独占していたのである。だが今の村上は名のみで実質は何も活動していない。光盛がその気になれば力で備後灘を制覇《せいは》するのはそれ程難しくはないだろう。果たして光盛がこの条件で乗って来るだろうか。若し乗って来なかったらどうするか。今更計画を中止したところで、村上と野島の危機の状況は変わらない。塩飽の軍勢がなくても実行する以外ないのだ。不本意だが沖の五郎左を弓削から呼び返すか。それにしても人数が足りない。顕忠もまた、とつおいつ何度も同じ思案を繰り返していた。

沖の島に着くと小三郎は小屋のようなむさくるしい家に案内された。

その家の中には祀官の近藤三郎、別宮宗通、勝部久長の三人が待っていた。それにもう一人、武家方風の女性《にょしょう》が控えている。

「これは何とした」

小三郎は一別以来の挨拶よりも、驚きの声が先に出た。

「北畠顕成殿の夫婦盃の立ち会いということでな、神官であるわしに白羽の矢が立ち申した。何はともあれ此度の嫁娶り祝着に存ずる」

「わしよりの祝いの品じゃ。お受け取りあれ」

祀官の言葉に続き、小三郎に言葉を返す暇を与えず、宗通が傍らに置いた竹で編んだ箱を彼の方に押しやった。

「さっさ、開けて見られよ」

祀官が促す。小三郎が蓋を開けると、中には直垂、袴の衣装と侍烏帽子が入っていた。

「さしたることは出来ぬで、心ばかりのもの。晴れの座に着てもらおうと思ぅてな」

「宗通殿、このような品、もろぅて良いものであろうか」

「何の、大工仕事を手伝ぅた手間賃と思いなされ。遠慮は無用」

宗通はからからと笑いながら立ち上がり、

「わし等は外に出る故、ここな女性《にょしょう》に着付けてもらわれよ」

そう言って他の二人を促して外へ出た。

小三郎は頗る妙な気持ちに置かれていた。あの三人がここに居ることが解せない。重平が立ち会いを頼んだと言っていた。それは有り得よう。だが相手は高が漁師の娘ではないか。北畠顕成と名乗ってさくらの親を納得させた由、さればそれを信じさせるためにこの衣装を着せようというのか。そこまでせずとも。何となく腑に落ちなかった。

着付けの手伝いのために控えていた女性は、村上の後家殿の侍女である。勿論小三郎にそれと分かりようはない。宗通が祝いとして差し出した直垂の衣装は、実は宗通が傀儡《くぐつ》の春風尼から預かっていたものである。小三郎にはこれが必要な時が必ず来る。その時に宗通からの贈り物として渡して欲しい。小三郎が黒島へ着到する以前に春風尼は、小三郎を預かって欲しいという依頼と共にこれを託していたのである。宗通は春風尼に面識があり、その人間離れのした能力に感服していた。彼は彼女の言を素直に受け取っていたのである。このこともまた小三郎の知りようのないことだった。

だが小三郎はその直垂を取出して広げた時、首をひねった。見覚えがあるような気がしたのである。身に着けた時、傀儡屋敷で中供尼に同じように直垂を着せられた時のことが思い浮かんだ。あの直垂か。一瞬、春風尼の顔が脳裏を過った。彼は苦笑した。春風尼の顔にさくらの顔が重なる。これで良いのだ。さくらという実体のある女性と結ばれるために、行女、春風尼という幻が私を導いてくれたのだ。さくらを娶ればその幻は消えよう。直垂の思い出から小三郎は改めて、自分自身を納得させる言葉を生み出していた。

正面に小袿《こうちぎ》姿のさくら、垂髪のまま頭につけるものはない。さくらの後には小袖に打掛け姿の後家殿がひっそりと座っていた。それに対して直垂姿に侍烏帽子を着けた北畠顕成。さくらの脇には大島の重平、顕成の脇には北畠顕忠、これがそれぞれの介添え。対している二人の真ん中に祀官近藤滝口の三郎、これは直垂姿に立烏帽子。それに向かい合って別宮八郎宗通、勝部五郎久長が並んでいる。顕成と祀官の他は粗末な小袖に、それでも侍烏帽子だけは着けていた。

さくらの小袿は、後家殿が娘の時分、取り成す者があってさる納言の女房として仕えることとなり、その時整えた物の一つだったとは後から聞かされた。その話は納言殿の急逝《きゅうせい》で立ち消えとなったが、後家殿は知辺《しるべ》を頼りしばらくは京の都で過ごした。そうしたことが、娘の婿は大宮人をと望む後家殿の願望の因だ。色々あってその頃の衣装は小袿一つとなった。零落《れいらく》している今、婚儀の調度を整えるのも容易ではない。幸い相手もそれを望むことと、固めの盃を交わすだけの形で良いという重平の勧めに一息したが、それでもせめてこの小袿だけは着せてやりたかった。盛儀に着るものではないとはいえ、漁師の娘とさして変わらぬ小袖よりもましであろう。後家殿はそれを口実に、自分の娘の頃の憧れの幻をさくらの上に見ようとしたのかも知れない。相手は堂上北畠一門の御曹司なのだ。

かなりちぐはぐな取り合せだった。村上屋敷の一室、後家殿が居間に使っている部屋である。机、文庫等や調度品はすっかり外へ出してがらんどうにしたが、それでも八人が座るには手狭だった。縁側の板戸は取り払ったので幾分かは広い感じだ。一同の着座は夕刻に入ってからとなり、灯芯に火が入れられた。灯火に映し出されたさくらの顔は化粧のせいもあって、かなり大人びて見られた。ますます行女そっくりな。またしてもその思いが顕成の頭を過る。

「では、固めの盃と参ろう」

祀官は口上も挨拶もなく唐突にそう口を切った。

嫁と婿との間には台に載せた折敷《おしき》が二つ、その一方の上には大盃が一つ、片方には瓶子が載せられている。

声に応じて顕忠がにじり進み、盃を取り顕成に捧げこれに持たせて酒を注いだ。それを飲み乾したのを見て盃を受け取り、これを折敷に返す。次いで重平が同様にしてさくらに飲ませる。

「これで目出度ぅ夫婦の契りの盃は済み申した。末長ぅ睦み合い、いとしみ合う証となり申そう。黒島神社祀官近藤三郎見届け仕った」

祀官はそう言って深々と一礼した。

簡略というよりも、余りにもあっけなさ過ぎた。これは祀官の発案だった。戦場怱忙《そうぼう》の間、飾るより実を取られよ。彼はそう言った。互いの内情を察し、互いに繕わず、卑下する要もない形を取らせたのである。

「続いては、婿引出物を贈られる。受け取られよ」

重平が立って縁へ出た。彼の合図で漁師が二人で具足櫃を抱えて室内へ入った。そこへ置かせて重平は彼等を下がらせ、自分で櫃をぐいと顕成の前に進めた。

「嫁殿が母御よりの引出物におざる」

一礼して引き下がると、顕成が口を開いた。

「有り難く頂戴仕る。私よりはこれを我が嫁に贈り申す」

彼は懐から一巻の横笛を取出し、顕忠に渡す。顕忠はそれをさくらに捧げた。

「嬉しい」

さくらは率直な喜びの声を上げ、横笛を胸にかき抱いた。それを聞いて顕成は僅かな間目を閉じた。彼は小三郎に返り、春風尼を思い浮かべたのである。その横笛は春風尼から贈られた物だった。

「これにて滞りなく終わり申したが、改めて婿殿にお引き合わせ申し上げる。その前に、申すまでもなく顕成殿はさくら殿を嫁にと望まれ、さくら殿は顕成殿の嫁にと望まれ、本日ここに目出度く契りの盃を終えられた次第。顕成殿はさくら殿の出自を問うことなしと申された由、依って、敢えて一人の男と一人の女の結び付きとしての儀を行い申した。とは申せ、夫婦となられた上は、互いの縁者と誼を通じあうは必定、ここに嫁殿が母御をお引き合わせ申し上げる次第」

祀官は澱みもなく、敬虔《けいけん》な顔付きで述べた。夫婦盃をした後でその母親に引き合わせる等、本末転倒の妙な話だが、祀官の威厳のある顔と言葉で、それが可笑しいと感じる者はなかった。顕成も不審は抱かなかった。何とはない慣習めいたものの流れと受けとめている。

「あなたへお控えあるは嫁殿の母御におざる」

さくらの後にいる女性《にょしょう》に会釈を送った。勿論、顕成も最初から気は付いていた。母親とか伯母とか、いずれ近い身内、そう思っていたのである。

「母御は故村上義弘の室にあられたお方におざる」

後家殿は黙って顕成にお辞儀をした。顕成も無言で頭を下げる。かかる際は言葉を発しないのがしきたりかと思ったのだ。

人品骨柄、身に着けた衣装、それに引き出物の具足、若しやという気はしていた。だが最初に見たさくらの漁師の娘姿、わかめ採りの浜での出会い、その挙措《きょそ》言動からは村上の姫とは結びつかなかった。顕成は心底驚いていた。

「他に、この席にはおざらねど、姉姫の山吹殿と申されるは今岡通任の室におざる。いずれ御対面もあろうかと存じ披露申し上げておく次第」

言い終わって祀官は立ち上がり、さっさと縁側へ退出した。顕成が驚きを言葉にする余裕も与えない。

「目出度ぅ済み申した。先ずは祝着、祝着。一つ肩の荷が下りたぞよ」

すかさず重平が満面の笑みで一座へ告げたのが、最後の挨拶のようであった。宗通と久長が顕成に祝いの言葉を述べている間に、重平はさくらを立たせ後家殿を促して去らせ、彼もその後を追った。

「顕成殿、これから案内致す家で嫁御とお二人で膳を囲み、祝杯を上げられよ。嫁御は衣装を着替え次第、程なく参られよう。明朝、迎えが参るまで、誰も近ずかぬ故ゆっくりと過ごされい」

言い置いて顕忠は外に出る。入れ代わりに芳がやって来た。顕成の案内だ。

嫁と婿がいなくなったその部屋に宗通と久長はしばらく待っていた。重平が戻って来て、顕忠と祀官の姿が見えないのを訝《いぶか》しがったが、この二人も間をおかず戻って来た。顕忠は祀官を探すのに手間取ったと言う。幸いの月明かり、見当を付けた浜近くで見つけたのだ。

「何で出て行かれたぞ」

宗通がとがめるように言う。申し合わせの中に彼が外に出る予定はなかったのだ。

「ああでもせずば、おさまりはつけ難かったろう。あのような婚儀は初めてじゃわい。難儀であったな。何故とものぅ冷汗をかいたぞよ」

大笑いする祀官に重平が改まった礼の挨拶を述べた。

「わしはこれより宮窪へ戻り申す。後のこと顕忠殿とよろしく」

「これからとな、それはえらいことじゃ」

「何、漕ぐのはこの浜の漁師。わしは寝ておれば向こうへ着く」

「それはそうじゃ。申し合いのこと違《たが》えぬよう合力相務める所存、安心なされよ」

五人そろって村上屋敷を出た。祀官達の仮の宿には芳が酒宴の支度をして待っている。顕忠は重平を送って浜へ出た。

「顕成殿が何も言わず、わしはほっとしたわい」

重平のそれが本音だ。

「したが未だ気は緩められん。塩飽の先頭に立って大島へ討ち入ると告げたら、どう出るか」

「どう出ようと、やってもらわにゃならん。顕さぁ、お前さぁの腕ひとつ、いや口一つで乗せてくれにやぁ」

「祀官殿もおりゃあ宗通殿もおる。口は添えてもらえよう。どうしてもとなりゃあさくら殿の力も借りよう」

「それが頼みの綱じゃな」

「ところでじゅべさあ、光盛殿は大事あるまいな」

「あの男、義を忘れる男ではない。わしは心配しておらん」

「采配をわしにまかせてくれるであろうか」

「よう頼んである」

二人だけになると、弱気の心配が自然に出て来る。準備に日数をかけるでもなく、不安定な要素の多い計画だ。強気の顕忠でさえ、悲観的な見通しがともすれば思い浮かんで来るのだった。

明日の朝は顕成をゆっくり口説く暇はない。一刻も早く光盛に会って、合力の返事を得たかった。

「顕さぁ、ここまで来てもう焦るまいぞ。明後日一日のゆとりはある。じっくり顕成殿と話し合うて、それから塩飽へ行って間に合う」

「ま、そのつもりじゃおるが」

二人はこれまで幾度となく交わした言葉を愚痴のように繰り返していた。意表をつく奇策だけに僥倖《ぎょうこう》を願うような頼り無さがあった。

翌朝、呼び出されてやって来た顕成は見るからに爽快な気色であった。

「先程さくら殿から聞いた。村上の跡を継いで欲しいとな。顕忠殿、企んだな」

のっけから言う顕成の言葉に毒は感じられず、顔は笑みを湛えていた。

「重平殿とよう思案なされたことであろう。黒島のお三人まで一役買って私を乗せてくれた。してやられた」

「成り行きにおざった。小三郎殿、いや顕成殿を宮窪にお連れ申した折は、村上がことあきらめており申したは真実。なれどかかる仕儀になったは、これも定めと申すものにおざろう」

「私もさくら殿の口から聞いてそう観念した。かの人と夫婦になれるなら如何なる境涯にも甘んじると申したに変改はない」

「それをお聞きして安心仕った。かくなる上は吾等共々一連托生、先ずはお聞きくだされ。顕成殿も、姫を娶り、嫁の縁にて村上の統を継ぐのみでは意に染まぬものありかと存ずる。ならば、北畠顕成が力で村上旧領を討ち従えられよ。然る後に村上を名乗られれば名実共に棟梁として内外に憚るところ無しと申すもの」

そもそも北畠と伊予大島は深い絆《きずな》で結ばれている。村上源氏の祖、師房が伊予大島を賜って以来である。村上源氏の統を継ぐ中院家が代々大島庄の領家となっている。それが醍醐寺に施入されて醍醐寺の荘園となったが、領家は今でも中院家である。北畠はその中院家の出である。その北畠が、大島の浜辺を拠点として活動していた村上義弘の権益を攻め取って、誰からも非難されることはない。

顕忠は小三郎に北畠を名乗らせるに就いて、このような理屈をこじつけていた。かてて加えて、同じ村上の婿である河野通任が棟梁の座を狙って策動している現況を話し、彼の意表を衝く計略を説明した。

「如何におざろう。御不満の筋あれば協議仕るに吝《やぶさ》かではおざらぬ」

「ことごとく感服。顕忠殿、それ程の知略を備えておられる御辺こそ、棟梁にふさわしいのではないか」

熱っぽく語る顕忠に、顕成は冷静な微笑を浮かべている。

「そのお戯れは、吾等の目論みに不同意の意か」

顕忠は色をなした。顕成がまともに聞いていなかったように思えたのだ。

「気に障ったなら容赦《ようしゃ》されよ。私は思ぅたままを口にしただけだ。私は村上が如何なるものか知らぬ。今の状況を語られても、有り態に言えば全く他人事の物語とより聞こえぬ。その中で顕忠殿の対応の計りごとに、悉く感心していた。これぞ棟梁と呼ばれるにふさわしい術計の組み方ではないか、よくは分からないが大所高所《たいしょこうしょ》から良く見ておられるように感じた。戯れたつもりはない」

「すべてじゅべさぁと二人で練ったもの。身共はもとより棟梁の器に非ず。棟梁の下に就いてこそ己れを生かせる器量と承知しおり申す」

「相分かった。それは措こう。ともかく、さくら殿から、婿になった以上棟梁じゃと言い渡されている。あのお人はことをわけて話されなかった。私もまたそれで良いと思ぅた。娶った上はあのお人の如何なる申し出も受け申すと心に決めていた。素より棟梁とて、それから逃げるつもりはない。ただ、己れがそれにふさわしい者とは考えておらぬ。人の上に立つのも下に就くのも、そのような繋がりはあまり好きではない。なれど、これが私の定めなのだろうとは思っている。同じ定めなれば、仕おぅせて見せたいとも思っている」

「雑賀《さいか》で初めて会ぅた時より、あの時の小三郎殿とは、何やら、かかる縁《えにし》に結ばれるような気持が、絶えずこの胸におざりまいたぞ」

「成程、奇しき縁とはかかるものであろう。雑賀の浦か。互いに生国遠く離れた二人があの浦で、あの時居合わせたがそもそもか」

「かかる上は大島討ち入りのこと御承引頂けまするや」

「異義はない。然るべく」

顕忠は危うく涙がこぼれそうになった。事は成就。彼は塩飽光盛への危惧を一瞬忘れる程の感激に包まれていた。

「明後日の明け方には塩飽《しあく》の船で参り申す。それまではゆるりと村上屋敷にて過ごし候え」

改まった声で予定を告げ、顕忠はそれを挨拶として顕成と別れた。

顕忠は六挺櫓を急がせて備後灘を東へ、目指すは備讃瀬戸の塩飽、本島である。

巻の十八　大島討ち入り

「顕殿、待ち兼ねておったぞ。村上再興とか、勇ましいのう。加勢を頼まれてわしも本望よ。これで義弘殿の恩義に酬い仕つることが出来申す」

塩飽光盛は髭だらけの顔を笑みに崩して顕忠を迎えてくれた。顕忠の不安は杞憂に過ぎなかったのである。

将船一艘、小ぶりな随伴船二艘それに三艘の小早、何時なりとも出船の支度は整えてあると光盛は言った。当てにしていた戦力を上回る陣容である。

「有り難いぞ、光殿」

顕忠は感謝と感激に声をつまらせ涙を浮かべた。雑賀小三郎改め北畠顕成がすべてを納得してくれた以上の思いであった。

「伊予はこのところ静かげじゃと聞く。備前、備中、備後と、中国筋はたいしたことはないが相変わらず騒がしい。あれからのう、讃岐から誘いの手が二度三度あった。細川も頼春殿が都滞陣で小豆島が抜けぬ。それで塩飽を狙ぅとる。宮方の、武家方の、いぅても、わしの本音はどちらでもええのじゃ。塩主《しょうぬし》の商いとそれを護る海賊、それで事が運べば言うことはない。瀬戸の内に村上海賊の旗がなびけば、我等海賊も心強いことよ。此度のこと、顕忠殿、重平殿の頼みばかりではのぅて、自身のためでもある。一味同心のつもりなれば、構えて気遣い召されるな」

塩飽諸島は讃岐領だが、島々がそれぞれの動きを示し国守の威は浸透していない。それに宮方、武家方の闘争は止む時もなく、その時々の動きによって変節する者は珍しくない。内海航路の要衝にあるところから、四国側本土側共に味方へと誘いの手を伸ばして来るのだ。島々に寄り海賊を称する輩が相当な水軍戦力を保持しているからなおのことである。

「因島のあたりが小競り合いで騒がしいそぅなが、大島あたりはどうかな」

「今のところ何もない。旗を上げる者がいないでな。小早川も安芸の宮方の対応に追われているようだ。じゃによって今岡がこそこそうごめき出したのよ。去年の伊予攻めが終わって以来、忘れられたように静かになっとる。行き交う船も増えた。だからこそ今岡が今の内に村上の名をものにしておきたいのよ。守護がどう変わろうと、村上海賊で構えておればどう転んでも損はないと踏んでいるのではないか」

「ま、そういうことであろうな」

潮を待つ間に大島攻めの細かい打ち合せに入った。

「わしが乗船に北の旗を立てようか」

「北」は北畠の北のつもりだ。

「いや、塩飽の旗を立ててくれ。黒島の船に北の旗を立ててもらう」

「わしは構わぬぞ」

「いやいや、塩飽勢が多い程、今岡の気勢を殺ぐことが出来よう。戦わずとも、相手が恐れまいこんでしまうのが上策じゃ」

「顕《あき》殿はどっちの船じゃい。指図するのはわしの船の方がやりやすいぞ」

「そう言ぅてくれるのは有り難いが、令を下すのは北畠顕成じゃ。わしはその下につかねばならぬ。わしの合図に塩飽衆は従ぅてくれるか」

「それはもう、ちゃんと言い含めてある。安心されい。したが、わしが見極めで動かねばならぬと思ぅた時は何としょう」

「一応それで動いてくれ。まずいと思えば合図しょう。それの無い限り思うように。それで如何か」

「顕殿の采配に誤りがあろうとは思わぬ。なれど、合戦ともなれば不測のことも起きよう。念のためじゃ。気を悪ぅされるな」

「何の、わしも光殿を信じ申しおる故、光殿がこうと見極めることに口を入れることもあるまいとは思ぅておる。ただ、合戦は避けたい。一人たりとも損ずることなく今岡を慴服《しょうふく》させるが最上の策。じゅべさぁのたっての頼みにおざる」

「心得ており申す。これは万が一の慮りよ」

光盛は気のいい人柄だが猪突猛進の嫌いがある。念は押しても、顕忠には心許ない懸念はあった。だが、もう矢は放たれたも同然である。ままよ、その時はその時、顕忠も肚をくらざるを得ない。

「ところで、今岡のあの者如何いたしておる」

黒島から放逐し光盛に預けた今岡の武将木見作兵衛のことである。

「おう、達者で務めとるわ。毎日汗を流して汐を汲んどる」

「どういうことだ」

「あたら侍大将分の者が櫂子《かいこ》よ」

櫂子は塩作りの場で働く者だ。

「それはまた何とした」

「しばらくは武士を捨てたいと申してな。配下の者もそれになろぅた」

「手を入れて旧の形は止めぬ。それで使ぅておる」

これは予期しないことだった。此度の討ち入りに彼等を加えることを光盛と詮議せずばなるまいと、その心づもりであったが。それは無用のようだった。光盛のことだから、木見作兵衛以下の者を此度の勢に加えるだろうと予想していたのである。そうなれば今岡通任に無用の刺激を与えるだろう。それは是非断らなければ。重平とそう話し合って来たのだが、これも取り越し苦労だった。

沖の島までは顕忠も将船に同船した。乗って来た六挺櫓の水手《かこ》には、後は追わなくて良いからゆっくり宮窪を目指せと下命しておいた。塩飽までの力漕で精根尽きた思いであろうとせめてもの労わりのつもりだった。出来れば塩飽で二、三日は休ませたい気持ちだったが、野島の大変に、彼等だけのんびりさせる訳にもいかず、彼等もまた早く帰りたがっていた。宮窪が心配なのだ。

思ったよりも風が出て予想したよりも早く沖の島へ着いた。

狭い浜辺だ。商船と見える黒島船がもやっている他に漁船の姿は見えない。浜に武家風の男が五、六人立っている他人影は無い。

「住み家はちらほら見えるが、まるで無人の浜のような」

「小早はどうした」

光盛は目を丸くして驚いていた。この近くは何度も船で往来している。この島は人の住まぬところとばかり思っていた。立ち寄るのは無論初めてだ。近くまで来てあれがその島と指差され、奇異な思いが尾を引き、浜に立つ人影は黒島の者と見当つけたものの、やはり無人の島ではないのか、地の者の姿が見えぬ、その思いが言葉になった。

「人数は少ないが、暮らしている者はおざるよ」

顕忠は笑った。野島の者と違ってこの島の珍《うず》はひっそりと物静かに暮らしている。「のうし」の息子の五郎左のような男は珍しい。五郎左が若い者を手なづけてかなり動く手下《てか》を作ったが、それでも島全体は変わらぬ。重平がそのように言っていた。初めての者には、不気味とも神秘的とも感じられるたたずまいが島を支配している。

「下りるのか」

「そうしてくれい。北畠顕成殿に引き合わせずばなるまい」

「如何にも。船全部を浜へ乗り付けるは難儀ぞ。もやい所も見当らぬが」

「光殿一人で良かろう。水へ飛び込んでまたはいあがるのも苦労じゃ。近間で碇を下ろされよ」

光盛は停止して碇を投げるよう指令して小早を一艘呼び寄せた。

舷側に寄せて、光盛と顕忠の二人が乗り移る。その小早を浜の砂地へ乗りつけさせた。小早であれば船首から飛び降りるのも、再び乗船するのも簡単だ。

「塩飽殿、しばらくでおざったな」

「これは滝口殿も御健勝の趣、重畳に存ずる」

祀官を光盛は滝口と呼んだ。村上義弘がそう呼んでいたのだ。二人は旧知である。

祀官が北畠顕成を光盛に引き合わせた。

「しばらくでおざる、小三郎殿。いや。北畠顕成殿」

「その節は世話になり申した」

顕成は神妙に挨拶を返した。

「何と、御両所は知り合ぅてあったか」

祀官が大袈裟に驚いて見せた。彼は光盛の警固船《けご》に小三郎が乗り合わせて大島まで来たことを知らない。

「その折は北畠顕成の御名は知らず御無礼を仕った」

顕忠は小三郎を実は北畠一門の御曹司と光盛には告げている。

顕成は黙って頭を下げた。この思い込みには言葉の返しようがない。

「此度は村上旧領への討ち入りまことに勇ましく、光盛及ばずながら大島の重平殿、ここな顕忠殿の誼にて肩入れ申す。如何様にもお使いなされよ」

光盛はあくまで律儀だった。

「御挨拶痛み入り申す。何分とも宜しゅう頼み参らせ候」
顕成も神妙な物腰を崩さない。受けた以上はどこまでもそれらしゅう振る舞ぅて見せよう。彼はそう決めていた。

さくらが顕成の門出を見送りたがった。だが祀官がこれを強く押し止めた。顕忠から厳重に言われていたのである。顕成からも浜まで出てはならぬと言い渡されていた。北畠顕成がさくらを娶るのは、あくまで村上旧領を乗っ取った後としたい。顕忠は誰にもそう思わせたかった。光盛もその例外ではない。これを秘めておくのは今岡通任牽制のためだ。顕成の勢いを認めさせ彼を慴服させるにはこの策より他無い。さくらの婿となって村上の統を継ぐ、それだけでは通任の反発を招くことは火をみるよりも明らかだ。通任は村上の姉婿である。と、そのようなことを光盛に明かしたところで、彼がどこまで理解出来るか。顕成とさくらは既に夫婦であると、その事実だけがどのようにかして今岡に洩れぬでもない。今一度、宮窪入り以後の策を詮議したい。顕忠は早速に提案し、黒島の三人、顕忠、顕成に光盛を加え、砂の上に車座を作った。

沖の島を出た船隊はほぼ予定通り、たそがれ近くに大島の戸代の鼻を回った。重平と打合せた刻限である。

浜の方から鉦を鳴らす音が水面を伝わって来る。浜に人影が見え、それは見る見る内に大きな群れとなった。

戸代の鼻を過ぎた船隊は帆を下ろして櫓走に移り、隊列を整え始めた。小早二艘が横に並んで先頭に、その後に、丸に北の文字を入れた旗を立てた黒島船、その後に光盛乗船の将船、その後に同型船二艘が横に並び最後尾に小早一艘。堂々の陣形である。黒島船の他はすべて塩の旗印を掲げている。

船列はその陣形のまま、宮窪の浜前面の広い海域を、大きく円を描いて一周した。浜の人群れの中からどよめきがしばしば上がっていた。まるで船汰《ふなぞろ》えの感である。

船列は一周したところで櫓を上げ、行き足だけとなって船足を落とした。

黒島船の船首に顕成が立ち上がった。梨打烏帽子《なしうちえぼし》に鉢巻き、鎧直垂《よろいひたたれ》に篭手《こて》は着けているが鎧は未だ着用していない。

「宮窪の住人に告げる」

大音で第一声を上げた。

「我は北畠顕成なり。ここ宮窪の浜は村上海賊の寄り所と聞く。我、代々の所縁あって、ここに村上の統を襲うべく罷り越した。否やのある者は我と戦え。応じる者は我が配下に組み入れようぞ」

祀官と宗通の後に隠れて聞いている顕忠は内心大いに驚いた。顕成の姿も声も言葉も、威風に満ち品格に溢れていた。これぞ棟梁の器量。そして顕忠は、我が事、早成れりと喜悦を禁じ得ないでいた。

ややあって人群れの中に声があった。

「異なることを聞くものかな」

割れ鐘のような声である。重平だ。彼は人群れをかきわけて前に進み出た。

「わしは野島の重平じゃい。この宮窪を村上から預かって差配しとる。村上の統を襲うじゃと。誰の許しをもろぅて来たんじゃい。そのような無法、通る思ぅてか。野島が相手になろうじゃないか」

迫力があった。言葉が終わると同時に手を振る。人群れが一斉に後の松林に退き散開した。これも見事な動きであった。

「小癪なり。我が弓勢の程見せてくれよう」

顕成は叫んで弓に矢をつがえ引き絞った。

ひよぅと放つと、矢は音を立てて飛んで行く。鏑矢《かぶらや》だ。

狙ったのは一際高い松の木の枝だ。音のする方向に、並み居る者の視線が一斉に向けられた。発止と音を立てて矢は枝の根元に的中した。と、多くの枝葉を付けたその枝は矢が的中した箇所より折れて、下へ崩れ落ちた。

野島の者からも船中からもどっと歓声が上がり拍手が響いた。

それの止まぬ内に顕成の采配が上がった。船列は一斉に櫓を下ろし動きだす。

それと見定めた重平は手下《てか》の一人を呼び寄せ甘崎城へ急行するよう命じた。

今岡通任への救援要請である。


北畠顕成、塩飽が軍勢をひきつれ、村上が名跡襲わんとて宮窪へ乱入。野島これを迎え討つも多勢に無勢難儀に候。村上一門の今岡殿早々御来援あって然るべく、急ぎ願いあげ候　　　　のしま

情状は口上にて述べよ。案内仕ると言え。重平は手下に言い含めた。

これは顕忠との打ち合せ通りである。書状も顕忠が認めておいた。

船中から顕忠は重平の姿を注視していて、ぁ、今から使いを走らせるな、と見て何やら独り可笑しさを覚えていた。

動き出した船列は先程と同じように海上に円を描き始める。と見えたが今度は縦一列に陣形を組み替え、渚に平行して走り出す。ややあって、船列は一斉に回頭を始め、全船船首を渚に

向けて突っ込んで来た。

松林の中の野島衆が一斉に飛び出し、喚声を上げて渚へ殺到した。

先頭に立った波平が指揮をとっている。

陽が落ちてようやくたそがれがあたりに立ち篭め始めた。

野島衆は波打ち際に立ちはだかって、船が乗りつけるのを待つ。

船列は波打ち際のかなり手前で前進を止めた。船底が砂をかんだのである。

これこそ重平と顕忠の苦心の策である。たそがれ近くと刻限を決めたのは、潮が半ば満ちた頃、遠浅の浜は未だ波打ち際まで船は入れない。打ち入った船列はそれと知らず船を止められた態に見せかけるためである。

船が動きを止められたと見て野島衆は水の中へ躍り込もうとした。その時重平の、待ったの声がかかった。

「引け引け。船の上と水の中じゃ。うかうか入るでない。砂の上で待ち構えぃ」

野島衆が波打ち際に引っ返しても、船列の中から水へ飛び降りる気配はなかった。

そのままの対峙が続く内、次第に闇は忍びより、野島衆の足にひたひたと波が攻め寄せて来て、彼等はじりじりと砂の上を後退していた。

「引きあげぃ」

重平の声が響き渡った。

長い対峙が続いた。その間、船も松林も何の動きも見せない。すっかり夜の闇となり、船が浮いた。潮が満ちて来たのである。

後退の指令が出て船隊は船列を整え、能島へ向かった。

一番船に松明が灯された。一番船は黒島船だ。顕忠が水先案内を務める。塩飽の者はこの狭い水道を航行した経験はあっても能島へ船を着けたことは無い。

能島は宮窪前面海域の北の隅に位置する小島だ。宮窪とは狭い水道で隔てられている。岩礁が多く船の達着は、馴れない者には危険が多い。だが狭い砂浜の波打ち際には雁木が設らえてあり、かなりの船隊が接岸出来る。

ここには砦も築かれてある。村上義弘の頃には、前面の能島の瀬戸、東側伯方島との間の船折の瀬戸、両瀬戸の通行船から関銭を徴収する根拠地だった。今は無人となって荒れたままである。

全員を上陸させた顕忠は砂浜の処々で盛んに篝火をたかせ食事を摂らせた。

「光殿三交替で良かろう。手配頼む。一番手にはわしが出よう。小早を貸してくれぬか。今暫らくすれば今岡の物見が見近島あたりに忍んで来よう」

「それ程早ょぅにか」

「何の、わしが飯を食う暇くらいはあろう。ゆるゆるとな」

重平の手下《てか》が早川まで走り、そこから船で鼻繰の瀬戸へ向かう。甘崎が報せを受けて物見を発進させるまでに、急いでも四半刻やそこらはかかる。早川から六挺櫓を頼むように言っておいたが、今岡が物見をそれに便乗はさせまい。己れの小早を仕立てるだろう。

顕忠はそのような目算で今岡船到来の時刻を計っていた。

だが顕忠の予想した時刻を過ぎてもそれらしいものの姿は現われなかった。瀬戸の入り口の見近島あたりまで進出したが鼻繰の出口付近に動く影は見えなかった。

「脇の頭」

前方をにらんでいる顕忠に後から水手《かこ》が声をかけた。切迫感を伴った声だ。振り向くと、後方の闇に赤い火が駆け昇るのが見えた。烽火《のろし》の合図だ。

全速で漕ぎ戻って見ると事態が妙な具合だった。

岩場に小船が繋がれ中に三人の漁師が乗っている。その前の岩に見張りが二人、松明をかざして立っていた。灯りに照らされたその顔を見て、

「疾《はや》じゃないか。何事じゃい」

顕忠は叫んだ。

「脇の頭か。急《せ》いとるんじゃ」

「上へ上がれ」

接岸させて顕忠が小早を下りると、光盛が近付いて来た。

「あやつ、顕殿《あき》でのうちゃ言えんと言ぅておってのう。早ぅ早ぅと言うばかりよ」

対岸から松明をかざした小船がやって来るのを見張りの塩飽の手下《てか》が見付け、手早く矢を送ろうとした。折り良く光盛がその近くにいて、目ざとく手下の動きを察して大声でこれを制した。それで何事もなく済んだのだが、その小船には重平の使いという者が乗っていた。それが疾《はや》だったのだ。

重平の報せは今岡の動きを伝えるものだった。甘崎城へ着いた使いの者は通任から「相分かったと重平へ告げよ」それだけで早々に帰るように命じられた。使いの者は心利いた者で、これだけでは使いの用は半分だと思い、夜の闇を幸いに、一旦船で漕ぎ出し、島を廻って横からはい上がった。それで見届けたのが、今岡の早川上陸の策だった。海上の船戦は不利と踏んだのか、早川へ渡って陸路宮窪へ進出して野島衆と合流するつもりらしい。そこで重平が言うには、これから直ちに宮窪へ取って返し夜襲を仕掛けて欲しい。それから頃を見て二、三人を早川へ放ち、夜襲の不意打で野島は総崩れとなり、重平以下の手下は降参してしまった、そのように言い触れさせせよう。それは、今岡が上陸する前にその形に片付けねばならぬ。疾《はや》はそう伝えた。

仮眠をとっていた顕成を起こし、三人の合議は出動を即決して全員を呼集した。

「光殿、わしに指示を出させてくれぬか」

「良かろう。手下は顕殿の思いのままよ。遠慮のぅやられぃ」

光盛の顔を一応立てて顕忠は北畠顕成の前に進んだ。

「御大将、これより顕忠、思いのままの指揮を仕る。宜しゅうおざりまするか」

光盛の手下も直ぐ近くにいる。大将をないがしろにすると見られのはまずい。北畠顕成はそれを受けて、

「然るべく」

鷹揚に頷いた。やはり大将の器。顕成の物腰態度を見て顕忠は改めて感心させられていた。流石は源家のお血筋。だがそれは自分と重平の他知る者はない。

「塩飽の衆に申し上げる。この地に詳しいが故に、ただ今よりこの北畠顕忠が皆の衆の指揮を取る。料簡されたい。先ずは小早一艘ここへ残し、明け方まで焚火を絶やさぬようされよ。異変あれば必ず烽火を。頭には別宮宗通殿お願い申す。次に渡航には各船松明をつけられぃ。上陸はここより真西になる対岸。砂地は至って幅狭く、海辺に迫って立ち木が多い。もやいをしっかりこの立ち木に止められぃ。潮の流れが速く、ほどけて流される恐れあり。心されよ。日暮れ時に着けた向こうの浜と違ぅて、乗り上げて船首より飛べば左程水に濡れることなし。暗

い中なれど足元安んじて浜へ飛ばれぃ。水先はそこなる小船」

指差す方に疾《はや》が水手《かこ》二人と控えていた。

「陸《おか》に上がってよりは彼の者とこの顕忠が松明を掲げて先頭に着く。各船の松明は陸《おか》では四つに増やす。列は四列より増えてはならぬ。互いに横の者と肩触れ合う程に離れず、話し合ぅてはならぬ。行く手は先ず野島衆の本陣を目指す。命を下すまで相手に斬りかかること無用。取り巻いて降参させるを旨とする。後は現場到着後に。残る小早は宗通殿に任せ申す。以上。一番船より出船かかれ。急げ」

松明を多くするのは如何にも多勢らしく見せようがため。重平の使いが帰り、さらに能島へ疾《はや》が来るまでの時間を考えれば、今岡の物見がこの近くに来ているものと一応は考えねばならない。

船隊は無事に着岸を終わり、上陸した兵は海岸に沿って南へ下る。程もなく顕忠は軍勢を止めて列中の光盛を呼んだ。

「この空の方じゃ」

「暗ぅてさっぱり分からんが大体その見当かと思ぅておった」

空とは上の方のことだ。

「も一寸上まで上がったあたりで始めようか」

「そうじゃな」

「手下《てか》を横へ散らばせてくれるか」

光盛は列を解いて、山の手へ向いて広範囲に散開させた。

その隊形で緩い坂を前進させ、再び隊を止めた顕忠は、

「みつぅー」

と叫んだ。それが合図である。それに応えて、

「者共、かかれえっ」

光盛の大声が闇に響き渡った。

手下達は松明を頭上高く掲げて一斉に喚声を上げた。

とたん、上の方、重平屋敷の一帯でも夥《おびただ》しい数の松明が闇の中に浮かび上がり、鬨《とき》の声が上がった。

「それっ」

光盛の下知が飛ぶ。松明を持った手下達は小走りに右往左往の動きを始めた。

それに合わせて上方の松明が下へ下り、上へ退く動きを始めた。

遠くから見ればあたかも、両者入り乱れた闇の中の戦闘の様に見える。

断続的な喚声が四半刻も続いた頃には上の方の松明が何時の間にか殆ど消えていた。

「止めぃ、止めぃ」

光盛の下知が再び聞こえた。

その場に待機させて程もなく、上の方から一本の松明が下りて来るのが見えた。近付くのを見ればどうやら四、五人一団のようだ。

「降参じゃ。降参の使いじゃ。構えて手は出されるな」

呼ばわっているのは波平のようだった。

「分かった。そこにて止まれ。迎えが行くまで動くでない」

丁度光盛が彼等の正面にいたと見え、彼がどなった。

浜へ集結した塩飽勢へ、波平が指図する野島の者が粥の接待をしている。焚火もいち早く彼等の手で燃されていた。

重平が二十人ばかりの手下《てか》を連れて下りて来たのは、そろそろ明け方になろうという時刻だった。

砂の上に座った重平と波平に対するに、顕成、顕忠、光盛、それに祀官が加わってこれも砂の上だ。光盛の手下がそれを遠巻きにして、外側に向いて警戒に立っている。焚火の灯りに映し出されて、どこからでもよく見える。それは降参の手打ちの姿と見えたであろう。

「解せぬ。どうも読めん」

　重平が困惑顔でつぶやくように言う。

　重平は既に各浦々へ、宮窪から逃亡した態にして手の者を走らせていた。彼等に、宮窪の野島が北畠顕成に降参したことを言わせるためだ。今岡が上陸予定と思われる早川へは二人をやった。一人は別行動の物見だ。これは直ぐに引っ返して来た。今岡からやって来たのは船一艘だけだ。上陸したのは九人。早川の辰とは会ったが直ぐに船へ引っ返し船で休んでいる。後続の船が鼻繰の瀬戸を出て来る気配はない。

「能島の方にも、今だに烽火が上がらん。船を出しとらんようじゃ」

　顕忠も首をひねった。能島に残した小早の見張りはちゃんと焚火を燃し続けている。

「能島へ物見の船を出し、早川へ繰りだして陸《おか》へ兵を上げる。そのとたん宮窪降参の報せが入る。それが筋の筈じゃが」

「そりよぅ見こしてわしゃあ降参を報せに走らせたんじゃ」

　重平もそう応じた。

「一日早川へ上がった通任が、宮窪降参と知って引き上げたのなら思惑通りじゃが、初めから鼻繰を出て来なかったというのが解せぬ。大島乗っ取りと聞いても動こうとせぬは何故じゃ。それで大島を、いや村上をあきらめるとは思えんが」

二人のやり取りをじっと聞いていた北畠顕成が静かに口を開いた。

「野島と塩飽の双方が痛めつけ合い、殺し合いが終わるのを待っていたのではないか。直ぐに援軍として出れば、自分の損害も大きい。頃合を見ている内に勝敗のついた報せが入ったのではなかろうか。上陸させると返答したのが真《まこと》なればだ」

「かも知れぬ。漁夫の利と申す。かの通任殿ならやり兼ねない。野島が一人でも減れば自分に有利。その良い機会と思ぅておったのかも知れぬ。塩飽にも損害が出れば、疲労もする。そこを狙って一挙に攻撃に出る。案に相違して野島が早々と降参したので、動きに窮《きゅう》しているのではないか」

祀官も同調した。

「その魂胆ならば塩飽と野島で甘崎を乗っ取るまでのこと」

顕忠が吐き捨てるように言う。

「そぅせからしゅう言わんでもええ。今岡が野島を見捨てるまねをするならそれでええ。初めからその気であったにせえ、兵を出した後で北畠の勢に恐れをなしたにせぇ、どっちでもわしらの思う壷じゃないか。そのような臆病な算段なら、顕成殿が村上の棟梁に就いて、それから今岡を呼びつけりゃ、何とかおさまるんじゃなかろうか」

「これは異な。重平殿に似つかわしゅうない仰せかな」

重平の言葉に光盛が口を挟んだ。

「のう重平殿、重平殿は当初より、今岡を傷つけず伏させるつもりと聞いておった。なろうことならそれが良いとわしも頼みを引き受けた。なれど、事このように重平殿の危急を知って救けにも来ない今岡なれば、己れの欲の前によくよく重平殿を憎んでのことと思われるが。それは重々お分かりの上でなおそのような。もう良いのではないか。大島の重平の怒り、そろそろ見せつけてやられぃ。わしは重平殿の胸の内を思い、今岡のやりよう腹立たしゆぅてならぬ」

「待たれよ、塩飽殿。そもそも此度のことは、当方の計りごとから出たこと。今岡とやらが、それに乗って来ないといぅて腹を立てても始まらぬ。どうであろう、今岡はそれとして出方を見ながら、予定通り、浦々を攻め取る形に移っては如何か」

北畠顕成はどこまでも穏やかな物言いだった。

「重平殿、何か策がおありか」

「ない」

祀官が尋ね、重平は首を振った。祀官は続けた。

「ならば御大将の言う通り、のう塩飽殿、顕忠殿、一休みしたならば大島巡りと参ろうではないか」

それで衆議は一決した。だが重平一人は未だ浮かぬ顔であった。

塩飽勢は一先ず船へ引き上げ、野島も家へ帰り一時の仮眠を取り、巳の下刻に船の集結を約した。

黒島船が一番船、北の字の旗印を掲げた。その両翼に丸に野の字の旗印の野島の小早と塩飽の小早。二番船に塩飽の将船、両翼に塩飽の小早。その後に隋伴船《ずいばんせん》の三番船、四番船と二艘が並び、しんがりに野島の漁船三艘が並んだ。帆は下ろしたまま、ゆっくりとした櫓走である。

縦陣の船隊は宮窪の浜を出て戸代の鼻を回り大島の東側に沿って南へ下る。ここは燧灘《ひうちなだ》の西南端、来島瀬戸を抜ける通航船が多い。船隊の前、横を走っていた航行船は、船隊の姿に気づくとあわてて大島の沖合へと、回避運動に移った。

「ここの通航船は通常だが、布刈《めかりの》瀬戸はばったり船足が途絶えておるそうな。先程じゅうべさぁからちらっと聞いておざる」

逃げる通航船で顕忠は思い出し、祀官へ話しかけた。

「右馬之助が荒らび出したか」

「いや。備後の覚弁が動き出したらしい」

「商人共は敏感じゃからのう。噂は大概当たるし、難を避けるコツを心得ておる」

布刈瀬戸は因島の東側だ。因島に拠る宮方大館右馬之助を攻めるべく三吉鼓少納言房覚弁が出動するらしい。右馬之助は伊予世田山城で討ち死にした伊予守護大館左馬之助の弟だ。篠塚伊賀守が沖の島から因島へ移ったのもこの武家方の動きを知って右馬之助を扶け、今一度の合戦をと望んだのであろう。顕忠は重平からそれを聞いた時直ぐそう思った。だが伊賀守のことは祀官にもらす訳にはいかない。沖の島が逃亡者を受け入れる島のように思われても、今は未だ困る。祀官は因島にはさした興味を示さなかった。

大島南端で西へ変針した頃より急に潮の流れが速くなった。来島瀬戸の入り口である。攻撃の第一目標は瀬戸の急流の中の東側に浮かぶ中途《なかと》、務司《むし》の両島の城だ。ここは今岡通任が横領し手兵を置いている。

瀬戸の流れに入って船隊は一列単縦陣に組み替えた。先導船に重平座乗の野島の小早、後に一番船、その後に小早と、将船、随伴船、各船の間に小早が入る。どこからでも足の速い小早が即応出来る戦闘隊形である。

瀬戸の半ば、地蔵鼻あたりで北へ転針、中途、務司と並ぶ二島と大島西岸の間の狭い水道に入る。中途、務司とは目と鼻の先の距離だ。両島共、城兵が見物のように立っていて、その顔まではっきり見える。

「どれも皆びっくりした顔じゃな」

祀官が面白そうに笑った。

「今にもっとたまげよう」

顕忠はにこりともしないで言った。彼は重平の、解せぬと言って浮かぬ顔だったことが胸にひっかかって、どうも未だすっきりした気分になれないでいた。

長い船列の通過は中途《なかと》、務司《むし》への示威航行であり、次への拠点作りでもあった。

船隊は務司島の東に当たる下留の浜へ次々と乗り入れた。

「御大将、御移乗を」

顕忠は改まった声で北畠顕成に告げた。野島の小早に宗通が北の旗印を持って顕成に従って乗り組む。塩飽の小早に顕忠が乗り込んだ。光盛と祀官はそのまま下留の浜に残って万一に備えた。

二艘の小早は先ず務司へ近付き、船上から顕成が名乗り降参の勧告を告げる。速い潮の流れに逆らって、櫓の力で船を静止状態近くにしての口上だから、そうそう長くはしゃべれない。顕忠が後を受けて、直ちに島を退去して下留の浜へ向かうよう、身の安全は保障する。島に残る者あれば船を着けて斬り込む。急げ。その旨を伝えて、流れを横切って中途へ向かう。こちらの方は北側から近づき接岸した。島陰で潮の勢いが緩く浅瀬となった砂地が僅かにある。だが上陸はしないでこれも船上から呼ばわった。この位置からはまた、務司、中途両島の監視が出来、西の馬島の方への逃亡を防げる。

両島共、十二、三人の城兵があきらめた風にぞろぞろと姿を現わし船に乗り込んで下留へ向かうのが見えた。

「祝着至極におざる。中途、務司両城、ただ今、御大将御自ら攻め落とし申され候」

顕忠が向こうの小早から呼ばわった。顕成に対して祝いの言葉であると同時にそれは、乗組みの手下《てか》達へ聞かせる宣言でもあった。手下達は一斉に舷側をたたき勝ち鬨を上げた。

「諸士の働きで私は初陣を飾ることが出来た。かたじけない」

顕成はさらりと言って片手を上げた。潮風の中でもよく透る声だった。

手下達は手をたたき歓声を轟かせた。

下留では浜人総出で歓待してくれた。北畠顕成が村上義弘の旧領を回復し、村上の統を継ぐ目的で大島へやって来たこと、野島衆は既に降参し顕成に協力するため軍勢に同行している。大島の重平のこの説得で、抵抗しょうという者は一人も現われなかったのである。

「庄美、脇伏は、浜方のもんをここへ呼ぶだけでどうじゃろ」

来島の瀬戸の東側に面した南北の海岸線は幾つかの浅い入江で出来ている。それらの入江に、南から庄美、下留、脇伏の浜が並ぶ。互いの距離はいくらも離れていない。顕忠はこれに一々船隊全部を回す煩《はん》を避けようと思い重平に計った。

「そうじゃなあ。脇伏はえぇじゃろ。したが庄美はのう」

「いたしいことでもあるか」

「庄美は向こうと一番近かろうが。昔から行き来も一番多いとこじゃ。野間あたりのもんと関わりのあるもんがぎょうさんおる。今岡が河野いうだけで恐れ入るもんが多いんじゃ」

向こうというのは瀬戸の西、伊予本土に繋がる野間半島だ。ここは越智氏の本拠である。河野家は越智の出であり、大三島の神官である大祝も越智の出だ。

今岡通任がいきなり中途《なかと》、務司《むし》を占拠出来たのは、庄美の浜の協力と後押しがあったからと重平は思っている。また、波平が中途、務司の岩辺へ潜行して今岡の小早を破壊出来たのは、下留の浜の協力があったからだ。大島の浦々、浜辺々々、それぞれに浜人の思惑、気風は違う。

「面倒な奴の二人三人斬り捨てるか」

「いけん。顗さぁそりゃあいけん。漁師を殺しちゃあならんど。大島のもんを一人でも斬っちゃあいけん。そりようしちゃあ、ゆくゆく浜のもん全部を敵に回すようになる。えぇか顗さぁ、これだきゃあよう頭へ入れとけえや」

殊に珍《うず》は同じ海にすがって暮らす者を殺すことはない。陸《おか》の者の無道には抵抗もするし殺傷もするが、それも海の暮らしを守るためだけの行為だ。重平はそこまで言いたかったが、それは口に出来なかった。「のうし」が珍を解き放すと宣言したように、珍の中にも陸《おか》で伸し上がろうとする者が続出している。そういう者は同じ海人を殺傷する手段も厭《いと》わない。時の流れが人の心を作り変えているのだ。それが胸底にあるから重平は大島のもんと言うに止めている。

「じゃあ、やはり船全部を回して恐れ入らせるか」

「ま、そういうことだ。それで、降参の請文でも取って置こうやぁ」

下留でその夜を明かし、陽の出る頃合船隊の半数が庄美の浜へ向かった。黒島船に塩飽の随伴船一艘、小早、それに野島の小早の陣容である。全船隊の姿は中途島との水道へ入った時から庄美の者は見ている。下留に泊っているのも望見出来る。全船隊が改めて庄美の浜へ着けることもない。

浜には既に人群れの姿があった。浜人の注視する中で黒島船に野島の小早を横着けさせて、顕忠と宗通、久長の三人が乗り移った。

久長が先導の武者、顕忠が北畠家中の船大将を名乗り、宗通が侍大将を名乗った。総大将北畠顕成の使者である。予想通り庄美では既に何もかも承知していた。趣意を述べ降参を要求すると、浜の頭株の者五人の連名であっさり請け書を差し出した。拍子抜けする程のあっけない交渉で終わった。

「追って沙汰を致すが、普段の暮らしそのまま続けて大事ない」

請け書を受け取った顕忠は威厳を繕いながら申し渡した。

「重平殿の話ではいささかてこずることもあるかと思ぅておったが、意外と神妙であったな」

引き上げる小早に乗ってから宗通が囁いた。

「我等が船の数に恐れまい込んだにおざろう」

顕忠は単純にそう解している。

「ならよろしいが」

「宗通殿には何か懸念でもおありか」

「ようは分からぬが、今岡の手が既に回り、面従腹背の指図でもあったかと」

「私も何とはのうそのような気配は感じ申した」

久長が口を添えた。

「なる程。それは詮議の要があるやも知れぬな」

一応そうは言ったが顕忠はさした思いも抱かなかった。彼は既に、野島の救援依頼に動かなかった今岡を、口程にもない奴となめてかかっていた。

顕成は浜へ下りなかった。波打ち際の浅瀬に櫓の入るぎりぎりまで船を寄せ、浜の群衆の面前を横切り、にこやかに片手を上げて見せるに止めた。群衆の中にざわめきはあったが、歓呼の声は更になく、手を振って応える者もなかった。

下留に帰投すると、重平と光盛が出迎えに立っていた。

「早速じゃが顕さぁ、軍議じゃ。御大将も宗通殿もお連れして」

重平に似合わぬ切迫感のある声だ。

借り受けた民家に祀官が一人ぽつねんと待っていた。

庄美へ船隊が未だいる頃、早川から急使が来た。夜明け前に早川の今岡船が鼻繰目指して引き上げたと言う。

「一昨日の夜中、宮窪攻めの様子は今岡の物見に見られていたと思ぅて良かろう。合戦の常道じゃ。そこへ以て、野島降参の報せが流れた。これはそのまま甘崎本城へ注進が行く。そこで何かの画策あって早川へ出しておいた船へ引き上げの指図が出た。ま、そのような次第に思われる」

祀官が口を切った。それを受けて重平が続けた。

「中途《なかと》、務司《むし》の者共は、此度のこと一切知らぬ。今岡から報せも指図もなかったと言い張りよぅる。合点がいかんじゃろぅがい。早川へ船を進めたくらいなら、中途、務司へ何故に報せぬ」

「確かに妙じゃ。庄美ではすべて承知の態であった」

宗通が不審気に言う。

庄美から中途、務司へ船で通報するのは簡単なことである。事前に知っていれば城兵が逃げ出す余裕はたっぷりあった。

「中途、務司、どちらの面を見ても、何の役にも立ちそうにもない雑兵共であった。あれは、切り棄てられて構わぬ囮だったのかも知れぬな」

顕忠もようやく不審の念を抱いた。

「何を企んでいると思われるか。囮なれば何がためのの」

宗通が顕忠に尋ねる。

「さて。囮と申したはちらとそのような気がしたまで。案外、今岡はあわてふためき、甘崎へ退くのが精一杯、中途《なかと》、務司《むし》は念頭になかったやも知れず。元々かしこは重平殿をゆさぶる手にしか過ぎなかったもの、本気で己れの城として構える気はなかったのかも知れ申さぬ」

顕忠は再び楽観的気分に戻った。

「じゅべ殿、御大将が戻られる前に話したことじゃが、こうしておる間に、留守の宮窪が襲われておるということは」

「無い」

重平は断言した。

「先程も申したよう、宮窪には何もないこと通任はよう知っておる。我等が居ってこそ攻める値打ちもあると申すもの。それに万一の時は浜を棄てて奥へ逃げるよう留守の者には言い含めてある。襲うとすれば船じゃが、それなら陸《おか》から見え、報せは直ぐに来る。案じとるは宮窪のことじゃない」

「重平殿は何を恐れておいでか」

宗通が声を励ました。

「分からん。案外と、通任は本当に恐れまいこんで甘崎へ篭もったのかも知れん」

そう答えつつもその顔は晴れなかった。

当初の策では、中途、務司へは手下《てか》を置くつもりであった。今岡の兵は瀬戸の向こうへ放逐《ほうちく》。だがそれを変え、沙汰をするまで今まで通り中途、務司に居るよう申し渡した。彼等の処分は後でどうにでもなる。他の浦でも、降参させた印に、野島の者を何人かずつ残して行くつもりで、漁船に野島衆を乗せ従わせている。だが、今の時点では行く先々で兵力を減じるのは、万一に備え得策ではない。重平はあくまで何かに不安を抱いているようだった。

全船隊もとの陣形を組んで下留を出船、潮は下げ潮、北流する流れに乗り入れる。田浦までの航程と決めた。予定では本庄へ入って近隣の者を呼び寄せる手筈だったが、本庄は幅狭く奥の深い湾だ。全船隊入ってはまさかの時動きが取り難い。重平の主張でこれは取り止めた。田浦までの航行の間に幾つもの浜から船隊の陣容は見える。それだけで十分な示威となろう。

出船していくらも経たない、脇伏の先の鼻を回りにかかった頃、黒島船で見張りから声が上がった。

「狼煙《のろし》じゃあ。立山じゃ」

立山は船隊の後方の位置になる小さな山だ。庄美の浜から上がった所だ。続いて、行く手になる本庄への入り口の岬の八幡山にも狼煙が見えた。

「やっぱり庄美か。通任奴、何を企みおるやら」

顕忠が苦笑しながらつぶやいたが、彼には何も読めなかった。

しばらく航行を続け椋名の浜を真横に見るあたりで、浜続きの茂みの中からきらりきらりと光が見えた。目ざとく見付けた顕成が傍らの祀官に言った。光は間を置いて三度見えた。

「何の合図かな。こちらの船へ向けたもののように思えるが」

彼がそう答えるのを待っていたように、全船、船足を緩めるよう伝達があった。それを出したのは重平である。それと同時に船列を離れた野島の小早が全速で浜めがけて漕ぎ出していた。

潮の流れは速い。船隊は浜寄りへと針路を変え、浜近くのわい潮(反流)を利用して船足を緩めた。

待つ程もなく小早が船列に戻る。先ず塩飽船に近付き、光盛へ一番船に乗り移るよう重平が呼ばわっておいて、小早は一番船に横着けとなった。

鏡を陽に向けた合図を送って来たのは今張浦にいる珍《うず》の者である。彼は此度のことは何も知らされていなかった。然し、来島の瀬戸へ入る大船隊は見ていた。その中に野島のいることもちゃんと見てとっていた。

　ところが今朝になって今張にいた讃岐の細川船三艘の動きが尋常ではない。この細川船は一昨日今張に入って来たものだ。尤もこの船隊は細川の旗を掲げているが細川の船手方ではない。川之江城沖の海戦で船を失い主人を失ったあぶれ者が寄り集まり、伊予合戦のどさくさに紛れて船を盗み出し、讃岐の観音崎あたりで柞田《さくた》海賊を名乗っている。殆ど世には知られていない無頼の集団だ。今張浦の珍の者はその正体は知っていたが、今岡通任がこの無頼の海賊に手を伸ばしていたとは気がつかなかった。従って、入って来た自体は疑念を持たせるものではなかった。ところがこの朝、船隊の動きがどうも様子がおかしい。舷側に楯を張りめぐらす等、合戦準備としか思えなかった。艀で糧食を運んだ者に尋ねてみると、宮方の勢が大島へ攻め込んだらしいので、河野の船手と力を合わせて合戦に及ぶのだという。

　それ以上のことは分からなかったが、攻撃目標の船隊の中に野島がいるのは分かっている。珍の者はともかく報せねばと判断した。

　彼は大島の南浦の先へ小船で渡り、亀老山の東裾を回って下留へ出た。庄美に珍の者がいないので先ず珍の居る下留へ出たのである。それが幸いして船隊の消息を掴んだ彼は椋名あたりまで走って航行船に合図を送ったのだ。重平が座乗していれば彼の合図は分かる。若し彼がいなかったら見過ごされるかも知れない危惧はあったが、ためらってはおれなかった。その合図は重大異変ありの合図だった。

重平が内心、通任の動きにどうも釈然としないものがあり、何か企んでいるように思えてならなかったのはやはり当たっていたのだ。

「今岡は今時分甘崎を出つろう。船を汰《そろ》えて狼煙を待っていたのよ。どれ程の勢をそろえておるのか分からんが、こっちの船数は承知と見なきゃならん。どこが加勢しておるのかも分からん。いっそ後へ戻って讃岐を打ち破って宮窪へ帰るか」

重平は弱気になって見せた。だが本心は今岡如きに遅れは取らぬと思っている。ここで決戦となれば野島がかなりな損傷を受けることもさりながら、今岡との決着は通任の首を取るまでに行きつくことになるだろう。それを恐れた。彼の胸にはあくまで通任の室桔梗に嘆きを見せたくないで固まっていた。

「じゅべ殿それはなるまい。此度のこと村上の後を襲う名分《みようぶん》に発したもの。今岡が企みを恐れて後へ退いたとあっては先々の沙汰にも差し支えあり申そぅぞ」

光盛が声を荒げた。顕忠があわててとりなす。

「ま、まあ光殿、じゅべさぁにゃ、他の思惑もあってのこと。無理なき次第じゃ。そう責められな」

「責めてはおらぬ。野島の良いようにと思ぅてのことよ。じゅべ殿言葉が過ぎた。ゆるされよ」

「何の、塩飽の、有り難い諫《いさ》めに思ぅとる」

詮議に暇をかける余裕はない。後から追われるのを承知で前進突破を全員が了承し、船隊は再び航行を開始したが、それまでの巡行速度より櫓数を増やし船隊速度を速めた。

航行を始めて程なく、後方の狭い水道に讃岐船隊らしい三艘の船が姿を現した。野島の小早が確認のため反転するのが見える。小早は巡航中にも、そうした偵察の務めも持っているのだ。

八幡山を右に見て左の津島の島影を抜けた時、視界が開けて西の斎灘が見通せた。

帆を上げた商船が鼻繰瀬戸へ針路を向けているのが見えた。他にも思い思いの針路を取る通航船が七、八はい海上に見えていた。その位置からは鼻繰は未だ見えない。誰もその中の帆船三艘に気を止めるものはなかった。

風が程良いと見え船足が速い。この分で行けば船隊が荒戸の鼻にさしかかる前にその帆船は鼻の東を過ぎて鼻繰へ入るか、船折瀬戸を目指すか、どちらにせよ船隊と接近し合うことはないだろう、と思われた。

暫く経って、後方の塩飽船から狼煙が上がった。讃岐船隊迎撃の合図だ。これは打ち合わせ通り、攻撃を受けた場合、後続船隊の判断に任せることになっていた。恐らく、反転偵察に出た小早が遠矢でも受けたのであろう。讃岐船の意図は分かっているのだから、迎撃して潰しておくに若《し》くはない。

「ありゃあ、もう帆を下ろしよぅるで」

見張りが頓狂な声を上げた。

「帆を巻くなあちと早かろうに」

瀬戸の入り口では帆を下ろさなければならない。梶が難しく危険だ。だが瀬戸までには未だ随分と距離がある。

帆船は船首を北の大三島へ向けながら、潮に流され流されて船体は荒戸の鼻に近付いて行くように見えた。

「可笑しい」

宗通が先ず声にした。

「怪しい」

「あやつ大島へ着けるつもりではないか」

顕忠と祀官が同時に言う。

「荒戸の鼻に近付けばわい潮(反流)に入れる。本庄へでも行くつもりか」

とは言ったものの顕忠は、本庄へあのような大きい商船が立ち寄るとは聞いたことがないと思う。

「船筋を変えねばこのままでは危険だ。変えとうはないが」

船隊の針路は荒戸の鼻にとっている。鼻を回れば田浦だ。船隊は田浦に入る予定である。このまま針路を保持すれば、あの帆船と接触の恐れがあった。帆船は船体を斜めに流されながら船隊の前面に近づいて来る。ゆっくり漕いでいるのは潮流に逆らいつつの変針と見える。意図は分からないが、船隊の前面を横切って大島の西岸を目指しているような針路に思える。未だ相手船の船上まで視認出来る距離ではないが、双方の速度と針路からの目算が危険を示している。

宗通は取り梶を令した。だが僅かな変針で元へ戻す。荒戸の鼻からわずかにずれたが致し方ない。この水域の潮の流れは複雑だ。今まで北上していた潮流は、鼻繰の瀬戸の方から流れて来る西流へと次第に合流するから徐々に流れは変わる。ここらで大きく変針すれば、荒戸の鼻で東へ転針してから潮に逆らう距離が長くなる。目的地の田浦は転針してからすぐそこなのだが、戦闘航行や緊急退避ならいざ知らず、巡航操船では、潮の先々を勘案した梶取りが肝要なのだ。宗通が変針を渋ったのはこの水路に精通した常識からだ。

「油断するでないぞ。通常の船乗りがあのような馬鹿な梶を取るわけがない」

宗通が大声を上げた。

「こちらは船隊を組んでおる。それを承知で目の前を横切るこの振る舞い。確かに尋常ではないわい」

祀官も声を上げる。顕忠は黙っていた。当然同じ不審は抱いているのだが、思案がつかないでいる。

「かなり近くなったな」

暫く経って顕成が面白そうにいったが、それには誰も応えなかった。相手の動きを注視し続けているのだ。

帆船がいよいよ迫って来た。差しあたって衝突の危険はない開きだが、随分離れているとはいえ、後続の帆船二艘も一番船と同じ針路をとれば大変な混乱を招くだろう。現に後続船はその体勢に入るように見える。顕忠は回避策を宗通と話さなければと思った。

その時だった。驚いたことにその一番船の帆柱にするするっと旗印が上がった。

「鎌刈じゃないか」

顕忠が驚きの声を上げた。もう乗員の顔も見えていた。船首の戸立の上に男が立って、しきりに停船の合図を送って寄越し始めた。

「何じゃあれは」

祀官が呆れ声を上げた。

「ともかく櫓を上げて船足を落とそう。蒲刈と正体が分かったことだし、何か告げることがあるのだろう」

顕忠は宗通に進言した。

流れのままとなってなお、行足は中々減じない。帆船側の二番船、三番船は何時の間にか一番船との間を開き、津島の西の鼻あたりへ流されそうな体勢だ。わざとそうしているのか。もしかして、こちらを避けて南下の針路をとるつもりか。一番船はこちらの右、大島に取り付くような針路だ。どこを目指すにしても南下するには、大島側の岸近くになればわい潮(反流)に乗れて航行は楽になれる。後続船はこの進路を放棄しそうに見える。これも何となく解せない。

鎌刈の旗印の後へまたもや旗印が上げられて行く。

それを見た黒島船の船上に驚きの声が上がった。二番目に掲げられたのは河野の旗印だったのである。今岡通任の旗印は河野の旗印を用いている。

同時に帆船の戸立に異形の服装をした男が立った。時光である。

「北畠の顕忠はどこじゃい」

時光はわめいた。

「ここじゃ。鎌刈の、これは何のまねじゃ」

「見てのとおりよ。これよ、危ないぞよ。岸へ回さんかい」

時光は繰船の指図をする。両船は互いの右舷を見ながらの、かなりの距離ですれ違いの形だ。

それより先、宗通は取り梶いっぱいに取っていた。船はゆっくりと回頭を始める。続けて全船へ回頭の合図を送る。

「逃げるか顕忠」

「馬鹿も休み休みに言え。面梶を取りゃ衝突じゃないか。しっかり漕がせろ」

「分かっとるわい」

「何で今岡か、それを言え」

「おう。おんしが誘ぅても煮え切らんけぇの。今岡に乗り替えた。来島瀬戸をやるというけぇ。それにの、塩飽も目障りじゃったけぇ、丁度都合もええ、といぅこっちゃ」

時光船と黒島船は五、六間の間隔で危うく接触を免れた。

「回し続けて岸へ向けよ」

総大将北畠顕成が宗通に言った。彼が初めて口にした指揮の言葉だった。

宗通はその合図を全船に伝え、全櫓を下ろさせる。彼は顕成の意図を直ぐに了解したのだ。

岸近くのわい潮に乗り、鎌刈船をたたくつもりに違いない。

「あの男何者だ」

顕成は顕忠に尋ねた。平静な声だった。

「利にさとい商人におざる。海賊の業《わざ》にも長けておざる」

船が回頭する間に、津島の方へ流されて行く鎌刈の二番船三番船が帆を上げるのが見えた。

その位置からなら風の力で大島の岸へ取りつくのは容易である。

「向こうは一回り大きいようだが、どれ程の人数であろう」

顕成が鎌刈船を指しながら尋ねた。

「凡《おおよ》そ三、四十かと」

「あれを追ぅて横に並べるか」

「ちと無理じゃ。もうわい潮に乗り、漕手も倍はおり申す」

宗通が答えると、

「小早に前を押さえさせよう」

顕忠が言い、直ぐに小早に合図を送った。

次第に遠ざかる鎌刈船が面梶を切った。反転だ。

「本潮に入るぞ」

宗通の見極めは早い。

「こちらと向こうが行き交う時、両船は凡そどれ程離れて居ようか」

「このままなれば七、八間」

「もっと近づけぬか」

どちらも潮を横切るだけだからさしたこともないようだが、本潮の方が流れは強く、その分逆らう力が余計に必要だ。宗通は今の針路維持で見極めを答えた。両船が行き違う時、もっと接近させようと思えば、面梶を取って変針すれば良い。だがそうすれば潮に逆らう度合いは深まり更に力を必要とする。

「やって見よう」

宗通は北畠顕成に答えた。

梶を変えると船首に大きく水しぶきが上がった。流れに逆らい、潮が舷側にぶっつかる飛沫だ。

「どうやらはまったようじゃな」

大三島を背景にした水路を、油断なく見ていた祀官が悠々とした声で言う。一斉にそちらへ視線を向ければ、荒戸の鼻を大きく回って小早が二艘。と見る内、次々と後続船が現われる様子。流れに乗ってかなりな速さだ。

「今岡じゃ。ここへ誘い込む策であったよな」

顕忠は無念の形相でうめくように言った。

海上の合戦には刻がかかる。互いの姿が見えていても、接近しなければ勝負にならないが、そこに至るまでがもどかしい時間を必要とする。讃岐船の迎撃に向かった塩飽、野島は未だ戦端を開く距離にない。

「今岡は津島の方へ伸びるぞ。こしゃくにも袋の鼠と狙いおったか」

祀官は今岡の針路からその意図を察していた。その針路の前を鎌刈の二船が帆をかけて大島の海岸を目指している。荒戸の鼻と津島を結ぶ線に今岡船が並ぶ。南の瀬戸の口からは讃岐船、大島の海岸と津島に遮《さえぎ》られて北畠船隊の逃げ道はない。その封じ込めた海域には鎌刈船。このような図式になった。

こちらがわい潮に乗りかけた頃、鎌刈船は本潮に取り付きかけたようだ。だが本潮には塩飽の小早がいち早く回頭を終わって鎌刈船の船首を押さえる体勢をとりつつあった。鎌刈船は回頭の行き足を止め針路を立て直すのが遅れた。

「射込もうか」

「無駄じゃ。後にせぃ。見よ、奴等押し棒の用意を始めた」

逸る顕忠をおさえ宗通が指差した。黒島船は接近するよう梶を取っているから、体当たりと勘違いしたようだ。

両船は見る見る近付く。

「これで間合いは」

「ぎりぎり四間」

顕成が静かに尋ね、宗通も何でもないように答えた。

「奴等、こっちが突っ込むと思ぅてか」

本潮には塩飽の小早が待ち構え、鎌刈船を海岸側へ押しつける形になった。

大きな船が四間の間隔ですれ違うのは非常に危険だ。僅かな梶の誤りで衝突の事態を引き起こす。

「すれ違ぅたら、船を向こうの後へ回せ」

顕成が少し厳しい声になった。釣られて宗通は、

「ははっ」

と、諾の返事だけになった。

直ぐに、互いの船首が触れ合うばかりに見える程近づく。

帆柱の傍に時光がこちらをにらんで立っている。顕忠はすれ違い様、投げつける言葉を探した。と、戸立てに立っていた北畠顕成が身構えたように思えた。その瞬間、

「後、頼む」

顕成の言葉が残った時、彼の体は波の上にあった。

敵味方共に、声もなく奇異の眼でこれを見た。それが何か、とっさには飲み込めなかったようだ。

三呼吸とはかからなかったか。逆走する両船が真横に並んだ時、鎌刈船に舞い下りた顕成は、

時光の傍にいた手下を蹴倒し、時光の背後に回っていた。あっけにとられて事態を飲み込めない時光は対応の術もなく、背後から顕成の腕で首を絞めあげられていた。ようやく手下が得物をかざしてその回りを取り巻いた時には、顕成が片手に小刀を抜いて時光の胸に突き付けていた。

「頭の首をはねた後はお主達の番だと思え。下手に手を出して命を失うな。近寄れば蹴殺す」

手下達は一斉に取り巻きの輪を広げて退さった。時光の足元近く、蹴倒されて動けないままうつぶせてうめいている仲間にこわごわと目をむける。顕成の人間離れのした跳躍の業に畏怖もしていた。

「良いか。降参すれば命は助けよう。如何か」

顕成は時光が、口が利けるように、絞めている腕を少し緩めた。

「降参してどうなる」

時光も剛腹な男だ。ふてぶてしく答えた。

「この船を乗っ取る」

「駄目じゃ。降参はせん。この船を取られる程なら、殺された方がましじゃよ」

「成程。左様にまで惜しいか」

「当たり前よ。この船でわしは商いをしとる。船がわしに銭を生んでくれとるようなものよ。

その船を失ぅてどうするんじゃ。命を助けてくれりゃ、銭は出そう。三百貫、いや五百貫、それで手を打ってくれ」

百貫文あれば百二拾石もの米が買える。近ごろ増えている大唐米なら百五拾石だ。大変な金額である。

「悪くはない。だがその前に降参するのかしないのか」

「船さえ取らんなら降参じゃ」

「良し。船は取らぬ」

顕成はあっさり彼の条件を飲んだ。

「それと決まったらこの腕離してくれ。凄い力じゃのぅ」

「今しばらく我慢してもらおう。先ずは櫓を引き上げ、船足を止めよ」

時光の合図で一斉に櫓が上げられ船は行き足だけになった。

「続いては、あの船印二つ共に引き下ろせ」

鎌刈の方は、と時光はしぶったが顕成が腕に力を加えると、あわててその腕をたたき承諾の意を表した。腕を緩めてやると彼は手下《てか》に下ろすよう命じた。

続いて顕成は北の旗印を懐から出し帆柱に掲げさせた。

「言う通りにしたぞよ。離してくれぬか。背骨が折れそうじゃ」

顕成は時光の首を絞めるのに、膝頭をその背に当てて固定しているのだ。

「今一つ、降人らしく得物を投出し、すべてここへ積み上げよ」

その間に回頭を終わった黒島船が追いついて来た。彼等は鎌刈船に北の旗印が上がったことで事態を察したようだ。未だ大分間のある距離から櫓を上げ、船の上には支え棒を持つ者、鈎縄を持つ者等が見え、接舷の用意にかかっている。

大島の海岸への針路を取っていた鎌刈の僚船二はいが、取り梶いっぱいに取るのが見えた。これも時光の船の異変に気ついたのだ。あわてて反対方向へ遁走の態である。

鎌刈船と黒島船が決着を着ける間に、野島、塩飽船隊は讃岐船隊に攻撃を始めていた。蒲刈船に黒島船乗り組みの者が取りついた頃、南の方に火の手の上がるのが見えた。燃えているのは帆を張った船だ。燃えながら津島の北側を西へ。斎灘《いつきなだ》へと逃げて行く。燃えている一艘へつき添うように、その右舷に一艘、残る一艘はかなり遅れて殿《しんがり》をつとめている。讃岐船隊は塩飽、野島勢の迎撃に歯が立たなかったようだ。

一方、荒戸の鼻と津島の間に展開しょうとしていた今岡の船隊は、展開を中止して、関船を中心に船隊が一団となるよう集結に移り始めた。鎌刈船に北の旗が上がったのを見て、作戦失敗を悟ったのだ。

陣形もとらず、ばらばらの一塊の船団となった彼等の針路は西南の斎灘と見えた。

鎌刈の帆船二はいも反転を終えて西の針路へ、これも斎灘を目指しているようだ。つまり、それ以上の伏勢はないと見て良い。三つの船隊はどれも退避の針路をえらんでいるようだ。この三船隊が合流し、反転再攻撃に出るとしても、この下げ潮ではどこかで潮待ちをして体勢を整える必要があろう。御手洗《みたらい》沖、斎島沖あたりにかけての潮流は数段と早い。

黒島船の顕忠はこの判断を宗通、祀官に告げ合議の上、塩飽、野島船隊へ攻撃中止の狼煙を上げた。総大将北畠顕成が座乗船にいない以上止むを得ない独断の下知だ。

鎌刈船三ばいが先ず戦闘開始、北畠船隊を撹乱している戦線へ南から讃岐船隊が追い上げて来て、機を見て北西に展開する今岡船隊が包囲の網を絞るようにして北畠船隊の各個撃破に移る、それを狙った策であったのであろうが、時光船の思いも寄らない早々とした降伏、続く鎌刈船隊の戦線離脱を悟り、更に讃岐船の炎上を見てとった今岡通任は、決戦をあきらめたもののようだった。

時光船へ黒島船が接舷し、顕忠と祀官が乗り込んで来た。

時光はあぐらをかき、憮然《ぶぜん》とした表情で腕を組んだ姿だ。その後に乗組みの者はすべて膝まずかされ、寂《じゃく》としてざわめく様子もない。その彼等の前に刀、手槍、熊手、等々の武器がこずまれている。その正面に向かい合って顕成が立っている。

「御大将」

顕忠はそう呼び掛けたまま後の句が続かなかった。理解を超えた成り行きを目のあたりにして言葉もなかった。

「顕忠殿、わしの負けじゃよ」

あぐらをかいて座ったままの時光はさばさばとした口調でさらりと言った。

「御身が指揮をとり、この船、次の浜まで漕がせよ」

北畠顕成もまた、何事もなかったような爽やかな声で顕忠に言った。

時光船の乗組みの間に動揺が走った。

「約は違えぬ」

彼等に顕成は涼しい笑顔を向けた。

時光船と黒島船の間のもやい綱が解き離され、黒島船から、我に後続せよという狼煙が上げられた。

時光船が先導の形。小早は脇の警戒に。黒島船がそれに続く。

潮の流れに乗り、梶を取る程度の櫓を動かせながら、後続の追いつくのを待つ。荒戸の鼻がかわせる頃には後続の船隊が陣形を組めるようになった。顕忠は全櫓を下知して面梶を取った。

「帆を上げぃ。楽になろぅぞ」

時光が嘲笑うように顕忠に言った。時光は顕忠が帆のあしらいに不慣れなのを知っていて馬鹿にしているつもりだろうが、田浦の浜へ入る小さな入り江では帆は要らない。

「降人は口を利かぬものじゃ。まして、何処へ向かうやも知らず船扱いの指図とはふてぶてしい」

顕忠も遣り返した。

梶を一旦もとに返して、針路を鼻繰の瀬戸の方向に定め、しばらく走って、田浦の浜は直ぐに見えた。もう一度面梶を取って浜の中央あたりに針路を向ける。

浜にちらほら見えていた人影がみるみるふくれ上がって行く。

田浦はさして大きな集落ではないが、北畠顕成の顔見世と、暫くの休息目的の寄港だ。重平が接待の手配をしていた。だがその前に処置しておくことがあった。


田浦の浜の白砂の上に、高手小手に縛められた鎌刈の乗組みの者達が座らせられていた。四十二、三人は居ろうか。四列に座りその前面中央に時光が引き据えられている。

一番腹を立てていたのは大島の重平だった。口には出せないが時光は珍《うず》の出だ。その上互いに親交もあった。その彼が今岡と組んで、野島相手に合戦を仕掛けようとしたのだ。それでなくても、今岡通任が野島へ手を出すことはあるまいと甘く見ていて裏切られたような思いがあった。怒り心頭に発した重平は田浦に着くなり、手下《てか》に下知して鎌刈船から乗組みをひきずり下ろさせ、縛り上げさせた。

「じゅべさぁ、御大将は鎌刈の降参を受けておいでだ。扱いは御大将の御下知を待たれよ」

顕忠は重平の剣幕の凄まじさにたじろぎながら、一応は彼をなだめようとした。

「顕さぁ、これは野島の身内のことと目をつむってくれい。わしが決着をつけねばならんことじゃ」

重平は強硬だった。時光に恩義めいたものを感じている顕忠は、時光の命だけは助けたいと思い寛大な処置をとらせるよう北畠顕成に訴えた。

「はて。私は未だ村上の棟梁ではない。北畠勢とは言ぅても、私をもり立ててくれる方々の合力で成り立って居る勢だ。それに、敵といい味方といい、私の知らないところが多い。私が判断し下知を下すのは潜上《せんじょう》というもの。船上で降伏を受け入れたのは、戦闘停止の条件であった。後の処置まで思案してはいない。ここは、重平殿に任せて然るべし」

彼は明快に答えた。

波打ち際に面して座っている虜囚の前方左手に、顕成一人が床几に腰を下ろし、その周りに主だった者が立って控えている。虜囚《りょしゅう》達の後を取り巻いているのは野島の者だ。

重平は大刀を引っ下げ、砂地に不自由な足を引きずって時光の前に立った。介添えに波平が従っている。

だ。

「許せん」

重平は時光をにらみつけ、大声にどなった。時光は僅かに口元を緩めた。笑おうとしたようだ。

「他の者ならいざ知らず、鎌刈が今岡に加担して野島を襲うとは何じゃい。わしが怒り、おことにはよう分かろうが。許さんど。おことを斬る」

「じゅべ、そがいいきり立つなよ。わしは降参人じゃ。斬るは勝手じゃが得はないで」

「何をつまらんことを。損得じゃないわい。ようもようも煮え湯を飲ませるようなまねをしくさって」

「いきるなや。これも時の世の流れというもの。よう考えて見やれ。今の世は、親子兄弟が敵味方に分かれ、利を争ぅての合戦も珍しゅぅはない。わしと野島は親子いぅでなし、兄弟でもない。仕事を頼んだことはあっても、その都度それは銭を支払ぅておる。いうなればわしは野島に恩もなけらねば貸し借りもない。ましてや恨む筋合いもない。わしが動いたは、今岡の利の誘いに乗っただけよ。商人は利で動くものよ」

「言いたいのはそれだけか。野島とは縁無きような言い草、よう言ぅた。無縁の敵方なれば、斬りすてるがいっそ気楽になったわい。覚悟せい」

重平は大刀を抜き放ち、鞘を波平に預けた。

「待たれぃ」

声をかけておいて顕忠が砂を蹴って走り寄った。

「じゅべ殿、相手は高が商人。それに降参してこのように殊勝に控えておる。更には、この命五百貫文で買うとも申し出ておる。この首はねて気を晴らせば、約定の五百貫もとれぬ。利で動く重平殿でないとは重々承知。だがここは、料簡してくれぬか。相手は商人じゃ。銭は商人の命と聞く。それを召し上げることで胸を癒しては如何じゃ」

「だまされまいぞ顕さぁ。五百貫、目の前に積んでおるならいざ知らず、こやつの船に乗せて解き放ちゃあ、後はどうなるものやら。利を追う商人なればなおのこと、知れたものではないわい」

そう言う重平に、時光はきっとなって言った。

「じゅべ、言葉を慎め。商人は取引にうそは言わん。その信があればこそ、何千貫であろうと、口一つの約定で違えることはない。武士共の使う二枚舌は商人には無いぞ。船は取らぬ。銭を出そう。その約を信じればこそ、おとなしゅう降参したのじゃ。見損なうな。わしが命を取れば誰が銭を払う」

「じゅべさぁ、これは御大将との約定じゃ。な、料簡を」

取り成そうとする顕忠へ、

「わしの煮えくり返る腹の内、誰にも分からんわい」

重平はたたきつけるように言い放ち、再び時光に目をすえ、大刀を振り被った。

「ええいっ」

烈帛の気合いと共に大刀を振り下ろす。誰も止める暇もなかった。

だが重平の足は踏み出されず、大刀は空を切っていた。

重平は大刀を持ち上げるとくるりと後を向いて、それを波の上へ放り投げ、顕成達の控えている反対の方へ、波打ち際を歩き始めた。

誰一人言葉を発する者もなく、ただ静寂の支配する中を、片足引きずって去って行く重平の姿を目で追っていた。

ややあって波平が我に返ったように、波打ち際へ走り、重平の投げた大刀を拾い上げ、重平の後を追った。だがその波平の動きすら、人々は無言で見送る時が続いていた。

巻の十九　襲名《しゅうめい》

鎌刈船からすべての武器が下ろされ、再び時光以下の者が乗り組み、間もなく鎌刈船は田浦の浜を離れ、鼻繰瀬戸へ向かった。瀬戸の北にある甘崎城は今、留守の筈である。今岡船隊は斎灘を西南へ下った。あれから転針北上して大三島を回って甘崎へ帰投したとは考えられない。勢いに乗った北畠船隊が、甘崎城占拠の策に出ることを恐れている筈だ。時光が鼻繰を通って尾道へ行くと言ったのに、甘崎で今岡と合流を疑う者もあったが、先ず今岡はいないとの判断が大勢を占めこれを許した。尾道へ行くのは銭の算段だと時光は言った。それも尤もらしいと思われたのである。

予定通り田浦で仮泊ということになり、顕忠は一同に集まってもらって合議を開いた。

当初今岡は恐らく手を出さないのではなかろうかと言う想定で、北畠の武威を誇示する航行を続け、最後は大三島神社へ参詣する計画だった。大三島には祝傘下の三島水軍がいる。彼等に対抗するためにも塩飽船隊の帯同が必要と考えられたし、塩飽船隊をそう長く引き止めておく訳にもいかない。そうした事情からこの航海の内でと予定していたのだ。だが事情は変わった。直接今岡との合戦はなかったが、鎌刈船を降参させ、細川船に火をかけた。これ等の実情を大三島がどう受け止めているか。つまりそれは、北畠船隊の三島神社参詣をすんなり認めるかどうかに関わって来る。

今岡通任は、己れが村上の後釜となるため、大祝に後押しを求めている噂もあった。北畠顕成の大島討ち入りを大三島がそのまま見過ごすかどうか。

結局、今は見送るのが上策の結論を出した。村上の棟梁についた上で、村上の後家殿と同道して挨拶の名目の方が、単なる参詣よりも良かろうとなったのだ。最初は北畠の武威を大三島に認めさせることで今岡を牽制する目的だった。今となってはその策も意味のないことになってしまった。

「光殿には、折角の折を無駄にさせることになるが」

顕忠は詫びるように言った。

「わしはもう一遍出なおしてもよぅおざる」

光盛は磊落《らいらく》に答えた。彼は参詣の音物用にと、塩、米等を携えて来ていたのである。彼は、討ち入りの後は大三島かと予想していた。それが慣いだからだ。自分も長く参詣していない故、丁度良い折じゃと思ぅての。沖の島までの航海の途次、彼は顕忠にそう言って船底の荷を見せた。顕忠には、そのような音物まで整える力のない野島への思いやりと感じていた。北畠勢として大三島へ参詣したとしても、塩飽からの音物として差し出すような光盛ではないと思った。その好意も無駄となった。顕忠はそれを詫びたつもりである。

結論は顕忠がまとめて、最後に北畠顕成に伺いを立てた。

「然るべく」

北畠顕成が合議の席で口を開いたのはその一言だけだった。始終、にこやかな微笑で、交わされる意見に耳を傾けてはいたが無言を通していた。

合議が終わると重平と顕忠は波平を呼び、直ちに沖の島へ向かうよう命じた。村上親娘と、預けておいた脇屋義治等を宮窪へ迎えるためだ。手下《てか》の利け者を選んで小早を仕立てさせ、夜の内に沖へ着き、明け方過ぎには宮窪へ入る算段だ。潮は上げ潮に変わる。船折瀬戸は矢のように速く抜けられるだろう。帰りは落ち潮、波平とこの手下達ならこの時間は果たせる。

事を急いだのは、塩飽光盛が、折角なら北畠顕成が村上の棟梁に就く儀に加えてもらいたいと申し出たからだ。棟梁着座の儀といっても、後家殿と重平達の間では、殊更に人を呼んで行なう儀式や披露の席は設けることなく、後家殿が顕成に村上を譲ると口で伝え、その席に何人か立ち合う、それだけのつもりであった。然るべきところへはその後、使いに口上を伝えさせるだけで良い。その申し合わせで、その時期は宮窪の村上屋敷を修復してからで良かろうと、万事、物入りなことは成るべく避けよう、先へ延ばそう、そのような目論みでいた。だが光盛がそれを口にすると、祀官も宗通も同様に、自分達もその席に出てから引き上げようと言い出し、急遽《きゅうきょ》、これから宮窪へ帰り次第挙行することになったのである。

大島の重平と北畠顕忠の前に沖の五郎左がいた。

宮窪の重平の屋敷の一部屋である。余人を交えない三人の面談の座は沈鬱な空気に支配されていた。浜の方からはにぎやかなざわめきが聞こえて来る。嬌声《きょうせい》が混じっているのは、浜の女房、娘達が塩飽の乗組みの者の接待に狩り出されているせいだ。食事を取らせている筈だ。

波平の小早に僅かに遅れて、沖の五郎左が手下《てか》三人を連れた船で宮窪へ着いた。沖の島で波平が出発に手間取っている間に、五郎左は半刻以上も前に島を出た。だが波平の小早に、戸代鼻で追い抜かれてしまった。

先に着いた波平の報告で五郎左の訪れを知った重平はしきりに首をひねった。彼の来訪に全く思い当たるものがなかったからだ。彼は弓削島に居ると聞いている。まさか手下を貸せと頼みに来たのではあるまい。北畠の大島討ち入りは「のうし」も知っている。今の重平に手下を割く余裕のないことはわかっている筈だ。さくらが婿を取ったと知ってわざわざ祝いに来るのも可笑しい。それなら、沖に居た後家殿のところへ参上しただけで済むこと。考えたくはないが、仮に「のうし」の病状が悪化したとしても、その報せなら五郎左が来ることはない。彼は「のうし」の傍に付き添い、使いを寄越して当たり前だ。

重平はとつおいつの自問自答を繰り返していたが、それは胸の底に澱む不吉な思いを避けるために己れを誤魔化《ごまか》そうとしていたのだった。時ならぬ時に、予想もしない人物の出現に、聞いたとたん胸に来るものはあったのだ。だが波平にその用向きを尋ね、知らぬという返事と一緒に、五郎左の様子に取り立てて変わった印象も受けなかったと知り、疑問を自問自答の言葉にしていたのである。

船隊の係留場所から離れた所に船を着けた五郎左は、手近にいた野島の者に、重平と顕忠の居場所を尋ね、自分は重平の屋敷に向かった。

待っていた重平は塩飽勢の中で光盛と話していたが、五郎左の着到は勿論見ていた。勝手知った五郎左が屋敷へ向かうと見て、光盛に断ってその場を離れた。そこへ手下が重平と顕忠を探していると注進に来た。顕忠は村上親娘を案内して村上屋敷だ。急いで屋敷へ帰るよう、その手下を走らせた。

顔をみるなり五郎左はついと寄って耳元に口を寄せ、人払いして欲しいと言った。

重平の寝所なら誰も近寄らず、人に盗み聞きされる心配は無い。それに通じる廊下の端に手下《てか》を二人座らせ、重平が出て来るまで誰も通してはならぬ。急ぎの注進であっても待たせておけと厳命した。五郎左と顕忠をひそかに通しておいて重平はその処置を取った。

重平が遅れて座に着くと五郎左は膝を進め、声をひそめいきなり言った。

「おとといの晩、のうしを海へ沈めて来た」

「何じゃと」

重平は驚愕《きょうがく》の声を上げた。

「しっ、静かにせぃ。のうしの言いつけで、備後灘の真ん中へのう。村上の後家殿が伴をしてくれた。これものうしの遺言よ」

「どうしてこっちへ報せざった」

「のうしの差し止めじゃ。じゅうべのおっちゃの代わりが後家殿よ」

村上のさくらと北畠顕成が夫婦の盃を交わしている頃、「のうし」は密かに弓削島へ使いを遣った。五郎左を呼び戻すためだ。塩飽船隊が沖の島へ立ち寄り、黒島船と大島へ向けて去った後、しばらくして五郎左は沖へ着いた。「のうし」の臨終に間に合ったのである。

「色々と言い残した。それを早ように伝えんにゃ思ぅて、おっちゃが取り込んでおるを承知で来た。波平が後家殿を迎えに来たで、今、おっちゃは大島と知っての」

第一の厳命は「のうし」の死を外へ洩らすなということだった。野島の衆にも伝えてはならぬ。報せるのは重平と顕忠のみ。この二人にも、終生口にしてはならぬと伝えよ。

「沖の者は」

「みな知っておる。じゃが誰も口にはせん。喪に服すようなこともなく、平生と変わらん」

「弔いはどのようにしたぞ」

「一切行なうてはならぬと。息を引き取ったら、そっと船へ乗せぃ言ぅての、誰も騒がせちゃならぬとの。速吸《はやすい》と鳴門の潮のせめぎあう合間へ沈めぃ。潮から生まれて潮に帰る、嘆いてはならぬ。のうしは臨終《いまわ》の際まで口は達者じゃった」

備後灘の東の端、讃岐の三崎の沖合へ沈めたと言う。

沖の島の者は誰一人駆けつける者はいなかった。「のうし」からそのようにかねがね言いつけられていたのである。直接「のうし」の死を見た者は五郎左と村上の後家の他は、遺体を乗せた船の水手《かこ》を勤めさせた五人の手下だけだった。

「のうし」の死を知らなければ、珍《うず》の者の胸には何時までも「のうし」がある。そしてその者達が死を迎えた時「のうし」も共に消えて行く。時流に合わせて珍の者を解き放つと重平へ言明した「のうし」だったが、やがては消えていくであろう珍への愛着が、死を目前にしてこういう形でしばらくは生き延びさせたいという願望に変わったのでもあろうか。

「何故に後家殿を」

「ようは分からんが、野島の代わりにといぅての。じゅべのおっちゃが、村上を何とかと懸命になっとる、ほいで野島はいずれ村上に入る。そいで後家殿が見送ってくれりゃあ安心ということじゃったろうか。後家殿が死に目に会いに来てくれ、この上のぅ喜んどった」

「淡路へは報せたか」

「うんにゃ。報せずと良い、のぅしはそう言ぅた。報せずとも、潮が伝える。と、こうじゃ。遠く離れておっても、のうし同士は互いに何時でも何でも知り合うことが出来たようじゃ。ま、そのようなこともあって、早ぅからわしはのうしを継がぬと言ぅて来た。わしにそのような力は備わっとらんでの」

「分かったごろちゃ、またゆっくり会おう。皆を長ぅは待たせておけん」

「せわしいのに手間を取った。のうしがこと頭から忘れておいてくれ。後家殿とも語り合ぅでないで」

五郎左はくどく念を押した。

「棟梁に会ぅて行くか」

「またにしょう。わしも弓削が気になっとる。備後の三吉が、近く因島へ攻め込むじゃろう。障りがあるかも知れん」

「気ぃ付けるんじゃど。逸《はや》って、合戦に巻き込まれるでない」

沖の五郎左の出て行く後姿は心なしか消沈の態に見えた。大男だけに余計哀れを誘うたのか、重平は目頭を手でぬぐっていた。

宮窪の村上屋敷に、夫婦の盃に立ち合った面々が集まっていた。いや今度はそれに、塩飽光盛、脇屋義治の二人が加わっている。更に縁側には波平以下の野島衆が五人詰めていた。脇屋義治は野島衆の端に座っていたが、顕忠が黙ったままその前に立ち、そっと内へ誘って席に座らせた。僧衣姿の義治は一同の関心を惹くことはなかったようだ。この島の寺の住職とでも思ったのか。住職がこういう席に招かれるのは普通のことである。だがこの島に寺はない。外来の者はそれを知らない。脇屋義治が是非出席したいと言った時、顕忠はそこへ目をつけた。黙って座っていて不思議のない存在、取り立てて参会者へ紹介の要もない存在。それで義治の正体は隠せると踏んだ。それはうまくいったようだ。

村上の後家殿が正面に、それに向き合って北畠顕成とさくらが並ぶ。その両側に立ち合い人が二手に分かれて着座。顕成とさくらはこの前とうって変わり、顕成は小袖に袴、さくらも小袖を着ていた。島の漁師と殆ど変わらない衣装である。だが流石にさくらの小袖は絹地で肩と腰のあたりに草花の模様が入っているもので、これは漁師には見られない華やかなものだ。勿論、たくし上げた壷装束《つぼしょうぞく》の着けかたではなく、裾は長くのばしている。これも漁師達の普段の着付け方とは異なる。腰で止めた巾の広い紐が純白で、彼女を清楚なものに見せていた。

祀官が入って来て後家殿の斜め前に座り、儀式を取り行なう旨を宣した。

「北畠顕成殿、その室さくら殿、今少し膝を進められよ」

二人が前ににじり出るのを見すまし祀官は続けた。

「故村上義弘殿がお方、千草殿より、村上が棟梁の座、お譲りのお言葉を賜りましょう」

祀官に促されて後家殿は姿勢を正した。

「亡夫村上義弘殿に代わり、棟梁の座を北畠顕成殿にお譲り申しまする。お受け下さりましょうや」

祀官が顕成に目くばせする。

「北畠顕成、謹んでお受け申し上げる」

今度は後家殿が目で祀官に合図した。心得た彼は傍らの三方を目の高さに捧げ、膝行《しっこう》して後家殿の前に置く。彼女は手を伸ばして短刀を取り、一旦己が胸にかき抱くようにして束の間、目を閉じたが直ぐに目を開き、

「では、棟梁の証しとしてこれなる短刀を贈ります。お受け取り下さりましょう」

そう言って両手で捧げるようにして差し出した。

顕成は膝行して右手を出し、手のひらを上向きにして短刀の中央をしっかりと掴んだ。短刀

を手にした顕成は片手で押し戴き頭を下げた。後家殿はほほ笑みを浮かべる。

頭を起こした顕成は後家殿の顔を真っすぐ見つめ、もう一度辞儀の姿勢をとり、頭を垂れたままくるりと後向きとなり、元の座に直るとすっくと立ち上がり、立ち合いの面々一人々々にその短刀をかざして見せ、さっと腰に差した。

元の座に戻った顕成は、そこで再び後家殿にお辞儀した。

「顕成殿、さくら共々に村上が行く末よろしゅうに頼み参らせまするぞ」

後家殿は晴れ晴れとした声をかけた。

「ははあっ」

神妙な返答を返した顕成は続けて、

「この顕成、棟梁の座に着きましたるを機会に名を改めたく存じますが、如何にてありましょうか」

「何とお名乗りになられまするか」

「村上師清」

顕成は簡潔に名乗りだけに止めた。

「師清殿。良いお名と思います。何かいわれでも」

「いささかの所以《ゆえん》もありまするが、取り立てて申し上げる程のものではありませぬ」

後家殿の問いに彼はそう答えてにっこり笑って見せた。

顕忠と脇屋義治は顔を見合わせて互いにほほ笑みを交わした。北畠顕成の素性が村上師清だと知る者はこの二人の他、重平以外にはない。師清はここで堂々と本姓を名乗ったことになるのだが、それを明かすことはなかった。


あわただしく、そして簡略な儀であった。だが、列席した者はこの簡素さに十分満足していた。北畠顕忠改め村上師清の、臆《おく》するでもなく、卑下するでもない爽やかな物腰と、衒《てら》いも気負いもない淡々とした言葉が、衰退の極にあった村上海賊を率いるにふさわしい新しい風のように感じられた。勿論その根底には、鎌刈船を一人で仕留めた武勇あってのことだ。彼は田浦で鎌刈の時光を解き離してからは、二度と鎌刈船を口にしなかった。己れの力を誇ることもなく、棟梁の座を譲られても勇ましそうな抱負を述べるでもなかった。それが一層、信頼感と安心感を人々にもたらせたのだ。

人々は一旦村上屋敷の外へ出た。終わり次第直ぐに出船したい、予め申し入れていた塩飽光盛を浜まで見送るためだ。

外へ出てから脇屋義治がついと師清の傍へ寄り、耳元で囁いた。

「やはり元の名に執着なされましたな」

「ま、そういうことになるが」

師清は笑った。

「だが、更級《さらしな》にこだわるつもりは更にない」

「はて。名は信濃の更級に連なるものにてありましょう」

「いやいや。女性《にょしょう》から師清と呼ばれたのが懐かしゅうて」

「戯れでは得心しませぬぞ」

義治は別にとがめるつもりはなかった。一寸からかい気味の声をかけただけなのだが、師清は意外な言葉を返して寄越し、義治も釣られた言葉の応酬になった。

「いやいや、本音におざる。これからも師清と呼ばれとうて、な」

「お方にそう呼ばれたいと」

義治は未だからかいのつもりだ。

「如何にも」

歩きながらである、それなり会話は中断した。

他人に語るべきものではない。どう誤解されないでもない。相手が義治だから本心を口に出した。彼に理解出来るものではないのは分かっている。義治は行女を知らない。冗談と思ってくれればそれで良い。だがこの心の内、誰かに告げたい気持ちはあった。行女とさくらの重なる思いが、師清と呼ばれ続けられたいと、この名乗りになった。

「棟梁殿」

前を行く光盛が、歩きながら振り返った。

「燧灘も備後灘も広ぅおざるぞ」

「如何にも」

「前に一度は渡り召された」

「その節は厄介に成り申した」

「今一度お渡りあれ」

「は」

光盛はそれだけで口をつぐんだ。

彼は海上制覇の困難を告げたかったのか。先ず伊予の島々を固めるよう忠告したかったのか。定かではなかったが、村上義弘の隆盛時、その幕下《ばっか》に連なったこともある彼が、新棟梁に何か進言したいことがあるのだ。傍を歩いていた顕忠はそのような気がしたが、光盛は後を続けなかった。

浜にもやった将船を残し、他の塩飽船はもやい綱を解いて海上を遊弋していた。小早一艘だけが将船に寄り添うように、船首を砂に食い込ませている。もやい綱は引き上げ、代わりに四人の水手《かこ》が竿を浅い水面に立てていた。この小早は将船の直衛船だ。敵地ではなくても、直衛船は何時でも将船を護る位置についていること、それが海賊の鉄則である。

潮は既にゆるやかな上げ潮になっていた。

波打ち際の二十歩程の手前に塩飽の手下《てか》五人が立ち、その足元には莚《むしろ》に包まれたものがこずんであった。そこで塩飽光盛は歩を止め、村上新棟梁師清以下の見送りの人々へ別れの挨拶をした。その後で、

「じゅべ殿、この品じゃ、後程村上の方々へ。よしなに頼む」

重平に声をかけておいて、くるりと背を向け船へ急いだ。

この品というのは、光盛が大三島参詣を予想して塩飽から持って来ていた音物用の品である。光盛はこれを村上へ餞《はなむけ》として残して行くが、このことは我等が去った後伝えてもらいたい、と重平にそっと耳打ちしていた。

光盛は乗船の直前、振り返って顕忠の名を呼び、来てくれといった。

砂地を蹴って駈け寄った顕忠に光盛は小声で言う。

「棟梁の武威はよう分かった。したが顕殿《あき》よ、村上に領国はない」

「何が言いたいのじゃ」

「村上を生かすも殺すも海だけぞ。顕殿、梶を誤るな。ではな、また会おうぞ」

光盛は顕忠に問い返す暇を与えず、船の縄梯子を上って行った。

村上の妹婿が棟梁の座に着き村上師清と名乗ったことは、風のように早く伊予大島の近隣に聞こえた。

新棟梁着座の挨拶を何処へすべきかで一悶着あった。村上を見限った者達へ何の挨拶が要ろう。後家殿はそれに固執して頑として譲らない。村上義弘傘下にあった直接の手下《てか》達が、野島衆の他は悉く新しい主を求めて散々となったのは事実である。

顕忠は後家殿の申し分で、改めて塩飽光盛の言葉を思い出していた。村上には確かに領国はなかった。浜辺々々に拠点を置き、運送の仕事と警固《けご》の仕事を業として繁盛はしていた。警固衆の勇猛果敢が評判で、義弘は河野家から水軍の客将の地位も与えられていた。だが、領分と称する権益はあっても、基盤となる領国はなかった。棟梁の声望があれば手下は集まり仕事は入った。だが、一旦棟梁を失えば、手下を繋ぎ止めておく手立てがないのだ。手下の離散も止むを得ないことだったのである。光盛が指摘したかったのはそこだったろうと思う。光盛は塩飽島の半分を領有し、塩作りという地に着いた仕事を持っている。その上での警固の仕事だ。忽那《くつな》水軍にしても、忽那の島々を領有している。今岡通任でさえ、伊予本土に小なりといえども所領を持っている。彼らは皆、その故に家中には揺るがぬ繋がりも持てるのだ。自問自答で得心はしたものの、ではどうすればという考えを持てない顕忠だった。

重平は、野島衆のみが村上の手下ということにこだわりを持っていた。それは今岡通任への思惑からだ。重平が村上の名を好きにするために北畠顕成という縁もゆかりもない者を棟梁に担いだ。そう受け取られるのを恐れた。自分への誤解はどうでも良いとして、それがひいては通任の室である桔梗にどのような形で跳ね返るか、それが心配だったのである。往年、村上の手についていた者を出来る限り呼び寄せ、野島のためではない、村上家のためである、そうした形をとりたいと思った。そのためには然るべき頭分だった者へ挨拶を送り、村上への復帰を促したいと主張した。

「ま、全部が全部村上へ帰るとは思われぬが、そうした者があれば、それはそれで村上への忠誠を持つ者と見て良い。挨拶だけ送って、村上へ帰れ等触れない方が良くはないか。どっちにしろ、新棟梁の定まったことは告げるべきであろうな」

顕忠はあいまいに言う。

「私は村上の名跡を継いだとはいえ、村上について知るところは少ない。棟梁の座を受け継いだ以上、方々の意のままに動こうと思ぅていたが、意見が割れて前に進まぬ。そこで私の意見を申してみたい」

黙って耳を傾けていた師清が口を開いた。

「一人でも多く軍兵を集め、勢を催すというのではない。集めて何をするのか私には良く飲み込めぬ。村上がこれから何をするのか、それを先ず論じて欲しい。また、何をするにしても、私は、今の野島の人々のみで十分のような気がしている。人を集めるのは、必要に応じて追い追いということで事は足りる。それが母者人の意に添うことでもあればなおのこと、旧村上の残党への挨拶は無用と考える。如何であろうか」

結局、師清の裁断の形で、挨拶は村上一門である今岡通任、慣例である大三島神社、河野惣家とこの三家に決めた。

この合議の席には黒島神社の祀官近藤三郎、別宮八郎宗通、勝部久長も加わっていた。宗通は今少し棟梁へ伝授したき儀ありと言い、久長はその副として棟梁の手に就きたいと表明していたし、祀官は、故村上義弘が当初、拠点としていた新居大島近辺の事情に詳しく、棟梁が小三郎を名乗って黒島へいた間の特別な情誼《じょうぎ》があった。宗通が伝授の儀と言ったのは航海と操船のこと、加えるに船造りの思惑であった。師清は喜んでこれを受け入れた。この三人は一旦黒島へ引き上げると言ったのだが、重平が相談に乗って欲しいと強《た》って引き止めていた。祀官と宗通が棟梁を支持する形で結局はまとまったのである。

「今岡へは急ぎ使者を。大三島と河野は急がずゆるりがよろしい」

そう言ったのは祀官だ。

今岡通任には棟梁の座に着いた旨を知らせ、一門として直ちに挨拶に罷《まか》り越すよう促し、棟梁の権威を示すこと。大三島はじっと事態の推移を見守っている筈だ。今岡の動きによっては対処の仕方があると踏んでいるに違いない。大三島は駆け引きが巧みだ。あわてて参詣したところで恐らく大祝は会おうとはしないだろう。一般の参詣者と同じ扱いでは出向く意義は半減する。河野家は村上家再興については異議を差し挟むことはないが、どちらかといえば関心は薄いだろう。今の河野は島方へ目を向ける余裕は無い。讃岐の細川が中予の海まで我が物顔に軍船を徘徊《はいかい》させ、河野は陸《おか》の守りを固めるのに汲々としている。これも今岡の出方を見てからでも遅くは無い。

伊予の宮方、武家方の動向に詳しい祀官は更に伊予の情勢を語って、今直ぐ大三島と河野へ接触することの得失を説くところがあった。

今岡通任が未だ甘崎へ帰っていないことは分かっていた。だが師清は書状を認《したた》めた。受け取れば通任の許へ届けられる筈。それで良いと判断した。

甘崎への使者は棟梁の室さくらが立つことになった。重平は反対だった。棟梁の名代までは必要ない。単なる使いだから手下《てか》の者で良いという言い分だ。

「いや、仮にも村上の姉婿殿だ。そうも参らぬであろう」

　師清は苦笑していた。重平が桔梗の心中を思いやってのことだとは気がついていたのだが、桔梗が妹の風下に立つことは既に決まっていることなのだ。ならば最初に姉妹を対面させ、現実を受け入れさせた方が桔梗のためにもなるのではないか。未だ対面したことはないが、師清は桔梗のことをそのように考えていた。

　さくらの伴には顕忠がついた。

　甘崎では主の不在を理由に書状の受け取りを拒んだ。勿論、留守を預かる通任の室、桔梗の意志である。彼女は、さくらの伴である顕忠に会うことも拒絶した。止むを得ず顕忠は取次の武士に、必ず今岡殿へ手渡すよう、書状を押しつけた。若し届かぬことあれば如何なる事態になるか、その責めは御身にあり。半ば脅しておいて引き上げて来た。

「姉ちゃは何でも義兄《あに》ちゃに逆らえず、恐れてばかり。はがゆい。でも可哀相。棟梁が決まったことで、義兄《あに》ちゃから折檻《せっかん》されるも知れない。でも、そんなまねしたら、私、許しちゃおかないから」

　気性の激しいさくらは、桔梗の不甲斐なさを嘆きながらもしきりと心配していた。

「あの通任殿ではどのような女性《にょしょう》が室とおなりでも、同じではないかと思えますぞ。桔梗の方が取り立ててどうということではおざるまい」

顕忠が取り成し顔に言うと、

「いいえ、姉ちゃが何でもはいはい義兄《あに》ちゃの言いなりになったから義兄《あに》ちゃもこうなったのじゃ。棟梁の座をあずかる母様には逆ろぅてはならぬと、姉ちゃが最初から厳しゅう言ぅておればこうまではこじれなんだものを」

さくらは言い募《つの》った。

顕忠には判断出来ないことだった。だが姉妹がこれでは、今岡とのこれからの折衝が難儀なものになるだろうと苦笑しながら、これからのこと重平とよくよく相談しなければと不安な気分にさせられていた。


顕忠がさくらの伴で甘崎へ出掛けている留守に、一艘の商船が宮窪の浜へ着いた。兵庫北関から周防の竈《かまど》ケ関へ戻る便船だという。大きな船だ。乗っている警固《けご》衆は塩崎海賊だと言った。塩崎は旧熊野海賊の傘下にあった紀州の海賊である。それが武家方となって、将軍足利尊氏の命で、摂津尼崎から竈関までの間の運送船の警固となり、櫓別銭を徴収している。将軍の後ろ盾とあって、各地の武将達も協力的でなかなかの巾を利かせている。その船の梶取《かんどり》が、来島瀬戸の上乗《うわの》りを出して欲しいと浜の者へ頼んだ。同時に一人の商人風の男を下船させた。便乗者で、宮窪の縁戚を頼って来たと言う。

上乗りは水先案内のことだ。浜の者の一人が重平へ注進に走っている間に梶取《かんどり》は商人風の男に代わって、

「何でも波平という漁師を訪ねるとかじゃが、この浜にそういうのがおるかい」

浜の者に尋ねた。

「波平ならおるで」

「おお、そりゃあ良かったわい。案内してやんなれや」

「ほい来た」

一人が商人風の男を手招いて、ついて来るように言った。

その後姿をじっと見送っていた警固《けご》の一人が、

「どうやら偽りではなさそうな」

梶取にささやくのを浜の者の一人が聞いていた。その男は警固の頭のようだった。

「途中、どこへ寄ってくれとも言わなんだで、わしは疑ぅてはおらなんだ」

梶取が答える。

「商人と名乗る故、どうもうさん臭いと思うたが。それにあの備前なまりじゃ。あのあたりの途中で下ろせと言ぅたら、即切り捨てようと思ぅておった」

「このような外れた島に何を目指すのか、わしが笑ぅておったが当たったぞよ」

梶取が哄笑した。

どうやら警固の者は、宮方の潜行者にも目を光らせる役をも持っているらしかった。

浜の者が上乗りの者を二人伴って戻って来た。重平の手下《てか》である。

「わしは来島は初めてでのう。何時も地乗りで、沖乗りをしたことがない。ええ便によって、来島の渦を見てみようと思ぅての」

梶取は気楽そうに上乗りに話しかけた。

地乗りというのは、西航する船が因島の東側の布刈瀬戸から三原瀬戸を通り、陸地沿いに西に向かう航路だ。沖乗りの航路は燧灘から伯方島と大島の間の船折れの瀬戸を抜け斎灘を西航する。勿論、船折れの瀬戸ではなく来島の瀬戸を抜けてもそう呼ばれる。

「渦は見るもんじゃない。避けるもんじゃ。見呆《ほう》けて、梶を取り違えるでないで」

上乗りの男は仏頂面でそう答えた。

「来島を抜けたら斎島で下ろしてくれるか。あそこからなら帰りの便がある」

もう一人の水先が言った。

「良かろう」

梶取が諾《うべな》った。

村上の棟梁は定まったが、未だ業務を行なう体制は何も整っていない。大島の重平はとりあえず手下《てか》にその条件を言わせて、後で斎島まで迎えを出すつもりだった。ともかく仕事は請けてと、独断で計らった。

商船は直ぐに出て行った。それを見すましたように、波平が浜に下りたった商人風の男を連れて重平の許へ来た。

男は名も告げず、二人だけにして欲しいと言った。

「今の船で来たとしか分からん。後は重平殿に会いたいとだけよ」

波平は不服そうに告げた。

重平は男の人体を見て若しやと思った。波平を去らせて男に尋ねると、果たして直感の通りだった。

「脇屋の御大将のお迎えに参り申した」

彼はやはり武士だった。彼は腹帯の下から油紙に包んだ書状を取り出した。署名は三郎と認めてあった。三宅志純からのものだ。万一を慮り、児島三郎高徳の三郎だけを書きつけてある。

「預けしもの至急送られたし。疾《と》く」

それだけの文面だ。男は志純の配下だ。

男は志純の行動にはくわしく触れようとはしなかった。急に風向きが変わった。それだけ重平に伝えるようにとのことだった。ともかく兵庫の北関近くまでは少数の配下と行ったようだ。

竈関《かまがせき》までの便船に乗るよう指示したのは勿論志純だ。その便船には武家方の塩崎海賊が警固《けご》として乗り込んでいると承知の上だったのであろう。その船へ密使を乗せるとは、如何にも志純らしい。重平はその豪胆なやり口に舌を巻く思いだ。

「何処へ」

「備前の児島」

「備前とあらば、飽浦《あくら》にも通じておらるるか」

飽浦とは、備前の宮方佐々木信胤のことだ。

「聞いてはおらぬ。なれど恐らくは知らせてはあるまい。脇屋の御大将のこと、秘中の秘におざれば」

重平は村上屋敷へ男を同道した。脇屋義治は屋敷内の別棟にいる。宗治は重平の預かり人だが、彼を送るためには警固を出さなければならない。野島衆は村上の配下に組み入れられた。重平が一存で彼等を動かすわけにはいかない。一応、棟梁の指図を仰がなければならないと判断した。

道々重平は波平に、

「そっちが警固で出てくれぃ。棟梁へはそう言うつもりじゃ」

そう耳打ちした。

「うんにゃ、こりゃあ、脇の頭の仕事じゃろうに」

「頭だと。顕さぁのことか。波平よ、それはもう止めぃ。かしらは棟梁お一人ぞい」

重平はたしなめた。波平は警固《けご》の重大さを思い、顕忠を出し抜くようで遠慮したのだ。

「顕さぁが帰って来るのを待つ暇はなかろう」

重平は屋敷を出るまでには既に手下《てか》を選んで、警固出船の支度にかかるよう使いを走らせていた。

「それとも何か、波平は女房と一日も離れとうないとでも言うのか。せんだって四五日も留守をしたで、此の度はという気かい」

「そ、そりゃぁない」

波平は顔を赤らめて打ち消した。重平はからかっているのだ。それに波平には早く、一人立ちの頭分の自覚を持たせてやりたいと思っている。丁度いい機会だ。手下を指揮して警固の役を勤める能力は十分にあるのだ。後は本人の自覚である。何時までも顕忠頼りでは先行き顕忠も困るし、村上全体にも支障が出ないとも限らない。顕忠が今宮窪にいても、わしは波平を行かせる。そういう思いの重平だった。

「それはまた急な」

村上師清は流石に驚いた声を上げた。

「ゆるゆる別れの宴を催す暇もないのか」

「今の潮を逃しては半日、ということは、途中の島泊りを考えれば一日はきっちり遅れ申そう。疾くと申される志純さまの御旨に背きとうはおざらぬ」

重平は、波平に警固出動を命じて欲しいと頼んだ。

「義治殿の一件は重平殿が請負うたこと。すべて重平殿に任せよう。だが、義治殿は私と格別の間柄だ。その警固、私も行かせてくれないか。宮方といい、武家方といい、私には関わりのないことだが、海上警固が村上の仕事ならば、その仕事の内だけでも義治殿の安全をこの手で護ってやりたい」

「御気持ちはよう分かりますぞ。したが御大将、今は村上にとっても大事の時、棟梁である御大将が、今宮窪を離れること到底叶い申すことにはおざらぬ。何卒ここは分別の仕どころと料簡なされましょう」

重平は声を励ました。

あわただしい別れとなった。脇屋義治と伴の者が、村上の後家殿に挨拶を述べ、師清と形ばかりの別れの盃を汲み交わしている間に早、手下の者が乗船を促しにやって来た。

「義治殿、死ぬでないぞ。どのようにしてでも生き延び給え」

「そのつもりにおざる。帝《みかど》の大御代を取り戻すまで、この義治、死ぬ訳にはまいりませぬ。それが新田の家に生受けたる者の務めにおざれば」

「務めとか。哀しい定めだな。義治殿のお父君義助卿も、総師新田義貞殿もその定めの故に討ち死になされた」

「言うて下さるな師清殿。この義治、帝への忠誠の他この胸の内にはなし。その故にこそ、幾度かの合戦に利非ずとも、時到れば旗を上げ続け申す」

「分かった。勇ましき武士の言葉とこの胸に刻んでおこう。生きて再び会える日をお待ち申す」

波平が宰領する小早は脇屋主従を乗せ、忍びやかに宮窪の浜を離れた。村上師清と村上の後家殿、重平、この三人が見送るだけの淋しい船出だった。


それから一刻の後、さくらと伴の顕忠が浜へ帰投した。

その後を追うようにして伯方島の珍《うず》の者が重平に知らせを持って来た。尾道の対岸歌島から送り継がれて来た知らせだ。

武家方の備後守護岩松頼宥の将、三吉鼓覚弁が尾道を発向、因島攻略を開始したという知らせだった。泰永二年（1343年）四月五日のことである。

「何か対処しなければならないことでもあるのか」

報告を受けた師清は尋ねた。

「おざらぬ」

重平が答える。

「因島はここよりかなり遠いのか」

「いや。隣の伯方、生口と北へ上がって三番目の島におざる。大島の山へ登れば直ぐそこに見え申す」

「成程。それでいて、合戦は近隣の島々へは及ばぬと」

「弓削、生口の宮方は因島へ馳せつけておりましょう。数は知れており申す」

「他に来援は」

「安芸の宮方で今動ける者はいない様子。武家方とて、三吉の他は動く気配はなく、とてものこと、去んぬる伊予合戦の如き大戦とはなり申すまい」

顕忠が答えた。三吉が動く噂は早くからあった。情勢の分析は重平と顕忠の間では既に読み合わせてある。

「噂だけで、地乗りの航行船が布刈瀬戸を避けておりまいて、我等の仕事も多少増えており申す」

「顕さぁは多少増えたと言ぅておるが、その気になれば、警固《けご》、上乗りの仕事は何ぼでもとれる。村上にゃ未だ船がないけえの」

重平は悔しそうに言った。

「時光の首銭が入れば小早が造れよう」

「うんにゃ、あれは棟梁の披露目にとっとかにゃならん。それに、何やかやと入用のものが多すぎる。小早を造るのは先のことよ」

「じゃべさぁ、披露目はなさらんと決められた筈じゃが」

「そうよ。じゃがの、棟梁の働きで入って来る銭じゃ。ここは棟梁のために使うが筋よ。村上再興は最早知れ渡っとる。ここは盛大に見せにゃいけん。さすれば昔の村上恩顧《おんこ》の者共、わぁっと集まって来ようわい」

重平と顕忠のやり取りを、微笑を浮かべたまま聞いていた師清は徐に《おもむろ》口を開いた。

「ま、口で楽しむのはそのくらいで良かろう。首銭とやら、未だ届いてはおらぬ。そこ許等の手に握ってから考えられよ。ところで船のことだが、これは別宮殿に考えがあるという。私は任せると言っておいた。村上恩顧の者というは、先にも申した通り、私は一味に加えるつもりはない。これから先もこれは変わらぬと思ぅてもらいたい。野島の衆で十分。ということは、それだけでこなせる仕事の分で満足すれば良し、ということだ。追い追いにさばき切れなくなれば、その時々に人も増やそう。私は一散気の隆盛を夢見てはおらぬ。私は未だこの海自体が如何なるものか、しかとは分かっておらぬ。夢の見様はこれから海に聞くつもりだ」

「恐れ入り申した。じゅうべ、つまらぬことを御大将の耳に入れ、恥入り申す」

師清は自分のありのままを口にしたのだが、重平と顕忠はそれを、深謀遠慮の重厚な響きと聞いた。師清が若く、加えるに豪胆、力あくまで強く、飛鳥のように軽い身のこなしの技、それ等の諸々を備えた頼もしさの故に、彼の言葉を千金の重みと聞いたのである。彼等の師清に対する心服の度合いは一層深まっていった。


四月十四日因島は落ちた。宮方の大将大館右馬之助は脱出して何処へともなく落ち延びて行った。同じ因島の三ッ庄の岬城には沖の島から潜行していた篠塚伊賀守ありと聞こえていたが、これも追い落とされて行方知らず。芸備の宮方の拠点として気勢を上げていた堂崎城の城主広沢五郎義之は三吉覚弁に降参した。

弓削島に赴いた沖の五郎左の消息はこの時点では未だなく、尾道に向かった筈の時光からの連絡もまた無かった。

巻の二十　絆《きずな》

山裾の樹間に香ばしい匂いがひろがっていた。

杣道《そまみち》から下りたところに少しばかりの平らな空間があって、その隅に粗末な小屋があり、匂いはそこから漂って来ている。

その直ぐ近くに農家が三軒あり、遠く離れて密集した民家が見える。その南には海が広がっている。

ここは備後の国の草出津《くさいつのつ》のほとりである。

白地に藍の絞り染めの入った、小ざっぱりとした小袖の壷折り姿の小女が杣道から下りて小屋に入った。

「ただ今戻りまいた。うまそうな匂いですね」

「お帰り。お疲れさま。今日はね、韮《にら》を頂いて来ました。それで味噌粥の中へ入れてみました。味噌と韮の匂いが合わさって、おいしそうな匂いをたてています。さ、早ぅに足を濯《すす》いで、お椀を並べなされ。その間に干物を焼きまする」

「それは私が。庵主さまは少し休んで」

「いいから。今日は気分がいいの」

この二人は桂秀尼と土筆尼である。だがここでは土筆尼は旧の名のみおを名乗っていた。土筆尼が草出津へ働きに出るようになり、頑固だった桂秀尼もみおの名で呼ぶようになっていた。だがこの庵の中に居る時は尼姿でいるように懇望した。世俗に交わっているようで自分の気持ちが許さないのだと桂秀尼は言う。

庵とは名ばかりの掘っ立て小屋である。入り口は風を防ぐために蓆を垂らしているがそれもかなり傷んでいて、蓆越しに内が覗き見出来る程である。僅かに庵らしいといえば、二尺ばかりの仏像が台の上に載せられている位のものだ。その仏像も素人が荒削りで作ったものに見える。

みおは外出用の小袖を脱ぎ、白い法衣に着替え尼頭巾を被って小机の上に食器を並べる。その間に干物は焼き上がっていた。

「今日は珍しゅうお船がたくさん入って来ました」

「そう、何かあったのですか」

「さあ、私には分かりません。このところめっきりお船の数が少のぅなっておりましたので、何となくびっくりしました」

みおはその日、外で見聞きしたことを何でも桂秀尼に告げた。みおは町屋へ働きに出るようになって本当に良かったと思っている。二人の暮らしを支えるためにそうなったのではあるが、それよりも桂秀尼が寝込んでいた時の二人だけの時間は気ぶっせでやりきれなかった。旅を続けている間は、道中何かと目を引くものがあり、気楽な会話を交わせた。だがこのような小屋に閉じこもり、桂秀尼が寝込んでいると、話すこともなかった。それに桂秀尼は、目覚めている間の大半は念仏を唱えるだけだった。桂秀尼が一人で身の周りの処理が出来るようになって、みおは働きに出ることを申してたのである。

みおは町屋で働き出してから、次第に小娘の陽気さに似たものを発散させるようになっていた。それに触発されたのか、桂秀尼も随分と元気をとり戻したようである。

しゃべりながら夕餉を終えた頃、小屋の外から呼ばわる声が聞こえた。

「誰か」

桂秀尼が先に気付いて、そっとみおに告げた。

「ま、こわい」

みおは、そっと立ち上がって桂秀尼の傍へ身を寄せた。

「さいかの浦のお人。居るかい。伊予大島のもんじゃ」

今度ははっきり聞こえた。それを聞いたみおは、

「おる、おる。おるわい」

大声を上げて、とぶようにして入り口の蓆に取りついてこれをはね上げた。

「みおはここに」

出たところに立っていた男は波平である。手下《てか》を一人従えていた。

「あの、いつか草出《くさいつ》の掘割で」

「そうよ。波平というもんじゃ」

二人共に互いの名を知らなかった。だが雑賀の浦のあの一件のあと入江屋敷で共に世話になったことでもあり、顔はよく憶えている。

「あきたださまは。一緒ではないのかえ」

「ああ、この前と同じじゃ。わしが手下を連れて仕事に来た帰りだ」

「みおがここへ居るとあきたださまへは伝えてくれてか」

「言ぅた。脇頭はすぐにもとんで来たい按配じゃったが、色々とあってのう。手が抜けぬまま日が過ぎよる。それに何ぞ知らせようと思ぅても、そっちがどこへ居るものやら分からず、落

ち着いたら探索に行こうと、折々このわしには洩らしておいでよ。まんがようてこの先の方まで出向く仕事があっての、その帰りじゃ。どうでも寄って、そっちの居所だけでも突き止めて、脇頭を安心させてやりとぅての」

その名も知らない尋ね人が果たして探し出せるものかと、波平も自信はなかったが案じる程のことはなかった。草出津の近くから草出津まで通っている手伝い女、そう言って手下《てか》に当たらせたところ簡単に分かった。そのような手伝い女は、草出津に数少なかったのである。殆どが住み込みで働いているか、同じ通うにしても草出津の町屋から通っているのだ。

「みお殿と言うたのう。これからわしと大島へ渡る気はないか。脇頭がさぞ喜ぶことじゃろぅに」

みおはそれを聞いて一瞬顔を輝かせたが、直ぐに目を伏せて首を振った。

「そういうわけにゃぁいかんのかいの」

「まあ、内へ」

みおはようやく外での立ち話と気づいて、小屋へ招き入れ、桂秀尼に引き合わせた。

「今晩はのう、よっぴて探し歩いて、どこぞで野宿でもすることになりゃあせんかと、こうしての、酒と肴をかついで来とる」

波平は手下が背負っているものを指さした。

「手下のみんなは、船泊りで夜明けまで寝るよう言ぅてある。ついちゃぁ、ここでちょつと腹へ入れさせちゃあもらえまいか」

「そのような御都合なれば、一晩中ごゆっくりなされませ。おもてなしは何も出来ませぬが、夜露ばかりはさけられまする」

桂秀尼が言った。

「そうなされや。あきただspringのことも聞かせて欲しい。さいかの浦を出てからの私のことも聞いて欲しい」

みおも弾んだ声で勧める。

「みお殿、肴と申されたが、お焼きするものでもあれば竈《かまど》に火を入れて」

みおは桂秀尼に返事をして竈の前に立った。

「もう宵闇、暗ぅてお手前方のお顔も見えにくぅなりました。なれどここには油がのぅて明かりはありませぬ。竈に火があれば庵の中はみな見えまする。少し煙《けぶ》りまするが、闇の中よりはましにおざりましょう。みお殿、よう燃えて煙のすくないのを選んで、ちょろりちょろりと燃やしなされ」

火をつけて、程良いところでみおは手下を促して干物を出させ、それをあぶりながら気忙しく顕忠がどう過ごしているのか話してくれるよう波平にせがんだ。

「何をどう話してえぇかよぅ分からんが、ともかく脇頭は今じゃ村上海賊随一の武将よ。体の休まる暇もない程動き廻っておってじゃわい。わしの頭じゃけえのぅ、わしもひっぱられて動きまくっとる」

「あの、お世話をなされる女子衆《おなごし》はどのようなお人か」

「女子衆《おなごし》。そのようなものはおらんわい。みお殿よ、椀を二つ貸してくれんか。こいつが早ぅ飲みたいと言ぅとる」

波平は手下《てか》を指差して笑い声を立てて、続ける。

「この前な、みお殿を見つけたと、帰って脇の頭に言うたら大層な喜びようじゃった。ずっと独り身の人じゃったけえ、女房殿に迎えんさる気じゃ」

「まことかえ、それは」

みおの全身に喜悦が走った。それだけ聞けば十分、顕忠が海賊だろうが武将だろうがどうでも良かった。顕忠が果たして自分のことを忘れずにいてくれるだろうか。その不安は絶えず胸の内にあった。それでも会いたかった。あの方にもう一度抱かれれば、もう死んでもいい。そういう思い詰め方で今日までを過ごして来たのである。ただ一夜の契りなのに、みおにとっては初めて女の悦びを知った鮮烈な感覚と狂おしい思慕が尾を曳いていた。

顕忠の妻になどみおは考えたこともない。あのいやらしい長者の慰み者だった自分が、人並みに誰かの嫁になれるとは思ってもいなかった。顕忠はそのような自分の身の上を承知の上であの夜抱いてくれ、更に別れる時は必ずもう一度来る故、待っているよう言ってくれた。それが更にみおの思慕を募らせることになったのだ。

「あの、私、少しきつい故、御無礼ながら勝手させて頂きまする」

桂秀尼が口を挟んで、小屋の隅の方へにじり寄り、そこに静かに横たわった。

「庵主さま。どうされました」

みおが駆け寄った。

「大事ない。今日は少し動き過ぎたようです。横になってしばらくすれば楽になりましょう。良いからお客さまのお相手を」

みおは桂秀尼に夜具をかけ元へ戻った。

「ええのか」

波平が心配そうに尋ねた。

「庵主さまは何でもよう知っておられます。大事ないと言われれば大丈夫です」

みおはその言葉通り、桂秀尼を信じきって安心しているのだ。桂秀尼は自分が動けない時はみおにはっきり伝えて世話を頼む。頼まない時は大丈夫なのだ。

みおは、雑賀の浦から連れ出されて以後の、自分が辿らされた道を涙ながらに語り始めた。

「今こうして生きておられるのも、思えば桂秀尼さまに助けられたお陰。不思議な御縁なのです」

時衆の同行《どうぎょう》の後を桂秀尼の情けでついて行くようになったくだりではみおは激しく泣いた。桂秀尼に助けられ、次は病となった桂秀尼に自分がつき添い、二人の絆はその度に深まり、離れられない因縁の深さに思い至り、波平がこのまま大島へ行こうと言ってくれた言葉を重ね合わせ、万感胸に迫ったのである。

三宅志純に危ういところを助けられ、備前の長船から福岡へ入り、宗祖の一遍上人が建てた念仏踊りの道場跡で千遍の念仏を唱え、みおが鉦をたたき桂秀尼が踊った。

備中を過ぎて備後長和荘近くに入った。ここまで来れば尾道は間近、西江寺へ着けば私の身の振り方も決められます、そしたら土筆尼殿は便船を求めて伊予の大島へお渡り。桂秀尼がほっとしたように言ったのは、路傍に足を止めてしばらく休んでいる折だった。そのことは折に触れ桂秀尼がみおに言い聞かせていた言葉だったが、流石に二人の旅の終わりが間近い思いからか、何時にないしみじみとした口調だった。

だがそこでまた々危難が二人に襲いかかったのである。

何時現われたのか、足音もなく三人の浮浪人がぬっと目の前に立ちふさがった。

一人が乱杭歯を剥き出してにやりと笑った。

「よう、一寸こっちいけえや」

言いながら手を伸ばして桂秀尼の手をとった。

「何をなさる」

彼女はそれを振り払った。

「へ、へえっ、へ、へ、へ。何をなさるか、たいしたこたぁしゃぁせん。きれいな尼ごぜの観音さんを一寸ばぁいじらせてもらいたいだけよ。おみゃあさまものう、極楽の気分になろうがい」

「乱暴は許しません」

桂秀尼はきっとなってそう言いながら、土筆尼を後にかくまうようにした。それを見たもう一人の男が、

「わしゃあこっちにしょうわい」

さっと横に廻って土筆尼の腰のあたりに手をかけた。

「何をする」

土筆尼はその手をぴしゃりと思い切りたたいた。

「生きのええこっちゃ。こりゃあ、慰み甲斐があるわい」

ぶたれた男はにやりと片頬に笑みを浮かべた。

「ごちゃごちゃ言ぅとらんで、早ぅかつぎ込まんかい。人が来るで」

離れて立っていた三番目の男が促す。

備前の和気のあたりで会った災難の時と同じだった。

再び手を出そうとする男を見て、土筆尼はとっさに思い出した。

「待って。私達はこのお人の身内の者。私達に手を出したら、どこへ逃げてもきっと斬り殺されるんだから」

土筆尼は衣の袖をたくし上げ、法衣の袖に記された「志純」の文字を見せた。

「何じゃこれは」

男はもう一人に声をかけた。

「まじないか」

その男も文字が読めないらしい。

「ふん、どうせ仏罰がどうのこうのと抜かすつもりよ。坊主が書いたのを真に受けて、可愛い顔で恐ろしげに言ぅてみたのよ。かまうこたぁない。ひっかずけえ」

その男は言いざま桂秀尼に飛びかかる。土筆尼の側の男も彼女に飛びかかった。

彼女達は悲鳴を上げながら抵抗を試みる。だが男の力の前ではそれも長くは続かない。先に組み伏せられた桂秀尼がぐったりとなって担ぎ上げられようとした時、成り行きを見ていた三番目の男が、裂けた衣の間からのぞいていた法衣の袖の文字を見た。

「待てよ」

その時、桂秀尼の耳に、遠くから近づく馬蹄の響きが聞こえた。助かるかも知れない。そう思った時から彼女は気が遠くなってしまった。

土筆尼は未だ悲鳴を上げながらはかない抵抗を続けていてこの馬蹄の響きは耳に入らなかった。意馬心猿《いばしんえん》となっている男達も勿論気がつかない。三番目の男は、小袖の文字を見て、愕然のあまり、これも馬蹄の響きに気づくのが遅かった。

「待て、待て。尼さまから手を離せ」

男は次々と手をかけて彼女達からひきはがした。

「何をしゃあがる」

男二人は不満の声を上げたが、三番目の男にはかなわないと見え手出しまではしない。

「尼殿よ、この志純の文字は、若しやして三宅志純さまの書きつけられたものか」

男は志純の名を知っている者だったようだ。

「その通りじゃ。あのお人が手ずから書かれた」

土筆尼は叫ぶように言った。桂秀尼は路上につっ伏したまま身じろぎもしないでいた。

「面倒なことにならん内逃げよう」

その男は他の二人に告げた。

「訳の分からんことをいうなや。ここまでやっといて、そりゃあなかろぅで。大汗かいて、これから楽しもぅいう時に」

二人は口々に逆らい始めた。

その時である、曲がりくねった街道でそれまで見えなかった馬蹄の主が姿を現した。いち早くそれを見つけた土筆尼は、

「助けてぇ」

力を振り絞って叫んだ。

男達はぎよっとなってその方を見るなり、

「逃げろ」

一斉に雑木林目掛けて駆け出した。

馬蹄の一行は一騎の武士と十人ばかりの徒歩の者だった。武士の指図で徒歩の足軽は雑木林に男達を追った。

馬から下りた武士は、

「怪我はないか」

桂秀尼に駆け寄って、抱き上げようとしている土筆尼に声をかけた。

「桂秀尼さまが気を失われて。お体が弱いのです」

眉を潜めた武士は腰の印篭から丸薬を取出し、竹筒の水を土筆尼に渡し、

「飲ませてやりなされ」

そう言ったが、土筆尼が一人で扱い兼ねているのを見て、黙って土筆尼から桂秀尼の体を受け取り、己れの膝を桂秀尼の背中に当て、

「やっ」

低い気合いと共に彼女の胸を引き付けるようにした。

そのとたん桂秀尼は目を開いた。

武士は彼女を膝の上に横抱きとして、彼女に丸薬をくませ水を与えた。手慣れたものだった。

「気がつかれたか」

武士はそう言いながら、彼女をそっと座らせて己れの体を引いた。

「あなたさまは」

彼女は弱々しい声で尋ねた。

「長和の地頭の手の者じゃ。もう心配はいらぬぞ。怪しからぬは浮浪の者共、間もなくひっ捕

らえて参ろう」

それに声もなく頷いた彼女は再び気が遠くなったのかふらふらと前のめりになりそうになった。土筆尼はあわてて彼女を抱き止め、膝の上にうつ伏せとさせた。

武士は親切だった。桂秀尼がひどく弱っているので、この地に二、三日休んでいくように言ってくれた。彼女達を襲った浮浪人は捕らえられ、陣屋にひっ立てるという。彼女達も一旦陣屋までということで、武士は桂秀尼を抱き抱えて馬上の人となった。

ところがこの武士の親切が仇となったのである。

陣屋に着き次第、農家の者に身柄を頼んでやろう。武士はそう言ってくれていたのだが、陣屋には丁度地頭が居合わせた。武士は早速自分の役目の報告と、近くまで帰った時、難儀にあっている尼をたすけたこと、その襲撃者を捕らえ連行したこと等を申告しなければならなかった。

地頭は尼達を農家に頼んでやりたいという武士の申し出を了承したが、その前に、浮浪人の取り調べに立ち合わせようと言った。桂秀尼が弱り切っているので早く運んでやりたいと武士は言ったが、顔を確認させるだけで良いから直ぐに済ませる、と地頭は両者を連れて来るよう命じた。

それが彼女達の不運となった。裂けた衣の間からのぞいていた法衣の袖が地頭の目に止まったのである。桂秀尼達は「志純」の文字が彼らにどう映じるか、何も思い及ばなかった。地頭は直ぐにその文字を書き連ねたいわれの詰問にかかった。

桂秀尼は和気の近くで襲われ山伏に助けられ、その方がこれから先、難儀に会わぬよう、まじないを書いてやると言われて書きつけられたものだとありのままを話した。だが、和気の神社に送られたことは口にしなかった。何となくあの親切な神官に迷惑がかかってはと思ったからだ。

だが浮浪人の一人が、この尼は志純の身内だと名乗ったと申し立て、地頭は容易に桂秀尼の話を信用しようとはしなかった。そして、志純の居場所を知っているだろうと、執拗《しつよう》に彼女達を責めたてた。

三宅志純が策士として宮方の間を飛び回っていると中国の武家方には広く知れ渡っており、神出鬼没といわれた志純の探索には備後守護以下、頭を悩ませていた。地頭が躍起になるのも無理はなかった。この尼達から志純の動向の一端でも掴もうと容赦《ようしゃ》はしなかった。

だが、彼女達は本当に何も知らない。どう責められても、助けられたいきさつを繰り返すより他なかった。余程の強情と受け取った地頭は、白状するまで牢に止めおくと言い渡した。

ところが牢といっても、陣屋の牢には浮浪人を入れ、彼女達は屋根もない檻のような柵囲いの中へ一晩中置かれた。そのせいか桂秀尼は夜半に高熱を発した。

いわば拷問である。白状する気になったら呼べ、そう言い渡されて放置されたままだったのである。

その翌日、強盗を働いた浮浪人が二人陣屋に引き立てられて来た。彼等が柵囲いの傍を通る時、土筆尼はその内の一人の顔を見て、あっと声を上げた。

彼女の呼ぶ声にやって来た陣屋の者に、土筆尼はあの男を調べてくれれば分かると申し立てた。

その浮浪人はあの時の襲撃者の一人だったのである。彼の証言で、自分達は三宅志純に痛めつけられたこと、その時彼がそう名乗ったのでそれと知ったこと、尼達もそれまでは志純の名も知らなかった様子等詳しい様子が判明して、尼達の申し分に偽りはないものと、地頭もようやく納得して彼女達は放免された。

「あの時、あのままおこと達を行かせてやれば、こういうむごい目に合わせずとも良かったものを」

彼女達を連れて来た武士はしきりに謝り、動けない桂秀尼を自ら背負って農家まで運んでくれた。その武士が見込んだだけあって、その農家の主人は親切だった。

そこへ二月逗留し、桂秀尼はようやく動けるように回復した。富農と見え、その家では医師も呼んでくれ、薬も取り寄せ、十分な世話をしてくれた。

仏門の方に尽くしておけば後生に如何程か安楽も得られましょう。主人は遠慮する二人に何時もにこにこと、そう言って気を配ってくれていた。

桂秀尼が、もう大丈夫故、そろそろ旅立ちたいと申し出た時、主人は時衆の道場なら芦田川の川口にも道場があるそうな。尾道よりは近い故、先ずはそちらへ出向いて、そこで体を今少し養ってはどうか。そう言ってくれた。彼女も、近くならばと、ふいとその気になった。

「土筆尼殿、私はそちらへ参ります。貴女は早ように尾道へ参りたいでしょう。私のためにうかうかと日を過ごさせました」

彼女はここで別れようと言った。

「私、桂秀尼さまについて行きます。桂秀尼さまの体も心配だし、私ひとりで尾道へ行くのも心細い。とにかく、尾道までは一連托生、そう言うて下されたのは桂秀尼さまですよ」

土筆尼の本音だった。多少、尾道へ着くのが遅れても仕方がない、彼女は簡単にあきらめて桂秀尼と行を共にした。

尋ね当てた時衆の道場がこのあばら小屋だった。

小屋の中で破れ衣《や》を身に着けた僧が南無阿弥陀を繰り返し唱えていた。

「お連れしてきゃあたど。同行の尼さまじゃが」

案内してくれた里人が声をかけたが返事はなく、細く小さく念仏の声は途絶えない。

「このまんまがもう三日も続いとらっしゃるで」

近くの者が食べる物を運んでも食した様子もない。座ったまま念仏を唱え続けているのだという。

「唯阿弥陀仏《ゆいあみだぶつ》」それが上人の名だという。側に仕える者は誰も居ない。信者はかなりあった。草出津で二度、鞆の津で一度念仏踊りの勤行《ごんぎょう》をしたことがある。この小屋の前でも三度。上人は時衆の宗祖一遍上人と同じように、ひたすら歩いていた。違っていたのは、この小屋を根城のようにして、近郷近在に、歩く場所を止《とど》めていたところだ。

雨露が凌げれば良い。草出津の富裕な信者達が寺を建造して寄進するといったが、上人は断って、自分で山の木を伐りこの小屋を建てた。安置してある仏像も、上人が自ら立ち木を選んで彫ったものである。

「尼さんらが来んさったからにゃ、わしらも安心ですけえ。お上人さまを按配見たげてつかあさいや」

里人は色々と話してくれた後、そう言って帰って行った。

「このお上人さま、御臨終が近いのと違うかしら」

里人を見送った後、小屋の外で土筆尼は心細げに言った。既に幽鬼の姿とも見える上人のいる小屋へ入るのも気味が悪かった。

「出る息いる息をまたざる故に、当体の心を臨終とさだむるなり。しかれば念々臨終あり、念々往生なり、三世すなわち一念なり」

桂秀尼は、小さな声だったが朗々と唱した。彼女が仏法の言葉を口にすることは初めてだった。土筆尼と二人だけの道中、一度も聞かされたことはない。

「分からない」

土筆尼がつぶやく。

「法話の一節ですよ。凡夫のこころには決定《けつじょう》なし。決定は名号《みょうごう》なり。しかれば決定往生の信たらずとも、口にまかせて称せば往生すべし。是故に往生は心によらず、名号によりて往生するなり」

「むつかしいんですね」

「そうね。捨て聖さまの残されたお言葉と聞きました。南無阿弥陀仏と唱えれば往生出来るということなのですけど、聖さまは更に、日常不断に、生死の境、臨終があると仰せられ、南無阿弥陀仏には、臨終もなく生死もないと仰せなのです」

「余計分からない」

「私も本当は分かっていないのですよ」

桂秀尼はそこでかすかな笑いを浮かべた。

「お上人さまの御法話を丸憶えしているだけなの。でも、この中の」

彼女は小屋を指差した。

「お上人さまのお姿を見た時、南無阿弥陀仏には臨終もなく生死もないとはこのお姿のことかと、不意に法話のお言葉を思い浮かべたのです」

彼女は何か悟るところがあったのか、穏やかな顔つきで小屋の中へ入った。土筆尼もこわごわその後に従ったことである。

それから二日後、唯阿弥陀仏上人の念仏の声が突然途絶え、その体は前につっ伏した。桂秀尼と土筆尼は遂に上人と言葉を交わすことなく彼の死を看取《みと》った。

里人に知らせ、忽ち三十人ばかりの人々が駆けつけて、皆で遺骸を小屋の裏の山へ葬った。

信者達は桂秀尼に、小屋は直ぐに立て替えよう、行く行くは堂宇を建立しても良い。ここへ止まって、時衆信者達を導いて欲しいと懇願した。彼女はこの小屋に止まり、念仏の勧めには従ってみたいと思う、然し、小屋はこのままで、と答えた。唯阿弥陀仏上人の生きられたように念仏修業に従いたい。彼女のその意志を信者達は受け入れてくれた。すべてを捨て去ってただ、念仏を唱え、衆生に念仏を勧めるのが時衆の教えなのだ。

桂秀尼は、道場の名は私には恐れ多い。これからは尼僧庵としましょう。そう決め、庵主と呼ぶように言った。桂秀尼さまと名を呼ぶより呼び易いとは思ったが、土筆尼は桂秀を口にする方が甘えられるような気がしたものだった。

ところが僅かな日数托鉢に出掛けただけで、桂秀尼はまたもや臥《ふ》せてしまった。土筆尼一人では布教はおろか托鉢にも出掛けられない。彼女は思い余って、商家にでも雇ってもらって食い扶持を稼ぎたいと里人に相談した。食べることなら自分達が面倒を見ると言ってくれたが、土筆尼の本心は、この小屋の中に寝たきりで終日口もきかない桂秀尼と、二人きりでいるのがたまらなかったのだ。働きに出たいというのはその口実である。桂秀尼は四六時中側についていなければならないような重病ではない。これまでで慣れている土筆尼は、昼中一人でおいても大事ないと、それは気にならなかった。

草出津の商家に丁度手伝い人を求めているのがあり、彼女はこうして通うことになり、名も還俗《げんぞく》してみおになった。連れて行ってくれた里人から事情を聞いた商家の主人は、彼女のために小袖等の衣類を始め、一般の子女の用いる小物まで皆整えてくれた。

桂秀尼は気分の良い時は近くに出向き念仏の勧行に歩いた。臥せている方が多いとはいえ、みおとの暮らしはまずまずの形で続けられて来たのである。

そのような頃、草出の津のあの掘割でみおは波平に見つけられた。

「えらい苦労をしんさったものよ。行方《ゆきかた》知れずゆぅて入江の孫六殿から消息があっての、脇の頭もがっくり来とりんさったが、それでもどこかで生きとるいうて、あきらめようとはせざった。草出でわしが見たゆうたら、そりゃあ喜んでのう。どうかの、みお殿よ。わしは所在を探すだけのつもりで来たんじゃが、始めに言うたように、やっぱりこのままわしと大島へ行っちゃあどうかいの」

一渡りの話が済んだところで波平がもう一度そのことを切り出した。

「今直ぐ言われてもそれは無理。庵主さまが尾道へ着くまで、私は離れる訳には行きません」

「造作もないことじゃ。庵主さまは尾道へ送ろう」

「今は無理です。庵主さまの体がしゃんとするまでここは動けません」

「しんどいことよのう。それじゃ、庵主さまも一緒に大島へ来たらどうかいの。大島で養生しんさったら」

みおの話の途中から桂秀尼はうつらうつらと眠っていた。昼間動き過ぎたと言っていたが、その疲れからだろう。その彼女が何時の間にか目を覚ましていたらしい。起き上がって来た。ほの暗い明かりの外に白い顔が浮かんだが、そこから前には進まず、囁くように細い声で告げた。

「みお殿、大島へお伴しなされ。私は良いのです」

それを聞いて顔を向けたみおはしばらく黙って桂秀尼をみつめていた。やがてぼろぼろ涙を

ながし始め、

「あんまりです、庵主さま」

叫ぶように言ってしゃくり上げる。

「みおの気持ち、分かっとらん。私、助けてもろうて、恩がある。このまま放っておいてどこへ行かれよう。庵主さまにはえぇようになってもらいとうて、どのようなことでもして上げたい思ぅとるのに、このまま出て行けとは、いやです」

おえつしながら切れ切れにそう言う。

「みお殿、私もあなたを離しとうはない。でもあなたには、顕忠さまといぅお方がおいで。何時かは別れの時があります。この波平殿が見えられて、その時が早まっただけです」

「いやです。ここを離れとうはありません。なろうものなら顕忠さまのところへも飛んで行きたい。それも本当。どうしていいのか分からない」

みおはそう言って再び激しくおえつした。

「分かった、みお殿。今直ぐ連れてというのは、わしが一人思いじゃ。脇の頭がどう思うとりんさるか、そこまでは考えとらん。ただ、いきなり喜ばせよう思ぅての。脇頭も未だ当分落ち着く暇はなかろう。ここで聞いたこと、みお殿の達者なこと、それを伝えりゃあ、後はあの人がえぇように考えんさるじゃろ」

波平は単純に連れて行こうと口にだしたのだが、案外な成り行きに戸惑うと同時に勝手に連れ戻って顕忠の思惑に思いが行かなかったことに気がついた。

「ここはこのまま戻ろうが、二人がここを動く時は必ず大島へ知らせてくれんか。草出津で、大島の宮窪といやぁ誰ぞつなぎを教えてくれよう」

波平は言い残し手下《てか》を連れて、翌日夜の明けない内に小屋を去って行った。


波平達が去った後桂秀尼とみおは、ほの暗い小屋の中で長い間黙ったままだった。

やがて桂秀尼が口を開いた。

「みお殿、申しておくことがあります」

それは冷たい口調だった。何故ともなくみおは、その声音に怯え返事が出なかった。

「私、もう尾道へは行きません。その気が失せました。私を尾道まで連れて行き、そこで別れようと言ってくれていた気持ちはもう無駄です」

「それ、どういう」

思いもかけない言葉に、みおは驚きのあまり、どう言っていいのか分からなかった。

「どういうって、そういうことです」

「尾道へ行けるということは庵主さまの体がしゃんとする時。私はそれだけを思ぅておりました」

「有り難いと思います。でもみお殿はもう顕忠さまに会ぅたも同然。もはや私が尾道へ行かずともよい筈です。だから私の気持ちをはっきり告げておくのです」

「どうしてそのようなこと」

「そうですね。納得のいくよう話さねばならないとは思います。でもきっと分かってはもらえないでしょう」

「いいえ。私、庵主さまの言うことなら得心出来る」

「そうね、ま、出来るか出来ないか。一応は話すから聞いてください」

桂秀尼はしきりとためらっている風だった。

「私、時衆の同行となってもう二年近くになります。なのに私は、どうしても御仏へ帰依《きえ》の気持ちが持てないでいる」

桂秀尼はゆっくりと語り始めた。

そもそもからして彼女は、南無阿弥陀仏に救いを求めたのではない。戦乱と飢餓、疫病の猖獗《しょうけつ》する京の都で天涯の孤児となった彼女だが、その境遇の故に悲嘆と絶望に暮れて神仏にすがろうとしたことはない。

京で一、二とうたわれた白拍子だった彼女には、こうした世でも、彼女の踊りを所望してくれる人達もあり、暮らしには困らなかった。彼女にとって踊りこそが命だったのである。

ある日たまたま彼女は、焼け野ヶ原となった三条の川原あたりで、踊り念仏に狂う僧と尼の集団に出会った。何気なく近づき、踊る僧形の群れを奇怪な振る舞いと見た。

ところがしばらくして目をそばだてた。彼女の目にとまったのはかれらの表情である。無我の陶酔とはこのことか。無心のままに肢体は自由に踊っている。仕組まれた動きでは決してない。彼女は自分が工夫で体を操るだけにそれがよく分かった。この人たちは、自分の手足の動きがどのようなのか、体がどのように跳び跳ねているのか恐らく自覚するものはないであろう。このような境地で踊れたら。彼女は深い感動を覚え、修業でこれが得られるものなら、是非共これを会得してみたい。そう思った。彼女は念仏踊りを信仰の陶酔ではなく踊りの境地として捉えたのである。

それが時衆の念仏踊りだった。それまでにも辻を行く浄土宗の念仏踊りなどをよく見かけていた。だがその川原の念仏踊りは他のそれに比べ、様相がまったく異なったものと桂秀尼の眼に映じたのである。彼女は魅入られたとしか言いようのない心境に落ちた。

何のためらいもなく彼女は、その遊行上人の同行衆に身を投じた。

念仏踊りで陶酔の境が会得出来るまで尼でいよう。その思いを秘めたまま遊行の旅に従っていた。踊りの素地を生かして鉦たたきを志願し、行く先々で、鉦の拍子と己れの美貌が人々の関心を惹き信者を増やしていることも承知していた。芸を売っていた者の冷ややかな目である。だが同時に彼女は、目の前の恍惚の境にある同行の顔、動きに、あくことのない貪欲な、鋭い目を忘れたことはなかった。

「私、自分のしていることが法《のり》の道に背く所業とは知っていました。御仏を信じる気持ちも南無阿祢陀にすがる気持ちもなかったのですから。それだけではなく、真剣な同行の姿、形を自分の勝手な思いだけで見すえ続けて来たのです。私、御仏に見離されても仕方がないと思ぅているのです。このように病に冒され勝となったのも、仏罰のような気がします。でもこれが私の業《ごう》なのでしょう」

「庵主さまに仏罰など、そのような恐ろしいことあるはずがありません」

みおは叫ぶように言った。

「難しい経文も知っておいでじゃ。南無阿祢陀仏も年中唱えている庵主さまに、どうして仏罰など。みおは尼姿の時も南無阿祢陀仏を心から唱えたことなど一遍もない。それでもこうして五体満足でいられます」

「そうです。みお殿の言う通り」

桂秀尼は頷いて、淋しそうな笑顔を作った。

「仏罰を口にしたのは、みお殿には分からないことです。法《のり》の道に入る心もなく、ただ、うわべの姿形だけで、同じ境を得られると思い込んでいた、その過ちにようよう気がついたということなのです」

「みおには何も分かりません。でも、このまま、今のままでおりたい。それだけ」

みおのすがりつくような目から桂秀尼は顔を逸らした。

「初めて会ぅた近木《こぎ》の郷《さと》の、あの長者の家でのこと憶えておいでか」

「はい」

「あの時の童」

「清若丸殿。忘れはしません。大物浦で庵主さまの行く先を教えてもらい、世話になりました。あのきれいなお顔、忘れようはありません」

「あのお子には私の心底に潜むものと同じような激しい執念があります」

「ま、こわい言いなされ方」

みおは言葉だけで眉をしかめた。だが、彼女に向けた桂秀尼の視線には和らぎが見え、顔は明るかった。みおは顔を伏せた。体がぞくりとして気恥ずかしかったのである。

「あのお子、伊賀の郷《さと》で出会いました。その時、念仏踊りの見物衆の中にいて、後で名号札を配る時、私の手から受け取ってくれました。その時、あの子の目の奥にきらりと光るものを見たと思いました。その夜、猿楽師だという父御《ててご》に連れられてあの子がやって来ました。この子を大物浦まで伴をさせて欲しいと頼まれました。勿論同行の方には委細を明かさず。あの子は私ならきっと無理を聞いてくれると父御《ててご》に言ったそうです」

「それで分かりました。あの長者の屋敷で、ちらりと耳に入ったこと、何とも思わずあれっきり気にもとめていなかったけど」

「猿楽の芸はものまねを身上とするとは聞いておりました。私、清殿の気持がすっと胸に入ったのです。それから、上野、奈良、ずっと紀州へ下って、私は独りではないと心強かった。可笑しいでしょう、相手は九つの童なのに」

　みおは黙っていた。可笑しくはない。妬ましいと聞いたのだ。

「あのお子、清殿は何時か必ず私の求めていたものを見つけます。十五になったら、あのお子そう言いました、私に会いに来ると。その時、私に見せてくれると思います。私はそれまでは往生出来ません。そしてこのままの私でいなければ。分かりますか、みお殿。私の心はとっくに、時衆の遊行から離れているのです。あのままお上人さまに従っておれば、何時か私も仏の道を渇仰するかも知れない。それがこわい、その不安を持っていました。そして、私が芸の心を見失ったら私ではなくなる。それがこわかったのです。あのお子がそれを私に悟らせてくれたのです。お分かり。私が尾道へ行く気の失せていること」

「はい」

みおはうなずいては見せたが、桂秀尼の言葉の半分も理解出来ないままだった。

「みお殿は顕忠殿のお迎えがあれば大島へ行きなされ。私に構うことはないのです」

最後に桂秀尼は念を押すようにそれをくり返した。みおはそれには答えず、

「朝餉の支度をします。その間庵主さまは、もう少しお休みになって」

そう言って小屋の外へ出た。何故とも知らず彼女は涙が出て仕方がなかった。

町屋へ働きに出るようになってからみおは、桂秀尼に対する気持ちが少しずつ変わって行ったのである。彼女に助けられて以来、二人はずっと旅だった。それがここへ落ち着いてからは、暮らしという日常と向き合うことになった。町屋の手伝いという外界に触れることでみおは一層、桂秀尼との暮らしに気持が向いた。他愛ないおしゃべりの間に、向き合っている桂秀尼に暖かい家族のようなものを感じ、それは更にそれ以上の親密感へと変わって行くようだった。旅にあった時の桂秀尼はあくまでみおの庇護者であり、仏の道に仕える尼であった。絶えず身近にありながら隔たりのある存在だった。それがここの暮らしの中で、二人の間の垣根がとれた。庵主さまではなく、あの清若丸が呼んだように、桂子さまと呼んで甘えてみたい。切ないような思慕に似た感情だ。その思いがみおを陽気にさせ、桂秀尼との暮らしを幸せと思い始めていた。

雑賀の浦の曲がりの長者の家での忍従の日々、父母を喪った薄幸の悲しみ、そのみおにとっ

て、長者の許を逃げ出して以来の危難を乗り越えた今の生活は、初めてといっていい平穏な暮らしだった。

そのような状態のところへ、いきなり波平が現われ大島へと誘った。そして桂秀尼はそれに従えと言った。

女として顕忠を求める気持ちと、現実の暮らしに安住する気持ちとは、また別のものだった。みおはその時とっさに、桂秀尼と別れることが淋しい、その思いだけが胸にこみ上げ思わず泣いた。だがそれは、ただに惜別の思いだけではないことに彼女自身気がついていなかったようだ。

その上波平が帰った後で、桂秀尼から懺悔のようなものを聞かされ、何か桂秀尼が哀れなようにも思われた。それで大島へと念をおされ、頭は混乱するばかりでただ悲しかった。

〈庵主さまはむごい人〉自分でも何をいっているのか分からないままに、みおは同じ言葉を何度も何度も胸の内につぶやく。

外に出たみおは未だ明けきらぬ朝の木立に入り、声もなく悲哀の涙を流し続けていた。

巻の二十一　初乗り

「どうじゃ、捗《はか》が行きようるかいの」

「ぼつぼつよ。行ってみるかい」

「そうよな。今日は暇げなからのう」

顕忠は昨日一昨日、二日がかりで来島瀬戸に浮かぶ中途《なかと》、務司《むし》の両城の検分に行っていた。この前解き離した河野の手勢は何処かへ退散して今は無人ということで、再建策の下見だった。少々手を入れなければならないが、何時までも放置したままには行くまい。早急に手の者を配置しなければ。その建言は昨夜の内に棟梁の師清に伝えておいた。

重平が手がけているのは、浜へ番小屋と警固《けご》小屋の二棟を建てることだ。

「御大将から未だ何もないが、中途と務司はどうしんさるつもりかの」

浜への道々、重平が先に尋ねた。

「聞く方が未だ無理じゃろ。然るべくとな。それだけよ」

顕忠は苦笑混じりに答えた。

「そりゃあそうじゃ。一からわし等が教えんことにゃ、棟梁には見当つかんことが多かろう。顕さぁがよぅ鍛えぇや」

「じゅべさぁの方はどうじゃ」

「光殿には使いを出しておいた。急がんことにゃ、警固のもんを泊めるところがのぅちゃのう。いちんち二日ならどうにでもなろうが、何時までもじゃ凌げん」

「塩飽も直ぐ直ぐには警固を始めまい」

「あれでせっかちなとこもある人じゃ。急がにゃ思ぅとるが、一寸手が足りん」

「他の浜に頼んだか」

「それが出来りゃこそよ。言うとすりゃあ村上の仕事じゃろぅが。成ったばかりの棟梁が手間賃も出せんじゃ、棟梁の名に傷が付く」

「それよ、わしもそれで中途、務司、どうしょうか考えあぐんどる。それでのぅても庄美のもなぁ動かん。立ち木を少々と思ぅて検分に回ったが、ええ顔はせざった」

「あそこも無人のまま放っときゃあ朽ちるのも早い」

「それで気が急くのよ」

だが今は小屋を造るのが先決だ。燧灘、備後灘、西行の警固《けご》は塩飽に任せる約定だ。下船した警固の受け入れを整えてやらねば、実質塩飽の運営に支障を来すことになる。塩飽には、大島討ち入りという、棟梁実現のために大芝居を打ち、その主力を頼んだ大きな借りがある。小屋はそちらで造れという訳にはいかない。

そのための小屋作りなのだが、その間に上乗りの仕事が入って手はとられる。どこへ使いを出すにも、二人や三人の用意はしておかなければならない。それ等が皆、宮窪の手下《てか》だけで間に合わせているのだ。この上、顕忠が手下を使う余裕は殆どない。検分に出るにも、二人の手下がやっとであった。

「ま、波平が帰って来りやぁちったぁ楽になる。明日、明後日には帰って来よう」

「何事もなけらにゃのぅ」

重平は気重そうな返事だ。

波平につけた手下は頼りになる精鋭ばかりだ。三宅志純に頼まれ、その上に脇屋の若将軍の警固とあれば、顕忠か棟梁が差配に出ても可笑しくはない警固の仕事だ。人数の方も抜くことは出来なかった。だが、時が時だけに、村上の内実は苦しいところだ。

浜の二棟は骨組だけは出来上がっていた。手下が二人、それぞれの棟に取りついて何やら点検している様子。

「進んだか」

「中々じゃ」

重平が声をかけると、手下は苦笑した。

「棟木と柱の、かすがいが未だ十本足らんけ、友浦の方へ二人やっとる。あそこの沈船にやぁ金具がいっぱいひっついとるんでの」

「聞ぃとる。友浦の由にゃ声をかけたか」

「皆持って行け言ぅてくれた」

難破した船が来島瀬戸の渦に巻き込まれ、浮かび上がった破片が大島の友浦あたりによく流れ付く。海の漂流物は打ち上げられた浜の者の所有となるのは、どこでも同じしきたりである。

「他の者は山か」

「ああ、おっつけ戻って来るじゃろぅが」

重平は頭忠を振り返り、

「これが大ごとなんじゃ。木を伐り出すのは、魚を獲って船で持って帰るような具合にゃ行かぬで。役に立たん女子供は畑と磯じゃ」

これも苦笑混じりだ。

伯方島の矢里頭崎の外れに小さな動くものが見えた。矢里頭崎は戸代鼻と向かい合わせで、宮窪の浜の出入口に当たる。

「何じゃやぃあれは」

重平が目ざとく見付けて眉をしかめた。この出入り口に当たる水域に姿を見せる船は一目で凡《おおよ》その見当は付く。

「伝馬船じゃな」

小手をかざした顕忠がつぶやく。

「そのようじゃが、はて」

重平の許へ来る隠密を要するつなぎの者であれば、あのような姿を見せはしない。島の磯伝い浜伝い、島の者と見分けのつかない動きで着到する。島の者にもそれと悟らせないためだ。

「あれは、弓削か佐島あたりから出たものじゃなかろうか。伯方からならこの入江を突っ切れば造作もないこと。いずれにせよ、伝馬が然程遠くから出たとは思えぬな」

そう続ける顕忠に重平は無言で、何か思案している様子。

「まさか五郎左殿では。因島へ入って、若しや追い立てられ逃げて来たのでは」

沖の五郎左は、因島が騒がしいことになりそうじゃ、そう言って弓削島へ行った筈。その因島は今、備後の三吉の軍勢が攻め立てている。

「わしもそのような気がした。じゃが、よう考えると、五郎ちゃは弓削を出んじゃろ。宮方に合力する程の人数は持っとらん。また、合力したところで、木っ葉の下働きにゃ何の恩賞も出ん。弓削で合戦ともなりゃあ、五郎ちゃも我が身を守るのに働きもしょうが、弓削に騒動の気配は未だない。因島の中庄をたたきゃこの合戦は終わるんじゃろ」

「ふーん。あの伝馬、ただの漁師が何ぞの用で来ょぅるんじやろうか」

「気に病むことはなかろう。来て見りゃ分かる」

重平はようやく、大事に繋がるものではないと自身に得心させたらしい、愁眉を開いたような笑顔になった。

ところがこの伝馬船は、村上にとって大きな問題をかかえ込んで来たものだったのである。

漕ぎ手一挺の伝馬船は刀を帯びた壮漢を一人乗せていた。海賊の警固《けご》の身なりだ。

「大島の重平殿に取り次いでくれやい」

壮漢は伝馬が渚《なぎさ》に着く前からそう呼ばわった。

重平と顕忠が見当もつかなかったのも無理はない。その男は鎌刈の時光からの使いだった。派手好みで麗々しく振る舞いたがる時光なら、このような見すぼらしい使いの出し方はしない。それで、時光のことなど思い浮かべもしなかったのだ。

浜にいたのが重平と顕忠と知ると、男は砂の上にひざまずいた。自分は尾道に配されている時光配下の警固衆の者で大浦の友三と名乗り、書状を差し出した。

「五百貫　しばらくゆうよねがいあげそろ　じこう」

書状にはそう認めてある。時光の書いたものに相違ないことを重平は確認した。

重平はとっさには声がでなかった。一瞬、頭の中が白くなったような気持ちだ。

書状を手にしたまま、眼を宙に浮かせている重平に顕忠が声をかけたが返事はない。顕忠は彼の手から奪うようにして書状を手にとった。

「何じゃこれは。どういうことなんじゃ」

文面を一目で読み下した顕忠は友三という男に大声でくってかかった。

「ご尤も。聞いて下されや」

友三は言いながら水手《かこ》の方を振り返った。水手が心得顔に莚に包んだものを伝馬船から持って来て重平の足元へ置いた。

「三緡《さんさし》おざる。これが、今の時光に調達出来る全部じゃけえ」

「三百文、たったのか」

顕忠が更に声を荒げた。

「聞こう。話してみいや」

重平は余りなことに反って冷静さを取り戻したらしい。穏やかな声音で尋ねた。

田浦で村上から解き放された鎌刈の時光はその言葉通り、一路尾道を目指して何事もなく長江の船着場へ接舷した。ところがもやい綱をかけた途端、隠れていた軍勢が鬨の声を上げて殺到した。度胆を抜かれて抵抗も出来ない乗組みの者は片端から得物を取り上げられた。そうしておいて頭分らしい武士が初めて声を上げた。

「害を加える者ではない。しばらくこの船を借りるだけだ。船長《ふなおさ》はおるか。聞いてもらおう」

その武士と時光の折衝が始まった。

軍勢は三吉覚弁の手の者である。因島へ軍勢を渡すのに船が足りない。そこでこうして、尾道に入る商船に借り受けを頼んでいるのだと言う。頼むと言いながら、実は力ずくで乗っ取るようなものだ。水手《かこ》を残し他の警固《けご》の者はまとめて一寺に預けられることになった。勿論武器は取り上げられたままだ。用が済み次第船も武器も返すと言う。

覚弁の配下の者だけではなく、備後、安芸の武家方を結集したのか、尾道の津には軍勢が溢れていた。近在の船という船を動員しても未だ足りないのだ。時光の船は大型船だから、彼等にとって願ってもない獲物だったのである。

鎌刈の時光の名も、野戦で働く武士達には通じなかった。力で圧されて時光は、人質の態で船に残され航行の指揮を取らされた。

「合戦は長くは続かぬ。あっという間に済む故、それまでの辛抱じゃ」

武士は事もなげに言い捨てた。

因島の上陸が済むと折り返し尾道に引き返し、次の軍勢を乗せた。その折時光は隙を見て水手《かこ》の一人を下船させた。水手は尾道に常時屯《たむろ》している時光の配下の所へ走った。時光はこの状況を伝えると共に五百貫遅延の書状を大島の重平へ届けるよう命じたのだ。

その折、尾道所在の者で調達出来る銭を残らず重平へ差し出せと命じられたのだが、その才覚を持たない彼等はやっと三百文集められただけだったのである。

「委細分かった。休んで行けぃ」

重平は彼等にねぎらいの言葉をかけ、仕事を続けている手下《てか》を手招いた。

「手を取らせてわりいがの、誰ぞ畑へ出とるもんにでもこん人らの面倒みるよう言ぅてくれいや」

指図しておいて顕忠を促した。

「難儀なことになった。棟梁は当てにせずと良いといわしやったが、わしらは当てにしとる。五百といやぁ当てにもするわい。当てがありやぁこそ、それまでと思ぅて辛抱もしとる」

このところ弱気になったのか、重平は愚痴っぽい言い方を時に口にするようになった。

二人は村上屋敷に出向く。棟梁の指図を仰ぐことでもないが、一応耳には入れておかなければならないことだ。

棟梁の村上師清は室のさくらと後家殿を相手に踊っていた。

「海賊といえども棟梁とあれば、猿楽の一つ二つ踊れなくては叶いませぬ。大名、問丸の商人、ゆったり楽しみを持つ方々と共に過ごされる折も必ず生じまする。その時、芸がのぅては笑われまするぞ」

後家殿千種の方はそう言って、師清に猿楽を勧めた。

「伊予の武士方も、これを嗜《たしな》まれぬ方はおられぬ程、催しも盛んなそうじゃと申しまする」

後家殿は京に在る時、高名な猿楽師より手ほどきを受けたという。

「私は観るだけで結構」

師清は何度も断ったが、後家殿の執拗《しつよう》さに根負けして、習うことを承知した。

彼は踊りと聞いて、行女の傀儡《くぐつ》の踊りを想い、浜のかがり火の中で踊ったさくらの姿を脳裏に描いた。だが後家殿の踊る猿楽は全く違ったものだった。型にはまった所作を彼は退屈に感じた。しかし逆らわぬことにした。さくらが素直に従って欲しいと頼んだからだ。母は師清に、果たせなかった自分の夢をいくらかでも託そうとしているのだとさくらは言った。さくらの婿は然るべき宮人、それが母の抱いた夢だった、さくらはそう語った。

棟梁の座に就いたとはいえ、今は差当ってなすべきことがない。無聊をかこつよりも、さくらの頼みを入れて、お方の思いに任せて。そのつもりであった。座乗して運送船とする筈の黒島船は、黒島の祀官以下が黒島へ引き上げるために使った。別宮宗通は、少々手を入れたいところもあるので、完全に修復してから回航して来ると言い置いた。勝部久長も、村上麾下《きか》に名を連ねて欲しいと言ったが、そのためには国元の身辺整理に若干暇がかかり、それを済ませて参じたいと申し出ていた。村上が動き出すのはあの船が来てから。師清は悠長に構えていた。

村上屋敷に揃って姿を見せた重平と顕忠に師清は相好を崩した。

「ささがあるが飲まれぬか」

一日中、女二人の相手では気ぶっせでたまらないところだった。

「棟梁、悪い知らせにおざる。先ずは聞かれぃ」

顕忠はそれどころじゃないという気持ちを露《あらわ》に出した。

「ほう、余程に悪いことか」

師清は動じる気配もしめさなかった。

「如何にも。鎌刈の時光奴が、三吉覚弁の軍勢に船ごとおさえられ申した」

「それで」

「五百貫文、引渡しの猶予を願ぅて参り申した」

「因島攻めに加担させられてか」

「船の借り上げにおざる」

「それは災難だな。致し方あるまい」

「棟梁」

重平が意を決したように言う。

「鎌刈へ打ち壊しをかけ、約定違えた非を鳴らしては」

「それが何になる、重平殿。一旦弓引こうとした恨み、未だ消えぬと見えるな。盟友の裏切り、その怒り分からないではないが、あの時は一応許した。ならば今少し見守ってはやれぬか。猶予を願って、払わぬというのではなかろう」

「あやつ、これを汐にずるずると引き伸ばしてうやむやにする魂胆やも知れず」

「そうなればその時のこと。そう断じるには早かろう。因島合戦も終わりのないものではあるまい」

「長ぅて一月」

重平は自分の見通しを口にした。

「したが、当てにしたわしらは、その間が保ちこたえられそうにない有様じゃで」

「何が保ちこたえられないのかな。顕忠殿も同様の思案か」

「如何にも。中途《なかと》、務司《むし》の再建策も立たず、警固《けご》や上乗りの仕事はあっても受け切れず細るばかり」

「良いではないか。海賊の仕事がこなせぬなら、漁師の仕事があるではないか。私も漁に出て、今少し漁の運びや船の扱いようを習いたいものと思っている」

「それでは」

「それで良い」

師清は顕忠に次の言葉を出させなかった。

「五百貫文、最初から狙ったものではない。成り行きで手に入りそうになった。無くて元々と思えば良い。あるがまま、野島衆のあるがままから、おいおいと成るように村上を築いていけばそれで良いと私は思っている。昔の村上にこだわるつもりはない。ちと、のんびりと構えられよ。御両所、如何なものか、我が母君から猿楽を習ぅては。その間、私は漁に出たいものだ」

重平と顕忠は師清の悠長さ加減にすっかり煙にまかれたような気分になった。

再び酒でもと勧められたが、浜で汗を流している手下《てか》のことを思えば、流石にそれは辞退して、二人は早々に村上屋敷を引き上げた。

その村上屋敷も早々に手を入れて修復しなければ、棟梁の威厳に関わると顕忠は最初から申し出ているのだが、師清はこれを許さない。時機が来るまでこのままで差し支えないと言う。尤も今はそれで助かっている。これ以上の負担は不可能だ。

「無ぅて元々か。こりゃわしらが、ちと目がくらんどるようじゃな。棟梁さえ定まりゃあ、直ぐにでも人は集まる、船も集まる、昔の村上に立ち返る。はっきりやあ思わんでも、どこか安気な気持ちでおったわい。思うようにならんにやぁ五百貫当てにする気になった」

重平はしみじみとした口調で顕忠に言った。

「左様じゃなじゅべさあ、目がくらんどったからこそ、引き伸ばしに腹も立ち、鎌刈を疑う気も生じた。わしらちと焦り過ぎとったかのう」

「ま、内実をよう知らん棟梁じゃからこそあぁ言えるというところもあるが、こせこせしとりんさらんとこは、やっぱり棟梁の器じゃ。さくらちゃの婿さえ決まりゃ誰がなってもええ、わしらが按配ええよぅに盛り立ててと、後のことはろくに考えんと火になっとったが、なってみりゃあ、いたしいことが次々と起きて来る。したが、何事にも動じる風を見せんさらん棟梁を見とると、なるようになるじゃろぅと自然に思えて来る」

「それにしても欲がないのか、面倒が嫌いなのか、よぅ分からんのう」

師清に対する重平と顕忠の思いは同じだった。だが何か一本筋が通っていると感嘆の気持ちも抱いていた。

棟梁に対した気持ちはそれとして、やはり意気の上がらないままのその翌日、波平が帰って来た。

脇屋義治を無事備前に送り届けた役目の報告の他に、みおの消息を伝える土産話まであり、重平と顕忠の二人はここのところ全く見せたことのない晴れやかな表情になった。

小早が使える、手下《てか》も動かせる、当たり前のことなのに、重平と顕忠はそれだけでも心はしゃいでいた。僅か六日、その間の労苦と焦慮で二人は異様に落ち込んだ気持ちが強かっただけに、帰って来ると決まっていたものを、まるで思いもかけない救いの手かのよう一通りの喜びようではなかった。備前の様子次第では、脇屋の大将の良いように、また、志純さまが仰せなら何なりとお受けせよ、日数は問わず。重平は波平だけにはそう言い含めて送りだしていたのである。事と次第によっては何ケ月かかるやも知れぬ。一人、腹の中で覚悟していた重平は、波平が帰って来ればと口にする顕忠にあいまいな返事しか出来なかった。それが僅か六日、役を無事に果たしての帰投なのだ。

顕忠は波平からみおの居所を突き止めて来たと聞かされただけで、踊り上がりたいような気持ちになったが、

「その話は後でゆっくり。先ずは棟梁へ、脇屋の御大将無事送り届け申したこと告げに行かにゃなるまい、のう重平殿」

顕忠は手下の手前、照れ臭さを隠そうとしながら、内心の喜悦は自然と面に溢れさせていた。

備前の日生の手前、虫明までの航海だった。小豆島の北になり、波平には全くの不案内の航路ということもなかったが、児島から先の沿岸は航行の経験がなかった。だが手下に二人、牛

窓の瀬戸を抜けて赤穂まで行った経験のある者がいて、案じる程のこともなく虫明の浜まで取り着けた。

虫明には脇屋義治の旧知の武将が待っていて、ここでも何の不安もなく役目を終えて帰路につくことが出来た。

「そこには軍勢が控えておったのか」

棟梁の師清は詳しく知りたがった。友の身の上を案じてのことだ。依頼のままに船で運んだだけでは心許ない。

「いやいや軍勢等、多分おらんかったよぅに思うで」

波平は手を振ってそう答えた。

小船も見えず、農家らしいものがちらちら見える辺鄙《へんぴ》な里だった。恐らく海の漁よりも畑で暮らしを立てているのではなかろうか。波平はそう思った。浜へ近付いた時、志純の差し向けた使者の商人風の男が、白い布を取り出して浜へ向けて振った。すると男が一人浜へ姿を見せ、右手に向かえと合図した。浜の端にまるで沼地のように葦の密生した地帯があり、その陰から四人の人影が現われた。偉丈夫の武将と伴の者である。目ざとく見つけた義治が「将監殿か」と呼んだ。それで波平は安堵した。例え志純の親筆を持参した迎えの者とはいいながら、義治の得心するところまで送らなければ役目は果たせない。送り先まで確かめるのが警固《けご》の役目なのだ。偽って誘き出されるということもある。波平はそのまさかにも備えて緊張の連続だった。

「間違いのう、ゆかりのお人かいの」波平は義治に確かめた。「盟友じゃ。音に聞こえた名誉の者である」義治は喜ばしそうに答えた。

「良かった。安心した。よく見届けて来てくれた。波平、私からも礼を言うぞ」

師清は心から嬉しそうだった。

「棟梁、雑賀の浦で棟梁が助けた女子、憶えておらるるか。棟梁とわしらが縁を結んだきっかけとなった女子じゃ」

「憶えている。入江孫六殿の屋敷へ、共に顕忠殿に連れて行かれた。気の強い女性《にょしょう》であったな。私に連れて行けと強請《ごうせい》した」

「棟梁、それは違う。あの女、あの時は命がけで願うた。それがきつう響いただけにおざる。根は純な、情に優しい女におざる」

顕忠が弁解し、師清が声を上げて笑った。

「そうだ。顕忠殿は情を交わした仲であったな」

「棟梁、そこまで言わずとも」

顕忠は顔を赤らめた。

「思い出した。あの時私は、この女性はきっと顕忠殿を追って大島へ行くと見た。波平、その女性《にょしょう》をここへ伴って参ったという話であろう。同席して差し支えはないものを。顕忠殿、呼んで来られよ」

師清は察しが良過ぎて先走っていた。

「棟梁、そこまでは未だじゃ。これから話し申す」

「孫殿の許にはおらず行方知らずとよりわしも知らんわい。波平、余分のことは抜いて早ぅ話せやぃ」

三人それぞれの思いで気にかけていたみおの身の上である。先ず、ただ今草出津に健在を見届けたことを告げた波平は、雑賀の浦を立退いてからのみおの話を語った。

「顕さぁ、明日にでも波平を連れて迎えに行けや。波平、棟梁と続いてまた嫁娶りじゃ」

聞き終えて重平が、自分のことのように気負い込んで言った。

「まあな」

顕忠は生返事だった。

「遠慮することはないで。どっちにせい、今は大した仕事も出来んこの有様じゃ。顕さぁが二、三日抜けても、どうということもあるまい。棟梁、どんなものでおざるか」

「構わないと私も思う。だが行く行かぬは顕忠殿の思案すること。重平殿、あまりはやさぬ方がよいのではないか」

師清はみおの心根から考え、顕忠が迎えに行ってもみおは動かないように思った。

「しばらく考えてみよう」

顕忠はぽつりと言った。迎えに行ったなら、みおの顔を見れば、自分はきっと力ずくでも連れて来るだろうと思った。だが今のみおの境遇では、みおを悲しませることにならないか。大恩のある人を見捨てろというのは、みおにとって余りにも酷だと思う。自分が気軽な立場にあれば草出津に移り住んで、みおと恩義のある尼の二人の面倒を見ても良いのだが、発足したばかりの村上の内実を考えればそのようなわがまま通せるものではない。先に波平から草出津の近くにいるらしいと知らされた時も、飛び立つような思いを、歯をくいしばってがまんした。詳細が分かった今、更にいとしさの思いがつのり、直ぐにでも船を漕ぎ出したい思いに駆られる。だが、みおを苦しませては、無心でこの腕の中へ飛び込んで来てはくれぬだろう。思案の付かないまま顕忠は、(縁がないのかも知れぬ) 等、ふっと弱気になったりすることもあった。


因島が落ちたと聞こえて来た。

康永二年(1343)五月十九日、堂崎城に拠っていた因島の宮方総大将大館右馬亮時氏は追い落とされ、城主広沢五郎義之は降伏した。三ッ庄の守備についていた篠塚伊賀守も乱戦の間に行方知れずとなった。

「思ぅとったよりよっぽど早ぅ済んだのう」

報せが入った時、重平は拍子抜けの態だったが、

「軍勢催促がきびしゅぅて、大勢集まったんじゃろう。その気になりゃあ島一つ、もろいもんよ。それにしても、宮方の合力、後詰はどうなっとったんじゃろ」

同じ気分で言葉を返す顕忠に、逆に我に返ったと見える。

「わしらにゃかかわりのないことよ。それよりも、時光が持って来るぞ」

「そうじゃ、待っとったはそっちの方じゃ」

顕忠と重平は手を取り合って喜んだ。合戦が終われば時光の役務めはなくなる。時光が尾道で解放されれば、直ぐにでも金を持参するだろう。もう余分なことを考える余裕もなく、二人は単純に金が入ることだけしか頭になかった。

ところが二日おいてやって来た時光からの使いは、再び金の遅延の詫びを伝えるものだった。

時光には不運が続いた。因島へ兵員を運んだ三度目の折だ。それまで海での抵抗を見せなかった宮方の水軍が姿を見せた。どうやら先に小早川氏平によって制圧された生口海賊の残党だったらしい。その中の一艘が鎌刈船の船腹に向かって体当たりを敢行した。だが相手は小船、簡単に自滅し、敵は鎌刈船に飛び込むことも出来なかった。だがそれが因で鎌刈船の船腹に穴

が明き、浸水し始めた。幸い島の水際近くだったのでかろうじて浜へ取り着けた。兵員を降ろし船の喫水線が上がったところで船は浮き上がったが、水を掻き出しても、積載物がなかったらどうにか航行出来る程度の状態だった。それでも、大波に出会えば浸水は免れそうにない。時光は三吉方の将に断り、潮の止まった間にどうにか三原まで回航した。そこで今修復中だという。

陸路尾道に走った時光は三吉方へ修繕費の交渉をしたが、三吉方では、船あしらいの不手際による損害だとして自前で修復しろとはねつけた。埒が明かないので、問丸筋に借銭を頼んだが、これもはかばかしくなかった。問丸達も此の度の合戦で大分、上納金や物資を吸い上げられたらしい。どうにか修繕費だけは調達の目途がついたものの、約束の五百貫は今しばらく猶予が欲しい。それが使いの口上だった。

当てにしていただけに落胆と怒りも大きい。

「じゅべさぁ、やっぱり鎌刈の留守屋敷へ打ち入って、かっさろぅて来るしかないじゃろ」

顕忠は短兵急な言い方をした。

「鎌刈にあるもんなら、時光は使い一つでこっちへ回して寄越す。ありゃあせんよ、あそこにゃ」

重平は暗い顔で答えた。

「時光の不運はこっちの不運。あきらめにゃしょうがないか」

「何が何でも時光から五百貫取り上げると息まいとったは、じゅうべさぁの方じゃが。今更の弱気じゃわしらも困るで」

「悪りい悪りい。そいじゃがもう要らん言ぅてあきらめたんじゃない。今は当てにすまいとあきらめたのよ。そう思ぅたら、やり繰りをどうしたものかと気が重ぅなっての」

「まぁ当初の目論みにゃ五百貫というまい話は入っとらんかった。棟梁になってもらった後の仕様の詰めが甘かったなあ確かじゃ。棟梁の言われたように、村上の体面にこだわるよりも、裸一貫からの出直しと考えんにゃいけんか」

「ま、そういうことじゃが、と言ぅても、手下《てか》らにやるもんをやらんと、そう思ぅてのう」

野島衆の頭として野島あげて村上の新棟梁の下に就くと言い渡した手前もある。何時までもがまんを強いることは出来ない。仕事が欲しい。そのためには何かと整備に銭がかかる。その銭の当てがなくなった。重平の悩むのはそこだった。

棟梁の師清は、時光からの二度目の使いを伝えても更に動じる色はなかった。

「鎌刈海賊も災難であったな」

そう言って笑っただけである。

朗報が入った。黒島からだ。

黒島船の整備が終わったが、大島へ回航するよりも、村上の初仕事として黒島から船出してはどうかとある。村上の名で、西条荘、新居荘、今張の商人達から荷の運送を請け負ってある。至急、棟梁自ら出張られるようとある。

一も二もなかった。新婚の甘い生活と後家殿の相手で、いささか身を持て余していた棟梁の師清は大乗り気で直ぐにでも出船出来るよう支度を命じた。

「ここは、馴れたじゅべさぁが棟梁の件を」

顕忠が言ったが、重平は首を振った。

「顕さぁの方がええ。行き先は生口島じゃ。あそこの問丸とは親しい。棟梁と顕さぁが行くこと、わしが使いを出してよぅ頼んでおこう。顕さぁは、せいぜい顔を出して売っておかにゃいけん。棟梁も同じことじゃが。どうせ宗通殿か久長殿がついてくれるじゃろ。按配ようやってくれる」

小早に師清、顕忠以下の手下《てか》を乗せ宮窪の浜を出たのはその日の内だった。

黒島から大島へ移って以来、初めて、再び黒島の姿を船上から間近に眺める師清には感慨があった。

島を出る時の雑賀小三郎は村上師清となって戻って来た。いくらの時日も経っていないのに、黒島で過ごした日々が遠い昔のように思われる。それだけ激動の体験を過ごしたということでもあったが、棟梁となってからのさくらとの生活が、彼に安息を与えていたのでもある。彼は何故か、しばしば故郷の更級で傀儡《くぐつ》の行女と暮らしているような気持ちにさせられることがあった。家を捨て名利を捨てて放浪に近い旅に出たのは、この女性《にょしょう》と生涯を共にする定めにつき従っただけのような気がしてならなかった。そのような時、旅に出て以来の様々な出来事を彼は思い浮かべることがなかった。その時の彼には、安逸と怠惰しかなかった。短い間ながら早、髀肉《ひにく》の嘆をひそかに託《かこ》つ、若くたくましい心身とは別の師清の姿がそこにあったのである。

今、黒島の浜に下り立ち、さくさくと砂を踏む内、師清は、一陣の清新の風が体を吹き抜けたように感じた。その時師清は、はっと気がついた。そうだ私の姿はここにあったのだ、そう思った。形は見えなかったが、私は何かを追い求めようとしていた。いや、一途に何かをしたがっていた。そして、ここでのこと、傀儡屋敷でのこと、山歩きのことども、一挙に彼の脳裏に蘇った。

そして彼は、本来の生気で心身が満たされるような充実感を覚えた。

「棟梁の顔つき、一寸変わったで」

顕忠が波平にそっと洩らしたが、波平は首を傾げただけであった。顕忠には、猿楽を踊る師清の姿に、他に為す仕事もない故、安気に過ごされよと勧めておきながらも危惧《きぐ》するものがあったのだ。棟梁らしく、もっと何か出来ないものか。ささやかな不満ではあったのだが。それだけに顕忠には、師清の面構えの変化が微妙に読んでとれたのである。その変化は正に頼もしく好もしいものと目に映じた。

「重平殿はどうした。荘官達に名が通っておるは、あれ一人ぞ」

祀官の近藤三郎が不満気に顕忠に耳打ちした。

「じゅうべさぁがそうせい言うにおざった」

「ふーん」

祀官は首をひねったがそれきり黙った。

別宮宗通《むねみち》、勝部久長《ひさなが》、合田貞次《さだつぐ》と祀官の仲間付き合いといった面々が顔を揃えていた。

挨拶もそこそこに宗通が切り出した。

「棟梁にお断りもせず独断で事を運び誠に申し訳ない仕儀ながら、これも商機におざる故お許し願いたい。合戦に勝利の機がある如く、商いにも自ずから商機がおざる。此の度の運送は生口島送り。生口島の問丸は、伊予、安芸からの小口の荷を集めて、上へ送り申す。因島合戦で地乗りの航路が閉ざされ、荷方は難渋《なんじゅう》しており申した。伊予にても、沖乗りの航路の便船は今張へ寄るも、これはほんの僅かしか扱ぅてはくれ申さぬ。此の度、ようやく因島の合戦がおさまり、生口島が荷扱いを始め申した。伊予の荷主は、漁船を仕立ててでも生口へ送ろうと色めき立っており申した。それを一早く聞きつけたこの久長が、村上海賊復興せし故、先例に倣《なら》い荷方を請け、生口へ送り申そうという口上で発注を集め申した」

宗通は、初荷なれば、棟梁の顔を荷主達や、生口の問丸の者共にも見覚えさせておきたく、指図がましい申し出も深くお詫び申し上げる、ともつけ加えた。

師清、顕忠には無論、異を称えるところはなく、彼等の尽力に感謝した。

「さて、これを機に、これからの村上のあり様を申し上げたいが、先ずは棟梁の御存念を承りたい」

宗通が言った。

「私には未だ飲み込めぬことばかりだ。私の考えはおいおいにと思っている。今のところ、警固《けご》は顕忠殿へ、上乗りは重平殿と大まかな役割を伝えてあるに過ぎぬ」

「相分かり申した。なれど今一本の柱、運送の業は如何お考えか」

「分からぬ。なれど、先程よりの宗通殿の話、目を見開けられた思いで伺ぅておった。運送のこと、宗通殿が引き受けてはもらえぬか」

「左様ならば」

宗通は莞爾《かんじ》として、久長の顔を返り見た。

「この久長を荷方として、しばらくはこの黒島に拠《よ》らせては如何かと存ずる」

「待たれよ宗通殿」

久長があわてた声を出した。

「私は棟梁の下へ馳せ参じるとは約した。なれどそれは、棟梁側近にあって武士として役に立とうつもりにおざったわ」

「待て待て久長、今の村上には何が入り要か、とくと考えい」

押さえておいて宗通は師清に向いた。

「この久長、新居郡に妻子がおり申す。ところがこの者、粗暴の者にて、とかく合戦を好み、戦いと聞けば何の思慮もなく飛び出してこれに加わる癖《へき》がおざる」

師清は噴き出した。

「宗通殿、その言いようはなかろう。私にとって久長殿は操船漁労の師であり、仲々のお人と敬服しておる。粗暴とか、微塵《みじん》も感じさせるものではない」

「いやいやそれは棟梁の買い被りと申すもの」

宗通はしゃあしゃあと言ってのける。

「じゃによってこの宗通がこの黒島に引き取り、先ずはその悪癖をたわめ、ゆくゆくは妻子を呼び寄せここに住まわせるつもりにおざった。ところがこの久長、取り柄がおざる。地侍なれどこのあたりの荘官共に知己が多く、それが何故か久長を可愛いがっているようで、何かと便利があり申す」

「もう良い、宗通殿。これ以上しゃべられては、何を言い立てられるやも知れたものに非ず。相分かった。棟梁がそうせいと言われるなら、荷方とやら引き受け申す」

「それで良い。就いては棟梁、あなたへ控えおる貞次を久長の添え役に如何かと存じる。貞次は久長の縁辺になる合田弥四郎貞遠殿の息にて久長を兄と見立てる仲。この者、算用《さんにょう》に長《た》けており申す。それに何かと物を見つけて参る癖もあり、これも役に立ち申そう」

要するに宗通の提案は、黒島に荷の集配の拠点を設けようということだった。先の村上時代は、隣の新居大島にその拠点があり、城まで構えていた。だが先の伊予合戦の際荒らされて、然るべき者も散り散りとなり今は使える状態にない。そこを再興する力がつくまで、この黒島が肩代わりということだ。これには祀官の判断が大いに働いていたようだ。

「ところで宗通殿は何を受け持ってくれるのかな」

「当面、何かと色々におざる。重平殿、顕忠殿と相謀らねばならぬことも多々あり申すで、黒島と大島のつなぎ、相勤める所存」

「相分かった」

「なれど、ゆくゆくは船造り場を設け、船に工夫を施すことに専念の望みを持っており申す」

「宗通殿、私もそれを望んでいる。ここにいる間に、宗通殿の船造りとくと拝見し、敬服しておった。未だよくは分からないながら、とにかく優れた船を造り出してもらえるものと思うている」

宗通は昂然として深く頷いて見せた。

修復したという黒島船には水手《かこ》が六人取りついていた。祀官の手の者だ。先に大島へ回航して来た時と同じ顔触れである。野島衆は小早より大きな船を持っていない。従って大きな船の操船は不馴れである。漕ぎ手はともかく、梶取《かんどり》がいないのだ。そこで、村上の運送初乗りの航海で、村上の手下《てか》の操船実習を兼ねて欲しい。重平はかねて宗通に頼んでいたのである。

黒島船が帆を上げた。船首に旗が翻《ひるがえ》っている。丸に「上」の字を入れた村上党の旗である。宗通が新しく調達してくれていた。潮に乗り、風に助けられて海面を滑るように進む。

「ええ按配の風じゃ。この分なら未だ明るい内に今張に着けそうじゃ」

宗通が機嫌の良い声で言った。船屋形の低い屋根にもたれて行く手を眺めている。

「壬生《にゅう》と今張と聞いたが、壬生へは寄らないのか」

「これは棟梁、中で休んでおられれば良いものを」

「潮風に当たらぬ海賊はおるまい」

「これは道理」

宗通は大笑した。

「で、壬生は何とする」

「壬生は明日。今張を出てより立ち寄り申す」

「何やら、一度通った後をもう一度引き返す無駄のように思うが」

「それが船路の面白いところ。潮の加減を出来るだけ利用して、力少なくより早く、それが船路《ふなじ》を選ぶ要諦《ようてい》におざる。一口に申せば、下げ潮の燧灘の潮は、伊予大島の東側では今張に向けて南西に流れ申す。同じ時刻、布刈へ向かう潮は北西の流れ。今張から弓削に向けて船を走らそうとすれば流れにもろに逆らうことになり、弓削から布刈を抜けようとすれば潮に乗って、放うっておいても布刈の瀬戸へ流れ込むようなもの。今張から布刈へ向かうには、この理屈で、上げ潮下げ潮の刻を計って使い分けが要り申す。ま、かような次第なれば」

「成程。と言っても、島や瀬戸の所在が未だしかとは頭に入っておらぬ故、納得も今一つだ」

「御尤も。何度か通ればその内、頭に思い描けるようになり申そう」

「おいおいとな」

師清は微笑を浮かべる。

「おいおいにおざるよ」

宗通は口まねをしてこれも笑った。若いに似合わずおっとりとした物の言いようかな。彼は腹の中でそう思う。だが厭ではなかった。師清の素晴らしい体技と行動力を知っているだけに、彼の物言いは沈着な性《さが》と映る。

「手下《てか》達は」

「船首の方に休ませておざる。交替で梶取《かんどり》の傍に就かせており申すが、今はさしたることもおざらぬ。風が変われば帆の扱いと共に、当て梶も忙《せわ》しゅうなり申そう」

顕忠が船首から下がって来た。

「宗通殿、櫓立てを増やされたな」

「二十挺立じゃ。これまでの十二では如何にももどかしい。先頃の航海で身にしみた」

「関船仕立てか」

「運送だけでは済まぬことが多かろう、この時節ではな。備えておくに越したことはあるまい」

「全くじゃ。上棚一枚継ぎ足したように見えるが、盾のつもりにおざろぅか」

「ま、そう使ぅても良し。したが、あれは棚（船の外板）ではない。それ程厚ぅはない。積み荷の嵩《かさ》を増やそうつもりよ」

「成程、わしはまた、此の度の修復は軍船に造り変えるものかと思ぅた」

「ま、色々と試みた。この次の折には、船底に手を加えたいと思ぅておる」

「何と。そこまでするなら、新しう造ったが早ぅはないか」

「ま、新しいのも造るわ。おいおいとな」

そう言って宗通は師清に笑いかけた。師清も微笑を返す。

「銭仕事だ。あるものでの工夫が先。顕忠殿も心得ておかれるが良かろう」

「野島は何時でもそれで過ごして参った」

「これは口がすべった。言わずもがなのことを」

宗通は大仰に頭をたたいて見せた。

「風が変わりよぅるで」

屋形の後から梶取が声を上げた。

「分かった」

帆柱の根元に座り込んでいた水手《かこ》の二人が素早く立ち上がって、縛ってある帆綱に取りついた。

「緩めいや」

「よっしゃ」

梶取と水夫のやり取りに師清は興味を示した。

「何をしている」

「帆の張り具合を風に合わせておるのでおざる」

顕忠が説明した。村上の手下《てか》が五、六人、そのまわりに集まる。帆走の経験のない者達だ。

「大将、あれ見いや。可笑しいで」

梶取《かんどり》が甲高い声を上げた。彼等の言う大将は宗通のことだ。

「何じゃい」

宗通も大声で聞き返した。梶取は行く手の来島瀬戸の方を指さした。瀬戸の左手あたりの低い空に一固まりの黒い雲が漂うように見える。

行く手に平市、比岐の島が間近に見える。航程は半ば以上過ぎていた。

「何時からじゃい」

宗通がどなった。

「今気がついた」

「ありやぁこっちい向こぅとるで」

漂うように見えるのはそのせいだ。正面からでは動いているとは見え難い。だがその大きさは、確実に上に向かってひろがっていく。

それまで陽の光りに輝いていた海面がすぅつと陰っていく。

「陸《おか》へ寄せぃ」

「そう思うとるで。帆を降ろせやぃ。帆柱倒せ。櫓を下ろせ。村上の衆もかかれやぃ。このままじゃ瀬戸へ吸い込まれるで」

梶取は次々と指示を下した。

瀬戸の入り口は未だ遥か彼方だ。師清は、梶取が冗談を交えて急《せ》かしているのだと聞いた。

「剽軽《ひょうきん》な言い方だな」

思わず独り言になった。顕忠がそれを聞いて、あれは冗談ではないと言った。このあたりからもう潮の流れはかなり速まっているのだ。これからどんどん速くなる。風の方向によっては変針が利かなくなる。瀬戸を乗り切って抜けるのであれば潮の乗りようがあり、好都合のこともあるが、今張へは近付けもしない。早目に転針が肝要なのだ。

梶取は船首をほとんど陸地へ直角に向けた。風が瀬戸の方から吹いて来る。

「これなら帆を張った方が良かろぅぞ」

「うんにゃ、この風は直ぐ変わるで」

宗通の言葉を梶取は退けた。しばらく後、風は大島の方角からと変わった。

「もっと漕げやぃ」

梶取はどなった。

雨がぽつりと落ちた。

「蓑《みの》を着けろ」

宗通が下令した。船板をはぐって蓑を取り出した手下《てか》が漕手に配り、交替で身に着けていく。師清は手下の動きをじっと見ていた。てきぱきと小気味良い動きだった。手慣れてもいる。宗通が手下から受け取った蓑を師清に手渡したが、

「棟梁は中へ入られよ」

と屋形を差した。

「いや、ここで見ていたい」

師清は動かなかった。

程もなく、黒雲は頭上に広がり、雨足が海面を走り近づくのが見え、船は忽ちのうちに激しい雨滴に包まれる。前方の平市、比岐の島がぼんやり霞み、消え入りそうに見えた。

波が大きくうねり始めた。

「大将、無理をしょうかい」

「ならぬ。合戦に非ず。何処なりと陸《おか》に着けぃ」

梶取《かんどり》が問い、宗通が叱咤した。

「これ程の天気が読めざったとは何たることぞ」

宗通がしきりと悔しがった。

黒島を出て、新居大島の陰を離れて燧灘の流れに乗り、雲、風の姿を見れば翌日までの天候の変化が読める、と宗通はいう。黒島神社の浜からでは見えない島々、山々が多く、頭上に見える限りの空だけでは大まかな動きしか読めない。島々峰々にかかる雲の姿と風の吹きようで判断するのだ。

「東風が曲者であったな。灘へ出た時、斎灘の空が澱んでおって、雲の動きが見えざった。あれが落し穴であったな。まちっと近くなら野間の上の雲がはっきり見えて読み取れたものを」

宗通は誰に聞かせるのでもなく、自身の思いを大きな声に出していた。

乗組みの者は散々苦労させられたが、黒島船はどうにか陸地へ取り着くことが出来た。桜井の浜の西端あたりだ。今張浦は直ぐそことというのに、それ以上の航行は無理だった。

波打ち際近く大木の松の木を見付け、そこへもやって、船尾の左右には碇を沈め、全員船を下りた。

「大丈夫か」

止めてありながらなお、波に翻弄される船体を見ながら師清は顕忠に尋ねた。

「船を水際に向け真直ぐにしてあれば、大丈夫におざる」

沖からの波を船腹で受けないよう船体を止めるまでには時もかかったし、危険な作業だった。

雨と風と波、それともがき戦いながら作業する手下達の姿を、師清は飛び降りた砂の上で逐一見守っていた。彼は蓑も着けないずぶぬれのままであった。手下達《てか》は波の中に入って居るのだ。彼は手下が差し出した蓑を断って浜へ飛び降りたのである。

「高波ではない。これ以上の心配は要らぬ。ち と休めぃ」

宗通が呼ばわった。

休むところはない。手下達は雨の中をぞろぞろ松林の中へ入り木の根方に座り込む。そこで仰向けに寝転ぶ者もいた。雨の中である。枝葉にさえぎられ幾分しのぎやすいとはいえ、濡れるのに変わりはない。

師清もその中に交じっていた。

「棟梁の初乗りというに散々におざった。船の屋形へ入られては」

顕忠が近付いてそう言った。

「いや、ここでいい」

師清は彼に微笑を向けた。

「このようなことには馴れている」

師清は傀儡《くぐつ》の角と山歩きの途中、大雨に出会った時のことを思い浮かべていた。ここでは石が崩れる心配がないだけ楽かと思う。

「顕忠殿、私は初乗りで雨風に出会ったのがむしろ良かったと思っている。多くのことが一時に習えた」

「ははあ」

「今張の積荷はどうなる。明日出帆の手順通りに運ぶであろうか」

「さあ、着けて見ねば分かり申さぬ」

「左様」

宗通が口を挟んだ。

「今張はさしたることもなしと存ずるが、出帆までは如何なものか。それはともかく壬生が如何かと。かしこには荷をおく倉がおざらぬ。この雨風で、どこぞへかわしておざろうが、どこまで無事であったやら。それを再び集めるに意外と手間取るやも知れず」

壬生へは既に久長が向かっているという。明日の荷役の算段だ。明日壬生へ着けるかどうか分からないというのに、早い手の打ちようだ。久長が宗通に耳打ちして駆け出したそうだ。

程もなく手下が三人、大きな包みと樽を二つ抱えて戻って来た。包みの中は竹皮に包んだ稗団子《ひえだんご》、樽は飲み水だ。杓もつけていた。

近くの拝志郷まで走り、何軒かの農家で調達した。波打ち際近くもやい綱を持った手下が水に飛び降りた時、この三人も同時に飛び降りていたのである。

宗通の対応ぶりに師清は目を見張る思いであった。宰領とはここまで気を行き届かせるものか。此の度の運送の宰領までは、この宗通が。彼は自らこれを買って出た。その実務を、暗に師清へ指南のつもりでいるのであろう、師清はそう思った。

巻の二十二　三島宮参詣

村上師清の運送初乗りの航海は大成功であった。先行き少なからぬ不安を抱えている村上一党にとっては、慶賀に値する仕儀だった。強風、大雨に出会ったとはいえ被害は殆どなく、予定が一日遅れただけで事済んだ。

今張浦では村上新棟梁の座乗とあって主だった商人達が、祝儀を携え黒島船に挨拶にやって来た。中には、船首に立てた丸に上の字、村上の旗印をしげしげと見上げ、感慨深そうな者も見受けられた。壬生《にゅう》では荷主の姿はなく勝部久長が出迎えたが、荷主達からの祝いの品を預かっていた。

壬生から燧灘の西辺を北上して、津波島を右に見て伯方の瀬戸を抜け、なおも北上して生口島へ。問丸でも歓迎を受けた。大島の重平からの報せで待ち受けていたという。懇ろな口上と接待だった。

終着の浜の宮窪では重平以下、浜の者全部、女子供まで出迎えに出ていた。村上新棟梁のお国入りのような情景であった。師清は棟梁となって旧村上屋敷に入っても、宮窪の浜の全住民にその姿を見せたことは未だなかった。その黒島船での入船が、棟梁の披露目の態となった。浜に集まった住民は歓呼の声を上げ、師清は船首に立って手を上げてこれに応えた。船を下りた師清の許へ一人駆け寄ったのはさくらである。人々は再びどよめき歓声を上げた。師清とさくらへの祝福の歓声である。さくらの名を呼ぶ声が湧き上がった。さくらは頬を染めながら、師清の腕にしっかりとすがり付いていた。

大島の重平が、ゆっくりと前に進み出た。

「棟梁には恙《つつが》なく御帰着、祝着に存じまする。先々の棟梁へのおもてなし尋常の由、安堵仕っており申した」

彼の許には早くも、師清に対する商人達の動向は悉く《ことごと》伝えられているようだった。

「重平殿、宗通殿の配慮のお陰だ。私は何もせぬに事は運んだ」

師清は明るい声で言った。二人の計らいに対する皮肉とか、自分の非力を愚痴る気色は微塵もない。素直に二人の功を言っているのだ。

「棟梁、それは違う。われらの下働きは、村上の棟梁の御威光あってそつなく運べ申す。此度《こたび》の上首尾はすべて棟梁の功におざるぞ」

「そう言われては何やら面映ゆい。頭という飾り物は、それなりに役に立ったかな」

「立ち申した」

重平は大真面目にそう答え、師清は声を上げて笑った。こういう率直さは師清の気に入るものだった。

黒島の祀官が姿を見せていた。黒島に係留していた大島の小早を回航してくれていた。

重平の先導で師清、さくら、その後に祀官、顕忠、宗通、久長、波平と続いて村上屋敷に入る。

「手下達《てか》は」

「わしの屋敷でねぎらうよう計ろぅておるで、心配御無用」

師清が気にして尋ねたのに重平が答えた。

屋敷に入って、手下達へ何やら指図している重平の傍へ、顕忠がそっと擦り寄るようにして近づき、相好を崩した顔に似合わない小声で告げた。

「上々首尾じゃ。たすかったぞよ」

「うん……何じゃい」

「銭じゃ。運賃、警固《けご》料の他に祝儀が思いの他に。三百近くもあろうか」

「何と」

重平は思わず声をあげる。

「しいっ……声が高い」

「えらい豪儀な」

重平も相好を崩した。

この祝儀は商人達の村上への期待料、依頼料のようなものであろう。伊予領でさえ現在は、庶民の安寧をはかってくれる者はいない。足利尊氏から伊予守護に任じられた細川頼春は京都に張り付いたままで、伊予経営の威令は全く届いていない。古くからあった旧領主の河野家も伊予内陸の保全に追われ、海上や島方までは手も目も届かない。海上の小悪党が跋扈《ばっこ》していた。警固《けご》を頼もうとすれば遠くから呼ばねばならず、その費えも大変だった。村上がでんと構えていてくれれば。人々は村上義弘の時代の再現を期待しているのだ。

「一時は凌げるな、顕さぁ」

「ひと仕事の後というだけじゃない、今宵の酒は一段と味も違うぞ」

そこで二人はひそひそ声を止めて、腹の底から声をあげて笑った。

屋敷に落ち着いてから、祀官が新しい動向を伝えて来た。今岡通任に関してだ。

通任はあれ以来所在が不明のまま、甘崎へ帰る様子もなかった。それが思いもかけないことからその動きが分かったのである。
荒戸鼻沖の待ち伏せに失敗した通任は、遠く伊予の西端佐田岬を回って八幡浜へ上がってい
たのだ。縁辺の者がいるらしい。大島の動きを探るのには遠過ぎる。だがそれだけに、自分の
所在も知られることはないと考えたものか。次の手段画策の準備のためか。真意は分からない
が、とにかくそこに居るらしい。ところが三、四日前、鎌刈島へ通任の手の者が姿を現した。
彼等は、鎌刈が村上の傘下に入ったかどうか、それを探りに来たらしい。鎌刈の者は、頭の時
光が一旦村上に捕らえられ、直ぐ解き放されたことは知っていた。だがそのまま帰って来ない
時光から、村上の下へつけという指令はない。来たのは待機の指図だけである。通任の手の者
は、時光が今、因島攻めに加わって働いているらしいと聞いて安心した様子だった。
このことは直ぐに重平の耳に入っていたのだが、祀官の方へは大三島の風聞が入っていた。
師清の乗った黒島船が丹生を出た頃合だったろうか。今岡通任が大三島へ参詣して、村上の正
統な後継者として名乗りを上げることを画策しているらしい。勿論、定かではないが、野間郡
所在の者が祀官に伝えて来た。その者は村上師清が今張浦へ荷受けに来たという評判を聞き、
それが黒島船と知って直ぐに、祀官へ報せて来たのだ。腑に落ちないこととして、祀官の身を
案じてのことだ。
祀官は小早の大島回送を早めて重平に会った。そこで二人は今岡通任が、大三島参詣のため

に船汰《ふなぞろ》えの支度をしているのではないかと断定した。有力な海賊の合力を得て、船団の威力を誇示することで大三島に村上の後継者として認知させようという腹だ。元々、三島水軍に合力を頼もうとした通任である。大三島が通任に乗るかもしれない恐れは多分にある。

「棟梁、ここは一番先を越さにゃ成り申さん」

「どう越す」

「どうで、こっちが先に参詣を」

「どちらでも良いように思うが」

「いやいや、伊予にては大三島は格別、かしこの神前で、村上の棟梁と読み上げられれば、守護大名や国司の了知よりも万人が承知仕る。それさえあれば、何処の地でもそれなりの対応を示すものにおざる」

「私は神仏の助けをかりるのはさして好まぬが」

「大三島の大山祇神《おおやまぎのかみ》にすがるにはおざらぬ。信仰の頂点に立つ大祝《おおほうり》は活神と崇め奉られる存在。その大祝が了知したとあれば万人の納得が得られるということにおざる」

「良くは分からぬが、しきたりとあれば是非もないか。私はしきたりというものにもさしてこだわるつもりはないのだが」

祀官は後の言葉は聞こえぬ振りをした。

「左様、是非はないものと行って下され。これからの村上がやり易うなると思われて。幸いこの三郎、大三島の祝《ほうり》彦三郎安親殿とは年来の知己、大祝へのとりなし方必ずや引き受けてくれ申そう。棟梁の下知あれば、直ちに大三島へ参りましょうぞ」

祝安親は大三島にあって最大の実力者だ。度々の合戦に出陣し、名誉の武将であり、先代大祝の子息である。水軍の達者としても聞こえ、村上義弘殿と同じ陣にあって共に戦ったこともある。祀官は更にそのような説明を加えた。

「棟梁、わしも棟梁御同様、神仏は眼中におざらぬ。なれど、大三島だけはこの瀬戸内の島々にては争い難い力を持つものと知っておざる。先ずは、この大島周辺の島々を取り込むには大三島を避けてはなるまいと心得申す」

顕忠も師清に進言した。瀬戸の内とはこの近辺の呼び名である。燧灘、備後灘の西端は、因島から大島までまるで防塁のように南西に連なる島々に遮られ、細い水路が瀬戸の急流となって潮を通している。そうしたところから、灘の西側から伊予灘にかけた一帯を瀬戸内と呼んでいるのだ。

「あいや、方々、案じ召されな。棟梁は支度整い次第、大三島へ発向されるわい。さくらの方と後家殿がもう支度に大わらわよ」

重平が笑いを含んだ声で言った。

「成程。じゅうべ殿には叶わぬな。師清に有無を言わせぬ術《すべ》を心得ておる」

師清の機嫌は悪くなかった。彼は、自分が操られ、踊らされている思いを絶えず持っていた。それは黒島からこの大島へ移って以来のものだ。時にそれは、傀儡《くぐつ》屋敷の春風尼《しゅんぷに》の呪縛のように思えることもある。根拠のない気分的なものではあったが。妻として娶ったさくらの顔を見る時、ふいとそう思うのだ。だがそのような思いとは別に、自分に関わっている人々の自分に寄せてくれる信頼感、親愛の情もひしひしと感じているのだ。言われるままに踊って見せて不足はないと思っている。

師清は自分が一つの流れに確実に乗っていることは自覚していた。さくらを娶り、何の変哲もない漁師の生涯で良いと真剣に考えていた自分が、僅かな時日の間に思いもかけない境遇の激変に見舞われている。私を乗せた流れは一体何処へ行き着くのか。こうなれば、その先を見極める他に私の生きようはないのだろう。自ら望んだ座ではないだけに師清には、海賊、そしてその棟梁の実感は未だなかった。流れに乗せられている現実とは、彼にとって単に行動する意味合い以上のものは持てないでいた。

その翌日、祀官が大三島へ向け出船して間もなく、戸代の鼻に鎌刈船が姿を現した。時光《じこう》の座乗する大型船ではなく、二回りは小さい。だがそれに時光が乗船していた。

重平と顕忠の前に姿を見せた時光はかなり憔悴《しょうすい》の態であった。

「じゅべ、わしはもう終わりよ。わしの首をはねるなり、船を取り上げるなりどうとでもしてくれぃ」

彼はいきなりそう言ってうなだれてしまった。

船の修復が思うように進まない上に、彼の因島通いの間に、尾道にある鎌刈の倉庫が荒らされてしまっていたのである。鎌刈船乗り組みの警固《けご》の者は寺に預けられたまま、この狼藉《ろうぜき》の出来事に気がつかなかった。倉庫を護る者は尾道在住の半商人で、何処の勢とも分からない武装兵の襲撃の前に為すすべもなかった。因島合戦の間、尾道の津は軍兵で溢れていた。三吉の代官が治安に任じていたが、とても細かいところまで目を行き届かせられる状態ではなかった。更に、時光が当てにしていた問丸も、相当三吉に吸い上げられたと見え、合戦の余波で手元不如意と、時光に銭を融通してくれる者はいなかった。

「淀、尼崎へ運べば、一千貫にはなろうという、大切の荷ぞ。それを、雑兵共が根こそぎ持って行きよった」

尾道の津は治安の良いところであった。問丸、入り船、それぞれの警固が常に浜に屯し、尾道城警備の兵も市井の巡察に回っていた。平時であれば少々の悪党共のつけ入る隙はなかったのである。時光もそれで安心し切っていたのだ。

「ともかく、どうしょういぅてそれは棟梁の決めること。ついて来い」

重平は声を荒げた。彼は忿懣《ふんまん》やる方なかった。時光が約束の銭を持って来ないことに対する怒り、三吉の軍勢に交じっていた悪党に対する怒り、そして彼には、同族の時光に憐愍と同情の気持ちもあった。田浦の浜で時光の背信に怒り狂った、あの怒りとは別に、彼の不運を哀れと思う。だがその不運を慰め、何とか助けてやろうとも出来ない自分自身にも腹を立てていた。

「委細分かった。鎌刈船も首も要らぬ。両方揃わねば銭は稼げず、村上には一文の銭も入らぬ道理。早く船を修復し、商いの再建に努められよ。約束のもの、何時の日かということにしておこう。催促はせぬ」

師清は眉も動かさず、言下にその答えを与えた。

重平、顕忠は押し黙ったまま。時光一人、うつむいて感涙にむせんだ。

「棟梁の情け、身に染みておざる。かくなる上は鎌刈の時光、手下《てか》を引きつれ、船諸共《もろとも》棟梁に差出し、配下の末に加えて頂きたく、御願い申し上げる」

「断る」

それも即答であった。

「村上は今の手下で十分事足りておる。船も間に合ぅている。おいおい繁盛のつもり。時光殿は自らの商いに励まれるが良い。でないと、約束のものはもらえぬ」

「配下に連なり申しても、手下としての働きとは別の算段もおざる」

「もう良い。私の答えは同じだ」

そして師清は、重平と顕忠に目を向けた。

「御両所、これで良いか」

「ははあっ、承りまいた」

二人は期せずして同じ言葉を出していた。それぞれの複雑な思いが二人に沈黙を強いたようであった。

村上屋敷を辞して、気落ちした風の時光を浜まで送る間、重平、顕忠に言葉はなかった。時光もまた、うなだれて足元をみつめる歩みで一言も発しなかった。

浜で己れの船の前に立った時、ようやく時光は気を取り直したらしい。

「約定の果たせざったこと、わしの一生の負い目じゃ。しばらくは堪忍してくれぃ。落ち着いたら、わしは大唐へ出掛けようと思う」

「一人でか」

顕忠はあの縹緲《ひょうぼう》とした大海原を想い浮かべた。

「他にはおらん。三度通ぅた海じゃ。行けぬでもあるまい。顕忠殿も一度は共であったな。同行してくれるか」

「わしは村上の者、気ままには出来ぬ」

「分かっておる。冗談じゃ。前には何度か引き込もうと思うたこともあったが。出掛けるといぅても、大唐は支度に何年もかかる。したがそうもいぅておれん。ほれ、宇佐の臼多」

「おお、梶取《かんどり》の臼多殿か。何やら、かくもぅておるような話であったが」

「何時の日かはと思ぅてのことじゃったが、そろそろくどいてと思ぅとる。支度もそこそこにしてじゃ」

重平はその会話にも入らなかった。

船が波打ち際を離れ、程もないところで時光が浜へ手を振った。それを見た重平が、初めて口を開いた。

「あのかぶき者が、首を取られはせんと高をくって来おって。棟梁の許しをもらうと、もうあの調子よ。大きな気になりくさって」

吐き捨てるような語気だった。

「顕さぁにゃ悪いのう。当てにしとった銭がとことん入らんと分かって、やり難いことになった」

「わしだけじゃない。お互いじゃ。ないようにぼちぼち行かにゃ。こりゃ、棟梁に似て来そうじゃわい」

「おいおいにか」

ようやく重平も笑い声を立てた。

「ま、顕さぁ、時光がこと、このわしに免じて堪忍してくれえや」

「もうえぇが。何もじゅべさぁのせいじゃない」

そこで顕忠は声をひそめた。

「それになあ、珍《うず》はもうのぅなった筈。昔はともかく、野島が村上になったように、じゅべさぁも村上の人間じゃ。昔の縁でじゅべさぁが気に病むことではない」

「ほいじゃが、わしの気持ちは分かってくれようが」

「そのつもりじゃ」

重平は顕忠の手を取ってしっかりと握りしめ、顕忠もまた、力をこめて握り返していた。


三島宮への参詣も上首尾であった。

漁船二はいが先導、黒島船の後に小早一ぱい、殿《しんがり》に漁船三ばい。それぞれ丸に上の文字を書いた村上の旗印を掲げ、えいえいと掛け声を上げて櫓を漕ぐ船隊を、三島水軍十数艘が宮浦の海面に浮かび、舷をたたいて歓迎してくれた。後の浜には大鳥居が見え、さながら水路を参拝の沿道に見立てたような船配りであった。

大祝越智安顕は村上後家殿と旧知、師清室のさくらの幼児の頃を知るとあって、娘婿の新棟梁を暖かく迎えてくれた。三島水軍の将祝彦三郎安親も前日旧知の黒島祀官と旧交を暖め語りあったことでもあり、配下を指図して慇懃なもてなしであった。

社務所の座敷で暫時休息。その間に、塩飽光盛が用意してくれていた塩俵、わかめ、昆布、魚介等の、宮窪で採れた新鮮な海の物を献上の品として差し出した。一同を接待していた祝安親が、

「能島のわかめは久しぶりにおざる」

と、目を細めた。能島の急流に育つわかめは味が良いと、近隣に聞こえていたが、収穫の嵩は知れていて、宮窪の住民が食する程度だ。それだけに、大島の外の人たちには珍重されていた。尤も安親が気に入ったのは、わかめよりも塩三俵の方だ。これは換金出来る。三島宮の者にとっては有難い献上品である。

祝家は三島宮の神官であるが、処々に神領を持つ領主でもある。然し、広い崇拝者からの献上品で富裕であり、領主的というよりも貴族的なところがあった。それだけに、烏帽子直垂に威儀を正した村上師清の姿が、先ず大祝の気に入ったらしい。凛凛《りり》しい中にも上品《じょうほん》の雰囲気を漂わせている容姿が、ただの武人ではないと感じ取ったもののようだった。村上師清が北畠顕成を名乗る北畠一門の者とは聞こえている。大祝はさこそと頷いて黒島の祀官に耳打ちしたそ

うである。真相を知る祀官は内心くすぐったい思いであったという。

礼拝が終わってから師清は、

「笛の音を奉納仕りたく存ずる。横笛を拝借致したく」

そう申し出た。これは誰も目論んだものではなかった。師清自身思ってもいなかったことだ。礼拝の途中、神気に感応するものがあったというか、突如、この神前で笛を吹いてみたいと思った。

師清はそれまで自ら神仏に礼拝したことはない。心ならずも礼拝の儀の列に加わったことはあるが、彼の胸の内に神仏崇敬の念は微塵もなかった。神仏の存在を否定したことはない。その存在を意識したことがないからである。彼にとって神社仏閣とは、生きた形ある神官僧侶に他ならなかった。黒島神社は祀官近藤三郎であり、三島宮は即ち大祝越智安顕であった。彼等がどのような神を祀っていようが全く無関心であった。

その彼が礼拝の儀の半ばで、ふいと目に見えない何かに包まれるような意識を持った。そして俄に、何者かにひれ伏したいような敬虔な気に支配されたのである。

儀が終わって未だ正体に返っていないような状態だったのだろうか、師清は何の考えもなく笛を吹いてみたいと思ったのである。そしてそれが言葉になって出た。

「さくら殿、舞ぅて賜もれ」

横笛を受け取った師清は横に並んでいたさくらに声をかけた。

さくらは涼やかな返事と共に何のためらいもなく立ち上がった。

拝殿に同座していた者の間に小さなどよめきが小波《さざなみ》のように広がり、誰言うともなく座を滑って端に寄り、舞のための空間が作られた。

「さくら殿、これは御神前、そなたの舞は叶いませぬぞ」

あわてた風に後家殿が小声でさくらをたしなめた。

「母御前、御懸念に及び申さず候。さくら殿は笛の音に乗るのみにおざれば」

師清が静かに告げ、さくらは黙って後家殿にほほ笑みかけた。

この時の師清は現実の会話を交わしながら無念無想に近い状態にあった。勿論何のために笛を吹くのかその意識も無かった。

「笛の音《ね》は奥殿の御神体のわたりから秘めやかに流れ出で、われらが身体に染み入るが如き心地であった。それにさくら殿の扇をかざした軽やかな舞、まるで天空を自在にそよぐ羽衣と見紛ぅておざった」

吹き終え、舞終わった後で祀官が感に堪えたようにそう讃えると、同座の者も同感の嘆声を上げた。

「正に、神韻《しんいん》の音《ね》におざり申した」

大祝が重々しく言った。

「神が吹かせ給うたものにおざりましょう。吹く息吐く息、口も指も我が身とは思えず、自然に働き申した心地にあり申した」

師清が殊勝な顔で答え、それに深く頷いた大祝は更に満足気であった。

その後、別棟で酒食のもてなしに移ったのだが、その席に大祝も姿を見せた。異例のことである。祝彦三郎安親は神官というより剛腹な武将といった巨漢であった。祀官と同席のせいもあってか、殊更のように磊落《らいらく》に振舞って見せていた。宴は和気藹々《あいあい》の雰囲気の中に、話題も豊富で戯言《ざれごと》さえ飛び交っていた。

大三島側の対応振りに村上一統は大いに気を良くしていた。思った以上の成果である。

だが一人だけ醒めた目で始終を見ていた者があった。それは他ならぬ祀官の近藤三郎である。彼は祝安親と気やすい仲とあって、村上側と大三島側をにこやかに周旋して親睦の実を上げていた。にも拘らず、彼は冷静に見るべきものを見ていたのである。

「祝の安親殿は曲者よ。思惑は気ぶりにも見せざった。ま、かく言うわしも悟らせはせなんだが」

帰途の船中で祀官は肩の力を抜いて語り始めた。

「顕忠殿は三島の船配り見て取られたか」

「迎え船におざろう。あれは敵を待ち受ける陣立と見まいたが」

「宮浦が浜の両の側は」

「はて、船がちらつくのは見申した」

「わしは船泊りと見たが」

宗通が口を挟んだ。

「さり気ない気のつきようで良かったわい。祝安親は、事と次第に依っては棟梁を仕留める気でおった。そのための伏せ勢を配っておったのよ」

「何故に村上を狙う」

師清は笑いながら尋ねた。祀官の言葉は彼に何の動揺も与えなかったようだ。

「三島は棟梁と今岡通任とを天秤にかけたのでおざる。祝安親は、棟梁の器量を見極め、何程もあらんには棟梁が首取って、通任を村上の棟梁にすえる所存であった。棟梁の田浦沖の武勇、三島にも聞こえておざったが、高が商人の船、乗っ取ったとて何程のことやあらん。それが安親の心底におざった。棟梁参詣の周旋に参った時、あの者の言葉の端ばしに感じ取った。こちらが備えて参れば、恐らくは彼の思う壷。必ず何か仕掛けて参ったであろう。したが村上は無防備であった。策無きを以て上策と為す場合もあり、ただの商船に変わらない村上の陣容に安親は反《かえ》って警戒したものと見える。陸《おか》に上がってから、三島の陸兵が囲みを解いた。漁民達が見物に集まって来るに紛れ、さり気なく散って行かせおったわ。そこへ以て、大祝が棟梁に感服の態を見せた。安親もようやく今岡通任を見捨てる気になったのよ。曲者だけに、その目で、通任と棟梁の器量の違いをはっきり見て取ったのよ」

「ほう、下手をすれば合戦の修羅場に変わったやも知れずと思ぅておられながら、無策のまま押し出したと言わるるか」

師清は重ねて尋ねた。

「言うなればその通りにおざる。なれど、我に秘策はおざった。安親の船配りは恐らく、事を構えた際の我らが退路を断つ備えに他ならず。棟梁を陸《おか》に上げ、その器量見極めるまでは事を起こさずと見通し申しておざった。ならば、合戦は陸《おか》。船の数はものならず。海の兵を呼び寄せるまでには、三島宮に押し寄せこれを乗っ取り、大祝を人質となす。いざとなれば、その下知を棟梁に請う腹づもりにおざった」

「成程」

「だが安親は思う程もなく、村上一統陸へ上がると、秘かに囲みを解き申したで、内心はほっとした次第におざる。棟梁の威を目のあたりにして安親も得心、翻意《ほんい》いたしたものと覚える」

師清は頷いたものの、今度は無言のままでいた。船人の尊崇の対象である三島宮に仕える身がそのような権謀術策を弄するものかと、ただ呆れる気持ちが強かった。大祝の威厳に満ちた風貌、安親の武将らしいどっしりと構えた容姿、それ等を思い浮かべながら信じられない気持ちでもあった。それにしても、そこまでしなければ、宮一つ、島一つ守り抜けない世の中なのかと、改めて乱世の酷《きび》しさに思い到っていたのである。

祀官の話を大島の重平は目を閉じて聞いていた。時々その頬に微笑が浮かぶ。

あの時安親が俄に囲みを解き、師清一行の慇懃《いんぎん》な警固《けご》役に変わったのは、実は漁師の力だったのである。安親の目論みは程もなく重平の許に報せが入って来た。重平が棟梁以下の面々にこれを報せて、対応策を取ろうとしなかったのは祀官と同じような考えからだった。無策の策で相手に疑心暗鬼を生じさせ、手を控えさせようとしたのは同じだが、その上で重平は手を打っておいたのである。師清が陸《おか》に上がると同時に、漁師の間に秘かな耳打ちが始められた。野島がいっぱい入り込んどるで。その一言だけで十分だった。漁師の間に野島の者が入り交じっていれば俄には判別出来るものではない。野島の者の強さは知れわたっていた。安親といえども、事を起こして村上に襲いかかり、どこからか分からずその数も知れない野島の逆襲を受ければ勝算は覚束ない。安親は事を控えて必ず引き下がる。それが重平の策略だった。報せて来たのも流言を放ったのも皆、大三島にいる珍《うず》の者達だ。珍をのぅした（なくした）つもりでも、未だかように使わんにゃならんとは。重平は忸怩《じくじ》たるものがあった。珍を解き放つと言った「のうし」の言葉は、全ての珍に伝える折がないままに放っている。

珍は今だに、わしの指図を「のうし」の言葉として、従ってくれる。その「のうし」は既にこの世の人ではないというのに。

珍が珍として動くことは誰にも明かすことは出来ない。この度の計りごとも棟梁以下に告げることは出来ないのだ。祀官が手柄顔に説き明かしたことが、この際、重平にとっては救いのようなものであった。顕忠なら、安親の企み事前に承知していたと言えばそれだけで全てを察するだろうと思う。だがこれは言えない。祀官殿を立てねばな。重平はそう思うのだった。いたしいことよ。重平はつくづくそう思う。珍のすべての者を村上に組み入れてしまえば、珍は自然とのぅなろう。早ぅにそうしてやりたいものじゃ。重平の胸内は複雑であった。

三島宮参詣が無事終わったとはいえ村上再建にさした進展がある訳ではない。

祀官と勝部久長、合田貞次は黒島へ帰った。久長は荷の集積場を作るのに追われ、貞次は荷主の間を奔走することだろう。祀官は、貞次が村上の算用方として宮窪に腰を落ち着けるようになった時が村上の息がつける時と言っていた。それまでは息をつく暇もなく追いまくられ、その割りには実入りが少ないという意味だ。

師清は手下《てか》五人を連れて黒島船に乗り、宮窪沖の海面で帆の扱いを習得するのに余念がなかった。浜の警固小屋二棟は未だ板壁が入らない。顕忠は脇伏の向背の山に入っていた。中途《なかと》、務司《むし》両城を建て直すための木材探しだ。

三人の手下《てか》と脇伏の漁師小屋に泊めてもらい三日の予定だった。その三日目の朝、出掛けようとしていたところへ重平からの使いが来た。使いの者は馬で来て、この馬で急ぎ宮窪へ帰れという。顕忠は手下達にその日一日の指示を与え、日暮れ前には引き上げ宮窪へ帰るよう言い置いた。

宮窪の浜では小早と乗組みの手下が待ち受けていた。漕ぎ手の他に六人もいる。馬で走って来る姿を見つけた手下達は直ぐに乗船にかかった。

「顕さぁ、急いどる。直ぐ乗ってくれ」

未だ馬を止めない内に重平が叫んだ。

心得た顕忠は馬から飛び下り、手綱を重平に渡して砂の上を駆けた。駆けながら、

「どこじゃい」

どなる。

「斎島よ。沖乗りで鞆じゃぁ。手下に聞けい」

重平の声が背中に聞こえた。

顕忠はこのような緊急発進は好きだった。緊迫感は同時に充実感である。船の場合、長い航路では出船に寸刻を争うことにはほとんど意味がない。航程の中でどのようにでも調節出来る。

だが度々の合戦で、緊急発進の心得が如何に重要か身に染みている彼は平素から、手下達に連携の身のこなしをやかましく躾《しつ》けている。

顕忠が乗ると同時に二本の竿がぐいと砂を押し、水深のある船尾の方から櫓を漕ぎ始める。

「芳に言ぅてある。ゆっくり聞けやぁ」

離れて行く船に重平がどなった。それを汐のように、船は全櫓で漕ぎ出し、水手《かこ》はえい、えいと声を揃えた。漕ぎ手の他に余分の人数が六人。尋常の編成ではない。

「波平は」

顔を見渡した顕忠は一番にそれを尋ねた。

「居残りじゃ」

「何ぞ出来《しゅったい》しておったか」

「変わったこたぁ何も出けとらん。波平は嫁を娶ってから他行が多いけえ、こんどは外したんじゃろ。お頭の差し金よ。指図は棟梁じゃったが」

答えた芳は重平を未だ頭と呼んでいる。

警固《けご》の依頼は鎌刈の時光からのものだった。

博多の商船二はい、斎島までは赤間関の警固の者が付いて来る。そこから沖乗りで鞆まで警固の依頼が時光の許に来た。西の方に顔の広い時光は、自前の警固の他にも他へ警固の周旋も請け負っている。その引継ぎがあって急いでいるのだ。

荷主は、商船に三人ずつの警固《けご》の乗組み、それに警固船一隻の随伴を求めていた。荷は余程高価な品ばかりらしい。それだけに警固料も弾み、警固には先乗りの出来る者をと念を入れ、先乗り料も上乗せするという好条件だった。

「そのようなうまい話、何故に鎌刈が受けなんだ」

時光の罪滅ぼしのつもり、そのような気はしたが、顕忠は一応、芳に尋いた。使いの者が何か口上を伝えていると思ったからだ。

「鎌刈は全部が、はぁ西の方へ出払うとるげなで」

全部といっても主船は未だ修復中、残りは二はいの筈だ。警固に使う小早まで動員して出動とは。顕忠は時光が、因島合戦のとばっちりで受けた損害を取り戻そうと懸命な様を思い描いた。

「行く先は鞆じゃが、一ぱいが鞆泊りの間にもう一ぱいは草出の津まで足を延ばすで、警固は草出泊りといぅこっちゃ」

そこで芳は嬉しそうな笑顔になった。芳は何時ぞや、波平の宰領で草出まで運送の仕事の際に、波平の頼みで手下《てか》達が手分けしてみおの所在を尋ね廻った時、うまく探し当てた本人である。更に住まいの庵まで波平に従って訪ねた手下の一人だ。

「わしが案内するで、みおさまと言うたな。あのお人連れて戻られえや」

顕忠は顔が上気するのを意識した。鞆と聞いた時から、何とか草出まで足を延ばそうと、その思いが胸の内を占めていた。芳にそれを覗かれたようで、何とはなく気恥ずかしかったのだ。

「ま、暇があればそうしてくれえや」

「こりやあ、棟梁とお頭の指図じゃ。何があっても顕さぁを連れて行け。ほいから、みおさまも船に乗せて帰れ言ぅての」

斎島から沖乗りの航路の内、来島瀬戸を抜ける航路を荷主が選んでいた。瀬戸を抜ければ燧灘、備後灘と入って北東の針路一本で海路の難所はない。ただ、百貫島から西の海域あたりは、商船の積み荷を狙う海賊の出没で聞こえていた。

その水域に入ったのは日没後の薄暮の頃。案の定、小早より一回り小さそうな船が三ばい、左舷斜め後方から追尾して来た。商船は帆走だ。その頃風はほとんど落ちている。四本の櫓と潮の流れで航行していた。速度は遅い。小船はみるみる内といった感じで追いすがって来る。

商船の先導に立っていた顕忠は見張りの声で直ちに小早を反転させ、追尾して来る船隊に向かった。

「松明をつけい。明かりを船印にかざせ」

顕忠の指示で、丸に上の文字の旗印が暗い海面に浮かび出た。

向こうの三ばいと小早は向かい合ってその距離を縮める。と、突然、向こうの三ばいがばらばらに転針して、北西の横島あたりへ針路を目差した。

「流石、村上じゃのう」

芳が得意気に声を上げた。他の手下《てか》達も同じ思いなのであろう、小さなざわめきを立てていた。顕忠も改めて村上の名を思い、新棟梁の下での再建も、以外に早く固めることが出来るのではなかろうかと、今の大島の苦労を忘れ楽観の気分に誘われていた。

追尾の形を見せた三ばいの船は勿論、何処の何者とも知れず、その企図も分からなかった。だが、あれは確かに襲撃の体勢だった。こちらが警固《けご》付きとはいえ、商船二はいと知って積み荷の掠奪を狙ったものと断じて良い。だが、村上の船印を認めて襲撃を断念したところをみれば、昨日今日、海上の掠奪者となった浮浪の手合いではなさそうである。村上を知っている以上、古くから掠奪を業とする海賊集団と見られる。

村上の名の顕示に満足する一方で顕忠は、向こうが仕掛けて来れば息の音を止めたものを、逃げれば追いすがってその巣までもたたきつぶしてやったものを、今に見ておれ、何時かその憂き目に合わせてやる、激しい闘争心をかき立ててもいた。警固には依頼者の警固だけに撤した行動を求められるのが当然だが、その埒を越えた闘争の実力行為が、海上の実力者の評判を勝ち取る方法であることも否めなかった。悪を摘み取るというよりも、その名と武勇を轟かせる願望の方が強かった。

ともあれ、鞆に入った時、商船側の反応は、村上の船印の威に称賛を送るものであり、顕忠以下、大いに満足するものがあった。

巻の二十三　再　会

草出津の外れ、その時衆《じしゅう》の道場の前に立った時顕忠は胸ふさがれるような気持ちを抱いた。粗末な小屋の見かけは大島の住民の住まいで見慣れている。それにたじろぐものではないのだが、それがみおの住む所となると別である。顕忠は雑賀の浦で助けた時の、庶民とは関わりのない豪奢な衣装を身に着けていたみおの姿しか思い浮かべることは出来ない。波平から粗末な道場とは聞かされていたが、豪華なものではなくとも、道場は道場、さして立派なものではないといった程度に受けとめていた。尤も道場と聞いていたが、今は庵を名乗ると、来る途中の里人に教えられた。波平は波平で、自分達の住まいと比べ格段の差を感じなかったから、その詳細まで顕忠に告げなかったのであろう。顕忠にとって想像と現実の落差は大きかった。あのみおがこのような所に起き伏ししている。それだけで不憫《ふびん》でたまらない気持ちであった。

芳の案内を請う声に応じ、ややあって入り口の莚を持ち上げ、芳の顔を認めると尼頭巾を被った女性《にょしょう》が出て来た。それを見た顕忠ははっと胸を轟かせた。だが違っていた。

芳がこの前訪ねた伊予大島の者だと回りくどい挨拶をのべると、

「覚えています。後の方は顕忠《あきただ》さまですか」

尼は言った。桂秀尼である。彼は驚いてとっさの言葉もなく黙って頭を下げた。

「私、托鉢から帰ったばかりです。少し休みたいと思いますけど、どうぞ内へ入ってお寛ぎ下さい。みお殿は間もなく帰って見えるでしょう」

彼女はそう言って内に引き下がった。

「外で待っておろう」

顕忠は遠慮した。

「わしはどっちでもええが」

そう言いながらも芳は莚越しに内へ声をかけ、ゆっくり休みなされと言った。中から返事はなかった。

庵の前の空き地の隅に木の切り株があり、二人はそこへ腰を下ろした。

「ええによぼじゃろう、あの尼さま」

二度目の芳はしたり顔にそう言う。

「うん。美形じゃの」

顕忠は一目見た時、彼女をみおと見間違えた。尼頭巾を被った彼女の顔等想像もつかなかったのだ。だが直ぐに、みおは未だ戻っていない筈と気がついた。だが桂秀尼の顔が鮮烈に目に焼きつき、ふいと、みおの顔がどのようであったのか思い出せなくなり、自信を失っていた。一夜を共にし、再会を約して一年半、二度と見ることのなかった相手である。体の記憶と深い情愛の想いはあった。だがそれも、この間の身の周りの目まぐるしい変転に、想い浮かべることは少なかった。最初は入江孫六に預けた安心感、次は重平から聞かされた行方知れずによる半ば以上のあきらめ、それでも、何時か探しだそうと我が身に言い聞かせ、彼の内部では強烈な思い出と、はかない願望とで、みおの実像は何時しか頼りない幻のようなものにさえ変わっていたようである。それが波平がみおを偶然見つけ出したことで、恋慕の情に火が付いた。だが、彼女の実体の姿は霞のように煙っていたのだった。

みおが手伝いに出ている商家を芳は知っていた。行ったことはないが訪ねれば分かると言ったが、顕忠はそこへ直接行くことに憚るものを感じた。みおの雇い主が如何なる人物か、そこをいきなり訪ねてみおが迷惑するとすれば可哀相だ、或いは会わせてくれなければ不快な思いもしなければならぬ、それやこれやで、とにかく寝泊りしている庵を先に訪ね、そこの尼殿に挨拶をしてと、こちらへやって来たのだ。

「あの尼さまはのう、体がよっぽどきついんじゃ。この前に波平と来た時も、わし等がおっても目の前で横に寝んさったで。あの小屋、見ての通り狭い、あれだけのもんじゃが」

「やはり遠慮して良かったか」

「そうよの。ほいじゃが、よそよそしいように思ぅてやも知れん。それでのぅても、脇の頭がみおさまを連れに来たと悟りんさっとろうで。さびしかろう思ぅてのう」

芳は彼なりに気を使っているようだったが、それでも中へとは言わなかった。彼は美しくかぼそい桂秀尼の後姿の寂しさに同情する気持ちが強いようであった。


田圃の畔道を膝近くまで丸出しにした壷折り姿の女が駆けて来るのが見えた。頭に被った白い布がほどけそうなのか、時折頭に手をやりながら駆けて来る。

顕忠は何気なくそれを見ていた。芳は居眠りをしている。顕忠はしばらくその方を見ていたが、目を逸らせ、居眠りしている芳を見て、自分も何となく目を閉じた。会ってからどのように切り出したものか、ぼんやりとその考えに移っていた。

足音が近づき、

「顕忠さまぁ」

と叫ぶような声がした。驚いて目を明けると、壷折り姿が目の前に迫っていた。

「みおかぁ」

とっさに彼も叫んで立ち上がる。芳も目をさまして立ち上がった。

「会いたかった」

泣き声と同時に飛び付くようにして、壷折り姿は顕忠に武者振りついていた。

畦道を駆けて来たのはみおだった。顕忠達が草出の外れで里人とすれ違った時、芳が道場への路を、念のため確かめた。その里人は草出へ用足しに出掛けるところだった。彼はみおが働いている家に立ち寄り、武士と漁師風の男が二人、庵を訪ねて行ったと教えた。みおはそれが誰か直ぐに感じ取った。主人の許しを得て、走り帰って来たのである。それを知らない顕忠達は、みおが帰って来る日暮までには未だ間があるものとのんびり構えていたのだ。

すがりつかれてとっさにみおの体をがっきと受け止め、双の手で抱き締めた顕忠だったが、一呼吸二呼吸、彼は腕を緩め、引いて、すがりついている彼女の手をふりほどいた。

「わしの連れじゃ」

芳の方に顔を向け、顕忠は照れたように言った。

離れてこちらに背を向けていた芳がその声で振り返り、みおにぴょこんと頭を下げた。

「あっ、この前のお人」

「案内して来た」

みおはそれで自分を取り戻したようだ。流石に恥ずかし気な風情で、

「中に入って下さい」

それだけ言って庵の入り口に歩みかける。

「尼さまが休んどってじゃ。くたびれとりんさる。邪魔かも知れんのう」

芳が止めた。

みおは振り返って顕忠の顔を見た。戸惑いの色である。顕忠もとっさの思案はなく、黙って見返すだけだった。

「それじゃあ脇頭、わしゃあ船に戻っとるで」

芳は間を置かなかった。二人で好きなようにと言うつもりだろう。顕忠の返事も待たず空き地から上の路へ駆けるようにして去って行った。

みおは凝然《ぎょうぜん》と立ちつくしていた。一別以来の挨拶、別れて以来の危難の数々、あれも聞いてもらいたいこれも話したい、草出から帰る道々、顕忠に語るべき言葉が頭の中に渦を巻いていた。だが思いもかけない出会い方に、我を忘れてすべての言葉がどこかに消し飛んでしまっていた。どうしょう。中では尼さまが休んでいる、芳のその言葉が単純に彼女を縛り、さりとての思案に迷い、立ちつくしていたのである。

無言のまま佇むみおの姿に顕忠もまた無言であった。迷っている風に見えるみおの心を計り兼ねた。彼女の都合と事情も分からないで、直ぐにはこうしょうという分別も浮かばず、彼も言葉の選択に手間取っていたのだ。

だが思考の前に、今の先、みおの体に触れた感覚のうずきが鋭く甦った。

「みお。顔をもっと、よう見せてくれ」

呼び掛けた彼の声はかすれたような声であった。

その声の響きに、ぴくりと肩が動いたように見え、同時に半身を見せていた彼女は正面に向き直り、かすかな笑みを見せた。

顕忠は彼女の言葉を待った。だが彼女は無言のまま、さっと近付き、彼の右腕にすがり、腕を組むようにして歩くよう誘った。

空き地を出た茂みの中に僅かな草地があった。暮れには未だ早く、陽に照りつかれ蒸れたような草いきれが顕忠の鼻をくすぐる。草の褥《しとね》の上に寝転びたい。彼はその誘惑に駆られた。

みおは先程のように、立ったまま顕忠に抱きつく。彼もまた固く抱き締め、顔を押しつけて唇を吸った。

彼女は直ぐに彼の口から逃れ、苦しそうにあえぎ、ずるずると崩れるように腰を落とした。膝を着いたが、彼の背に回した腕の力は抜かず、牽《ひ》かれて彼も中腰となり片膝をつく。その状態で彼は初めてまぎれもない彼女の顔と、まともに向き合ったような気がした。

彼は彼女の体に回していた腕をほどき、片手でその首を支え、片手でその髪を撫でながら、ようやく言葉を見つけていた。

「みお。みおじゃな。心配しておった」

彼はしげしげとその顔に見入り、あの入江屋敷で過ごした一夜のみおの顔と、目の前の顔とがはっきり重なり合うのを感じていた。

みつめられ、みつめ返し、みおの目に涙が溢れた。

「会いたかった」

切ない声のみおに、顕忠はその目に口を寄せて涙を吸い取った。

「大島の庄へ連れて参る。良い所ぞ。住居はある。弟は庄の下司じゃ。弟の嫁御がようしてくれる。何も心配は要らぬ」

そこで、彼女の答えを促すかのように唇を吸った。

「嬉しい」

彼女は両腕を彼の首に巻きつけ顔を引き付け、その頬へ唇を押しつけ、瞼にはわせ、彼の唇を割って舌を押し込んだ。

「な、このまま連れて行く。良いな、良いな」

顕忠の声が上ずる。

「抱いて」

みおがあえいだ。

草の褥の上で、無言の激しい営みの時が流れた。

顕忠は二度の精を放った後果てた。愉悦の声を殺し、耐えに耐えていたみおは、彼の二度目の精を受けると同時に悲鳴にも似た声を上げた。

彼が体をはがし仰向けに転がると、みおはゆっくり身を起こし、布を取出し彼の胸の汗を拭き、下半身のものを丁寧に拭い清めた。彼はされるがままにじっとしていたが、胸の中は言い知れない満足感にひたされていた。

拭い終わったみおは、やにわに彼の上体に覆いかぶさり、せわしなく彼の胸元をおしひろげてそこへ顔を埋め動かなくなった。自身もはだけて乳房を押しつけたままだ。快楽の余韻をなおもむさぼっているかのようだ。

いとしさのこみ上げて来る顕忠は、その背を優しく撫でていたが、

「みお」

不意にその名を呼んだ。他に言葉はない。いとしい思いが名を呼ばせた。

「あーい」

艶のこもった声だった。ゆっくり答えながらみおは彼の幅広い胸の上に臂《ひじ》を立てるようにして顔を起こした。

瞳を交わして、

「きれいだ」

顕忠は感に堪えた声で言う。

「嬉しい」

みおはせり上がって彼の首に腕を巻き、唇を押しつけて来た。

二度三度唇を合わせ、顕忠はもう一度言った。

「大島の庄へ連れて参るぞ」

みおは黙って更に唇を合わせようとする。彼は、それを軽くいなして、

「これから尼殿に挨拶を致し、わしは船へ戻る。明朝、夜明け前には迎えに参る。支度を整えておかれよ」

みおはそれを聞きながら彼から離れ、身づくろいをした。

それが終わっても彼女は無言のままであった。彼も立ち上がり、身なりを整え始めるのを見て、

「しばらく、ここにいて。体を洗って来ます」

みおは立ち上がり、すばやく茂みの向こうへ姿を消した。

直ぐ近くに小さな流れがあった。みおと桂秀尼は何時もそこで体を洗う。裾をまくり下半身

を水に沈め、手早く拭って、後は顔を洗うだけで済ませた。

もとの草地に戻ると、顕忠は腕を組んで黙然としていた。

「みお、わしが申したこと、性急に過ぎて不服なのか」

彼は若干機嫌を損ねているようだった。

彼の申し出に返事をしないみおの態度が気がかりだったのである。

「さ、庵の方へ参りましょう。庵主さまも、もう起きていなさるかも知れません」

彼の問いにも答えず、その語調にも気づかないかのように、みおは明るく軽やかな声で彼を誘い、そこに立ち止まることもせずすたすたと先に立った。


「庵主さま、戻りまいた」

「お帰りなされ」

「顕忠さまをお連れしまいた」

「先程お目にかかっております。私、お名乗りも聞かず、顕忠さまと一目で分かりました」

桂秀尼は誇らしげに言った。

「どうしてお分かりになって」

「みお殿から聞かされていた通りに見えました故」

「でも」

「この前見えた人と御一緒ですもの。伊予の方とあれば、間違いなく顕忠さま」

客である自分をそこにつっ立たせたまま、楽しそうに交わす二人の会話に、顕忠は大きな違和感と奇妙な不安に襲われていた。

庵の中は暗かった。女二人が向き合って座り、客を他《よそ》に世間話でもしている態。ほの白い二人の顔が空間に浮かび、一瞬、まるで化生《けしょう》の者のようにも感じた。

「卒爾《そつじ》ながら」

妄想を振り払うかのように、顕忠は大きな声を上げた。

その声でみおがゆっくり立ち上がり、

「私、粥の支度をします」

庵主に言った。

「それが良いでしょう。顕忠さまと三人で頂きましょう」

「いやお構いなく、それより先ずは庵主殿に御挨拶を」

みおは顕忠の傍をすり抜けて、笊に何か入れて外へ出て行った。

顕忠の挨拶を庵主の桂秀尼は黙って聞いていた。

「お聞き及びかと存じるが、紀州雑賀《さいか》の入江屋敷にて一夜を共にして以来わしは、みお殿と夫婦《みょうと》になろうと固く決めておりまいた。それが、行方《ゆきかた》知れずと知らされ、如何様にもして探し出す所存におざった。はからずも、わしの手下《てか》がこの地に無事と探し出し、ようやくこうして罷り越した次第におざる」

ついては、明日朝の出船に、みおを乗せたいと考えている。この願い是非にお聞き届け下されと頼んだ。

「みお殿のことはみお殿が決めます。私がとこう申すことはありませぬ」

庵主がやっと口を開いた。

「それでは、みお殿がついて参れば御異存なきと心得てよぅおざるな」

「みお殿に聞いて賜《た》もれ」

そのようなところへみおが帰って来た。粟を洗って来たようだ。

みおが何も言わないので、顕忠と庵主は話の接穂《つぎほ》を失ったように黙ってしまった。みおはそれを何とも感じないのか、鍋に笊の物をいれ、竈にかけて火をつけた。その動作を黙々と続けたのである。

火が入って、庵の中が明るくなった。その明かりを受けた庵主の顔を見た顕忠は思わず息を呑んだ。それまで暗くて気がつかなかったが、彼女は尼頭巾を取っていた。切り髪ながら、前髪が形よい額の片側にかかり、最初に見た彼女とは別人のように感じた。

そして背に戦慄に似たものが走った。

「これは」

低く洩らし、庵主の顔に見入っていた。

この世のものとも思えない美しさとはこのことであろうか。

静かな笑みを浮かべて庵主は顕忠を見返した。ろうたけて、か細くはかなげで、女の艶に溢れていた。

何時の間にか彼の後にみおが体を寄せていた。彼女は腰を曲げて彼の耳元で囁いた。

「庵主さまのお顔ばかり見ないで、お話して」

そして、くすりと笑った。

「申し上げる程のものは悉皆《しっかい》申し上げた」

立ち姿のみおを見上げて顕忠は不満そうに答えた。

「それよりみお殿の返事を早ぅ聞きたい。夕餉の支度はほどほどでおかれよ」

「手早ぅに済ませます」

「わしは船へ戻って食する。勝手じゃが、その手を止めてはくれぬか。庵主さまからは、みおの思いのままにとお言葉を頂戴している」

「せめて今宵は、ゆっくり夕餉を囲み、私の来し方も聞いて欲しい、大島での顕忠さまの、過ごされ様も聞かせ欲しい。そう思ぅております」

「それはこれから先、如何ようにも出来る。わしはともかく、大島庄へみお殿を連れて参りたい。その返事が欲しいのじゃ。こちらへ座って、ひとこと言ぅてくれれば良いことじゃ」

顕忠が殊更に性急になったのは、あの草地で返事をしなかったみおに、もしやの不安が胸にわだかまっていたからである。再会の嬉しさを全身で現し、あれ程の歓びに身を焼いたみおが、まさかわしの申し出を断るとは到底信じられない。そう思い込もうとしながらも、それからのみおの態度に不安は拭い切れないのだ。

「はい」

みおは素直に答え顕忠の前に座った。

「私、今はここを離れることが出来ません」

威儀を正して一呼吸した彼女は静かに言った。

「それはどう言う」

叫ぶように言いかけたが、そのまま声を詰まらせた。血が逆流するような衝撃だった。

「故あって、時が来るまでは」

「何の故ぞ。庵主殿が心配とは聞いておる。ならば、庵主殿共々参られよ。な、そうされい」

「庵主さまが動けないのです。その時が来るまで私も」

「ならば待とう。その時とやらは何時じゃ。一月、二月、半年か。待っても良い」

「それが何時になるやら見当もつかず。でも私、その時が来ればきっと大島へ参ります。顕忠さまがそれまでに妻《め》を迎えられても、私ははした女《め》となってでも顕忠さまのお傍にいたい。きっとそうします」

「わしが他の女に目を移すとでも思ぅてか」

「海賊大将の独り身はお困りになられましょう。みおはそれでいいのです」

鍋の煮こぼれる音で、みおはついと立ち、竈の前に行って蓋を取った。白い湯気が立ち上がって香ばしい匂いがひろごった。

「わしは明朝、手下《てか》を連れて参るぞ」

顕忠はみおの背に声を投げ付けた。力づくでも連れて行くという意志表示だ。

「それなら私、夜の内に庵主さまの伴をしてここを立ち去ります」

振り向いたみおは、蓋を手にしたまま、きっとなってそう返した。竈の火を受け、目がきらきらと輝いていた。顕忠はしばらくにらみすえていたが、

「分かった。ここは出ないでくれぃ。また、行方《ゆきかた》知れずとなられては途方に暮れる。ここにいるならば、また会いにも来られよう」

力弱くそう言った。

「済まないと思います。でも、そうしてもらえれば嬉しい」

「なれど、忘れぬ。生ある限りあきらめはせぬ」

みおは声もなく涙を流した。

二人のやり取りの間、庵主は黙って目を閉じたままだった。

「庵主殿、いかいお騒がせ申した。これにて去《い》に申す」

目を明けた庵主は、

「お気をつけてお行きなされませ」

何事もなかったような爽やかな声で挨拶を返した。その美しい顔に顕忠はやはり、ただならぬ怯えに似たものを感じていた。

「さらばじゃ」

みおに最後の言葉をかけると、

「送っていきません」

しゃくりあげながらそう言うのだった。

悦楽の余韻のように、体がうずいていた。未だ薄明かりの残る日暮れ過ぎ、顕忠は畑中の道を悄然と歩いていた。どうしてだ。どうしてだ。同じ言葉を頭の中で繰り返す。落胆は何時しか寂寥に変わっていた。胸に痛みを覚えた。顕忠が初めて味わう悲愁の感情だった。快楽の満足からの落差が惨めさを増幅していた。

「顕忠さまについて行かれて良かったのに」

桂秀尼は真面目な顔でそう言ったが、その声音にはどことなくからかうような響きがあった。

「いや。その言いよう」

「本当にそう思っています」

問い返して今度はにっこり笑っていた。

「庵主さま、きらい」

みおは小娘のようにすねた。

「困ったお人。折角掴みかけた女の幸せを、自分から捨てることはなかったのです」

「私今のままで不幸せではありません」

顕忠が去った後、みおはしばらくしゃくり上げていた。庵主桂秀尼は体がきついのか、その場に横になり、黙ってみおの泣く様子を見ていた。みおはそれに気づくと、立ち上がって夕餉の支度にかかった。二人が食膳につく頃にはみおも平常を取り戻したようだった。その様子を見て庵主の方から切りだした。

「私は一人で大丈夫ですよ。夜の明けぬ内に草出にお行きなさい」

「行きません。雑賀浦を出てからの思いは遂げました。庵主さまも私を行かせたくないから、顕忠さまの前では黙っておいでだった」

「まあ、みお殿は人の胸の内が読めるのですか」

「はい。庵主さまのことなら、何でも分かります」

「おお、こわ。でも違っていました。私、みお殿が顕忠さまと帰って来た時、何かわだかまるものを感じました」

「どういうこと」

みおは眉根を寄せて尋ねる。

「分かりません。分からないけど、みお殿の心の中で何かが争っているような。私が顕忠さまに御挨拶もせずみお殿に話しかけると、得たりと乗って来ましたね。それも妙にはしゃいで」

「庵主さまこそこわい。お見通し」

「何があったのです」

「何もありません。前に大島の人が訪ねて来たでしょう。あの時から、段々と考えるようになって、顕忠さまが見えたらこうしょうと決めていたのです」

食膳を片付け、竈の残り火も消して庵の中は闇になった。何時もなら、残り火をそのままに明かりとして暫くは話に興じる二人だったが、みおはわざと火を消し、桂秀尼もそれを止めなかった。

それからみおは、暗がりの中で告白を始めた。

「私、本当は自分でも自分が良く分からない」

彼女はためらうような声音だった。

桂秀尼を名乗っていた庵主の情けで時衆の遊行上人の同行につき従い、彼女の病から二人だけの道中になった。尾道までの同行。それを相言葉にしていた。そして妙な巡り合わせでこの道場に居つくことになった。みおは、病んだ桂秀尼から離れる気持ちにはなれなかった。恩返しのつもりだった。桂秀尼が元気になれば尾道へ行ける。それから私は一人で大島へ、それを片時も忘れたことはない。

ところが、桂秀尼が道場を庵に変え、庵主を名乗った頃から、みおの内部に微妙な気持ちの変化が生じた。道中の二人は常に離れることはなかったが、みおが草出に働きに出るようになってからは、日中の二人は離ればなれだった。離れていると、病の庵主のことがしょっちゅう気がかりで、働き終わると駆ける様にして庵へ帰った。それが、庵主の具合のいい折、彼女が食事の支度をして待ってくれるようになった。するとそれが嬉しくて、やはり帰りが急がれた。帰ってからも、日中の見聞がそれぞれに違う二人の間に話題は増え楽しかった。

それがある日、突然みおは、何のはずみか働いている最中に庵主の顔を思い浮かべた。長い間見慣れたその顔を、特に美しいと意識したこともなく、改めて脳裏に姿を見せるような覚えもなく過ごして来た。だがその時、彼女の顔を意識したとたん、みおは思わず吐息をついていた。遣る瀬ない気分だった。それは、雑賀浦で顕忠と別れて後しばしば彼女を襲った、顕忠への思慕の情に似通っていた。

それ以来みおは、朝、庵を出て夕に帰るまでどうかするとすぐに、桂秀尼の美しい顔、優美な挙措《きょそ》振る舞い、柔らかい声音《こわね》、それ等を何の脈絡もなく断片的に、ひょいひょいと思い浮かべるようになっていた。みおは自分でも可笑しいと感じることがあった。庵主さまがどうしてこんなにしよっちゅう胸に浮かぶのだろう。長い間二人だけで過ごし、こんなこと一度もなかったのに。今頃どうして。いぶかしいと思う自分の心の動きに、みおはしばらく経って思い当たることがあった。

何時ものようにみおは草出から帰り、その日の見聞を桂秀尼に話したのだが、商人がもたらしたというその話題に桂秀尼が珍しく興奮した。

みおは、自分の変化はそれから後のことと気が付いたのである。桂秀尼もそれ以来、日増しに快方へ向かったような気がする。

その時話題としてみおが伝えたものは、猿楽師の噂だった。伊賀の小波多《こばた》で、童が猿楽の座を創ったそうな。その童が美しゅうて巧者で声が良く、あのあたりで評判をとっているそうな。

ようだった。

ただそれだけの噂だが、猿楽は全国に愛好者が多く、この話は格好の話題として広まっている
これをみおが話した時、桂秀尼は、

「清若丸殿です」

即座に断言した。

「童故、守り立てる方々のあってのことでしょうけど、清若殿には芸のみならず、頭領の風も秘めてありと、私は見とっていました。名を起こすに齢《よわい》は問うところではありません。清若殿は次第に大きくなられましょう。そして新しい猿楽をきっとおつくりになります」

その時の桂秀尼は自分の言葉に自分が酔っているように、みおには感じられたものだった。

そして、これ程までに桂秀尼の心を奪うあの童、清若丸が羨ましかった。

それから大島の波平と偶然の出会い、そして彼が探し出してくれて顕忠の許へ案内すると言ってくれた。

みおの心が揺れ始めたのはそれ以来である。

顕忠が近い内、迎えに来てくれる。その思いだけで、体に熱いものがたぎった。会いたい。抱かれたい。その思いに偽りはなかった。だが、束の間の熱情の思いが去った後、みおは虚しさと淋しさに襲われた。いいようのない、切ないその感情は、やがて来る顕忠との再会の喜び

をも打ち消しそうな程に、日毎にふくらんでいくのだった。顕忠さまに従うということは、庵主さまとお別れしなければならないということ。私には耐えられそうにもない。今の私はこのままでいい。庵主さまと二人で、この上なく楽しい暮らしと思ぅている。でも顕忠さまとも暮らしたい。みおは自分で自分を計り兼ねた。

桂秀尼は時折、清若殿がきっと来てくれます。私はもうここを動きません。動けば、あのひとが探すのに困ります。うっとりとした表情でそのような言葉を洩らすようになっていた。彼女はあの童を、「あのひと」と恋しい男のように呼ぶのだった。みおはそれを聞く度、妬《ねた》ましい気持ちに駆られ、一層自分の思いを桂秀尼に傾けていくのだった。

「私、庵主さまが元気になられて尾道へお行きになるまでは、恩返しのお伴をと決めておりました。でも今は、ただただ庵主さまが慕わしゅうて、この庵を去る気持ちにはどうしてもなれない」

語り終わってみおは、暗い闇の中で桂秀尼の膝を探り、両手でとらえてその上に顔を伏せた。涙がとめどもなく流れはじめ、桂秀尼の膝を濡らした。

「みお殿」

桂秀尼はやさしくみおの背を撫でた。

「私もみお殿をいとしゅう思ぅております。私の難儀を助けてくれる大切のお人、それだけではない。あなたと暮らせるのが嬉しゅぅてならぬ。前にも申したように、今の私には南無阿弥陀仏は世すぎの方便、仏を忘れた破戒尼、ただの女となっております。人間の煩悩を口にしなかっただけなのです。私もみお殿が好きでなりませぬ」

「庵主さま」

みおは声を上げて、膝を掴んだ腕に力をこめて身をもんだ。

「みお殿、こうっと」

桂秀尼はやさしくみおの手をひきはがし、彼女の脇に手を伸ばしてその体を引き起こして自分の膝の上に乗るように誘った。そしてみどり児をあやすような形に横抱きにした。

「でも、気持ちが落ち着いたら大島へ行きなされ。今日の今日故、突然のことでみお殿は動顛《どうてん》して分別をなくしてお出、しばらくすれば我に返って行く末が見定められましょう。みお殿は海賊大将殿の室となられるよう、雑賀《さいか》とやらの出会いの時からの定めのように思われます。みお殿の旅は、私に出会うためのものではなかった筈。岩に裂かれた水の流れが、岩を過ぎると再び一緒になるように、顕忠さまと同じ流れの定めなのです」

彼女は噛んで含めるようにみおに言い聞かせた。みおは時折、いやいやと首を振っていた。

「私はもう一人でも大丈夫ですよ。この頃、体が余程立ち直って来たように思います。みお殿がいなくてもどうにか一人で」

「いや、そのような悲しいこと言わないで。みおはここ、離れません」

「今日、明日とは言いません」

「私、取り戻したいのです」

「何でしょう」

「私、雑賀の浦の長者に、大切な娘子《むすめご》の時を、奪われてしまいました。人並みの娘なら誰でも味わうような喜び、のびのびと遊び騒いで、先を思わずその日が過ごせれば良い、思いきり胸をふくらませて、それがしぼむまでの束の間の時。そんなものが欲しい。私、未だ二十二です。今からでも遅くはない。心だけは自在に、娘の時に浸りたい。まねごとでいい。その時の、思うがままの喜びを掴んでおきたい。終わりがあるものなら、その時期に大島へ行きます。お願い、それで良いと言って」

終わりの言葉は上ずって甘えた口調に変わっていた。

桂秀尼は黙って腕の中のみおの額を撫で、その掌で髪を優しくしごいた。

みおは身震いするように体をひねり、両腕を桂秀尼の首に回しながら、

「桂子さま」

甘く切ない声で彼女の名を呼んだ。清若丸がそう呼んでいたように、彼女が白拍子であった時の名で呼んだ。

「仕様のない人。どうしょう」

そう言いながら桂秀尼はみおを横抱きしたまま、崩れるようにその場へ横になった。

「清若殿が見えるまで。それまで、それまでで得心か」

桂秀尼も声を上ずらせた。

「あい」

くぐもった返事でみおは、彼女の首にまきつけていた腕を背に回して抱きしめた。

巻の二十四　甘崎城仕置《しお》き

今岡通任が甘崎城へ帰った。その日の内に大島の重平の許に注進が入り、彼はその旨を棟梁の師清へ言上した。だが数日経っても通任からは何の沙汰もなかった。

「棟梁への御挨拶、今一度御督促あってしかるべきかと存ずる。その使者、この度は顕忠に命じて下され」

「放うっておこう。差し支えないではないか」

顕忠の進言に師清は笑って答えた。何も気にかからない様子だ。

「差し支えはあり申すぞ。今岡通任殿は村上の一門。それが棟梁をないがしろにしては、他所への聞こえもあり申す。また、放置されては通任殿に見くびられる恐れもあり、それがまた逆心を抱かせる因とも成りかねず」

「事あればその時の仕置きで事は足りよう。厭がるものを無理やり引きずり出すようなまねをしても、余計反発を招く結果になりはせぬか。私は時をかけて、自ずから和み合える折を待つつもりでいる。通任殿は村上の姉婿、私は妹婿だ。室同士の血の繋がりが、いずれは互いを引き寄せ合うこととなろう」

のんびり構えて乗って来ない棟梁に顕忠は業をにやしていた。

大三島の参詣は村上の名乗りであり、棟梁の宣言として世に聞こえた。それだけに、一門の今岡通任の処遇を周囲は注視していた。通任の扱いは師清の、村上の棟梁としての器量定めとも言えた。通任をのさばらせるようでは村上が見くびられることとなるのは必定。田浦沖で師清が鎌刈船を乗っ取った武勇は広く知れ渡っているが、あの時通任は、村上船隊と合戦に及んでいない。今岡通任は水軍の達者として、今でもその名は落ちてはいないのだ。

かてて加えて、大三島の参詣は済ませたとはいえ、伊予の名門河野家への挨拶は未だ残っている。村上義弘は河野家の客将として会釈を受ける身分であった。元を質せば村上は河野一門でもあった。村上義弘の娘を娶り、その名跡を継いだ以上然るべき挨拶は当然のことである。今岡通任の処遇を放置したままではその挨拶が叶わなかった。

このような事情があったにせよ、このところ北畠顕忠は苛々と落ち着かなかった。草出に出掛け、みおを連れ帰るつもりが断られたせいである。彼の脳裏には、あの草出の外れの朽ちかけたような草庵で対面した、桂秀尼の凄艶《せいえん》な顔がしばしば浮かんで来た。あの折に見ただけの彼女なのに、ともすればみおの面影がかき消されてしまう程強烈に、瞼に焼き付いているかのようだ。薪の炎に照らされた白い顔、目元口許に香気の漂うような清々しさを思わせながら、それでいてぞくりとするような女の艶をにじませている。あれは魔性の女ではないのか。みおはあの女の美しさに魅入られてしまっているのだ。顕忠は腹の中でうめくようにその言葉を吐き出していた。

みおと桂秀尼二人の見せた様子、言葉の端々に滲んでいた細やかな情の息使い、あの二人はただならぬ仲と見た。あの中にわしの割って入る余地はないのかも知れぬ。だが顕忠はみおをあきらめる気はさらさらない。草いきれの中で女の悦びを忘我の境に見せたみおの、時がくれば、の言葉、必ず参りますと言った折の目、顕忠の想いはそれにすがっている。

みおがあの尼御前《あまごぜ》に魅入られているものならば、わしはみおに絡め取られているようなものだな。自嘲めいた言葉を、独り声に出してつぶやく顕忠だった。

顕忠は悶々とし、懊々《おうおう》と胸の晴れないのを紛らわせようとして、何かと心を移すものを見出して忙しさに身を委ねようとしていた。

重平に謀ったが、通任に関しては彼も煮え切らなかった。短兵急な通告が通任を怒らせ、その皺寄せが室の桔梗へ当たることを心配しているのだ。甘崎城内の珍《うず》の者から動向を知ろうとするが、城内では村上の名さえ囁かれることもないと言う。通任が何を考えているのかさっぱり分からない、重平は手をこまねくだけだった。

「棟梁。わしが物見がわりに甘崎へ乗り込もうと存じる故、御下知を」

しびれを切らせた顕忠は師清にそう申し出た。

「乗り込んで何とする、顕忠殿」

師清は相変わらずのんびりとかまえている。

「通任殿が胸の思案、悉皆《しっかい》承って参る所存におざる」

「そうだな、それも一つの手だてか。通任殿が会ってくれればだが」

「有無を言わせずまかり通る所存。さくらの方とは違うて、手下《てか》を相応に使ぅて」

「勇ましいぞ顕忠殿。だがそれは駄目だ」

「何故におざるか」

「私は穏やかに事を運びたい。桔梗の方のこともある。桔梗の方はさくらの姉君だ。時が経てば通任殿の気も変わろう。今は田浦沖のこともある。手の平を返したように村上に摺り寄るのも面映ゆいだろう。時を待てば良い」

「そうは申されても、待てぬ時もあり申す」

「分かった」

師清はあっさりとそう言った。

「は」

「こうしょう。私が甘崎へ出向く」

「棟梁、それはお待ち下され。棟梁がお出向《しゅっこう》等とは本末転倒と申すもの」

「大袈裟に考えずと良いではないか。さくらの婿が姉婿殿に挨拶に参る。これなら世の常の道理、誰のそしりを受けることもあるまい」

「成らぬ。それは成りませぬぞ」

顕忠は声を高くした。

「通任殿の人となり、棟梁にはようお分かりに非ず。高慢のお人故、それでは棟梁を見下し、逆に跳ね上がるは必定。そのようなことなされては、後々反ってこじれる因となり申そう」

「いや、私は決めた。重平殿にその旨伝えて欲しい。通任殿が如何様に出ようと、ともかくそそれで器量が計れる。その上で、棟梁としての沙汰を申し渡そう。通任殿が如何様に出ようと、ともかくい方が良いのではないか、さくらからもそう言われていたところだ。そうしよう。早速、支度を整えてもらいたい」

棟梁甘崎城訪問と急に方針が決まり、宮窪の浜は緊張に包まれた。手下《てか》の者は一様に、これを合戦と受けとめたのである。訪問の名目であっても、今岡通任がすんなり受け入れるとは考えられない。誰もがそう思っている。

だが棟梁の下知は彼等が待ち受けていたものとは外れていた。

棟梁は、さくらを娶った者として、姉婿たる通任殿に御挨拶に罷り越すと、手下一人に文を甘崎城へ届けさせただけで、人数集めのことは更になかった。

折り返し通任からは承諾の返事に添えて、甘崎は手狭故、師清殿と手下一人だけお迎え申そう。室殿にお喜びを言上したいが、それは後日当方より宮窪へ参上の節に。その申し入れがあった。

師清は此度のことはあくまで身内のこととして処理するつもりであった。村上の棟梁として軍船を仕立て、手下を引きつれての参上は全く考えていなかった。小船に水夫だけを伴に、さくらと二人気軽に訪れるつもりであった。姉婿、妹婿の誼を通じた話し合いの中で今後の相談が出来れば良い。通任を立てるべき所は立て、譲るべきは譲る。それが村上再建の基盤を強固なものにするだろう。彼は姉婿を敵対視することは気が進まなかったのだ。

ところが返書を読んだ後家殿とさくらが、馬鹿にするにも程があろう、村上の棟梁を何と心得ると怒り狂った。棟梁の室であるさくらの同席を拒んだことが彼女達を逆上させたのである。師清は親戚としての交流を求め面会を申し入れた。師清が村上の婿となって初めての対面である。その挨拶の場に室のさくらを同席させないとは如何にも道理に背く理不尽な返答である。かてて加えて、こちらの伴の人数まで指定するとは無礼な話だ。これは棟梁の立場でなくとも腹にすえ兼ねる、彼もまた心中穏やかではなかった。

重平と顕忠が直ぐに屋敷へ呼ばれた。これは師清の個人的な感情で処理出来る問題ではない、師清はそう判断したのである。

その返書を見せられて重平が先ず叫ぶように言った。

「罠じゃ。罠におざるぞ棟梁。さくらちゃ、いや、さくらの方を同道させぬとは、さくらの方がその場に居合わせてはやりずらいことのあるしるしじゃ。お止めなされ」

「かも知れぬな。私も重平殿と同じことを思った。さくらを外せとは、桔梗殿に憂き目をみせぬためか。手下《てか》一人とわざわざあるのは、重平殿か顕忠殿いずれか一人のつもりだろう。この一人と私を捕らえれば、村上はどのようにもと。見えすいている。然し見えすいているだけに私は腑に落ちないのだ。このような条件を出せば、誰にでも魂胆は悟られるだろうし、それに対して相応の支度でかかるとは推量出来る筈だ。それを承知でこの返書は一体何だろうと思う。何のやましい魂胆もなく、単純に大袈裟なもてなしが出来ないというつもりなのか、こちらが何等かの対応策を講じるものとして、それをねじ伏せる秘策を持って村上を挑発しょうとしているのか」

「恐らくはその後者と存ずる。鼻繰の瀬戸に軍船を伏せ、棟梁の船が過ぎるを待ち後を押さえ、前からは甘崎から船を繰り出して来る目論みかと。意図するは船合戦と読み仕った」

顕忠が答えた。

「先のように塩飽の合力を頼み、船団を組んで鼻繰へ入るとは、通任殿は考えないのだろうか」

「村上が大三島参詣のこと広く知れ渡っており申す。恐らくは通任殿、その折の船備えを伝え聞き、村上には船なきものと高をくっておざるに相違なし。仮に、合力の軍船入ると聞けば、再び城を退去のつもりにおざろう。逃げ足は早いお人故」

「で、顕さぁはどうがええと思ぅとる」

重平が口を挟んだ。

「知れたこと。今一度塩飽を頼み、村上の勢いを見せつけ慴伏《しょうふく》させるまでのこと。ともかく、棟梁は意のあるところは伝えられた。それに対するこの返書は無礼極まる。これは明らかに通任殿の挑発じゃ。一もみに押して甘崎を乗っ取るが上策じゃ」

「私も顕忠殿のお考えが良いと思います」

さくらが顔を上気させて声を上げた。

「許せない。通任殿は私を見下そうとしているのです。私を見下すということは、お屋形さまをないがしろにすることです。そのようなお人、もう身内とは思いません」

さくらは師清をお屋形さまと呼んでいる。後家殿が、義弘にならってそう呼ばせているのだ。師清は、屋形が建つまでは師清と呼ぶようにと言ったが、女には女の思いがあるのであろうと、強いてはこれを止めさせないでいる。

「一寸待てやぃ」

　重平は顕忠にそう言い、その顔をさくらにも向けた。

「塩飽に頼むと言うて、今はそう小みやすうはいかん。とにかく、わしが探って見る。今岡の魂胆が幾分なりと分かるかも知れん」

「じゅべちゃの言う通りです。大がかりに事を運ばぬ方が」

　後家殿がそれだけ言った。重平の言葉で直ぐに、村上の内証に思い当たったらしい。手許が苦しいことを彼女はよく知っている。村上が動員出来るのは未だ野島の衆だけだ。北畠顕成討ち入りの際のような勢は持てない。だが、重平はそれには触れず、

「棟梁、向こうへ言ぅて遣るのは一寸、ええつうと、二日待って下され。その間に凡《おおよ》その見当を掴み申すで」

「分かった。だが、参上仕ると申し入れた以上私は必ず行く。方々もそのつもりでいて欲しい」

　師清は穏やかな口調だったが、毅然とした態度でそう言った。

　翌日矢継ぎ早に通任から通知があった。明後日、辰の上刻御来光を待つ旨が記されていた。

「上げ潮じゃ。大三島回りの手か。通任殿にしては見えすいたことを」

　それを見せられた顕忠は即座に言った。

上げ潮で鼻繰の瀬戸を北上する潮は瀬戸を抜けると南下する潮と合体して東に流れる。上げ潮の時、大三島の西側を北上した潮は大三島の北端を回って島の東側を南流する。これが鼻繰瀬戸を北上して瀬戸を抜けたところで合体する南下の潮だ。同じ潮を利用して甘崎に入ろうとすれば、鼻繰の瀬戸を北上する航路と、大三島と生口島の間の水路を南下する航路と二つある訳である。顕忠が見えすいたことと言ったのは、通任が密かに与力の船を頼もうとすれば北上する船隊に気付かれないよう、南下する流れに乗れば良いという意味だ。通任がわざわざ上げ潮の時刻を指定したのは、それが鼻繰の瀬戸に入るに楽だから気を使ったようにも見えるが、伯方島を一周して逆潮で来る筈がないと、高をくっているようにも受け取れた。疑えば、何やら魂胆ありそうにも思える。

だが重平の調べさせたところでは、この一円で、今岡通任に加担の噂も、それらしい動きも全くなかった。この前は鎌刈が通任に加担とは予想もしなかったし、通い慣れた航路を通常の航行と見て遅れをとった。重平はその二の舞は踏みたくないと念を入れていた。

「甘崎には、小早三ばいに関船一じゃ。後は漁船が十三。したが、小早の二はいは繋がれたまま。漁船の半分も同様。乗組みがおらん。通任殿は此度の帰城の際、この前傭ぅた水夫は皆、国へ帰したようじゃ。あの甘崎の中に長い間置ける人数には限りがある。どうやら通任殿には、今村上と一戦のつもりも支度もないと見て良いのではないか」

それが重平の判断だった。

「支度がのぅてなお、棟梁を棟梁と思わぬ不遜の返事。やはり何か企んでおるぞ」

顕忠は自分の直勘に固執していた。

「日取り他は当方より沙汰致すと、差し当って使いを遣られては如何か」

彼は師清に進言した。

「同じではないか。企むつもりなら、向こうの日取り、こちらの日取り、どれをとろうが大差あるまい。私は通任殿の誘い通りに乗ろうと思う」

師清は何を考えているのか屈託なさそうに答えた。

「手下《てか》を一人、水手《かこ》を二人選んでおいて欲しい。漁船でゆるゆると行くぞ」

「棟梁、御伴はこの顕忠が」

「いや、顕忠殿は残られよ。留守中にどのような仕事が入らぬとも限るまい。身内の話に顕忠殿を煩わせては、棟梁としてしめしがつかぬ」

「身内話と仰せあっても、これは村上の大事、微力ながら顕忠が棟梁の警固《けご》仕る」

顕忠は引き下がらず、師清が根負けの態で結局同行することになった。

「棟梁の側は顕さぁに任せるとして、警固は警固として出張りまするで」

重平がすかさず口を入れた。

「ならぬ。重平殿それはならぬぞ。生じっかの警固を連れておれば、向こうも兵を揃えよう。さすれば、角突き合わせる道理、互いに何時大怪我をせぬとも限るまい。無勢であれば向こうも牙は剥《む》かぬ」

「棟梁、野島には隠れ警固の法があり申す。相手に悟られず、味方に気ぶりも見せず。万が一の出来《しゅつらい》なけらねば、その備え無かったも同然。後々の障りもこれなし」

「偽計は気が進まぬ」

師清はにべもなかった。だが重平は執拗に食い下がる。

「だますのじゃあない、これは備えというもんじゃ。棟梁、これだけは聞いてもらわんにゃぁならん。わしら手下にゃ、棟梁を護り抜かにゃならん務めがあるで。棟梁の体はもはや師清殿お一人のものではないで。村上全体のものじゃ。己れが己れを護るように、棟梁を護るは村上を護ること、手下にとっては我が身を護るに同じこと。御料簡あって下知を下されや」

「重平殿、ちと大袈裟ではないか。私は身内の挨拶、ただそれだけの軽いものに思っている。通任殿が私と手下一人とわざわざ言ぅて来たのは、多分警戒してのことだ。そこで私は害意のないことを示すためにそれに従うつもりだ。これは信義の問題だ。重平殿の探りでも、今岡には何の支度もないというではないか」

重平は黙ってしまった。これ以上言い募ろうとすれば、今岡通任が如何に信用のおけない人物であるかを言い立てることになってしまう。身内の処理と言い切っている棟梁にその身内を悪《あ》し様《ざま》に言うのは、流石《さすが》に憚りがあった。同じ身内の後家殿とさくらもいることだ。

「母君もさくらも、通任殿の無礼をとがめるのは今しばらく堪忍されよ。私が会ぅた折その真意は聞き質そう。だがそれよりも、通任殿を一門として如何に迎え入れるか、肝腎なはそのこと。通任殿と村上の確執を取り去ることが第一義と考えている。通任殿が姉婿としての面目を保ちたいならそれでも良いではないか。一門として棟梁幕下に入るなら、身内の間で姉婿殿の面目は立つように計らおう。ま、私は簡単にそれだけのことで参上の挨拶に出向くつもりでいる」

後家殿は終始うつむき、師清の顔を見ようとはしなかった。さくらは不服そうな顔で師清を見すえていたが、これも次第にうつむいて、唇をかんでいる様子に見えた。

師清と顕忠は手下《てか》二人を漕手として漁船に乗り、その夜の内に早川の浜へ渡った。宿を頼まれた早川の辰は突然のことに驚きながらも、明日早朝に甘崎へ出向くと聞かされて、血の気の多い彼は浜を挙げて警固《けご》の伴をすると言った。うっかり近付けば今岡が何をするか知れたものではないと、宮窪の伴がないのを不審がりながらも、これまでの鬱憤を晴らすのに良い折と思ったようだ。彼は棟梁に馴染みが無いながら、顕忠との近しい仲で、彼と二人で甘崎へ討ち入るくらいの気になっていた。

辰を説き伏せなだめるのに一苦労したが、辰の刻に鼻繰の瀬戸へ入るには、宮窪から二人で漕ぐには難儀だ、どうしても下げ潮の間に早川までは出ておかないと無理なのでこうなった。師清は単純に宮窪から鼻繰へと考えていたようだが、未だ潮の流れと漕ぎ手の人数の割合、所要の時刻等、思慮はいたらなかった。早川泊りで、浜の者に無用の負担は掛けたくないと主張していた位だ。それに宮窪以外の者に知られて大袈裟に受け取られたくない気持ちもあった。潮の流れを先ず考えねば何事も始められないと、師清もようやく得心したようであった。

翌朝、卯の下刻、鼻繰の瀬戸に取り付き、辰の上刻には何事もなく甘崎の東側の僅かに凹んだ入江に入った。甘崎は渺《びょう》とした小島である。だが瀬戸の北部分の広い水域と伯方島生口島の間の水道が全て見渡せる位置にある。この水域を監視するには絶好の場所だ。鼻繰に入って北西に大きく曲がった部分を通り抜けたあたりから、船はずっと監視されていた筈である。入江には将船と小早が繋がれていた。

岩の多い岸に近寄るまでもなく、岸へばらばらと五、六人の人影が現われ、手を振って着岸の場所を示した。

人数は物の具を着けた武士達である。船を着けると頭立った一人が、

「御案内仕る」

短く言って頭を下げた。慇懃ではあったが、笑顔一つ洩らさない緊張した面持ちであった。漕ぎ手の手下《てか》は船から下りることも止められた。

坂になっている小径をとろとろっと上がった所に、さして大きくはない広場があった。広場の両側は立ち木と草叢《くさむら》だが、どうやら斜面になっているらしい。その向こうに城門が見え、口を開いている。建物は海上から望見していたが上がってみると思ったよりも大きく感じられた。城主の家族に配下の者が寄居しているのだから当然のことではあるが、島の広さからは一寸想像出来ない大きさだ。島の立ち木に隠れ、海上からは大部分が見えない作りである。

広場へ出ると直ぐ、先導の武士は足を早め、並んで歩く師清、顕忠よりも五、六歩離れた。後に続く武士達は逆に遅れ、距離をとった。

気配でそれと察した顕忠が後を振り向こうとしたとたん、師清が肩擦《す》れ合う程についと寄ってきて、

「顔を動かすな。立ち木に三人草叢にも半弓。手向かい無用」

彼もまた行く手に目を向けたまま、つぶやくようにささやき声で言った。

顕忠も異様な気配は感じ取っていたが、何も確かめてはいない。彼は師清の目の素早い鋭さに驚いた。

それから直ぐ、二人が広場の中央あたりにさしかかった時、事態は分明となった。

「そこにて止まられよ」

先導の武士が振り返って叫んだ。

向こうの城門から大兵の武士が姿を現した。具足をつけ袖なしを羽織っている。頭には鉢巻きを締め、手には軍扇を持った厳しい格好だ。その後に続く十二、三人の配下も悉く合戦のいでたちである。

師清は直垂に侍烏帽子、顕忠は小袖にくくり袴の普段の衣装だ。

大兵の男は随分遠いあたりで歩を止め、

「これはこれはようわせられた。今岡通任におざる」

大音声《だいおんじょう》で名乗った。

師清は彼に向かってにっこりと笑って見せたが口を開かない。

通任はしばらく師清の言葉を待っていた様子だが、無言を続ける師清にしびれを切らしたと見え、

「掛かれい」

後の配下に軍扇をふった。
五、六人が槍を構えてばらばらと駆け寄って来た。同時に先導していた武士が、
「あれ、見られい」

そう言って近寄って来る。立ち木に三人、草叢より三人、半弓に矢を番えた武士が姿を現した。

「腰の物を預かろう」

彼は二人から刀を取り上げた。そこへ槍をきらめかした兵が駆け寄り二人の周りを取り巻く。出迎えに出ていた武士達がその槍ぶすまの中へ割って入り、綱で立ち姿の二人を縛り上げた。それを見届けて通任は悠然と歩み寄って来た。

「師清殿、初にお目にかかる。待っており申したぞ。師清殿には跳躍の技がおありとかで、遠くの方より無礼仕った」

「豪勢なおもてなし恐縮に存ずる」

師清は初めて口を開いた。笑っている。それが通任の癇《かん》に障ったのか、彼は不機嫌な顔になった。

「やい、顕忠。野島の者と遊んでおれば良いものを。北畠とか大膳大夫とかこけおどしの名を名乗りおって、村上の再建とやら、さくらの婿やらと、要らざるまねに励みおった、ゆきついたのがこのざまよ。分にもないことと、己れの所業思い知ったか」

通任は腹立たしさを投げつけるように顕忠を罵《ののし》った。

「いい気になるな通任。このままただで済むと思ぅてか。北畠は鎮守府将軍顕家卿より、一門の末に加えられ賜った名ぞ。妬ましいか」

顕忠も声を荒げて言い返す。

「ほざくな。名は何とでも称《とな》えい。おことの言う通り、わしもこのまま済まそうとは思ぅておらぬぞ。良いか顕忠、こうしてしばらくは辛抱じゃ。支度が整うたら宮窪へ押し出す。野島の奴原で手向かう者はみな殺しにしてくれるわ。その時おこと等は矢面に立つべく舳先《へさき》にくくりつけよう。それで万事決着。どうじゃ。村上の後家殿にも今度ばかりは有無を言わせぬ」

通任は太々しく言い返した。師清と顕忠を楯にしょうというのだ。

その時である。

「動くな通任。首筋を射ぬかれると思え」

甲高い女の声が広場に響いた。

「槍を捨てさせ刀を放らせよ」

その言葉が終わるか終わらないかに、声の主は立ち木の枝からひらりと地面に飛び降り、半弓の矢をぴたりと通任に向けた。

小袖に短袴《みじかばかま》、放ち髪に荒縄の鉢巻き、裸足《はだし》でじりじりと迫ってくるのはさくらだった。

「さくらか。何を血迷ぅて、そのようなひょろひょろ矢でわしと渡り合えると思ぅてか、師清殿も良い嫁を迎えられた。矢面に立つに良い連れ合いが出来申したな」

「言うな、通任。観念せぃ」

叫ぶようなさくらのその言葉が終わると、

「馬鹿たれが。よぅ見ぃ」

太い胴間声が響いた。野島の手下《てか》の大作だ。柄の太い鉄の熊手を持っている。同時に広場の両脇の草叢から一斉に、

「おうー」

と声が上がり、手槍、鉄の熊手等の得物を手にした漁師が飛び出してきた。いち早くさくらの後に駆け寄ったのは波平である。立ち木の枝に武士の姿はなく、漁師が半弓に矢をつがえ、通任一人に狙いを定めていた。

「通任殿も刀をお捨て。私が矢を放てば、他の者も同時にその首に射こむ。猶予はせぬ。即じゃ」

立ち木の枝に姿を現している半弓の数に、通任は伏せていた配下達の運命を悟ったようだ。

「分かった。皆の者、得物を捨てぃ」

彼は配下に声をかけ、自分も腰から刀を抜いて地面にどっかと座り、刀を前に置いて、

「早ぅ縄を解いて差し上げんかい」

その場に茫然とつっ立ったままの配下にどなった。

それを見るより早くさくらは駆け寄って通任の刀を取って遠くへ押しやり、

「ようもお屋形さまに縄をかけおって、こうしてくれる」

彼女は手にした半弓の端でいきなり通任の顔面を打ちすえた。

通任は逃げもせず不敵に、にやりと笑った。

「たわけ。控えい、さくら」

師清が叱咤《しった》した。

「通任殿は兄者人なるぞ。それに誰の許しを得てここへ乱入せしぞ。出過ぎておろう、控えよ」

威厳があった。さくらは師清を見上げて恨めしそうに唇を噛んだ。

「寄るな」

師清が次に大喝したのは、おろおろと彼に取りついた兵が縄に手をかけた時だ。

腕ごと縄で五、六回巻かれたままの彼はその姿で通任を見下ろした。

「奇妙な対面におざるな兄者人。鼻から血が流れておるぞ」

師清は笑いを含んだ声だ。

「初対面の座興におざる。棟梁の御器量の程、拝見仕りとぅて仕組み申した。他意はおざらぬ」

通任も、しゃあしゃあと言ってのけた。

「然らばお目にもかけようぞ」

師清はそう言って軽く目を閉じ、両股を開いた。

呼吸を整えていたと見えるや、

「ええいっ」

烈帛《れっぱく》の気合いを放った。とたん縄はちぎれ飛んで、師清の両臂を張った形が残った。

周りの兵達は驚嘆し、その外の漁師姿の間に歓声と拍手が上がった。

「さくら、顕忠殿の縄を」

今度は優しい声だった。さくらは小刀を抜いて顕忠の縄を切りほどいた。

野島の隠れ警固《けご》が役に立ったのである。重平の読みが当たっていたとも言える。

師清が宮窪を出船した後の夜半、重平は手下《てか》の精鋭二十人を波平に託して小早に乗せた。さくらはその時重平の制止も聞かず、半弓と矢を持って乗り込んだ。小刀まで腰に差し、必死の様子だった。さくらは半弓の名手である。重平は仕方なく小船の曳航《えいこう》を波平に命じた。手下と同一行動は無理なところがある。波平は重平の意図を直ぐに呑み込んだ。

小早は下げ潮に乗って伯方島の東側を回り、甘崎の直ぐ北にあたる大三島の海岸に取り着き刻《とき》を待った。

暁闇《ぎょうあん》の頃、潮がよどみ始めると手下達はばらばらに海面に飛び込んだ。得物を背に負い、頭に藻を乗せている。全身が波に隠れると、海面に浮かぶ流れ藻のさまに変わらない。泳いで甘崎の岸に着く。そのあたりは岩ばかりで船は取り着けない。

頃合を見て、残された小船も発進した。小船にはさくら。手下二人が漕いでいた。さくらは自分も皆と一緒に泳ぐと言ったが、これは波平が許さなかった。これ位の海上、泳いで渡れぬさくらではないと波平は知っていたが、ただ泳ぐだけではない、岸に着いた時何が起きるか、不測の事態が生じた時、さくらの体力では対処出来ないと分かっている。重平が小船の曳航を命じた時、これだけはさくらの言い分は通してならぬと決めていた。

すべては順調だった。甘崎の珍《うず》のものとつなぎが取れて、通任の計りごとも分かった。上げ潮に乗って大三島を回って来る合力の船の恐れもない。刻が来るまでに、通任の配下の配置を一人余さず密かに調べ、波平は襲撃の手筈を整えた。だがそれはあくまで、今岡方が棟梁を襲うまで手出しはならないことだった。伏勢を配置しても、それがあくまで備えに過ぎないものである限り、こちらから挑んではならない。それが隠れ警固である。棟梁と通任の会見が何事もなく行なわれて、棟梁が無事甘崎から離れることが出来れば、隠れ警固は誰にも悟られぬよう流れ藻となって引き上げるのだ。波平は重平から、決して逸ることなく事を見極めるよう厳重に申し渡されていた。

「村上の者はここより退《ひ》けい」

師清は周りを見渡して下知を下した。手下達《てか》はその場に膝をつき、頭は下げたが動こうとはしない。

さくらはつっ立ったままだ。

「さくらも行けい」

「私はお屋形さまのお伴で城内へ参ります」

「ならぬ。招きなされた方にはそれなりの思惑あってのこと、さくらはこの次の折にせい」

さくらは返事をしない。

師清は膝をついた者共に視線を移し、

「棟梁の下知である。すみやかに」

と催促した。

波平が顔を上げて顕忠に視線を送った。顕忠は僅かに頷き、目で何かを伝えた。

「ははあっ」

波平は師清に一礼して立ち上がり、

「散れっ」

と手を振り、さくらの傍に寄って彼女の手を取り、ひきずるように駆け出す。手下は両側の茂みの中へ、あっという間に消え去った。

その消え方を見て顕忠はにんまりと笑みを浮かべた。以心伝心、顕忠の目の合図は確実に波平に伝わったと見た。棟梁がこの島を離れるまで隠れ警固《けご》は続く。それに気づかぬ通任ではない。最早無用の手は出さぬであろう。

その安堵の気持ちに油断があった。彼の背後で投げ槍の構えを取ろうとした武士がいた。狙いは彼に定めている。その腕が槍を投げるため引かれようとする寸前、流石に顕忠、異様の気配を察して振り向こうとした。

その間一髪の時、師清が飛鳥のように飛んだ。

槍を構えていた武士は仰向けに蹴倒されて口から血を吐いた。その側に立った師清は、

「通任殿、お望みの故に技を披露した」

通任に声をかけた。師清は向かい合っている通任が、彼から目を逸らし、彼の背後に向けて目を動かしたのを見逃さなかったのだ。怪しいと見て頭を回した瞬間、構えた槍を見て、思考の先に体が飛んでいた。

師清の足元で、苦しそうな声が上がった。

「棟梁殿、すべてはわれら一存のはからいにおざる。報いのとがはこの身に受け申す」

その武士は船着き場に出迎え先導した者だった。

「もう良い。誰ぞ手当てを」

師清の声で今岡の配下が彼に駆け寄った。

「や、舌を噛み切った」

抱き起こされた彼の顔を見て師清は驚いたように叫んだ。

「舌が喉をふさがぬよう指で掴めよ。血を吐かせい」

師清が指示したが、彼は既にこと切れていた。

「私の蹴りでは死なぬ。僅かな手当てで旧に復するものを」

彼は暗然としてつぶやいた。

「ともかく城内へお越しあれ」

今岡通任は何事もなかったかのように平然と声をかけて来た。

「通任殿への御挨拶はこれまでのことで相済んだようにも思うが、折角のこと故、姉君桔梗の方へお目通り願ってからお暇申し上げよう」

師清も直ぐに平静な声音でこれに答えていた。

城内の広間には桔梗が侍女三人を従えて待っていたが、対面の言葉も交わさぬ内、桔梗はわっと泣き崩れ通任の言葉に耳もかさず、師清の名乗りも聞かなかった。

彼女はさめざめと泣いた。時折涙の顔を上げて、師清に何か言おうとしながら、直ぐ胸がせき上げると見え言葉にならなかった。

「通任殿、お方殿のお気持ちがおさまった頃、改めてお目にかかると致したいがよぅおざるか」

通任は腕を組んで憮然としたまま取り成すこともなかった。師清は手をつかね、遂に辞去を申し出た。

「酒肴も整えておざるが、わが室がこれではおもてなしもならず、誠に心苦しき仕儀におざる。なれどここはお申し出のよう、再度の御来光をお待ち申し仕ることと致し申す」

通任は薄笑いを浮かべながら言ってのけた。


「か細くも美しき女性《にょしょう》であるな。重平殿の、どのようにしてでもと、かばいとうなる気持ちが良く分かった」

師清は帰りの船の中で感に堪えたように顕忠に言った。

「あれで、よう通任の室が勤まるものと不思議な気がしており申す。尤も、芯は強いお方のような気がしており申すが。今日は格別。通任殿のたくらみがくだけ、棟梁の怒りを如何に和らげるか、その魂胆のようにも見受け申したが」

「顕忠殿はきびしい」

師清は笑った。

「私は人の心の奥を余り詮索《せんさく》はしとうない。その時々の顔と言葉を素直に受け取りたい性《さが》だ」

顕忠はそれの批判は避けた。順なお人だろうと思う。それはそれとして、わし等が余程気を配っておかんにゃ。今日のことがちったぁこたえなさってておれば良いが。つくづくとそのようなことを思うのだった。

順といえば顕忠も純な男だ。桔梗が泣き崩れる様子に、彼は思わずその姿に、別れる時のみおが泣いた様を重ねていた。だが彼は直ぐに、妄念を振り払うかのように通任に視線を移してにらみつけていた。この事態の中で棟梁を警固《けご》すべき武将が、女々しい思いに捉われる等とは。彼は内心に恥じるものがあったのである。

今岡通任も流石に船で後追いの挙には出なかった。尤も、瀬戸の何処に船を潜めているやも知れずと、疑心暗鬼も生じて手が出せなかったのかも知れない。仮にその気になって船を出そうとすれば、村上の手下《てか》は船腹に穴でも空けるだろう。手下は最後まで棟梁の安全を監視している筈だ。顕忠にはその安心感があった。

「村上の船は見えないな」

商船が三ばい視野の中にいる。岸近くには漁船がちらほら浮かんでいた。

「こちらと違ぅて、一休みなしに一気に戻るつもりにおざろう。鼻繰は下らぬのではないかと」

師清がのびやかな声で尋ねるのへ顕忠は神妙そうに答えた。

小船は来た航路をそのまま逆に帰る。早川で一息入れて宮窪に向かう。さくらや波平以下の者は棟梁の出船《しゅっせん》を見極めた上で引き上げる。小早の係留場所まで泳ぐ筈、かなりな時間がかかる。だが、上げ潮が止まるには未だ刻がある。伯方島の東回りは遠回りだが上げ潮に乗れば随分楽だ。小船の方は鼻繰を潮に逆らって下る分時間がかかるが、早川でほんの一休みしても、未だ同じ潮には乗れる。波平の小早とこちらの小船とはほぼ同じ位に宮窪に着くのではないか。顕忠はそう凡《おおよ》その見当をつけているのだが、師清に詳しくは告げなかった。宮窪に帰れば、波平なり、重平なりが詳しく説き明かすことだ。棟梁が許すと言わなかった隠れ警固を、棟梁はどう受け止めているのか。それについて師清は顕忠に何も言わなかった。顕忠も生じっかのことを告げて、とがめられて気詰まりになるのも厭だと、適当にとぼけているのだ。

師清は一度尋ねただけで、さくらのことも手下達のことも気にならないらしく、直ぐに屈託もない顔で、行く手の水路、両岸の景色の変りようを熱心に眺めていた。

会話が途切れ顕忠は自分の想いに沈んでいた。これから着く早川のことだった。恐らく早川の源は、甘崎城での首尾を尋ねるだろう。如何に答えてやったものか。ありのままを話せば源の激高するのは目に見えている。更にそれは、またたく間に大島中に知れ渡る。それがどうなるか、予測はつかないが騒動になることは確かだ。通任討つべし、その声は浜という浜から湧き上がるだろう。だが逆に、快哉を叫んで村上から離反する浜も出て来るかも知れない。顕忠は胸の内に、あれとこれと、未だ不安定な浜の名を三、四数え上げた。棟梁に口止めをしなければ、そう思いながらも顕忠には棟梁の胸の内が読めなかった。通任の行為をどう受けとめているのか。この先どう処置するのか、棟梁はその片言も洩らしていない。棟梁が語らぬ以上、口止め等と指図がましいまねは憚られる。

「あの男哀れであった」

不意に師清が口を開き顕忠の物思いは破られた。

「はぁ」

「自決した男だ。恐らく、何の某《なにがし》と名乗る郎等であったであろう」

「あ、あのたわけた男。見境ものう逆上して、命を粗末にしおった」

「いや、粗末ではなかった。私は主思いの見上げた命の扱い様と感じている」

「わしには思慮もない匹夫の勇と見えまいたが」

「違う。通任殿は、あの男に私を襲うよう目配せしたのであろう。だが、あの時あの男が狙ったは顕忠殿だった」

「は」

「私を狙い私を傷つければあの際だ、村上の者は逆上して、通任殿以下甘崎の者、皆殺しの挙に出るかも知れなかった。だが顕忠殿なら、あの男一人が討ち取られて事は済む。あの男、そのような思案で動いた。更に、計りごとのすべては己れの企みと、あくまで主をかばって自決した。あの時槍の狙いは顕忠殿の背に向けられていた。私はそれを見た瞬間飛び上がった。殺すつもりは無かった。止めれば良い、それだけで蹴りを加減しておいた。そして結果はあの通りだ」

「成程、恐れ入り申した。わしはあの時、乱心者の世迷い言とさして気にも止めざった。したが棟梁には何故、あの男の申し条、通任殿に糾《ただ》そうとはされなんだ」

「無駄だろう。答えは分かっている。それをすれば、あの男を科人《とがにん》として仕置しなければならなくなる。あのままにしておけば、通任殿は懇ろに葬ってやることも出来よう」

「広いお心感服仕り申す。なれど棟梁の御寛大、どこまで通任殿に通じ申すか」

顕忠に言われて師清はあの時の通任の目の動きを改めて思い出した。通任の目の動きを察知して自分は後を振り返ったのだ。あれは通任の指示だったのか。あの男の動きに対する容認だったのか。確かめようはない。通任は知らぬことと白を切るだろう。

「顕忠殿、私に寛大を押しつける気は無い。ただ、哀れを哀れと思えば自ずからその扱いは定まる。それだけのことだ」

師清はそれなり口を閉ざしてしまった。

瀬戸の曲がりを過ぎると視界が開けて斎灘が目に入る。師清は何時の間にか気分を変えたようだ。彼は明るい声で島々の名を一通り尋ねていた。

「どの水路に入っても同じ景色のようにも思え、それぞれに違うようにも見え、全く迷路のようだな」

「棟梁の抜けられた水路は未だ数える程もなし。この瀬戸内にはまだまだ、数え切れぬ程、大小の水路がおざる」

「であろうな。どれ程憶えられるか、私には覚束ないことだ」

「馴れにおざる。度重なれば、憶えようとせずとも、船がそこへ入れば、そこを右に行けばどう左に行けばどうと、自然に分かって来申す。島の呼び名は大きなもののみにて事足り、後は入り用なれば厭でも憶える道理。見た目に惑わされる程のものにはおざらぬ」

「成程。だが、この瀬戸一つ見ても、往きの景色と帰りの景色は、同じ水路なのに全く違ったものに感じられる。惑うなというのが無理ではないか」

師清は面白そうに笑った。彼は船の進行に伴う景観の変化に興味があるように見えた。その様をみている内顕忠はふと思った。その内、水路毎に違う潮流の変化の恐ろしさと利便さを教え込まねばならぬ、顕忠は一人胸の中で気負い立つものを感じていた。今までは棟梁を立てること、村上の再建のこと、それで頭がいっぱいであったが、海賊の棟梁たるもの、先ず潮の流れを知らずして下知の思案は立たず。陸《おか》の人間を何時までもそのままに、ただ棟梁と奉っていて良いものか。大きなことを忘れておったわい。顕忠は師清が船の扱い様の習得に熱心だったことで、海の男の仲間入りに何の不安も抱いたことは無かった。だが、自分達が水路や潮に馴れ切っているために、その知識と習熟の必要に思いを致さなかったのは迂闊《うかつ》であったと気づいたのである。これからは、小さな警固《けご》の仕事一つでも、出来るだけ棟梁の乗船を仰がねばならぬ。

師清が気分を変えたことで顕忠も鬱陶《うっとう》しい思案から抜け出すことが出来たようだ。この先どう展開するかはいざ知らず、ともかく懸案であった今岡通任との顔合わせを終えたことで、顕忠は肩の軽さを感じていたのか、行き先の思案に思いを馳せることしきりであった。

村上屋敷で激しい言葉が行き交っていた。

今岡通任の処置に就いて、顕忠、重平、それに波平を加えた三人が棟梁に呼ばれた。後家殿、さくらの方の同席もこの前に同じであった。

通任の此の度の振る舞いは反逆としか言いようがないと激高したのは皆同じであった。だがそれに就いて彼をどう処分するかでは意見がまとまらなかった。

一番強硬なのは波平であった。手下《てか》の分際で出過ぎたようだがこれは手下すべての者の思いだと断って、通任の首と配下の主だった者の首をはねるべしと述べた。棟梁とあきの頭が縄目にかけられた上、その命を狙ったとは手下として許す訳にはいかない。万一のことでもあれば、手下《てか》一同命をかけて仇を討たねばならぬところであった。それが手下の言い分だった。

「あの時、棟梁の下知がなかったら、わしらは一挙に通任に飛びかかって斬り刻んでやるところじゃった」

波平は口にする程に自分の言葉に興奮していた。

「待てやい、波平。はらわたが煮えくり反る思いはわしらも同じじゃ。したがのう、通任は村上の姉婿じゃ。あれ一人じゃないで。桔梗ちゃいうお人がついとる。そうむごいまねも出来んじゃろ。残されるお人のことも考えてみいや」

重平は困惑げである。

「頭よ、棟梁の御身内じゃによって、余計罪は重いのと違うか」

「分かっとる。そこをじゃ」

「脇頭はどう思ぅとる」

波平は矛先を顕忠に向けた。

「波平の言い分は尤もじゃ。したが、じゅうべさぁの申し条も道理じゃ。ここはもっと落ち着いて、じっくり思案すべきであろう」

波平が棟梁の前で、旧の頭二人にかみついているのには訳があったのだ。

あの広場で師清に去るよう下知された時、手下の大方は下知に従う気はなかった。というより、通任憎しで彼を仕留めようと逸っていた。棟梁の縄目は自分達の恥辱、これを晴らさねばの念《おも》いに固まっていた。手下達は当然波平が、通任を討たせて欲しいと棟梁に申し出るものと思っていた。ところが案に相違して、波平はさくらをひきずるようにして、引き上げを令した。これはとっさの気合いである。手下達は無意識にさっと退いていた。後は未だ続く警固《けご》の緊張の中で波平の指示のままに動いていた。だが、終わって小早に引き上げ、宮窪へ向け潮の中へ乗り出してから、誰言うともなく波平への非難が始まった。あの時波平がさくらの手を引かなかったら、さくらの後押しをして通任を仕留めることが出来たのだ。一同の言い分はそこにあった。彼等にとってさくらは、棟梁と同義語に近い存在だった。さくらの進退に彼等は、即従ったのである。

「今日のところは決定《けつじょう》無用。後日改めてということにしよう」

師清は頃合と見たのか僉議《せんぎ》を打ち切らせた。彼は終始耳を傾けるだけであった。さくらも後家殿も珍しく一言もなかった。

「ところで顕忠殿、手下達に伝えて欲しい。此の度のこと、波平の采配に誤りなし。さくらがそう言ぅておるとな」

そう言って師清は波平に微笑を向けた。そのやわらかい視線を受けて、黙ったまま平伏する波平だった。

黒島の勝部久長が漁船に乗ってやって来た。現況と先の見通しを棟梁に報告のためだ。現在、伊予、讃岐共に平穏に近い。細川頼春が将軍に召されて京都にはり付いたまま、四国の宮方もまた目立った動きはない。動く時は河内、和泉あたりの宮方の応援が多く、地元で兵を起こす者はほとんど無い。伊予の河野惣家も、細川の伊予攻め後の痛手修復に専ら兵を養い、伊予宮方と事を構える気配もない。

そのような状況の中で海上の荷動きが活発になっている。伊予の商人は小粒な者が多く、手広く上方へ大量にと望む者は少ない。然し小口ながら讃岐へ送りたい荷が意外と多い。讃岐には皇室領も多く年貢の輸送も多い。伊予から讃岐へ、讃岐で積み込んで上方へ。この航路なら無駄が少なく実入りの多いものとなろう。当面はこの航路に力を入れたらどうであろう。讃岐の方は今、合田貞次が飛び回っている。黒島船位の船がもう一ぱい欲しいが、どこからか借り入れることも考えて良いのではないか。

久長はまくし立てた。

「ところで今、黒島船の入り用は」

顕忠が急き込んで尋ねた。今岡通任の騒動で肝心の仕事のことを忘れかけていたのが、一度に目覚めさせられた思いだった。

「今しばらくにおざる。ただ、小口の物は頼まれてはいるが、漁船二はいもあれば済む代物。船はおらず荷主は困っており申すが」

「小口で結構。請け負ぅて下されい。して、どこまで」

「安芸におざる。竹原。小口と申したは、砥石《といし》が主たる故。砥石はそうそう大量に動くものには非ず。求め購う職人の数が知れておれば。他には簾《すだれ》が少々で用船料もさしては取れず」

顕忠は漁船二はいの用船料で黒島船を竹原へ向けることを棟梁に進言した。

「竹原は沼田海賊の領分、かしことわたりをつけるに格好の機会に存ずる」

これには重平も同調した。

「古い昔、村上と沼田《ぬた》とは繋がりもあり申したが、元弘の騒動以来、宮方、武家方の騒乱で、瀬戸の内も荒れ、互いに疎遠のままに過ぎ申した。ここらでつなぎをとっておけば、ゆくゆく繁盛の助けともなり申そう」

師清に否やはなかった。彼の知識にはないものばかりだ。

久長は四、五日の内にと約して帰って行った。彼は帰る際、野島の狼煙を使わせてくれと言った。今張から発信する故丁度良かろうと言う。狼煙は厳重に秘匿《ひとく》しているものだ。送り手、受手、場所、すべて他にもらしてはならぬ鉄則があった。だが野島の狼煙の存在は巷間誰でも知っている。それでいて、狼煙のどれが野島のものか誰も知らない。

重平はそれを承知した。久長は今や村上の幕下である。何よりも早いこの伝達法方を使わせない訳には行かない。それに久長が直接狼煙を上げるのではない。狼煙に携わっているのは勿論珍《うず》の者だ。久長にその者を会わせなくても、彼の報せを受け取る方法はいくらでもあった。

この時重平はつくづくと、珍を解き放つと触れを出さなくて良かったと思った。野島だけではではない。珍故の繋がりでどれ程助かったことか。これからは村上の繁盛に連れ、彼等にも報いてやることも出来よう。やがては村上に潜り込ませてやることになろう。だが珍は珍、あれ達でなけらねば叶わぬこともある。野島だけで肩の荷をおろした気になってはならぬ。重平は我が身に言い聞かせるのだった。

黒島船を動かすとすれば、その前に今岡通任との決着をつけておかなければならない。師清以下同時に同じことを考えていた。

「今少し様子を眺め熟考の時をと思っていたが、通任殿に動く気配は更になく、甘崎に自ら蟄居《ちっきょ》の態に見える。ここらで決定《けつじょう》したい。各々方の申し分、師清しっかと聞いた。だがこれは私の思うようにやらせて欲しい。ゆくゆくは村上の掟のようなものも作らねばと思っているが、これは今に間に合わぬし、こたびのことは掟で縛れるものではない。従って先例とするべきものにはならぬ。ここは、私の思いだけで沙汰をしようと思う。如何であろうか」

誰も異を称えなかった。顕忠、重平、波平、それぞれに、実際にはどうしたら良いものか考えあぐねていたのだ。棟梁が断を下せば、もうそれで良いという気持ちが強くなっていた。

一、今岡通任は村上一門として、棟梁幕下《ばくか》たるべきこと。
二、今岡通任は先例に任せ甘崎城主たるべきこと。
三、鼻繰瀬戸の航行は当分の間勝手たるべきこと。
四、木見作兵衛は棟梁幕下たるべきこと。なお、作兵衛乗船の小早一艘、村上に属すべきこと。

師清

右の条々沙汰に及び候

通任殿

師清はこの沙汰書の下書きを三人に回し読みさせた。三人三様に吐息をつき、最後の波平が読み終わると、一斉に口を開こうとした。

「待たれよ。方々の言いたいことは察しがつく。通任殿に対するとがめ様軽ろきに失すると思われよう。だが、左に非ず。幕下であれば棟梁に従うは当然。甘崎城主を認めたのは面目を立てると同時に、桔梗の方と配下の安泰を計ったもの。配下の者共も身が安泰とあれば通任殿のそそのかしには容易には乗るまい。鼻繰の瀬戸のことは、櫓別銭の徴収を禁じたものだ。作兵衛のことは、彼が見所のある武士故是非欲しい、同時に通任殿にとって逃亡した配下が同輩となること耐え難いものがあろう。それを敢えて認めさせることで、棟梁の権威を認めさせようということだ。彼を一応立て、棟梁も立てる思案はこれ以外にないと思っている。如何か」

言われてみれば全て納得させられる。

「御温情と共に、全て理に叶い申した御沙汰かと感服仕り申した」

顕忠が大げさに平伏した。

「顕忠殿と同様」

重平と波平も顕忠に習って平伏した。

「顕忠殿、止められい。顔を上げられい。私はそのように拝される者ではないぞ」

師清は可笑しそうに笑う。

「いやいや、我等が棟梁に後光を見た思い。思わずひれ伏し申した」

顕忠は真顔で言った。

「その言いようは気に要らぬ。私は神仏を崇めぬ不遜の者。後光等とは戯れにも程があろうというもの」

だが師清は怒っているのではない。その後には哄笑していた。

「戯れにはおざらぬ。事のついでに申し上げるが、殿は止めて顕忠と呼び捨てにして下され。これはじゅべさぁとも、かねがね話し合ぅておざる」

「いや、それはならぬ。両所共私の配下には違いないが、同時に私の師でもある。村上の仕事のこと、船のこと海のこと、私は全てを教わり学ばせてもらっている。呼び捨てには出来ぬ。縁あって棟梁の座には就いたが、師と思える人には生涯、会釈の心を忘れるつもりはない。顕忠殿、重平殿と呼ぶのは自然にそうなるのだ。気にするのは止められよ」

顕忠と重平は再び頭を下げた。

今岡通任への沙汰状を誰が届けるかがまた問題になった。まさか手下《てか》を一人使いに遣れるものではない。顕忠か重平に落ち着くが、通任は二人に含むところが多い。通任が逆恨みでもする結果となっては今後がやり難くなる。同様にさくらも駄目。残るは後家殿となったが、彼女は通任が何をするか恐ろしいの一点張りで尻込みするだけだった。

「沖の五郎左を呼ぼう」

重平が提案した。

「あの者に使者を請け負わせよう。請負仕事であれば、通任にも五郎左にも何のしこりも残るまい」

「こっちはそれで良しとしてじゅべさぁ、通任は五郎左殿を知らん。五郎左殿の名もあまり聞こえてはおらんじゃろ。通任がこの使いどう思うかじゃ」

「あの者は警固人《けごにん》じゃ。何の縁もゆかりも無ぅても、警固人が使者を請け負うのは当たり前の仕事じゃ。それになぁ顕さぁ、こりゃあ仲裁じゃあないで。ただの使いじゃ。持って行って請け状をとって来りゃあそれで良し。その仕事の請け人を頼むというだけのことじゃ。この際、村上以外の者の方が筋は通ろう」

五郎左がどう言うか、ともかく弓削島へ手下《てか》を遣ってみようということになった。

その折も折のことだ。思いもかけない打ってつけの人物が現われた。

別宮八郎宗通である。

「久長から段々に聞き申してな、これが役に立つかとも思い大工を督促して、ようように仕上げてかくは参上仕った」

彼が乗って来た船のことである。例の沈船を引き上げ修理したものだ。小早位の大きさのものである。

「小早用に改造してと思い、舳先の波切りを工夫するつもりであったが、下手につつくと旧の船板を破損し修復にならぬことが分かり申してな、新工夫は新たに造らぬと駄目じゃ。あきらめてただの修復に変えたが、これでは小早程水には乗らぬ。漁船か荷船が相応。そこへもって久長の話。少ない荷の運送には役に立とう」

六挺櫓、水手《かこ》も少なくて済む。

だが重平は折角の話よりも、他の思惑で彼の来島に大喜びだった。

宗通は伊予桑村郡の地侍で建武以来宮方に参じ、上方で数々の合戦に功あり、一かどの武将として知られている。今は逼塞《ひっそく》して世に隠れているが、今岡通任とは知らぬ仲ではない。先の伊予合戦で河野惣家は一応宮方になっていた。通任としても宗通に会うのに何の支障もない。使者ではなく仲裁に入ってもそれにふさわしい名誉の武士である。

重平は師清に甘崎城での一件を宗通に語る許しを求めた。師清も宗通に隠さねばならない理由はない。重平と顕忠がこもごもに語り、語る程に宗通も怒りを露にしていた。

就いてはこの棟梁沙汰状を今岡通任に届け、請け状を取る使者に立ってはくれまいか。重平は、その使者に就いて詮議を重ねたことも打ち明け、宗通に頼み込んだ。

沙汰状を渡され、それに目を通した宗通は、顔を上げて師清に向き直った。

「棟梁殿。この御沙汰状にはいささか申し上げたき儀がおざるが」

「何か異議でも。あれば伺いたい」

「さればにおざる。条々の第三、これは如何なものか。更に御勘考あって然るべしと存ずる」

宗通は単刀直入、言葉を飾らなかった。

「何か不都合ありとお考えか。ならば承りたい」

沙汰状は自分が考え、顕忠、重平、波平の賛同を得たものである。村上の後家殿、室のさくらも得心済みだ。いわば村上の身内の問題を、身内が納得したものだ。村上配下の名乗りを上げたとはいえ、別宮宗通は身内ではない。その彼が異議を申し立てるのは不遜にも思えた。だが師清は別に感情を害した風もなく、穏やかに笑って反問した。

「鼻繰瀬戸の航行勝手は、通任殿の関銭徴収を禁じられたるものの由。御趣意はそれで申すべきことはおざらぬ。なれど、航行勝手が通行船に如何なる累《るい》を及ぼすか、御高配あって然るべしと存ずる」

海上の関は本来、海上通行の安全を保障するものである。船を襲い、人を殺傷し、積み荷や船を奪う不逞の悪人共の跳梁《ちょうりょう》を許さぬためのもの。櫓別銭といい帆別銭といい、関銭は安全保障の警固《けご》に入用《いりよう》の費えとしてこれを徴収するものである。

宗通はそれを前置きに、近き頃の瀬戸の内に置かれた関の由来を語り始めた。

世にいう元寇《げんこう》、蒙古の襲来した文永《ぶんえい》の役《えき》、弘安《こうあん》の役《えき》に河野家は鎌倉幕府の召しに応じて、九州博多に出兵、目覚ましい働きをした。だがその陰で河野家は莫大な損失を強いられねばならなかった。疲弊した領地の建直しに懸命な河野家は、瀬戸の内の海に目をやる余裕がなかった。その間にこの海域には、無頼の悪人共が巣くうようになり、通行船の被害が続出した。この海域は伊予領である。河野家の権威にかかわる問題だ。そこで当主の河野通有はその三男通種《みちたね》を、この地域の惣奉行に任命して取締を命じた。通種は浦々に城を構えて海上往来を取締り、さらに船符（船の割り符）を交付して帆別銭をとることを始めた。一頃は数万艘の船符を出して大いに繁盛した。安芸領の因島まで関を築き代官を置く程、河野通種の力は強大であった

大島の重平はこれを聞きながら、亡き父親から幾度となく聞かされた、村上と野島の繋がりを想い浮かべていた。

河野通種は浦々に浮かべた監視の船に必要な水手《かこ》として、島々の漁師の中から屈強の者を選んで徴発の挙に出たのである。領主の名における使役《しえき》だ。その頃は何処の浦も疲弊していた。文永の役、弘安の役に働き手を狩りだされ、その痛手から未だ立ち直っていなかった。大島の浦々もその例にもれない。その時、村上当主の頼員《よりかず》は、大島は村上の領分である。領分内の漁師を勝手に使役するとは道理に叶わず。そう言って抗議した。村上頼員は元寇の際、村上の手下《てか》を引きつれ、博多湾頭で来寇船に切り込み、その名を轟かせた海の達者《たっしゃ》である。剛勇を誇る通種も辟易はしたがなおも、大島は河野家の領地であり、領民の使役は領主として当然のこと。それはまた、村上の領分を冒すものではないと反論した。村上家の配下に手をつけるものではないという意味だ。そこで頼員は直ちに、野島の頭である重平の父親を呼び、野島の衆を挙げて村上の配下となるよう勧めた。野島は屈強の者揃いだ。これを水手の役から逃れさせ、

他の漁師を使役に出す。そして彼らの留守の浜を野島の者が面倒を見る。苦肉の策だが、浦々の暮らしがそれでどれ程助かるか知れない。野島の確約をとって頼員は、村上の配下に手をつけぬとあれば異論はないと通種に返答した。

野島の者が村上の手下《てか》として働き始めたのは、河野通種の死後、瀬戸の内の関が急速に衰微《すいび》して漁師の徴発が終息した頃からだった。村上頼員は野島への約束通り、村上のためには野島の一人も使おうとはしなかった。野島が村上の手下となったのは、漁師の他の実入りが欲しく、頼員に頼み込み、彼が快くこれを受け入れてくれたからである。

頼員の後を継いだ義弘も、ただの漁師にしか過ぎない野島の者によくしてくれ、何時の間にか「野島衆」で知られる屈強の海賊に育て上げてくれた。

何時かはこのこと棟梁の耳に入れ、村上と野島の絆《きずな》の強さを承知しておいてもらわねばな。改めてそれを思う重平だった。

別宮宗通は更に力を入れて話を進めた。

「元来、この帆別銭は、領主河野家の得分におざる。その内、大島の浜及び、中途《なかと》、務司《むし》、能島《のしま》の得分は村上義弘殿が譲られてあったのは方々《かたがた》御承知の通り。今は河野にその力なく、通種殿が築いた得分も崩れおり申す。通任殿は通種殿が次男、その故を以て甘崎城を今もっておさえられ申しておる。なれども、こうして通任殿が村上の棟梁配下となる上は、通任殿の得分は村上のものとなるのが必定。それを甘崎の関銭停止《ちょうじ》とは、村上が自らの得分を放棄することとなり申す。これは後々の禍根《かこん》となるやも知れず。さらに今一つ、鼻栗の瀬戸通行勝手とあれば、一般の通航の者は喜ぶやも知れませぬが、同時に、甘崎の警固《けご》なきと知った悪人輩もまた喜び申そう。鼻栗の瀬戸は長い水路におざる。その上岸辺の出入りが多く、船隠しには格好の箇所が幾箇所もあり、日ならずして瀬戸は悪人の巣窟と成り果て申そう。左様の事態になってからの掃討にはよほどの手を揃えねばなり申さず」

「次第に納得のいかないでもないが、それで。宗通殿は、この条、如何改めよと申されるか」

「これはしたり。この宗通、棟梁に改めよなど不遜の気持ちは更になし。御勘案をと、その参考のため、長談義に及んだのみにおざる」

「私に思案は浮かばず。重平殿、最前より何か思案気に見える。何か知恵を出されよ」

師清は重平に声をかけた。

「あ、いや、わしは」

重平はあわてたような返事だ。彼は、宗通は言いたいことをはっきり持っているくせに、妙な遠慮をしておる。そう思ったところだ。通種殿のひそみに習えということか。そう見当をつけたところだった。

「そのう、あれでおざる。代官、通任殿を村上の代官ということでは如何かと」

「それは名案じゃ」

直ぐに宗通が引き取った。重平の思った通りである。

「村上の代官たるべきこと。棟梁、これならばけじめがつき申そう」

「いや、私としては通任殿をあくまで一城の主として遇したいのだ。顕忠殿は如何か」

「如何にも」

不得要領な顔と返答の顕忠だ。

「棟梁、そのことは二の条に明記なされておざる」

宗通が更に語を継いだ。

「承知しておる。だが、それに続いて代官とあれば、如何にも代官として城を預けるに過ぎずと聞こえよう」

「それは違い申す、棟梁殿。二の条は通任殿の分限、三の条に代官が来ればこれは職分におざる。棟梁のお気持ちにいささかも反するものにては非ず。左様思考仕る」

「成程。職分か。うまく言い表したものだ」

師清はようやく笑いを取り戻していた。

「ただの道理におざる」

宗通も笑い返した。

三、鼻栗瀬戸に就いては、村上の代官たるべきこと。

師清は沙汰状を書き改めて一同に示した。

「いやあ、これならば上々の御沙汰。通任の首根っこ押さえてでも、必ず御沙汰の請け状取って戻り申そうぞ」

使者を引き受けた宗通は意気軒昂《けんこう》として、波平が仕立てた小早に乗組み、宮窪の浜を離れた。

宗通を乗せた小早が浜を離れるのと入れ替わるように、勝部久長からの狼煙の知らせが入った。商談成立、お出を請う。予《か》ねて取り決めていた狼煙の内容である。

「よっしゃ、忙しゅうなるぞ」

にんまりとした重平は早速、安芸の佐木島へ使いを出した。そこにいる懇意の者に、沼田海賊とつなぎをとってもらうためだ。さしたこともないが、一応の挨拶を通しておかないことには面倒が生じないでもない。今の村上では、出来るだけ面倒は避けなければならない。佐木島の者は沼田海賊と親密な関係にある有力な地侍である。

顕忠は棟梁の師清に諮《はか》り、今張の荷を運ぶには大き過ぎる黒島船の支度にかかった。勿論、小早も警固《けご》として伴をさせる。狙いは安芸の島々に村上海賊再来を印象づけるにある。同時に彼は、伊予も安芸もない瀬戸内の島々の間の複雑な水路を、棟梁に実体験させる目論みであった。彼は久々に晴れ晴れとした気負いで充実感に満たされていた。

別宮宗通が使命を果たして帰って来た。

河野通任は案ずる程のこともなく悉く神妙であった。棟梁の心の寛さ真に忝なしと、感涙まで滲ませていたと聞き、重平と顕忠は顔を見合わせた。信じられない面持ちだった。手のひらを返したような恭順ぶりにひっかかるものがあった。

これは後でのことであるが、

「疑うことを知りんさらぬ棟梁が、あの狸にたぶらかせられなきゃあええが」

重平は不信を露《あらわ》にして顕忠にこっそり話した。

「わしらが用心しとりゃあ、通任も滅多なこたぁよぅせんじゃろ」

顕忠はそう答えたが、彼もまた重平と似たような危惧は感じていた。今直ぐどうということはあるまいが、先行きの漠然とした不安はあった。村上一門として通任がどのような挙に出るか、強欲で執念深い彼なら、十年二十年でもじっとその折を窺っていそうな気がする。斬って禍根《かこん》を断つべきであった。一抹の悔いを胸に浮かべてもいたのである。

「な、じゅうべさぁ、その時はその時のことよ。あやつ奴が謀反気でも起こしたら、その時にこそ息の根を止めて見せるわ。ま、それまでには村上も大きゅうなって、強ぅもなっとるじゃろ。そのようにわし達が持っていかにゃあならん」

「やろうと思えば、今でも討ち果たして見せよう。だがのう、今の村上の内情じゃあ、後始末がおお事じゃな。暫くは成り行きか」

通任に対する猜疑《さいぎ》と警戒では二人の思いは同じであったが、このこと構えておくびにも出さず、と、お互いに戒め合ったことである。

更に宗通の伝えたところでは、村上棟梁の座が定まったことを、そろそろ河野惣家に言上し会釈を賜った方が良くはないかと、棟梁に進言して欲しいと通任は言った。ついては、その段取りを自分に下知頂ければその労を尽くしたい、誠意を面に現して宗通に頼み入ったという。

「これは道理じゃ。通任殿にお任せあって然るべきかと」

顕忠も重平も異論なしと棟梁に答えた。

「さすればだな。通任殿が然るべき周旋あって、惣家から、先ず使者の口上を聞こうという許しがある。それが終わって後に惣家の領知云々の使いがあって、棟梁の目通りという段取りじゃ。多分そのしきたり通りということになろう」

宗通が説明した。

「面倒だな。村上の跡目継ぎ候と使いに告げさせるだけにはいかぬか」

師清が苦笑しながら言った。

「惣家善恵入道殿の御返答次第におざり申す。対面したいと仰せあれば無下に拒むこともならずかと」

宗通はそう答えておいて、顕忠へ困った顔を向けた。

「私は上に仕えるのが厭で家も身分も捨てた。海賊は誰にも縛られぬ自由の身、確か顕忠殿からそう聞いたぞ」

師清が続けた。

「棟梁、河野惣家に御挨拶あっても、臣下の礼をとるものには非ず。ただ、村上は旧《もと》河野の出におざれば、一門に準じ、客将の扱いを受け申しておざった故、その遺跡を継いだとなれば、一応の御挨拶は道理におざりましょうぞ」

顕忠はそう言ったが、やれやれといった表情だ。

「分かった。分かったが気は進まぬ」

「何事も家業繁盛のためにおざる。これからは相手によっては、商人にさえ棟梁直々御挨拶の要ることもあり申す。お気軽に、勤めなされては如何かと存じ申す」

「商人、漁師、百姓に頭を下げるには一向構わない。権門めいた相手が厭なのだ」

「棟梁、伊予の名門河野対馬守善恵入道といえども今は国司、守護というでもなく、領地広大なだけの地侍と思われれば良く、権門に下るかの如き御懸念御無用と存じる」

宗通が言ってのけた。

結局、ここはともかく通任に扱いを任せてみようと決まった。通任も、棟梁のために何か働かなければと懸命なのかも知れない。一応その見方で一同の一致をみたのである。

後で別宮宗通は北畠顕忠にそっと告げた。

「河野宗家への取次ぎはわしでも出来る。それに通任奴、あれ程の大それたまねを仕出かしながら、御沙汰状、謹んで承ったと、しゃあしゃあとした面持ちで言ってのけたわい。わしは気に入らなかったぞ。だが、桔梗の方がの、間もおかずに、涙を浮かべて通任の非道を謝り、棟梁殿の寛大な処置に御礼を申された。それでわしはぐっと腹をおさえた。ところが通任は恩に着せるかのような口ぶりで、河野惣家への取次ぎを申し出た。この際にしては出過ぎたまねよ」

「宗通殿に御存知よりの方策でもあるものなら、断られれば良かったものを。わしも通任の力を借りるなぞ気に染まぬ」

「そこでまた、桔梗殿よ。あの方の申されるには、入道殿とは何度かお目にかかり、親しゅう声もかけられたそうな。自分の口からも村上再興のこと申し上げたいと。ま、これは道理じゃ。村上の一の姫であったお人だ。それに桔梗殿は、これで通任の面目も立てさせてやりたい思惑あってのことと、わしにはよう見てとれた」

それで宗通はその通り復命しょうと返答しておいた。彼は、自分の思ったままを棟梁に告げることはしなかった。その席に連なる人々の心情を慮ってのことだ。

「行く先々、われら一統、あの者から目を離せぬなあ」

顕忠は嘆息と共にそう洩らした。

「馬鹿も使いようではないが、腹黒い奴でも、あれで使いようはおざろう。顕忠殿がそのつもりなら、あしらいようをな」

「宗通殿には何かと御知恵を貸して下されぃ」

「ま、わしもそのつもりでな」

別宮宗通も、顕忠や重平と同じような懸念を今岡通任に抱いているようだ。

(ま、先のことは先のこと。討とうと思えば何時でも討ってみせよう)顕忠はその思いを胸の中にしまいこんだ。

今張から安芸の竹原までの運送は滞りなく無事に終わった。

黒島船に村上の旗を立て、随伴の小早には村上の小さな幟を立てて押し出した。

往きは大三島と大崎上島の間の水路を選んだ。大三島内を遥か右舷に望みながら木江の沖を北上した。大崎上島の北端の先にある左組島で転針して竹原をめざす。その海域は尾道から安芸の音戸の瀬戸を抜ける「地乗り」の航路の中である。流石に中国路の側を流れる海だけに、大小の船の動きは四国側沿岸の比ではない。人も物も動く量が違うのだ。「地乗り」の航路を行く大船の他に、島通いの船、漁船、右往左往する船の数に、ここが初めての村上師清はただ、驚くばかりだった。

竹原の津近くで櫓走に移って間もなく、津から出て来る沼田の旗を掲げた船と行き交った。沼田船は旗を半ば引下げた。顕忠も直ちに村上の旗を下げさせた。

「沼田海賊に挨拶は通っているようにおざる」

顕忠は師清に報告した。

「海は海で厄介なものだ」

師清は苦笑していた。

竹原の商人達は、長く砥石の入荷が途絶えていたこととて、大いに喜び、今張の方へ再注文を託した。

「帰りが空船なのが不調法なれど、こたびは止むを得ず。次の機会からは竹原よりの荷の算段をつけておき申す」

顕忠は師清に告げたが、これは勝部久長の言である。彼は竹原と今張との定期的な航路を考えているようだ。積み荷のことになると顕忠も不案内である。詳しい説明は出来ないでいる。

帰りは大崎上島の西側を航路に選んだ。かなりな遠回りだ。大崎上島の北側と南側には小さな島が数多く接していて複雑な水路を作っている。それを師清に検分させておくのが顕忠の目的だった。往きと違って帰りは、師清を、随伴する小早に乗せた。波平に黒島船の指揮をとらせ、顕忠は波平に替わって自分も小早に乗り組んだ。黒島船のような大きな船と違って小早は立っていても視野が狭い。その低い位置から島がどう見えるか、潮の流れの方向をどのようにして見出すか。顕忠は航海の間中、それを師清に伝えて倦むことがなかった。

巻の二十五　来島《くるしま》の渦　終章

河野通任の周旋で河野家の重臣から、村上再興のこと、お館様へ言上の使者を送るが良かろうと通達があった。新棟梁のお目見得はその後の含みである。

使者には村上義弘の後家殿千草の方と顕忠が立った。千草の方は自ら、この使者に立つ者は自分の他にはないと言った。彼女は義弘と共に何度か、入道となる前の河野通盛に目通りしている。お互いに未だ若かった頃だ。懐かしくもあり、村上の後家として妹婿に村上を譲ったことを自分の口から申し上げたいと言う。これには誰も異存はなく、顕忠はその介添えの役で従った。

善恵入道は後家殿の来訪を殊の他喜び、専ら村上義弘のことなど昔話に終始した。彼女が小袖用にと献上した白木綿一襲《かさね》にも大いに満悦したようだ。唐渡りの綿布である。木綿は未だ限られた富裕階級や貴族の間で珍重される程希少品であった。合田貞次がこのために手に入れて来てくれたものである。肝心の村上再興に就いては、村上が差し出した村上領分の地名をざっと眺めただけで、先例に任せてことを行なわれよ、且、河野一門の客将たるべきことこれも同じ。それだけで何の詮議もなかった。

元々村上の領分といってもその地を領国として治める訳ではない。また、河野家が所領として安堵するいわれもない。これは、浜々へ立ち入る権利のようなものだ。それに力関係で通行船から櫓別銭のような通航料を取る権利、それに上乗りと警固《けご》等の付随した縄張りのようなものを含めたのが領分である。村上家はその権利を河野家から認知されていた。この度は村上の棟梁が代わり、その権利の再認知ということである。ただ、新棟梁が前代の血縁の者ではなく、しかも乗っ取りの形でその座に就いたことを、河野家がどう受け取るかという懸念はあった。だが河野家はその詮議よりも、一門としての戦力を歓迎するだろうという顕忠と重平の予想が的中したのだった。

思ったより容易にことが運び、ここは御礼言上の形で善恵入道に御目通りを願うべきだと後家殿が主張し、さくらが同調した。昔話の中で、善恵入道がさくらのことに触れ、あのやや子が婿をとったか、成人ぶりを一度見たいものだと言った。さくらはそれが嬉しくて自分も是非会いたいと言った。彼女が三歳の時、一度母親に連れられて湯築城へ行ったことがある。桔梗は通任の室として何度も訪れている。さくらにはその姉への対抗心もあったか知れない。重平、顕忠、宗通も無論のこと、入道との対面を師清に勧めた。彼等は直接の恩縁はないが、一応河野家の権威を認め、その心証を害するのは得策ではないと割り切っていた。師清も渋々ながら従わざるを得なかった。

この時の使いから帰って以来、顕忠の気分に変化があった。この時顕忠は北畠大膳大夫顕忠と名乗り、入道はその名乗りに関心を持った。問われるままに顕忠は、北畠顕家将軍より一門に加えられ、吉野の朝廷《みかど》より許された官であるが、故あって今は宮方を離れ村上の幕下についたと答えた。その後、入道は顕忠に呼び掛ける時、大膳大夫殿と呼んだ。そう呼ばれ顕忠は内心くすぐったい思いだったが悪い気持ちではなかった。宮窪へ帰ると直ぐにこれを披露し、これからは大膳と呼んで欲しいと皆に告げた。

「顕さぁ、大膳殿じゃどうも顕さぁのような気がせんで」

重平が冷やかし気味に言った。

「それでええ。大膳と呼ばれりゃ、わしも別人のような心持ちじゃ。中身もそうならんにゃぁいけん思ぅとる。村上を大きゅうするためにゃぁ、今までの顕忠のようにせせこましい頭じゃならん。変わらんにゃぁ。棟梁を見習うて、度量を大きくしょうと思ぅておる」

顕忠はそう反駁したのだった。

船汰《ふなぞろ》えには三日かかった。

今岡通任は前日に宮窪へ着到した。棟梁の要請である。船汰えとあって通任は将船に関船、小早三ばいを率いてやって来た。それに、惣家から出迎えとして派遣された小早二はいが随伴していた。

配下は浜に繋いだ船泊り。通任と桔梗の方は村上屋敷に招き迎えられた。

後家殿を交え、姉婿夫婦と妹婿夫婦の初めての対面である。師清は他に余人を入れなかった。

彼は酒肴でもてなし、何のわだかまりもない様子に振る舞い、話題は専ら、先日航行したばかりの瀬戸内の印象を語り、島や海について通任に尋ねる等で時を過ごした。

桔梗が一人、時折、そっと涙を拭っていた。この前の非情の出会いに比べ、打って変わった和やかな席に、感極まって胸をつまらせていたようだった。


夜明けと共に、えいやえいやの掛け声が遠くの海面から聞こえて来た。燧灘から一艘の船が入って来る。浜にすえた太鼓が三つ鳴らされて、乗組みの乗船が始まった。

太鼓の音で浜の家々、丘の方からも人が集まって来る。浜に張られた幕の中に師清が入って床几に腰を降ろした。さくらがその横に並び、後家殿と桔梗の方が両脇に膝まずいた。後家殿から間をおいた後に重平が立った。両脇に気付いた師清は小者を呼んで床几を持って来させ三人に腰を降ろさせた。とがめるでもなく、膝まずいた者に声を掛けるでもなく、さりげなく師清は取り計らっていた。

灘から入って来たのは塩飽からの廻船、木見作兵衛の小早である。余程近付いた頃合、太鼓が一つ鳴った。野島の小早が櫓を入れて漕ぎ始めた。作兵衛を迎えに出る形だ。ややあって太鼓が二つ。それで全船が櫓を入れた。

全船がゆっくり動き始める。沖に出た野島の小早からどなり声が聞こえて来た。作兵衛に何やら指示を与えているらしい。前に出ようと早く漕ぐ船、のろのろと進む船、まちまちであった。どうやら沖合で列を整えているらしい。声を交わすどなり声が聞き取れず、わーんわーんと浜へ伝わって来る。

ようやく明け切って朝の光が海面を照らし出した。

やがて、野島の小早と作兵衛のそれが並んで先頭、その後に黒島船、その次に通任の将船、関船と続き、その後が河野の小早が二はいと並び、殿《しんがり》に宗通の荷船がついている縦陣の船形となった。

やがて先頭が取り梶をとって浜へ直角の針路をとり、水際五間ばかりの近さで再び取り梶、水際と平行の針路を取った。続く船は前船の変針点で同様に取り梶、同じ航路を辿る。

師清のいる幕前を過ぎる時、小早は櫓を離し、一斉にえいえいと鬨の声を作った。師清は立ち上がり手を振ってこれに応える。以下の船もこれに倣《なら》った。

殿《しんがり》が未だ通り過ぎない内、先頭の小早は取り梶をゆっくり切り、大きく円を描く形で水際に近づく。全船も同じ軌跡を辿る。殿《しんがり》が通り過ぎた後、もう一度師清の前を通り過ぎた小早はそこで櫓を漕ぐのを止め、櫓を水中で縦にした。小早の行き足がみるみる内に止まる。

「棟梁、御乗船を」

重平が声を掛けた。頷いた師清は、

「それにしても見事なものだな」

感嘆の声を放った。

「間に合わせで、船の間《ま》がよう整ぅておらんようじゃ」

重平は不服気であった。各船が進行を止め、陣形が大きく乱れ始めたのが気に入らないらしい。

師清とさくらが並び、幕より出た時、浜の人群れの間からどよめきの声が上がった。後に重平が続く。三人は艀《はしけ》で黒島船に向かった。

後家殿と桔梗の方は残り、波打ち際で師清に手を振った。桔梗の方のその振る手は、低くわずかに動くのみ。淋しそうであった。

河野善恵入道は、村上の後家殿と顕忠を使者として迎えた翌々日には湯築城を出て、柳原の浜から奥深い山裾にある善応寺に引き篭もった。彼は時々こうして善応寺で休むことがあった。そこで、目通りを願い出ていた師清に、寺は手狭故、師清と室だけに対面しょうと言って来ていた。然し村上としては、棟梁とその室だけを船に乗せて送る訳にはいかない。そこでいっそのこと、村上一門の勢いを誇示するため、船隊を組んで斎灘を押し渡り柳原の浜で河野の船手方に見参しょう。顕忠がそれを発案し、重平、宗通、久長等皆が賛成した。航海の入り用を始め諸式の費えはすべて、久長が合田貞次の才覚で工面しょうと申し出た。一方、その目論見を聞き届けた河野善恵入道は、自ら柳原の浜に出向き、船汰《ふなぞろ》えを検分、対面の儀は、その浜で行おうと伝えて来た。真に水軍の棟梁の初見参にふさわしい席の設え、と、村上一統、声を上げて喜んだ。

勿論、村上一門として処遇される今岡通任もこの船路に従った。

その航海そのものが既に晴れやかな儀式である。棟梁とその室のさくらが同乗し、それには侍女も加わる。通任の室である桔梗も当然、通任の船に座乗して晴れの航海に加わるものと思っていた。それはまた、通任と同道で棟梁と共に河野惣家にも目通り叶う筈のものである。ところが師清は、入道殿から、引見はわれら二人のみとお申し越しあった。船路だけなら、疲れだけに同行には及ぶまいと、後家殿、桔梗の二人に勧めた。殊に母君は先だっての使者でお疲れであった。桔梗の方は母君のお相手で、久しぶり親娘水入らずの時を過ごされよ。と告げた。

彼なりの、二人に対した配慮だったのだが。

ところが桔梗はこれを同行差し止めと、きつい受けとめ方をした。棟梁は未だ通任のこと、心からお許しになってはいないのだ。桔梗は重平にそう訴えた。重平は、独り取り残される桔梗の心情を理解した。同時に彼は、棟梁に不満を抱く桔梗の思いが通任に伝えられてどのように増幅されるとも限らない、その危惧を持った。彼は、此度の航海に加わるか否かはさした問題ではない。残されるようで淋しければ、自分も航海から外れ桔梗の相手をしょうと慰めた。

重平はその言葉通りに、宮窪が空になる故、せめて自分一人でも留守を務めようと師清に申し出た。だが師清は、重平にはどうしても同行して欲しいと許さなかった。同じ日の夜半過ぎには帰ってくる、その間宮窪が空になっても何の仔細《しさい》もあるまい。それよりも、重平がいなくては手下《てか》が承知しないであろう。師清は、通任の船隊を意識する野島衆の気持ちを察したのである。それも道理、いやこの際はそちらの方が大事。重平には初めから分かっていたことなのだが。彼は事を分けて桔梗を諭し、かつ慰めなければならなかった。

艀から浜へ向けて、手を振って応えている棟梁とさくらの後で重平は、痛々しさで浜にいる親娘の姿を見ておれなかった。桔梗が彼に愁訴《しゅうそ》した時、後家殿も同座だった。桔梗が泣き崩れるのを抱きかかえた後家殿は一言も口にしなかったが、その目からはらはらと涙をこぼしていた。婿の通任を毛嫌いしていても、わが子の悲しみを哀れと胸ふさがれていたのだ。浜で見送っている親娘から目を逸らせ、いたしいことよ、重平は胸の内でそうつぶやくばかりだった。

棟梁の座乗した黒島船が帆を上げ、以下の船隊が次々とこれに倣う。

宮窪を出て燧灘、船隊は針路を西南にとって来島の瀬戸を目指した。

この前、討ち入り後の大島巡航の時は、塩飽海賊と船隊を組んで来島の瀬戸に浮かぶ中途島の東側、瀬戸の傍流《ぼうりゅう》を通った。此度は、来島を左に見る本流である。

あの時の師清には、事態も、己れの置かれた位置も、実感として掴めていなかった。ただ乗せられているだけ、自分の役割はそれでいいのだ、そう割り切っていた。塩飽海賊と野島衆の偽装対峙《たいじ》、それからして師清の目には少々滑稽な児戯《じぎ》と映っていた。あれから目まぐるしく周囲が動いた。さくらと共に暮らすのが己れの定めそれだけの思いで周囲の流れに乗り、後はその場その場への対処と時々の興味で深く考えることもなかった。気楽に過ごして来たつもりだったが、この間にそれと知らず師清は、村上海賊の棟梁の座の重みが少しずつ分かりかけて来たようである。船汰えを陸《おか》から検分した時、見事と感嘆した。だがそれは未だ見物の目に似ていた。黒島船に座乗し、顕忠が船隊の一つ一つの船を指さし、その船の宰領の者を説明してくれた。顕忠の声を聞き、師清はその船にしげしげと見入っていた。

(これはおれの配下なのだ)

顕忠の説明が終わってからも、師清は前を見、後を眺め、その思いが油然《ゆうぜん》と胸中に湧き上がっていた。だが高ぶる気持ちと同時に、この配下の命を預かり飢えさせることがあってはならぬのだと思い定めていた。師清は、村上の家業と配下を預かる棟梁の自覚を初めて抱いていた。

来島の瀬戸の入り口近くなって、船は次第に速度を早めたようである。

顕忠は帆を下ろさせた。

「このあたりより潮の流れは次第に速まり申す。風向きも変わった故、帆で瀬戸に入るは危のぅおざる」

顕忠は師清にそう説明して、

「ご覧あれ、あれが亀老山におざる」

右舷に見える山を指差した。

「後家殿はあれに義弘殿の墓所を設けたい由におざる。のう、じゅうべさぁ」

師清に言っておいて傍らの重平に振り向いた。

「まあのう。ゆくゆくはそうしたいおつもりじゃろ。高竜寺がある故のぅ。菩提寺じゃ。したがそれは先の先のことよ。土台が出来ん内に墓でもあるまい、いや、後家殿がそう言ぅておざる」

「成程、墓所か。これは迂闊であった。私には神仏を崇め恃《たの》む気持ちがない故、墓等思い至らなかった。母君としては当然の思いであろう。義弘殿は私にとっても義父に当たるお方だ。それは重平殿、成るべく早い方が良いのではないか」

「棟梁のお気持ち承っておきまする。ま、墓より城を先に、恐らくは義弘殿もそう申せられるかと思ぅておりまいておざる。棟梁の耳へ入れるが早過ぎたで」

重平は顕忠に笑って見せた。だが重平の胸の内は忸怩《じくじ》たるものがあった。野島にとって大恩ある義弘の墓、何をおいてもと思う心は彼が誰よりも強く持っているのだ。村上の再興とは野島のためでもある。先ず基盤を固めることが先決。彼は目をつむる思いで後家殿の話を聞いていた。ま、内証が良うなったら。後家殿のその言葉にあいまいな返事だけ返しているのだ。

「さくら殿はどう思う。お父君の墓、おくれても大事ないか」

師清は傍のさくらに声をかけた。

「お屋形さまの思いのままに」

さくらは嬉しそうな笑顔でそう答えた。彼女は男達の会話を殆ど聞いてはいなかった。村上の棟梁の室として、今こうして船の上に立っている。晴れがましい高ぶりに胸をふくらませ、続く船の列を見やり、潮の流れを眺め、誇らかな気持ちに浸っていた。師清から声をかけられ、今度は幸せな気持ちに包まれるのだった。

さくらの晴れやかな笑顔を見て、重平はまたしても、島に残された桔梗の姿が思われ、気持ちは浮かれなかった。そして、あの時の後家殿、千種の方の言葉が思い起こされる。

「重平殿、一通りのことがすべて終わりましたら、私、一人で沖へ参り、これから先ずっとかしこで過ごすつもりでおります」

「お方さま、それはまた何と。今暫くで村上屋敷も仕上がりまする。同じ屋敷内とは申せお方様のお部屋は別棟、お方に御不自由をおかけするものではありませぬぞ。何で沖の島なぞへ」

「さあ、何故でしょう。村上再興のことも目出度く終わり、私の心の支えが要らなくなった、とでも言っておきましょう。重平殿も沖へ参られませぬか。沖の屋敷は、私一人では広すぎます」

その時重平は声を失った。返事をしない重平に、桔梗が声をかけた。

「もしそうなったら、私が母上をお訪ねする時の楽しみが増えます」

重平は更に言葉もなく、不覚の涙を落とし、あわてて次の間へ引き下がっていた。

そうなれば嬉しいことよ。今しばらく成り行きを見て、野島衆が村上家のものと定まったところで、万事を顕忠に委ねるのは、わしの最初からの目論見であった。更には、義弘殿の墓を建立《こんりゅう》しそれで一切が終わる。そうなったら、大島の地を離れた方が良いかも知れぬ。その思案になりかけている重平だった。

瀬戸に入って、潮の流れが更に強まったように感じられた。船は全櫓を下ろしている。だが動かしている手は緩やかだ。不測の事態に備えて、即全力で漕げる体勢である。

師清はさくらに屋形へ入るよう勧めて、艫先の戸立てへ進んだ。顕忠も重平も何となく従った。

「あれに見える手前が中途《なかと》、その後が務司《むし》におざる」

「憶えている」

答えた師清だったが、直ぐ目を逸らせて右舷の海面に視線を移していた。

「左手の大きな島が馬島。その向こうが来島。来島の南側には、小さな入り江がおざって、去る伊予合戦の折、忽那《くつな》衆が宮方、野間の大浜城の後詰で出張り、船泊まりとなした由におざる」

今は河野家も手の廻らぬ小島、その内、討ち取り召されよ。と続けるつもりだった。返事があれば更に、来島が要衝であることを説明しよう。

だが、師清に受け応えはない。顕忠は次の言葉を飲んで、師清に怪訝な目を向けた。

「大きな渦だ」

師清はつぶやいた。

「はあ」

顕忠はあいまいな声を出して、師清の視線を辿った。

「あ、あれを見ておざるか。来島が難所と言われるはあの渦と急な流れにおざる。あれは未だ小ぶりじゃで。上げ潮の際ははるかに大きゆぅて、流れももっと速うなり申す」

「この前は見なかったな」

「あ、あれは潮の止まった合間に通り抜けた故。それでも中途《なかと》あたりで潮は動き申した。気づかぬ程に小さな渦は見え申したが」

「気づかなかった。渦の多い時は瀬戸の航行は出来ぬであろうな」

「渦道というものがあり申す。それを知悉《ちしつ》した者にとっては何の造作もないこと。その故に上乗《うわの》りの仕事が成り立ち申す」

水先案内のことだ。

「私もその渦道とやら憶えねばならぬな」

「度重ねれば、次第に見え申す。渦のみならず、海の道は皆同じ。潮の流れの見極めを、海を見ると申しておざる」

師清は黙っていた。

それからふいと、

「うずにいりてはへさきにたつ」

朗唱でもするように声を上げた。

顕忠はその次を待ったが、師清は何やら物思いの風であった。

「棟梁、何か」

声をかけると師清は我に返ったように笑い声を上げた。

「忘れかけていたことだ。渦を見て思い出した」

「如何なる」

「占ぅてくれたと見える、私の行く末をな」

「はて、ようわかりませぬが」

「その前に句がある。やまにあそびてこえきけばゆきゆきてみちははてなし、とこうだ。私は山を歩いた。そして遂に山の声を聞くことがなかった。その声が耳に届けば、私は傀儡《くぐつ》として生涯漂泊の身となっただろうと思われる。しかとは分からぬが、どうもその意のようであった」

師清は後を振り返って、遠い伊予の山々にしばらく目をやっていた。

「だが私は今、渦巻く潮の中へ乗り入れた。そして舳先に立っている。舳先に立つとは先頭に立って配下を率いるの意かと。今日この日のことを告げたものであろう」

「今、傀儡と申されまいたが、占うたはもしや」

「そう、傀儡だ」

「春風尼《しゅんぷに》におざるか」

「御存じであったな」

「如何にも。あのお方の占いは的中致し申す」

顕忠は幼い日、春風尼に言われたことを憶えている。父の後を継がないと言われ、その通りの運命を辿っている。

「して、舳先に立ったその後は。如何か」

「たいらけきうみははるかなり。恐らくはこれより後も、波瀾万丈《はらんばんじょう》の行く手が待っているのではなかろうか。平穏の海に辿り付けるのは遥か先のこととなりそうだ」

「このような世におざれば、何かと面倒が生じて不思議はおざらん。なれど、われ等配下、力を合わせて棟梁を守り立て申す」

「何、はるかなりとて、平穏の海はあるとの啓示だ。私はそう思っておる」

そこで師清はもう一度、朗唱のように口ずさんだ。

「やまにあそびてこえきけば、ゆきゆきてみちははてなし。うずにいりてはへさきにたち、たいらけきうみははるかなり」

二度目のそれを聞きながら、顕忠ははっと気が付き、思わず重平に顔を向けた。重平はじっと目をつむって始終を聞いていたようだ。顕忠が顔を向けたのを、気配で察したのか目を開けて顕忠を見返す。

「うずは」

顕忠が言いかけ、重平がそれを目でおさえた。

「棟梁、山の声と渦潮と、ぅまいこと言ぅたものと聞いておりまいた」

重平は感心したように師清に声をかけた。

「傀儡《くぐつ》は人の行く末をひょいと言い当てると聞いてはおり申すが、ま、人それぞれの思い様のもの、たいらけきうみとやら、遥か遠くのものにおざれば、力を増して漕ぎ抜けば、思いの他早ぅ着きも申そう」

「良く言った重平殿。私も渦を避ける渦道を早ぅ憶え、潮を通り抜けることを考えねばと思ぅておる」

師清は渦をこれから立ち向かわなければならない障害になぞらえて言った。

「私は既に船に乗って渦に入っている。平らけき海とやら、必ず見極めて見せよう」

彼は昂然として続ける。それは自身に言い聞かせる言葉でもあったようだ。

「我ら、どこまでも棟梁に従い申すぞ」

顕忠と重平は同じ言葉を同時に重ねた。

そして二人は顔を見合わせ、互いの目を確かめあってそれとなく顔を背け合った。

顕忠が察したことは、師清が最初に口に上せた時、既に重平の胸には響いていた。師清は「うず」を「渦」だと思っている。だがそれは「珍《うず》」のことかと怪しみ、続いて傀儡の名が出て、間違いないと確信した。沖の島の「のうし」は多く語らなかったが、山の声が届いたと言っていた。雑賀の小三郎について尋ねた時、春風尼は沖の人に聞けと答えた。師清となった小三郎の定めは「珍《うず》」に入ることだったのだ。

村上の棟梁とは、今や珍の棟梁同然だ。村上の直接の手下《てか》となる者は野島衆以外にはない。そして野島こそは珍なのだ。顕忠は春風尼の占いの確かさに慄然としたものを覚えると同時に一方では、棟梁の師清の思惑がどうであれ、彼が棟梁となった以上、それが続いていくことにゆるぎはないだろうという安堵感もかみしめていた。だがそれを師清に告げるべきではないと顕忠は判断した。重平も同じ判断と、目で告げていた。師清はあくまでさくらを娶るについての約定に従っていると思っている。自らの手で運命を開こうとしているのだ。傀儡《くぐつ》や珍の見えない糸に操られていると悟られてはならないと思った。この秘密は重平と自分の胸の中にたたみ込み、未来永劫、何人にも明かしてはならぬと心に誓っていた。それとまた一方では、今、進む船団を見やっては、村上をここまでに仕立てたのは、そもそも小三郎に白羽の矢を立て、大島討ち入りの策を考え出したわしの方寸からよ、と、言い知れぬ充足感に浸り、次の方策さえ既に視野の内にある。だが、その高揚感が半減する思いでもあった。だが、それでも。と、反発する思いが胸に湧いて来る。棟梁のさだめがどうあろうとも、村上を興すのは人ではないか。踊るのは棟梁には非ず。わし達幕下《ばくか》の働きじゃ。わしはその要《かなめ》で力いっぱい動く。折角担ぎ上げた棟梁だ。一連托生、見事渦を乗り切って、たいらけき海とやらに村上の旗を押し進めて見せよう。顕忠の脳裏に、果てしもない大海原が浮かんだ。どこまでも続く波の他には何も見えない。顕忠はそこへ船を乗り入れる自身を思って武者震いに似たものを感じていた。

　一方の重平は、

（山が笛で誘い、海が舞で応え、それで成就《じょうじゅ》した。わしらの小ざかしい計りごとじゃなかったのじゃわい）重平は胸の内でつぶやいた。彼の脳裏に、波平嫁娶りの浜辺の光景が浮かんでいた。小三郎の吹く笛に踊るさくら。焚火の炎に映し出されたあの情景だ。

　そして彼の胸の中は深い安堵に満たされていった。珍の行く末の見定めがついて、重い肩の荷がとれた。ようやく味わえる開放感だ。沖へ帰ろう。彼は唐突にそう思った。帰るのではない。行くというべきなのだが。珍の最後の頭として「のうし」の島へ。その胸の内が、帰ろうと思わせたのか。

　顕忠と重平は似たような思いながら束の間の思念に浸って渦潮に目をやっていた。

　顕忠がふと西の空を見上げた。

「じゅべさぁ、こりやあ風が変わるのじゃなかろうか」

「そうよのぅ、鎌刈の空あたりの按配じゃそうかも知れん」

「棟梁、瀬戸を抜けたら案外早ぅ柳原の浜へ着くやも。帆を張れば一気に走り申そう」

　瀬戸を抜けて西へ、梶取り《かんどり》ノ鼻を廻って安芸灘の広い水域へ出れば浅海《あさみ》の突端が見える。それをかわして柳原の浜はすぐそこだ。

「何で風向きの変わるのが察知出来るのか、大膳殿」

師清は呼びかけて笑った。大膳と呼ばれた顕忠は嬉しそうに相好を崩す。

「心覚えの島にかかる雲、その流れよう。それに島々近くの海面から、目に見えぬ気が立ち申す。それにて凡《おおよ》その判断を」

顕忠が答える。師清は首をひねった。

「そう言えば宗通殿も似たようなことを言っていたな。初めて今張へ向かった時だ。大雨と風に吹かれた、あの時だった」

海を走るには天の気も要るものか。彼の好奇の関心は直ぐそちらへ移って行った。海賊には様々な知識の要るものかなと、しきりに頷いていた。

船ががくんと揺れ、舳先に水しぶきが上がった。

「棟梁、戸立てから下りられよ。後の屋形へ」

その言葉で重平が先に下がった。

「ここで良い」

「これからしばらくは、がぶりがきつぅおざる」

「何の、ここで潮を浴びておろう」

師清は心地良げに言った。

「邪魔なんじゃい。梶取《かんどり》が迷惑しとるで」

重平が胴の間に腰を下ろしたままどなった。

船尾を振り返った師清は、直ぐに視線を重平に移し、

「これは気がつかなかった」

わだかまりのない声をかけて、重平の傍へ下りて来た。

「参ったな重平殿。だが、これからも今のような叱咤《しった》で私を扱って欲しい」

「今なあ、とっさのことで」

はにかんだような薄笑いを浮かべ、低い声の要領を得ない重平だった。

瀬戸の西寄りのあたりで潮が大きく渦巻く。その音が船体を震わせていた。


翌。興国五年春、三宅志順こと児島三郎高徳が脇屋佐衛門佐義治を大将として備前の児島に兵を挙げたと聞こえて来た。

その頃、村上師清は豊前高田の浦にいた。高田には宇佐の宗勘の後を継いだ形の商人達がいて、博多とはまた違った異国の品を集めていた。鎌刈の時光の口利きで京の淀までその品の運

送を請け負い、顕忠と波平を従え自ら乗り出していたのである。

三宅志順が挙兵して、備前、備中、備後三ケ国の武家方守護の勢五千余騎が児島へ押し寄せた。叶わじと海上に逃れた志順はそのまま京へ馳せ上り、勢を集めて足利将軍を討ち取ろうとして敗れ、志順、義治共にいずれとも知れず落ち失せた。

その噂を、村上師清は淀へ入ってから聞かされたのだった。

淀に着いたら、顕忠は一人で、宇治へ出かけることになっていた。そこの酒造りの家、柳屋で彼を待つみおを迎えるためである。去年の暮れ、その造り酒屋から、みおを預かっている故迎えに来て欲しいと使いがあった。桂秀尼が病で亡くなり、その遺言でみおは柳屋まで遺骨を届けに行き、そのままそこに逗留しているのだ。

「えにしの糸は、切っても切れぬものよな」

船路の間中、同じ言葉を胸の中に何度も繰り返しながら、喜びをかみしめる北畠大膳大夫顕忠だった。

終わり

◎著者紹介◎
長谷井杏亮（はせいきょうすけ）
広島市在住。
日本放送作家協会会員　日本脚本家連盟連盟員。

【執筆作品抄録】

放送脚本　ラジオドラマ「夢よ永遠に」（連続五十二回放送、RCC局）「題のない風景」（十三回連続、RCC局）物語シリーズ「通り雨」他（RCC局）テレビドキュメント構成「移り行く郷土」（シリーズ、HTV局）

舞台脚本　児童劇「椎の木、他」（旭劇場及び広島児童文化会館こけら落としにて上演）「星」（銀の鈴誌）

小　　説　「可愛い女」（広島文学誌）「大助紅車は何故紅い―新工夫御免許人力車」（栄光出版社刊）

エッセイ　「五畳庵記」（郷土ひろしま誌連載）

古代史　「メディアとしての記紀神話物語」（近代文藝社刊）

渦潮太平記《うずしおたいへいき》

長谷井《はせい》 杏亮《きょうすけ》

明窓出版

平成十六年七月二十日初版発行
発行者――増本 利博
発行所――明窓出版株式会社
〒一六四―〇〇一二
東京都中野区本町六―二七―一三
電話 (〇三) 三三八〇―八三〇三
FAX (〇三) 三三八〇―六四二四
振替 〇〇一六〇―一―一九二七六六
印刷所――株式会社 ナポ

ISBN4-89634-155-4

ホームページ http://meisou.com Eメール meisou@meisou.com

麻布の少年　　暗闇坂　瞬

貴顕の集う街。昭和三十年代の麻布に生まれた貧しい一人の少年の孤独な魂。東京麻布の街を背景に、父子家庭の少年が、戦後の復興の中、多感な時期を過ごす成長期を生き生きと描く。当時の風物や時代背景が郷愁を誘う質の高い純文学。　定価1575円

星の故郷　　テッド・あらい

日本列島に居ては考えもつかないコンセプトが雄大な大自然を背景に描かれ、手に汗握るスリルもあれば血を吐く思いの愛もある。しかも著者は現代の我々が犯している過ちを鋭く見抜き告発している。我々が書斎で描く原稿の域をはるかに超えた大ロマンは感動の連続だ。　定価1575円

黄砂と蒼穹に抱かれて　不知火 景

紀元２世紀末のユーラシア大陸東部。秩序を失った支配層に対し、志気ある人々が織りなす一大スペクタクル！「すべては無からはじまった。黄土高原の南に無窮に拡がる国、中国。かつて、ここには人間などの入り込む余地は何処にもなく、ただ、天と地のみであったのである」定価1365円

ハヤト ― 自然道入門　　天原一精

自然へ帰ろう！　戦後「豊かな自然と地域社会」が父となり母となり、先生となって少年たちが育まれていく様を瑞々しい感性で生き生きと描く。山、河、森、鳥、昆虫たち……。忘れ去られていた自然への道が今開けてくる。

定価1575円

欠けない月　　　　風見　遼

宗教の本質を問う！「だって怖かった。新興宗教だからじゃない。ただ、普通の生活からかけ離れすぎてた。なのに自分の一番大切な部分で必要としてる。その事が、怖かった」　　定価1890円

ピョートル大帝のエチオピア人

アレキサンダー・プーシキン著／安井祥祐訳

あらゆる歴史的伝承を検証しても、その時代のフランスは、軽薄で愚劣で、贅沢さは他の時代とは較べようもない。ルイ十四世の治世は敬虔、重厚で、宮廷の行儀作法が行き届いていたのに、そんな形跡は何一つ残ってなかった。

定価1680円

華やかな微熱　　　　黒田しおん

「まったく、身勝手でわがままなんだから。でも、そこがかわいいんだけどね？」愛されていた時の言葉は今も耳から離れない。けれど、身勝手でわがままな僕の情熱が、淡雪のような陽子の情愛を溶かし、涙に…（「眷恋」他三篇）

定価1365円

ふたりで聖書を　　　　救世《くぜ》義也《よしや》

聖ヨハネが仕掛けた謎。福音書は推理小説だった？謎の「もう一人のマリア」の正体は？「悪魔」と呼ばれた使徒の名は？伝奇小説か、恋愛小説か、新感覚の宗教ミステリー登場！　　定価1680円

タイトル『**あの人を知らせたい**』～野《や》に遺賢《いけん》あり～（仮題）

昔から「野に遺賢あり」といわれています。陽は当たらなくとも、黙々と自らの信ずるところに従い、実践している人が日本にはたくさんいると思います。長年、医療、教育現場、社会奉仕その他、尊い貢献をしていながら、公《おおやけ》の表彰やマスコミのスポットを浴びない貴方のまわりの人をもっと世の人々に知ってほしいと思います。

今日、ともすれば人をたたくことの多い世の中になってしまった感があります。勿論、天人ともに許されざるものについては、容赦なく弾劾する必要はあるでしょう。しかし、前記の働きをしている人々の顕彰にも今こそ注目すべきではないでしょうか。心から讃えることによって、日本全体が元気づくような気が強くいたします。

そこで、明窓出版では、『あの人を知らせたい』との書名をもって、遺賢とも言える人々を世に知らせる本をつくりたいと考えております。お心当たりのあるお方には、投稿その他のご協力を切にお願いする次第です。

★締切日、発刊日は設けておりません。この本の性質上、該当者が多く、1冊に収録しきれない場合も予想されます。この場合は、当然、シリーズ本として出し続けることになると思います。皆様のご声援をスタッフ一同お待ちいたしております。

明窓出版　スタッフ一同